Und ziehet einst in deine Brust
Der Trieb zum Wandern ein,
Dann stille diese Wanderlust
Am Rhein, am grünen Rhein.

August Schüler

Rheinisches Hausbuch

Vergangene Zeit an Rhein und Ruhr in Bildern und Geschichten, in Liedern und Gedichten

Herausgegeben von
Diethard H. Klein

Husum

Umschlagbild: F. Foltz, Stahlstich von Bonn, um 1868

Für die hilfsbereite, schnelle und unbürokratische Bereitstellung der für diesen Band benutzten Literatur sei den Damen und Herren der Stadtbibliotheken in Nürnberg und Trier sowie des Germanischen Nationalmuseums Nürnberg gedankt. In besonderem Maße gilt unser Dank Herrn D. Gassong, Herrn Dr. R.-M. Kiel, Frau M. Rogner und Frau G. Wartinger von der Orts- bzw. Fernleihe der Universitätsbibliothek Bayreuth, die durch ihren persönlichen Einsatz wesentlich zum Zustandekommen des vorliegenden Bandes beitrugen.
Ferner danken wir dem Historischen Archiv der Friedrich Krupp GmbH (Essen) für die Erlaubnis, den Artikel „Aus alter Zeit" abzudrucken und das dazugehörige Bild einer Fördermaschine; dem Archiv der Deutschen Gesellschaft für Eisenbahngeschichte e. V. (Witten) für die Bereitstellung der Bildvorlagen auf S. 261 und S. 262/63, dem Verlag Ute Kierdorf (Remscheid) für die Überlassung der Rezepte „Rosinenballebäuschen" und „Hefe-Waffeln" sowie Herrn Bäckermeister Manfred Lang (Bayreuth) für sein Rezept „Rheinisches Schwarzbrot".

Herausgeber, Redaktion und Verlag

Die Deutsche Bibliothek – CIP-Einheitsaufnahme

Rheinisches Hausbuch : vergangene Zeit an Rhein und Ruhr in Bildern und Geschichten, in Liedern und Gedichten / hrsg. von Diethard H. Klein. – Husum : Husum, 1998
ISBN 3-88042-847-6

Redaktion: Bücher-GmbH, Bayreuth

Reproduktion: Fotosatz Husum GmbH
Druck und Verarbeitung: Husum Druck- und Verlagsgesellschaft
Postfach 1480, D-25804 Husum
ISBN 3-88042-847-6

Vorwort

„Vergangene Zeit an Rhein und Ruhr“ will, wie der Titel verspricht, dieser Band schildern – aber man müßte eigentlich ergänzen: „an Rur und Niers, an Wupper und Sieg“, denn der hier vorliegende neue Regional-Band hat ja den ganzen Landesteil Nordrhein zum Thema. Dabei verbindet sich die Reise in die Vergangenheit mit einer Reise durch die vielgestaltige Landschaft: von der südlichen Landesgrenze den Rhein hinab nach Köln, über Zülpich in einer Schleife durch die Eifel nach Aachen, weiter über Jülich nach Neuss und nach dem Ausflug ins Bergische Land nach Düsseldorf; weiter rheinabwärts, von Duisburg ein ausgedehnter Abstecher ins Ruhrgebiet und schließlich über den Niederrhein wieder hinauf nach Krefeld.

Wie bei allen bisherigen Bänden – wo dies stets von der Kritik lobend hervorgehoben wurde – haben wir uns auch hier wieder sehr um ausgewogene Berücksichtigung aller Gebiete bemüht. Daß dies angesichts mancher nun einmal dominierender Schwerpunkte nicht so ganz leicht war, ist wohl einleuchtend; jene Leser, die vergeblich nach ihrem Wohnort im Ortsregister am Schluß des Bandes suchen (wobei manche jüngere Städte des öfteren auch durch eingemeindete ältere Ortsteile vertreten sind) seien darauf verwiesen, daß gelegentlich einmal auch eine Landschaftsschilderung oder der Bericht über bestimmte Industrien stellvertretend für dadurch geprägte Siedlungen stehen muß, denn hier sollte kein rheinisches Ortslexikon entstehen, sondern ein unterhaltendes und zugleich informierendes Lesebuch über Alltag und Kultur vergangener Epochen in diesem Raum. Daher finden sich neben Gedichten und Erzählungen vieler heimischer Autoren, Briefen und Erinnerungen und Porträts bedeutender Persönlichkeiten dieses Raumes und Schilderungen historischer Reignisse, alter Städte und berühmter Bauten auch anschauliche Darstellungen von typischen Gewerben und Industriezweigen, vom Arbeitsleben im letzten Jahrhundert, von Sitten und Bräuchen sowie Sagen und Legenden, Rezepte und Lieder.

Alle diese Texte wurden der Schreibweise der Gegenwart angepaßt, in Ausnahmefällen wurde, um die persönliche Handschrift eines Verfassers zu erhalten oder auch die Sprache einer bestimmten Epoche, auf allzu strenge Dudengenauigkeit verzichtet. Fremdwörter, Fachausdrücke und heute nicht mehr geläufige Wendungen haben wir in Fußnoten gleichermaßen erläutert wie Mundarttexte; einheimische Leser, denen letzteres vielleicht manchmal zu ausführlich erscheint, mögen bitte wie wir an die Nicht-Einheimischen denken, unter denen wir uns ja auch zahlreiche Freunde für diesen Band erhoffen.

Ein Wort noch zu den mundartlichen Beiträgen: hier müssen wir uns nicht nur vor Augen halten, daß gerade bei älteren Texten mit erheblichen Abweichungen gegenüber heutigem Sprachgebrauch gerechnet werden muß und daß nicht nur von Ort zu Ort, sondern bereits zwischen durch den Rhein getrennten Gebieten der gleichen Stadt diesbezüglich erhebliche Unterschiede bestehen, sondern daß selbst gleiche Laute vom einen Verfasser so, vom andern eben anders wiedergegeben werden.

Mancher Leser mag ein brav Seite für Seite die einzelnen Beiträge aufzählendes Inhaltsverzeichnis vermissen, doch haben wir wie bei allen Bänden dieser Reihe wegen der Vielzahl und Unterschiedlichkeit der Texte bewußt darauf verzichtet. Am Schluß des Bandes, nach dem historischen Überblick, finden sich jedoch in alphabetischer Reihenfolge Anmerkungen zu den Autoren des Bandes, und dort werden jeweils in der letzten Zeile die Seiten genannt, auf denen Beiträge aus ihrer Feder stehen; im Anschluß daran sind auch die Standorte für Rezepte, Lieder und Auszüge aus Sammelwerken aufgeführt, und auf den letzten Seiten befindet sich dann das Ortsregister.

Es kann nicht ausbleiben, daß selbst in einem so umfangreichen Band, der einem so großen und vielgestaltigen Gebiet gilt, immer noch etwas vermißt wird und daß sich auch der eine oder andere Fehler einschleicht; hier wissen wir entsprechende Hinweise aus dem Leserkreis durchaus zu schätzen.

All jenen, die zum Gelingen dieses Bandes beitrugen, sei an dieser Stelle ebenso herzlicher Dank gesagt wie im voraus jenen, die ihn fördern; daß er Freude macht und viele Freunde findet, wünschen

Herausgeber, Redaktion und Verlag

Rolandseck, Drachenfels und Nonnenwerth

Warnung vor dem Rhein

An den Rhein, an den Rhein, zieh nicht an den Rhein,
Mein Sohn, ich rate dir gut,
Da geht dir das Leben zu lieblich ein,
Da blüht dir zu freudig der Mut.

Siehst die Mädchen so frank und die Männer so frei,
Als wär' es ein adlig' Geschlecht,
Gleich bist du mit glühender Seele dabei:
So dünkt es dich billig und recht.

Und zu Schiffe, wie grüßen die Burgen so schön
Und die Stadt mit dem ewigen Dom:
In den Bergen, wie stimmst du zu schwindelnden Höhn
Und blickst hinab in den Strom.

Und im Strome, da tauchet die Nix aus dem Grund,
Und hast du ihr Lächeln gesehn
Und grüßt dich die Lurlei mit bleichem Mund,
Mein Sohn, so ist es geschehn:

Dich bezaubert der Laut, dich betört der Schein,
Entzücken faßt dich und Graus:
Nun singst du nur immer: Am Rhein, am Rhein –
Und kehrst nicht wieder nach Haus.

Karl Simrock

Das Siebengebirge

Das Siebengebirge hat seinen Namen von sieben Kuppen, mit welchen es sich vorzüglich darstellt. Hierbei ist aber eine eigentümliche Sonderbarkeit. Wenn man nämlich in dem Siebengebirge oder hart daran wandelt, so erblickt man mehrere Kuppen und kann außer den fünfen, die am deutlichsten hervortreten, die beiden letzteren noch fehlenden aus der Menge nicht recht herausfinden. Sobald man aber nur eine oder zwei Meilen entfernt ist, zählt man genau sieben, und so zeigt sich das Bild des Gebirges immerfort, auch noch in der Entfernung von sieben oder acht Meilen. Die sieben Kuppen sind: 1.) die drei dem Rhein am nächsten, der Drachenfels, die Wolkenburg und der Petersberg; 2.) die beiden mittleren, der Große und der Kleine Stromberg, auch der Nonnenstromberg genannt, weil die Mönche, die später unter dem Petersberg im Tal ihre Wohnung aufschlugen, an ihm die erste Ansiedlung versucht haben sollen; und endlich 3.) die beiden höchsten Schildhalter, die Löwenburg an der südlichen und der Große Ölberg (Auelberg) an der nördlichen Spitze der ganzen Berggruppe; die beiden letzteren werden mit ziemlich gleicher Höhe, doch halte ich den Ölberg noch für etwas höher als die Löwenburg, an die 1500 bis 1600 rheinische Schuh hoch geachtet, etwa 500 bis 600 Schuh höher als ihre verschiedenen Brüder.

Dieses schöne Siebengebirge hat mit seinem eigentümlichen Charakter und mit dem Namen, welchen seine höchste Kuppe noch jetzt führt, der ganzen umliegenden Gegend im Mittelalter den Namen gegeben. Der ganze längs dem Rhein hinlaufende Bezirk von Linz bis an die Sieg hieß der Auelgau, Pagus aulensis, der die Landdechanei des Siegburger Dekanats ausmachte, das wieder unter dem Bonner Archidiakonus der Heiligen Kassius und Florentius stand.

Auf dreien der sieben hohen Kuppen standen in früheren Jahrhunderten Burgen und auf zweien geistliche oder kirchliche Gebäude.

Die Löwenburg, welche dem Grafen von Berg gehörte, wird in Urkunden selten erwähnt; häufiger werden die kurkölnische Wolkenburg und der

Die Löwenburg

Drachenfels genannt. Über die Wolkenburg finden wir folgendes in der Kölner Chronik erzählt: daß Erzbischof Friedrich, der unter den beiden letzten Saliern und Lothar von Sachsen am Ende des elften und zu Anfang des zwölften Jahrhunderts lebte, diese Wolkenburg und Rolandseck zuerst habe bauen lassen, und daß er auf der Wolkenburg gestorben sei. Letzteres setzt es wahrscheinlich voraus, daß die Burg damals noch nicht als Lehen vergeben war. Im vierzehnten Jahrhundert saßen sowohl auf der Wolkenburg als auf dem Drachenfels besondere Burggrafen, Lehnsträger von Köln, welche öfter in Urkunden vorkommen.

Die Güter der Burggrafen von Drachenfels gingen gegen den Ausgang des fünfzehnten Jahrhunderts auf Otto Walbott von Bassenheim über; Schloß Gudenau und Berkum, ein Dorf mit trefflichen Steinbrüchen, und noch ein halbes Dutzend zwischen Gudenau und Rolandseck gelegene Dörfer, welche unter dem Namen „das Drachenfelser Ländchen" gingen, gehörten zu dem Burglehen Drachenfels. Der letzte Besitzer aus diesem Stamm, Graf von Bassenheim-Gudenau auf Schloß Gudenau, welcher, fern von seiner rheinischen Heimat, ins Land Österreich gezogen ist, hat den

Stammsitz mit den umliegenden Forsten und Weinbergen vorlängst verkauft. Ja die Steinhauerknappschaft in Königswinter hatte die alte Burg Drachenfels mit der nächsten Umgebung erworben und begann unter ihr so frisch in den Stein zu hauen, daß ein Teil des alten Burggemäuers in die Tiefe hinabstürzte und Gefahr drohte, daß die letzten Türme bald würden nachstürzen müssen. Da hat sich die Regierung der Wehklage der Menschen erbarmt, die solche Schönheit am Rhein nicht verlieren wollten, und den Besitz der Burgtrümmer von der Knappschaft eingelöst und dem Brechen und Sprengen an denselben einen Einhalt getan.

Der Große Ölberg scheint nach der ganzen Beschaffenheit und natürlichen Roheit seiner Kuppe und danach, wie die Steine und Felsblöcke in natürlicher Unordnung um seinen Ring herum gelagert sind, nie eine Burg getragen zu haben. Doch darf niemand versäumen, diesen Gipfel zu besteigen und die Aussicht über Strom und Land von demselben zu genießen. Diese reicht weit in den Norden und Nordosten hinaus und führt den Blick über Höhen und Berge, die sich in der wittgensteinischen Hart und auf dem Westerwald im verdämmernden Blau verlieren; und gegen Nordwesten verschwimmt der Strom mit den Türmen von Köln und den dickeren Dünsten der Ebene gleichsam ins weite, gestaltlose Leere, so daß dort das Wilde, hier das Wehmütige vorherrscht, während die unten ruhende Lieblichkeit des Rheintales im Süden durch die oben vorliegenden Bergkuppen meistens verdeckt ist.

Auf dem Petersberg steht hoch im stillen Waldfrieden ein feines Kirchlein, freundlich über die weite Landschaft hinleuchtend. Dort ist in der Fastenzeit wöchentliche Andacht und außerdem an den Peter-und-Pauls-Tagen, besonders an den Festen des erstgenannten Apostels, nach dem Kirchlein und Berg benannt sind. An solchen Tagen wird auf mehreren bequemen Wegen und Pfaden aus den Dörfern weit und breit zum Gottesdienst hinaufgepilgert. Es hat gleichsam etwas Rührenderes und Erhabeneres, hier im Waldesschatten singend und betend hinauf und hinab zu pilgern und fern von der lärmenden Welt seine stille Andacht zu verrichten.

Diese fast kugelrunde Bergkuppe enthält ungefähr acht Morgen Land, wovon das meiste unter Spaten und Pflug ist, und neben dem Kirchlein steht ein nettes freundliches Bauerngütchen. Berg, Kirchlein, Gütchen und der umliegende Wald sind nun seit mehreren Jahren im Besitz der Familie Mertens auf dem Rittersitz Plittersdorf, und der selige Mertens hat alles neu ordnen, verzieren und ausschmücken lassen, durch den Wald hinaus nach den schönsten Seiten Aussichten geöffnet, das Häuschen mit hellen neuen Ziegeln gedeckt, das Kirchlein drinnen und draußen verjüngt und geschmückt; selbst die Bildchen in den Nischen und über den Altären sind

Der Petersberg

für die Augen der lieben Bauersleute mit frischen und glänzenden Farben verjüngt. Übrigens ist dieser Petersberg nebst dem Drachenfels der nächste und gelindeste zu besteigen, unweit Heisterbach und Oberdollendorf in gar heimlicher, sanfter Natur. Man bezeichnet ihn richtig, wenn man sagt, der Weg hinauf sei ein Betrug und der Gipfel eine Andacht. Alles geschlossen, grün, dicht und friedsam auch oben; doch jetzt mit glücklicher Wahl, besonders durch den zarten, frommen Natursinn der Frau Mertens, einige lustige Aussichten von oben geöffnet. Doch ist er wohl ebenso hoch wie der Drachenfels und die Wolkenburg. Ehe man ihn besteigt, rastet und erquickt man sich gewöhnlich in dem Pfaffenrätchen.

Dieses Pfaffenrätchen liegt an seinem Fuße, wie ein anmutiges Paradiesgärtchen in Büschen versteckt, nur gegen Südwesten offen und in den Rhein und das Tal und auf Bonn schauend. Es ist wirklich eine wunderliebliche Stelle, ein Gütchen mit Wald, Wiesen, Weinbergen und Obstgärten, eine Stelle, wie der nach stiller, elegischer Einsamkeit sich sehnende Mensch sich wünschen möchte, wenn die Wünsche und Träume des einsamen verschwiegenen Glückes so, wie sie in der Phantasie aufleuchten, hienieden jemals verwirklicht werden könnten. Wie manchen schönen Tag habe ich hier erlebt! Doch es steht noch eine Stelle, kaum zehn Minuten von diesem Paradieschen, ein etwas höher aufsteigendes Eichenwäldchen, mit einer Landspitze vorlaufend, mit einer so himmlischen Aussicht, daß es mir kein Mensch nehmen sollte und daß ich mir ein lustiges Sommerschlößchen dort hinbauen würde, wenn ich als ein Reicher Sommerschlößchen aufblasen könnte.

Alle diese Kuppen werden in der schönen und guten Jahreszeit viel besucht und erklommen. Es gibt aber zwischen und an ihnen so viele schöne Stellen, einzelne Höfe und Dörfer, anmutige Täler, kleine Spitzen und Hügel mit besonderen Aussichten, daß hier bei jedem Ausflug immer neue Entdeckungen der Lust zu machen sind. Von mir, der bald ein Menschenalter in diesem schönen Land verlebt hat, sind diese Entdeckungen noch lange nicht vollendet, und doch, wie fleißig bin ich hier in Aufsuchung der Freuden gewesen in jenen frischeren Jahren, als meinen Beinen und Augen Tag und Nacht noch ziemlich gleich deuchten!

Ernst Moritz Arndt

Schuh oder Fuß: von der Länge des menschlichen Fußes abgeleitete alte Längeneinheit (zwischen 0,25 und 0,34 m) / Dekanat: Amtsbezirk des Dekans; der Dekan ist ein katholischer Priester, der eine zu einem Dekanat zusammengefaßte Gruppe von Pfarreien eines Bistums beaufsichtigt / Archidiakonus: Vorsteher eines Kirchensprengels / Kassius: ein in Bonn verehrter Märtyrer der Thebäischen Legion (Tag: 10.10.) / Florentius: ein Ritter der Thebäischen Legion, der zusammen mit dem hl. Gereon enthauptet wurde und mit dem hl. Kassius Patron des Münsters von Bonn ist (Tag: 10.10.) / Friedrich I. von Schwarzenburg in Bayern: 1099 bis 25.10.1131 Erzbischof von Köln / die beiden letzten Salier: Kaiser Heinrich IV. (1056 – 1106) und Kaiser Heinrich V. (1106 – 1125) / Lothar von Sachsen: deutscher König und römisch-deutscher Kaiser (1125 – 1137) / Lehen: im Mittelalter ein Leihegut auf Lebenszeit des Beliehenen (Lehnsmann), dessen Empfang zu ritterlichem Kriegsdienst und Treue zugunsten des Leihenden (Lehnsherr) verpflichtete / vorlängst: vor langer Zeit / Peter-und-Pauls-Tag: 29. Juni

Bad Honnef

Nach einer Weile wurden wir zurückgerufen. Alles war bereit, um die Höhe zu verlassen. Man stieg auf die Esel, man reckte die Glieder, die alten Herren und Damen hielten den gebahnten Weg inne, die Jugend fuhr schnurstracks hinunter. Wir sammelten uns wieder an der Wiese, wo das Forsthaus steht, und schlugen uns rechts um die östliche Seite des Berges, um nach Honnef zu gelangen. Wie der Weg von Rhöndorf durch das Tal, so leitet dieser über die Hügel, die sich südlich von dem Siebengebirge senken. Da er sich fast immer über den höchsten Grat des Hügels schlän-

gelt, auch durch die Gebüsche nicht allzusehr verdeckt ist, so bieten sich zu jeder Seite allerliebste Aussichten. Links erstreckt sich das sogenannte Schmelzertal, geradeaus liegt der Rhein mit Rolandseck, Nonnenwerth und Honnef, rechts erheben sich der Drachenfels und die Wolkenburg. Und über diese nahen Gegenstände gewahrt man den Lauf des Rheines auf weite Meilen hin sowie die ferne Kette der Eifel. Während wir aber rüstig dahinschritten, sang unsere Jugend fort und fort alte schöne rheinische Volkslieder, welche diese Höhen und Täler vielleicht schon seit Jahrhunderten von verschiedenen Geschlechtern gehört haben.

Und so kamen wir denn endlich nach Honnef, welches aus sieben Ortschaften besteht, die das Tal in weiter Ausdehnung bedecken. Neben den kleinen Häusern der Landbewohner erheben sich hier eine Menge von Villen, die meistens in den letzten zwanzig Jahren entstanden sind und teilweise als Sommeraufenthalt dienen, teilweise aber auch das ganze Jahr bewohnt werden. In der Tat eignet sich dieser Ort ganz vorzüglich zu einem stillen und friedlichen Landleben, zumal da sich allerwärts die schönsten Spaziergänge in das Siebengebirge öffnen.

Wenn Godesberg gewissermaßen die Hautevolee des rheinischen Handels beherbergt, wenn Königswinter der Gasthof der Gegend ist, so entfaltet sich hier dagegen das Idyll des Siebengebirges. Und so findet man im Tal meistens Leute, die in traulicher und beschaulicher Abgeschiedenheit ihre Tage verbringen wollen. Außerdem gilt Honnef aber auch als ein sehr gesunder Ort. Da es ganz und gar gegen Süden liegt und durch den Drachenfels und die Wolkenburg gegen die Nordwinde geschützt ist, so hat man ihm sogar den Namen des rheinischen Nizza gegeben. Ob es solchen Ruhm mit Recht verdient, wollen wir dahingestellt sein lassen. Es gibt übrigens in Nizza wie in Honnef einen Kirchhof. Trotzdem treffen in jedem Sommer zahlreiche Gäste ein, die durch ihre kranken Lungen hierher getrieben werden und die auch in einzelnen Fällen Erleichterung in ihren Leiden finden. Jedenfalls ist der Ort überaus anmutig und heiter.

Nachdem wir an mancher schlichten Hütte und an manchem sauberen Landsitz vorübergewandert waren, gelangten wir nach dem Kleinschen Gasthof, wo wir den Kaffee einzunehmen beschlossen hatten. Das Haus liegt ziemlich in der Mitte des Dorfes an der Landstraße, die rheinauf- und abwärts führt. Ich betrat die Schwelle nicht ohne schmerzliche Erinnerungen, denn ich hatte die früheren Bewohner gekannt, die die umfassendste Gastfreundschaft übten und die mir einst treffliche Herberge geboten hatten. Wo waren sie jetzt, die wackern Eltern, die guten Söhne und die reizenden Töchter? In alle Welt hinaus!

Wolfgang Müller

Hautevolee: vornehmste Gesellschaft

Rheinisches Leben

Am Rhein blüht schön'res Leben!
Aus der Vernichtung Staub,
Der Ahnen Geister schweben,
Die längst des Grabes Raub;
Und Lieder dort erklingen
Mit wunderbarem Gruß,
Die leis' ich wieder singen
Und wieder träumen muß.

Seh' ich den Vogel ziehen
Hoch durch der Lüfte Blau,
Und seh' ich Schiffe fliehen
In fernes Nebelgrau,
Ist mir's, als ob im Fluge
Der Vogel Worte singt,
Als ob, im schnellen Zuge,
Vom Schiff ein and'res klingt.

Hier flüstern Geisterworte
Aus leichtbewegter Flut;
Dort um die Klosterpforte,
Wo Pilger einst geruht –
Und aus den Efeuranken,
Die hoch und traurigwild
Sich um die Gräber ranken,
Tönt Elfensang so mild.

Doch schau' ich an der Mauer
Verfallner Burg hinauf,
So steigt ein leiser Schauer
In meinem Busen auf;
Denn in den öden Trümmern
Tönt's bald wie Kampf und Sturm,
Bald hör' ich's leise wimmern
Aus dem Verlies im Turm.

Bald reden Erz und Steine
Von der Vergangenheit,
Bald sagt das Volk am Rheine
Die Mären alter Zeit.
Wir erbten manche Sage
Und glauben sie getreu,
Wer wagt die schnöde Frage:
Ob sie wohl Wahrheit sei?

Treu meld' auch ich den andern,
Was ich einst hört' und fand,
Wer es nicht glaubt, mag wandern
In unser schönes Land.
Und auf den Höhn und Gründen
Lausch' er am Abend still –
Das Herz kann immer finden,
Wenn es nur suchen will.

Adelheid von Stolterfoth

Der Drachenfels

Die westliche Spitze des Siebengebirges, die bis hart an das Ufer des Rheinstromes vorspringt, heißt seit uralter, grauer Heidenzeit der Drachenfels. Diesen Namen gaben ihr die Bewohner jener Gegend, weil daselbst ein Drache hauste, der am südwestlichen Abhange, in einer von der Natur gebildeten Felsenhöhlung, die noch jetzt das Drachenloch heißt, seinen Aufenthalt hatte. Das Ungeheuer war von der scheußlichsten Gestalt; ein unförmiger Kopf mit einem Rachen, groß genug, mehrere Menschen auf einmal zu verschlingen, und bewaffnet mit einer dreifachen Reihe spitzer Zähne; ein Wanst von ungeheurer Länge, mit Schuppen gepanzert, die im Sonnenschein in tausend Farben schillerten; ein schlangenartiger langer Schweif, gleich geschickt, sich in tausend abwechselnden Windungen zu krümmen, als auch die Beute des Untiers zu Boden zu schlagen; der ganze Körper auf kurzen scharfkralligen Beinen sich bewegend, so schildert die Chronik das Ungeheuer, das der Schrecken der nahen und fernen Umgegend war.

Es ist nicht zu verwundern, daß die heidnischen Bewohner der Gaue beider Rheinufer dem schrecklichen Gast, gegen den menschliche Kräfte nichts vermochten, göttliche Ehre erwiesen und ihn als ein höheres, zu ihrer Strafe und Züchtigung bestimmtes Wesen ansahen. Die Priester glaubten, den Zorn der Gottheit durch Opfer versöhnen zu müssen, und diese Opfer bestanden in jenen Zeiten der Barbarei und des Aberglaubens aus Menschen, die sich entweder den Haß der Volksobern und der Priester zugezogen hatten oder im Kriege zu Gefangenen gemacht waren.

Zur Zeit nun, als das Christentum sich auf der linken Rheinseite zu verbreiten begann, herrschten in den Wäldern des rechten Ufers Rinbod und Horsrik, zwei mächtige Fürsten und Krieger. Dem Heidentum blind ergeben und von götzendienenden Priestern zum Haß gegen diejenigen aufgereizt, die sich schon zur milden, beglückenden Lehre des Welterlösers bekannten, unternahmen sie oft blutige Kriegszüge jenseits des Rheines, und ermangelten nie, eine Anzahl der gemachten Gefangenen dem Ungeheuer des Drachenfelsens darzubringen.

Da geschah es einst, daß beide Fürsten, von einem solchen Streifzug heimkehrend, wie gewöhnlich Beute und Gefangene verteilten. Unter den letztern war eine schöne christliche Jungfrau, die Rinbod, von ihrer Jugend und Anmut bezaubert, für sich verlangte, während Horsrik, der bei ihrem Anblick nicht minder in Liebe entbrannte, sie ebenfalls zu seinem Anteil forderte.

Es brach daher unter den Anführern ein ernstlicher Zwist aus, und schon wollte der heftigere Horsrik zum Schwerte greifen, als der Oberpriester zwischen die Streitenden trat, durch sein Ansehen den Kampf verhinderte und also sprach: „Eine Fremdgläubige, eine Tochter jener Christen, die wir verabscheuen und hassen, soll unsere Fürsten nicht entzweien zu unserm Verderben; darum werde sie keines Anteil; vielmehr ein willkommenes Opfer für den Drachen, das ich ihm mit dem morgenden Tag weihen will, zur Ehre Wodans, unseres höchsten Gottes.“

Gegen den Ausspruch des Priesters galt keine Einwendung mehr, wie gern auch Rinbod, der für die Jungfrau eine edlere Liebe als sein wilder Nebenbuhler empfand, ihre Rettung gewagt hätte. Mit Grauen und Entsetzen vernahm die Unglückliche das Schicksal, das ihrer wartete, und nur der Gedanke verlieh ihr Stärke und Mut, daß es der Wille ihres Gottes und Heilandes sei, dem sie sich als gute, fromme Christin willig und ohne Murren unterwerfen müsse.

Als der Schreckenstag angebrochen, wurde die Jungfrau mit vielen Gefangenen, die ihr Los teilen sollten, auf den Gipfel des Drachenfelsens geführt. Eine Menge Krieger und Volks samt allen Priestern des Stammes waren gefolgt, um Zeuge eines Schauspiels zu sein, das lange nicht in dieser Größe und mit soviel Feierlichkeit stattgehabt hatte. Auch Rinbod stand oben, voll Kummer und Trauer, daß eine so schöne hehre Jungfrau dem

R PUTTNER

Ungeheuer vorgeworfen werden sollte; und er glaubte in Schmerz vergehen zu müssen, als sie still und gottergeben daherschritt, mit der Opferbinde geschmückt, schon nicht mehr der Erde angehörend, einem göttlichen Wesen gleich.

In der Hand hielt sie ein Kruzifix, das sie bei sich verborgen getragen; an ihm, dem Bilde des Erlösers, hafteten ihre Augen, und sein Anblick flößte ihr zuversichtliche Hoffnung auf Rettung ein. Willig ließ sie sich an den Opferplatz führen, wo sie, an einen Baum gebunden, erwarten sollte, daß der Drache sie verschlänge.

Es dauerte auch nicht lange, so erhob sich das Ungeheuer aus seinem Lager; und kaum hatte es seine Beute erblickt, so wälzte es sich näher, um sie zu erschnappen. Wer den Drachen in dessen ganzer Ungestalt und Scheußlichkeit erblickte, mußte unwillkürlich erbeben und mit Entsetzen erfüllt werden; auch die Jungfrau verlor fast die Besinnung, als ihr das Verderben immer näher kam, und indem sie, wie zur Abwehr, das Kreuz vor sich hielt, rief sie in ihrer höchsten Seelenangst: „Herr, mein Gott, hilf mir in dieser großen Not!“ Und siehe, was begab sich! Das Scheusal, das schon den Rachen geöffnet hatte, die Gefesselte zu verschlingen, fuhr beim Anblick des heiligen Kreuzes, wie vom Blitz gerührt, zurück und stürzte, ein schreckliches, weithin widerhallendes Geheul ausstoßend, sich hinab in den Rhein, wo es die Wellen auf immer bedeckten.

Mit Staunen hatte die ringsum versammelte Menge der Heiden dieses Wunder angesehen. Sie glaubten, ihren Augen nicht trauen zu dürfen, als das gefürchtete und göttlich verehrte Ungeheuer vor dem kleinen Bilde des Christengottes vernichtet in den Abgrund stürzte; aber allen wurde dadurch klar, daß dieser Christengott mächtiger und größer sein müsse als ihre heidnischen Götzen. Rinbod war der erste, der sich vom Erstaunen erholte. Mit lautem Jubel eilte er, die Bande der Jungfrau zu lösen, und triumphierend führte er sie davon. Auch die übrigen Opfer wurden ihrer Fesseln entledigt, und das Volk, das sich durch das Bild Jesu von dem Drachen befreit sah und schon im stillen die fromme Zuversicht der Christin bewundert hatte, verlangte laut, zu einem Glauben überzutreten, dessen Gott den Seinigen so sichtbar helfe.

Die Jungfrau unternahm es, das Christentum durch ihr Wort zu verbreiten. Begierig faßten diese Heiden die Lehren des Evangeliums auf, und bald empfingen Tausende die heilige Taufe. Der erste und eifrigste Christ von ihnen aber war Rinbod, und die Jungfrau lohnte es ihm durch ihre Hand. Auf eben diesem Drachenfels erbaute er sodann eine Burg, und er wurde der Stammherr des Geschlechts der Drachenburger, das hier wohl zehn Jahrhunderte blühte.

F. J. Kiefer

Wolfgang Müller von Königswinter

Königswinter

Unmittelbar unter dem Siebengebirge, das hier nur eine geringe Talsohle läßt, liegt ein blankes, sauberes Städtchen, dessen Türme und Häuser sich mit besonderem Behagen in den Fluten des Rheines spiegeln. Der rege Verkehr, der sich am Ufer entfaltet, die Dampfer, die hier anhalten, die fliegende Brücke oder Pont, welche unablässig den Fluß kreuzt, die Kähne, die hin und her schweben, die Wagen, die am Ufer stehen, die stattlichen Gasthöfe, die sich dort erheben und deren Inschriften schier auf der anderen Rheinseite zu lesen sind, bekunden, daß hier der Hafenplatz des Siebengebirges zu suchen ist. Und so gibt es denn hier auch „gut Logis zu Pferd und Fuß!"

Wir befinden uns zu Königswinter. Wenn ich das Siebengebirge meine Heimat genannt habe, so muß ich dieses kleine Städtlein als meinen Geburtsort aufführen. Und deshalb liegt es mir denn auch ganz besonders am Herzen. Der Fremde mag es allerdings nur als Standort für seine Gebirgsfahrten betrachten und ihm deshalb nur einen flüchtigen Blick gönnen; ich dagegen durchwandere es fast jedesmal, wenn ich es besuche, mit besondern und eigentümlichen Gefühlen. Wer geht nicht gerne den allerersten Erinnerungen nach, in denen ihm dieses Erdenleben aufgedämmert ist. Und diese suche ich mir mitunter gerne an Ort und Stelle zusammen. Da schreite ich denn die Hauptstraße entlang und gehe wieder einmal nach dem Hause hin, wo ich geboren bin. Meine Mutter sagt, das Licht habe mir in dem jetzigen Hotel Rieffel getagt, dasselbe habe aber damals eine ungleich einfachere und bescheidenere Front gehabt. Später bezog mein Vater eine andere schlichte Wohnung tiefer unten im Ort. Ich habe allerdings nicht viele Schuhe auf diesem Pflaster verschlissen, denn ich zählte erst vier Jahre, als mein Vater seinen ärztlichen Wirkungskreis am Siebengebirge verließ und als Kreisphysikus nach Bergheim im Jülicherland übersiedelte, aber ich habe doch noch allerlei Bilder, die sich an diese erste Lebensepoche knüpfen.

Es ist eigentümlich, wie plastisch sich einzelne Vorgänge aus der allerfrühsten Kindheit im Gedächtnis fixieren und zu so bestimmten Bildern gestalten, daß man sie malen könnte, verstände man eben mit Pinsel und Farbe umzugehen. So erinnere ich mich, daß ich einst eilig auf den Arm gehoben, wer mich aufnahm, weiß ich nicht, und nach dem Rheine getragen wurde, wo eben ein gewaltiges Floß vorbeifuhr. In einer anderen Szene sehe ich mich über die Straße laufen, wo dichter Schnee lag. Der Fleischer, der uns gegenüber wohnte, ein alter Mann mit grauem Haar und weißer Zipfelmütze, der gewöhnlich in der Türe stand, hatte mir einen dicken Schneeball gemacht, den ich mit meinen kleinen Händen nicht fassen konnte. Auch erinnere ich mich noch der Taufe einer Schwester, die ein paar Jahre jünger war als ich. Allerdings ist mir die heilige Handlung ganz aus dem Gedächtnis verschwunden, wohl aber gedenke ich des Erstaunens, das mich faßte, als der Pastor plötzlich den Chorrock über den Kopf zog und wieder

Königswinter

als ein gewöhnlicher Mensch vor mir stand. So sind mir noch allerlei kleine Ereignisse im Hirn haften geblieben. Am lebendigsten freilich fühle ich noch einige jugendliche Schmerzempfindungen. Als wir nämlich einst auf der nahen Longenburg im kalten Winter Besuch machten, da fing ich bitterlich an zu weinen über die Pein, die ich plötzlich an den Fingern hatte. Und auch an dem Kreuz, das am nördlichen Ausgang des Städtchens liegt, kann ich nicht vorübergehen, ohne daß es mir einfällt, wie ich einst heimlich das Haus verlassen hatte und dort mit anderen Kindern spielte, und wie dann plötzlich meine Mutter voller Angst erschien, mich beim Flügel nahm und mir meinen Lohn in einigen verdienten Schlägen zukommen ließ. Es waren übrigens die einzigen Schläge, die ich in meinem Leben bekommen habe.

Meine Eltern blieben auch, nachdem sie diese Gegend verlassen hatten, stets in Verbindung mit Land und Leuten. Wie oft und gern erzählten Vater und Mutter von den alten guten Freunden aus den schönen lustigen Tagen am Siebengebirge. Da sie aber auch einige Weinberge und einen Garten in Königswinter besaßen, so wurde im Herbst gewöhnlich ein kleiner Abstecher gemacht, um die Trauben zu lesen und zu keltern. Wir waren bei diesen Gelegenheiten stets gern gesehene Gäste bei den alten Bekannten, mit deren Kindern ich mich denn nach bestem Gefallen in Berg und Tal umhertrieb. Welche Lust war es da, in den Weinbergen die reifen Trauben zu naschen und in den Gärten die schönsten Äpfel und Birnen zu holen. Noch wie heute weiß ich es, wie mir der Sohn des Bürgermeisters die reifen Mandeln vom Spalier und wie mir der Sohn des Apothekers die dunkeln Maulbeeren von dem Baume langte. Selbst als mein Vater seine kleinen Liegenschaften veräußerte, um sein Weingut an der Ahr zu vergrößern, blieben die gastfreundschaftlichen Beziehungen bestehen, und es

verging selten ein Jahr, wo wir nicht für ein paar Tage bei den bewährten Freunden einkehrten, die ihrem früheren Hausarzt und seiner Familie stets eine dankbare Erinnerung bewahrten.

Und auch als ich ein Jüngling geworden war und in Bonn studierte, da lenkte ich, Gott weiß wie oft, meine Schritte nach dem Siebengebirge. Damals hatte ich gewöhnlich mein Quartier bei der Familie Lenné in Honnef, deren Haupt ein Bruder des berühmten Gartendirektors in Potsdam war. Von hier aus streifte ich in das Gebirge und habe alle Pfade und Wege kennengelernt, daß ich sie nie vergesse. Damals gönnte mir die Muse auch ihre erste Gunst. Wie manches Lied ist mir zwischen diesen Bergen entsprossen:

Mein Herz ist am Rheine, im heimischen Land,
Mein Herz ist am Rhein, wo die Wiege mir stand,
Wo die Jugend mir liegt, wo die Freunde mir blühn,
Wo die Liebste mein denket mit wonnigem Glühn,
Oh, wo ich geschwelget in Liedern und Wein:
Wo ich bin, wo ich gehe, mein Herz ist am Rhein!

Dich grüß' ich, du breiter grüngoldiger Strom,
Euch Schlösser und Dörfer und Städte und Dom,
Ihr goldenen Saaten im schwellenden Tal,
Dich Rebengebirge im sonnigen Strahl,
Euch Wälder und Schluchten, dich Felsengestein:
Wo ich bin, wo ich gehe, mein Herz ist am Rhein!

Ich könnte gar vielerlei von jenen schönen, glücklichen Jugendzeiten berichten, in denen ich bald einsam, bald von guten Freunden begleitet und bald auch im Kreis einer fröhlichen Schar, die aus greisen und weisen Männern, trefflichen Matronen und Frauen, jungen, blühenden Mädchen und heiteren Gesellen bestand, meine Fahrten durch das Gebirge machte. Ja, das waren goldene Tage, wenn es in die sieben Berge hineinging, wenn wir die Felsen hinaufschritten, in bunten Zügen uns in die Büsche verloren, oben an den Kanten ruhten, die Berggipfel bestiegen und im hohen Buchenwald um die Maitrankbowlen saßen und scherzten, plauderten, sangen, spielten und jauchzten. Und wie herrlich war es, wenn wir dann abends wieder heimkehrten.

O komm hervor, du holdes Bild,
Aus meines Herzens Schreine!
Es war am Ruder, wo ich stand,

Die schönste Nacht am Rheine.
In klarer Tiefe floß der Strom,
Die Luft in Balsamreine,
Und dämmrig lagen Berg und Tal
Im weichen Vollmondscheine.

Doch vor mir klang im schlanken Kahn
Ein lautes Jugendleben,
Die frischen Häupter waren grün,
Umkränzt mit Sommerreben,
Die schönste Rose schwamm im Wein,
Den uns der Rhein gegeben:
Frisch schlürfte rings der Jünglingskreis,
Die Mädchenschar mit Leben.

Ein Knabe sang das hellste Lied
So recht für diese Stunde,
Von Liebe, Freundschaft, Freiheitsglück
Enthüllt' es tiefe Kunde.
Die Herzen löste all der Sang,
Es klang vom jedem Munde:
Ein heller Strahl ins dunkle Land
Aus unserm jungen Bunde.

Und feierlich lag rings Natur
In großem ernsten Schweigen,
Sie wollte höher im Gebirg',
Im Strom sich tiefer zeigen.
Es war, als wollt' in unsre Lust
Sich Erd' und Himmel neigen:
O Jugend, Liebe, Freundschaft war
So hold und schön uns eigen!

Aber was geht das denn alles uns an? So mögt ihr ausrufen. Verzeiht mir die Schwärmereien, ihr gütigen Leser. Wovon das Herz voll ist, geht der Mund über. Ich habe eben in dieser anmutigen und schönen Gegend selbst so viele anmutige und schöne Erlebnisse gehabt, daß ich sie gern in die ganze Welt rufen möchte.

Doch jetzt genug davon! Ihr wollt euch das Städtchen besehen. Wohlan, beseht es euch! Ob hier in alter Zeit ein Königshof gestanden hat oder nicht, kann uns um so gleichgültiger sein, da diese Frage von den Histo-

rikern bis jetzt noch nicht entschieden worden ist. In alten Pergamenten heißt der Ort „Wintern“, den „Königs“-Beinamen soll er unter Kaiser Heinrich II. erhalten haben. Spätere Pergamente erweisen, daß viele Klöster und adlige Familien hier Güter und Höfe hatten. Der Turm des jetzigen Berliner Hofes soll zu einem kurkölnischen Gut gehört haben. Die Spuren der alten Ringmauern sind gegen Osten noch sichtbar. In den truchsessischen Händeln und im Dreißigjährigen Krieg tobte hier auch mannigfacher Kriegslärm. Sonst ist von meiner kleinen Vaterstadt wenig zu melden. Das Beste, was sich davon sagen läßt, ist, daß sie uns als ein artiger, sauberer Ort vor Augen liegt. Von den alten Mauerresten, Türmen, gotischen Kirchen und Burghäusern, wie wir sie in Andernach, Boppard, Oberwesel und Bacharach antreffen, ist hier keine Rede. Die Bautätigkeit, die sich hier entwickelt hat, liegt nicht über das siebzehnte Jahrhundert hinaus. Auch die katholische Kirche ist ein Werk, das wohl kaum hundert Jahre zählt. Wie in allen Gegenden der Rheinlande, so hat sich hier seit der preußischen Besitznahme ein ganz außerordentliches Leben entfaltet. Wo früher nur fleißige Winzer und Bauern, tatkräftige Steinmetzen und frische Schiffer wohnten, da zeigt sich jetzt zugleich ein elegantes Leben und Treiben, welches auf einen beträchtlichen Zuzug von Menschen aus den höheren Klassen deutet. In der Tat sind heutzutage nicht mehr der Bürgermeister, der Richter, der Notar, der Doktor und Apotheker die einzigen Honoratioren des Ortes, es gibt

Auszug aus dem Lohnkutscher-Reglement für die Stadt Königswinter.

Taxe
einschließlich Chaussee-, Brücken- und Trinkgeld.

Benennung der Ortschaften.	Hinfahrt der Wagen.				Hin- und Rückfahrt in 5 Stndn. incl. Fahrzeit				Hin- und Rückfahrt für den ganzen Tag.			
	Zweispänner		Einspänner		Zweispänner		Einspänner		Zweispänner		Einspänner	
	Thl.	sgr.	Thl.	sgr.	Thl.	sgr.	Thl.	sgr.	Thl.	sgr.	Thl.	sgr.
Asbach	3	25	2	25	—	—	—	—	4	25	3	20
Altenahr	—	—	—	—	—	-	—	—	7	20	5	20
Beuel	2	—	1	10	2	20	2	—	4	10	3	10
Egidienberg	2	25	2	5	—	—	—	—	4	10	3	10
Erpel	2	—	1	20	—	—	—	—	4	15	3	15
Godesberg	2	—	1	15	2	15	2	—	4	10	3	10
Honnef	1	—	—	20	1	20	1	10	4	10	3	10
Heisterbach	1	15	1	—	2	15	1	25	4	10	3	10
Hennef	3	—	2	15	—	—	—	—	4	15	3	15
Ittenbach oder Margarethenhof	2	—	1	15	2	15	2	—	4	10	3	10
Linz	3	—	2	15	—	—	—	—	4	15	3	15
Niederdollendorf	—	20	—	15	—	—	—	—	—	—	—	—
Neuenahr	3	25	3	—	—	—		—	4	25	3	25
Oberdollendorf	—	20	—	15	—	—	—	—	—	—	—	—
Obercassel	1	—	—	20	1	20	1	10	4	10	3	10
Oberpleis	2	20	2	5	—	—	—	—	4	10	3	10
Remagen	3	—	2	15	—	—	—	--	4	15	3	15
Rheinbreitbach	1	20	1	—	2	15	1	20	4	10	3	10
Rhöndorf	—	20	—	15	—	—	—	—	—	—	—	—
Rolandseck	2	—	1	15	2	15	2	—	4	10	3	10
Siegburg und Aulgasse	3	—	2	15	—	—	—	—	4	15	3	15
Unkel	2	—	1	10	2	20	1	25	4	10	3	10

hier jetzt auch Kaufleute, welche die Produkte der Gegend verwerten; überdies sind ganze Scharen von verabschiedeten Beamten, Militärs und anderen Privatleuten zugezogen, welche in der schönen Gegend ihre Tage in Muße und Anschaulichkeit verbringen. Auf diese Weise erklärt sich denn auch das Entstehen der vielen freundlichen Landhäuser, die sich nach allen Seiten hin aus dem alten Stadtbann herausdrängen. Manche derselben dienen auch, wie die stattlichen Gasthöfe, zu Sommeraufenthalten. Während der letzten Jahre haben sich die Protestanten eine allerliebste gotische Kirche gebaut. In der Tat findet man in Königswinter auch fast alles, was zu einem angenehmen Dasein nötig ist. Durch die Dampfschiffe und die Rheinische Eisenbahn, die bei Mehlem eine der besuchtesten Stationen angelegt hat, kann man zu jeder Zeit den Strom hinauf und hinab. Der Ort besitzt gute Schulen, ein Post- und ein Telegraphenbüro. Wer baden will, findet hier Flußbäder und eine Schwimmbahn. Besonders aber muß hervorgehoben werden, daß der kleine Ort, der etwa 2800 Einwohner zählt, sogar mit Gasbeleuchtung versehen ist.

Wolfgang Müller

fliegende Brücke oder Pont: Fähre / Logis (franz.): Nachtquartier, Unterkunft; Bleibe / Kreisphysikus: Kreisarzt / Lenné, Peter Joseph (1789 – 1866): der Gartengestalter und Generaldirektor der königlich preußischen Gärten / Heinrich II. (973 – 1024): deutscher Kaiser, der von 1002 – 24 regierte, 1007 das Bistum Bamberg stiftete und 1146 heiliggesprochen wurde (Tag: 15.7.) / truchsessische Händel (Truchsessischer oder Kölnischer Krieg): ein Krieg, der 1582 durch den Übertritt des Kölner Erzbischofs und Kurfürsten Gebhard II. (1577 – 83), Truchseß von Waldburg, zum Protestantismus und dessen Heirat mit Gräfin Agnes von Mansfeld ausgelöst wurde. Seiner am 1.4.1583 erfolgten Exkommunikation und Entsetzung versuchte er sich vergebens zu widersetzen.

Rheinischer Schweinebraten

Zutaten: 750 g Schweinebraten, Senf, 1 Zitrone, Fett zum Braten, Milch, Salz, Pfeffer, 1 Lorbeerblatt, 7 Pfefferkörner, 10 Wacholderbeeren, Zucker, Mehl.

Zubereitung: Den Schweinebraten mit Senf bestreichen, mit Zitrone beträufeln und einige Stunden lang durchziehen lassen. In heißem Fett den Schweinebraten anbräunen, Milch und etwas Wasser zugeben. Mit Salz und Pfeffer, dem Lorbeerblatt, Pfefferkörnern, Wacholderbeeren würzen. Eventuell noch etwas Wasser zugeben und den Braten gar schmoren lassen. Soße mit Zucker abschmecken, wenn nötig, mit Mehl binden. Dazu Kartoffelknödel servieren.

Die ehemalige Abtei Heisterbach

Am längsten aber weilt das Auge auf dem mit wunderherrlichen Reizen geschmückten Tal von Heisterbach, wo im sicheren Schoß des Gebirges die alte Klosterruine ruht, deren herrlicher Chor dem Wanderer noch heute verkündet, welch ein Prachtbau einst hier gestanden, umgeben vom mächtigen Petersberg, dem Nonnenstromberg und Stenzelberg, welche durch niedrigere Höhen verbunden sind.

Es ist ein mühsamer Weg da hinab, wo das Tal den bezeichnenden Namen des „Heisterbacher Mantels" trägt; aber die Mühe wird reichlich belohnt; denn das Tieftal ist wunderbar heimlich und still, frisch und duftig. Alte, prachtvolle Baumgruppen beschatten die klaren Fischweiher, deren stumme Bewohner einst die frommen Mönche an den Entsagungs- oder Fasttagen labten und das Fastengebot bei Tafeln, die mit edlen, schmackhaften Fischen reichlich besetzt waren, erträglich machten, ja selbst preisen lehrten. Und wenn man es verstand, wie in Eberbach im Rheingau, Schinken, Schöpsen- und Kälberschlegel als besondere Arten von Fischen aus den Weihern zu angeln, dann verloren vollends die Fasttage ihr Bitteres und wurden zu Festtagen. Bewaldete Höhen rahmen das schöne Tal ein und umhüllen es wie mit einem Mantel; daher stammt auch die Bezeichnung „Heisterbacher Mantel".

Den einstigen Umfang des Klosters kann man noch wahrnehmen, und als heilige Torhüter stehen die Bildsäulen der beiden berühmten Ordensstifter: Benedikts, des heiligen Abtes von Nursia, und Bernhards, der das öde Bergtal zu einem clara vallis oder Clairvaux machte; allein nicht die Nutzgebäude des ehemaligen Klosters können die Blicke fesseln, sie haben einen anderen Anziehungspunkt, nämlich die Chornische der Kirche, die noch von diesem herrlichen Gebäude übrig ist. Sie ist aber auch ein Juwel romanischer Baukunst und scheint von der Barbarei unserer Tage bewahrt zu sein, bloß um desto schmerzlicher beklagen zu lassen, daß das herrliche Gebäude mit seinen schönen Formen zertrümmert wurde, um dem stagnierenden Wasser eines Kanals zu Neuß die Fassung zu geben und die doch kaum nutzbaren Festungsbauten Kölns zu fördern. Wenn ich das Jahr 1806 als den Zeitpunkt dieses Wandalismus bezeichne, so habe ich zugleich auf die ruchlosen Hände hingedeutet, die um 1689 und seit dem Anfang des neunzehnten Jahrhunderts so manches schöne mittelalterliche Bauwerk in Trümmer legten oder ganz vernichteten.

Die Geschichte berichtet, daß im Jahre 1202 der Bau des Klosters vom zweiten Abt des Konvents, Gewardus, begonnen worden sei. Es wurde der Heiligen Jungfrau Maria geweiht und fand große Teilnahme und milde Hände und Herzen unter dem hohen und niedern Adel des Landes, dem denn auch das Kloster bereitwillig die letzte Ruhestätte in seiner prachtvollen Kirche dafür gewährte.

Erst im Jahre 1233 war der Bau äußerlich vollendet mit allen seinen Neben-, Wohn- und Nutzgebäuden. Die Kirche wurde in diesem Jahre samt dem Hauptaltar durch den Bischof Konrad von Osnabrück eingeweiht; allein es ist eine seltsame Tatsache, daß schon im Jahre 1227 sechzehn Altäre geweiht worden waren, zu denen samt dem Hauptaltar 1233 noch ein siebzehnter Nebenaltar hinzukam.

Das waren meist von hohen Familien gestiftete und begabte Altäre in jenen Tagen, und es steht der unbezweifelte Schluß fest, daß die Kirche nicht nur groß und prachtvoll, sondern auch von Gönnern reichlich bedacht war.

Mit dem Ansehen und dem Geruch der Heiligkeit des Lebens in den geweihten Mauern wuchs das Grundvermögen des Klosters. Ackergüter, Höfe und Weinberge wurden sein Eigentum in nah und fern.

Die Benediktinermönche dienten ebenso wie dem Berufe der Gottesverehrung auch den Wissenschaften in jener wilden Zeit, und wir müssen ihnen Dank zollen für die Schätze, welche sie unter wirren Stürmen und im vollen Dunkel jener Tage uns erhalten haben.

In diesem doppelt heiligen Dienste standen auch Heisterbachs Mönche mit ausharrender Treue. Die Äbte haben im Laufe der Zeit eine reiche und kostbare Büchersammlung zusammengebracht, sie abgeschrieben und sie treulich bewahrt, aber auch fleißig studiert.

Unter wechselnden, oft trüben Geschicken gingen die Jahrhunderte über der uralten Abtei weg, und sie freute sich ihres Bestandes. Daß dazu die einsame Lage beitrug, ist außer Zweifel. Während an den Ufern des Rheines der wilde Schwertkampf ins Flußtal hallte, brach er seine Sturm-

wellen an den mächtigen Bergen, die ihren schützenden „Mantel" um die Abtei breiteten und lange Zeit zerstörende Wirkungen zurückhielten, bis die Zeit der Reformation auch ihr nach innen und außen verhängnisvoll wurde wie ihren Schwestern in anderen Gauen.

Besonders waren die „Truchsessischen Händel" für sie nachteilig; denn im Jahre 1588 drang ein Haufen truchsessischer Landsknechte in dieses stille Tal und ließ seine zügellose Wildheit an der Zufluchtsstätte des Friedens aus, raubend, plündernd und schwelgend.

Nachdem die Landsknechte die Abtei ausgeplündert und in ihren Kellern sich heillos berauscht hatten, legten sie Feuer an die Gebäude. Die ohnehin schwer mißhandelten Mönche waren ins Gebirg' entflohen, und als sie endlich zurückzukehren wagten, standen schwarze Trümmer um das erhabene Gotteshaus, welches allein dem entfesselten Element getrotzt hatte, wenn auch sein Dachwerk schwer beschädigt war. Mit Hilfe der Wohltäter wurde dies bald wiederhergestellt.

Jene Tage waren aber nicht dazu angetan, die heiligen Mauern des Klosters und seiner Nutzgebäude wieder aufzurichten. Erst nahezu zehn Jahre später sah man sie wieder emporwachsen unter den geschäftigen Händen der Maurer und Steinmetzen.

Die Seele des Wiederaufbaus war der eifrige Abt Johannes Buschmann, aus der Stadt Düren stammend. Woher Buschmann das Geld, und es war wahrlich keine unbedeutende Summe, zu dem Werk genommen, habe ich nicht ausfindig machen können, aber es war da, und die Bauten wurden tüchtig und umfangreich ausgeführt und widerstanden, wie auch der Konvent, den kriegerischen Stürmen der späteren Zeit, namentlich des Dreißigjährigen Krieges. Er ging ziemlich schonend an den Hallen des stillen Klosters vorüber, obgleich es an sogenannten Brandschatzungen nicht fehlte und die Mönche mehr denn einmal ins Gebirge fliehen mußten.

Im Kloster selbst scheint ein gutgeordneter Haushalt geherrscht zu haben; denn jene Erfahrungen, wie man sie anderwärts machte, daß nämlich die Klöster durch die Ausschweifungen der Mönche bis auf die Neige ihres Vermögens erschöpft wurden, kamen so recht hier nicht vor. Auch jener Brand sowie der spätere Aufbau durch den Abt Buschmann und die Erpressungen, welche die Abtei im Dreißigjährigen Krieg erlitten, vermochten nicht, sie an den Rand des Abgrundes zu bringen; ja selbst als ihr 1802 das Todesurteil gesprochen worden war und der Menschen frevelnde Hand die Mauern niederriß, besaß die Klosterkirche noch Schätze der Kunst, die heute noch das Auge des Besuchers erfreuen.

W. O. von Horn

Schöps: Hammel / Benedikt von Nursia (480 – 547): Verfasser der berühmten „Regula Benedicti" (Benediktinerregel) und Begründer des gleichnamigen Ordens; Tag: 21.3. / Bernhard von Clairvaux (1091 – 1153): der Gründer des Klosters von Clairvaux (1115) und Begründer des Zisterzienserordens; 1174 heiliggesprochen (Tag: 20.8.); das Zisterzienserkloster Heisterbach wurde zunächst 1189 als Filiale von Clairvaux auf dem Petersberg gegründet, später aber (1193) – entsprechend den Baugewohnheiten der Zisterzienser – ins Heisterbacher Tal verlegt.

Der Mönch zu Heisterbach

Ein junger Mönch im Kloster Heisterbach
Lustwandelt an des Gartens fernstem Ort;
Der Ewigkeit sinnt tief und still er nach
Und forscht dabei in Gottes heil'gem Wort.

Er liest, was Petrus der Apostel sprach:
Dem Herren ist ein Tag wie tausend Jahr',
Und tausend Jahre sind ihm wie ein Tag;
Doch wie er sinnt, es wird ihm nimmer klar.

Und er verliert sich zweifelnd in den Wald:
Was um ihn vorgeht, hört und sieht er nicht;
Erst wie die fromme Vesperglocke schallt,
Gemahnt es ihn der ernsten Klosterpflicht.

Im Lauf erreichet er den Garten schnell;
Ein Unbekannter öffnet ihm das Tor.
Er stutzt – doch sieh, schon ist die Kirche hell
Und draus ertönt der Brüder heil'ger Chor.

Nach seinem Stuhle eilend tritt er ein,
Doch wunderbar, ein andrer sitzet dort;
Er überblickt der Mönche lange Reihn:
Nur Unbekannte findet er am Ort.

Der Staunende wird angestaunt ringsum,
Man fragt nach Namen, fragt nach dem Begehr;
Er sagt's, da murmelt man durchs Heiligtum:
„Dreihundert Jahre hieß so niemand mehr.

Der letzte dieses Namens", tönt es laut,
„Er war ein Zweifler und verschwand im Wald,
Man hat den Namen keinem mehr vertraut."
Er hört das Wort, es überläuft ihn kalt.

Er nennet nun den Abt und nennt das Jahr;
Man nimmt das alte Klosterbuch zur Hand,
Da wird ein großes Gotteswunder klar:
Er ist's, der drei Jahrhunderte verschwand.

Der Schrecken lähmt ihn, plötzlich graut sein Haar,
Er sinkt dahin, ihn tötet dieses Leid,
Und sterbend mahnt er seiner Brüder Schar:
„Gott ist erhaben über Ort und Zeit.

Was Er verhüllt, macht nur ein Wunder klar,
Drum grübelt nicht, denkt meinem Schicksal nach:
Ich weiß, ihm ist ein Tag wie tausend Jahr',
Und tausend Jahre sind ihm wie ein Tag."

Wolfgang Müller

Nacht am Rheine

Es waren drei lust'ge Gesellen,
Drei frohe Gesellen am Rhein;
Die liebten nichts mehr als den hellen,
Den funkelnden, perlenden Wein.

Am Strande „Zur goldenen Traube"
Erklangen drei Gläser zumal,
Als leis' durch die grünende Laube
Des Mondes Geflimmer sich stahl.

Da stieg aus den Perlen des Weines,
Da stieg aus den Tiefen der Well'n
Die seltsame Schöne des Rheines,
Zu grüßen die lust'gen Gesell'n.

Die Berge, die herrlichen Sieben,
Sie sahen in die Wolken hinein,
Ein Schifflein kam leise getrieben,
Es wogte und rauschte der Rhein.

Die lust'gen Gesellen vergaßen
Im Glase den perlenden Wein.
Sie träumten, und schweigend sie saßen
Und sahn in die Weite hinein.

Das Schifflein, es reiste vorüber;
Ein Lichtstreif bezeichnet die Spur,
Es wogte der Nebel darüber,
Die Wellen, sie murmelten nur.

Da klangen die Gläser, die hellen,
Voll perlenden, funkelnden Weins.
Es tranken die lust'gen Gesellen
Der ewigen Schöne des Rheins.

Carl Siebel

Bad Godesberg

Ein eigener Zauber scheint indessen auf den Aufenthalt in Godesberg einzuwirken: man kommt hin, um vielleicht vierzehn Tage lang sich der schönen Gegend mit Muße und Bequemlichkeit zu erfreuen, und bleibt länger und immer länger, ohne selbst recht zu begreifen, was uns denn hier so fesselt. Godesberg ist eigentlich nichts weiter als ein sehr bequemer und gemütlicher Sommeraufenthalt, auch benutzen viele Familien aus benachbarten Städten, aus Krefeld, Düsseldorf, Elberfeld, es wochen- und monatelang als solchen, die dann freilich sehr zusammenhalten und gewissermaßen einen Staat im Staate bilden. Aber auch an Fremden aus entfernteren Gegenden Deutschlands fehlt es nicht, nicht an Holländern, Brabantern, vor allem nicht an Engländern; denn wo träfe man die jetzt nicht an! Den Morgen bringt man nach eigener Wahl in völlig ungestörter Freiheit

zu; nach ein Uhr versammeln sich die Gäste des Hauses nebst den eben aus der Umgegend hinzukommenden Besuchern um die sehr reichlich und gut besetzte Mittagstafel; wer sich geneigt fühlt, Bekanntschaften anzuknüpfen, läßt seine Tasse Kaffee nach Tische sich vor die Haustür tragen, wo der größte Teil der Gesellschaft sich dann versammelt; wer still vor sich hin leben will, trinkt ihn in seinem Zimmer oder in einer entfernten Laube des hinter dem Hause gelegenen Gartens. Bei bösem Wetter tritt ein artiger Salon, welchen die Gesellschaft gemeinschaftlich benutzt, an die Stelle des Platzes vor der Haustür; man sitzt beisammen, man schwatzt von diesem und jenem, beobachtet die fortwährend herbeirollenden Wagen und wird oft durch die unerwartete Ankunft lieber Freunde und Bekannter aus Bonn und der übrigen Nachbarschaft angenehm überrascht. Sind die heißen Nachmittagsstunden überstanden, so geht oder fährt man spazieren, allein oder in Gesellschaft, wie man will; zuweilen werden auch gemeinschaftliche größere Landpartien in die herrliche Umgegend oder zum Ersteigen irgendeines Berges im Siebengebirge verabredet und ausgeführt. So vergeht in unbeschreiblicher Ruhe, im seligsten far niente ein Tag nach dem andern, und man erstaunt über die Zahl derselben, wenn man sie endlich zusammenrechnet. Aber gerade diese Einförmigkeit des Lebens, diese unbegrenzte Freiheit, nach eigenem Gefallen, unbemerkt und unbeobachtet seine Zeit hinbringen zu können, gibt dem Aufenthalt in Godesberg diesen, bei aller Schönheit der Gegend doch kaum zu erklärenden Reiz.

Das Godesberg, von dem hier die Rede ist, besteht nur aus einer Reihe von Gebäuden, die die Landleute in der Umgegend die weißen Häuser nennen und die sich am Fuße schöner, mit Bäumen, Gebüsch, Reben und

Gärten bedeckter Hügel längs einer großen breiten Terrasse hinstrecken. Da sie etwas hoch liegen, so nehmen diese Gebäude, von der in einiger Entfernung vorüberführenden Chaussee aus gesehen, sich recht stattlich aus. Das eigentliche, recht große und hübsche Dorf Godesberg, durch welches die große Straße von Köln nach Mainz geht, liegt von diesen Häusern abgesondert seitwärts, einige hundert Schritte von denselben entfernt. Kein Fahrweg führt an den weißen Häusern vorbei, und dieses ist, des Staubes wegen, keine ihrer geringsten Annehmlichkeiten; um zu ihnen zu gelangen, muß man gleich hinter dem Dorf von der Chaussee ab, in eine mit schattigen Obstbäumen besetzte Allee einbiegen, die auf die vor ihnen liegende Terrasse führt.

Die ganze Reihe dieser Gebäude besteht nur aus zwei am Anfange und am Ende derselben liegenden, ziemlich ansehnlichen Gasthöfen, zwei oder drei recht artigen Landhäusern, die im Sommer von den Eigentümern derselben bewohnt werden, und einer seitwärts nach dem Dorfe zu erbauten, recht stattlichen Villa. Fast alle diese Gebäude verdanken ihre Entstehung dem letzten, Pracht und Eleganz liebenden Kurfürsten. Die beiden, welche jetzt zu Gasthöfen umgewandelt sind, pflegte er mit seinem Hofstaat während seines Sommeraufenthalts in Godesberg, das er sehr liebte, selbst zu bewohnen; späterhin schenkte er sie zwei alten Dienern, um sie zu ihrem jetzigen Zwecke zu benutzen und auf diese Weise nicht nur durch ein hinlängliches Auskommen vieljährige treue Dienste zu belohnen, sondern auch dem größeren Publikum einen angenehmen Erholungsort zu verschaffen. Eines der Landhäuser, die jetzt Privateigentum sind, war zu Zeiten des Kurfürsten ein kleines Theater; die größere, wirklich sehr elegante Villa aber war zu Festen und Bällen eingerichtet und wurde damals die Redoute genannt.

Unbeschreiblich anmutig ist die Gegend ringsumher; wohin das Auge sich wendet, überschaut es ein fruchtbar angebautes, herrliches Land, prangend im höchsten Reiz der üppigsten Vegetation. Die ganze Gegend zwischen Honnef und Plittersdorf, mit allen zwischen beiden liegenden Ortschaften, bildet das köstlichste Panorama. Der Rhein fließt zu tief, um von Godesberg aus gesehen zu werden, man glaubt eine ununterbrochene, sanft abhängige Ebene vor sich zu haben, durch welche in einiger Entfernung die stets belebte große Heerstraße sich hindurchwindet, und nur der vom Dampfschiff aufsteigende Rauch oder das hochstehende Segel eines Schiffes verrät zuweilen das Dasein des ungesehen sie unterbrechenden Stromes.

Das Land um Godesberg bringt seinem Besitzer gewöhnlich zwei Ernten in einem Jahr, zuweilen auch drei, je nachdem es bebaut wird; den Erbsen folgen unmittelbar Kohlpflanzen und ähnliche Küchengewächse, und kaum ist der Roggen in die Scheuer gebracht, so wird das Stoppelfeld umgepflügt und mit Rüben besät. So geht es immerfort im ewigen Kreislauf. Die allernährende Erde hört nie auf, den Fleiß dieser arbeitsamen Menschen mit ihrem reichsten Segen zu belohnen; vom Februar bis tief in den November hinein grünen Feld und Garten und bringen Früchte, nirgends ein sichtbarer Stillstand in dem wohltätigen Walten der Natur.

Wiesen sieht man selten, dazu ist der Boden zu kostbar, aber desto mehr üppig gedeihende Kleefelder, deren Duft nebst dem der blühenden Bohnenfelder sich im Juni mit dem der blühenden Reben vereint und das ganze Land mit berauschendem Wohlgeruch erfüllt.

Johanna Schopenhauer

far niente (ital.): Nichtstun / der letzte Kurfürst: der Kölner Kurfürst Max Franz (1784–94)

Der Liebesapfel

Ich ging mal über einen Bungert,
Da hing ein Apfel –
Valdera kompinnen! –
Da hing ein Apfel blank wie Gold.

Ich pflückt' ihn ab, da war er mein,
Ich schloß ihn in mein –
Valdera kompinnen! –
Ich schloß ihn in mein goldnes Schrein.

Als ich das goldne Schrein aufschloß,
Da lag der Apfel –
Valdera kompinnen! –
Da lag der Apfel blank wie Gold.

Ich schnitt ihn in der Mitt' von ein,
Die Kerne sprungen –
Valdera kompinnen! –
Die Kerne sprungen weit und breit.

Sie sprungen vor Herzliebchens Tür,
Da ging ein Abends –
Valdera kompinnen! –
Da ging ein Abendstänzchen herfür.

„Ach Mutter, laß mich mit drauf gahn,
Ich haben meine Abends-
Valdera kompinnen! –
Ich haben meine Abendsarbeit getan."

„Ach Tochter, das en sollst du nicht tun.
Die jungen Buben –
Valdera kompinnen! –
Die jungen Buben halt an dich da.“

„Ach Mutter, das en tun sie nicht,
Die jungen Buben –
Valdera kompinnen! –
Die jungen Buben halten mich nicht.“

Bungert, Bomgart, Bongert: Baum-, Obstgarten / von ein: voneinander / en: nicht

Die Quellen in Bad Godesberg

Neben diesen Merkwürdigkeiten und der nie alternden schönen Aussicht hat Godesberg eine Heilquelle. Diese liegt wenige Minuten von dem Dorf entfernt am Ausgang eines Tales, das zu dem vormaligen Kloster Marienforst führt. Die Einwohner des Dorfes Godesberg und ihre Nachbarn haben immer viel auf den sogenannten Draitsch gehalten, und seit undenklichen Jahren wurde das Wasser in der Gegend getrunken. Seine Heilkraft wurde von den Landleuten sehr gerühmt, und kein Hirt unterließ, wenn es nur irgend möglich war, die Herde an die Quelle zu treiben, um sie durch das Wasser gegen Seuchen zu schützen. – In der Mitte des achtzehnten Jahrhunderts zog der Brunnen die Aufmerksamkeit des großen Kurfürsten Clemens August auf sich. Er ließ Sachverständige von Spa zur Untersuchung der Quellen kommen und den Brunnen mit einer hölzernen Einfassung versehen. Mehr noch tat im Jahr 1789 der Kurfürst Max Franz. Auf seinen Befehl wurden die fünf Quellen süßen Wassers, die mit dem Heilbrunnen in einem Behälter gefaßt waren, abgeleitet, dem nahen Bach ein anderer Lauf gegeben, der Brunnen mit einer steinernen Umfassung umgeben und das Wasser chemisch untersucht. Die Grundstücke um den Brunnen kaufte der Kurfürst auf, ließ Spaziergänge anlegen und Alleen pflanzen.

Im Jahr 1790 verlieh man den Brunnen an eine Gesellschaft reicher Unternehmer, die nun im Angesicht des Siebengebirges, wenige Minuten von der Landstraße entfernt, den schönen Redoutensaal anlegten. Zu noch größerer Bequemlichkeit der Kurgäste kaufte der Kurfürst in derselben Richtung noch mehrere Ländereien, baute selbst ein großes Haus (den jetzigen Gasthof der Witwe Blinzler) und verschenkte die übrigen Grundstücke mit der Bedingung, daß darauf Häuser nach dem vorgezeichneten Plan aufgebaut und zu Wohnungen für Kurgäste eingerichtet werden sollten. Auch wurden noch Prämien von einigen Tausend Gulden für diejenigen ausgesetzt, welche ihre Gebäude zuerst vollendet haben würden. So entstand eine Reihe schöner Gebäude, unter welchen sich zwei vortreffliche Gasthöfe auszeichnen, worin sich bequem eingerichtete Badehäuser befinden. Der Redoutensaal ist jetzt das Eigentum eines Privatmannes. Eine Spielbank in Godesberg zu halten, ist aber seit Errichtung der Rheinuniversität untersagt, was dem Ort nicht wenig Schaden bringt.

Mit diesen Gebäuden ist der Brunnen durch eine doppelte Allee von herrlichen Platanen und Pappeln verbunden. Auf einem künstlich aufgeworfenen Hügel im Hintergrund des Brunnens zieht sich eine Menge Lauben um das Brunnenbecken herum, in dem zur Seite stehenden Brunnenhaus werden Erfrischungen gereicht. Das Brunnenbecken liegt ziemlich tief, ist von Terrassen umgeben, mit schön behauenen Steinen eingefaßt und oben mit einer hoch aufgemauerten zierlichen Nische bedeckt. Vierzehn kleine Quellen sind es, die sich hier vereinigen und vom Grunde her das Becken füllen; im oberen Teil finden sie ihren Abfluß. Der Ablauf wurde durch die Erde mit Röhren in den Rhein geleitet.

Das Wasser springt sprudelnd und heftig aus den Bergspalten, wirft aber sehr viele kleine Bläschen in die Höhe, ist ganz klar und ohne Geruch, von Geschmack säuerlich, stechend, prickelnd wie Champagner und Eisensaft.

Das Hochkreuz zwischen Bonn und Bad Godesberg

Reisegesellschaft auf einem Rheindampfer

Besonders wirksam will man das Godesberger Wasser zur Stärkung erschlaffter Teile, ferner gegen Steinschmerzen, Krebsschäden, langwierige Wechselfieber, Bleichsucht, Skorbut und verschiedene Frauenzimmerkrankheiten gefunden haben.

Friedrich E. von Mering

Spa: belgischer Badeort in der Provinz Lüttich / Skorbut: Krankheit durch Vitaminmangel

Rheinschiffahrt anno 1840

Der Reisende, der den Fluß hinanfährt, sieht ihn sozusagen sich entgegenkommen und genießt so das schönste Schauspiel. In jedem Augenblick begegnet uns etwas: bald ein schmaler, spitziger Nachen, schrecklich auf den Wellen tanzend, dergestalt ist er mit Bauern angefüllt, besonders wenn es Sonntag ist, wo diese guten katholischen, von den Hugenotten beherrschten Uferanwohner oft sehr weit ihre Messe suchen müssen; bald ein bewim-

Eine Nachenstation

peltes Dampfschiff; bald ein langes Fahrzeug mit zwei dreieckigen Segeln, das den Rhein mit seiner Fracht, die unter dem großen Mast aufgetürmt liegt, herabschwimmt, mit seinem aufmerksamen und ernsten Steuermann, mit seinen geschäftigen Matrosen, mit einer Frau vor der Kajüte sitzend und mit der Lade der Schiffsleute, die sich inmitten der Warenballen befindet und die rot, grün und blau angestrichen ist. Oder es sind lange Schleppfahrten, die schwere Schiffe langsam gegen den Strom ziehen, oder ein einzelnes mutiges Pferd, das einen großen Verdecknachen wie eine Ameise einen toten Käfer fortzieht.

Im gegenwärtigen Augenblick befahren fünfundzwanzig Dampfschiffe täglich den Rhein. Die neunzehn Schiffe der Kölner Gesellschaft, an ihren schwarzen Schornsteinen kenntlich, gehen von Straßburg bis Düsseldorf; die sechs Dampfschiffe der Düsseldorfer Gesellschaft mit schwarz-weißen Schornsteinen fahren von Mainz bis Rotterdam. Diese große Schiffahrt knüpft sich an die Schweiz durch das Dampfschiff von Straßburg nach Basel und an England durch die „steamboats“ zwischen Rotterdam und London.

Die alte rheinische Schiffahrt, die in den Segelschiffen fortlebt, bildet zu der neuen Schiffahrt, die durch die Dampfschiffe repräsentiert wird, einen starken Gegensatz. Die Dampfschiffe, kokett, lachend, elegant, bequem, rasch, bewimpelt und beflaggt mit den Farben von zehn Nationen wie z. B. England, Preußen, Nassau, Hessen, Baden, Holland etc., sind alle nach Städten oder Fürsten benannt: Ludwig II., Großherzog von Hessen; Königin Viktoria; Herzog von Nassau; Prinzessin Marianne; Großherzog von Baden; Stadt Mannheim; Stadt Koblenz. Die Segelschiffe ziehen langsam dahin und tragen ernste und milde Namen am Bug: Pius, Kolumbus, Amor, Sancta Maria, Gratia Dei. Die Dampfschiffe sind gefirnißt und vergoldet, die Segelschiffe dagegen nur geteert. Das Dampfschiff ist eine Spekulation, das Segelschiff erinnert noch an die alte, mühselige und gläubige Schiffahrt. Das eine fährt dahin und läßt eine Aufforderung, das andere ein Gebet ergehen. Das erstere zählt auf den Menschen, das letztere auf Gott.

Dieser lebendige und schlagende Gegensatz kreuzt und begegnet sich zu jeder Stunde auf dem Rhein.

In diesem Gegensatz atmet mit seltener Wirklichkeitskraft das doppelte Antlitz unserer Zeit, die die Tochter einer religiösen Vergangenheit ist und sich zur Mutter einer industriellen Zukunft berufen glaubt.

Victor Hugo

Auf dem Kahn

Auf dem schlanken Kahne fuhren
Lustig wir hinab den Rhein:
Tal und Berg und Burg erglänzten
Blau im duft'gen Morgenschein.

An den Ufern Türm' und Städte,
Blitzend schien die Sonne drauf,
Bunte, sonntagsfrohe Menschen
Grüßten jauchzend unsern Lauf.

Auf dem Decke klangen Lieder,
Jubelnd kreiste der Pokal;
Leicht dem Augenblick ergeben,
Dachte keiner seiner Qual.

Alle hatten sich gefunden
In dem süßen frohen Spiel;
Auf der Fluten Strömung lauschend,
Stand ich einsam an dem Kiel.

Wolken, Vögel sah ich fliegen
Durch des Himmels blaue Pracht,
Und ich hab' in weicher Sehnsucht
Deiner, fernes Lieb, gedacht!

Wolfgang Müller

Bonn

Bonn nimmt sich schon von fern sehr heiter, sogar prächtig aus; noch schöner aber ist der Anblick der Stadt, wenn man auf dem Rhein zu ihr heranschwimmt; eine Menge kleiner Fahrzeuge und Nachen füllen den kleinen Hafen; diese und die zwischen beiden Ufern hin und her gehende fliegende Brücke bringen nie stockendes Leben und Bewegung in eine der schönsten Landschaften.

Keine Universitätsstadt in Deutschland, Heidelberg ausgenommen, läßt sich hinsichtlich des milden Klimas, der unbeschreiblich reizenden Lage und der Art, wie die Stadt gleich beim Eintritt sich dem Auge darstellt, mit Bonn vergleichen. Die schöne Fassade des Universitätsgebäudes, ehemals das kurfürstliche Residenzschloß, breitet am Ufer des Stromes recht imposant sich aus; über die Giebel der Häuser blicken die gotischen Türme des ehrwürdigen Münsters hervor; die Stadt selbst liegt wie in einem Garten. Hinter der Stadt erhebt sich der Kreuzberg mit der seine Scheitel krönenden Kirche, die ehemals zu einem Servitenkloster gehörte, das aber in neuerer Zeit abgebrochen worden ist. Am Fuße des Kreuzberges sieht

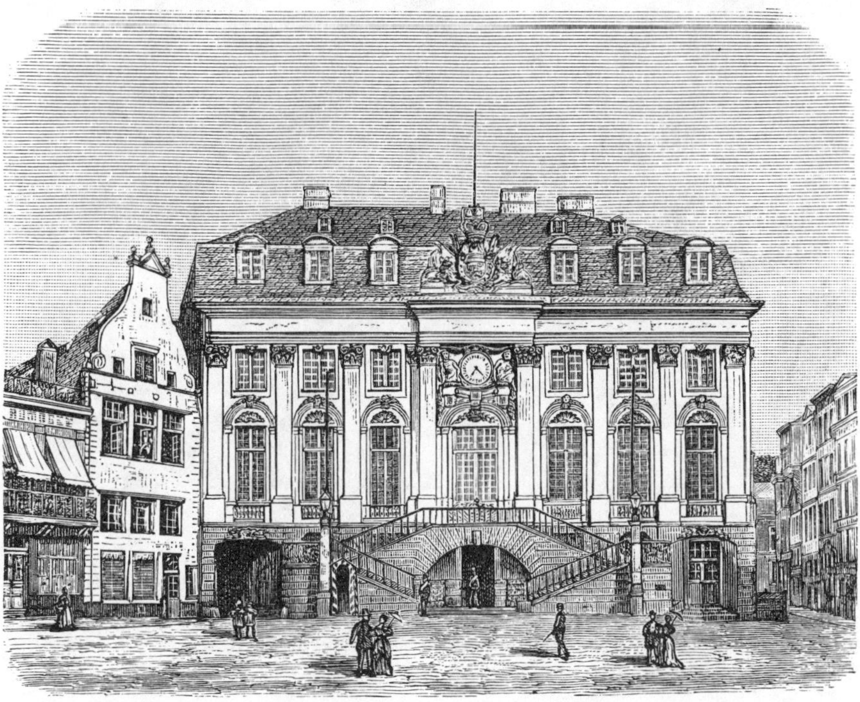

Das Rathaus am Marktplatz

Das Münster

man das Schloß Poppelsdorf; und den Hintergrund zu all dem bildet eine Reihe grüner, zum Teil waldbewachsener Hügel, die das Vorgebirge genannt werden.

Vom Schloßgarten führt eine Allee von alten, hohen Kastanienbäumen nach dem nur eine Viertelstunde von Bonn entfernten Poppelsdorf. Das ehemalige kurfürstliche Lustschloß daselbst ist jetzt der Naturwissenschaft geweiht; die in dieses Fach einschlagenden Sammlungen nebst der dazugehörigen Bibliothek, die mit jedem Jahr an Reichhaltigkeit gewinnen, sind in demselben aufgestellt; der dazugehörige Park ist zu einem der bedeutendsten botanischen Gärten in Deutschland umgewandelt, ohne die Schönheit der ursprünglichen Anlage desselben zu zerstören. Alles wächst und blüht und gedeiht hier unter kunstverständiger Pflege, die Pflanzen weit entfernter Länder ebenso wie die einheimischen, und man wandelt unter ihren Schatten, von ihrem Aroma umduftet, wie in einer neuen fremden Welt.

Nicht nur Bonns schöne Lage, auch die der Universität geschenkten weiten, grandiosen Räume des Residenzschlosses gewähren derselben einen wirklich beneidenswerten Vorzug.

Alles ist in diesem Schlosse vereint: die Hörsäle, das Klinikum, das zahllose Leidende mit dankbarem Gemüte geheilt verlassen; die reichhaltige Bibliothek; das Museum, in welchem die in den Rheingegenden ausgegrabenen römischen Altertümer aufbewahrt werden; eine schöne Sammlung von Gipsabgüssen nach der Antike und vieles andere noch, wovon ich nur die al fresco gemalte Aula, als einen vorzüglichen Schmuck dieses reichen Gebäudes, anführen will.

Die Stadt Bonn ist übrigens nicht groß, aber sehr volkreich, sehr freundlich und heiter. Im ältesten Teil derselben, nahe am Rhein, wo meistens Schiffer, Fischer und Handwerker wohnen, gibt es freilich einige Gassen und Gäßchen, in denen kaum zwei Personen einander ausweichen können, ohne sich zu berühren; aber im besseren Teil der Stadt sind die meisten Straßen bei weitem nicht so eng und düster, wie man sie in anderen Städten gewöhnlich antrifft. Drei oder vier große Plätze mitten in der Stadt erheitern diese und tragen zugleich zur Reinigung der Luft bei.

Bonn vergrößert und verschönert sich mit jedem Jahr, die ständig zunehmende Bevölkerung macht das Bedürfnis nach größeren und neueren Wohngebäuden fühlbar; es wird viel gebaut an bisher unbebaut gebliebenen Stätten, und einer besonders dazu angestellten, aus unterrichteten und sachkundigen Männern bestehenden Kommission ist es übertragen, darüber zu wachen, daß die Stadt durch diese neuen Gebäude nicht nur an Raum, sondern auch an Schönheit gewinne.

Johanna Schopenhauer

fliegende Brücke: Fähre / al fresco gemalt: Freskomalerei; eine Wandmalerei auf frisch aufgetragenen, noch feuchten Putz, mit dem sich die Farben unlöslich verbinden

Die Siebenschläfer

Et wore drei Sivveschlöfer,
De schleefe sivve Johr.

We de sivve Johr herömm senn,
Do waach den enen op,

Onn rihv sich ens de Ogen
Onn sähd: „Et bröllt enen Ohs."

Onn als hä dat gesaat hatt',
Streck' hä sich widder hin,

Onn schleef met dä zwei andre
Obe neues sivve Johr.

We de sivve Johr herömm senn,
Do waach den andern op,

Onn rihv sich ens de Ogen
Onn sähd: „Et wor en Koh."

Onn als hä dat gesaat hatt',
Streck' hä sich widder hin,

On schleef mit dä zwei andre
Alt widder sivve Johr.

We de sivve Johr herömm senn,
Do waach den dretten op,

Onn rihv sich ens de Ogen
Onn sähd: „Wat Ohs, wat Koh?

Loht enen eckersch schlofe,
Mer kütt jo net derzo."

Dat woren de Sivveschlöfer;
Ich glöv', se schlofe noch.

Karl Simrock

Ludwig van Beethovens Ernennung zum Hoforganisten

Es war gegen Abend, als sie das Breuningsche Haus betraten, wo sie die Mutter mit ihren Kindern in gewohnter Weise im Familienzimmer versammelt trafen. Beethoven war voller Befangenheit, die sich aber bald legte, weil er das frühere herzliche Entgegenkommen fand. Stephan, der dem Ankömmling sofort die Hand zum Gruß geboten hatte, bemühte sich, ihm mit doppelter Freundlichkeit zu begegnen. Und so entflogen ihm denn alle Zweifel über die Böswilligkeit, die allerdings auch nur in seinem eigenen mißtrauischen Gemüte als ein nichtiges Gespensterbild entstanden war. Es wurde wieder geplaudert und gescherzt wie früher, man las sich schöne Stellen aus edlen Schriftstellern vor, und man hatte nun auch eben zu

musizieren angefangen. Beethoven saß am Klavier, um, den Bitten der Anwesenden folgend, eine freie Phantasie, wie er sie schon damals in überraschender Art vortrug, ertönen zu lassen; da trat der Graf von Waldstein rasch in die Tür und rief, nachdem er sich gegen Frau von Breuning verbeugt hatte: „Nur nichts Trauriges heute, ich bitte um etwas recht Fröhliches, denn ich bin sehr munter gestimmt."

„So geben Sie mir ein Thema", sprach Beethoven.

„Nun, dann variieren Sie mir Mozarts ‚Treibt der Champagner das Blut erst im Kreise'."

Ludwig griff in die Tasten und ließ die wilden bacchantischen Töne dieser Melodie des üppigsten Lebensrausches unendlich frisch und mutig erklingen. Als er fertig war, da wiederholte er sie in den kühnsten Variationen, so daß ein Meer von vollen, prächtigen Tönen durch den Raum auf und nieder wogte.

„Vortrefflich, vortrefflich, junger Meister", rief der Graf, als er geendet hatte. „Dafür sollen Sie aber auch eine Belohnung haben, die Ihnen, wie ich hoffe, Freude machen wird."

Und zugleich griff er in eine Seitentasche seines Rockes und zog einen großen Brief hervor, den er dem jungen Musiker überreichte.

Beethoven betrachtete das Papier. Die Adresse auf der einen Seite trug seinen Namen, auf der andern erblickte er ein mächtiges Siegel. Aber einen so großen Brief hatte er kaum je gesehen, geschweige denn erhalten. Er lächelte verlegen und wußte nicht, was er damit anfangen sollte.

„So öffnen Sie doch", ermunterte der Graf.

Der Musiker sah ihn von neuem ungläubig an. Fast vermutete er einen Scherz und wollte die Schrift zurückgeben.

„So lassen Sie die Frau Hofrätin öffnen", sprach der Deutschordensritter.

Zugleich nahm er den Brief und überreichte ihn Frau von Breuning.

„Soll ich?" fragte die Dame den Musiker.

„Tun Sie es", erwiderte dieser.

Sie erbrach nunmehr das Kuvert, indem sie sprach: „Das ist ja das kurfürstliche Siegel."

Dann entwickelte sie ein Blatt, unter dem gleichfalls ein großes Siegel stand, und las:

„Wir Maximilian Franz von Gottes Gnaden Kurfürst und Erzbischof von Köln p. p. ernennen durch diese Urkunde den Musiker Ludwig van Beethoven zu unserm Hoforganisten . . ."

Die Anwesenden sahen sich staunend an. Der Jüngling wußte nicht, wie ihm war. Es wurde ihm ganz taumelig im Haupte. Alle schwiegen.

„Ja, es ist so", rief der Graf, „ich bin erfreut, sagen zu dürfen, daß ich zu diesem Entschluß mitgeholfen habe."

Und dann nahm er das Blatt selbst in die Hand und las die ganze Urkunde, die wir hier in ihren herkömmlichen Formen nicht mitzuteilen brauchen, vor.

Darauf reichte er Beethoven die Hand, um ihm zu gratulieren. Dieser ergriff sie leidenschaftlich. Heiße Tränen stürzten aus seinen Augen. Er hatte in der Fülle seiner Gefühle bei den Glückwünschen der übrigen Anwesenden kein Wort. Er stand starr und stumm.

Plötzlich ergriff er das Papier und rief: „Dank, tausend Dank!" und stürzte, ohne seinen Hut zu nehmen, die Tür hinaus.

„Was mag er vorhaben?" fragte der Graf.

„Er hat wieder einen Raptus", lächelte die Hofrätin.

Rechte Seite: Gesamtansicht von Bonn (um 1870)

„Ohne Zweifel will er zu seiner Mutter", sprach Wegeler. „Er wird der armen guten Frau ihren Kummer durch die fröhliche Botschaft erleichtern wollen. Ich eile ihm nach", fügte er hinzu und nahm Beethovens Hut, der noch auf einem Stuhl lag.

„So bringen Sie ihn, wenn es möglich ist, nachher in den Zehrgarten", rief Waldstein dem Davoneilenden nach.

So sehr Wegeler sich auch beeilte, war er doch nicht imstande, den Flüchtling einzuholen. Er fand ihn erst in seiner Wohnung. Dort lag er an der Brust der Mutter, welcher er eben sein Glück mitgeteilt hatte.

Der armen Frau liefen die Tränen über die Wangen.

Wegeler konnte sich der Rührung nicht enthalten. Er blieb eine Weile ungesehen in der Tür stehen. Als Mutter und Sohn sich endlich beruhigten, trat er ein und erhielt auch seinen Dank, weil er Ludwig in das Breuningsche Hause eingeführt und ihn auf diese Weise mit dem Grafen Waldstein, seinem Wohltäter, bekannt gemacht hatte.

„Ich muß diese Anerkennung ablehnen", rief der Student, der eine muntere Stimmung hervorrufen wollte. „Unser Furioso verdankt seine Anstellung seinem Talent, das ihn hoffentlich noch zu anderen Würden und Ehren leiten wird. Aber hier", fuhr er, den Hut in die Höhe haltend, fort, „er hat seinen Hut zurückgelassen, den bringe ich eben. Es wundert mich, daß er nicht auch den Kopf verloren hat, den ich wohl nicht so leicht zurückgebracht hätte."

„Was liegt an dem Hut?" fiel Ludwig ein.

„An dem Hut liegt viel", scherzte der Student, „denn du mußt heute abend noch in Gesellschaft. Man kann wohl ohne Kopf, aber nie ohne Hut zu anständigen Leuten gehen."

„Ich bleibe bei meiner Mutter", rief der Sohn.

„Darüber soll Frau Beethoven entscheiden", wandte Wegeler ein. „Der Graf von Waldstein wünscht nämlich, daß ich ihn mit in den Zehrgarten bringe."

„Wenn der Graf es wünscht, so mußt du gehen", ermahnte ihn die Mutter.

Und so wurde es denn auch beschlossen. Die jungen Leute begaben sich nach einer Weile auf den Weg.

„Zum Zehrgarten" hieß in der damaligen Zeit und heißt noch jetzt eine auf dem Markt zu Bonn gelegene Schenke, die, wenn man vom Schlosse kommt, zur linken Hand steht und eine altertümliche Front mit einer Tür und drei Fenstern hat. Ist man eingetreten, so erstreckt sich rechts eine lange, schmale Stube, an die sich nach dem Hofe hin noch eine kleine anschließt. Beide standen voll von Tischen, an welchen sich die gebildeten Leute der Stadt abends bei einem Glase Wein zu versammeln pflegten.

Alle Stände waren hier gleichmäßig vertreten. Hier saßen die ersten Hofkavaliere und Beamte neben den Kaufleuten und Bürgern, und die Lehrer der Akademie neben den Musikern, die an der Kapelle, und neben den Sängern, die an der Bühne angestellt waren. Zugleich fehlte es nie an einer Schar von heiteren Geistlichen, die sich hinter ihrem Schoppen Bleichart, den man in ihrem Stande am Rhein für besonders zuträglich hält, vergnügten. Dabei gab es in diesem Hause stets Scherz, Heiterkeit, Lachen bei einem unbefangenen und anregenden Gespräch, das nie ausging und wozu die Wirtin, Frau Koch, die stets für einen guten Keller und eine schmackhafte Küche sorgte, sowie ihre allerliebste kleine Tochter Barbara, die die Gäste bedienen half, nicht wenig beitrugen. Überhaupt fand der einheimische und auswärtige Gast in dieser Schenke eine wahrhaft rheinische Musterwirtschaft.

Nach der Tür des Zehrgartens lenkten nun die beiden jungen Leute ihre Schritte. Ludwig machte große Augen, als er in die Gaststube trat, denn es war zum erstenmal, daß er ein Weinhaus besuchte. Auf der einen Seite fühlte er sich durch den Eintritt in den Raum den Jahren der Männlichkeit näher gerückt, auf der anderen Seite konnte er eine gewisse Scheu nicht bewältigen. Aber auch verschiedene Stammgäste machten große Augen, denn es wollte diesem und jenem nicht billig scheinen, daß ein so junger Bursche, der überdies von einem gerade nicht sehr angesehenen Vater abstammte, schon das Wirtshaus betrete. Da ihm aber der schon anwesende Graf von Waldstein entgegenging und ihn an seine Seite nahm, so verstummte sofort aller Tadel. Der Deutschordensritter führte den neuen Organisten an den Tisch, an dem die Mitglieder der Bühne und Kapelle saßen, ließ ihn dort mit Wegeler Platz nehmen und bestellte eine Flasche Champagner, indem er ihm zurief: „Treibt der Champagner das Blut erst im Kreise, dann gibt's ein Leben herrlich und schön."

Zu der Tafelrunde, in welcher sie sich befanden, gehörte Ries, der Kapellmeister, der Ludwig freundlich begrüßte, dann aber auch der Sänger Keller, der nebst einigen andern Musikern dem jungen Menschen keinen Blick gönnte, weil sie es ihrer künstlerischen Stellung nicht für angemessen erachteten, mit einem Grünling der Musik anzubinden. Außerdem hatten sie auch wohl vernommen, daß der Graf von Waldstein ihn beschütze, und fühlten deshalb einen kleinen Neid auf den bartlosen Knaben. Der Deutschordensritter bemerkte nicht ohne eine gewisse schelmische Freude das seltsame Gebaren dieser Jünger der edlen Frau Musika.

Als deshalb der Wein perlend in den hohen Spitzgläsern funkelte, sagte er zu den Herren: „Ich will Ihnen eine Neuigkeit mitteilen. Sie haben einen Kollegen erhalten, und ich denke, Sie trinken mit mir auf sein Wohl. Der neuangestellte Organist soll leben!"

Die Anwesenden beeilten sich, mit dem Liebling des Kurfürsten anzustoßen, indem die meisten den kleinen Beethoven wieder gründlich übersahen.

„Also wir haben einen neuen Organisten", fragte Ries. „Wer ist es?"

„Seine kurfürstliche Hoheit werden sicher einen gewiegten und würdigen Mann angestellt haben", bekräftigte Keller.

„Oh, das unterliegt keinem Zweifel", fügten einige andere hinzu.

„Darf man denn nach der Persönlichkeit fragen, Herr Graf?" forschte jetzt Keller.

„Hier sehen Sie ihn", sprach Waldstein, „es ist Ludwig van Beethoven."

Man konnte nicht leicht einen verschiedenartigeren Ausdruck in den Gesichtern sehen, als es in diesem Augenblicke an dem Musikertisch der Fall war. Nur Ries sprang vor Freude auf und umarmte seinen Schüler mit den Zeichen der aufrichtigsten Freude. Auch einige andere gutmütige und phlegmatische Mitglieder der Kapelle schienen kein Arg bei der Anstellung zu haben, die meisten aber zeigten bitterböse Mienen. Der eine wurde blaß, der andere rot, dieser machte ein langes, jener ein knolliges Gesicht, der eine sah sauer, der andere mindestens süßsauer drein. Rings erscholl es: „So, so! Ei, ei!"

Keller schaute nach der Wirtshausuhr und sprach: „Es ist Zeit, ein Sänger muß seine Stimme schonen", und ging von dannen. Dieser folgte unter dem Vorwande, daß seine Frau ihn erwarte, jener, daß er noch in eine andere Gesellschaft müsse. Andere hatten andere Ausflüchte. Es dauerte nicht lange, so war der Tisch leer.

Die Kunde von der Anstellung eines fünfzehnjährigen Knaben war unter-

des auch zu den übrigen Gruppen des Raumes gedrungen und erregte überall die lebhafteste Verwunderung, die sich je nach den Leuten wieder sehr verschiedenartig äußerte. Die Philister sprachen sich mißbilligend über die überstürzenden Umwälzungen der neuen Zeit aus. Die Freunde eines frischen Lebens, wie es jene Tage zeigten, waren voll Vergnügen, daß das Talent sich Bahn breche und daß die Perückenwirtschaft für immer ein Ende nehme. Frau Koch begrüßte den jungen Ludwig und erzählte ihm, daß sein Großvater oft in ihrem Hause gewesen sei. Zugleich bat sie ihn, ihrem Töchterchen Stunden im Klavierspielen zu geben, worauf er auch sofort einging.

Und so saßen denn der Graf, Ries, Wegeler und Beethoven noch lange fröhlich beisammen.

Als sie schieden, fühlte sich der junge Musiker mächtig in das Leben gewachsen, und als er sich zu Bett gelegt hatte, schwebte ihm auch Jeannettens Bild wieder vor. Er stellte sich die Frage, was sie jetzt wohl von ihm, dem kurfürstlichen Organisten, sagen werde.

Wolfgang Müller

bacchantisch: trunken, ausgelassen / Maximilian Franz: der letzte Kölner Kurfürst, der von 1784 bis 1794 regierte / Raptus: plötzliche Anwandlung / Wegeler, Franz Gerhard (1765 bis 1848): ein Jugendfreund Beethovens; später als Medizinprofessor tätig / Bleichart oder Bleichert: blaßroter Ahrwein / Ries, Anton (1755 – 1846): Lehrer Beethovens im Violinspiel, der als Konzertmeister und später als Musikdirektor des Kurfürsten Max Franz in Bonn arbeitete / Jeannette: eine Jugendliebe Beethovens

General Soult in Bonn 1795

Das Einrücken der französischen Maas- und Sambrearmee in Bonn am 6. Oktober 1794 hatte definitiv dem kölnischen Kurstaate ein Ende gemacht. Am 4. November wurde eine Zentralverwaltung der eroberten Länder zwischen Maas und Rhein mit Sitz in Aachen bestellt. Unter ihr standen sieben Arrondissements oder Bezirksverwaltungen; auch Bonn wurde der Sitz einer solchen Verwaltung. Es wurde außerdem Kantonsort und bekam eine Munizipalität von vierzehn Mitgliedern, welche alle Deutsche waren, den überwiesenen Posten aber nicht ablehnen durften, sondern sich als requiriert zu betrachten hatten. An der Spitze stand ein einsichtsvoller Mann, der Maire Boosfeld, welcher unter Napoleon später lange Jahre Unterpräfekt in Bonn war.

Bei der Sambre- und Maasarmee befanden sich sowohl zur Kontrolle der Generäle wie der eingesetzten Verwaltung mehrere Volksrepräsentanten, welche sehr geschäftig im Erlaß von Verfügungen waren und in der Tat schöne Reden zu halten verstanden. Gillet hatte in seiner Proklamation vom 19. Oktober 1794 von Köln aus zuerst den Gruß „Freiheit, Gleichheit, Brüderlichkeit" an die Bewohner des ehemaligen Kurfürstentums gerichtet. Besonders wichtig, wiewohl auch besonders phrasenreich, sind die Proklamationen des Volksvertreters Frécine vom 10. Dezember 1794 und vom 11. Januar 1795. Es sei gestattet, den Hauptwortlaut der zweiten Proklamation in Auszügen mitzuteilen:

„Mögen Eure Herzen, bisher durch Unglück getrübt, sich der Freudigkeit voll hingeben! Ihr seid von den Blutsaugern und Geiern befreit, welche sich um die Fetzen Eurer traurigen Überbleibsel stritten. In Zukunft werden die Requisitionen, welche die Unterhaltung der Armeen noch nötig macht, nichts Erschreckendes noch Unangenehmes für Euch haben. Eine gerechte, unparteiische und den Verhältnissen eines jeden angemessene Verteilung der Kriegslasten wird durch Eure eigenen Mitbürger vorgenommen werden, welche die öffentliche Stimme in die verschiedenen Arrondissementsverwaltungen berufen hat. Die Erhebung derselben wird milde sein und die Eintreibung sukzessive erfolgen. Der friedliche Ackerbauer wird nicht mehr zu seufzen haben über die mitleidslose Entführung aller Gefährten seiner nahrungbringenden Arbeiten. Mit festem Arm denselben Boden furchend, welchen seine zitternde Hand bisher kaum auflockerte, wird er die Erde zwingen, ihm die reichsten Erträge zu liefern. Aber es ist nötig, Bürger, daß die Requisitionen mit der gewissenhaftesten Genauigkeit geliefert werden. Bedenkt, daß die geringste Verzögerung die Aktivität Eurer großmütigen Befreier in Fesseln legen würde. Die Dankbarkeit und Euer eigenes Interesse erfordern, daß die Mäßigkeit des Stadtbewohners

und des Landbauers die Lebensmittel für die Soldaten der Republik schaffe. Um diesen Preis werdet Ihr Euch würdig bezeigen, frei zu sein, und Ihr werdet es sein."

Selten vielleicht hat man beschönigendere Redensarten für härtere Anforderungen zu finden gewußt als in diesen zwei Proklamationen. Es dürfte schwer mehr nachzurechnen sein, was durch Kriegskontributionen, Verheerungen von Privatbesitz, Naturallieferungen, Requisitionen zu Schanzarbeiten, Zwangsfuhren usw. dem kölnischen Lande damals an Vermögensverlust zugefügt worden ist. Den verwöhnten Einwohnern der ehemaligen Residenzstadt Bonn kamen diese Forderungen doppelt hart an. Die Stadt mußte Anleihen über Anleihen machen. Dazu war es ein harter Winter vom Jahre 1794 auf 1795. Während des letzteren hatte die Stadt viel durch Einquartierung zu leiden. Das unter dem Oberbefehl Jourdans stehende Hauptquartier mit den Divisionen Marceau, Poncet, Grenier und Lefèbre befand sich damals in Bonn. Die Generäle Hoche, Bernadotte und Ernouf konnten ihren Truppen nicht den gewünschten Zügel anlegen. Am anspruchsvollsten für seine Person trat der Brigadegeneral, spätere Marschall Soult auf.

Schon vor der Ankunft des Generals Soult, am 6. Frimaire des Jahres 4 (27. November 1795), wurde die Munizipalität im Namen desselben durch einen Boten aufgefordert, für dessen Tafel am nämlichen Tage anzuschaffen: zwölf Pfund Ochsenfleisch, einen Hammel, ein halbes Kalb, Gemüse von allen Sorten, Weißbrot, Fische, Hühner, Dessert von allen Sorten,

Kaffee und Zucker. Bei dem Geld- und Kreditmangel und bei dem besten Willen, den Kommandierenden bei guter Gesinnung für die Stadt zu erhalten, fand sich die Munizipalität durch solche Forderung in Verlegenheit gesetzt. Da sie überdies wußte, daß der General noch nicht angekommen war, glaubte sie um so mehr, die Lieferung unterlassen zu können, als der ihr überreichte Forderungszettel nicht unterzeichnet war. Des Abends kam aber an die Munizipalität eine ernste Mahnung seitens des Bruders des Generals, Pierre mit Namen, welcher als Aide de Camp desselben ihm vorausgeeilt war. Es wurde mit Gewaltmaßregeln und mit Arrestation eines Mitgliedes der Munizipalität gedroht, dabei der Ausdruck „Pressen" für die aufgestellte Forderung gebraucht. Darauf hatte der Maire Boosfeld die Kühnheit antworten zu lassen:

„Ihr presset uns um die Ablieferung dessen, was Ihr heute morgen für die Verpflegung des Generals gefordert habt. Ihr bedroht uns mit gewaltsamen Maßregeln auf den Fall unseres Versäumens, Ihr bedroht uns, jemanden von uns zu arretieren, falls nicht noch heute früh das Geforderte werde abgeliefert sein. Wir erklären Euch, daß uns kein Gesetz bekannt ist, wodurch unsere unglückliche, durch die häufigsten Requisitionen ruinierte Stadt verbunden wäre, dem General die Verpflegung zu verschaffen. Wir erklären Euch, daß Eure diesseitige Forderung um so auffallender ist, als in Wahrheit der General sich noch nicht gegenwärtig hier befindet. Wir erklären Euch, daß es uns äußerst befremdet, von Euch auf solche Lieferungen gepreßt zu werden. Wir erklären Euch, daß wir von der Rechtschaffenheit der Franzosen eine viel zu gute Meinung hegen, um glauben zu können, daß Ihr in gegenwärtigem Fall zu gewaltsamen Mitteln schreiten und eine Gewalt mißbrauchen werdet, die Euch nur anvertraut worden ist, um das Eigentum zu schützen. Wir erklären Euch, daß in Rücksicht auf

die Arrestdrohung wir selbst durch die Achtung, die wir für den Charakter eines Republikaners hegen, uns aufgefordert fühlen, um die rechtliche Genugtuung entweder beim General, wenn er angekommen sein wird, oder beim Volksvertreter nachzusuchen, welche die Achtung, die ein jeder für die Rechte der persönlichen Freiheit haben muß, zu handhaben wissen werden."

In der folgenden Nacht kam Soult in Bonn an und ließ darauf des Morgens die Munizipalbeamten zu sich bescheiden. Zwei derselben fanden sich ein, und er erklärte denselben, es sei ein Mißverständnis seitens seines Adjutanten gewesen: Er verlange nur die Besorgung der Viktualien von der Munizipalität und werde dafür jede Dekade Zahlung tun. Inmittels solle sich die Munizipalität nur nicht mehr unterstehen, mit Verklagungen bei den Volksvertretern zu drohen. – Indessen ergingen schon in den ersten sechs Tagen die Forderungen so ungemein hoch, daß die Munizipalität voraussah, fernerhin die Lieferungen nicht bestreiten zu können. Sie faßte daher kurzen Entschluß und ließ dem General die Rechnung von den ersten sechs Tagen zu 140 Reichstalern durch einen Munizipalbeamten und den Stadtsekretär überreichen. Soult nahm sie an, „geruhte aber nicht, von einem Zahlungswillen nur Erwähnung zu tun", wie es in der bezüglichen Darstellung heißt.

Die Munizipalität wurde nun Tag für Tag mit schweren Forderungen und harten „Begegnungen" von seiten des Generals und Kommandanten beunruhigt. Sie tat das mögliche, um nur jedem Unwillen, welchen der General den unglücklichen Einwohnern der Stadt Bonn hätte fühlbar machen können, immer vorzubeugen. Allein je gutmütiger die Stadt in ihrem Entgegenkommen zu sein glaubte, um so mehr fand sie die Forderungen vergrößert. Als am 19. Frimaire neben dem gewöhnlichen noch vier

Flaschen Champagner, vier Flaschen Malaga, zwei Flaschen Likör und zwölf Flaschen Burgunder für die Tafel des Generals gefordert wurden, antwortete ihm die Munizipalität: „Die unglückliche Stadt, vertieft in Schulden, beraubt aller Zahlungsmittel, bedrückt sogar mit dem Mangel des Nötigen, um ihren armen hungernden Einwohnern das tägliche Brot reichen zu können, ist nicht imstande, die geforderten Flaschen Wein usw. für die Abendtafel des Generals Soult zu verschaffen. Sie ist annoch seit einem Jahr mit einer Schuldforderung in diesem Artikel verhaftet bei einer Bürgerin der Stadt, die diese Weine für bares Geld verkauft und ohne vorherige Bezahlung dieses Schuldpostens ferner nicht kreditieren will." Darauf erfolgte nichts, aber in zwanzig Tagen beliefen sich die Rechnungen für die Tafel des Brigadegenerals auf 570 Reichstaler.

Rudolf Goecke

Munizipalität: Stadtverwaltung / requiriert: beschlagnahmt; hier im Sinne von „dienstverpflichtet" / Maire (franz.): Bürgermeister / Proklamation: amtliche Bekanntmachung, Aufruf / sukzessive: allmählich, nach und nach / Kontribution: Kriegssteuer; Beitreibung; Zwangsauflage / Jourdan, Jean Baptiste (1762 – 1833): ein französischer Marschall (seit 1804), der 1794 die Österreicher besiegte und Belgien eroberte / Aide de Camp (franz.): Adjutant / Viktualien: Lebensmittel / Dekade: Zeitraum von zehn Tagen, Wochen, Monaten oder Jahren / inmittels: in der Zwischenzeit / Frimaire (franz.): im französischen Revolutionskalender der dritte Monat (21.11. bis 20.12.) / annoch: bis jetzt, noch immer / kreditieren (franz.): Kredit gewähren, vorschießen

Der deutsche Rhein

Sie sollen ihn nicht haben,
Den freien deutschen Rhein,
Ob sie wie gier'ge Raben
Sich heiser danach schrein,

Solang er ruhig wallend
Sein grünes Kleid noch trägt,
Solang ein Ruder schallend
In seine Woge schlägt!

Sie sollen ihn nicht haben,
Den freien deutschen Rhein,
Solang sich Herzen laben
An seinem Feuerwein,

Solange in seinem Strome
Noch fest die Felsen stehn,
Solang sich hohe Dome
In seinem Spiegel sehn!

Sie sollen ihn nicht haben,
Den freien deutschen Rhein,
Solang dort kühne Knaben
Um schlanke Dirnen frein;

Solang die Flosse hebet
Ein Fisch auf seinem Grund,
Solang ein Lied noch lebet
In seiner Sänger Mund!

Sie sollen ihn nicht haben,
Den freien deutschen Rhein,
Bis seine Flut begraben
Des letzten Manns Gebein!

Nikolaus Becker

Aus den Anfängen der Universität Bonn

Die Universität Bonn war am 18. Oktober 1818 durch Friedrich Wilhelm III. gestiftet worden. Schon zu Michaelis fanden sich einige Professoren und Studenten ein, eröffnet wurde sie eigentlich erst zu Ostern 1819 und zwar mit 219 Zuhörern.

Unter den Professoren waren bedeutende Namen, besonders in der philosophischen Fakultät. Bald zeigte sich, daß sie als Lehrer ebenso unbedeutend waren wie früher bedeutend durch ihre Schriften. Der Kollegia, die unsereiner hören mochte, waren wenig, und diese wenigen entsprachen durchaus nicht den Erwartungen, mit denen man in den Hörsaal trat.

So las Schlegel Geschichte der neueren deutschen Literatur. Das war nicht viel besser, als wenn man gelegentlich einem Fremden erzählt, daß wir Deutschen auch eine schöne Literatur haben. Dabei brachte er alle wichtigen Erscheinungen mit sich in Beziehung, und wenn er auf Goethe und Schiller zu sprechen kam, so vergaß er nie „mein unsterblicher Freund“ hinzuzufügen.

Die Studentenwelt war ungleich besser vertreten als meine philosophische Fakultät. Fast alle deutschen Universitäten hatten ihren Beitrag geliefert, namentlich Jena. Es waren meist alte Burschen, viele Mitglieder der Burschenschaft, einige sogar Vorsteher derselben. Sie waren begeistert für die Ideen dieser zeitgemäßen Verbindung und verfochten ihre Ansichten mit dem Worte wie mit dem Schläger. Des gewöhnlichen Studententreibens satt, hatten sie sich der Wissenschaft ernster zugewendet und strebten mit Eifer und Mut nach einem edlen, sittlichen Leben für sich und andere und nach Erwerb einer tüchtigen wissenschaftlichen Bildung, alles zu Nutz und Frommen des Vaterlandes. Sie übten durch Erfahrung, Einsicht und Beispiel eine Herrschaft aus, der sich die jüngeren Studenten gerne fügten, zumal niemand in seiner jugendlichen Heiterkeit und seinem sonstigen, selbst absonderlichen Wesen sich gestört fühlen konnte. So wurden die ersten Ankömmlinge die Gründer eines Studententums, das sich trotz der baldigen störenden Eingriffe der Regierung herrlich entwickelte.

Die Bürger wußten nicht, was aus ihnen und ihrer guten Stadt Bonn noch werden sollte. Sie hatten weder von einer deutschen Universität noch von deutschen Studenten die geringste Ahnung. Sie kannten nur die französischen Bildungsanstalten; was im Vaterlande bestand und vorging, war ihnen fremd geblieben. Sie wunderten sich nicht wenig, daß Professoren so hochangesehene Leute waren, bei ihnen hieß ja jeder Schulmeister (selbst unser Poppelsdorfer) Professor. Daß Studenten ganz was Besonderes sein sollten, konnten sie nicht begreifen; waren sie doch selbst Studenten gewesen, denn wer eine Schule besuchte, besonders eine sogenannte lateinische, war ein Student. Es dauerte eine Zeit, ehe sie an das freie, muntere Wesen der Studenten und ihre Sitten und Gebräuche sich gewöhnten und sich darein fanden, mit ihnen die besuchtesten Vergnügungsörter teilen zu müssen.

Den 20. Juni 1819 veranstalteten wir einen glänzenden Ball. Wir hatten dazu nicht nur die Familien der Professoren eingeladen, sondern auch die angesehensten aus der Stadt und Umgegend. Es ging so anständig und zugleich so heiter zu, daß jeder sich befriedigt fühlte und man noch lange von diesem Abend sprach wie von einem großen freudigen Ereignisse. Auch der Großherzog Carl August von Weimar, der gerade auf der Durchreise in Bonn eine Nacht verweilte, beehrte uns; er hatte ein sichtliches Wohlgefallen an unserer Fröhlichkeit und ließ sich seine alten Jenaer Burschen vorstellen.

Kommerse und Bälle waren unsere gemeinschaftlichen Vergnügen, woran sich jeder beteiligen konnte. Wollte sich einer sonst erholen oder belustigen, so gab es Gelegenheit genug. So fand sich immer nachmittags ein kleiner Kreis von Freunden und Bekannten ein auf der Vinea Domini, damals noch eine Kaffee- und Weinwirtschaft. Die Aussicht auf den Rhein und nach dem Siebengebirge war reizend und der Aufenthalt unter dem Schatten der Bäume, umspielt von der frischen Rheinluft, erquickend.

Andere, die in Poppelsdorf speisten, blieben gewöhnlich noch einige Stunden dort. Zu denen gehörte auch ich den ersten Sommer. Da saßen wir denn im Garten vor der Brüsselbachschen Wirtschaft und führten manches Gespräch über Kunst, Wissenschaft und Politik.

Das eigentliche Studentenleben, dem ich mich bisher nicht gut entziehen konnte, bekam ich nach und nach satt. Ich beschränkte mich lieber auf einen kleinen Kreis von Freunden, und auch diesen war es ein Bedürfnis, sich über die Fragen des Tages und wissenschaftliche Dinge, die uns am Herzen lagen, gegenseitig ruhig und gemütlich aussprechen zu können. Ich hatte in Kessenich eine kleine Bauernwirtschaft entdeckt, wo man guten Wein und Butterbrot billig haben konnte. Hinter dem Hause war ein Baumgarten (Bungert) mit einem Pfahltisch und Pfahlbänken. Dahin führte ich auch meine Freunde, und wir konnten da bei unserm Schöppchen stundenlang sitzen, sahen in das frische Grün der Bäume und des Rasens und unterhielten uns.

Mit neuen Plänen und Entwürfen, mit neuer Arbeitslust kehrte ich dann heim in mein stilles Stübchen, um noch zu lesen und zu dichten. Auf dem Tische fand ich ein frisches Blumensträußchen. Das war von Gretchens

Die Bonner Universität

Hand, und meine Freude daran war auch ihre Freude. Sie war die Tochter meines Wirtes, und obschon dieser ein bürgerliches Gewerbe trieb, er war Porzellanmaler und Steindrucker, so war doch Gretchen ganz wie ein Landmädchen in Tracht, Sprache und Sitten. Sie trug zuhause und wenn sie zur Stadt ging ein perlengesticktes Häubchen; ein großes weißes Tuch über dem Kopfe und wieder darüber, wenn sie etwas zu tragen hatte, den Korb, der auf einem wollenen Kranze ruhte. Sie sprach das eigentliche Bönnisch und wußte alle die Lieder, die man zum Tanze oder im Freien und bei Zusammenkünften zu singen pflegte. Sie hatte eine Freundin, Katharina (Tring); beide waren die hübschesten Mädchen des Dorfes. Ich lernte von ihnen ihre Sprache und ihre Lieder, und wenn sie diese nicht recht vollständig wußten, so schrieben sie in Gesellschaft mit anderen Mädchen und Burschen dieselben auf. Zuweilen tat ich dies denn auch selbst, und Andres, Katharinas Bruder, mußte mir helfen, und wir tranken dann ein Schöppchen dazu.

A. H. Hoffmann von Fallersleben

Friedrich Wilhelm III. (1770 – 1840): deutscher König, der von 1797 bis 1840 regierte / Michaelis: 29. September / Kollegia: akademische Vorlesungen / Schlegel, August Wilhelm von (1767 – 1845): deutscher Kritiker, Literarhistoriker, Übersetzer und Dichter, der ab 1818 an der Universität Bonn lehrte und dort u.a. das Studium der altindischen Philologie begründete / Kommers: Trinkgelage; Festkneipe / Vinea Domini (lat.): Weingarten, -berg des Herrn

Rheinische Luft

Bonn, den 13. Februar 1885

Ein seltener Fall: Von den Vorsätzen, mit denen ich ein neues Jahr anzutreten pflege, hat sich einer bis in den Februar herübergerettet. Ich werde auch Dir von Zeit zu Zeit zeigen, daß mich das Dorngestrüpp der Alltagsarbeit nicht ganz zu ersticken vermag. Dazu half allerdings ein Monat etwas ruhigeren Treibens und die rheinische Luft, die im Winter so lau und lösend über den herrlichen Strom hinatmet wie anderwärts im Frühling. „Geh nicht an den Rhein", wenn du nicht Nerven hast, die allen Versuchungen heitern Lebensgenusses zu trotzen vermögen. Selbst Bonn, das altkluge Bonn, erliegt diesem Einfluß zuweilen.

Buchstäblich verstanden ist die Luft Bonns zu mild für einen ehrlichen deutschen Winter. Umsonst sehnt sich die junge Welt Jahr um Jahr nach einer Eisbahn, und hundert tatendurstige Fräulein betrachten fast weinend ihre nutzlosen Eisklubkarten. Die Wiesen bei Poppelsdorf werden von den zuständigen Professoren mit lobenswerter Regelmäßigkeit überschwemmt, und vor zwei Jahren soll der einzige kühne Schlittschuhläufer wie Noahs Rabe daselbst ins Wasser gefallen sein. Endlich, im kalten Jahr des Heils 1885, wurde es ernst. Die junge Damenwelt war, wie billig, fast verrückt vor Freude und nicht mehr von den Schlittschuhen herunterzubringen; aus ihren Muffen kamen Studenten, Königshusaren und Privatdozenten nicht

mehr heraus. Selbst die gewissenhafteren Konfirmandinnen schwänzten ihr junges Seelenheil wiederholt, so daß ein halbes Dutzend Väter reumütig zum gestrengen Herrn Pastor Bleibtreu wandern mußten, um ihre Früchtlein loszubitten. Denn der ernste, geistliche Herr versteht keinen Spaß und wollte die kleinen schlittschuhlaufenden Christen, als noch sichtlich unreif, um ein Jahr zurückstellen. Zum Glück taut es jetzt, und auch das Herz eines Superintendenten dürfte schmelzen.

Man fühlt, daß der rheinische Karneval wieder naht. Die Leute sind überall in angestrengter Tätigkeit. Jede Stadt entlang dem Strom hat ihre diesjährige Narrenkappe schon erfunden und läßt sie zu hunderten, Köln zu tausenden anfertigen. Die Narren der verschiedenen Städte besuchen sich feierlich. Heute mittag kamen die Düsseldorfer nach Bonn, um in der Beethovenhalle fünf Stunden lang mit den Bonnern „Narrensprüche" auszutauschen. Morgen ist von drei Uhr an großes Narren-Damen-Komitee. Das geht annähernd drei Wochen lang so fort, mit Tanzen und Trinken, Singen und Jauchzen, ohne irgendwelchen faßbaren Sinn. Die Narren sind Handwerker und Fabrikanten, Beamte und Gelehrte, Lumpen und anständige Leute, ohne Unterschied des Alters und Geschlechts. Nachher wundert man sich über den Rückgang des Handwerks, die Stockung der Geschäfte, die miserablen Besoldungen, bis die Frühlingsfeste beginnen und die wundervollen Rheinfahrten in blumengeschmückten Sonderdampfern in Gang kommen. Wahrhaftig, es ist ein hartes Leben in diesem notleidenden Deutschland!

Max Eyth

Superintendent: Amtsbezeichnung für einen evangelischen Geistlichen, der einen Kirchenkreis verwaltet

Bönnsche Jungen, saat, we möht dat klinge

Bönnsche Jungen, saat, we möht dat klinge,
On ihr Kölsche, wat meent ihr derzo:
Sall mer dann kee Leed op bönnsch hück singe?
Gelt, ihr winkt on saat als allzicks: Jo!
Vürnehm es zwor goot, Valleralla,
Ävver rheinisch Bloot, Valleralla,
Singt am leevsten singem Schnabel noh!

Weßt ihr noch, wie en der Scholl mir soße,
Em Lizeiom zor französche Zick,
Dat mer bahl ons eege Sproch vergoße,
Sproch mer bönnsch, da kom mer en de Knick.
Wui, wui, Mußjöh,
Tät e wanter blöh!
Och, wat goov dat vill Verdroß on Strick!

On dernoh, do moote mir 't verschwetze,
Dann do kom dem Prang sing Regiment;
Mänchen eenen sehn ich noch he setze,
Der och noch der Trommeschläger kennt.
Wie 'nen Dinseldopp
Schlog der op dä Kopp,
Denn zom Schwade stonnten imm de Händ.

Doröm sall der brave Kanne levve,
Denn hä wor ons fröndlich allezicks;
Hät ons zwor mänch Pönitenz gegevve,
On wer nicks konnt, no dä kräg och Wicks:
Dann geweß am End,
Mallig dat erkennt,
Ongeschwahd dat hilf bei Jungen nicks.

Ävver söns woß hä et wahl ze mache,
On bei imm, do hammer good studiert:
Alles gink met vill Pläsier on Lache,
On mer wurd von sälver do geliehrt.
Amo on Ama,
Tüpto, Tetüfa,
Gelt, dat gink net andersch wie ge- [schmiert!

No dat all, dat kann mer net mih wesse,
Dann mer mööt geliehrt sen wie en Booch;
Doch dat Amo han mer net vergesse,
Dann mer han inn leev von Hätze noch.
Föllt ens bes zor Kant,
Nemmt dat Glas zor Hand!
Levve sall der Kanne, dreimal hoch!

Aus: Germaniens Völkerstimmen, Bd. 1

saat: sagt / hück: heute / als: schon / am leevsten: am liebsten / Zick: Zeit / Sproch: Sprache / mer: man / Knick: Kreide / Mußjöh: Monsieur (mein Herr) / Tät e wanter blöh: tête et ventre bleu (Kopf und Bauch blau) / Strick: Streit / moote: mußten / sehn ich: sehe ich / he: hier / Dinseldopp: Kreisel / Schwade: Schlagen, Prügeln / Kanne: Name eines alten Lehrers in Bonn / Pönitenz: Strafe, Bestrafung / kräg: bekam / Wicks: Schläge / mallig: jeder / ongeschwahd: ungeschlagen / woß hä: wußte er / hammer: haben wir / geliehrt: gelehrt / net: nicht / dat kann mer net mih wesse: das kann man nicht mehr wissen / mööt: müßte / Booch: Buch / von Hätze: von Herzen / ens: einmal

Das Poppelsdorfer Schloß

Kaum eine Viertelstunde von der Stadt entfernt liegt das von Kurfürst Clemens August so elegant aufgeführte Lustschloß Poppelsdorf, auch Clemensruhe, welches mittelst einer doppelten Allee sich mit dem Bonner Schloßgarten anmutig verbindet. Der reiche Kurfürst pflegte hier größtenteils seine Nächte zuzubringen; er hatte daher die Absicht, zur größeren Bequemlichkeit den schönen Terras, den die beiden Alleen freundlich begrenzen, in einen Kanal umzuschaffen, um dahin an kühlen Sommerabenden im vertraulichen Licht des silbernen Mondes und zwischen den auf und ab wandelnden Reihen seiner beglückten Untertanen zu schiffen. Allein wie manches schöne Projekt, wie manche frohe Aussicht hat nicht die unaufhaltsame Hand des ohne Rücksicht zugreifenden Todes vereitelt!

Dieses artige Lustschloß ist von einer ganz eigenen Bauart, im Quadrate nur zweistöckig aufgeführt, wo die Ecken und die Eingänge Pavillons haben. Inwendig ist ein runder Hof mit Arkaden umgeben, worauf sich eine leichte Galerie stützt. Die Zimmer, die sehr architektonisch richtig, bequem und angenehm angebracht sind und ehedem allenthalben von Pracht und Reichtum glänzten, waren fast durchaus demeubliert, weil sie nach dem Tode von Clemens August nicht mehr bewohnt worden sind. Der Krieg hat nun völlig eine Wüste daraus gemacht, weil sich hier sechs Jahre hindurch ein französisches Militärspital befand. Die einzige Kapelle mit dem schönen Altar, an dem vier Priester zugleich Messe lesen können, der Muschelsaal, an dem der Künstler Pierre Laporterie sieben Jahre arbeitete und für jeden Tag einen Dukaten erhielt, der Speisesaal al fresco von Johann Adam Schöpf und der Marmor- oder gewöhnliche Audienzsaal haben sich noch so ziemlich erhalten.

Um das Schloß, worin ich auch noch, weil es leer stand, die Spuren einer Savonneriemanufaktur wahrnahm, ziehen sich rundum Wassergräben, woran sich zur Rechten ungewöhnlich hohe Alleen, Bosketten und springende Wässer anschließen, die dem Wanderer in den heißen Sommertagen Kühlung und Ruhe verschaffen.

Joseph Gregor Lang

Terras: erhöhter freier Platz / demeubliert: der Möbel, des Hausrats beraubt / al fresco (ital.): Freskomalerei / Savonneriemanufaktur: Seifensiederei / Boskett: Busch, Gehölz, Wäldchen

Der Bauer und die Kavaliere

Max Franz, der Kurfürst, macht einen Gang
Bei Poppelsdorf die Felder entlang,
Es folgen ihm im Sommerreviere
Die schön geputzten Kavaliere.
Es scherzet lustig die bunte Schar,
Der Abend ist herrlich, der Himmel klar,
Warm geht die balsamvolle Luft,
Aus Korn und Klee steigt süßer Duft,
Die reifenden Saaten wogen wie Gold,
Und drüber singet die Lerche hold.
Da kommt des Weges ein Bauer gut
Im blauen Kittel, dreieckigen Hut,
Den hält der Kurfürst freundlich an:

Das Poppelsdorfer Schloß

„Nun sprich, wie ist's mit dem Feld getan?
Wie steht es mit der Früchte Segen?
Gehn wir gedeihlicher Ernte entgegen?"
Da zieht der Bauer ein sauer Gesicht
Und meint: „Wie man's wünschet, ist es nicht,
Seht selber auf Roggen und Weizen hin,
Es stehen zu viel' Kavaliere drin."
„Kavaliere?" so murmeln die Herren umher.
„Dem Dummkopf steht das Hirn wohl quer!
Das rechte Wort fällt ihm nicht ein!
Was haben wir mit der Ernte gemein?"
Doch lächelnd der lustige Kurfürst spricht:
„Mein Sohn, die Herren verstehen dich nicht.
Willst du nicht den Vergleich erklären?"
Da sagt der Bauer: „Seht nur die Ähren,
Wie sie allzu schlank und allzu grad
Die Häupter heben aus der Saat!

Sind ihrer zu viel', haben's hoch im Kopf
Und doch entsetzlich wenig im Schopf,
Drum nennt sie im rheinischen Reviere
Der Landmann allwärts Kavaliere."
Da loderte hell der Herren Zorn,
Als brännt' sie ein Feuer, als stäch' sie ein Dorn.
Sie wollen dem unverschämten Gesell
In Haar und Kittel, an Kragen und Fell.
Weh Bäuerlein, jetzt wirst du geprügelt!
Doch hält sie der Blick des Fürsten gezügelt.
Er spricht: „Seht, daß vom geringen Mann
Der Adel noch etwas lernen kann!
Auf, sorget dafür, es schadet nicht,
Wenn man euch ein bessres Urteil spricht.
Sind Ähren und Häupter gut geladen,
Wird nie dem gemeinen Wesen schaden."

Wolfgang Müller

Selbstbiographie

(Auszug)

Noch immer bewohnte ich die großen stillen Zimmer im Poppelsdorfer Schloß; aber ich bewohnte sie jetzt allein. Es war eine erquickliche Einsamkeit, so ganz weggehoben von der menschlichen Gesellschaft, unter mir eine fast nie betretene Bibliothek, vor mir der weite, weite Blick in die herrliche Landschaft. Bis zum Grausigen still waren hier die Winternächte: Vom gemeinen Leben nicht verscheucht, traten die Schatten dramatischer Charaktere vor die dichtende Phantasie, und oft hat sich hier mein Haar vor den Geschöpfen meines eigenen Gehirns gesträubt. Diese Einsamkeit stählte meine Kraft.

Vogel, als Direktor des Botanischen Gartens, besaß zu dessen zwei Eingängen die Schlüssel, welche er bei der Abreise mir zurückließ. Die Pracht des Frühlings in dieser fremdländischen Pflanzenfülle, unter Palmen, Orangenbäumen und Zedern, ist unvergleichlich. Nach acht Uhr, wenn sowohl die Gärtner als die Besucher diese stillen Laubengänge verlassen hatten, erschloß ich der Geliebten und den vertrautesten Freunden das Tor, und wir durchwandelten stundenlang die von Leuchtkäfern durchgaukelten Gebüsche und Blumenbeete. Dort verschwärmten wir die holdesten Frühlingsabende von 1841; der stille, spiegelnde Wassergraben sperrte die neidische Welt von uns ab, der Jasmin duftete wild berauschend, in den Wipfeln schlugen wetteifernd die Nachtigallen, und vorahnend genossen wir das Glück, das einst aus dem vollen Besitz uns erblühen sollte.

Noch lockender winkte an schönen Sommernachmittagen mein heimatliches rechtes Rheinufer uns zu sich hinüber, dessen sonnige Felder man von Johannas Wohnhaus überschaut. Dorthin gehen städtische Modespaziergänger selten; denn alles ist dort ländlicher als in den Dörfern um

Die Poppelsdorfer Allee

Bonn, keine eleganten Wirtshäuser winken, man trifft nicht überall auf Mietwagen, und die Punkte, wo das Gebirge schöne Aussichten bietet, fordern schon einen etwas weitern Marsch. Dorthin verfolgte uns boshafte Neugier nicht, und wo etwa in Feld und Busch Weltpracht in seidenen Kleidern uns entgegenschimmerte, ließ sich leicht auf Seitenwegen ihr ausweichen. Mit Johanna allein wanderte ich hier besonders gerne nach dem Finkenberg, einem umbuschten Basalthügel, der sich gleich einem detachierten Fort vor dem höheren Gebirge hinlagert. Der frühere Besitzer dieser Büsche hat sie durch die herrlichsten Aussichten verschönert, welche durch Waldlichtungen sich überraschend auftun, und die allerlieblichsten Punkte sind mit steinernen Ruhebänken und kleinen ruinenartigen Einfassungen ausgestattet. Niemand findet diese glücklichen Plätzchen auf, der die labyrinthischen Waldpfade nicht kennt, die zu ihnen führen; wie oft sahen wir Fußgänger hart an uns vorbeigehen und hörten ihr Gespräch, ohne daß sie uns an unserm Waldsaume bemerkt hätten! Hier empfand man den wunderbaren Segen, den das Wohnen in schöner Gegend selbst dem leidenden Gemüte gewährt. Während das Auge über Weinberg und Kornflur hin im herrlichsten Ausblick nach dem glänzenden Strom, nach Oberkassel und dem Siebengebirge sich ersättigte, genoß die Seele die edlen Empfindungen großer Dichter oder die hehren Weltgeschicke der Vergangenheit. Und hatten wir so im innigen Gefühl unserer Geistesgemeinschaft mit allem Schönen und Edeln der Gegenwart ausgeruht, dann wanderten wir durch einen herrlichen, stillen Grund zu einem Dorfe am Abhang des Gebirges, wo in ländlicher Schenke der perlende Maitrank oder im Herbst die frische herbe Blume der Kelter uns erquickte. Wanderten wir endlich im Abendgold auf anderm Pfade durch die Ebene zurück, dann hatte Johanna, die alle Kinder liebte, sich wieder eine neue Freude ausgedacht. Sie kaufte bunte Bilderbogen, die wir, zu kleinen Bildchen zerschnitten, an die Dorfkinder verteilten. Meist wurde zuletzt ein ganz großes, irgendein Potentat oder berühmter General zu Pferd, als Preis ausgesetzt, nach welchem die ganze Rotte, die sich mittlerweile versammelt hatte, einen Wettlauf halten mußte. So kam es, daß zuletzt in allen diesen Ortschaften die Kinder uns kannten und gleich verschämt auf uns zutraten, wenn sie uns zwischen Korn und Baumgarten ankommen sahen. Kinderhand, sagten unsre Alten, ist bald gefüllt, und für wenige Groschen machten wir so jedesmal viele Glückliche.

Besonders teuer wurde uns am rechten Rheinufer die höchst eigentümliche Landschaft, welche eine Stunde unterhalb der Stadt durch die in den Rhein mündende Sieg gebildet wird. Der wilde Fluß hat hier unzählige Male sein Bett verändert, und von jedem frühern Lauf sind Spuren zurückgeblieben. Sein weites Delta ist teils von sumpfigen Niederungen durchschnitten, teils hat man die alten Flußbette absichtlich noch fahrbar erhalten, um sie zur Verbindung der nahen Dörfer mit dem Rheine zu benutzen. So bildet eine dieser Buchten jetzt den geräumigen Mondorfer Hafen, in welchem zur Winterszeit die Rheinschiffe der Nachbarorte geborgen werden; eine andere aber zieht sich wohl eine Viertelmeile weit ins Land hinein bis zu dem Dorfe Bergheim, bald ganz eng, bald zur Breite eines Teiches erweitert. Ihre Ufer säumt dichtes Weidengebüsch, mit dem überhaupt dieses ganze Delta überwachsen ist. Es gibt den Leuten der Umgegend das Material zum Korbflechten her, welches sie neben dem Ackergeschäft fleißig betreiben. Diese Bucht ist zauberhaft schön. In der stillen Flut steigen vom Grunde die zartesten Wasserpflanzen herauf, zwischen denen mit silbernen Blitzen die Fische spielen; am langen Stengel hebt die goldgelbe Wasserlilie Blatt und Blüte zum Licht empor, Möwe und Reiher ziehen mit breiter Schwinge über den mild leuchtenden Spiegel, und die Schwalbe netzt in ihm die Spitzen ihrer Fittiche. Mit raschem Ruderschlag schießt der Kahn des Fischers dahin, der im Abendlicht zum Rheine hinabfährt, um nach den Reusen zu sehen; langsamer schwebt ihm das schwer mit Gras beladene Dreibord entgegen, auf welchem eine kräftige Graserin die Frucht ihres Tagewerks mit nervigem Arme heimfährt. Wie oft habe auch ich hier im leichten Fahrzeug, das zierliche Ruder allein regierend, die Geliebte hinabgeführt zu unserem prächtigen Rhein! Zwischen den Weiden dämmerte es schon, die Nebel stiegen aus der feuchten Wiese, der Mond glänzte durchs Gebüsch empor und machte die Schatten noch eins so scharf und dunkel. Drunten aber, wo der Kahn aus der Buchtmündung auslief, lag das Offene noch im goldenen Abendschein: Eine stolze, grüne Insel, von der ausströmenden Sieg wie ein Bollwerk aufgetürmt, stieg vor uns auf, und erst, wenn deren Spitze umrudert war, faßte das strömende Fahrwasser des Rheins den Kahn und wiegte ihn, rascher als wir wünschten, zum Mondorfer Hafen hinab.

Gottfried Kinkel

Johanna: Johanna Mockel, Gottfried Kinkels spätere Frau; ihre Eltern wohnten in Bonn oberhalb des Rheins in der Josephstraße 13 / detachiert (franz.): abkommandiert; zugeteilt / Potentat: Machthaber, regierender Fürst / Viertelmeile: ca. 1,9 km / Reuse: Korb zum Fischfang

Der Maikäferbund

Gleich in den ersten Semesterwochen hatte mich Gottfried Kinkel darauf angeredet, ob ich nicht dichtete, und da ich es nicht ganz leugnen konnte, mußte ich an einem gemütlichen Nachmittag mit meinen poetischen Heften zu ihm hinauskommen und ihm vorlesen. Meine älteren, wohlklingenden, aber inhaltlich unbedeutenden Gedichte lobte er mäßig, dagegen die jüngsten, besonders das große Freundschaftsgedicht „Drachenfels" fand er sehr hübsch. Zum Danke las er mir dann auch einiges von seinen eigenen Gedichten vor, was mir sehr wohlgefiel. Nicht lange danach, es war gerade den Tag nach meinem Eintritt in den Theologenverein, erfuhr ich den Zweck dieser poetischen Beichte. Es bestand im Hause seiner Verlobten ein kleiner poetischer Klub, „der Maikäfer" genannt, und ich wurde eingeladen, an des abgegangenen Fresenius Stelle in denselben einzutreten. Man kam an einem wöchentlichen Abend zusammen, ein handschriftliches Blatt, welches während der Woche umlief und von den Mitgliedern zu füllen war, wurde verlesen, dann der übrige Abend literarischer oder musikalischer Unterhaltung gewidmet. Auch machte man gemeinsame Spaziergänge und vereinigte sich von Zeit zu Zeit an einem Sonntagnachmittag, um bei

einer Tasse Kaffee „Malerakademie“ zu halten, d. h. die gefüllten Maikäfernummern mit kolorierten Titelbildchen zu versehen, in denen freiwilliger und unfreiwilliger Komik natürlich ein weiter Spielraum eröffnet war. Ich sagte mit Freuden zu; der Kreis war klein, außer der „Direktrix“, wie wir die Vorsitzende nannten, zur Zeit nur aus Kinkel, mir und jenem im Hause erzogenen Primaner, mit Vornamen „Andreas“, einem begeisterten Verehrer der beiden Verlobten bestehend; man hatte allerdings auch auswärtige Mitglieder, die von Zeit zu Zeit auf Besuch kamen und an die mitunter aus dem Stegreif poetische Episteln geschrieben wurden. Ernst und Scherz waren sehr anmutig gemischt: Wir saßen um einen Teetisch, auf den nach der eigentlichen Sitzung eine ganz einfache Bewirtung und schließlich ein Glas Wein kam; jeder mit seinem Orden geschmückt, einem bunt zusammengesetzten Maikäfer an grünseidenem Bande. Die Vorlesung des Blattes, das wir natürlich größerenteils mit scherzhafter leichter Ware füllten, erweckte sofort eine heitere Stimmung; dieselbe hob sich höher, wenn ein neues, wohlgelungenes Gedicht zum Vorschein kam. Nach dem Abendbrot las Kinkel mit seinem ausdrucksvollen Vortrag und seiner prächtigen Stimme aus irgendeinem neuen poetischen Werk vor, oder die „Direktrix“ setzte sich ans Klavier, phantasierte in reizender Weise oder sang eins ihrer selbstkomponierten lieblichen Lieder.

Das neue Verhältnis, in das ich eingetreten war, entwickelte eine ebenso ungeahnte wie beglückende Tragweite. Bald wurde ich zu den Aufführungen des musikalischen Kränzchens, zu dem die begabtesten Schülerinnen der Direktrix um sie vereinigt waren, als Zuhörer eingeladen, bald lasen wir in ähnlich anziehender Gesellschaft Platensche Lustspiele mit verteilten Rollen. Noch reizender aber wurden die Maikäferspaziergänge, welche uns der milde rheinische Winter fast an jedem Sonnabendnachmittag gestattete. Da saßen wir im stillen, einsamen Fichtenwald, am Rande der Friesdorfer Höhen, die herrliche Landschaft vor Augen, und Johanna sang in die Waldeinsamkeit hinaus das schöne Kinkelsche Lied „Welt, o Welt, wie liegst du so weit!" Oder wir fuhren an einem vorzeitigen Frühlingstag von Plittersdorf im Kahn zurück. „Der Himmel liebäugelte mit seinem Abbild im Wasser", heißt es in meinem Tagebuch, „der goldene Abendstern stand über dem Siebengebirge, und indes Kinkel und ich im Takte die Ruder führten, sang unsere Begleiterin wie eine Loreley über die Fluten hin." Zumeist aber mündeten diese Winterspaziergänge in einem uns vorbehaltenen behaglichen Kaffeestübchen in Endenich; da saßen wir dann etwa zwei Stunden und Kinkel las vor.

Willibald Beyschlag

im Hause seiner Verlobten: Johanna Mockel / Fresenius, Carl (1818 – 97): Mitglied des Maikäferbundes während seiner Bonner Studentenzeit (1841 – 42); später als Professor der Physik und Chemie in Wiesbaden tätig / Platen, August Graf von (1796 – 1835): ein nachromantischer Dichter, der sich in seinem Werk oft der streng metrischen Form (Ode, Sonett etc.) bediente

Philosophische Lektion

Meine Herrn, damit Sie's wissen,
Welche Wissenschaft ich lehre:
Es ist die Wissenschaftslehre,
Das heißt Wissen von dem Wissen.

Dies muß ich nun deutlich machen.
Können Sie es nicht verdauen,
Will ich's Ihnen erstlich kauen
Und dann schieben in den Rachen.
Zwar Ihr Kopf wird etwas krachen,
Weil mit unnütz schlechtem Wissen
Sie ihn ohne Not verschließen;
Darum will ich's unverhohlen
Ihnen sagen, wiederholen,
Meine Herrn, damit Sie's wissen.

Kreide nehm' ich in die Rechte.
Will man Wahrheit recht erwerben,
Muß man auf ein Brett sie kerben,
Wie im Wirtshaus was man zechte.
Daß ich tapfer sie verfechte,
Komme nach der Kinderlehre
Jeder, den ich nicht bekehre,
Zweifle, frage, fordre Proben,
Und er wird dereinst noch loben,
Welche Wissenschaft ich lehre.

Wissen Sie nicht irgendwas?
Zwei mal zwei etwa macht viere.
Daß ich Sie nicht prostituiere,
Nehm' ich an, Sie wüßten das.
Dieses Wissen ist nur kraß,
Bis ich's höher erst verkläre
Und Besinnung drein beschere;
Dann wird draus die Wissenschaft,
Die des Wissens Wissen schafft:
Es ist die Wissenschaftslehre.

Diesen derben Schlag der Fichte
In der Hand, da kann man handeln,
Fest auf Erden stehn und wandeln
Und wird nimmermehr zunichte.
Bis zum letzten Weltgerichte,
Wenn auch alle Stränge rissen,
Bleibt Ihr ruhig im Gewissen,
Denn Ihr wißt gewiß, Ihr wißt,
Und auch was dies Wissen ist:
Das heißt Wissen von dem Wissen.

August Wilhelm von Schlegel

Ludwig van Beethoven an Eleonore von Breuning

Bonn 1792

Äußerst überraschend war mir die schöne Halsbinde, von Ihrer Hand gearbeitet. Sie erweckte in mir Gefühle der Wehmut, so angenehm mir auch die Sache selbst war. Erinnerung an vorige Zeiten war ihre Wirkung, auch Beschämung auf meiner Seite durch Ihr großmütiges Betragen gegen mich. Wahrlich, ich dachte nicht, daß Sie mich noch Ihres Andenkens würdig hielten. O hätten Sie Zeuge meiner gestrigen Empfindungen bei diesem Vorfall sein können, so würden Sie es gewiß nicht übertrieben finden, was ich Ihnen vielleicht hier sage, daß mich Ihr Andenken weinend und sehr traurig machte. – Ich bitte Sie, so wenig ich auch in Ihren Augen Glauben verdienen mag, glauben Sie mir, meine Freundin (lassen Sie mich Sie noch immer so nennen), daß ich sehr gelitten habe und noch leide durch den Verlust Ihrer Freundschaft. Sie und Ihre teure Mutter werde ich nie vergessen. Sie waren so gütig gegen mich, daß mir Ihr Verlust so bald nicht ersetzt werden kann und wird, ich weiß, was ich verlor und was Sie mir waren, aber – ich müßte zu Szenen zurückkehren, sollte ich diese Lücke ausfüllen, die Ihnen unangenehm zu hören wären und mir, sie darzustellen.

Zu einer kleinen Wiedervergeltung für Ihr gütiges Andenken an mich, bin ich so frei, Ihnen hier diese Variationen und das Rondo mit einer Violine zu schicken. Ich habe sehr viel zu tun, sonst würde ich Ihnen die schon längst versprochene Sonate abgeschrieben haben. In meinem Manuskript ist sie fast nur Skizze, und es würde dem sonst so geschickten

Paraquin selbst schwer geworden sein, sie abzuschreiben. Sie können das Rondo abschreiben lassen und mir dann die Partitur zurückschicken. Es ist das einzige, das ich Ihnen hier schicke, was von meinen Sachen ungefähr für Sie brauchbar war. Und da Sie jetzt ohnedies nach Kerpen reisen, dachte ich, es könnten diese Kleinigkeiten Ihnen vielleicht einiges Vergnügen machen.

Leben Sie wohl, meine Freundin. Es ist mir unmöglich, Sie anders zu nennen, so gleichgültig ich Ihnen auch sein mag, so glauben Sie doch, daß ich Sie und Ihre Mutter noch ebenso verehre wie sonst. Bin ich imstande, sonst etwas zu Ihrem Vergnügen beizutragen, so bitte ich Sie, an mir doch nicht vorbeizugehen; es ist noch das einzig übrigbleibende Mittel, Ihnen meine Dankbarkeit für die genossene Freundschaft zu bezeigen.

Reisen Sie glücklich und bringen Sie Ihre teure Mutter wieder völlig gesund zurück. Denken Sie zuweilen

an Ihren Sie noch immer verehrenden Freund

Beethoven

Eleonore von Breuning (1772 – 1841): eine Jugendfreundin und Schülerin Beethovens, die 1792 den Medizinprofessor Dr. Franz Gerhard Wegeler (1765 – 1848) heiratete

Bonn – vom gegenüberliegenden Rheinufer aus gesehen

Meine Heimat

Ach ja, wo ich geboren bin,
Das ist ein Muttergottesland.
Da fiel dem Herrgott aus der Hand
Die ganze goldne Sonne hin.

Da sind die Menschen wie ihr Wein
Und lachen oft und singen gern,
Die sieben Berge winken fern,
Im Silberglitzern fließt der Rhein.

Und Mädchenlachen, blütenschwer,
Liegt immer träumend in der Luft.
Da hab' ich allen Frühlingsduft
Und alle bunten Lieder her!

Heinrich Zerkaulen

Adelheidspützchen

Bald nach Entstehung des Klosters Vilich, als die heilige Adelheid dort Äbtissin war, kam eine solche Dürre in das Land, daß es in allen Brunnen an Wasser mangelte. Da kam das Volk zu Adelheid, ob sie nicht helfen könne. Sie ging mit denen, die am dringendsten in Not waren, und stieß im Vertrauen auf die Kraft ihres Gebetes mit Gewalt ihren Stab in das harte Erdreich, und siehe da, es entsprudelte eine Quelle, die noch heute Adelheidspützchen heißt. Das Wasser ist eisen- und schwefelhaltig und gibt einen gelben Niederschlag. Frühe schon erkannte man die heilkräftige Wirkung dieses Brunnens, schrieb es aber nicht den natürlichen Mineralbestandteilen zu, sondern der im Wasser wohnenden wunderwirkenden Kraft, die man auf die wunderbare Entstehung der Quelle zurückführte. Besonders Augenkranke kamen von weit her, hier Heilung zu suchen. Die Quelle floß sonst in ein überbautes Becken, das man das Badehäuschen nannte. Darin badeten die armen, augenkranken Leute. Es wohnten auch zwei Einsiedler in der Nähe in einer armseligen Einsiedelei. Das Kloster Vilich ist samt der Kirche 1632 von den Schweden niedergebrannt worden, der letzte Einsiedler starb zu Anfang des 18. Jahrhunderts. Das Dorf, das sich um die Heilquelle angebaut hat, heißt gewöhnlich nur Pützchen. Sonntags nach Mariä Geburt im September ist dort ein lustiges Treiben. Da wird ein großer Jahrmarkt abgehalten, der weit und breit berühmte „Pützchesmaart".

Der Kurfürst Clemens August, ein bayrischer Prinz von Geblüt, ging gern dort hin, und einmal ließ er absichtlich seinen Wagen mitten durch einen Töpferkram fahren, um sich an dem Geschimpfe der Marktweiber zu ergötzen, denen er dann aber durch eine fürstliche Spende die Trauer in Freude verwandelte.

Aus: Sagen und Geschichten des Rheintals

Von unmöglichen Dingen

Mäßig geschwind. Aus der Gegend von Bonn 1819.

„Wenn du willst mein Schätzchen
Mußt du alles meiden, [bleibn,
Mußt du mir ein Kind gebärn
Und ein' Jungfer bleiben."

„Muß ich dir ein Kind gebärn
Und doch Jungfer bleiben,
Mußt du mir ein' Wiege machn
Ohne Schnitz und Schneide."

„Muß ich dir ein' Wiege machn
Ohne Schnitz und Schneide,
Mußt du mir die Windeln waschen
Ohne Wasser und Seife."

„Muß ich dir die Windeln waschen
Ohne Wasser und Seife,
Mußt du mir aus schwarzen Kohl'n
Machen weiße Kreide."

„Muß ich dir aus schwarzen Kohl'n
Machen weiße Kreide,
Mußt du mir sechstausend Krebse
D'n höchsten Berg 'nauftreiben."

„Muß ich dir sechstausend Krebse
D'n höchsten Berg 'nauftreiben,
Mußt du mir die Sterne zähln,
Die am Himmel leuchten."

„Muß ich dir die Sterne zähln,
Die am Himmel leuchten,
Mußt du mir ein' Leiter machn,
Daß ich kann dran reichen."

„Muß ich dir ein' Leiter machn,
Daß du kannst dran reichen,
Mußt du mir den goldnen Apfel
Um das Meer rumtreiben."

„Muß ich dir den goldnen Apfel
Um das Meer rumtreiben,
So bist du mein, und ich bin dein!
So wolln wir's lassen bleiben."

Schwarzrheindorf

Die Kirche von Schwarzrheindorf, auf dem rechten Rheinufer Bonn gegenüber, wurde nach ihrer Stiftungsurkunde, die sich noch jetzt auf steinerner Tafel eingegraben in ihr vorfindet, von Graf Arnold von Wied, soeben erwähltem Erzbischof von Köln, als sein Grabmonument gestiftet. Er benutzte die Anwesenheit Kaiser Konrads III., um in Gegenwart dieses seines Herrn und vieler anderer Fürsten und Edlen am 3. April 1151 die Grundsteinlegung feierlichst zu begehen. Das kleine Gebäude ist zunächst schon dadurch interessant, daß es zu den Doppelkapellen gehört, bei denen zwei übereinander angelegte kirchliche Räume durch eine Öffnung verbunden sind. Hier hatte sie den Zweck, daß sich die Klosterfrauen, für welche die Stiftung bestimmt war, im oberen Raum um die Öffnung herumreihen und so bei den vorgeschriebenen Gebeten und Gesängen für die Seele des Stifters den Blick auf den im unteren Raume stehenden Sarg desselben richten konnten. Mehr als diese Eigentümlichkeit interessiert uns die bauliche Anlage. Sie bildete nämlich ursprünglich ein griechisches Kreuz, in der Mitte eine Kuppel, auf allen vier Seiten von Halbkuppeln eingeschlossen, die durch schmale, davorgelegte Kreuzgewölbe jene mittlere Kuppel begleiten und unterstützen. Im Äußeren erschien indessen nur die östliche Konche als solche, während die drei anderen, durch starkes Mauerwerk bekleidet, sich als rechtwinklige Flügel des Gebäudes darstellten. Auf der Kuppel selbst erhob sich ein Turm, wodurch das ganze eine pyramidale Gestalt, in der Tat mehr die eines Grabmonuments als einer Kirche erhielt.

Die weitere Ausführung war zwar einfach, aber zierlich, indem eine offene Galerie von Zwergsäulen unter dem Dach des ganzen Gebäudes herumlief und es mit ihrem tiefen Schatten wie mit einem ernsten Band umfaßte. Diese ursprüngliche Anlage wurde indessen, wahrscheinlich sehr bald, höchstens zwei Dezennien nachher, in der Art geändert, daß der westlichen Seite noch ein mäßiges Langhaus angefügt wurde; die Spuren der Anfügung sind so deutlich, daß darüber kein Zweifel übrigbleibt.

Die Kuppel unterscheidet sich von den meisten anderen, die zu dieser Zeit im Abendland errichtet wurden, dadurch, daß sie nicht in ununterbrochener Wölbung aus den Winkeln des Vierecks herauswächst, sondern eine völlige Halbkugel bildet, die vermittels eines Gesimses auf Gewölbezwickeln ruht. Sie gleicht daher den byzantinischen Kuppeln. Dies, dann die Anlage im griechischen Kreuze und die zentrale Zusammensetzung verschiedener Wölbungen erinnern an byzantinische Bauten. Auch machen die Verhältnisse des Stifters es nicht unmöglich, daß er bei dem Plane neuere, im griechischen Reich gemachte Studien benutzt habe. Erzbischof Arnold hatte im Jahre 1147 drei Monate, im Jahre 1148 einen ganzen Winter im Gefolge König Konrads in Konstantinopel zugebracht. Dennoch ist es sehr viel wahrscheinlicher, daß ihm die große Stiftskirche seiner eigenen Metropole (St. Maria im Kapitol zu Köln) vor Augen stand. Wenn indessen die allerdings altrömische oder byzantinische Form der Kuppel, für die ich in diesen Gegenden kein nahes Vorbild anzugeben weiß, auf byzantinischen Studien beruhen sollte, so war es dann jedenfalls bei diesen nur auf Wölbungsformen, nicht auf Details abgesehen, welche auch hier ganz dem früheren rheinischen Stil und keineswegs dem byzantinischen entsprechen.

Sehr bedeutend sind die Wandmalereien, die 1846 in der unteren Kirche aufgefunden wurden und die, da sie sich nur über den ursprünglichen Teil der Anlage erstrecken, vor dem Tode des Stifters, also zwischen 1151 und 1156, entstanden sein müssen. Dem entspricht auch ihr Stil völlig. Die Chornische enthält oben Christus in der Herrlichkeit, umgeben von den zwölf Aposteln, einem heiligen Bischof und zwei Engeln, während an der abschließenden Wand darunter die vier Evangelisten, an ihren Schreibpulten sitzend, und außerdem in einer Nische noch eine etwas größere schreibende Gestalt zu sehen sind. Der Stil dieser Gemälde ist sehr imponierend, die Figuren sind von strenger, noch byzantinisierender Zeichnung, die Gewänder mit Faltenstrichen überhäuft, die Rankengewinde vom schönsten Schwung der Linien. Der häufig vorkommende Mäander zeigt noch das Vorherrschen antiker Form, während die durch den typisch gehaltenen Christus aus dem Tempel verjagten Handelsleute in ihren heftigen, karikierten Bewegungen schon eine naturalistische Bewegung zeigen.

Carl Schnaase

Konche (lat.): Halbkuppel über dem Chorraum, Altarwölbung / zwei Dezennien: zwei Jahrzehnte / Gesims: ein waagrecht aus einer Mauer vortretender Streifen, der die horizontalen Abschnitte eines Gebäudes gegeneinander absetzt / Gewölbezwickel: ein dreiseitig begrenztes Mauer- oder Verbindungsstück im Gewölbe / Mäander: gebrochenes oder wellenförmiges Zierband

Die Abtei Siegburg

Wo sich auf dem rechten Rheinufer die Sieg aus ihren wilden Bergen windet, um sich in die Arme des Rheines zu werfen, erhebt sich eine stolze Höhe, auf welcher sich die alte Abtei Siegburg stattlich ausnimmt, durch ihre Lage erinnernd an die reichste Stiftung Österreichs, die Abtei Melk an der Donau.

Eine seltsame Wandlung haben die Bauwerke hier oben im Laufe der Zeit erfahren, aber es ist wohltuend, daß es der Weg zum Segen ist, den sie gingen, zum Segen einer großen, blühenden Provinz und der Ärmsten in ihrem Schoße.

Dem Gebiet der Sigamber, „der Siegreichen, Siegstarken", wie der Name aussagt, angehörend, die so manchen blutigen Strauß mit den Römern bestanden, und gerade den Austritt des Flusses aus dem erzreichen Bergland in die fruchtbare Talebene beherrschend, finden wir schon früh an der Stelle der Abtei eine Burg, die Vorhut des Berglandes; aber die Nebelschleier einer Vorzeit breiten sich darüber, aus der nur geringe Kunde zu uns dringt.

Erst mit dem elften Jahrhundert wird es lichter; aber zugleich tritt uns eine Schauergestalt entgegen. Es ist Pfalzgraf Heinrich der Wütende, der neben der Pfalzgrafenwürde zu Aachen den Maifelder- und Auelgau besaß und so auch Siegburgs Beherrscher war. Er litt, wie es scheint, an Anfällen plötzlicher Wut, die kürzer oder länger dauerten, aber seinem Wesen, bei der allgemeinen Roheit der Zeit, eine Wildheit, Gewalttätigkeit, Rücksichts- und Schonungslosigkeit verliehen, welche in Kämpfen und wirklich schauerlichen Taten sich auf eine furchtbare, schreckliche Weise ausprägten. Wegen der Schirmvogtei über das vom Pfalzgrafen Ezzo 1024 gestiftete Kloster Brauweiler wurde Heinrich mit dem Erzbischof Anno II. von Köln in eine Fehde verwickelt. Ezzos Tochter Richeza, Königin von Polen, hatte nämlich 1056 ihrem Vetter, dem Pfalzgrafen Heinrich, mit der Burg Cochem an der Mosel zugleich den Schutz der Güter des genannten Klosters übertragen. Als nun aber Erzbischof Anno eigenmächtig den Besitzstand von Brauweiler antastete und seine Güter dem Kloster St. Maria ad Gradus zu Köln zuwandte, griff Heinrich zu den Waffen. Von Siegburg aus fiel er in die Lande des Erzbistums Köln ein, mordete, raubte und brannte alle Orte nieder, die auf seinem Weg lagen, und erfüllte das Land mit solchem Schrecken, daß, wer fliehen konnte, in die Stadt Köln floh, um vom Erzbischof Hilfe zu erflehen.

Erzbischof Anno II. mußte zum Schwert greifen, um sein Land vor dem Feind zu retten; aber vorerst gebrauchte er die geistliche Waffe, die in seinen Händen ihre Wirkung nicht verfehlte. Er tat Heinrich in den Bann.

Der Pfalzgraf, welcher die Folgen dieser Strafe gar übel empfinden mochte, legte sich aufs Flehen, Versprechen, Verheißen, ja um sich des Erzbischofs Gnade zu erwirken, schenkte er ihm Siegburg und begab sich, um Buße zu tun, in das Kloster Görz. Bei einem Mann so wechselnder Laune wie bei dem Pfalzgrafen war indessen auf eine rechte, dauernde Umwandlung kaum zu rechnen, und das zeigte sich nur zu bald bestätigt.

Müde der Klosterzucht und durch neue gewaltsame Eingriffe Annos gereizt, riß er aus, sammelte ein Heer, und ärger denn zuvor fiel er in das Erzstift ein. Raub, Mord und Brand bezeichneten die Bahn des Wiedergekehrten.

In Cochem an der Mosel stand sein Heer, sich vorbereitend auf die Schlacht, da Anno gerüstet nahte.

Hier war es, wo er seine Gemahlin, weil sie sich das abgelegte Klostergelübde zu brechen geweigert, in einem Wutanfall ermordete; dann lief er heraus ins Lager und verkündete mit Händeklatschen und Gelächter seine Tat.

Entsetzen erfüllte alle, und wenige Tage reichten hin, sein Heer völlig aufzulösen. Man nahm ihn gefangen und sperrte ihn in dem Kloster Epternach ein, wo er jene Greueltat bis zu seinem Tode büßte.

Die Siegburg war nun des Erzstifts Besitztum; aber in Annos Seele wurde der Gedanke lebendig, die Stelle, wo der „Wütende" so manchen

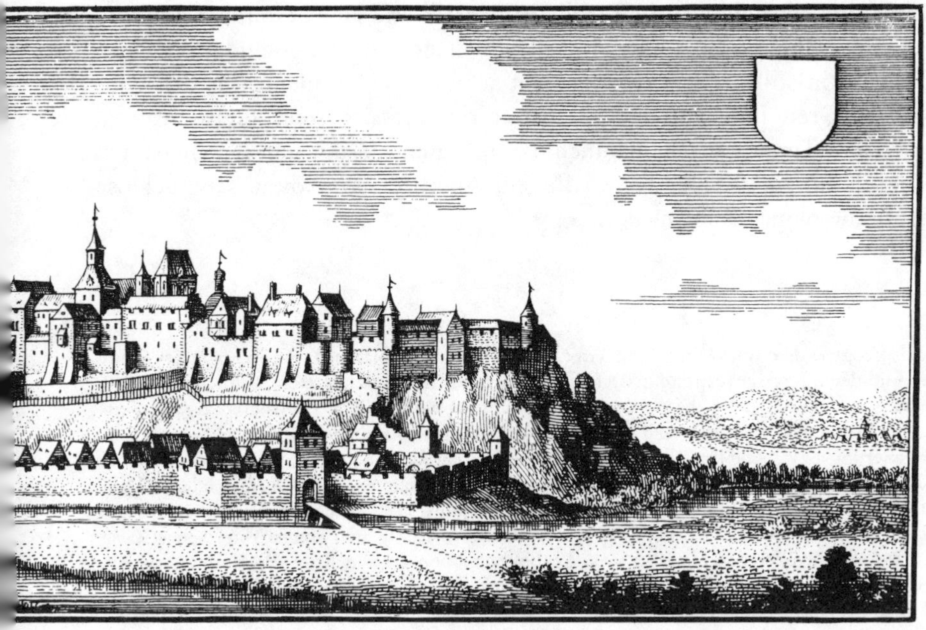

Frevel verübt, durch eine Umwandlung zu einem Heimwesen des Friedens und der Andacht zu heiligen. Die Legende berichtet darüber, daß, als Anno einst am Morgen in einer der Kirchen Kölns betete, ein Greis zu ihm trat und die ergreifenden Worte sprach: „Anno, zögere nicht, dir alsbald auf jenem Berg, auf welchem die Siegburg steht, deine Grabstätte herzustellen; denn deiner Tage Ziel ist nahe!“ Noch andere, himmlische Zeichen empfing Anno in jener Zeit. Als eines Tages die Bewohner des Dorfes Pielsdorf zur Kirche gingen, erblickten sie über der Siegburg ein mächtiges Kreuz am Himmel, das wunderbarer leuchtete als die Sonne.

Zu derselben Zeit übernachteten Pilger aus Griechenland in Bonn. Sie sahen im Traum eine goldglänzende Leiter auf der Siegburg stehen und bis zum Himmel reichen und Lämmer, von weißer Wolle bedeckt, hinaufsteigen in den Himmel. Da war es entschieden: Die Kirche wurde im Jahre 1064 mit Eifer zu bauen begonnen und die Abtei errichtet, so daß schon 1066 beide eingeweiht werden konnten.

Wie das überall sich wiederholte, so wurde auch die neue Stiftung aufs reichste von allen Seiten her beschenkt, nicht nur von Anno selbst, sondern auch von dem Kaiser Heinrich IV. und vielen edlen Fürsten und Herren.

Anno ließ zwölf Mönche vom Benediktinerorden aus dem Kloster Fruttuaria über die Alpen kommen; denn dieses Kloster lag bei Turin, und es scheint, da er die Insassen in größerer Nähe hätte finden können, als ob

Anno eine besondere Liebe für dieses Kloster und eine besondere Achtung vor seiner Zucht gehegt habe. Er selbst hielt sich an dem gesunden, schönen Ort gern in stiller Zurückgezogenheit auf und vergaß nicht, was der wunderbare Greis ihm warnend gesagt; er richtete sich seine Grabstätte zu, und nicht lange danach, nämlich 1075, legten sie ihn auf seinen letzten Wunsch hin in der Kutte des Benediktinerordens in diese schmucklose Gruft zur ewigen Ruhe nieder.

W. O. von Horn

Schirmvogtei: dem mittelalterlichen Vogt (Rechtsbeistand) oblag u. a. die Aufgabe des Schutzes und der Interessenvertretung kirchlicher Institutionen, da sich letztere weltlicher Geschäfte zu enthalten hatten. Während des 10. Jahrhunderts wurde die Schirmvogtei zu einem erblichen Lehen des Hochadels und diente dem jeweiligen Amtsinhaber häufig genug zu Machterweiterung bzw. -mißbrauch auch gegenüber der Kirche / Anno II. von Steußlingen (um 1010 – 1075): Erzbischof von Köln (seit 1056), dessen Taten in der 1105/06 entstandenen Dichtung „Das Annolied“ besungen werden; bereits im Jahre 1183 erfolgte seine Heiligsprechung (Tag: 4.12.) / Heinrich IV. (1050 – 1106): deutscher König und römisch-deutscher Kaiser (1056 – 1106), über den bis 1065 u. a. Erzbischof Anno II. von Köln das Vormundschaftsrecht ausübte / Fruttuaria: ehemalige Benediktinerabtei bei Volpiano in Piemont, 1003 von Wilhelm von St. Bénigne gegründet

Übertragung verschiedener Reliquien nach Siegburg

Eine besondere Verehrung, welche Erzbischof Anno von Köln gegen die Heiligen Gottes hegte, machte es ganz natürlich, daß er besonders auf Erlangung von Reliquien bedacht war, mit welchen er vorzüglich die Kirche seiner geliebten Abtei Siegburg zu bereichern strebte. Dieses Bestreben nach Reliquien zeichnet ein zeitgenössischer Chronist in der Weise, daß er sagt: „Anno war so begierig nach Reliquien, daß seine Sucht fast der Raubgier nahe kam“.

Auf einer Rückreise aus Italien nach Deutschland erbat sich Anno von der Markgräfin Adelheid von Savoyen die Reliquien des hl. Märtyrers Innozenz und das Haupt des hl. Märtyrers Vitalis, welche in der Kirche zu St. Maurice (Wallis) aufbewahrt wurden. Ohne Widerspruch wurden sie ihm bewilligt; allein um das Aufsehen des Volkes zu vermeiden, wollte sie Anno weder mit Gewalt noch öffentlich erheben, sondern tat dies in der Nacht und brachte sie nach langer und beschwerlicher Reise nach Siegburg, wo sie am Tage Christi Himmelfahrt, dem 13. Mai 1069, unter großem Zulauf des Volkes beigesetzt wurden.

Die Übertragung der Reliquien des hl. Märtyrers Benignus wird im Leben des hl. Anno folgendermaßen erzählt: In Schwaben hatte ein Fürst die Kirche und das Kloster St. Vitus gestiftet und mit reichlichen Gütern dotiert. Aus Dijon brachte er für diese Kirche die Reliquien der heiligen Brüder und Märtyrer Speusippus, Eleusippus und Meleusippus, welche, von Benignus getauft, zu Langres die Krone des Martyriums empfangen, sowie den Leib des hl. Mamertus, Bischof von Dijon, mit.

Als später, nach Verlauf vieler Jahre, der Stamm dieses Fürstenhauses ausgestorben war, kam St. Vitus nebst allen Besitzungen an das Kloster Ellwangen, indes war bereits die Kunde von den Reliquien verschollen. Zur Zeit des hl. Anno wurden sie von dem Abt Reinger von Ellwangen, einem Verwandten Annos, wiederentdeckt und erhoben. Dieser Abt hatte eine bedeutende Schuld an den Kaiser zu entrichten und trat Ende Dezember 1072 zu Bamberg die Reliquien des hl. Benignus gegen diese Schuld an Anno ab, welcher dieselben nach Köln und von da feierlich nach Siegburg bringen ließ. Am 16. Februar 1073 stellte sie Anno in der Pfarrkirche zu Siegburg auf, und am folgenden Tag, dem ersten Fastensonntag, wurden sie unter großer Festlichkeit in die Abteikirche übertragen.

Außer diesen Reliquien überbrachte er in die Abtei die Reliquien des hl. Alexius, des hl. Honoratus, des hl. Märtyrers Agapitus, zwei Häupter aus der maurischen Legion, einen Teil eines Armes vom hl. Gereon und mehrere andere.

Aegidius Müller

Schirmvogtei: dem mittelalterlichen Vogt (Rechtsbeistand) oblag u.a. die Aufgabe des Schutzes und der Interessenvertretung kirchlicher Institutionen, da sich letztere weltlicher Geschäfte gion, der seines Glaubens wegen enthauptet wurde (Tag: 22. 9.) / Benignus: Apostel der Gallier, den man im 2. Jahrhundert n. Chr. in Dijon durch Lanzenstiche ermordete (Tag: 1. 11.) / dotiert: ausgestattet / Gereon: Anführer der Thebäischen Legion, die ursprünglich zur Christenverfolgung eingesetzt werden sollte und deren Mitglieder, nachdem sie sich alle als Christen zu erkennen gegeben hatten, in Köln umgebracht wurden (Tag: 10. 10.)

Am Vorabend des Dreikönigstags

Rheinisch (aus Siegburg im Siebengebirge) 1857.

Hier kommen drei König' mit ihrem Stern,
Sie wollen Gott loben und dienen dem Herrn.

Wir kamen vor Herodes Tür.
Herodes sprach: „Wo wollt ihr hin?"

„Nach Bethlehem steht unser Sinn,
Nach Bethlehem steht unser Sinn."

Wir fanden das Kindlein wohl nackt und bloß
Und legten's Maria wohl auf den Schoß.

Wir gaben dem Kindlein auch unsre Geschenk'.
Daß uns der liebe Gott auch wieder gedenk'.

Ihr habt uns auch eine Verehrung gegebn;
Gott laß euch dies Jahr in Freuden erlebn.

In Freuden, in Freuden auch immerdar,
Das wünschen wir euch zum neuen Jahr.

Das wünschen wir Vater und Mutter und Kind
Und allen, die im Hause sind.

Wer auf den lieben Gott vertraut,
Der hat auf festen Grund gebaut.

Blankenberg

Die Schloßruinen von Blankenberg gehören unstreitig mit unter die ausgezeichnetsten in unserer Gegend, sowohl durch ihre Größe als ihre romantische Lage. Möchte man doch für die bequeme Besteigung der vier Türme und Warten, die vielleicht nirgendwo schöner als hier erhalten sind, einige Sorge tragen! Vor allem aber können wir hier den Wunsch nicht unterdrükken, daß man diese herrlichen Ruinen der allmählichen Zerstörung nicht anheimfallen lassen möge. In der hiesigen Grafenburg wohnten einst die Ahnen des ältesten und blühendsten deutschen Geschlechtes. Elisa, Schwester des Grafen Adolph von Berg, war die Gemahlin des Grafen von Blankenberg, nach dessen Tode sie den Schleier zu St. Klara in Köln nahm (gest. 15. April 1253). Der dreiundzwanzigste Graf von Kleve, Dietrich VII., war in zweiter Ehe vermählt mit Adelheid, der Tochter des Grafen Heinrich von Blankenberg und Heinsberg. Als das Haus Kleve durch Johann Wilhelm des Letzten Tod am 23. März 1609 erlosch, brachte Maria Eleonore, Wilhelms älteste Schwester, Gemahlin des Herzogs Albrecht von Preußen, die Besitzungen ihrer Vorfahren an das Haus Zollern.

Das jetzt zerstörte Schloß Blankenberg ließ Heinrich II. von Sayn im Jahre 1184 erbauen. Der Sage nach soll einst ein Graf, von den Feinden äußerst bedrängt, in der nahe liegenden, noch jetzt in ihren Ruinen sichtbaren St. Georgskapelle Gott um Rettung angerufen haben, worauf ihm ein Geist Hilfe und Befreiung versprochen. Er befahl ihm, nach der Nordseite hin, wo die mit kurzem Gestrüpp bedeckten steilen Felsmassen das

Entkommen unmöglich zu machen schienen, zu fliehen. Der Graf ließ sofort sein Streitroß vorführen, ritt, nachdem er den Gekreuzigten in seine Hände genommen und sich Gott empfohlen hatte, glücklich die steilen Felsen hinab, stürzte sich mit dem Rosse in den hier sehr steilen Siegfluß und entkam glücklich den Feinden.

Wann und wie das große und feste Schloß Blankenberg eine Ruine geworden und die gleichfalls sehr befestigte, aus sechshundert Häusern bestehende Stadt zu einem Dorf herabgesunken ist, wissen wir nicht. Der Volkssage nach soll Blankenberg im Dreißigjährigen Krieg zerstört worden und die Hauptbatterie von zehn halben Kartaunen bei Adscheid aufgestellt gewesen sein. Beim nahen Süchterscheid finden sich Spuren eines verschanzten Lagers. Die Geschichte erzählt, daß Blankenberg und Siegburg 1632 vom General Baudissin eingenommen, aber bereits 1635 von den Schweden an Pfalzgraf Wolfgang Wilhelm restituiert worden seien, wobei von einer Zerstörung nichts verlautet. Nur noch einzelne Mauerreste und vier sehr hohe, wohlerhaltene Türme stehen von dem ehemaligen Schloß, das auf der Spitze des hohen Felsens sich befand. Noch sehen wir die Reste von alten Ringmauern, während die Mauern der kleinen Stadt zum Teil noch gut erhalten sind. Man sieht, daß die Festungswerke zur Erhaltung von Baumaterialien oder zur Auffindung von Altertümern oder gar Schätzen allmählich demoliert worden sind. Außer den teils runden, teils viereckigen halboffenen Türmen ist ein altes Tor, das nach Eitorf führt, wohlerhalten, während die Masse der alten, rußigen Mauern ein großartiges Bild der Zerstörung darbietet. In den Stadtmauern, deutlicher noch in den Mauerresten der Burg, sieht man Gewölbe, die, offenbar später als die dikken Mauern erbaut, in der Folgezeit zur Verteidigung des Schlosses mit Kanonen besetzt gewesen zu sein scheinen. Am Fuße des wohl achthundert Fuß hohen Berges, zur linken Seite der Bergstraße, neben einem sogenannten Heiligenhäuschen, befindet sich ein gewölbter unterirdischer Gang, der durch den ganzen Berg in das Innere der Veste hinführt. Leider ist dieser riesige Gang zum Teil unzugänglich geworden infolge von Verschüttungen und der Anlegung von Weinbergen. Möchte unser Wunsch, denselben hergestellt zu sehen, bald in Erfüllung gehn!

Bei Nachgrabungen am Schloß fand man nur irdene Gefäße und einzelne Silbermünzen mit dem Bild der hl. Katharina und unleserlicher Umschrift. Ein Platz hinter der Kirche heißt noch heute „Auf der Münze". Fest an der Stadtmauer neben jenem Platze befindet sich eine Art verdeckter Batterie, mehrere hundert Schritte lang, der Schützenstall genannt, oberhalb der Erdoberfläche bei dreißig Fuß hoch, teilweise auf Gewölben, teilweise auf einer Mauer aufgeführt. Von dieser Seite aus war die Stadt schlecht befestigt, weshalb man dieses Bollwerk zu ihrer Verteidigung angelegt zu haben scheint. Hier fand man eine Menge eiserne Pfeilspitzen und steinerne Kugeln, deren noch viele beim Gastwirt, Herrn Katterbach in Blankenberg, zu sehen sind.

Von der Schloßruine bietet sich eine herrliche, in der Ferne durch das Vorgebirge begrenzte Aussicht dar. Rechts auf der Höhe sieht man das alte Kloster Bödingen, dann, den Lauf der Sieg verfolgend, zunächst am Fuße des Berges das Haus Attenbach. Weiter sieht man rechts am Fuße des Berges die Burg Allner, früher den von Spies, später dem Fürsten von Hatzfeld gehörig, nunmehr Besitztum des Freiherrn von Loe, dann die Dörfer Weingartsgasse, Seligental, Kaldauen, Haus zur Mühle und Siegburg. Zugleich schaut man über eine fruchtbare Landschaft; in der Nähe liegen das freundliche Geistingen und Hennef. Den Hauptaltar in der Kirche zu Blankenberg zierte vor einigen Jahren noch ein gutes Gemälde von Johann Theodor von Bärenklau, daselbst Dechant und Pfarrer, im siebzehnten Jahrhundert der Kirche geschenkt. Sein Bildnis war auf demselben in kniender Stellung, der Sitte gemäß, angebracht.

Friedrich E. von Mering

Kartaune (ital.): großes Geschütz / restituieren: zurückgeben, ersetzen / Fuß: von der Länge des menschlichen Fußes abgeleitete alte Längeneinheit (zwischen 0,25 und 0,34 m)

Die Zwergenhöhle zu Gummersbach

Die Nachbarschaft von Gummersbach war von Elfen, sogenannten Bergzwergen, bewohnt. Diese Wesen standen mit den dortigen Grundbesitzern in freundlichstem Verkehr. Sie waren den Ackersleuten hilfreich in ihren häuslichen Geschäften und besonders durch die Viehhut nützlich. Zur Winterzeit bei Schneefall suchten die Elfen ihr Obdach in den Häusern der Bauern und lebten dort unsichtbar als Glieder der Familie, oft durch ihre dankbaren Dienstleistungen, oft nur durch das Verschwinden der ihnen hingestellten Speisen bemerkbar. Selten ließen sie sich in ein Gespräch mit Menschen ein, und selten hörte man sie sich miteinander unterhalten. Nur wenn irgendeine Gefahr drohte, hörte man unheimliche Stimmen, eine Warnung oder einen Ratschlag, wie das drohende Übel abzuwenden sei. Es gab alte Leute, die nie einen Zwerg gesehen, nie die Stimme eines solchen gehört hatten und doch wußten, daß sie mit ihnen zusammenlebten. Altgläubige Leute versäumten nie, den unsichtbaren Mitbewohnern des Hauses Speisetöpfchen mit Brei sowie auch Honigschnitten in den Hausflur zu stellen. Besonders geschah dieses zur Zeit der dreizehn Nächte von

Weihnachten bis Dreikönigen. Dann wurde auf einen vermehrten Besuch der Zwerge gerechnet und ihnen feinere Speisen dargeboten.

Den ganzen Sommer über machten die kleinen Dienstmännlein sich durch treue Viehhut nützlich. Niemals kam dort ein Unglücksfall am Vieh vor, wo Zwerge die Hut übernommen hatten. Man erkannte ihre Tätigkeit an weißen Stäbchen, die, stets zwei Ellen lang und einen viertel Zoll dick, sich hinter dem Vieh herbewegten, was dem ganz wunderbar erschien, der nicht wußte, daß ein Zwerg unsichtbar das Stäbchen führte. Die hütenden Zwerge kamen den Sommer über selten in die Häuser, sondern blieben im Freien. Man setzte ihnen dann die Speisenäpfchen am Abend auf den Türpfosten des Stalles oder an den Zaun des Gehöftes. Alle Leute ermahnten der Zwerge wegen die Jugend, dort nicht mit Steinen zu werfen, wo das Vieh in Hut war, auf daß nicht etwa ein nützlicher Zwerg durch den Wurf beschädigt würde; und im Hause sowie draußen duldeten sie nicht, daß irgendein Messer oder sonstiges Schneidewerkzeug mit der Schneide nach oben gekehrt liegengelassen wurde. Man wußte große Nachteile davon zu erzählen, daß ein unbedachtsamer Elfe sich verletzt und darum Rache genommen oder doch seine nützliche Tätigkeit dem Grundbesitzer entzogen hatte. Als einmal ein Knabe beim Steinwerfen einen Zwerg am Kopfe getroffen hatte, so daß diesem sein Hütchen vom Kopfe fiel, da erboste der Zwerg, lief den Knaben sichtbar an und schlug ihn mit dem Stabe, wovon der Junge so erschrak, daß er fallsüchtig wurde. Seitdem blieb das Vieh unbehütet und die aufgestellten Speisenäpfe unberührt. In einem Bauernhaus, wo ein Messer mit aufwärts gekehrter Schneide auf der hinter dem Tisch stehenden Sitzbank gelegen hatte, hörte man eines Abends ein durchdringendes Gekreisch wie von einer Kinderstimme. Es wurde den Bewohnern erklärlich, daß ein Zwerg sich an dem Messer verletzt hatte, denn die bisher geleisteten Dienste unsichtbar geschäftiger Hände blieben aus, die Hauswirtschaft verlor ihren bisherigen günstigen Fortgang, und endlich brannte sogar das Haus nieder, das die Zwerge bisher vor solcher Gefahr behütet, keineswegs, nach Annahme des Nachbarn, als Brandstifter beschädigt hatten.

Die Wohnung dieser Zwerge oder Elfen war in der Nähe von Gummersbach, in der Rospe. Dort hebt sich eine steile Felswand über das Tal, und am unteren Ende dieser Wand ist eine Öffnung, etwa drei Fuß hoch und breit, die den Eingang zu der Zwergenhöhle bildet. Dieser Eingang führt in einen Stollen, so niedrig, daß man nur halb kriechend hindurchgelangen kann. In einer Länge von wenigen Ruten mündet dieser Stollen in einen schräg abgedachten Schacht, der in eine geräumige Halle führt, aus welcher sich nach verschiedenen Seiten hin Gänge verzweigen, die jetzt teils verschüttet, teils durch Tropfsteine so verengt sind, daß man sie nicht verfolgen kann. Die geräumige Halle ist von ansehnlicher Höhe, so daß sie auch den Menschen zum Aufenthalt dienen könnte, und an der Decke sowie an den Seitenwänden mit Tropfsteinbildungen verziert. Selbstverständlich fehlt dort das Licht des Tages, und man kann nur mit Hilfe von Bergmannslampen die Gänge besuchen. Viel hört man erzählen von ehemaliger Pracht; die Halle und das Innere des Berges seien von Karfunkelsteinen tageshell er-

leuchtet und alle Wände geschmückt gewesen. Das ist alles verschwunden, seit die Zwerge fortzogen. An verschiedenen Stellen findet man noch die Spuren ehemaliger Bewohnung. Nie duldeten die Zwerge menschlichen Besuch. Aller Verkehr geschah draußen. Hatten die umwohnenden Landleute eine Hochzeit oder sonst ein Fest und mangelte es ihnen an Zinn- oder Kupfergerät, so gingen sie vor die Öffnung der Höhle und riefen: „Liebe Bergleute, leiht uns zu dem Feste auf soundso viel Tage um guter Freundschaft und Nachbarschaft willen dieses oder jenes, so wollen wir es dann und dann blankgescheuert mit Dank zurückbringen." Am nächsten Morgen fanden die Besteller das gewünschte Gerät vor dem Eingang der Höhle aufgestellt und brachten es, nachdem sie es gebraucht hatten, wieder dorthin zurück. Auch Krautkessel konnte man dort von jeder Größe auf mehrere Wochen geliehen bekommen; es wurde dann die Größe oder der Inhalt von den Bestellern angegeben. Für das Leihen brachten die Bauern den Zwergen Lebensmittel wie Brot, Kraut oder Obst mit, auch Kleiderstoffe waren den Höhlenbewohnern willkommen. Geld nahmen sie jedoch nicht an, sondern ließen es, als ihnen wertlos, vor dem Eingang, wo es hingelegt wurde, liegen.

Montanus

Elle: altes Längenmaß (zwischen 0,60 und 0,80 m) / Zoll: früheres deutsches Längenmaß (ca. 2,5 cm) / Fuß: alte Längeneinheit (zwischen 0,25 und 0,34 m) / Rute: altes deutsches Längenmaß (ca. 3,77 m)

Rosinenballebäuschen

Zutaten: 500 g Mehl, 200 g Rosinen, 125 g Butter, 5 Eigelb, 8 Eiweiß, abgeriebene Schale einer 1/2 Zitrone, 1 Messerspitze Zimt, 1/4 l lauwarme Milch, 30 g Hefe, 2 Eßlöffel Zucker, 1 Prise Salz, Fett zum Ausbacken.

Zubereitung: Butter und Eigelb schaumig rühren. Die mit Milch, Zucker und Salz angesetzte Hefe, mit dem Mehl vermischt, unterkneten, Zitronenschale, Zimt und Rosinen hinzufügen. Den Teig kräftig kneten, zum Schluß das zu steifem Schnee geschlagene Eiweiß untermengen. Den Teig 1 1/2 Stunden gehen lassen, dann portionsweise in heißem Fett zu goldgelben Ballebäuschen backen.

Einige Bemerkungen über die Bewohner des Bergischen Landes

Ähnliche Einfachheit und Biederkeit herrscht auch zum Teil noch in den Teilen des Oberbergischen, welche zu Rheinpreußen gehören. Doch ist hier schon mehr Handelsgeist verbreitet und mit ihm zwar manche gute Eigenschaft, Spekulationsgeist und Rührigkeit, aber auch manche schlimme wie Mißtrauen und Eigennutz.

Noch in weit höherem Grade herrschen diese Tugenden und Untugenden in dem Niederbergischen, wo der Fabrik- und Handelsgeist ganz einheimisch ist. Hier trifft man unter den reicheren Klassen im allgemeinen nicht sehr viel Bildung, häufig aber viel Anmaßung, und bei der ärmeren Klasse Gemeinheit der Gesinnung, Leichtsinn und Verschwendungssucht.

Wer Fabrikgegenden kennt, weiß es, daß diese Eigenschaften daselbst zu Hause zu sein pflegen. So versteht sich dabei von selbst, daß wir dort auch die Tugenden fleißiger, unternehmender und betriebsamer Arbeiter treffen, welche in kräftiger Körperorganisation und sehr guten Geistesanlagen ihre Stütze finden. – Dabei ist ein Teil der Bewohner des Niederbergischen schon seit Jahrhunderten mystischen Ansichten in der Religion hold gewesen. Die Menschen spalten und sondern sich in Parteien und Sekten ab, und häufig verurteilt die eine die andere. Was aber wieder sehr preiswürdig ist, muß ebenfalls freudige Anerkennung finden: Der wahrhaft christliche Sinn vieler Familien, die im allgemeinen große Wohltätigkeit der Begüterten und die Geneigtheit, gemeinnützige Anstalten zu unterstützen, besonders solche, welche nach ihrer Ansicht richtige religiöse Grundsätze verfolgen. Da die Gemeinden des Bergischen Landes bei erledigten Pfarrstellen das Wahlrecht ausüben, so ist keine Hoffnung vorhanden, den mystischen Sektengeist so bald aus jenen Tälern zu vertreiben, indem die Gemeinden in der Regel nur solche Pfarrer wählen, welche ihre, allein für richtig gehaltenen Ansichten teilen. Deshalb, wie aus anderen Gründen, dürfte es sehr zu wünschen sein, daß eine einsichtsvolle höhere Behörde die erledigten Pfarrstellen selbst besetzte. Doch ist auch Hoffnung vorhanden, daß mit der Beförderung gründlicher und wahrer Bildung alle exzentrischen und veralteten Ansichten immer mehr schwinden und der Auffassung der ewigen Wahrheit des Christentums, welches ein aus frommem Herzen entspringendes Tatleben verlangt, Platz machen werden. – Auf den Höhen des Bergischen Landes herrscht wohl ebenso viel religiöser Sinn als in den Tälern, aber zugleich mehr klare Ansicht, mehr Weitsichtigkeit und Weitherzigkeit. Die weiten Aussichten über die Berge hinweg und in die großen Rheinebenen scheinen den geistigen Blick der Bewohner zu erhellen. Auch mag dazu die weite Verbreitung ihres Handels, indem sie ihre Waren nach Ost- und Westindien senden, sowie die Art der Beschäftigung der Fabrikarbeiter in Eisen und Stahl sehr viel beitragen. Diese Leute sind breitschulterige, zum Teil sehr schöne, hell und tief denkende, zu Versuchen aller Art geneigte, dabei aber mitunter massive, derbe, im Zorne gefährliche Menschen. Den Gehorsam gegen die Obrigkeit kennen sie kaum; sie bestehen auf ihrem eigenen Willen und remonstrieren ewig. Zehntausend Bewohner des Niederbergischen sind schwerer zu regieren als hunderttausend Einwohner des ehemaligen Herzogtums Kleve. Hier wohnen gefügige, lenksame, aber auch langsame, träge Menschen.

Friedrich Adolf Wilhelm Diesterweg

erledigte Pfarrstelle: unbesetzte, frei gewordene Pfarrstelle / exzentrisch: überspannt, absonderlich / remonstrieren: Einwendungen machen, Einspruch erheben

Die Bluthochzeit zu Wipperfürth

So töricht das Verlangen der Übereinstimmung von Meinungen, so gefährlich ist der Versuch, die Übereinstimmung gewaltsam zu erzwingen. Gerade bei tiefem religiösem Gefühl und bei Tatkraft und Nachhaltigkeit bildet sich da leicht der Fanatismus, die schrecklichste Verirrung, in die die Menschheit geraten kann. Das zeigte sich während des Dreißigjährigen Krieges im Jahre 1622 zu Wipperfürth. Das war gerade vierhundert Jahre vorher zu einer bergischen Hauptstadt erhoben worden und zu bedeutender Gewerbetätigkeit aufgeblüht. Die alte Landstraße von Köln nach dem westfälischen Sauerland hatte dazu beigetragen. Als in der zweiten Hälfte des 16. Jahrhunderts die Glaubenserneuerung von den bergischen Landesherren begünstigt wurde, gab es auch in Wipperfürth viele Lutheraner, und gerade die wohlhabendsten Einwohner waren darunter. Sie hatten eine schöne neue Kirche gebaut und viele Webereien angelegt. Besonders im Jahre 1614 vermehrte sich ihre Zahl bei der Zerstörung von Mülheim. Die zahlreichere katholische Partei sah dies mit Neid. Als der Landesherr Wolfgang Wilhelm zum alten Bekenntnis zurückgetreten war und mit Hilfe der Spanier die protestantischen Gemeinden unterdrückte, gewann der Glaubenshaß der Katholiken eine unheimliche Gestalt. Der Bürgermeister der Stadt, Johann Hagedorn, und sein Vetter, der gleichnamige katholische Pastor, der Richter Adolf Linden und die Stadtältesten Johann Weierstraß und Melchior Langenberg machten einen Plan, die Protestanten mit Gewalt zu vertreiben, und schürten den Haß des besitzlosen Volkes gegen die reichen Lutheraner, indem sie da große Beute in Aussicht stellten, wie ehedem bei der Judenverfolgung geschehen.

Was jene Herrn am unerträglichsten fanden, das waren gemischte Ehen, da mehrere jüngst eingewanderte Lutheraner katholische Bürgerstöchter geheiratet hatten. Die Fanatiker fürchteten, daß solche Verbindungen den Haß mildern, die Konfessionen verschmelzen, daß die Familienzuneigungen die Oberhand gewinnen würden. Am 12. März 1622 sollte wieder eine katholische Bürgerstochter mit einem Lutheraner getraut werden. Das brachte die Hetzerei zum Ausbruch. Da wurde das verabredete Zeichen gegeben, daß sich die katholische Partei in ihrer Kirche versammelte, während in der protestantischen die Trauungsrede gehalten wurde. Eine Art Schalmei, womit man sonst zum Gebete rief, war das Zeichen. Um zehn Uhr morgens eilten die Katholischen in ihre Kirche. Viele wußten schon Bescheid und hatten Waffen mitgebracht. Der katholische Pastor Hagedorn hielt eine Anrede. Darauf sprach der Bürgermeister. Einige Stimmen der Bürger waren für Aufschub des blutigen Werkes. Doch der Bürgermeister stellte den Beifall des Landesherrn, stellte große Glücksgüter und das große religiöse Verdienst, die Feinde des katholischen Glaubens zu vernichten, in Aussicht. Die Spanier, sagte er, seien schon im Anmarsch, die Protestanten alle totzuschlagen und ihre Reichtümer zu erbeuten, die sie auf Kosten der gläubigen Katholiken angesammelt hätten. Sie würden diese Güter, würden den Lohn in der Ewigkeit erlangen, wenn sie den Spaniern zuvorkämen. Das entfesselte den Neid und den Haß zu Habgier und Blutdurst. Herr Melchior Langenberg riß die Kirchtüre auf und eröffnete den Zug. Mit dem Rufe: „Gregorius hilf!" stürmte die Menge hinaus. Ein vorbeikommender Lutheraner wurde sogleich niedergestoßen. Der Mord entflammte die Wut. Jeder wollte ein gleiches Verdienst erringen, wie da ein Metzger mit seinem Mordmesser erworben. Die Protestanten, keine Gefahr ahnend, unterlagen der bewaffneten Übermacht. In ihrer Kirche verteidigten sich die Angegriffenen mit Stangen und Holzstücken, die sie ergriffen,

jedoch sie erlagen in ungleichem Kampfe. Jene, die sich in ihren Wohnungen vereinzelt zur Wehr setzten, wurden von der morddurstigen Schar überwältigt. Während aber die Wüteriche in der lutherischen Kirche alles zertrümmerten und die Kanzel unter Viktoriageschrei in die Wupper trugen, während andere in den Häusern der Reichen plünderten, hatten viele Verfolgte Zeit gewonnen, um zu flüchten. Haus, Hof und Habe hinterlassend, liefen sie nach Radevormwald oder nach Gummersbach hinaus, weithin verfolgt von der Mörderbande, die weder Weib noch Kind, noch Greise schonte. Man erzählt von einem starken Schmied, der sich zu diesem Zwekke eine Eisenwaffe geschmiedet hatte, mit der er Schlag auf Schlag den Schädel eines Lutheraners zerschmetterte. Doch auch von den Verfolgern trug mancher eine Wunde davon. Sogar der Bürgermeister Hagedorn trug eine Binde um die verwundete Stirn, und in diesem Aufzug fiel er vor dem großen Kruzifix am Markte auf die Knie, dankte Gott für den errungenen Sieg und stimmte das „Te Deum" an, daß es von den Bergen widerhallte. Der Jubel war unbeschreiblich. Die Wut des einen erhitzte den andern. Langenberg, Weierstraß und Linden verfolgten dann mit rohem Mordhaufen die Flüchtigen und streckten noch manchen nieder. Auf dem Weg nach Gummersbach hatten sich zwei katholische Weiber, die an Wipperfürther Protestanten verheiratet waren, mit ihren Kindern am dortigen Quell niedergelassen, um sich auf der Flucht in kurzer Rast zu erholen und den hungernden Kindern Brot zu reichen. Die Armen wurden ereilt und unbarmherzig niedergeschlagen. Man zwang sie noch, ein „Gegrüßt seist du Maria" zu beten, und hängte dann beide Frauen mit ihren Kindern an einem Baume auf. Dort sah man noch Jahre nachher die Gerippe unbegraben auf der sogenannten Teufelswiese, die von diesem Begebnis ihren Namen haben soll. Auf welcher Seite der Teufel gewesen ist, ob auf der der Verfolger oder der Verfolgten, das hat mit Zeit und Einsicht gewechselt.

Das war der Gregoriustag 1622 zu Wipperfürth, der in dortiger Kirche jährlich gefeiert wurde und zu dessen Gedächtnis eine Prozession unter Absingung der Litanei von allen Heiligen durch die Stadt zog. Erst der Erzbischof Spiegel hat diese Feier abgeschafft. Jene Schauderszene aber, als der Bürgermeister Hagedorn mit blutiger Stirn das „Te Deum" nach dem Sieg vor dem Kreuze angestimmt hat, ist, in einem Meißelwerk verewigt, noch heute in der Pfarrkirche zu Wipperfürth zu sehen. Möge dieses Steinbild, das ehedem eine Ausgeburt und ein Siegeszeichen des rohesten Fanatismus gewesen, hinfort, wo die verschiedenen Bekenntnisse friedlich in geschwisterlicher Eintracht zusammen wohnen, zur heilsamen Warnung vor Verirrungen dienen, die die ehedem reichblühende Stadt in die Unbedeutendheit eines ärmlichen Dorfes zurückgeworfen haben, da mit den Protestanten auch die Gewerbetätigkeit das Tal verlassen.

Montanus

Gregoriustag: 12. März

Der Spuk-Leuwert

Die Nacht des 25. Februar heißt im Oberbergischen Spuk-Leuwert. Man erzählt sich, daß man in dieser Nacht alle Hexen erforschen, daß man den Teufel bannen und mit ihm einen Vertrag abschließen könne. Zu diesem Ende begibt man sich auf einen beliebigen Kreuzweg und führt einen Eimer voll frischen Wassers und ein reines Handtuch mit sich. Mit dem Glokkenschlage zwölf zur Mitternacht wäscht man sich dann mit dem Wasser des Eimers und trocknet sich ab. Nach dieser feierlichen Waschung ziehen dann alle Hexen der weiten Umgegend in glänzendem Zuge vorbei und hinter ihnen her zieht der Teufel, hält vor dem Kreuzwege und fragt höflich, womit er dienen könne, was man von ihm begehre. Wahrscheinlich stammt dieser Glaube, der bis 1750 in allem Ernste im Oberbergischen im Schwange war, weniger von damaligen Teufelsbannern (abenteuernden Betrügern) als vielmehr von althergebrachten heidnischen Festen, die eine solche nächtliche Waschung sowie einen solchen nächtlichen Umzug bedingten.

Montanus

Das Bergische Land
(Auszug)

Altenberg ist ein wahrhaftiges Märchen; als landschaftliche Erscheinung und historische Erinnerung, wie durch den Kunstwert seiner Bauten unbedingt die Krone dieses reichen Landes. Weitab der Bahn und großen Wege liegt es im tiefen Tal der Dhünn, einem kleinen Fluß, der einsam durch den Wald der schwarzen Wupper noch kurz vor ihrer Mündung in den Rhein sein klares Bergwasser bringt. Von welcher Seite man auch kommt, immer muß man ein paar Stunden über die Berge wandern nach Altenberg, zum Teil so wie beim Dorfe Kump mit berühmten Ausblicken in das Rheintal, bis man, ins waldige Dhünntal niedersteigend, die Dächer vom Kloster und der Kirche tief unter sich in grünen Wiesen liegen sieht. Die Kirche, ganz ohne Turm, ist ein gotischer Dom von so gewaltiger Größe und solchem Ebenmaß, daß seinesgleichen außer dem Kölner Dom im ganzen Rheinland nicht zu finden ist, so daß man wohl erstaunt, ihn hier in seiner grünen Einsamkeit zu finden.

Er ist das Mausoleum der Bergischen Grafen und durch seine Kunst ein Ehrendenkmal für dieses Geschlecht, das hier seine Stammburg hatte. Die wurde nach dem Bau des neuen Schlosses Burg an der Wupper im Jahre 1133 in eine Zisterzienserabtei verwandelt, aus der dann dieser Dom entstand, dessen Schicksale merkwürdig dem von Köln verbunden sind: Sieben Jahre nach dessen Grundsteinlegung, also im Jahre 1255, wurde der Bau begonnen, nach Plänen, die denen des Kölner Doms sehr nahestehen, wie auch sein erster Baumeister Walter aus der Kölner Hütte stammte. Aber während dort ein übergewaltiger Plan nur zu Fragmenten kam, wurde der Bergische Dom zum größten Teil in wenigen Jahrzehnten vollendet, auch der spätere Bau der Westfassade trotz mancher Unterbrechung immer noch im Lauf eines Jahrhunderts, so daß er als vollendetes Denkmal edler Frühgotik der Nachwelt überliefert wurde. Die hat ihm freilich übel mitgespielt und zwar in unserer guten alten Zeit des neunzehnten Jahrhunderts ziemlich am schlimmsten. Im November 1815 brannte das Dach mit dem Glokkenturm ab, und seitdem ließen unsere biedermeierischen Ahnen viele Jahre lang den Himmel in dies edle Bauwerk regnen und schneien und waren nur recht eifrig, ihn auszuplündern. Und wenn er nicht das Glück gehabt hätte, von dem romantischen Preußenkönig Friedrich Wilhelm IV. als eine Gruft entfernter Ahnen entdeckt zu werden, hätte ihn vielleicht das Schicksal von Heisterbach auch nicht verschont.

So aber ist er, ein bißchen kahl und ausgeplündert zwar, doch darum edler noch in seiner Einfachheit, in seinem Waldtal stehen geblieben zu unserer ehrfürchtigen Bewunderung, das Heiligtum des Bergischen Landes. Man kommt von Westen an ihn heran und ist zunächst erstaunt, wie die Fassade kaum mehr als nur der schlichte Rahmen zu einem übergroßen, auch überreichen Fenster scheint; doch bald empfindet man die edle Haltung und das Fenster fast als fremd darin. Das verkehrt sich rasch ins Gegen-

Der „Bergische Dom" in Altenberg

teil, wenn man durch seine schlichte Pforte hineingeht: Da wirkt die Größe des Fensters nicht nur als notwendige Lichtquelle für die lange Halle, sondern zugleich wohlberechnet farbig und als linear ins Überzarte entwickeltes Mittelstück in diesen einfachen, doch edlen Pfeilerwänden, daß man die hohe Weisheit seiner Kunst erkennt und ein Gesetz, das die Frühgotik ebenso weise wie später zum Teil auch noch das Rokoko im Außenbau aus höchstem Kunstgefühl verwandte: die Konzentration des Schmuckes auf wenige Stellen. Die Einfachheit dieser Halle fällt zwar durch ihre Leere und den einfarbigen Anstrich besonders auf; aber sie ist ein berechnetes Mittel seiner Wirkung: statt der Bündelpfeiler einfache Rundpfeiler, deren Kapitelle nur zum Chor hin, nicht schon im Lagerhaus, zierliches Laubwerk tragen; in ihrem Sockel, in den Gurten überall Verzicht auf Schmuckwerk, der in einer wohlberechneten Verkleinerung der rhythmischen Maße gegen das Gewölbe hin eine weise Ergänzung findet. Die einfachen Fundamente klingen in streng erwogener Gliederung aus; und was die grauen ungeschmückten Wände verschweigen, das jauchzen die feinen Glasfenster ringsum, zwar auch nicht laut und bunt, zum Teil nur in Grisaillemalerei, doch so lebendig schillernd aus, daß man es sehr bedauern müßte, wenn eine übereifrige Restauration die Wände durch Malerei unruhig machte und so die edle Wirkung ihrer Einfachheit zerstörte, die bei einer Zisterzienserabtei schon durch die Gesetze dieses Ordens erstrebt werden mußte.

So ist die Kirche von erhabener Herrlichkeit als Gruft für das Bergische Herrschergeschlecht. Wenn man die wenigen noch unzerstörten Grabsteine und Mäler betrachtet hat und, an der schmucklosen Tür umkehrend, noch einmal den ganzen Eindruck dieser schlichten, nicht leeren Erhabenheit aufnimmt, dann überlegt man wohl, wie wenig Mausoleen, das Pantheon der Franzosen nicht ausgenommen, so würdig sind wie dies.

Draußen schließt man vor dem jubelnden Farbenklang des Frühlings für einen Augenblick die Augen, die ganz noch an die zarte Helligkeit gewöhnt sind; dann geht man wohl noch um den Dom herum, den Chor zu sehen und hier noch einmal dieselbe Schlichtheit in künstlerischer Beherrschung wiederzufinden. Hier fällt die Ähnlichkeit mit dem Kölner Bauwerk auf, zugleich mit der Erstaunung, wieviel edler und auch gegliederter sein einfacher Wuchs, der freilich durch das neue flache Dach nur zugedeckt, nicht aufgelöst ist, gegenüber seinem vielgegipfelten Genossen wirkt.

Wilhelm Schäfer

Bündelpfeiler: in der gotischen Baukunst ein Kernpfeiler, um den ringsherum kleine und große Dreiviertelsäulen gruppiert sind / Kapitell: das Kopfglied einer Säule oder eines Pfeilers / Gurt(bogen): ein Verstärkungsbogen, quer zur Längsachse, der die Jocheinteilung hervorhebt und verdeutlicht / Grisaillemalerei: Malerei in abgestuften Graufarben; oft in der Absicht, ein Relief vorzutäuschen

Das Ave Maria

Von einem Ritter sollt ihr hören,
Der weder fromm noch gläubig war,
Mit Raufen, Spielen, Fluchen, Schwören
Vertrieb er wohl das halbe Jahr.
Er betete nicht laut, nicht leise;
Er sprach nur in gewohnter Weise:
Gegrüßt seist du Maria!

Im Taumel rauschender Vergnügen
Gedacht er nicht, was Gott gefällt,
Und schlürfte mit begier'gen Zügen
Die kurze Süßigkeit der Welt.
Wie schlimm auch seine Sitten waren,
Doch half ihm oftmals aus Gefahren:
Gegrüßt seist du Maria!

Bald hatt' er mit noch braunem Scheitel
Sich satt geliebt, gezecht, gepirscht,
Daß alle ird'schen Freuden eitel,
Erkannte jetzt sein Herz zerknirscht.
Er dachte hehrer Gottesminne
Und sprach hinfort mit tieferm Sinne:
Gegrüßt seist du Maria!

Und angeweht vom Geist der Süßen,
Erwählt' er die gewissre Bahn;
Schon pocht' er, schwere Schuld zu
Am Altenberger Kloster an. [büßen,
Ein Bruder öffnet ihm die Pforte,
Da spricht er seufzend nur die Worte:
Gegrüßt seist du Maria!

Gekleidet war er und geschoren,
Man gab ihm einen Lehrer bei;
Doch war der Unterricht verloren,
Er lernte keine Litanei. [zen,
Auch schien ihn Strafe nicht zu schmer-
Er sprach nur aus bewegtem Herzen:
Gegrüßt seist du Maria!

So seltsam trieb er's bis zu Ende;
Schon blickt' er in das offne Grab,
Da wollt er keine Segensspende,
Wies Beicht' und Letzte Ölung ab.
Doch als sein Herz begann zu brechen,
Da hörte man ihn selig sprechen:
Gegrüßt seist du Maria!

Nun sind gesprengt die Erdenbande,
Die Brüder senkten fromm ihn ein,
Sieh, aus des Hügels frischem Sande
Sproß eine Lilie weiß und rein.
Und auf den lichten Blütenblättern
Las man in golden schönen Lettern:
Gegrüßt seist du Maria!

Und gäb euch nun ein heil'ger Engel,
Zu schauen durch der Erde Grund,
So säht ihr, wie der Lilienstengel
Entsprießt des Bruders keuschem Mund.
Dann miedet ihr vergebens Sagen
Und sprächt wie er auf eitle Fragen:
Gegrüßt seist du Maria!

Karl Simrock

Opladen-Lützenkirchen

Das in der Bürgermeisterei Schlebusch, an der sogenannten Wiebach gelegene Pfarr- und Kirchdorf Lützenkirchen (Lüzelinkirchen) mit dreißig Wohnhäusern und einhundertvierzig Einwohnern liegt eine Stunde von Opladen in der Nähe von Steinbüchel und Burscheid, in einer romantisch schönen und fruchtbaren Gegend. Die Hauptbeschäftigung der Bewohner ist Acker- und Obstbau sowie Viehzucht; dabei besitzt der Ort vier Mahlmühlen und eine Baumwollspinnerei. Letztere, eine frühere Pulvermühle, entzündete sich am 1. Juli 1782 und am 6. August 1811, wobei der Arbeiter Johann Schmitz sein Leben einbüßte. 1826 ließ der damalige Besitzer dieser Mühle, Hofrat Lülsdorff vom Hause Steinbüchel, Bruder des zu Düsseldorf 1820 verstorbenen Stiftsdechanten und Stadtpfarrers Joseph Lülsdorff, dorten zum letztenmal Pulver fabrizieren. Soviel steht wohl fest, daß Lützenkirchen eine sehr alte Pfarre ist. Nachweislich besitzt es jetzt schon die dritte Pfarrkirche. Wann die erste hiervor aber erbaut worden, ist nicht bekannt. Sie war sehr klein und hat davon dem Dorf den Namen gegeben; denn Lützenkirchen bedeutet Kleinkirchen. Die zweite Kirche, dem hl. Maurinus geweiht, wurde im Jahre 1686 erbaut und wegen ihrer Baufälligkeit und ihres allzu beschränkten Raumes 1844 abgebrochen. Der Turm hätte jedoch ohne alle Gefahr auch die dritte Kirche aushalten können, wurde aber gleichzeitig mit abgerissen, weil die neue Kirche einige Minuten von der alten Baustelle entfernt errichtet wurde; den Grundstein hierzu legte im Herbst 1844 der Herr Pfarrer Klein und hielt, nachdem der Herr Landdechant Krey sie eingeweiht hatte, im November 1847 den ersten Gottesdienst in derselben. Die Baukosten betrugen 25000 Taler.

Außer dieser Pfarrkirche befinden sich bei Lützenkirchen noch zwei Kapellen: eine die Annakapelle, die andere die Kreuzkapelle genannt. Erstere verdankt ihre Entstehung den Franziskanern, welche an dieselbe

Opladen

auch ein Kloster zu bauen beabsichtigten, was sie aber nicht ausführten; letztere, unweit des Dorfes auf der Hofstatt Lehn gelegen, den daselbst damals wohnenden Familien Daniels und de Berghes. In diesem Kapellchen, welches von den dortigen Bewohnern 1850 auf das schönste wiederhergestellt worden war, wurde in früheren Zeiten die sogenannte Amts-Frühmesse an den Sonn- und Feiertagen gelesen, denn Lützenkirchen hatte damals ein eigenes Gericht, das „Landgericht oder Dingstuhl" genannt; hierzu gehörten die Kirchspiele Burscheid, Witzhelden und Steinbüchel, wozu die beiden erstgenannten und auch Lützenkirchen zwei Schöffen und Steinbüchel nur einen zu liefern hatten. Diese Gerichte wurden später aber vereinigt und daraus die Friedensgerichte gebildet, wobei Lützenkirchen zu Opladen kam. Von dem Hofrat Lülsdorff (gestorben 1827 zu Steinbüchel) wurden die Friedensgerichtssitzungen abwechselnd zu Opladen und Lützenkirchen abgehalten, eine Begünstigung, welche seine Nachfolger diesem Orte nicht wieder zuteil werden ließen.

Friedrich E. von Mering

Ding, Thing: Gericht der Freien, Schöffengericht

Maikäfers Freierei

Maikäferlein wollt' freien gehn,
Maikäfer, flieg!
Goldkäfer sprach: „Ei, sei doch klug,
Bist ja noch lang nicht schmuck genug."
Maikäfer flieg!

„Wie sollt' ich denn noch schmucker sein?"
„Ei, wie man doch so fragen kann?
Schaff' erst dir goldne Flüglein an."

Maikäferlein wollt' freien gehn,
Hirschkäfer sprach: „Ei, sei doch klug,
Bist ja noch lang nicht schmuck genug."

„Wie sollt' ich denn noch schmucker sein?"
„So schaff' dir doch ein Prachtgeweih,
Als ob dein Vater König sei!"

Maikäferlein wollt' freien gehn,
Mistkäfer sprach: „Ei, sei doch klug,
Schaff' erst dir guten Wohlgeruch!"

Maikäferlein flog weit und breit:
„Wo kauft man goldne Flügelein,
Wo Hirschgeweih, wo Düfte fein?"

Maikäferlein flog lang umher,
Und flog vergeblich manches Jahr
Und ward nicht schöner, als es war.

Da hing es endlich trüb den Kopf
Und sprach: „Ich arm' Maikäferlein,
Jetzt bin ich alt und kriege kein'."

Die Moral

Und was man lernt aus diesem Lied?
Maikäfer flieg!
Wer alt ist, kriegt kein Weiblein mehr,
Drum hör, bedenk dich nicht zu sehr,
Maikäfer, flieg!

Alexander Kaufmann

Des Teufels Fuhrloch

Am Neujahrsabend 1751 hatte sich in der Schenke „Zum Bock" im Dorfe Bergisch Gladbach in gewohnter Weise eine Kartenspielgesellschaft zusammengefunden. Dort saß auch ein Mathives von Hebborn, ein bemittelter Bauer, der in den Spielkarten viel lieber blätterte als im Gebetbuch und ganze Tage, ganze Nächte wie angenagelt beim Kartentisch zu sitzen vermochte ohne ein anderes Wort, als eben zum Spiel gehörte. Es ging sogar die Rede, daß er andere während Messe und Vesper zu solchem Zeitvertreib oft verführt habe und daß er das Spiel so meisterhaft verstehe wie nur irgendein Zunftmeister sein Handwerk. An jenem Abend war es am Kartentisch recht lebhaft. Es wurde recht hoch und immer höher eingesetzt, und unser Kartenheld Mathives gewann Schlag auf Schlag. Da überwog endlich der Trieb, das Gewonnene in Sicherheit zu bringen, seine Spielsucht. Trotz aller Bitten und Vorstellungen seiner Spielgenossen gab er das Spiel auf und trat den Heimweg nach dem etwa eine halbe Stunde entfernten Hebborn an, seinen gewonnenen Schatz in die Eichenkiste zu tragen.

Es war eine heitere Frostnacht, das Licht des Vollmondes wurde durch die Schneedecke der Erde noch erhöht, und man konnte in dem engen Tal bis an die Höhen fast wie bei Tag alles gewahren. So war er freudigen Schrittes bis in die ungefähre Mitte des Weges gekommen, wo der Fahrweg tiefer liegt und das früher zusammengeflossene Regenwasser durch achttägigen strengen Frost zu einer dicken Eiskruste gefestigt war. Dort überwand ihn die Neugier, seinen Spielgewinn nachzuzählen. Er stampfte den Schnee von den Füßen, schaute sorgfältig umher, und als er bis an die Berge niemand gewahrte, zählte er, auf dem Eisspiegel stehend, seinen Schatz. Es waren neunundneunzig Reichstaler, meist in Krontalerstücken, die das kaiserliche Kriegsvolk jüngst ins Land gebracht. Als er so mit unverwandten Blicken an dem blanken Silber hing und an nichts dachte als an das schöne Geld, das er gewonnen, da sprach neben ihm eine rauhe Stimme:

„Ei! Ei! Mathives
Nur einer noch fehlt,
Dann sind hundert gezählt,
Neunundneunzig ist krumm,
Hundert runde Summ'."

Mathives schrak zusammen, so daß ihm der Säckel aus der Hand glitt. Er wandte sich um und erblickte einen großen Mann mit spitzigem Hute und grünem Rock. Der raffte den gefallenen Säckel wieder auf und gab ihn dem Eigentümer zurück. Dann machte er sich lustig über sein Erschrecken sowie auch darüber, daß er das Spiel aufgegeben, eh' er den hundertsten Taler gewonnen habe. Obgleich ihm das grinsende Antlitz auch fremd und unheimlich vorkam, so gefielen ihm doch die Worte, die seine Spiellust mächtig aufregten, so daß er alsbald wieder auf dem Weg nach Gladbach war. Als er einige Schritte gegangen, schaute er sich um, wie man zu tun pflegt, wenn man bei Nacht eine Summe Geldes mitführt und ein Unbekannter es gewahrt hat. Doch sah er nichts von dem Fremden mehr, obwohl kein verdeckender Gegenstand in der erhellten Gegend war. Doch dachte er nicht viel darüber nach. Die Spiellust hatte sein ganzes Gemüt ergriffen. Bald saß er wieder im Bock unter seinen Spielgesellen, die ihn mit großer Freude empfingen und ins Spiel aufnahmen. Da verlor er fort und fort. Er fühlte den Säckel immer leichter werden. Statt den hundertsten Taler zu gewinnen, verlor er die neunundneunzig. Noch wagte er und borgte. Auch da verlor er. Da sprang er zornig auf, warf den leeren Säckel auf den Tisch und eilte von dannen, vom Spott seiner Genossen verfolgt. Traurig schlich er den Weg, den er soeben noch fröhlich geschritten. Als er aber an die Stelle kam, wo er das Geld gezählt hatte, da erschreckte ihn wiederum dieselbe rauhe Stimme:

„Ei! Ei! Mathives
Neunundneunzig und eins
Sind hundert oder keins,
Vor dem einen verwahrt
Neunundneunzig erspart.
Ei! Ei! Mathives!"

Als sich nun der Spieler umschaute, da sah er den nämlichen Fremden, der ihn auch vordem angeredet und zur Erneuerung des Spieles angespornt hatte. Da sah er, wie sich das Antlitz des Fremden verzerrte und die ganze Gestalt sich umwandelte. Statt des Spitzhutes sproßten ein paar schwarze Hörner mit feurigen Spitzen hervor, die Kleider verwandelten sich in Zottelhaar, und statt auf menschlichen Füßen tanzte das Scheusal auf Pferdehufen umher. Da mit einem Male fuhr die Gestalt, die kein anderer als der Teufel selber war, durch das harte Eis hinab mit Krachen und war verschwunden. Der arme Mathives, der vor Schrecken wie festgefroren dastand, hörte noch die Spottworte tief aus dem Boden heraufklingen: „Frisch auf, Mathives, gekart't, gekart't!"

Seiner Sinne kaum mächtig, kam er nach Hause. Von dem Augenblick an war ihm die Lust am Kartenspiel vergangen, und er suchte durch die Erzählung der Begebenheit auch andere vom Kartenspiel zurückzuschrecken.

Die Stelle aber, wo der Teufel durchs Eis gefahren, ist heute noch bekannt: Zwischen zwei tiefen Fuhrgleisen befindet sich ein Schlammloch, das nie trocken wird. Von jedem Kind der Nachbarschaft kann man sich dieselbe zeigen lassen. Sie hat und behält den Namen „des Teufels Fuhrloch".

Montanus

Schloß Bensberg

Auf der Rheinfahrt von Bonn nach Köln zieht am rechten Rheinufer ein von Bergeshöhe weit in die Ebene blickender Bau eine gute Weile den Blick des Wanderers auf sich; es ist das Schloß von Bensberg, etwas nordöstlich von Köln, jetzt ein Kadettenhaus. Schon im Mittelalter trug der Berg eine feste Burg, die aber später zerfiel und jetzt zu einem Kloster und Krankenhaus umgebaut ist. Als nun im Jülich-Klevischen Erbfolgestreit das alte Herzogtum Berg an die Kurpfalz gefallen war, erkor der Kurfürst Johann Wilhelm Düsseldorf zu seiner Residenz, und da ihn Brandenburgs Erhebung zum Königtum reizte, seine nunmehr so ausgedehnten pfälzischen Lande auch zu einem Königtum zu erheben, so begann er die Verwirklichung dieses Traumes, der ja ein Traum geblieben ist, mit dem Bau eines Königsschlosses „bei Rhein", das weithin über die Lande und über den blauen Rhein glänzen sollte. So baute er von 1703 bis 1710 das Schloß Bensberg, einen auserlesenen, riesigen Prachtbau, der ungeheure Summen verschlang; die besten italienischen und niederländischen Meister jener Zeit schmückten das Schloß mit zahllosen Wandgemälden, Skulpturen und Stuckdekorationen. Johann Wilhelms Nachfolger haben nie dort gewohnt, und das Schloß verödete; nach und nach wurden alle Gemälde, sogar viele Wandzieraten nach München und Schleißheim überführt, und in der französischen Zeit verfiel alles aufs jämmerlichste. Als Preußen hier die Herrschaft übernahm, wurde Bensberg erst Lazarett, dann Kadettenhaus. Der Garnisonbaudirektor des 8. Armeekorps hat zwischen 1837 und 1840 hier förmlich gewütet, die herrlichen Stukkaturen wurden weggeschlagen, die imposanten Rokokotreppen entfernt, die Kamine und stolzen schmiedeeisernen Gitter der Balkone herausgerissen, die Malereien teils abgeklopft, teils überstrichen, die Schloßkapelle, ein Juwel der Spätrenaissance, mußte wegen ihrer Festigkeit gewaltsam gesprengt werden. Ein Grund, sie zu zerstören, lag nicht vor. Doch es kam ein kunstliebenderes und pietätvolleres Geschlecht, und 1896 hat der Kommandant des Kadettenhauses die noch vorhandenen Reste an Skulpturen und Malereien sorgsam reinigen und wiederherstellen lassen.

Aus: Sagen und Geschichten des Rheintals

Jülich-Klevischer Erbfolgestreit (1609 – 14): eine beim Tod des letzten klevischen Herzogs Johann Wilhelm entstandene Auseinandersetzung zur Zeit der katholischen Gegenreformation zwischen den protestantischen Ländern Sachsen und Brandenburg und dem katholischen Pfalz-Neuburg. Der Konflikt wurde durch den Teilungsvertrag von Xanten (1614) dahingehend beigelegt, daß Brandenburg Kleve, Mark, Ravensberg und Ravenstein erhielt, Pfalz-Neuburg dagegen Jülich und Berg. / Kurfürst Johann Wilhelm, genannt Jan Wellem, regierte von 1690 bis 1716 in Düsseldorf

Der Pfalzgraf und die Müllerstochter

Es fuhr sich ein Pfalzgraf wohl über den Rhein,
Viel Roß' und Jäger wohl um ihn sein.

Als sie nun durch den Talweg ziehn,
Da steht ein' stille Mühle vor ihn'n.

Des Müllers schönes Töchterlein,
Sie schaute aus ihrem Fensterlein.

„O Müller, gib dein' Tochter heraus,
Sonst steck' ich den roten Hahn aufs Haus!"

„Steckst du den roten Hahn aufs Haus,
So geb' ich doch nicht die Tochter heraus."

Zuerst schlug er den Vater tot,
Zum andern die Frau Mutter rot.

Zum dritten alle Brüder drei,
Daß Gott der Herr ihnen gnädig sei!

Der Pfalzgraf steckte ein das Schwert,
Die Tochter nahm er mit aufs Pferd.

Und da sie kamen auf grüne Heid',
Da glänzen die sieben Schlösser weit.

„Schaust du die sieben Schlösser mein,
Drauf sollst du morgen Markgräfin sein!"

„Ich wollt', das Feuer hätt' sie verzehrt,
Ich wollt', ich läg' in kühler Erd."

Bei Spiel und Tanz und Jubelschall
Führt man die Braut wohl in den Saal.

„Nun iß und trink den kühlen Wein
Und laß dein Herze fröhlich sein!"

„Ich esse nicht, trink nicht den Wein,
Mein Herz kann nimmer fröhlich sein.

Zuerst schlugst du den Vater tot,
Zum andern die Frau Mutter rot.

Zum dritten all die Brüder mein:
Daß Gott der Herr ihnen gnädig sei!"

Der Tag verging, der Abend kam,
Die Braut ward in die Kammer bracht.

Bei zweiundsiebzig Kerzen und Schein
Führt man die junge Braut hinein.

Wohl um die Nacht, die halbe Nacht,
Der Pfalzgraf heimlich vom Schlaf erwacht.

Da wollt' er küssen den roten Mund,
Doch sie war tot und nicht mehr gesund.

Aus meinem Leben

(Auszug)

Der Mensch ist irgendwo geboren.

Mir wurde dieses Glück zuteil am 22. Februar 1840, an welchem Tage ich in der Kasematte zu Köln-Deutz das Licht der Welt erblickte. Mein Vater war der Unteroffizier Johann Gottlob Bebel in der 3. Kompanie des 25. Infanterieregiments, meine Mutter Wilhelmine Johanna, geborene Simon. Mein Taufschein weist nicht Deutz, das damals noch eine selbständige Gemeinde war, sondern Köln als Geburtsort auf, offenbar weil die Deutzer Garnison zu jener der Festung Köln und zur gleichen Kirchengemeinde gehörte.

Das „Licht der Welt", in das ich nach meiner Geburt blickte, war das trübe Licht einer zinnernen Öllampe, das notdürftig die grauen Wände einer großen Kasemattenstube beleuchtete, die zugleich Schlaf- und Wohnzimmer, Salon, Küche und Wirtschaftsraum war. Nach der Angabe meiner Mutter war es abends Schlag neun Uhr, als ich in die Welt trat, insofern „ein historischer Moment", als eben draußen vor der Kasematte der Hornist den Zapfenstreich blies, bekanntlich seit „unvordenklichen Zeiten" das Zeichen, daß die Mannschaften sich zur Ruhe zu begeben haben.

Köln-Deutz

Prophetisch angelegte Naturen könnten aus dieser Tatsache schließen, daß damit schon meine spätere oppositionelle Stellung gegen die bestehende Staatsordnung angekündigt wurde. Denn strenggenommen verstieß es wider die militärische Ordnung, daß ich als preußisches Unteroffizierskind in demselben Augenblick die Wände einer königlichen Kasemattenstube beschrie, und ich soll schon bei meiner Geburt eine recht kräftige Stimme gehabt haben, in dem der Befehl zur Ruhe erlassen wurde.

Aber die so folgerten, täuschten sich. Es hat später noch geraumer Zeit bedurft, ehe ich mich aus den Banden der Vorurteile befreite, in die das Leben in der Kasematte und die späteren Jugendeindrücke mich geschlagen hatten.

Eine preußische Unteroffiziersfamilie der damaligen Zeit lebte in erbärmlichen Verhältnissen. Das Gehalt war mehr als knapp, wie denn zu jener Zeit überhaupt in der Militär- und Beamtenwelt Preußens Schmalhans Küchenmeister war, und so ziemlich jeder für Gott, König und Vaterland den Schmachtriemen anziehen und hungern mußte. Meine Mutter erhielt die Erlaubnis, eine Art Kantine führen zu dürfen, das heißt sie hatte das Recht, allerlei kleine Bedarfsartikel an die Mannschaften der Kasematten zu verkaufen, was in der einzigen Stube geschah, die wir innehatten. So sehe ich sie im Geiste noch heute vor mir, wie sie abends bei der mit Rüböl gespeisten Lampe den Soldaten die steinernen Näpfe mit dampfenden Pellkartoffeln füllte, pro Portion sechs Pfennig preußisch.

Für uns Kinder, mir war im April 1841 der erste Bruder und im Sommer 1842 der zweite geboren worden, war das Leben in den Kasematten ein Leben voller Wonnen. Wir trieben uns in den Kasemattenstuben umher, verhätschelt oder auch gehänselt von Unteroffizieren und Mannschaften. Waren aber die Stuben leer, weil die Mannschaften zu Übungen ausgerückt waren, so begab ich mich auf eine derselben und holte die Gitarre des Unteroffiziers Wintermann, der auch mein Taufpate war, von der Wand, auf der ich dann so lange musikalische Übungen betrieb, bis keine Saite mehr ganz war. Um diesen ungezügelten Musikübungen und ihren bösen Folgen eine entsprechende Ablenkung zu geben, schnitzte er mir aus einem Brett ein gitarrenartiges Instrument, das er mit Darmsaiten bezog. Ich saß nunmehr mit diesem in Gesellschaft meines Bruders stundenlang auf der Türschwelle zu einem Hof in der Deutzer Hauptstraße und malträtierte die Saiten, was die beiden Töchter eines gegenüberwohnenden Dragonerrittmeisters so „entzückte", daß sie uns öfter für meine musikalischen Leistungen mit Kuchen oder Konfekt regalierten. Natürlich litten unter diesen musikalischen nicht die militärischen Übungen. Der Anreiz dazu lag ja in der ganzen Umgebung, er lag buchstäblich in der Luft. Sobald ich also die ersten Hosen und den ersten Rock anhatte, die selbstverständlich beide aus einem alten Militärmantel des Vaters gezimmert worden waren, stellte ich mich, ausgestattet mit der nötigen Bewaffnung, neben oder hinter die auf dem freien Platz vor der Kasematte übenden Mannschaften und ahmte ihre Bewegungen nach. Wie mir meine Mutter später öfter humorvoll erzählte, soll ich namentlich das rechts und links Aufrücken meisterlich fertigbekommen haben, eine Übung, die den Mannschaften viel Schweiß verursachte und bei der ich ihnen manchmal von dem kommandierenden Offizier oder Unteroffizier als Muster hingestellt worden sein soll.

Meines Vaters Augen sahen aber allmählich das Kommißleben anders an als sein Sohn. Er war zwar, wie uns meine Mutter öfter erzählte, gleich seinem Bruder ein außerordentlich gewissenhafter, pünktlicher und adretter Militär – ein sogenannter Mustersoldat –, aber er hatte zu jener Zeit bereits seine zwölf und mehr Jahre Militärdienstzeit auf dem Rücken, und ihm stand das Soldatenleben schließlich, wie man zu sagen pflegt, bis an den Hals. Der Dienst wurde damals wohl auch noch kleinlicher und engherziger betrieben als heute. Der Gamaschendienst feierte zu jener Zeit seine Orgien. An Unabhängigkeits- und Oppositionsgeist hat es meinem Vater offenbar auch nicht gefehlt, für den zu jener Zeit in der Rheinprovinz der rechte Boden war, und so kam er öfter in höchstem Zorn und mit Verwünschungen auf den Lippen vom Exerzierplatz in die düstere Kasemattenstube. Als im Jahre 1840 unter Louis Philippe und seinem Ministerium Thiers ein Krieg zwischen Frankreich und Preußen drohte, soll er eines Tages in höchster Empörung in die Stube getreten sein, weil nach seiner Ansicht ein blutjunger Offizier ihm zu nahe getreten war, und meiner Mutter zugerufen haben: „Frau, wenn es losgeht, die erste Kugel, die ich verschieße, gilt einem preußischen Offizier!" Der Ausdruck „preußischer Offizier" im Munde eines preußischen Unteroffiziers befremdet, er erklärt sich aber. Damals und noch viel später wurde von den Bevölkerung des preußischen Rheinlands jeder Offizier und Beamte einfach als „Preuß" bezeichnet. Die Rheinländer fühlten sich noch nicht als Preußen. Mußte ein junger Mann Soldat werden, hieß es kurz: Er muß Preuß (plattdeutsch „Prüß") werden. Es gab sogar hierfür ein derbes Schimpfwort. Ich hörte noch im Frühjahr 1869, als ich mit Liebknecht in einer politischen Angelegenheit in Elberfeld war, daß in der Wirtsstube des Hotels, in dem wir wohnten, ein Gast zu den anderen sagte: „Was will denn der preußische Offizier hier?", als er auf der Straße einen Offizier vorübergehen sah. Elberfeld hatte damals wie heute keine Garnison.

Die geschilderte Auffassung war offenbar auch meinem Vater geläufig geworden. Als er dann in den Jahren 1843 und 1844 nach fünfzehnjähriger Dienstzeit als schwerkranker Mann über Jahr und Tag im Militärlazarett verbringen mußte, den Tod und das Elend seiner Familie vor Augen, hat er die Mutter wiederholt in der nachdrücklichsten Weise gebeten, nach seinem Tode uns Jungen ja nicht für das Militärwaisenhaus einzugeben, weil damit die Verpflichtung zu einer späteren neunjährigen Dienstzeit in der Armee verbunden war. Bei dem Gedanken, daß die Mutter dieses dennoch aus Not tun könnte, rief er in seiner durch die Krankheit gesteigerten Erregung wiederholt aus: „Tust du es dennoch, ich erstech' die Jungen vor der Kompanie."

Nach dreizehnmonatiger Krankheit starb der Vater, 35 Jahre alt, ohne daß die Mutter die Berechtigung zum Bezug einer Pension hatte. Wir mußten kurz nach dem Tode des Vaters die Kasematte verlassen, und die Mutter wäre schon jetzt gezwungen gewesen, nach ihrer Heimat Wetzlar überzusiedeln, wenn nicht der Zwillingsbruder des Vaters, August Bebel, sich der Mutter und unserer annahm. Um diese Pflicht besser erfüllen zu können, entschloß er sich, Herbst 1844, meine Mutter zu heiraten.

Dieser mein Stiefvater war im September 1841 wegen Ganzinvalidität mit einem Gnadengehalt von zwei Talern monatlich aus dem Dienst im 40. Infanterieregiment entlassen worden. Ursache der Invalidität war der Verlust der Kommandostimme infolge einer Kehlkopfentzündung, die später ebenfalls in Schwindsucht ausartete. Er hatte nach Aufgabe seiner Stellung im Regiment nahezu zwei Jahre als Polizeiunteroffizier im Militärlazarett in Mainz fungiert und hatte alsdann provisorisch die Stelle eines Revieraufsehers in der Provinzial-Korrektionsanstalt Brauweiler bei Köln angenommen. Seine eigentliche Absicht war, bei der Post in Dienst zu treten. Aber damals befand sich das Postwesen noch in Stagnation. Sollte eine Stelle besetzt werden, so mußte meist erst ein bisheriger Stelleninhaber sterben oder pensioniert werden, ehe eine solche frei wurde. Bezeichnend für die Art des Postdienstes jener Zeit ist, daß, als mein Stiefvater im Sommer 1844 nach Ostrowo an seinen Bruder schrieb, um eine ihm nötige amtliche Vollmacht für seine Heirat zu erwirken, er auf der Adresse des zufällig in meinen Händen befindlichen Briefes vermerkte: „Absender bittet um baldige Abgabe". Die Briefbestellung war also damals offenbar eine seltene und auch säumige. Die gewünschte Stelle bei der Post als Briefträger wurde meinem Stiefvater nach mehrjährigem Warten endlich im Oktober 1846 angetragen, als er eben auf der Totenbahre lag.

Wir siedelten im Spätsommer 1844 nach Brauweiler über. Mein nunmehriger Vater hatte hier in der großen Provinzialanstalt sicher den schwersten Dienst. Er war unter anderem auch Aufseher der Gefangenenanstalt.

Hier in Brauweiler besuchte ich schon von Herbst 1844 ab, erst viereinhalb Jahre alt, die Dorfschule, und zwar wurde ich in diesem jugendlichen Alter als „Freiwilliger" aufgenommen. Kehrten wir Kinder aus dieser zurück, so mußten wir eines der Anstaltstore passieren, das eine Schildwache zu öffnen hatte. Eines Tages aber waren wir starr vor Überraschung, als der Posten die Tür öffnete und wir statt des bisher im Gebrauch gewesenen Tschakos einen glänzenden Helm von sehr bedeutender Höhe auf seinem Haupte thronen sahen. Diese ersten Helme waren im Vergleich zu ihren Nachfolgern in der Jetztzeit wahre Ungetüme und entsprechend schwer. Wir erholten uns von unserer Überraschung und unserem Staunen erst, als der Posten uns anherrschte: „Jungs, macht, daß ihr hereinkommt, oder ich schlage euch die Tür vor der Nase zu!"

Die Krankheit meines Vaters machte unterdes rapide Fortschritte. Bereits am 19. Oktober 1846 starb er nach etwa zweijähriger Ehe. So war meine Mutter binnen drei Jahren zum zweitenmal Witwe und wir vaterlose Waisen. Auch aus dieser Ehe hatte die Mutter keinen Anspruch auf staatliche Unterstützung. Nunmehr blieb ihr nichts übrig, als nach ihrer Heimat Wetzlar überzusiedeln. Anfang November wurden abermals die Siebensachen auf einen Wagen geladen, die heutigen Möbelwagen gab es wohl zu jener Zeit noch nicht, und wurde die Reise nach Köln angetreten. Das Wetter war häßlich. Es war kalt und regnerisch. In Köln wurde der Hausrat am Rheinufer unter freiem Himmel aufs Pflaster gesetzt, um von dort per Schiff nach Koblenz und von dort wieder per Wagen das Lahntal hinauf nach Wetzlar transportiert zu werden. Als wir abends gegen 10 Uhr die Schiffskajüte zur Fahrt nach Koblenz betraten, war diese mit Menschen überfüllt, und es herrschte ein Tabakqualm zum Ersticken. Da uns niemand Platz machte, legten wir zwei Jungen, todmüde wie wir waren, uns dicht an der Tür auf den Fußboden und schliefen, wie nur müde Kinder schlafen können. Den fünften oder sechsten Tag kamen wir endlich in Wetzlar an, in dem damals noch meine Großmutter und vier verheiratete Geschwister – drei Schwestern und ein Bruder – meiner Mutter lebten.

August Bebel

Rüböl: Brenn-, Schmieröl aus Raps-, Rübensamen / malträtieren: schinden, mißhandeln, quälen / regalieren: bewirten, beschenken / Louis Philippe (1773 – 1850): französischer „Bürgerkönig", der von 1830 bis 1848 regierte und durch die Februarrevolution von 1848 gestürzt wurde / Thiers, Adolphe (1797 – 1877): unter Louis Philippe französischer Ministerpräsident (1836 – 40); er wurde 1840 gestürzt, weil er durch einen Krieg das linke Rheinufer gewinnen wollte / Liebknecht, Wilhelm (1826 – 1900): deutscher Politiker, der neben August Bebel der erste Führer der Sozialdemokratie war und die Zeitung „Vorwärts" herausgab / Korrektionsanstalt: Fürsorgeanstalt / Tschako (ung.): Kopfbedeckung, eine Art von Helm

Hearengsstipp

Salzheringsstückchen mit „Stippzaus"

Für zwei Personen nimmt man drei Salzheringe und wässert diese etwa anderthalb Tage lang; man gibt sie mehrmals in frisches Wasser, bis das Salz herausgezogen ist. – Die Zubereitung eines Hearengsstipps sollte am Abend vor der Mahlzeit geschehen. Man köpft die Heringe, entgrätet sie und wäscht sie noch einmal unter fließendem Wasser ab. Dann schneidet man sie in etwa quadratzentimetergroße Stücke. – Nun bereitet man die „Stippzaus": Man schält einen großen sauren Apfel und schneidet ihn in $^1/_2$ Quadratzentimeter große Stückchen, hackt eine große Zwiebel fein und mischt sie darunter. Dann rührt man $^1/_8$ l Milch, $^1/_8$ l Büchsenmilch, etwas Sahne und 1 Eßlöffel gutes Salatöl an und mischt alles mit Apfel und Zwiebel. Mit wenig Weinessig und (wenn nötig) einer Prise Salz schmeckt man nun ab. – Danach gibt man die vorbereiteten Heringsstücke in die

„Stippzaus" und rührt alles gut durch. Mit gemahlenen, geschälten Haselnüssen dickt man den Hearengsstipp nach Belieben. (Wer Gurken verwendet, der betrügt seine Gäste!) Zuletzt träufelt man noch einige Tropfen gutes Öl auf. Es ist sehr wichtig, daß der Hearengsstipp lange genug zieht! (Nachtisch: 1 Flasche Rheinwein!)

An Köln

O Köln, du große Freudenstadt,
Was sag' ich noch zu deinem Ruhme?
Wie du geblüht im grauen Altertume,
So blühst du noch – die schönste Blume,
Die je geblühet hat!

Dich preis ich, Königin, allein!
Der hohe Dom ist deine Krone!
Ha, wie es rauscht an deinem Uferthrone!
Die Völker bringt dir, jeder Zone,
Der rebengrüne Rhein.

Frohlockend grüßt dich ihr Gesang;
Und rascher schlägt den Schaum der Wellen
Der Schiffer, wenn in Tönen, wunderhellen,
Herab von Kirchen und Kapellen
Erklingt der Glocken Klang;

Wenn in der Abendsonne Strahl
Die buntbemalten Fenster sprühen,
Wenn rings die alten Gotenbögen glühen
Wie Laubgewinde, die erblühen
Mit Rosen ohne Zahl.

Still schreit' ich durch das graue Tor,
Dran hoch hinauf die Linden ragen;
Und prächtig steigt der Glanz aus fernen Tagen,
Der ganze Zauber deiner Sagen
Vor meinem Geist empor!

Hier ist's, wo Agrippinens Haar
Sich lockig um die Schläfen drückte,
Wo Karl Martell vom Kapitole blickte
Und wo das Schwert, das blut'ge, zückte
Durch der Normannen Schar!

Hier rief zu deiner Bürger Krieg
Das Horn in schauerlichen Klängen;
Hier sah man Panzer gegen Panzer drängen
Und deinen Overstolzen sprengen
Zum Tode und zum Sieg!

Hier schuf der Maler rüst'ge Hand
Ein Heer von schimmernden Gestalten;
Und dort sah man um Mitternacht den alten
Albertus Magnus Wache halten
Ob staub'gem Foliant!

Das war vordem! Auf ihr Gebein
Ist längst der Grabesstein gesunken.
Dein Banner weht daran; und freudetrunken
Sah ich erglühn eilf gold'ne Funken
Und dreier Kronen Schein!

So hat es einst auf langer Fahrt
Gewallt von deiner Hansa Masten,
Wenn Stürme wild die weißen Segel faßten
Und drauf in Golfen kam zu rasten
Die Flotte, bunt geschart.

Es sah die Welt zu ew'gem Ruhm
Stets deine Bürger es geleiten;
Drum, wie die Jahre wild verheerend schreiten,
Du stehest da, zu allen Zeiten
Ein schönes Heiligtum:

Wo Freiheit noch die Herzen schwellt
Und kühne Männer noch zu schauen;
Wo noch im Glanz von Augen, schwarz und blauen,
Die Schar der minniglichen Frauen
An echter Treue hält!

Ich singe noch; da lischt im Strom
Das Abendglühn. Um die verwehten
Kirchtürme schon die dunklen Schatten treten;
Ich eile, eh' es Nacht, zu beten
In deinem hohen Dom!

Georg Weerth

Julia Agrippina (15 - 59 n. Chr.): die Tochter des Germanicus und der Agrippina maior; veranlaßte im Jahre 50 ihren Gemahl, Kaiser Claudius, ihren Geburtsort, das Oppidum Ubiorum, zur Colonia zu erheben (Colonia Claudia Ara Agrippinensis: Köln). Ließ ihren Mann 54 n. Chr. vergiften und ihren Sohn Nero zum Kaiser ausrufen / Karl Martell (um 689 - 741): der Hausmeier (seit 714) im Merowingerreich, der seit 737 allein herrschte und den Aufstieg der karolingischen Dynastie vorbereiten half / Overstolzen: eine Kölner Geschlechterfamilie, die zu den vornehmsten der Stadt gehörte / Albertus Magnus (um 1193 - 1280): ein scholastischer Gelehrter, der ab 1269 an der Universität Köln lehrte und u.a. die Werke des Aristoteles dem christlichen Abendland zugänglich machte; zu seinen Schülern gehörte Thomas von Aquin; 1931 heiliggesprochen (Tag: 15. 11.) / Foliant: ein großes Buch im Folioformat; der Begriff Folio bezeichnet Formate mit einer Höhe zwischen 35 und 45 cm

Ein Meer von Dächern und Türmen

Das Rathaus von Köln, nicht weit vom Dom gelegen, ist eines jener überraschenden Mischgebäude aus Stücken aller Zeiten und aller Stile bestehend, wie man sie in den alten Gemeinden findet, die sich selbst gestalteten und in gleicher Weise auch ihre Gesetze, Sitten und Gebräuche gründeten.

Ich stieg auf den Rathausturm und sah von hier aus bei einem grauen und ernsten Himmel, der zu den Gebäuden rings und zu meinen Gedanken paßte, diese ganz bewunderungswürdige Stadt zu meinen Füßen.

Das Rathaus in Köln

Die Dächer sind aus Schiefer, dicht aneinander gedrängt, spitzschneidig wie gebrochene Kartenblätter; die Straßen sind schmal, die Giebel hoch. Eine rötliche Rundlinie von Mauerwerk und Festungsbau aus Backstein, die hie und da über die Dächer hereinsieht, preßt die Stadt wie ein festgezogener Gürtel an den Fluß, flußabwärts an das Türmchen und -aufwärts an den herrlichen Bayenturm, auf dessen Vorzinne sich ein Bischof aus Marmor erhebt, der den Rhein segnet. Vom Türmchen bis zum Bayenturm entwickelt die Stadt das Ufer entlang eine Reihe von Fenstern und Fassaden. Inmitten dieser langen Linie führt eine große Schiffsbrücke, anmutig gegen den Strom hinausgerundet, über den hier sehr breiten Fluß und verbindet das diesseitige Ufer, woran der große Haufen schwarzer Häuser, Köln geheißen, liegt, mit dem jenseitigen und mit der kleinen Gruppe weißer Häuser, die man Deutz nennt.

Aus dem dichten Gemäuer Kölns, mitten zwischen Dächern, Türmen und Giebelfenstern, die mit Blumen geschmückt sind, steigen siebenundzwanzig Kirchen empor, darunter, ohne den Dom zu zählen, vier majestätische romanische Kirchen, jede von anderer Zeichnung und durch Schönheit und Großartigkeit würdig, Kathedrale genannt zu werden: St. Martin gegen Norden, St. Gereon gegen Westen, Sankt Aposteln gegen Süden und Maria im Kapitol gegen Osten, gestalten sich wie ungeheure Knotenbindungen von Apsiden, Türmen und Türmchen.

Betrachtet man die Stadt selbst, so lebt und pulst alles darin. Die Brücke schwankt unter Fußgängern und Wagen, der Strom ist voller Segel, die Ufer von Masten. Alle Straßen wimmeln, alle Kreuzungen sprechen, alle Dächer tönen. Hie und da drängen sich grüne Bäume an die schwarzen Häuser, und die alten Steingebäude erhellen die Eintönigkeit ihrer Schieferdächer und Fronten durch ihre hohen, mit Blumen, Blättern und Früchten der Bildhauerkunst geschmückten Friese, worauf sich gerne die Tauben niederlassen.

Rings um diese große Kommune, die kaufmännisch durch ihre Industrie, militärisch durch die Lage, seefahrend durch den Fluß ist, dehnt und breitet sich eine weite und reiche Ebene aus, die nach Holland zu stufenweise absinkt, die der Rhein durchschneidet und die im Nordosten das Siebengebirge krönt, diese wunderbare Wiege reicher Überlieferungen und Legenden. Und so erheben sich Holland und sein Handel, Deutschland und seine Poesie, gleichsam die beiden größten Aussichten für den Menschenkreis, das Positive und das Ideale, unter dem Horizont von Köln, das selbst eine Stadt des Handels und der Träume ist.

Victor Hugo

Apsis, Apsiden (griech.): halbrunde Altar- oder Chornische / Kommune: politische Gemeinde

Alaaf Kölle!

Vun alle Städte no un fähn
Eß Köllen doch de Kruhn,
Dröm singk en äch' kölsch' Kind imm
E Lehd zom Ehreluhn. [gähn
Förwor, e Völkche lääv dorenn,
Dat wacker un aläät,
Met gohdem, däfd'gen, dütsche Senn,
Dä wahl des Lovvens wääth.

Aan Joren alt, doch jung aan Kraff,
Steit stolz et do mem Dom,
Dä Rhing dä dröck met Loß sich av
Dat Bild vum dütsche Rom.
Su flüüß hä bahl zweidausend Jor
Voll Lehv aan singer Sick,
Dann Zeuge wor 'ä, dat et klor,
Sich hehl en all der Zick.

„Halt faß, halt faß, doo kölschen Boor!"
Dä Wahlsproch nom et sich,
„Un fall et söhß, ov fall et soor,
Bliev noor beim dütsche Rich!"
Un treu bis op den hück'gen Daag
Blevv demm dä kölschen Boor;
Dröm, söhcht eer Senn för'n dütsche
Dann kutt no Kölle noor. [Saach,

Noch eimol weed et dröm gesaat:
Köll'n eß der Ehre wääth;
Un hät et ens dä Dom gemaat,
Dann eß't dä dütschen Hääd.
Dat unsen Dom ens fädig weed,
Dovör eß meer nit bang,
Dann wat uns Ahle kunnte, seet,
Dat brängk mer och zo Gang.

Dä Appel fällt nit wick vum Baum,
Dä Son eß we dä Vah,
Su we de Milch su eß de Raum,
Dröm han ich Rääch, aha!
Mer weiß, wann Zick zo jucksen eß,
Doch gilt et su en Saach,
Dann zeig dä kölschen Boor geweß,
Dat hä vum ahle Schlaag.

Dröm lovven ich de Kölsche meer
Met ehrem löst'gen Bloht!
Se sin en Nuht we en Pläsehr
Oprichdig, treu un goht.
Nicks Koddes kütt en ehre Senn,
Eer Hätz litt op der Zung,
Dröm freuen ich mich, dat ich ben
'nen ächte kölsche Jung!

Aus: Germaniens Völkerstimmen, Bd. 1

alaaf: hoch, es lebe, es blühe und gedeihe / fähn: fern / gähn: gerne / lääv: lebt / aläät: munter, frisch / däfd'gen: tüchtigem, gediegenem / des Lovvens wääth: des Lobens wert / met Loß: mit Lust / Sick: Seite / Zick: Zeit / Boor: Bauer in der alten Bedeutung von Bürger; eigentlich Nachbar / söhß: süß / soor: sauer / kutt: kommt / seet: seht / dat brängk mer: das bringen wir / wick: weit / Vah: Vater / Raum: Rahm / jucksen: spaßen, scherzen / Nuht: Not, Notzeit / Pläsehr: Freude / oprichtig: aufrichtig / Koddes: Böses / Hätz: Herz

Sanitäre Anlagen in Köln zur Römerzeit

Mit Rücksicht auf das sehr große Gewicht, das die Römer auf einen reichen Zufluß reinen guten Wassers zum Trinken und zu anderem häuslichen wie gewerblichen Gebrauch, namentlich aber zur Speisung der vielen öffentlichen Bäder und der in jedem Privathause befindlichen Badekammern legten, kann es nicht auffallen, daß die oberste Verwaltung in Rom sich entschloß, die einzelnen, in den Kalkbergen zwischen Steinfeld, Marmagen und Nettersheim entspringenden Quellen zu sammeln und durch einen über das Vorgebirge geführten großartigen Aquädukt nach Köln zu leiten. Staat und Kommunen hielten es für eine unabweisbare Pflicht, den Untertanen gute und wohlfeile Bäder zur Verfügung zu stellen, und das Volk selbst machte in ausgedehntestem Maße Gebrauch von solcher Wohltat. Die Räume der öffentlichen Bäder vertraten die Stelle unserer Kaffeehäuser, Bierhallen und Börsen; in ihnen fand sich ein großer Teil der Stadtbewohner zusammen, um nach genommenem Bade Freunde und Bekannte zu begrüßen, Neuigkeiten zu hören und müßige Stunden zu verplaudern. Die mit Hilfe dienstfreier Soldaten von geschickten Architekten angelegte Eifel-Wasserleitung brachte das frische Quellwasser in den Sammelturm, welcher auf einem der höchsten Punkte der Stadt, an der Stelle des jetzigen Domschiffes, errichtet war. Von da wurde es vermittelst engerer Röhren durch die ganze Stadt verteilt. Schon vom Vorgebirge aus gab der Hauptkanal durch einen kleineren Seitenkanal einen Teil seines Wassers an das oberhalb der Stadt gelegene Kastell ab. Wahrscheinlich wurden auch die Bäder der um Köln liegenden Villen aus dem Hauptkanal durch kleine Nebenleitungen gespeist. Eine zweite größere Leitung, vornehmlich für gewerbliche Zwecke bestimmt, war der Kanal, welcher die Sprünge bei Hürth sammelte und dieses aus Moorgründen kommende weiche Wasser nach dem südlichen Teil der Stadt führte. Reste dieser Leitung sind noch auf dem Wege nach Efferen sichtbar. Der sogenannte Marsilstein, der lange Zeit für das Grabmal des fabelhaften Helden Marsilius gehalten wurde, jetzt aber ganz verschwunden ist, war weiter nichts als ein Rest der an dieser Stelle ziemlich hoch über der Erde verlaufenden Wasserleitung.

Außer den Wasserleitungen besaß die Stadt Köln auch ein vollständig ausgebildetes Leitungssystem zur Abfuhr von unreinem Wasser und Fäkalien. Die Hauptkanäle hatten eine Breite von etwa vier und eine Höhe von zwei Metern, waren an den Seiten mit Gußwerk ausgemauert und mit Tuffsteinen eingewölbt. Die Sohle eines nach dem Kronengäßchen führenden Kanals liegt etwa acht Meter unter dem jetzigen Straßenpflaster.

Leonard Ennen

Die kölnische Mundart

Die kölnische Mundart ist eine der sogenannten Übergangsmundarten, die in der Mitte zwischen den nieder- und den oberdeutschen Mundarten stehen. Diese Übergangsmundarten beginnen in den Rheinlanden in der Gegend von Düsseldorf und ziehen sich fort bis in die Gegend von Koblenz. Die kölnische Mundart, die ihrem inneren Wesen nach mehr auf die Seite der niederdeutschen oder niedersächsischen Mundart neigt und einen sehr großen Teil der Wörter und Ausdrücke mit der flämischen und der holländischen Sprache gemein hat, wird auf eine eigentümlich weiche, schalkhaft-gemütliche und etwas gezogene und singende Weise gesprochen, die den Kölner, auch wenn er Hochdeutsch spricht, überall kenntlich macht. Um die kölnische Mundart einigermaßen richtig zu lesen, merke man sich folgendes:

Mundartlaut:	*Entsprechender Laut im hochdeutschen Wort:*
aa	Saal, Ware, kahl, Bart, Bratsche
ah	wahr, Bahn, geschah, Pfad, Braten
ee	Lehm, Weser, Wesel, Eger, Geestland
eh	Reh, geht, steht, Ehe, Klee
ie	Stier, Ziel, mir, Igel, Kiel
ih	Bier, hier, bieten, Friede, Glied
ô oder oo	Sohn, hohl, Tor, Woge, geboren
o	oben, Ofen, Mond, gehoben, empfohlen
oo	Mohr, schmoren, Zobel, Mohrrübe, jodeln
oh	rot, Not, Stroh, oder
uu	Spur, Schwur, Bude, Ufer, Rudel
uh	Schnur, gut, Mut, Stuhl, Grube

Die Umlaute sind von aa – ää, ah – äh, ô oder oo – öö, o – ö, oo – öö, oh – öh, uu – üü, uh – üh.

Der kölnische O-Laut wie z.B. in bott, kott, Schottel, Godd (Patin), Botter, och (auch), Gold, Schold, holle, Kolle, Kommer usw. hat keinen entsprechenden Laut in der hochdeutschen Sprache. Um dem Laut nahe zu kommen, spreche man den O-Laut in dem hochdeutschen Wort „rot" so kurz und geschärft als möglich aus.

Die kölnische Mundart hat die Eigentümlichkeit, daß die Wörter nicht stets denselben Laut beibehalten, sondern ihn bei der Beugung, Abwandlung und Verkleinerung häufig verändern. Man sagt z.B. de Ähd, op der Äāde; bliev zo Huus, ich well em Huhs blihve; fall meer nit op et Liev, doo sallß meer vum Lihv blihve; Wôt, Wötche, Muus, Mühsche; dat eß en schön Blohm, dat sin schön Bloome; blôs meer op et Häuv, doo kannß meer op et Häuv blose; dat eß e kott Wiev, met dem Wihv kammer nit en Fridde levve; 'ne Kääl, zwei Kähls; loor ens, ich well ens lohre; eer Hätz, en ehrem Hätze usw.

„Ei“ wird in den meisten Fällen nicht wie im Hochdeutschen, sondern mit mehr geschlossenem Mund ausgesprochen, so daß der eigentliche E-Laut mehr gehört wird.

Das „e“ in den Wörtern: eß, beß, Keß, Meß, met, Desch, Fesch, Schmeck (Peitsche), Werk, Ferke, Levve, gevve, nemme, spetz, Hetz usw., für das die hochdeutsche Sprache keinen entsprechenden Laut hat, muß möglichst kurz hervorgestoßen werden.

„G“ wird fast durchgängig wie „i“ ausgesprochen.

Das „n“ in der Endsilbe „en“ wird vom Kölner nicht ausgesprochen, ausgenommen, wenn das unmittelbar darauffolgende Wort mit einem Selbstlaut oder mit den Mitlauten b, d, h, t (vor letzterem Mitlaut nicht immer) beginnt. Indessen wird das „n“ zuweilen auch vor anderen Mitlauten ausgesprochen, worüber sich jedoch keine Regel feststellen läßt, da dies mehr im Gefühl des Kölners liegt und von Betonung und Stellung des Wortes abhängt. Endsilben, die mit „e“ schließen, wird sogar, wenn das unmittelbar darauffolgende Wort mit einem Selbstlaut oder einem der genannten Mitlaute beginnt, des Wohllauts wegen ein „n“ angehängt: dat halden ich nit uus; ich sagen deer; ich kummen bahl widder; ich schrihven hück 'nen Brehf usw. In den folgenden Proben ist das „n“, wo es nicht ausgesprochen wird, überall weggelassen worden.

Durch einen Apostroph an „ck“ wird angedeutet, daß das „ck“ bedeutend gelinder als im Hochdeutschen ausgesprochen werden muß, z.B. Zick'e, strick'e (streiten), sick'e (seiden), lück'e (läuten), lick'e (leiden), Krück'er (Kräuter) usw.

Das „e“ in „der, dem den“ wird nur wenig gehört. Das „'ne“ – z.B. 'ne Schlössel – halte man nicht für den weiblichen unbestimmten Artikel, es ist der männliche. Vor Selbstlauten und den obengenannten Mitlauten sagt man „'nen“, weil das „n“ am Schluß dann nicht wegfallen darf.

Als Probe zunächst der nachfolgende Abendsegen für die Kinder beim Schlafengehen:

Ovends, wann ich schloofen gohn,
Vezehn Engelcher met mer gohn,
Zwei zo mingger Rechten,
Zwei zo mingger Linken,
Zwei zo minggem Häuften,
Zwei zo minggen Föhsen,

Zwei, de mich decken,
Zwei, de mich wecken,
Zwei, de mich wiesen
En ed himmlische Paradieschen.

Als fernere Probe der Kölner Mundart stehe hier das folgende Gedicht:

Alaaf de kölsche Kirmesse

Alaaf de kölsche Kirmesse!
Do geit es löstig zo,
Su'n eß gein Gottsdraag wick und
Gein Kirmeß bei ov no. [breit,

De eezten eß de Weierstroß,
Kreschtoffel un Girjuhn,
Dann halden ich em Rippet nit
'ne Fuß vun minggem Luhn.

Ich han mich op der Ehrestroß
Em Kohberg mih vermaat,
Do danzte meer de Sibbesprüng.
Morjäh! Dat hatt' 'nen Aat!

De Eigelsteiner Kirmeß eß
Meer Witthoffs Huus zo äng,
Un wammer en de Zweipann kümp,
Dann sitz mer em Gedräng.

De prinzepahlste Kirmeß eß
Dann doch noch Zinter Vring,
Doch kritt mer fosche Brezele
Un och e goht Glaas Wing.

Der Bahs vun alle Gaden eß
De Krottige Katring,
Doch se verzappe luuter do
Verdammte sohre Wing.

Un wann de Beyer Kirmeß kütt,
Wat süff mer Appeldrank!
Un wär sich nit vollsuffen deit,
Dä friß sich dann doch krank.

Zo Joren, als ich droppe wor,
Morkränk, wat ging et doll!
De Glaserhött hatt' Plahz zo klein,
De andre wore voll.

Doch fähLten et Schötzängelche
Met singer Viggelien,
Hä satz uns drop, ich kann inn dröm
Nit lööchten un nit sinn.

Un hätt' ich inn allein gehatt,
Meer hätten inn zerschwahd,
Dann blevv aan singem krommen Balg
Kei Knöchelche mih grahd.

„Noo maach nit fräch dich", sääd ich
„Doo krommen Urgeleß! [dann,
Uu wannste uns nit schrumpe wellß,
Dann schrumpen ich deer de Keß."

Mich packten do der Tünnigs Jung,
De Kääze flochen uus!
Dat schlohg! Ich daach, jitz küß doo nit
Labändig mih no Huus.

Se klatschte mich de Bank erav,
Ich wood esu verbahs,
Ich krääg en Bühl en mingge Kopp
We dem Steinemann sing Nahs.

Mie Glöck, dat wor e Kleiderschaaf,
Do fuschden ich mich en,
Un wann ich nit druus fott en quom,
Ich söß, vergott, noch drenn.

Aus: Germaniens Völkerstimmen, Bd. 1

zo minggem Häuften: zu meinem Haupt / wiesen: weisen, lenken, führen / alaaf: hoch, es lebe, ich lobe mir / Gottsdraag: Herumtragen des Allerheiligsten in feierlicher Prozession / ov no: oder nahe / De eezten: die erste / Girjuhn: St. Gereon / Rippet: Tasche / Fuß: Fuchs, eine kleine Kupfermünze / vermaat: vergnügt, belustigt / Aat: Art / Zweipann: ein Kölner Wirtshaus / kümp: kommt / mer: man / Zinter Vring: St. Severin / fosche: frische / Wing: Wein / Bahs: Meister, Herr, Vorzüglichste / Gaden: Gärten / De Krottige Katring: ein Wirtshaus bei St. Katharina, dessen Eigentümer Krott hieß / luuter: immer / sohre: sauern / droppe: drauf / Gläserhött: Bude mit Glasfenstern / Schötzängelche: ein bekannter Stadtmusikant / Viggelien: Violine, Geige / Hä satz uns drop: er ließ uns sitzen, er hielt nicht sein Wort / lööchten: leiden, ausstehen / sinn: sehen / zerschwahd: durchgeprügelt / mih: mehr / Urgeleß: Organist, Orgeldreher / wannste: wenn du / schrumpe: geigen, spielen / Keß: Kiste, d.i. Buckel / Kääze: Kerzen / flochen: flogen / küß: kommst / verbahs: verwirrt / Bühl: Beule / Steinemann: ein steinerner Wappenträger an einem Haus auf dem Steinweg / Kleiderschaaf: Kleiderschrank / en: ein, hinein / fott: fort / en: ein Füllwort

„Die abscheulichste Stadt in Deutschland"
Köln im 17. und 18. Jahrhundert

Die engen und winkeligen Gassen und Straßen, aus denen die hohen, mit schmalen Fenstern versehenen Giebel und die kahlen düsteren Mauern, die die vielen Gärten einschlossen und den Einblick in das lachende Grün unmöglich machten, den Zutritt der Sonnenstrahlen erschwerten, mußten auf den Fremden einen unangenehmen Eindruck machen. Große freie Plätze, welche man die Lungen der Städte zu nennen sich gewöhnt hat, gab es mit Ausnahme des Alter Marktes, Heumarktes, Neumarktes, Waidmarktes und Domhofes nicht, und diese konnten das Auge des Wandernden nicht entzücken, weil sie gewöhnlich angefüllt waren von Fuhrwerken, Gademen und Kramläden. Infolge der großen Unsauberkeit, die darauf herrschte, dienten sie mehr dazu, die ohnedies schon im Übermaß verpestete Luft noch mehr zu verdumpfen und mit neuen mephitischen Dünsten anzufüllen, als sie zu reinigen und zu erfrischen. Gerade auf diesen Plätzen sowie vor dem Rathaus, am Hofe, auf dem Gottesacker von St. Brigida und in der Schmiedegasse am Gürzenich wurden in Masse Kot, Bauschutt, Schrott und andere Handwerksabfälle aller Art aus- und aufgeschüttet. Auf dem Neumarkt, Heumarkt und Waidmarkt befanden sich

Viehtränken, die sich allmählich zu wahren Kloaken und Schmutzgruben gestalteten. Groß war auch die Unsauberkeit in der Nähe der Fleischhäuser, namentlich an St. Apern, bei St. Katharinen, bei den weißen Frauen, bei Wichterich, auf dem Neumarkt und auf dem Eigelstein. Hohe Misthaufen lagen in unmittelbarer Nähe, und auf sie wurde das Viehblut und der von den geschlachteten Tieren herrührende Unrat ausgeschüttet. Im Jahre 1602

Der Heumarkt

sollte ein neues Wachthaus gegenüber der Fleischhalle bei St. Katharinen gebaut werden; wegen des vielen Unrates, den man vor den Fleischhallen ausschüttete, nahm man Abstand davon und baute es in der Nähe von St. Johann.

Man begnügte sich nicht damit, den Mist auf der Straße liegen zu lassen und andere Unreinigkeiten vor den Türen aufzuhäufen; auch totes Vieh warf man auf die Gasse. Am 19. Juli 1611 wurde den Glocken (Marktaufsehern) ernstlich befohlen, daß sie, wenn sie totes Vieh hin und wieder in der Stadt fänden, dem Schinder Anzeige machen sollten, damit dieser dasselbe sofort von der Straße wegschaffe. Wiederholt erhielt der Abdekker den Auftrag, die toten Hunde, die in die Tränke auf dem Neumarkt geworfen wurden, zu beseitigen.

Um die Düngerhaufen an den Wällen und in den von Kappusbauern bewohnten Straßen, namentlich in der Friesenstraße, kümmerte der Rat sich wenig. Er scheint diese Stadtteile wie plattes Land angesehen und von allen für die übrige Stadt geltenden Verordnungen der Straßenpolizei ausgenommen zu haben. Hier war nichts mehr von dem Ansehen eines Handelsplatzes zu verspüren. Die Stadt hatte hier einen völlig ländlichen Anstrich. Die Häuser in diesen Bezirken waren klein und niedrig; viele derselben waren bis tief in das 17. Jahrhundert hinein mit Stroh gedeckt. Düngerhaufen lagen vor den Türen oder in den offenen Höfen, Viehställe befanden sich neben den Häusern, Ackergeräte lagen auf der Straße oder standen in den Hausfluren. Man konnte erkennen, daß man es hier mit jenen Genossen des Bauernstandes zu tun hatte, denen Ernte, Land und Dünger mehr am Herzen lag als Reinlichkeit der Straße und Zier der Häuser. Hier ist der kölnische Bauer zu Hause, der neben der kölnischen Jungfrau das städtische Wappen hält. Es ist nicht der Zinsbauer, der neben dem Herrenhause wohnt, sondern der stolze, freie Ackerbauer, der seine eigene Scholle bestellt und in den Burgenossenschaften seine Bedeutung hat. In der Nähe der Kappusbauern, unter den Bogen der Stadtmauern, hatten sich viele Bettler häuslich niedergelassen und ärmliche Hütten zum Schutz gegen Wind und Wetter gebaut. Am 28. Juli 1614 gab der Rat den Kolonellen den Auftrag, „in ihren Quartieren die Wichhäuser, Mauern und Bogen zu besichtigen und, wo sie die Bogen und Mauern mit Holz belegt finden sollten, oder wo Ställe und Hütten ohne vorhergegangene Zulassung aufgerichtet, auch starke, müßige Bettlerleute ihren Verbleib aufgeschlagen hätten, solches alles alsbald abzuschaffen und wegräumen zu lassen.“ Die in solchen Bogen und Hütten sowie in den vom eigentlichen Stadtleben entfernt gelegenen engen Gassen wohnenden Bettler, Müßiggänger und Tagelöhner gehörten zum sogenannten „Janhagel“, der auch vielfach schon im 16. Jahrhundert als „Rabauenvolk“ bezeichnet wird.

Die öffentliche Beleuchtung wurde erst eingeführt, als die Franzosen in den neunziger Jahren des 18. Jahrhunderts als unumschränkte Gebieter des ganzen linksrheinischen Deutschlands zurückkehrten.

Bei Einbruch der Nacht lagerte sich dichte Finsternis über die Stadt. Es war dies die Zeit, wo es für jeden, der in dem Schmutz nicht versinken oder in den Straßenrinnen und in den vielen Pfützen und Löchern keinen Schaden nehmen oder sich den Unbilden wüster Raufbolde nicht aussetzen wollte, geraten war, zu Hause zu bleiben. Wer auszugehen sich genötigt sah, mußte sich selbst mit einer Laterne versehen oder sich den Dienst eines der an den Ecken der Hauptstraßen postierten Leuchtenmänner erbitten. Öffentliche Straßenlaternen kannte man nicht; nur hin und wieder brannte an einem Klostereingang, unter dem Torweg eines öffentlichen Gebäudes oder vor einem der an einzelnen Hausecken aufgestellten Marienbilder ein mattes Öllämpchen.

Die Ruhe der Nacht wurde vielfach gestört durch Straßentumult von Studenten und Handwerkern, durch den Lärm nächtlicher Orgien, die in Bordellen, Badestuben und Fremdenherbergen gefeiert wurden. In den meisten Schenken herrschte bis in die tiefe Nacht hinein ein lustiges, lautes Leben, und Weiber so gut wie Männer sprachen dem Wein, Bier oder gebrannten Wasser so lange zu, bis sie „weidlich beschenkt" waren. Auch unter den besseren Ständen kam es vielfach vor, daß man sich bei Zunftessen, Kindtauf-, Hochzeitsschmäusen und anderen Festlichkeiten etwas übermäßig „fröhlich gemacht" und auf der Straße die gerade Richtung nicht halten konnte. Manche Vagabunden gab es, welche gar kein Quartier hatten, die Nächte entweder in den Hospitälern oder unter freiem Himmel zubrachten. Es gab zwar eine gute Zahl von Wächtern zu Fuß wie zu Pferde, die die Ruhe und das Eigentum der Bürger hüten sollten; aber selten waren sie da zu finden, wo ihre Gegenwart notwendig. Ungehindert trieben sich vom Abend bis tief in die Nacht hinein auf der Straße umher: hier einige zügellose Kavaliere, die, das blanke Seitengewehr in der Hand, mit unsicherem Schritt in wilder Rauflust mit den ihnen Begegnenden anzubinden suchten, dort eine Rotte angetrunkener Studenten, die die am frühen Abend durch Singen und Sternentragen erbettelten Albusse eben verjubelt hatten und nun, von einem wüsten Gelage heimkehrend, ihre Bursen oder ihre Hospize aufsuchten, dann einige heitere Handwerker, die auf ihren Gaffeln des Guten zuviel getan hatten, weiter ausgelassene Arbeiter, die in den vor den Toren gelegenen Hütten durch das „tolle Bier" etwas stark angeheitert worden.

Die Herbergen und Gasthäuser, in denen die vielen die Stadt besuchenden Kaufleute und andere Fremde geringen und vornehmen Standes Unterkommen fanden, waren unansehnlich und entbehrten aller Bequemlichkeit; sie hatten nur dumpfe, enge Gaststuben und niedrige, dürftig möblierte Fremdenkammern. Die vornehmste Herberge war der „Gasthof zum hl. Geist" auf dem Turnmarkt. Hier kehrten durchweg die fürstlichen und hochadeligen Personen ein, die nicht in vornehmen Privathäusern Quartier nahmen. Andere waren: der Gülich auf der Ecke von Waidmarkt und Blaubach, das weiße Pferd auf dem Waidmarkt neben der Glocke, das 1595 neugebaute Kreuz auf dem Alter Markt, das alte Brabanter Haus zur Krone am Hof, das Haus zur Blume auf der Bach, das früher Overstolz genannt wurde, der Rheinberg an der Ecke zur Markmannsgasse, der wilde Mann auf dem Turnmarkt, dann die Bruloffshäuser zum Pferd in der Hölle, zum Fuchs vor St. Peter, zum alten Turm in der Rheingasse.

Die Hospitäler waren ebenfalls dumpfe und unansehnliche Gebäude und müssen im Verhältnis zu unseren palastähnlichen Krankenhäusern als ärmliche Hütten bezeichnet werden. In den Hospitälern St. Johann und

Ipperwald fanden Bettler und Vagabunden, die kein Schlafgeld bezahlen konnten, für die Nacht ein Unterkommen; am Tage erhielten sie die „Suppe“ in Klöstern.

Leonard Ennen

Gadem: Haus, Hütte; Verkaufsladen / mephitisch: stickluftig, stinkend, muffig / Kappus oder Kappes: Weißkohl / Burgenossenschaft: Bauerngenossenschaft / Kolone: ein Bauer oder Ansiedler, der persönlich frei, dinglich unfrei, erblich an die Scholle gebunden, zu Kopfsteuer, Kriegsdienst und Fronden verpflichtet war / Wichhaus: Befestigungsturm, Erker, Zitadelle / Janhagel: Pöbel / Rabau: Rohling, Rüpel / Albus: Weißpfennig, alte deutsche Silbermünze / Burse: studentische Wohngemeinschaft / Hospiz: Herberge / Gaffel: Gilde, Zunft; hier im Sinne von „Zunftversammlung“

Hermann Greyn

Eine vaterländische Ballade vom Jahr 1262

In der heil'gen Stadt von Köln am Rhein
Wurde vor fünfhundert Jahr' Herr Greyn
Bürgermeister von dem Volk erkoren;
Jeden Bürger freute dieses sehr,
Dann der Hermann war ein frommer Herr
Und dazu im heil'gen Köln geboren.

Ein recht biedrer Mann war Hermann Greyn,
Er beschützte baß das Dein und Mein,
Suchte stets dem reichen Dom zu schaden,
War der unterdrückten Bürger Freund
Und des Bischofs Engelbertus Feind,
Ließ die Pfaffen nie zum Mahle laden.

Engelbertus lebt' mit Köln im Streit,
Hermann Greyn war auf der Bürger Seit',
Den Erzbischof tat dies sehr verdrießen,
Hermann fürchtete den Bischof nicht,
Denn er sagt' ihm einstens ins Gesicht:
„Deinen Stab wird nie der Kölner küssen.“

„Dieses hast du nicht umsonst gesagt!“
Sprach bei sich der Bischof wohlbedacht.
„Brüder hört, wie sich der Lai' erfrechet!“

Doch es schwöret Bischof Engelbert
Bei dem Hirtenstab und bei dem Schwert,
Nicht zu ruhn, bis diese Red' gerächet!

Höre Welt, wie dieser heil'ge Mann
Seine Rach' an Hermann Greyn begann!
Er erkaufte eilens zwei Braminen,
Ihre Namen sind mir unbekannt,
Unsre Chronik hat sie nicht genannt,
Um als Meuchelmörder ihm zu dienen!

Diese Buben luden unsern Greyn
Auf den Ostertag zum Mahle ein,
Hermann hielte diese zwei für fromme
Leut', unwissend, daß oft im Talar
Schurken stecken und daß am Altar
Brudermörder beten, sprach: „Ich komme!"

Hermann träumte weder Trug noch List,
Ging auf Ostertag als frommer Christ
In die Mess' und aus der Mess' zum Mahle,
Wo die zwei bestochnen Pfaffen schon,
Ihres Raubs gewiß, den reichen Lohn
Schimmern sahn im mächtigen Pokale.

Da die Buben Hermann kommen sahn,
Sprach der ältste: „Ich will ihm mich nahn
Und will ihn durch Höflichkeit gewinnen;
Sei mir willkomm', biedrer, frommer Greyn!
Gehe nur zu diesem Saal hinein,
Ein Bekannter wartet deiner drinnen!"

Hermann dachte hier an keinen Feind,
Eilte zu dem unverhofften Freund,
Ihn nach deutscher Bruderart zu küssen.
Sein Begleiter führte ihn zum Saal,
Schwand und schloß die Türe auf einmal,
Schrie: „Jetzt kannst du deinen Frevel büßen!"

Himmel, wie erschrake Hermann nicht,
Als auf einmal dieser Bösewicht

Ihn in einem dunkeln Saal verließe
Und er statt des treuen Freundes Hand
Einen ungebund'nen Löwen fand,
Der mit offnem Rachen auf ihn stieße.

Wütend flieht der Löw' den Hermann an,
Hermann zog die Kling', der Streit begann.
Der erboste Löw' spie Feuer und brüllte,
Wies dem Ritter seine starken Klaun,
Ihn in tausend Stücke zu zerhaun,
Doch der Ritter war nicht bang; er hüllte

In den Mantel seine Linke und
Fuhr damit dem Löwen in den Schlund,
Nahm behend die Klinge, fuhr zum Herzen,
Stieß mit Manneskraft und Heldenmut;
Hermann siegt' –, es floß ein Strom von Blut,
Und der Feind erlag von tausend Schmerzen.

Unser Ritter machte gleich dem Land
Diese unerhörte Tat bekannt,
Ließ dann zum ew'gen Angedenken
In der Pfaffenpfort' der Mittelstadt,
Die seit dieser Zeit den Namen hat,
Beide Derwisch' im Talare henken!

Itzt, ihr Kölner, seht ihr's offenbar,
Daß der Klerus voller Tücke war,
Daß er euch oft Weib und Kinder raubte,
Daß er, um von eurer Stadt, vom Rhein
Und von euren Gütern Herr zu sein,
Sich das größte Bubenstück erlaubte.

Franz Theodor Biergans

Engelbert II. von Falkenburg: Kölner Erzbischof (1261 – 1274) / Braminen oder Brahmanen: Bramapriester, Verehrer, Diener des indisches Gottes Brahma / Derwisch: islamischer Bettelmönch

Ursula und die elftausend Jungfrauen

Im dritten Jahrhundert herrschte König Nothus über Britannien (= Bretagne), soweit es nicht der römischen Botmäßigkeit unterworfen war. Obgleich in seinem Reiche noch die tiefe Finsternis des Heidentums waltete, so hatte er sich doch samt seiner Gemahlin und seiner einzigen Tochter bereits dem Christentum zugewandt, weil ein Engel der letzteren einst im Traume erschienen war, mit dem Befehle, die beseligende Lehre des Erlösers anzunehmen. Derselbe Engel auch mahnte die Königstochter, sich vorzubereiten, zur Ehre Christi zu dulden und den Märtyrertod zu sterben.

Mit Begeisterung hatte Ursula den festen Entschluß gefaßt, dieser Mahnung zu folgen, und als der König von England Gesandte an ihres Vaters Hof schickte, um die ebenso schöne als fromme Jungfrau zur Ehegemahlin für seinen Sohn Aetherius zu begehren, weigerte sie sich bestimmt, sich diesem oder einem andern Königssohne zu vermählen; vielmehr wollte sie ihr Leben ganz dem erkannten wahren Gotte und dem opfern, der für uns den Kreuzestod erlitt. Allein der Engel, der ihr schon einmal erschienen, gab sich ihr aufs neue kund und forderte sie auf, des englischen Königs Antrag anzunehmen, weil sie imstande sein werde, durch Bekehrung seine Seele zu retten, und somit ein gottgefälliges Werk vollbringe. Der Engel

befahl ihr ferner, von ihrem Vater ein Gefolge von Jungfrauen zu begehren, so zahlreich als er es aufzubringen vermöge, alle diese Jungfrauen zur Annahme des Christentums zu bewegen und sie mit sich nach Köln zu nehmen. Sobald sie daselbst angekommen, solle sie, ehe sie sich vermählen werde, samt allem Gefolge eine Wallfahrt nach Rom antreten, dann aber nach Köln zurückkehren.

Ursula fuhr in der Tat auch bald darnach mit elftausend Jungfrauen und elf Schiffen über die See und sodann den Rhein hinauf nach Köln. Hier wurde ihr alle erdenkliche Verehrung zuteil; sie aber setzte ihre Reise fort nach Basel, wo der römische Statthalter ihr zur weiteren Pilgerfahrt über die Alpen behilflich war. In Rom gab Papst Cyriakus der Ursula samt allen ihren Begleiterinnen seinen Segen, und, gleich als wisse er, was ihnen bevorstehe, begleitete er sie auf der Rückfahrt, um ihnen mit seinem geistlichen Schutze nahe zu sein.

In Mainz erwartete Aetherius seine Braut. Ihr Anblick, die ehrfurchtgebietende Gegenwart des Papstes, das prachtvolle Gefolge und die Wahrheit der neuen Lehre machten aus ihm bald einen Christen, und nachdem sodann die Vermählung feierlichst vollzogen worden, ging es weiter den Rhein hinab nach Köln.

Zu eben dieser Zeit durchtobten die Hunnen die schönen Gaue unseres deutschen Vaterlandes. Auch vor Köln erschienen sie mit einem zahlreichen Heer, und ungeachtet der tapfersten Gegenwehr, wurde die Stadt erstürmt. Alles, was Leben hatte, wurde von diesen, dem Christentum feindlichen Barbaren niedergemetzelt; ganz besonders aber ließen sie den Papst sowie Ursula und deren Jungfrauen die kannibalische Wut empfinden. Diese wurden sämtlich unter schrecklichen Qualen und Martern aller Art umgebracht, zuletzt Ursula selbst und ihr Gemahl; aber gottergeben zeigten sie sämtlich bis zum letzten Augenblick ihres Lebens eine Standhaftigkeit und eine Todesverachtung, die die Heiden selbst staunen machten. Eine einzige Jungfrau, so wird erzählt, Kordula genannt, habe Gelegenheit gefunden, dem allgemeinen Gemetzel zu entgehn und sich versteckt zu halten. Sie sah aber im Geiste alle ihre Gefährtinnen des Himmels und der ewigen Seligkeit teilhaftig werden und lieferte sich, durch diese Vision angetrieben, gleichfalls den Barbaren aus.

Ihres frommen Lebens und des Märtyrertodes wegen wird Ursula als eine Heilige verehrt. In Köln ist ihr die Kirche geweiht, die ihren Namen führt, und in dieser ruhen auch bis auf den heutigen Tag noch ihre und der elftausend Jungfrauen Gebeine.

F. J. Kiefer

Der Kölner Dom

Diese alte Stadt pflegt den Fremden mehrenteils zu mißfallen; wie denn jede große Stadt, die in Verfall geraten ist, keinen angenehmen Eindruck machen kann. Doch fehlt es nicht an schönen großen Plätzen, oder solchen, die mit geringen Veränderungen verschönert werden könnten. Die vorzüglichsten Gebäude sind günstig und gut gelegen, frei und erhaben. Mancher Tadel flüchtiger Reisender wird auch ohne Rücksicht auf das Lokalbedürfnis ausgesprochen; die Straßen, besonders die nach dem Rheine zu, sind meistens eng, weil alles sich des Verkehrs und des Gewerbes wegen nach dieser Gegend drängt; sehr breite Gassen würden hier auch wegen der Strenge der Rheinluft im Frühling und Herbst nicht eben wohnlich sein.

Die herrliche amphitheatralische Lage der Stadt am Rhein, längs dessen Ufer sie einen Halbmond in der Ausdehnung einer kleinen Stunde bildet, die Menge der Gärten in der Stadt selbst, die Schönheit des innern und äußern Spazierganges um den Wall, die beträchtliche Erhöhung einiger Teile der Stadt, gewähren einen hinlänglichen Ersatz für den Mangel an umgebenden Spaziergängen und für die im ganzen flache Gegend, die nur in der Ferne durch das Siebengebirge begrenzt wird, insofern es für eine solche Lage einen Ersatz geben kann. – Doch dem sei wie ihm wolle, Köln möge den Forderungen des jetzigen Geschmacks so wenig oder so schlecht entsprechen als möglich; für den Freund der Kunst und der Altertümer ist es eine der wichtigsten und lehrreichsten Städte Deutschlands.

Altertümer der verschiedensten Zeiten finden sich hier beisammen. Hier sieht man noch einen römischen Turm und Stücke römischer Mauer aus regelmäßig behauenen Steinen von mancherlei Figur, deren verschiedene Farben Mannigfaltigkeit hervorbringen, auch wohl eine Verzierung oder ein kleines Tempelchen bilden; nach der Weise jenes in allem außerordentlichen Volkes unerschütterlich fest zusammengefügt. Hier bezeichnet man uns noch die Stelle, wo das Kapitol stand und so manches Merkwürdige unter den Cäsaren geschah; den Ort, wo die Naumachien waren, von deren bis aus den Bergen des Eifelgebirges hergeführten Wasserleitungen noch Ruinen übrig sind; die Stelle am Rhein, wo, wenn das Wasser ungewöhnlich tief gefallen, noch die Pfeiler hervorragen von Konstantins steinerner Brücke. Hier sehen wir an der alten Stiftskirche St. Maria im Kapitol, deren Chor aus vorkarolingischer Zeit herrührt, das wahrscheinlich gleichzeitige oder wenig spätere Bildnis der Stifterin Plektrudis, Gemahlin Pippins von Heristal, Urgroßvaters Karls des Großen. Dort den unvollendet gebliebenen, jetzt innerhalb der Stadt gelegenen gewaltigen Burgturm an der Kirche St. Georg, welchen der heilige Anno im elften Jahrhundert dicht vor dem damaligen Stadttor in nicht sehr friedlichen Absichten zu bauen begann.

Das merkwürdigste aller Denkmale ist der Dom. Wäre er vollendet, so würde auch die gotische Baukunst ein Riesenwerk aufzuzeigen haben, das den stolzesten des neuen oder alten Roms verglichen werden könnte. Nur der dritte Teil etwa der Kirche, ohne die Kuppel und ohne die Seitenstücke, die die Kreuzform bilden sollten, und noch nicht die Hälfte nur eines Turms sind aufgeführt. Doch ist auch dieses wenige mehr, als man irgendwo sonst sieht, durch die Größe der Anlage und noch mehr durch die Schönheit des Stils. Konrad von Hochstaden, derselbe kühne Mann, dessen tätiger Einfluß dem furchtbaren Friedrich dem Zweiten mehr als einen Gegenkaiser entgegenstellte, entwarf auch diesen ungeheuern Gedanken. Der bis auf die Zierate vollendete, ausführliche Grundriß des unbekannten

Baumeisters ist noch vorhanden. Der Bau wurde angefangen im Jahre 1248, der vollendete Chor aber eingeweiht im Jahre 1322.

Alle ergreift das Große dieses erhabenen Bruchstücks mit Erstaunen, und besonders der Blick in die Höhe des Chorgewölbes erfüllt jede Brust mit Bewunderung. Was aber dem, der mehrere Denkmäler der gotischen Baukunst mit Aufmerksamkeit zu beobachten Gelegenheit hatte, am meisten auffällt, ist die Schönheit der Verhältnisse, die Einfalt, das Ebenmaß bei der Zierlichkeit, die Leichtigkeit bei der Größe. Den Eindruck fühlt jeder, der Gefühl für so etwas hat; beschreiben aber oder erklären läßt sich dieses Gefühl weiter nicht, nur genaue Abmessungen, im Vergleich mit anderen Gebäuden ähnlicher Art, würden lehrreiche Aufschlüsse über das Geheimnis jenes, dem zarteren Gefühl so merklichen Ebenmaßes geben können. Gewiß ist es, daß die meisten, auch sehr berühmten und ruhmwürdigen gotischen Kirchen gegen diese teils noch etwas roh und schwerfällig, teils aber überladen, spielend und weniger zweckmäßig erscheinen. Nur das Löwener Rathaus könnte ihr im kleinen Maßstab in Rücksicht auf diese edle Einfalt und Schönheit des Stils an die Seite gesetzt werden. In der allgemeinen Anlage ist der Dom so, wie die eigentlichen gotischen oder deutschen Kirchen meistens zu sein pflegen. Die Form des lateinischen Kreuzes endigt im Chor nach Morgen mit einer halben Rundung; zwei hohe Türme zieren den dreifachen Haupteingang nach Abend, und die Querstücke des Kreuzes sollten noch zwei Seiteneingänge nach den andern beiden Weltgegenden bilden. In der Mitte zwischen beiden und der gesamten Kirche sollte die Kuppel sich über dem hohen Grabmal der Heiligen

Drei Könige erheben; doch dieses ist nicht ausgeführt worden. Die Türme, ein Gebäude unzähliger schlanker Säulen, aus immer höher und höher steigenden bogenförmigen Fenstern und Knospentürmchen wie zusammengewachsen, sollten fünf Geschosse haben; das oberste ein durchbrochener Obelisk von durchsichtigen Ranken und großen Knospen, die endlich in einer einzigen großen Blume sich enden; aber nur zwei Geschosse des einen Turms sind fertig. Sind solche Türme gleichsam unermeßliche Gewächse, von lauter Schnitzwerk zusammengewunden und stolz in die Höhe schießend, so sind die Menge der weitläufigen Träger mit all ihren Schwibbogen, ihren Verzierungen, ihren Knospen, Spitzen und Türmen einem Walde zu vergleichen. Auch die gotischen Säulen, wie die im Dome, welche statt einer einzigen ein Geflecht vieler zusammengebundener, schlanker Röhren darzustellen scheinen, mit nur wenig durch zwei nicht sehr merkliche Vorsprünge angedeutetem Fuß, hoch aufschießendem Schaft und einfachem, bald aus Weinreben, bald aus anderem einheimischen Laubwerk verschiedenartig gebildeten blätterigen Knauf in der Höhe, wo sie einen spitzigen und mannigfach gebrochenen Bogen bilden, hat man mit der stolzen Wölbung eines hohen Baumganges nicht unschicklich verglichen; andere haben darin eine Ähnlichkeit mit den Basaltsäulen finden wollen; man könnte sie auch, was die Höhe der Bogenwölbung betrifft, wohl mit dem Wasserstrahl eines gewaltigen Springbrunnens vergleichen, wenn dieser ebenso dicht wieder herabströmte, wie er emporschießt.

Friedrich Schlegel

Naumachie (griech.): Seeschlacht, Seegefecht; dann im alten Rom die Aufführung einer Seeschlacht auf Bassins im Amphitheater / Konstantinische Brücke: eine um 310 n. Chr. errichtete Verbindung über den Rhein zwischen Köln und dem zu jener Zeit erbauten Kastell Divitia (Deutz); die Brücke war 420 m lang und ruhte auf 19 Pfeilern / Konrad von Hochstaden: Erzbischof von Köln (1238 – 61) und Gegner Kaiser Friedrichs II., dessen Gegenkönige Heinrich Raspe und Wilhelm von Holland er unterstützte; begann 1248 den Neubau des Kölner Doms / nach Morgen: nach Osten / nach Abend: nach Westen

Dreikönigenschrein

In einer mit Marmor reichgeschmückten Kapelle hinter dem Hochaltar wird das berühmte Reliquienbehältnis der Heiligen Drei Könige bei Lampenlicht gezeigt, das noch immer einen wirklich blendend prachtvollen Anblick gewährt, obgleich es während seiner Abwesenheit von Köln von seiner ursprünglichen Herrlichkeit unendlich viel verloren haben soll. Während der stürmischen Zeiten der Französischen Revolution wurde dieses

Der Chor des Kölner Doms

hochverehrte Heiligtum der Stadt Köln von den Domherren nach Arnsberg in Westfalen geflüchtet und erst nach zwanzig Jahren in dem traurigsten Zustande, seines köstlichsten Schmuckes beraubt und auf mancherlei Weise beschädigt, wieder zurückgebracht. Was nur möglicherweise geschehen konnte, um es wiederherzustellen, ist mit frommem Eifer dafür getan worden. Die mit Diamanten und Perlen von unschätzbarem Wert besetzten schweren, massivgoldenen Kronen, welche die Schädel der drei weisen Könige schmückten, konnten freilich nur durch vergoldete ersetzt werden, und an die Stelle manches seltenen Edelsteines mußte hie und da ein Kristall oder eine Glaspaste treten; aber mit mühsamen Fleiß, unter der Leitung des edlen Kunstfreundes Wallraf, wurde doch wiederhergestellt, was sich nur irgend wiederherstellen ließ: die prächtige alte Schmelzarbeit, die an vielen Stellen abgesprungen, vernichtet, verloren war; die kunstreichen Bildwerke von getriebener Arbeit in Gold und Silber, die gequetscht und verbogen, kaum noch kenntlich erschienen. Und so wurde dieses alte Heiligtum abermals, was es von jeher gewesen, ein Gegenstand religiöser Verehrung, vor dem jeder Kunstfreund gern bewundernd verweilt.

Der fromme Eifer der Einwohner von Köln und ihre wirklich religiöse Liebe und Anhänglichkeit an ihren Dom und dieses ehrwürdige Palladium ihrer Stadt trat bei dieser Gelegenheit im reinsten Lichte hervor. Die zu der Wiederherstellung des wertvollen Reliquienbehältnisses ihrer Schutzheiligen notwendige bedeutende Summe wurde von ihnen herbeigebracht; edle Frauen gaben freiwillig einen Teil ihres Schmuckes, um mit den kostbaren Steinen die verlorengegangenen zu ersetzen. Über zweihundert antike Kameen und geschnittene Steine von nicht zu berechnendem Kunstwert waren die herrlichste Zierde des silbernen Sarkophages gewesen, wie man das an Reliquienkästen dieser Art öfters findet, obgleich die Ledas, die Danaen und andere mythologische Gegenstände hier nicht ganz am rechten Ort angebracht zu sein scheinen. Von diesen Antiken war ebenfalls ein großer Teil der vorzüglichsten geraubt oder sonst verlorengegangen, und auch diese wurden von Kunstfreunden aus ihren eigenen Sammlungen wieder ersetzt, so daß die wenigen modernen Pasten und nachgemachten Kameen, die man noch hin und wieder entdeckt, sich unter der Menge der trefflichen, wahrhaft echten Antiken völlig verlieren, von denen zu hoffen steht, daß sie nächstens durch sorgfältig nachgeformte Abdrücke auch zu der Kenntnis auswärtiger Kunstkenner gelangen mögen.

Johanna Schopenhauer

Palladium (griech.): schützendes Heiligtum / Kamee (franz.): erhaben geschnittener Stein, Gemme mit erhaben geschnittenem Relief

Das Funkenlied von Köln

Spott auf die veraltete Stadtmiliz

Der reiche Mann von Köln

Zu Köln ein reicher Kaufherr saß,
Der hatt' ein Herz von Eisen;
Er lebte dahin in Saus und Braus
Und drückte Witwen und Waisen.

Er zählte sein Silber und wog sein Gold
Und lachte dazu im stillen;
Der Richter bog um Gunst und Geld
Das Recht nach seinem Willen.

Da war ein Mägdlein in der Stadt,
Ein Kind von jungen Jahren,
Er trieb es fort von Haus und Hof
Mit grimmigem Gebaren.

Und als der Schnee im Winter fiel
Und ging der Rhein mit Eise,
Ihn jammerte nicht des Kindes Not,
Das hatte nicht Kleid noch Speise.

Und als der Frühling kam ins Land,
Die Vöglein sangen mit Schalle:
Sie fanden das Mägdlein morgens tot
Auf einer Streu im Stalle.

Sie trugen es fort und gruben es ein
Am Friedhof auf der Wiese;
Die Seele ging in Sankt Michaels Schoß
Hinauf zum Paradiese.

Den Tag danach der Kaufmann ritt
Wohl lachend daher im Trabe,
Da standen drei Lilien, weiß wie Schnee,
Gewachsen auf dem Grabe;

Da standen drei Lilien, weiß wie Schnee,
Im Winde die Blumen gingen;
Ein Vöglein schwang vom Hügel sich auf,
Im Flug hub's an zu singen:

„Herr Marx von Köln, Herr Marx von Köln,
Wie bleich ist dein Gesichte!
Du bist ein Mörder, Herr Marx von Köln,
Ich lade dich zu Gerichte."

Dem Kaufherrn wohl das Lachen verging,
Sein Mut war all verloren;
Er wandte sein Roß und jagte nach Haus,
Vom Blute troffen die Sporen.

Er mochte nicht nehmen Speise noch Trank
Vor ängstlichen Gedanken;
Wohin er schaut' in Saal und Hof,
Drei Lilien sah er schwanken;

Und als er nachts auf dem Kissen lag,
Keinen Schlaf konnt' er erzwingen;
Sobald ihm fielen die Augen zu,
Hört' er das Vöglein singen.

„Ach helft mir, helft mir, lieber Arzt!
Ich will's euch neunfach zahlen,
Mir brennt's im Herzen wie höllisch'
Helft mir von diesen Qualen!" [Feur';

Wohl ging der Arzt, mit Sorg und Fleiß
Manch bittern Trank zu mischen;
Es tat nicht gut, es tat nicht schlimm,
Das Vöglein sang dazwischen:

„Herr Marx von Köln, an deiner Sünd'
Wird alle Kunst zunichte!
Du bist ein Mörder, Herr Marx von
Ich lade dich zu Gerichte." [Köln!

Und um die dritte Mitternacht
Ging an der Tür ein Klopfen;
Den Kranken trieb's vom Lager auf,
Ihm floß die Stirn von Tropfen.

Und als seine Hand den Riegel schob,
Sie flog vor Angst und Schmerze;
Und als die Tür in den Angeln ging,
Ein Zug blies aus die Kerze.

Der draußen stand, das war der Tod;
Er nahm Herrn Marx von Köllen,
Er setzt' ihn auf sein aschfarb' Roß
Und fuhr mit ihm zur Höllen.

Emanuel Geibel

Bischof Anno

St. Anno, Bischof Kölns, wo denkst du hin?
Willst du der heil'gen Stadt ihr Recht entziehn?

„Sie hat's verwirkt", so sprach der strenge Mann,
„Ich stumpf' es, daß es nicht mehr schaden kann.

Das Horn der Kuh ist allzu spitz und scharf,
Die übern Zaun den eignen Herren warf.

Mit Müh erstand ich von dem schweren Fall:
Gebunden steht sie jetzt in meinem Stall.

Ein edles Roß bezwingt Gebiß und Zaum,
Wie es sich bäumt und knirscht und spritzt den Schaum.

Ich Salz der Erde, sollt' ich werden dumm?
Den Baum, der keine Frucht trägt, hau ich um."

So sprach der Bischof, und in Knechtsgestalt
Gehorcht ihm Köln durch Furcht und durch Gewalt.

Doch als er siech ward und zu sterben kam,
Ein heil'ger Engel seine Seele nahm,

Führt' ihn in einen königlichen Saal,
Von Perl' und Gold die Wände nirgend kahl.

Da war Gesang und wonnigliches Spiel
Und aller Himmelsfreuden überviel.

Bischöfe saßen da in vollen Reihn,
Und jedem schien vom Haupt der Heil'genschein.

Da saß mit Petri Stabe St. Matern,
Der Jünger des Apostels unsers Herrn.

An Severin sah Kunibert empor
Und Hildebold, den Kaiser Karl erkor.

Bei Bischof Bruno, König Heinrichs Sohn,
Empfing St. Heribert den Himmelslohn.

St. Annos Vorfahr Hermann saß zuletzt,
Und neben ihm ein Stuhl war unbesetzt.

Wie freute sich St. Anno, das zu sehn!
Er sah den Stuhl zu seiner Ehre stehn.

Wie gerne säß er bei der sel'gen Schar!
Den lieben Stuhl ergriff' er gern fürwahr;

Dazu nicht gönnten ihm die Fürsten Fug,
Weil vor der Brust er einen Flecken trug.

Auf stand der Herren einer, hieß Arnald;
Als Bischof hatt' er einst zu Worms Gewalt.

Der nahm St. Anno freundlich bei der Hand,
Beiseit' mit süßer Red' er ihn bestand:

„Mann Gottes, tröste dich und wisse nun,
Noch diesen garst'gen Fleck hinwegzutun:

Fürwahr, dir ist der ew'ge Stuhl bereit,
Willkommen bist du uns in kurzer Zeit;

Doch hier verbleiben jetzo kannst du nicht:
Dir zeigte Christus darum dies Gesicht,

Damit du sähst, wie lauter und wie rein
Ein Herz, das er hier dulde, müsse sein.

Geh und bedenke deiner Seele Heil:
Welch herrlich' Leben wird dir bald zuteil!"

Das fiel dem Bischof Anno schwer aufs Herz,
Daß er sich sollte wenden erdenwärts.

Nicht um die Welt, wenn man ihn nicht verstieß,
Entsagt' er jetzt dem schönen Paradies.

Als aus dem Schlaf St. Anno war erwacht,
Was ihm zu tun blieb, hatt' er bald erdacht.

Den Kölnern schenkt' er wieder seine Huld
Und sprach sie los von schwerer Sünde Schuld.

Er gab ihr Recht der heil'gen Stadt zurück
Und mehrt' es noch um manches wicht'ge Stück.

Da war der schwarze Fleck hinweggetan,
Und wie ein Goldstern fuhr er himmelan.

Karl Simrock

Anno II. von Steußlingen (um 1010 – 1075): seit 1056 Erzbischof von Köln; das Gedicht spielt auf den Aufstand von 1074 an, in dessen Verlauf erstmals eine bürgerlich-kaufmännische Oberschicht in Erscheinung trat, die gegen die erzbischöfliche Stadtherrschaft rebellierte. Anno mußte fliehen; nach seiner Rückkehr verhängte er ein strenges Strafgericht über die Stadt, das er aber zu Ostern 1075 wieder rückgängig machte.

Rievkooche

Zutaten: 1 kg rohe, geschälte Kartoffeln, $^1/_8$ l kochende Milch, Eier, Salz, Fett.

Zubereitung: 1 kg rohe, geschälte Kartoffeln auf einem Reibeisen reiben und in einem Tuch so lange auspressen, bis sie ganz trocken sind. Die ausgepreßten Kartoffeln mit einem $^1/_8$ l kochender Milch zu einem dünnen Brei verrühren. Dann schlägt man von so vielen Eiern, als Personen da sind, das Eiweiß zu Schnee und rührt diesen nebst dem Eigelb und dem Salz unter die Kartoffeln. Von diesem Teig bäckt man in einer Pfanne in heißem Fett goldgelbe „Rievkooche" (Reibekuchen).

Märkte und Plätze, Mauern und Tore

Bei einer Wanderung durch das Innere Kölns verweilen wir vorzugsweise bei den merkwürdigen Straßen und Plätzen, an die sich irgendwelche historische oder Erinnerung der Sage knüpft. Da ist denn vor allen Dingen der mit Linden bepflanzte Neumarkt zu nennen, welcher früher ein Wein- und Gemüsegarten war, jetzt aber zur Promenade und zum Wachtparadeplatz dient. Hier wurde einst ein des Diebstahls angeklagtes Mädchen, namens Marie, trotz der Beteuerung ihrer Unschuld hingerichtet. Nach ihrem Tode fand man beim Einsturz eines Hauses die vermißten Kostbarkeiten und daneben den richtigen Dieb, einen Raben, erschlagen. Zum Andenken daran bewahrte man lange an dem betreffenden Haus einen eisernen Vogelkorb, darin ein gegossener Rabe saß.

Wir wenden uns sodann zu dem vom Rathausturm überragten, mit Akazien bepflanzten Alter Markt, der zu den Wochenmärkten, dienstags und freitags, und zum täglichen Gemüsemarkt dient. Noch sind aus alter Zeit einige merkwürdige Giebelhäuser übrig, und von der Rückseite gewahrt man das Rathaus und im Hintergrund den Dom. Hier soll einst Pfalzgraf Philipp den König Maximilian, Kaiser Friedrichs III. Sohn, beim Turnier aus dem Sattel gehoben haben. Der Heumarkt, früher eine von einem Rheinarm umschlossene Insel, ist reich an historischen Erinnerungen. So hielt hier unter anderem der Kaiser Maximilian 1505 ein glänzendes Ritterspiel ab, über welches viel berichtet wurde.

Auf dem kleinen Gülichplatz stand das Haus des 1686 zu Mülheim, zur Zeit der letzten Kämpfe zwischen Adel und Bürgerschaft Kölns hinge-

Rechte Seite: Köln von der Westseite

Das Severinstor

richteten Bandkrämers Nikolaus Gülich. An die Stelle des abgerissenen Hauses setzte man eine Schandsäule mit seinem in Erz gegossenen Haupt, das später, als dieselbe in der Revolution gestürzt wurde, als Märtyrersymbol umhergetragen und nach Bonn geschickt wurde.

In der Straße „An der weißen Frau" spukt die betrügerische Bäckersfrau, die in Gestalt einer Katze den Teig verkleinerte, bis ihr der Mann die Pfote abhackte.

Die Überreste der alten Ringmauer Kölns mit ihren breiten Gräben lassen noch die Großartigkeit dieses Bauwerkes erkennen. Sie soll achtzig Warttürme und zwanzig Tore gehabt haben; von letzteren sind noch zu sehen z.B. das Eigelstein- und Severinstor sowie das Weger- und Pfaffentor. Am Pfaffentor sollen die Domherren erhängt worden sein, die den wackern Bürgermeister Gryn in einen Löwenzwinger stießen; doch der mutige Mann bezwang den Leu wie weiland Simson. Manche Altertumsforscher leiten jedoch den Namen der Pfaffenpforte, die am Ausgang der Straße „Unter Fettenhennen" nach der Trankgasse gezeigt wird und die sich auch auf diese Begebenheit beziehen soll, von porta Paphia (Venustor) her, was auch eine alte römische Inschrift zu bestätigen scheint.

Jakob Nover

Friedrich III. (1415 – 93): der Herzog von Steiermark und Kärnten (seit 1424), der 1440 die Königs- und 1452 die Kaiserwürde erlangte; betrieb eine sehr erfolgreiche habsburgische Hausmachtpolitik, indem er 1457 Ober- und Niederösterreich an sich brachte und 1477 die Hochzeit seines Sohnes Maximilian I. (1459 – 1519) mit Maria, der Erbtochter Burgunds, herbeiführte / Simson oder Samson: ein israelitischer Volksheld von enormer Körperkraft

Das Kreuz in St. Marien im Kapitol

In der heil'gen Stadt am Rhein hängt ein altertümlich Kreuz,
In der Nacht gibt's lichten Schein, Tröstung manchem Armen beut's.
Aus der Wand hervorgesprossen, wie die alte Kunde sagt,
Ist es schwarz ins Holz geschossen, das zu rühren keiner wagt.

Christus traurig niederblickt, tief das Haupt in Schmerz gesenkt,
Wer ihn ansieht, der erschrickt, wenn er seiner Schuld gedenkt.
Beugt er doch sich ob den Sünden dieser lasterhaften Welt,
Wie sein Spruch einst wird verkünden, wenn das All in Staub zerfällt.

Weit die Arm' am Kreuzesstamm breitet er, wie Gnade fleh'nd,
Weil auf sich die Schuld er nahm, liebreich nach den Kindern sehn'nd.
Doch stets neue Sünden mehren seine, des Erbarmers, Last,
Lasten drücken und beschweren ihm das Haupt zur Erde fast.

Und wenn müd' er sich einmal ganz bis auf den Boden neigt,
Reif ist dann die Saat im Tal, die aus Totengräbern steigt.
Und bei der Posaunen Schalle öffnet sich der Grüfte Schoß,
Legt die Taten, Täter alle vor dem ew'gen Richter bloß.

Wird der Herr dann zum Gerichte kommen mit der schweren Last,
Ruft der Sünder: „O vernichte, Herr, die du gebildet hast!
Fallet über mich, ihr Berge, ew'ge Nacht, bedecke mich,
Daß ich mich vor Ihm verberge, denn sein Zorn ist fürchterlich!"

Nahm ein Maler einst sich vor, abzufein das heil'ge Kreuz;
Doch das Aug' umzog ein Flor, und den Kecken bald gereut's.
Denn die freche Hand verdorrte, löste sich und fiel herab,
Wahnsinn wurden Tat und Worte, und er sank ins frühe Grab.

Johann Kreuser

Gotische Baudenkmäler in Köln

Die merkwürdigsten und schönsten dieser Art zu Köln sind die Kirchen St. Gereon und St. Aposteln. Beide liegen meistens frei und fallen schön ins Auge. Ich erinnere bei dieser Gelegenheit daran, daß, um alle die schönen Kirchen dieser Stadt auch aus verschiedenen Entfernungen ins Auge zu fassen, der Spaziergang an der innern Seite der Stadtmauer und die Aussicht vom Domkrane herab besonders dienlich sind. Am schönsten nimmt sich die ganze Stadt von der gegenüberliegenden Seite des Rheins aus, da sie einen großen halben Mond bildet, der durch mehrere schöne Kirchen und einen alten festen Turm gut begrenzt wird.

Ungleich künstlicher als St. Kunibert, St. Severin und St. Martin ist die Kirche St. Aposteln aus dem elften und zwölften Jahrhundert; den Haupteingang bildet gleichfalls ein einziger, mächtiger, schwerer Turm. Der Chor wird gebildet durch drei halbe Rotunden, über welche sich drei Giebel erheben; zwei Türme schmücken die mittlere Rotunde am Ende des Chors, und über den drei Rotunden und Giebeln erhebt sich eine sechseckige zwiefache Kuppel. Gleichsam ein Gebäude von mehreren künstlich verschlungenen Gebäuden; nicht ein einfacher Tempel, sondern eine stolze Trophäe mehrerer, einer über den andern sich erhebender Tempel. Auf diese Verknüpfung und Einschachtelung mehrerer Gebäude in eines führte schon die älteste Idee und Anlage der christlichen Kirche. Schon Konstantin wollte seine Basilika in Form des Kreuzes gebaut haben; bald nachher strebte man, den Hochaltar durch eine über alle anderen Teile des Ganzen oder Nebenkuppeln so hoch als möglich erhobene Hauptkuppel zu bezeichnen, wie z. B. in der Sophienkirche zu Konstantinopel oder der nach ihr gebildeten St. Markuskirche zu Venedig. Der Chor, als Versammlungsort derjenigen, die am Gottesdienst tätigen Anteil nehmen, war ursprünglich abgesondert von dem größeren, für die Gemeinde bestimmten Raum und mußte es dem herrschenden Begriffe nach sein; er bildete gleichsam eine kleinere Kirche in der größeren. Die Notwendigkeit eines Umgangs um den Chor erforderte Seitengänge neben dem Hauptgang des Schiffs, dessen

St. Gereon

größere Höhe sich so sehr von ihnen absonderte, daß in manchen Kirchen diese Seitengänge auch durch eigene niedrigere, an das Hauptgebäude sich anschließende Seitengebäude gebildet werden. So führte hier von selbst alles von allen Seiten auf eine vielverschlungene Mannigfaltigkeit, die nachher Charakter und herrschende Grundidee wurde, aus welcher fast alles hergeleitet werden muß.

Noch schöner vielleicht in der alten gräzisierenden Art, als diese erwähnten Gebäude, ist die Kirche St. Gereon, gleichfalls aus dem elften Jahrhundert. Hier bildet eine als Kuppel sich erhebende Rotunde oder vielmehr ein solches Zehneck die Vorkirche; zum Chor, der beträchtlich höher liegt, steigt man auf vielen Stufen hinan. Von außen ist der Chor nur durch zwei Türme verziert. Das Innere dieser Kirche ist ganz vorzüglich schön und am Äußeren das Ebenmaß der Verhältnisse und die kunstreiche Einfalt der Zieraten. Die inneren Hauptsäulen sind oft noch ohne blätterigen Knauf, ja auch ohne alle Windung oder Einschnitte; die hervortretenden Kapitelle sind bloß durch Vergoldung geziert. Außerdem sieht man aber eine eigene Art kleiner Säulen, die das obere Geschoß der Rotunden nach außen bilden, auch sonst in den Fenstern und Kreuzgängen gebraucht werden. Sie sind von Basalt, sehr dünn und schlank, es stehen allemal zwei frei nebeneinander, bei Hauptabteilungen auch wohl vier. Der Knauf ist teils schlicht wie bei obigen, teils mit mancherlei Laubwerk geziert, worin Vögel, Drachen und andere Figürchen verschlungen sind.

In dem altchristlichen Baustil, von welchem die Kirche St. Gereon zu Köln ein so vollendetes Urbild darbietet, ist jenes Grundschema von Dreieck und Quadrat, Kreuz und Rotunde, sowie auch das sternförmige Sechseck und andere noch zahlreichere Vieleck-Figuren nicht bloß in der inneren Struktur verborgen, sondern sie treten in einer, wenn man so sagen darf, geometrischen Schönheit sichtbar an den Hauptmassen und dem höchsten Gipfel des Gebäudes hervor und geben dem Ganzen dadurch eine eigene siderische Gestaltung, deren wunderbare Zusammensetzung einen geheimnisvollen Eindruck macht und wohl angemessen ist für eine Kirche als ein geheiligtes Gebäude, welches gleichsam ein Nachbild von der ewigen Struktur des Himmels im kleinen darbieten soll.

Friedrich Schlegel

Rotunde: ein Rundbau, runder Saal; auch ein runder Raum innerhalb eines größeren Baukomplexes / gräzisieren (griech.): nach griechischem Muster formen; die alten Griechen nachahmen / siderisch (lat.): auf die Sterne bezüglich; die Gestirne betreffend

Jost vom Bühl

„Wenn Gott mit den Aposteln einst zu Gerichte sitzt
Und in der Angststunde die Seele Trübsal schwitzt,
Wenn meiner Sünden Schale dann tief und tiefer schwebt,
Was werf' ich in die andre, daß jene wieder sich hebt?"

So dacht' in Köln ein Kaufherr mit Namen Jost vom Bühl,
Der sorgenvoll sich wälzte bei Nacht auf seidnem Pfühl.
„Die Sünden", schloß er endlich, „sind schwer, die ich beging;
Doch großer Ankersteine Gewicht ist auch nicht gering."

Da ging er hin und kaufte ein Schiff am andern Tag,
Das mit den größten Quadern gefüllt im Hafen lag.
Die Steine waren mächtig, wie man in Bell sie bricht
Oder Niedermendig, sie fielen schwer ins Gewicht.

St. Aposteln

Die wurden gleich auf Karren gekrant, und mancher Gaul
Davor gespannt; die zogen ihm aber allzu faul.
Er ließ noch Vorspann nehmen: Da ging's vom Fleck zuletzt.
„Wohin denn nun? Wo werden die Blöcke niedergesetzt?"

„Vor St. Aposteln-Kirche", rief er den Schürgern zu,
„Da ladet ab und wendet hierher zurück im Nu:
Ihr müßt noch öfter fahren, sonst leert ihr nicht das Schiff."
So taten denn die Kärrner, sie tanzten gern wie er pfiff.

Da lagen nun die Blöcke vor St. Aposteln-Stift:
Die Mönche stehn verwundert, der Dechant aber trifft
Den Kaufmann auf dem Platze, der just die Kärrner lohnt.
„Was soll uns", frug er diesen, „ein Geschenk so ungewohnt?"

Er sprach: „Ihr bauet wieder einmal, das bleibt nicht aus,
Dann braucht ihr solche Steine zum Fundament des Baus."
„Wir bauen bald", sprach jener, „hier seht ihr schon den Riß,
Da kommen solche Quadern uns sehr gelegen gewiß;

Doch das Geschenk befremdet uns sehr, das ihr uns macht,
Hier werden solche Gaben gar selten dargebracht:
Was hat euch nur bewogen?" Er sprach: „Ihr wüßtet's gern;
Doch das ist mein Geheimnis, darauf verzichtet ihr Herrn.

Noch hab' ich einen Skrupel, den löst ihr mir vielleicht:
Seht, diese Bruchsteine sind von Gewicht nicht leicht.
Ihr dient den Aposteln und wißt, wie stark sie sind:
Hebt einer solchen Stein wohl, wenn er es ernstlich beginnt?"

„Das ist den Gottesboten", sprach jener, „Kinderspiel;
Die ganze Kirchen heben, der Heil'gen gibt es viel.
Die tragen sie mit Türmen und Zinnen auf der Hand
Und werden nimmer müde; das ist hier allen bekannt."

Da sprachen auch die Mönche: „So ist es, sicherlich."
„Der Auskunft", sprach der Kaufherr, „von Herzen freu' ich mich.
Verbaut nur bald die Steine, zum Lohn begehr' ich nichts:
Mir lohnen die Apostel am Tag des Jüngsten Gerichts."

Karl Simrock

Pfühl: Kissen, Bett, Lager / schürgen: schieben, stoßen; davon abgeleitet der Begriff „Schürger" / Kärrner: Karrenführer, -schieber

Der Kunstsammler Ferdinand Wallraf

Eine besondere Bedeutung für die Stadt Köln hat Ferdinand Wallraf durch seine wertvolle Sammlung gewonnen. Sein Sammlereifer wurde getragen von antiquarischer Liebhaberei, von künstlerischer Begeisterung und von städtischem Patriotismus. Für den genaueren Beobachter mußte schon seine Knabenzeit auf den Charakter des späteren Bücher- und Altertumsfreundes schließen lassen. Mit seinem Fortschritt in der Wissenschaft und Kunstliebe hielt seine Lust des Sammelns gleichen Gang. Wie bedauerte er, daß die Liebhaberei oft größer war als die Mittel. Nichts, was einen

Antiquar, Bücher- und Raritätenfreund nur irgendwie interessieren kann, verschmähte er; doch richtete er sein Hauptaugenmerk auf solche Altertümer, Drucksachen und Gemälde, die in irgendeine Beziehung zur stadtkölnischen Geschichte gebracht werden konnten. Wie ihm seine Vaterstadt über alles ging, so mußten auch in seinem Kabinett Reste kölnischen Römertums, kölnische Münzen, kölnische Urkunden und Inkunabeln, kölnische Waffen und Hausgeräte, kölnische Gemälde, Handzeichnungen und Holzschnitte in erster Reihe stehen. Je mehr sich seine Bekanntschaft mit auswärtigen Gelehrten und Kunstfreunden ausdehnte, desto zahlreicher wurden die Zusendungen zu seinen Sammlungen. Bis zum Einmarsch der Franzosen Anfang Oktober 1794 hatten Wallrafs Sammlungen einen bescheidenen Umfang nicht überschritten. Als aber Adel und Geistlichkeit vor den französischen Revolutionsheeren die Flucht ergriffen, machte sich Wallraf die dargebotene Gelegenheit zunutze, um aus den verlassenen, verschleppten oder zum Kauf angebotenen Kunst- und Bücherschätzen das Wertvollere in seinen Besitz zu bringen. Rastlos rannte er von Kloster zu Kloster und schilderte allerwärts mit beredter Zunge die Gefahren, denen alle Kunstschätze ausgesetzt wären, wenn sie nicht zur rechten Zeit in Sicherheit gebracht würden. Vielfach ging man auf seine Vorstellungen ein; die bedrohten Kunst- oder literarischen Schätze wollte man lieber dem Professor Wallraf in Verwahr geben oder käuflich überlassen, als den Händen französischer Soldaten oder Spekulanten überantworten. So rettete er manchen herrlichen Schatz. Ehe die französischen Kommissare in den einzelnen Archiven, Bibliotheken und Bildersälen zur Inventarisierung erschienen, hatte Wallraf meistenteils schon ergiebige Vorlese gehalten. Ob seine Geldmittel für seine verschiedenen Ankäufe ausreichten oder nicht, kümmerte ihn wenig. Wenn ihm die nötige Barschaft zur Bezahlung eines angekauften Buches, Manuskriptes oder Bildes fehlte, ersuchte er den einen oder den andern seiner Freunde um ein kleines Darlehen. Wenn ihm dann für seinen Haushalt nichts übrigblieb, fror und darbte er zu Hause, bis Hunger und Kälte ihn trieben, den gastlichen Tisch eines seiner näheren Bekannten in Anspruch zu nehmen. Für Wallrafs Sammlungen wurde durch die Säkularisation des katholischen Kirchen- und Klostergutes ein neuer Zeitabschnitt eröffnet. Mit den Summen, die er von einzelnen Freunden entlehnte, war es ihm möglich, einen großen Teil der wertvollen Gegenstände, die damals zu Spottpreisen verschleudert wurden, in seinen Besitz zu bringen. Sein Hauptmotiv hierbei war und blieb der patriotische Wunsch, aus dem allgemeinen Schiffbruch für die Vaterstadt so viel zu retten, wie möglich war. Er wollte seinen Mitbürgern Gelegenheit geben, die Werke der Vorwelt zu bewundern und die Gegenwart mit den erloschenen Zügen der Vergangenheit zu vergleichen. Seine Sammlung sollte dem Kenner wie dem Unkundigen die Stufenfolge der Kunst in den mannigfachsten Erzeugnissen und die mit jedem Zeitabschnitt wechselnden Eigentümlichkeiten in den Kunstgebilden vor Augen und Geist führen. Nach Maßgabe seiner Kräfte und Mittel wollte Wallraf dem Kölner die Mittel bieten, sich neben dem Studium und der Nachbildung guter Kunstmuster auch jene wissenschaftliche Kunde zu verschaffen, die die gewöhnliche Kunstfertigkeit über die Stufe mechanischer Technik erhebt. Ihm war es ein Bedürfnis, seine Mitbürger die unbedingte Notwendigkeit jenes Wissens fühlen zu lassen. Nur in einer Menge von Werken der Plastik aus allen Zeiten, in einem reichen Vorrat von Handzeichnungen, Holzschnitten und Kupferstichen, in einer zahlreichen Sammlung von Büchern, vaterländischen Drucken und Erzeugnissen der berühmten Kölner Malerschule, so wie er sie aufzutreiben vermochte, nur hierin sah er die Mittel, seine Mitbürger zu einer geistigen Regsamkeit aufzurütteln, die die alte Liebe zur Kunst und die alte Begeisterung für Wissenschaft zu wecken und tätig zu machen geeignet war.

Immer zahlreicher häuften sich in Wallrafs Wohnung, der ihm vom Dompropst Franz Graf von Oettingen-Baldern überlassenen Dompropstei, die mannigfachsten Gegenstände der Kunst und Wissenschaft. Die Ankäufe und Zusendungen waren so massenhaft, daß Wallraf an eine systematische Ordnung und Aufstellung seiner Schätze gar nicht denken konnte. Einen bedeutenden Zuwachs erhielt er aus dem Schlosse Blankenheim und aus dem an den Landgrafen von Hessen-Darmstadt verkauften Museum des Barons Hüpsch. Was die Gemälde anbetrifft, machte er die besten Ankäufe im klevischen Gebiete. Die Vaterstadt war es, deren geistige Hebung er bei seiner rastlosen Sammeltätigkeit stets vor allem im Auge hatte. Schon im Jahre 1809 erklärte er, daß es sein unabänderlicher Wille sei, die Stadt Köln zur Erbin seiner ganzen Sammlungen einzusetzen. Seine Freunde glaubten aber, daß solcher Bürgersinn und solche Hochherzigkeit von seiten der Stadt durch eine Gegenerkenntlichkeit beantwortet werden müßte. Die dieserhalb angeknüpften Unterhandlungen wollten jedoch lange nicht zum Ziele führen. Die Sache blieb ruhen, bis unter preußischer Herrschaft am Rheine völlig neue Verhältnisse sich zu gestalten begannen. Jetzt glaubte Wallraf seine Schenkungsangelegenheit in befriedigende Ordnung bringen zu können. Auf den Bericht des mit der Revision der Kölner Schulverwaltung beauftragten Oberlandesgerichtsassessors Neigebauer verfügte der Generalgouverneur unter dem 3. Oktober 1814, daß die Sammlungen des Professors Wallraf zum Besten der Kölner Erziehungsanstalten angekauft werden sollten.

Die Erledigung dieser Angelegenheit verschleppte sich aber bis in das Jahr 1818. Ein bösartiges Fieber drohte in diesem Jahre den Tagen Wallrafs

ein Ende zu setzen. Wallraf verstand den Wink aus der Ewigkeit, und er entschloß sich endlich, die so lange verschobene Schenkung in definitiver Form festzustellen. Am 9. Mai unterzeichnete er das Testament, wonach er die Gemeinde Köln zur Erbin seines sämtlichen Nachlasses, er bestehe, worin er wolle, einsetzte und zwar unter der unerläßlichen Bedingung, daß seine Kunst-, Mineralien-, Malerei-, Kupferstich- und Büchersammlung auf immer bei dieser Stadt zu Nutzen der Kunst und Wissenschaft verbleiben, derselben erhalten und unter keinem erdenklichen Vorwande veräußert, anderswohin verlegt, aufgestellt und derselben entzogen werden solle. Doch Wallraf genas wieder. Um ihm in seinen alten Tagen einen geringen Ersatz für all die Entbehrungen zu bieten, unter denen er sein mühevolles patriotisches Werk zustande gebracht hatte, bewilligte ihm der Kölner Stadtrat eine Jahresrente von viertausend Franken. Doch Wallraf nahm diese Pension, diese gerechte Anerkennung seiner hohen Verdienste, nur an, um dieselbe auch wieder zum Nutzen und Ruhme der Vaterstadt zu verwenden.

Bis zum letzten Lebenshauch wollte Wallraf nicht ermüden in Aufopferungen, Anstrengungen und Entbehrungen der mannigfachsten Art, um der Stadt Köln eine möglichst reichhaltige Sammlung Kölner Altertümer und Kunstschätze zu hinterlassen. Wie viel Räumlichkeit Wallrafs Wohnung auch bot, so war sie doch zu klein, um die täglich anwachsenden Sammlungen zum Zweck eines gefälligen Eindrucks und einer bequemen Übersicht aufstellen zu können. Der Oberpräsident Graf zu Solms-Laubach sorgte dafür, daß für einen Teil dieser Sammlungen in dem Jesuitenschulkollegium zwei Säle und elf Zimmer hergerichtet wurden. Der größte Teil blieb aber in den verschiedenen Räumlichkeiten der Propstei in chaotischer Verwirrung durcheinander, bis der Tod des Professors Wallraf, am 18. März 1824, eine systematische Ordnung möglich machte. Die literarischen Schätze wurden vorläufig im Rathaus untergebracht, die Kunstgegen-

Das Wallraf-Richartz-Museum

stände und Antiquitäten zu Anfang des Jahres 1827 in dem ehemaligen kölnischen Hofe aufgestellt. Wallrafs Wohnung, die alte Dompropstei, wurde vom Domkapitel zur Einrichtung von Vikariaten in Anspruch genommen. Auf Betreiben des Herrn Baurates Biercher erteilte die königliche Regierung am 11. Februar 1829 die Genehmigung, daß die Stadt dieses Gebäude vom Domkapitel gegen einen Bauplatz auf der Burgmauer umtauschte und die alte Propstei nebst einer als Knabenschule benutzten andern Domherrenkurie zur Anlegung des „Wallrafplatzes" niederlegte.

Endlich hat der Wallrafsche Nachlaß, dank der Hochherzigkeit und Opferwilligkeit des Herrn Kommerzienrates Richartz, eine bleibende Stätte erhalten, die, was Pracht und Schönheit anbelangt, sich kühn mit den größten und reichsten Museen Deutschlands messen kann. An dem Ehrentage, an dem dieser Kunstpalast eingeweiht wird, soll sich das Andenken an Wallrafs begeisterten vaterstädtischen Patriotismus mit unauslöschlichen Zügen in die Herzen aller Kölner eingraben.

Leonard Ennen

Wallraf, Ferdinand Franz (1748 – 1824): nach Schul- und Universitätsbesuch 1772 zum Priester geweiht; 1780 erhielt er das Lizentiat in der Medizin, vier Jahre darauf den Lehrstuhl für Botanik an der medizinischen Fakultät der Universität Köln. 1786 wurde er Professor für Botanik, Naturgeschichte und Ästhetik und 1793 der letzte gewählte Rektor der Universität vor ihrer Schließung durch die Franzosen. Entwickelte von da ab bis zu seinem Lebensende eine unermüdliche Sammlerleidenschaft / Inkunabel: Wiegen-, Frühdruck, Druck aus der Zeit vor 1500 / Inventarisierung: Bestandsaufnahme / Säkularisation: Verweltlichung, Einziehung geistlicher Besitzungen / Vikariat: Amtswohnung eines Vikars / Domherrenkurie: bischöfliches Verwaltungsgebäude / Richartz, Johann Heinrich (1795 – 1861): Kölner Geschäftsmann, der Handel mit Häuten betrieb. Stiftete 100000 Taler zur Errichtung des nach ihm und Wallraf benannten und zwischen 1851 und 1861 erbauten Museums.

An Goethe

Es nah'n des heitern Faschings bunte Tage,
Woran, der Väter schönem Brauch getreu,
So gern der Kölner, sonder Arg und Scheu,
Vergißt des Alltagslebens Sorg und Plage.

Was auch der kalte Finsterling drob sage,
Ist dennoch sein Gerede uns nur Spreu,
Seitdem dein Genius, stets hell und neu,
Der Welt verkündet, daß es bei uns tage.

Und daß die Freud' uns immer mehr entzücke,
Erklären wir des Griesgrams schnöder Tücke
Auf ew'ge Zeiten heuer Haß und Krieg.

An dich nun wenden dringend wir die Bitte:
Kehr ein bei uns, zu schauen unsre Sitte,
Dann feiern doppelt wir den schönen Sieg.

Der Kölner Karneval

Aus einem Brief an Johanna Schopenhauer

Köln, den 21. 2. 1826

Donnerstag vor Fastnacht begann das Fest. Das Abfeuern von elf Kanonen verkündet der Stadt schon gleich nach Mitternacht den Eintritt desselben und den freien Einzug der Torheit. Nachmittags um drei Uhr zog der Herr von Gestern, der Repräsentant der alten Zeit, ein und durch alle Straßen. Dreißig bis vierzig Wagen voll altmodischer Damen und Herren folgten ihm, dazwischen die wunderlichsten Karikaturen, die man sich denken kann. Auch sein Mobiliar brachte der Herr von Gestern, auf mehrere Wagen geladen, mit. Ein vier Fuß langes Klavier, mehrere ehrwürdige Perückenstöcke, die die jetzige verderbte Welt nur noch aus Traditionen kennt; altes Gerümpel aller Art, wunderlich geschnitze Schränke, Tische mit drei Beinen, Stühle mit einem; aber auch die großen schweren, über und über mit Eisen beschlagenen Geldkästen fehlten nicht, die die Kasse enthielten. Das Ganze bot den possierlichsten Anblick von der Welt und wurde von den Zuschauern mit Jubeln und Lachen empfangen.

In den folgenden Tagen zeigten einzelne Masken sich auf den Straßen, besonders viele sehr drollig aufgeputzte Kinder; an Arbeit und Geschäft dachte keine Seele, aller Handel löste in Wandel auf der Straße sich auf; wohin man sah, erblickte man fröhliche, lachende Gesichter, Scherz und Kurzweil waren überall an der Tagesordnung. Ein Geck, wie er selbst sich nannte, forderte in der Karnevalszeitung seine Kollegen auf, sich der Torheit, die doch jeder an sich habe, nicht zu schämen, sondern sie öffentlich zu zeigen; und nun fuhren am Sonntag nachmittag mehrere hundert, sonst recht anständige, geachtete Männer unmaskiert in ihrer gewöhnlichen Kleidung, aber die Narrenkappe auf dem Kopf, in Prozession durch die Stadt und dann über die Schiffsbrücke zum Kaffee nach Deutz. Gegen zehn Uhr abends zogen sie zu Fuß wieder über die Brücke zurück; jeder von ihnen trug eine aus vier Farben zusammengesetzte papierne Laterne vor sich her. Aus der Ferne gab das eine Illumination, wie man sie sich nicht schöner denken kann. Es sah aus, als ob ein Meer von glühenden Riesenblumen sich über den dunklen Rheinstrom heranwälze; in der Nähe verlor der Anblick freilich viel von seinem zauberischen Glanz.

Montag morgens sah man auf dem sehr großen Neumarkt eine kolossale Narrenkappe sich erheben, einem Turm ähnlich, um dessen Außenseite eine Schneckentreppe sich wand. Von allen Türmen wurde gebeiert, so nennt man hier eine seltsame Art von Geläute, das bei allen Volksfesten üblich ist. Kanonen wurden gelöst, einzelne Masken erschienen und unterhielten, jede nach ihrer Art, das in dichtem Gedränge auf dem Markt herumwogende Volk; alle Fenster der benachbarten Häuser sowie die Straßen, durch die der Zug kommen sollte, waren mit Zuschauern dicht besetzt: ein lebensreicher, fröhlicher Anblick, wie nur irgendeiner in der Welt. Und doch ging alles vollkommen ruhig und friedlich ab, kein Schreien, kein Zank, auch nicht die mindeste Unordnung trat in die allgemeine Freude störend ein.

Endlich ließ die den Zug der alten Zeit begleitende Musik sich vernehmen, uralte Menuette, Murkis, Sarabanden, schöne Arien und Lieder, die unsere Ururgroßmütter gedudelt haben mögen. Zuerst erschienen die Kölner Funken, elf an der Zahl nebst Offizier und Korporal, als Leibgarde des Herrn von Gestern. Diese Funken sind eigentlich die alten Kölner Stadtsoldaten in der feuerroten Uniform, die vorzeiten die aller freien Reichsstädte war. Dann folgte der Herr von Gestern mit seinem ehrwürdigen Gefolge von alten Damen und Herren in altmodischen Staatswagen und allerlei Fuhrwerk aus der alten Zeit, von dem man kaum begreift, wie es noch zusammengebracht werden konnte. Geistliche und weltliche Trachten längst nicht mehr existierender Würden und Ämter, die ehemaligen hiesigen Bannerherren mit ihren Fähnlein, eine Menge Reiter in Zopfperücken, Ärzte und Gelehrte in ihrer ehemaligen, längst vergessenen Tracht machten die lange bunte Reihe noch bunter. Auf einem offenen Wagen sah man drei gewaltig pudernde und Zöpfe bindende Friseure in voller Arbeit; auf einem anderen sehr langen Fuhrwerk eine altmodische Schule: Der Schulmeister prügelte, die Schulmeisterin zankte, die Kinder lernten das Einmaleins und riefen frischweg, zwei mal zwei ist elf. Kinder unter den Zuschauern, die sich der ambulierenden Schule zu nahe wagten, wurden ohne Umstände hinaufgelangt, aber der echte Kölner Geist war in ihnen schon lebendig, sie ließen sich dadurch gar nicht in Verlegenheit setzen, nahmen Platz auf den Schulbänken und schrien lustig mit, zwei mal zwei macht elf.

Hanswurst kam auf einem kolossalen, über und über vergoldeten Schaukelpferd angeritten; einige Quacksalber und Marktschreier in ihren Buden, der Kapellmeister Radicati mit seinen Virtuosen, eine altmodische Küche, ein altmodisches, dinierendes Paar, eine altmodische Apotheke, und Gott weiß, was alles noch, zogen vorüber; auch ein Maler aus der alten Zeit, eine auffallend schöne Maske; ganz zuletzt der ehemalige hinkende Bote; dieser fuhr auf einer Schleife und teilte links und rechts kleine, sehr possierliche Kalender aus.

So zog der Zug, während seine Musik in allerlei veralteten Melodien sich gar anmutig hören ließ, rings um den Markt und stellte dann neben der großen Narrenkappe sich in Reih und Glied. Eine lustige Galoppadenmusik ließ sich von der anderen Seite her hören, und heranzog mit seinem glänzenden Gefolge der Repräsentant der neuen Zeit, der Herr von Heute, ihm voran seine Leibgarde, ein Korps Damen zu Pferde mit riesig großen Lokken und Hüten, wie sie eben Mode sind, auf Trompeten und anderen Blechinstrumenten blasend. Ein Heer höchst moderner Elegants folgte ihm.

Dann zog das Dampfschiff vorüber, das im vergangenen Sommer im Bingerloch steckengeblieben war; es war noch immer nicht recht aus demselben wieder hinaus und mußte alle zehn Schritte haltmachen; eine Menge Harlekins flogen umher und suchten ihm weiterzuhelfen; und hinterdrein folgten, ganz trübselig auf Eseln reitend, elf der mit dem Schiffe damals gestrandeten Passagiere. Dann kam die hiesige Volksbühne, „Dat Hansekken“ genannt, eigentlich ein sehr vorzügliches Marionettentheater; auch das neue Kölner Schauspielhaus, an dem eben gebaut wird, zog vorüber. Ein Wechselcomptoir folgte, die Kasse der neuen Zeit mit Papieren, einem kolossalen Silbergroschen und einer Riesengestalt mit einem großen roten Schild beladen. Der indische Jongleur war auch mit im Zuge; die Giraffe, die in Paris soviel Aufsehen erregt, mehrere Taschenspieler, der Maler der neueren Zeit, Engländerinnen und Engländer in Menge, Franzosen, Italiener, die neuen Griechen, die nach dem Willen ihres Kaisers modernisierten Türken, zuletzt noch viele Personen aus den neuesten Schau-, Lust- und Trauerspielen und den neuesten Opern. Das alles und noch viel mehr zog unter dem Klange neuer Tänze und Karnevalslieder rings um den Markt, stellte sich dann dem Zug der alten Zeit gegenüber; Harlekin bestieg seinen thronartigen Sitz oben auf der großen Narrenkappe, und die Verhandlungen zwischen den beiden streitenden Parteien begannen mit komischer Feierlichkeit und humoristischem Ernst.

So ging der fast unabsehbar lange Zug nun in bunter Verworrenheit durch die ganze Stadt, und alle Welt zog ihm nach, oder suchte, durch Gäßchen und Gänge den Weg nehmend, ihm in einer anderen Straße wieder zu begegnen. Die Masken im Zuge wurden immer lustiger und gesprächiger, sie redeten Bekannte und Unbekannte, die ihnen in den Weg kamen, im Geiste ihrer Rolle an und erhielten meistens passende Antworten. Jedes Wort wurde ein Maskenscherz, die ganze Stadt der Schauplatz einer großen, improvisierten Komödie, von vielen tausend Mitspielern aus dem Stegreif aufgeführt.

Abends war im Gürzenich der große Faschingsball. Zweiundsiebzig Kronleuchter und eine Unzahl an den Wänden angebrachter Lampen verbreiteten Tageshelle in dem ungeheuren Saale, in dem zwischen drei- und viertausend Personen herumwogten. Um neun Uhr wurde der Saal geöffnet, vor ein Uhr aber war an kein Tanzen zu denken, so groß war das Gedränge. Die Wände waren mit Blumengewinden, mit grünen Girlanden und Festons sehr geschmackvoll dekoriert, dazwischen waren leichte, aber mit Geist gemalte Wandgemälde angebracht, die meistens auf das diesjährige Maskenfest sich bezogen und also nur für diesen einzigen Abend berechnet sein konnten. Die beiden auf zwei Galerien verteilten Musikchöre der alten und neuen Zeit ließen abwechselnd sich hören und wetteiferten miteinander, jeder auf seine ihm eigentümliche Weise, um die Ehre des Tages. Der Kölner Karnevalswalzer wurde aufgeführt, er ist mit einem Chor verbunden, in dem auf eine merkwürdige Art gelacht, geniest, gepfiffen, gehustet, pst, pst gerufen wird; viele unter den Masken stimmten zur allgemeinen Lust in den Chor mit ein.

Narrenkappen sah man unzählige, Dominos, Tabarros und Fledermäuse ebenfalls; der größte Teil der Gesellschaft aber zeigte sich unmaskiert, gewöhnlich und einfach gekleidet. Im Verhältnis zu der Anzahl der Anwesenden war die der eigentlichen Charaktermasken nicht groß, aber die meisten von diesen führten ihre Rolle mit vieler Lebendigkeit durch. Ich hörte in allen Ecken die Späße, die sie vorbrachten, laut belachen und lachte mit, obgleich ich wenig davon verstand, da sie größtenteils zu lokal waren, um einem Fremden recht begreiflich zu werden; auch wurde vieles im kölnischen Volksdialekt vorgebracht, in dem das an sich Komische noch komischer klingt, aber dem Fremden zugleich auch unverständlicher wird.

Dienstags, dem eigentlichen Fastnachtsabend, tanzt alles vom Morgen bis in die Nacht oder läuft maskiert in den Straßen umher. Kleine Maskenzüge zeigen sich, doch hat die Anzahl derselben gegen ehemals sehr abgenommen, seitdem der große feierliche Zug alle Welt beschäftigt. Dabei wird nach Möglichkeit viel gegessen und getrunken, besonders eine Art Backwerk, Mutzen genannt, das nur während dieser festlichen Zeit zu haben ist. Mutzen und Wein stehen in allen Familien zum Empfange der sich einstellenden, oft maskierten Gäste bereit; denn an diesem Tag gehen kleine maskierte Gesellschaften in die Häuser ihrer Bekannten, treiben dort allerlei Späße und ziehen oft unerkannt wieder ab, um in einem anderen Hause auf die nämliche Weise ihr Wesen zu treiben.

Nachmittags fährt man Birutschen. Wie in Rom auf dem Korso zieht eine unendliche Reihe meist offner Wagen, mit maskierten und unmaskierten Damen und Herrn angefüllt, durch gewisse dazu bestimmte Straßen. Aus allen Fenstern blicken Zuschauer und Zuschauerinnen auf den langsam durch die gaffende und jubelnde Volksmenge sich hinbewegenden Zug. Wie in Rom sind auch in Köln die Kutscher und Bedienten zuweilen auf groteske Weise maskiert, denn an diesem Tage hört aller Dienstzwang auf. Und doch entsteht keine die öffentliche Freude störende Unordnung, kein Zank, keine Schlägerei, und unerachtet des unglaublichen Gedränges in den Straßen hört man nie von durch Pferde oder Wagen veranlaßten Unglücksfällen. Das Volk übt hier selbst die Polizei und hütet sich vor Unfällen. Unsäglicher, harmloser Mutwillen wird während dieser Fahrt sowohl von den Fahrenden als auch von den Zuschauern getrieben; man drängt sich an

Rechte Seite: Maskenball im Gürzenich

die Wagen heran, Spottreden werden mit ähnlichen beantwortet, kleine Maskenpartien zu Pferd und Wagen mischen sich unter die Reihe, überall regnet es Erbsen und gipserne Konfetti zu den Wagen herein und wieder aus diesen heraus; je toller je besser, ist die allgemeine Losung.

So währt das fort, bis die tiefere Abenddämmerung eintritt, dann wird es in den Straßen eine Weile still, bald aber geht der Lärm ärger wieder los als zuvor. Die Leute laufen mit Lichterchen umher, die sie einander auszublasen versuchen; das Schießen, Toben, Lachen, Jubeln, Pfeifen und Schwirren in allen Ecken der Stadt nimmt kein Ende, bis die Glocke die Mitternacht und zugleich das Ende des Festes der Torheit verkündet.

Der ernste Aschermittwoch war nun hereingebrochen, die Leute liefen in die Kirchen, aber das innere Zerknirschung und Bußfertigkeit andeutende Kreuz von geheiligter Asche wollte auf den Geckenstirnen nicht recht haften. Die Masken waren beseitigt, aber die Maskenspäße noch nicht. Den ganzen Vormittag wurde noch allerlei Kurzweil ziemlich öffentlich getrieben. Mit einem Mal verbreitete sich das Gerücht, im Theater sei etwas zu sehen; lachend lief alle Welt hin, die schönste beau monde nahm auf der Galerie Platz; das ganze, nur mit zwei Lichtstümpfchen erleuchtete Haus war zum Erdrücken voll, jeder lachte sich selbst wie seinen Nachbar recht herzlich aus, und zwischen dem Parterre und den hinter dem Theatervorhang anwesenden Schauspielerdilettanten entstand ein lustiges Hinüber- und Herüberreden. Der Vorhang wurde eine Elle hoch aufgezogen; auf der Bühne wurden viele Beine sichtbar, dann fiel er wieder; der erste Akt war aus.

Endlich wurde der Vorhang ganz aufgezogen, einige junge Männer aus der Stadt improvisierten ein auf die zu erwartende Darstellung vorbereitendes Vorspiel, in welches sich die Zuschauer mit allerlei lustigen und witzigen Zwischenreden mischten. Nun folgten sehr belustigende Parodien einiger während der Faschingszeit in Köln gegebener Schaustellungen fremder Künstler. Diesen Parodien folgte endlich das eigentliche Stück. Ein Kapellmeister suchte taugliche Subjekte, Presto, Allegro und Adagio hießen seine Gehilfen, Dissonanz sein erster Tenorist. Es war eine für den Augenblick wohlberechnete Posse; über all diese theatralischen Exzesse kam endlich die Stunde des Mittagessens herbei, und alle Welt ging lachend und wohlbefriedigt nach Hause.

Nachmittags zog alles zu der berühmten Kaffeevisite, die alljährlich dem Schluß der Faschingsfreuden gleichsam das Siegel aufdrückt. In einem hiesigen Gasthof versammelt sich nämlich alle Sonntage nachmittags eine sehr zahlreiche Gesellschaft zum Kaffeetrinken, auch Damen sind dabei, obgleich Wolken von Tabakrauch die Luft verfinstern. Die eigentliche elegante Welt aber nimmt nur an diesem einzigen Tag im ganzen Jahr an diesem bescheidenen Vergnügen teil, dann aber werden die Räume auch so überfüllt, daß niemand sich regen kann; doch je größer das Gedränge, desto größer ist die Lust.

Zu guter Letzt erschien noch als Nachzügler ein Blatt der Karnevalszeitung voll witziger und scherzhafter Anzeigen, die aber größtenteils nur den eigentlichen Einwohnern von Köln ganz verständlich sein können, indem sie größtenteils auf Stadtanekdoten sich beziehen, von denen ein Fremder wenig erfährt.

Fuß: ein von dem menschlichen Fuß abgeleitetes Längenmaß (zwischen 0,25 und 0,34 m) / Illumination: Festbeleuchtung / beiern: mit dem Klöppel läuten / Murki: eine kurze muntere Tanzweise, im 18. Jahrhundert einem offenbar bäuerlichen Tanz aus Süddeutschland entlehnt / Sarabande: altspanischer Volkstanz im langsamen Dreivierteltakt / ambulierend: wandernd, beweglich / dinieren (franz.): zu Mittag essen, speisen / Schleife: Schlitten; Fahrzeug zum Schleifen von Holzstämmen / Galoppadenmusik: ein um 1824 aufkommender Rundtanz, auch Hopser genannt / Elegant: Stutzer / Wechselcomptoir: Wechselschalter einer Bank / improvisieren: etwas aus dem Stegreif sagen, tun / Feston (franz.): Blumen-, Laubgewinde / Tabarro (ital.): eine Art langer, weiter Mantel / Birutsche oder Barutsche (ital.): Zweiradwagen / beau monde (franz.): die vornehme Welt

Fastelovendslehd

Dä Fastelovend kütt eraan,
Wat gitt dat Freud un Loß!
Jitz schaff mer sich 'ne Flaabes aan,
Dann kännt uns nit Verdroß.

Morzinter! Mallig hät jitz jo
Dä Rippet voll Klamang,
De Selvermöschen hammer do,
Mer spaat se drop ald lang.

Un deit et och ald schlääch ens stonn,
Wat froge meer no demm,
Dann mohß mer gäng nom Lumbaat
Dat hilf uns uus der Klämm. [gonn,

Op Fastelovend drink mer noch
En Dröppchen op den Doosch,
Zor Vollühl süff sich keimol doch
'nen ächte kölsche Poosch.

Zoehsch do kütt dä Donneschdaag,
Dann geit et deer, morjü!
Mer rieß der Mähd de Mötz vum Daach
Un wirf se en de Hüh.

Vum Töhnchen ov vum dude Jüdd
Trick ald 'ne Zogg eren,
Wär dann nit en et Laache kütt,
Daß eß 'nen hölze Pen.

Des Sonndags eß Barutschefaat,
Kein Häuv blihv sunder Kapp,
Un mänch Mötzölg weed klohg gemaat,
Dat sönß em Jor geflapp.

Wat hivv et sich em Kummiteh
Des Ovends op vun Lück!
We mäncher kritt dann singen Tee,
Wat höht mer do för Fück!

Aam Môndaag geit dä große Zogg,
Morkränk, dat eß 'ne Glanz!
Dann paß su rääch dä ahle Sproch:
„Doo Gäck, lôß Gäck elans!"

Em Thrönche kraut mer fruh derno
Nom Ball on Göözenich,
Do triff mer mänch stahz Dômino
Un määt, de Koor imm glich.

Des Dingsdags drihv mer op der Stroß
Gätt Lotterboverei,
Dann weed sich ens rääch uusgeroß,
Et gitt kei Kunterfei.

Mer bälk: „Wat hät dä Kääl en Nahs!"
„Do geit gätt, steit gätt, kick!"
Drop gommer all met Ühm un Bahs'
Maskeht nom Pickenick.

Doch, och, noo kütt dä Gohdesdaag,
Et Gäld gink durch de Kot,
Dann geit mer düss'lig, grön un schwaach
Un iß gätt Hirringsschlot.

Nom Kohberg schlich mer zor Visitt,
Uns bloht et Hätz vun Troor,
Un mäncher kritt sich mem Schlavitt
Un kratz sich hingerm Ohr.

Aus: Germaniens Völkerstimmen, Bd. 1

Fastelovendslehd: Fastnachtslied / Loß: Lust / Flaabes: Larve, Maske / mallig: jeder / Rippet: Tasche / Klamang: Geld / Selvermöschen: Silberspatzen / hammer: haben wir / Mer spaat: man spart / gäng: schnell / Lumbaat: Leihhaus (von lombard, franz.) / Doosch: Durst / Vollühl: Volleule, besoffener Mensch / Poosch: Bursche / Mähd: Magd / Töhnchen: Türmchen / ov: oder / vum dude Jüdd: „Vom toten Juden", ein Wirtshaus vor der Stadt, in dessen Nähe früher der Begräbnisort der Juden war / Barutschefaat: Fahrt mit einem Zweiradwagen / Häuv: Haupt, Kopf / Mötzölg: Tropf, Dummkopf, Schlafmütze / geflapp: halb verückt / Kummiteh: die große Versammlung der Karnevalsfreunde / Fück: Schwänke / elans: vorbei / Thrönche: Räuschchen / kraut mer: eilt man / Göözenich: Gürzenich, Haus Gürzenich / mer bälk: man schreit / dä Kääl: der Kerl / Do geit gätt, steit gätt: Ruf der Kinder, wenn sie Masken sehen / gommer: gehen wir / Ühm: Oheim / Bahs': Base / Pickenick: ein Fest, wobei jeder sein Essen und Trinken selbst mitbringen muß / dä Gohdesdaag: der Aschermittwoch / Kot: Schnur, d. i. fort / Hirringsschlot: Heringssalat / Kohberg: ein Wirtshaus / zor Visitt: zur großen Kaffeegesellschaft, womit die Faschingslustbarkeiten beschlossen werden / Hätz: Herz / Troor: Trauer / Schlavitt: Schopf, Kragen

Lebensweise in Köln zu Anfang des 19. Jahrhunderts

Winter und Sommer hatten in jeder geregelten Haushaltung die bestimmte Stunde des Aufstehens, und dies nach den Bürgerklassen. Beim Handwerker mit der Frühglocke; denn, war es nur immer möglich, wurde die erste Messe der Pfarre besucht. Nach der Frühglocke klipperten in allen Bürgerhaushaltungen Stahl und Stein, wurde die verhängnisvolle Feuerlade mit ihrem aus Leinwand gebrannten Zunder in Requisition gesetzt. Die armen Knöchel der Hausfrauen und Mägde! Die Haustüren der Nachbarschaft knarrten und schlugen zu. Mit ihren Laternchen zogen im Winter die Andächtigen nach den Kirchen, in welchen sie ein unheimliches, oft schauerliches Helldunkel empfing, wie ich mir dies noch aus den Christnachtmetten erinnere; denn nur hier und da brannten düster auf einzelnen Bänken oder an dem einen oder anderen Beichtstuhl eine Unschlittkerze oder die Laterne eines Beters.

Bald darauf ging in den Häusern die Kaffeemühle, wurden auch die Kaffeebohnen gezählt, mußte gebranntes Korn oder geröstete Gerste, Zichorie und ähnliche Surrogate den Kaffee ersetzen. Der Kaffee hatte als Neuerung aber schon völlig in allen Klassen den Sieg über die frühere Mehlsuppe, das kräftige Warmbier oder „Waermb“ davongetragen. Wußte auch meine Großmutter noch zu erzählen, daß in ihrer Jugend geringere Bürger Tür und Fenster verschlossen, wenn sie sich einmal den Genuß des Kaffees, der nur bei den Italienern zu haben war, an einem Sonntag erlauben wollten, und den sie notabene wie Suppe mit Löffeln aßen. Die Kaffeekanne führt im Kölnischen noch den ominösen Titel: „Bankrottspott“, und einige zwanzig Jahre vor der Zeit, von der wir uns unterhalten, am 17. Februar 1784, erließ der Kurfürst von Köln, Maximilian Friedrich, noch ein Kaffeeverbot, in dem sogar vier Jahre Zuchthausstrafe darauf gesetzt werden, wenn jemand Kaffee unter fünfzig Pfund verkauft, verschenkt oder vertauscht.

Nach dem sogenannten Kaffee, wie ihn die größte Mehrzahl der Bürger damals morgens und nachmittags genoß, bekam niemand Schlagflüsse oder Zittern. Umsonst hieß er nicht: „Allaehtche“ oder „Schlaberjux“. Zucker gebrauchte der gewöhnliche Bürger nur bei ganz außergewöhnlichen Gelegenheiten, und dann nur Kandiszucker, meist braunen; der Melis oder weiße Hutzucker war ein Vorrecht der Reichen. Wo in den Haushaltungen die Herrschaft gewöhnlich Zucker zum Kaffee nahm, mußte ein Klümpchen für den Morgen- und Nachmittagskaffee ausreichen; es wurde, nachdem es morgens den Kaffee süß gemacht hatte, sorgfältig aufgehoben für den

Nachmittag. Für uns Kinder war ein Klümpchen Zucker eine Delikatesse und die Zuckerdose ein Gegenstand der lüsternsten Sehnsucht.

Sowie der Kaffee genossen, die Kinder regiert, das heißt gewaschen, gekämmt und angezogen waren, sie ihr Morgengebet verrichtet und die Hauptfragen aus dem Katechismus beantwortet hatten, fing die Geschäftstätigkeit an. Der Handwerker machte sich an die Arbeit, konnte er sich auch noch nicht in den Segen der Gewerbefreiheit finden, die Ladenhalter stiefelten aus, und so ging es einen Tag um den anderen. Welch eine Freude für die Kleinen, durften im Winter einmal Erdäpfel in der Asche des Ofens gebraten oder Erdäpfelscheiben an denselben geklebt und gebacken werden, ehe die verhängnisvolle Stunde zur Schule rief.

Rentner, Meister und Hausfrauen besuchten an gewissen Tagen die Messe in bestimmten Kirchen, so montags die Höhnches-Messe in St. Severin, die Drei-Königen-Messe montags, die Hubertus-Messe mittwochs im Dom, die Muttergottes-Messe in der Schnurgasse, die Halbachtuhr-Messe in St. Alban. Nach dem Kirchenbesuch wurde von den Vornehmen, den Herrschaften, der Kaffee genossen, und dann ließ sich der Hausherr auch seine Pfeife Tabak aus einer langen, kölnischen oder holländischen irdenen Pfeife schmecken, an den Ehrentagen aus dem stattlichen, schwer mit Silber beschlagenen Meerschaumkopf. Die ganze Lebensweise ist übrigens bei allen Klassen eine streng nach altem Brauch geregelte. Alles hat seine festgesetzte Zeit vom Aufstehen, dem Kirchengang, den Mahlzeiten bis zum Schlafengehen. Alles trägt das Gepräge des gemütlichsten Spießbürgertums.

Läutet um zwölf Uhr mittags der Engel des Herrn, das Ave, dann wird keine echte kölnische Familie ermangeln, denselben zu beten. Um zwölf Uhr wird zu Mittag gegessen. An den Werktagen ißt die ganze Handwerkerfamilie, nachdem der Tischsegen: „Aller Augen warten auf Dich, o Herr" stehend gesprochen, aus *einer* Schüssel meist mit zinnernen, aber auch wohl mit hölzernen Löffeln. Am Sonntag, an dem auch bei jedem ordentlichen Bürger abends „dat Brötche un Schlötche un Pingche Rûhts" nicht fehlen darf, werden Teller von Zinn aufgesetzt, die man gewöhnlich auch bei reicheren Familien findet. Porzellan ist ein kostbarer Luxusartikel, der Schränke Schmuck, und kommt nur bei den Familienfesten zum Vorschein.

Mir war es stets das Zeichen einer ungewöhnlichen Festlichkeit, wenn die blau bemalte Kaffeekanne und Tassen aus sächsischem Porzellan von der Mutter mit vorsichtigem Ernst aus dem Glasschrank genommen wurden, wo sie sonst jahraus, jahrein mit einigen chinesischen Prachtstücken paradierten.

Eine solche Kaffeevisite war indessen eine Hauptstaatsaktion im damaligen Familienleben; aber eine höchst seltene. In der Mitte des Tisches prangte beim gewöhnlichen Bürger, zwischen Pyramiden von Adamsbrezelchen

und Anisschnitten, die blankgescheuerte kupferne oder zinnerne Kaffeekanne, neben ihr die Milchkanne, das Sahnetöpfchen und die Zuckerdose. Die Zahl der Tassen, die von den einzelnen Kaffeeschwestern vertilgt werden, grenzt ans Fabelhafte, und nie fehlt „ae genüdigt Pöttche". Ein wesentlicher Bestandteil eines echt kölnischen Kaffees ist das Prischen, denn wenigstens führen ein paar der Frauen der Gesellschaft ein niedliches Schnupftabakdöschen; umsonst sagt das Sprichwort nicht:

Ein Kaffee ohne Schnupftabak,
Es we en Vesper ohne Magnifikat!

Mit welcher Zierlichkeit wird von den Frauen die Untertasse hantiert, in welche die Obertasse zum Abkühlen des Inhalts gegossen und aus der nur getrunken wird. Blasen ist auch noch nicht unschicklich, da alle mit dem Grundsatz einverstanden sind: „Besser hatt' geblôsen, als der Munk verbrannt". Wie gemütlich klingt unisono das „Gott jesaehnt üch!" oder „Prufiziat!", niest eine der Gevatterinnen.

Wie einfach das Leben in der Alltäglichkeit war, mag man aus folgendem ersehen. Meine Eltern heirateten 1804 und tranken über Tisch drei Fettmännches Bier, d.h. das Maß zu sieben Pfennigen. Die ganze Nachbarschaft staunte über die Verschwendung und meinte, die jungen Leute würden bald laufen gehen, da sie drei Fettmännches Bier tränken. Man hatte in der Zeit, von der ich rede, aber auch noch Schillings Bier, von dem das Maß eine Fuß, d.h. einen Pfennig kostete. Damals machten die Brauer aus der Hefe so viel, daß sie das Bier frei hatten, und wurden reiche Leute. Es kosteten vor fünfzig Jahren zwei „Röggelchen", Brot aus gebeuteltem Roggenmehl, ausgebacken zweiunddreißig Lot schwer, zwei Stüber, d.h. neun Pfennige. Wie groß waren die „Reihwecken" zu sechs Stüber, ein „Stüttchen" zu einem Fettmänchen, ein „Pärchen" zu einem Stüber, ein „Schößchen" zu einem Stüber, ein „Currenten-Brödchen" zu einem Stüber, ein „Franzbrödchen" zu einem Stüber, ein „Grieschen" zu einem Fettmännchen, die „Jöbbelchen", die „Kühmbrezel", die „Töhnchesbrezele", die unsere Bäcker produzierten? Und wie appetitlich waren diese Backwerke auf der Straße auf den Gestellen vor den Fenstern ausgestellt! Die deftigen Bürger backen ihr Hausbrot, das Schwarzbrot, selbst. In keiner Haushaltung fehlte der Backtrog, die Mauel, und viele hatten sogar ihre Handmühle zum Mahlen des Roggens. An Münzsorten war im alltäglichen Verkehr auch kein Mangel; da gab es Karolinen, Pistolen, Dukaten, Krunentaler, Reichstaler, Quartkronen oder Quärtchen, dann Goldgölden, Gölden, Schillinge, Sechsbätzner, Blaffert, Albus, Juchemer Groschen, Stüber, Fettmännchen, Füß und wie diese babylonische Münzverwirrerei Namen haben mochte.

In den meisten Bürgerfamilien hat jahraus, jahrein jeder Wochentag seinen bestimmten Küchenzettel, von dem nur bei ganz ungewöhnlichen Fällen abgewichen wurde. Der Sonntag brachte „fresche Zupp", Fleischsuppe mit gerösteten Weißbrotschnittchen, an den hohen Tagen mit Klößchen, kölnisch „Baellcher", und grünes Fleisch, d.h. frisches, mit selbst aus Mostartmehl, Fleischbrühe und Essig angerührtem Mostart. Nach der Jahreszeit das Gemüse, die Beilage. Sonntags wurde so viel Suppe gekocht, daß sie für den Montag ausreichen mußte. Zweierlei Fleisch war an Werktagen ein unerhörter Luxus. Gewöhnlich wurde für den Abend das vom Mittagstisch übriggebliebene Gemüse aufgewärmt. Der Freitag brachte als Abstinenztag den unvermeidlichen Stockfisch mit Erdäpfeln. In vielen Haushaltungen wurde der Stockfisch selbst geklopft und gewässert und demselben als Gemüse weiße Bohnen, Reis oder Linsen beigegeben, im Sommer junge gelbe

Rüben oder weiße Rüben, da viele der älteren Leute gar keine Kartoffeln aßen. Der deftige Bürger tat aber nur sogenannte Blauen und Nieren ein, weiße Erdäpfel verzehrten die ärmeren Klassen. Eine Delikatesse war für viele die Stockfischhaut, die geweicht in Bündeln besonders von den ärmeren Klassen gekauft wurde und den Stockfisch ersetzte. Die gewöhnliche Suppe am Freitag waren Erbsen und am Samstag, in vielen Familien auch noch ein Abstinenztag, Linsen. Das freitägliche Abendessen bestand aus dem allbeliebten „Kuschelemusch", dem übriggebliebenen Stockfisch, der zusammen mit Erdäpfeln und Zwiebeln, Milch und Butter geschmort wurde. In der Fastenzeit gab es Bücklinge mit Eiern; Schellfische, Laberdan, Kabeljau waren für den geringeren Bürger Leckerbissen, die man sich wohl zuweilen sonntags abends erlaubte. Ein kölnisches Lieblingsgericht war das sogenannte „Verwent-Brûd", in Milch geweichte Semmelschnitten, in Eier gebacken und dann mit Puderzucker bestreut. Auch die geringeren Bürgerfamilien tranken abends ihr Bier. Welch eine Musik der Kannendeckel abends in den Straßen, wenn die Lehrjungen und Mägde nach den Brauereien zogen, um den Abendtrunk zu holen, und welches Geklingel in den Brauereien!

In den Wintermonaten gab es eingemachte Gemüse, Kappes, grüne Bohnen, Rübstiele, in den Bürgerhaushaltungen gewöhnlich mit weißen Bohnen untermengt; und da jeder deftige Bürger wenigstens sein Schweinchen schlachtete, Schälrippen, Würste, Speck und Schinken, der gekocht und gebraten als ein Hauptgericht bei keinem kölnischen Traktamentchen fehlen durfte. Es sind wenige ordentliche Bürgerhäuser, wo nicht immer ein „Haemmchen", d.h. ein Schinken und im Winter auch wohl ein Stück Rauchfleisch, in Anschnitt wären. „Mer muß jett em Hûs hann", war die stehende Redensart unserer Mütter. Einzelne Festtage hatten auch ihre bestimmten Gerichte; so bestand am Gründonnerstag der Mittagstisch aus Kerbelsuppe und Spinat. Am Karfreitag wurde gefastet, zu Mittag nur Kaffee getrunken mit einem Schößchen oder einer kleinen Semmel, abends gab's aber irgendein Fischgericht und Verwent-Brûd. Am Tag der unschuldigen Kinder (28. 12.) fehlte nie der steife „Reisbrei" mit Zucker und Zimt.

An bestimmten Tagen wurden die Wintergemüsetonnen angebrochen. War es auch noch so warm, am Allerheiligentag begann das Heizen und dauerte bis vierzehn Tage nach Ostern; dann blieben die Öfen aus, und hätte es zum Steinbersten gefroren. Die meisten Handwerker begannen auf Michaelstag, den 29. September, bei Licht zu arbeiten, die Kunsthandwerker am 18. Oktober, auf St. Lukastag; dann mußte der Meister den Gesellen den Lichtbraten spenden, für ihn selbst war der Tag ein Feiertag. Das Arbeiten bei Licht währte gewöhnlich bis zum Osterfest.

Mahnt die Ave-Glocke am Abend zum Gebet, wird in den Bürgerhaushaltungen der Rosenkranz gebetet, und darauf schnurren in allen Haushaltungen die Spinnräder, denn Hausfrau, Töchter und Mägde spinnen an den langen Winterabenden und selbst am Tage, gibt es sonst keine Beschäftigung in der Haushaltung, deren Leitung sich die Bürgersfrau nicht nehmen läßt. Mit welchem selbstgefälligen Stolz wird das Gespinst des Winters im Frühjahr dem Weber überantwortet zum „Tuche“ und zum „Gebild“, wie der Kölner das leinene Damastgewebe nennt. Wie überglücklich ist die Hausfrau, bringt der Bleicher aus dem Bergischen die Leinwand gebleicht zurück und ist dieselbe recht hagelweiß ausgefallen. Alles geht durch die Hand der Hausfrau; sie hält den Marktgang, sie macht die großen und kleinen Einkäufe, und wahre Hieroglyphen sind die Kreidestriche auf dem Tisch oder auf der Tür, mit denen die Berechnungen gemacht werden; sie ladet die Nachbarinnen zum Gemüseeinmachen, zum Wursten, sie ist des Hauses Herrin in allen Departements des Innern. Bekümmert sich ein Mann um solche Dinge, trifft ihn der Spott, wird er mit den tollsten Spitznamen beehrt. Übrigens entging es dem Knaben nicht, daß in vielen Häusern der mittleren und vornehmen Stände die Frauen die Hosen trugen.

Die große Mehrzahl der Bürger ging zu Bier. Die kölnischen Stammbierhäuser hatten ein charakteristisches Merkmal: Über den halben Türen, den Gattern, kölnisch „Gâdern“, hing in der Tür ein halbrunder, aus weißen Weiden geflochtener Korb, den man fortschob, wollte man eintreten; es war der Hopfenkorb, der in den größeren Brauereien den Grinkopf zierte. Selbst in den von den deftigsten Bürgern besuchten Bierhäusern herrscht patriarchalische Einfachheit. Schwere eichene Schragentische, klobige Bänke, eiserne Leuchter mit kupfernen Aufsätzen, an denen die Lichtschere mit einer Kette befestigt ist, tragen dumpf qualmende Unschlittlichter, deren spärliche Flammen mit Mühe gegen den Tabakdampf ankämpfen. Ein ungewisses Helldunkel herrscht in jeder Bierstube. In jedem ordentlichen Bierhaus ist aber eine allgemeine Gaststube und eine Herrenstube.

Nur aus steinernen, eine Maß haltenden Kannen mit zinnernem Deckel wird in den Bierhäusern das Bier getrunken. Die vornehmeren, vermögenden Bürger, so z.B. die Stammgäste bei Löllgen in der Weidengasse, führten sowohl ihre Schoppengläser in niedlichen Körbchen bei sich als auch das Reibchen mit der „Beschôt“. Es gab da Knupp, eine Art Doppelbier, Alt, Stéckenalt, Maerzer, Jung und Half un Half. Im Winter trinkt man Jung, im Sommer Alt.

Lohkuchendampf in den Straßen kündigt ein Bierhaus an, denn vor jeder Tür brennt, nach altem Brauch, in einer in den Türpfosten oder in die Treppenwand gehauenen Öffnung ein Lohkuchen zum Anzünden der Pfeifen. Im Sommer standen vor den Türen der Bierhäuser der Torstraßen Eimer mit Wasser zum Trinken der Vorübergehenden.

Eigentliche mariages d'inclination scheinen bei unseren Voreltern nicht an der Tagesordnung gewesen zu sein. Die Ehebündnisse wurden gewöhnlich gemäß Übereinkunft der Eltern geschlossen, und dann fing das „karesseren“ an. In der Mittelklasse wurden die Bekanntschaften, wie man mir erzählt, meist in der Kirche gemacht. Einige Kirchen hatten sogar in dieser Beziehung einen besonderen Ruf, wie auch Heilige verehrt wurden von den Mädchen, wünschten sie bald unter die Haube zu kommen, so der heilige Antonius in der Minoritenkirche.

Der Kirchengang, denn sonst kamen die Töchter ordentlicher Bürgersleute nicht vor die Tür, war das gewöhnliche Stelldichein, und bei außerordentlichen Gelegenheiten wurde auch wohl eine Tanzschule besucht, der Nachmittagsgottesdienst geschwänzt. Ein gefallenes Mädchen gehörte aber zu den größten Seltenheiten. Streng, unerbittlich streng muß in einem solchen Fall die öffentliche Meinung zu Gericht gesessen haben, ohne Erbarmen. Wurden anderen Mädchen am Maitag Maien gesteckt, so fehlte vor der Tür einer Gefallenen nie das Hecksel, das auch im Laufe des Jahres zum Spott zuweilen vor die Türen anrüchiger Mädchen gestreut wurde. Ständchen am Neujahrstag, in der ersten Mainacht und am Namenstag waren ebenso an der Tagesordnung wie das Schießen bei diesen Gelegenheiten.

Die Trauungen fanden meist abends statt, selbst bei den Reicheren ohne jeglichen Schein von Ostentation. Eine neue Kaffeemühle, die neue Feuerlade mit dem urväterlichen Leinwandzunder, ein neuer Dreckkorb und Stäuber nebst Kehrichtschippe, Salz, Brot und Brotmesser waren die altherkömmlichen symbolischen Hochzeitsgaben, die bei einer Bürgerhochzeit nie fehlten. Die modischen Schamreisen gehörten zu den Seltenheiten, kamen selbst bei den Vornehmsten nur selten vor. Die reichen Bürger legten einen gewissen Stolz darein, gerade bei Hochzeiten ihren Reichtum zu zeigen. Außer dem Pfarrer, den Kaplänen der Pfarre, dem Hausarzt war die ganze Familie gebeten und, je nachdem der Raum des Hauses es gestattete, die Freunde beider Familien. Hoch ging's her. Die kölnische Köchin mußte sich in ihrem ganzen Glanze bewähren und der Keller das Beste spenden. Lied und toller Scherz wie das Strumpfbandlösen der Braut und ähnliches würzten Mahl und Trank, auch fehlte das Tänzchen nicht. Der liederreichste Gast war immer der liebste. Es gab sogar einzelne Persönlichkeiten, die eben der Unterhaltung wegen zu allen Traktamentchen geladen wurden. Gastfrei war der Kölner im vollsten Sinne des Wortes. Noch vor der französischen Zeit waren die Hochzeitsfeste der vornehmen Bürger förmliche Picknicks, die nach uraltem Brauch im alten Brautlaufhaus auf dem Quattermarkt gehalten wurden. Die Boten der Gaffel, zu der der Hochzeitsgeber gehörte, luden die Gäste, deren jeder seinen Anteil zum Feste brachte. Die Gaffelboten warteten auch bei Tisch auf. Wir besitzen noch verschiedene polizeiliche Verordnungen gegen den übertriebenen Aufwand solcher Hochzeiten, in denen mit väterlicher Fürsorge die Zahl der Gänge und Gerichte bestimmt wurde. Bei großartigen Hochzeiten wurde der Tanz auf dem Tanzhaus Gürzenich gehalten. Eine vornehme Hochzeit war auch vor fünfzig Jahren noch ein Stadtereignis, das ebenso reichen Stoff zur Unterhaltung bot wie ein vornehmes Begräbnis.

Ein ganz ungewöhnlicher Aufwand wird nun bei Begräbnissen gemacht. Darauf halten die eingesessenen kölnischen Familien und überschreiten dabei nicht selten ihre Kräfte. Der angestammte Familienstolz sucht den Schein zu behaupten. Da wurde darauf gesehen, wie viele Sängerchöre die nach der Kirche getragene Leiche begleiteten, auf wie vielen Stufen die Leiche im Chor stand, wie viele und wie schwere gelbe Wachskerzen dieselbe umstanden, wie viele Bänke im Chor schwarz gespreitet und in welcher Weise der Hochaltar und die Nebenaltäre schwarz gestifelt waren. Alles hat seine Taxe, je mehr Stufen unter der Leiche, um so mehr mußte bezahlt werden, das silberne Kreuz, silberne Leuchter haben selbstredend eine höhere Taxe als die kupfernen oder hölzernen. Das Traueranlegen, das Tragen des Flors um Hut und Arm hat seine Gesetze, die mit der größten Gewissenhaftigkeit beobachtet werden. Für die Eltern wird ein Jahr und sechs Wochen, für Brüder, Schwestern, Ohme und Tanten ein halbes Jahr Trauer getragen. Und die gegenseitigen Kondolenzbesuche bei Sterbefällen, welche nie versäumt wurden.

Die alten Totenwachen kommen nur noch in den Bauernbänken vor, sind bei den Bürgern abgeschafft; doch sind bei den Reicheren die sogenannten, eben nicht erbaulichen „Reu-Essen“ nach der Beerdigung noch an der Tagesordnung. Sie haben sich bei den reichen Bauern auf dem platten Land, wo sie oft ganze acht Tage währen, noch erhalten. Bei vornehmen Begräbnissen erhielten die mit zur Leiche gehenden Schulkinder, wie es das Herkommen wollte, einen „Stutten“ oder Semmel.

Ureingewurzelt, selbst bis in die Römerzeiten hinaufreichend, war der Aberglaube. Wie wenig Kölner mochte es geben, die nicht an Vorahnungen, „Voerjespôks“, glaubten und die schauerlichsten Vorkommnisse zu erzählen wußten? Wie es auf die Tür geklopft, in den Schränken gerappelt, jemand durch das Zimmer geschlurft, alle Türen im Hause aufgesprungen, um den Tod eines Verwandten oder irgendeinen Unfall anzudeuten. Und nun die Totenuhren in den Wänden. Tönte der Ruf des Käuzchens, des Totenvogels: „Lich! Lich!“, heulte ein Hund in der Nachbarschaft oder fiel vor einer Tür die Spannkette eines Karren, so mußte jemand in der Nachbarschaft sterben. Zu dreizehn setzte man sich nicht zu Tisch. Einzelne Personen bezeichnete man als Geisterseher, „Jeistekiker“, die auch wohl Geister tragen mußten, wie der Aberglaube meinte.

Von böser Vorbedeutung war es, begegnete man in der Frühe einer alten Frau oder gar Schweinen, flogen Elstern oder Krähen über den Weg. Das Begegnen von Schafen war ein gutes Zeichen, man kam willkommen. Die glühende Kohle am Lampendocht deutete auf eine Nachricht, einen Brief; fiel das Salzfaß um, gab es Streit; nichts Spitzes durfte verschenkt werden, es zerstach oder zerschnitt die Freundschaft. Ominöse Tage waren der Montag und Freitag, an welchen letzteren gewöhnlich die Begräbnisse stattfanden. An diesen Tagen wurde keine Reise angetreten, zog kein Dienstbote ein, fand keine Trauung statt. Diese gewöhnlich am Samstag, dem Muttergottestag, an dem auch nie ein Sonnenblick fehlte, weil, wie die Legende erzählte, die Muttergottes die Windeln trocknen mußte.

Ernst Weyden

Unschlittkerze: Talgkerze / Zichorie: Pflanzengattung der Korbblütler, zu der u.a. die Wegwarte gehört; dient zur Gewinnung von Kaffeezusatz / Surrogat: Ersatzstoff / notabene: übrigens / Schlagfluß: Schlaganfall / dat Brötche un Schlötche un Pingche Rûhts: ein Brätchen, ein Salätchen und einen Schoppen Rotwein / Prischen: kleine Prise Tabak o.ä. / Magnifikat: Lobgesang Marias / unisono: in ein und derselben Stimmlage, demselben Ton / deftig: tüchtig, stark, schlicht / Mostart oder Mostert: Senf / Abstinenztag: ein in der katholischen Kirche festgelegter Tag, an dem Enthaltsamkeit vom Fleischgenuß geboten ist / Blauen und Nieren: Kartoffelsorten / Laberdan: eingesalzener Kabeljau aus Norwegen / Kappes: Weißkohl / Traktament: Bewirtung / Hieroglyphe: rätselhaftes Schriftzeichen / Departement (franz.): hier im Sinne von „Bereich" / Schragen: schräg oder kreuzweise zueinander stehende Holzfüße oder Pfähle / Beschôt: Muskatnuß / Lohkuchen oder Lohballen: gepreßte Lohmasse; Loh: Gerberrinde / mariages d'inclination (franz.): Neigungsehen / karesseren: den Hof machen, freien / Maie: junge Birke; Birkengrün / Ostentation: Schaustellung, Prahlerei / Schamreise: Hochzeitsreise, Flitterwochen / Gaffel: Gilde, Zunft / Gaffelbote: Zunftdiener / spreiten: ausbreiten; hier im Sinne von „verhüllen" / schwarz gestifelt: schwarz geschmückt / Reu-Essen: Traueressen

Der Weinpatron

Um eines frommen Kaufmanns letzten Willen,
Der viel durch Weingeschäfte sich erwarb,
Gemäß dem Testamente zu erfüllen,
Worin er, eh' er gottergeben starb,
Befahl, daß gleich, es koste, was es wolle,
Dem ihm so günstigen Geschäftspatron
Aus ganz besonderer Intention
Ein Kirchenbild errichtet werden solle,
Entstand die Frage, was der sel'ge Freund
Hiermit für einen Heil'gen wohl gemeint.

Man hielt dafür, das Testament bezeichne
Den heiligen Johann Evangelist,
Der sich zum Weinpatron am besten eigne,
Weil mit dem Becher er versehen ist,
Das beste Rheingewächs nach ihm sich nenne,
Und jeder Christ Johannissegen kenne.

„Johannes mag es allerdings wohl sein",
Versetzte drob ein kund'ger Weinverkäufer.
„Doch leuchtet mir des Stifters Meinung ein:
Sein Heil'ger war gewiß – Johann der Täufer."

Matthias Joseph DeNoël

Albertus Magnus und Kaiser Wilhelm

Albertus Magnus, ein sehr berühmter und gelehrter Mönch, hat den Kaiser Wilhelm von Holland, als er im Jahr 1248 zu Köln auf den Tag der Heiligen Drei Könige angelangt, in einen Garten, beim Predigerkloster gelegen, mit seinem ganzen Hof zu Gast gebeten, dem der Kaiser gern willfahrt. Es ist aber auf berührten Tag nicht allein große, unleidliche Kälte, sondern auch ein tiefer Schnee gefallen; deshalb die kaiserlichen Räte und Diener beschwerliches Mißfallen an des Mönchs unordentlicher Ladung getragen und dem Kaiser widerraten, in dem Kloster zu so strenger winterlicher Zeit Mahl zu halten; haben aber doch denselben von seiner Zusage nicht wenden können, sondern er hat sich samt den Seinen zu rechter Zeit eingestellt. Albert der Mönch hat etliche Tafeln samt aller Bereitschaft in den Klostergarten, darin Bäume, Laub und Gras alles mit Schnee bedeckt gewesen, mit großem Befremden eines jeden über die seltsame und widersinnige Anstalt stellen lassen und zum Aufwarten eine gute Anzahl von Gestalt des Leibes überaus schöne, ansehnliche Gesellen zur Hand gebracht. Indem nun der Kaiser samt Fürsten und Herren zur Tafel gesessen und die Speisen vorgetragen und aufgestellt sind, ist der Tag von oben herab unversehens heiter und schön worden, aller Schnee zusehends abgegangen und gleich in einem Augenblick ein lustiger, lieblicher Sommertag erschienen. Laub und Gras sind augenscheinlich, desgleichen allerhand schöne Blumen aus dem Boden hervorgebrochen, die Bäume haben angefangen, zu blühen und gleich nach der Blüte ein jeder feine Frucht zu tragen; darauf allerhand Gevögel niedergefallen ist und den ganzen Ort mit lieblichem Gesang erfüllt hat; und die Hitze hat dermaßen überhandgenommen, daß fast männiglich der winterlichen Kleider zum Teil sich entblößen müssen. Es hat aber niemand gesehen, wo die Speisen gekocht und zubereitet worden; auch niemand die zierlichen und willfährigen Diener gekannt oder Wissenschaft gehabt, wer und wannen sie seien, und jedermann ist voll großer Verwunderung über all die Anstellung und Bereitschaft gewesen. Demnach aber die Zeit des Mahls herum, sind erstlich die wunderbar köstlichen Diener des Mönchs, bald die lieblichen Vögel samt Laub und Gras auf Bäumen und Boden verschwunden, und alles ist wieder mit Schnee und Kälte dem anfänglichen Winter ähnlich worden, also daß man die abgelegten Kleider wieder angelegt und die strenge Kälte dermaßen empfunden, daß männiglich davon und zum Feuer und zur warmen Stube geeilet.

Um solcher abenteuerlicher Kurzweil halben hat Kaiser Wilhelm den Albertus Magnus und seinen Konvent mit etlichen Gütern reichlich begabt und denselben wegen seiner großen Geschicklichkeit in großem Ansehen und Wert gehalten.

Brüder Grimm

männiglich: jeder / Wissenschaft haben: Kenntnis haben / wannen: woher / halben: willen, wegen

Reiter und Hirtenmädchen

Es wollte ein Mädchen die Lämmlein hüten im Holze,
Da kam ein Ritter dahergeritten so stolze:
„Feins Mädchen, feins Mädchen, was machest du hier?
Hüt'st du dir die Lämmlein und weidest sie dir?“
Da lachte das Mädchen so sehre.

„Feinsliebchen komm, wir wollen ein wenig hier scherzen!"
„Ach artiger Reiter, das geht ja doch nicht von Herzen."
„Komm, laß uns ein wenig beiseite gehn!
Was brauchen die Leute uns alle zu sehn?"
Da lachte das Mädchen so sehre.

Sie gingen zusammen den Weg hinauf gar balde
Und setzten sich nieder bei einem Baum im Walde;
Er brach sich ab einen grünen Zweig
Und machte das Mägdlein zu seinem Weib.
Da lachte das Mädchen so sehre.

Und als sie nun eine Weile beisammengesessen:
„Ach artiger Reiter, ich habe noch eins vergessen,
Wenn mich nun meine Mutter jaget hinaus,
Ach Reiter, wo find' ich dann euer Haus?"
Da weinte das Mädchen so sehre.

„Mein Haus steht drunten zu Köllen wohl an dem Rheine,
Es ist gebaut von Marmorstein gar feine;
Es hat weder Weg, es hat weder Steg,
Feinsliebchen, scher du dich deiner Weg'!"
Da weinte das Mädchen so sehre.

Und als sie nun nach Hause kam gegangen,
Da kam ihre Mutter daher mit der langen Stangen:
„Wo bist du gewesen, du faule Haut?
Du bist wohl gewesen des Reiters Braut?“
Da weinte das Mädchen so sehre.

„Ach Mutter, ich bin im Rosengarten gewesen,
Da hab' ich mir einen Dorn in den Fuß getreten.“ –
„Ja, wohl einen Dorn in den linken Fuß,
Davon du dreiviertel Jahr hinken mußt.“
Da weinte das Mädchen so sehre.

„Wenn andre Mädchen zum Tanze gehn und springen,
Da mußt du bei der Wiege stehn und singen:
‚Schlaf ein, schlaf ein, lieb' Kindelein!
Wo mag dein Vater, der Reiter, wohl sein?‘“
Da weinte das Mädchen so sehre.

Die Heinzelmännchen

Wie war zu Köln es doch vordem
Mit Heinzelmännchen so bequem!
Denn war man faul, man legte sich
Hin auf die Bank und pflegte sich:
Da kamen bei Nacht, ehe man's gedacht,
Die Männlein und schwärmten und klappten und lärmten
Und rupften und zupften
Und hüpften und trabten und putzten und schabten,
Und eh' ein Faulpelz noch erwacht,
War all sein Tagewerk bereits gemacht.

Die Zimmerleute streckten sich
Hin auf die Spähn und reckten sich,
Indessen kam die Geisterschar
Und sah, was da zu zimmern war:
Nahm Meißel und Beil und die Säg' in Eil'.
Sie sägten und stachen und hieben und brachen,
Berappten und kappten,
Visierten wie Falken und setzten die Balken:
Eh' sich's der Zimmermann versah,
Klapp, stand das ganze Haus schon fertig da.

Beim Bäckermeister war nicht Not.
Die Heinzelmännchen backten Brot.
Die faulen Burschen legten sich,
Die Heinzelmännchen regten sich.
Und ächzten daher mit den Säcken schwer!
Und kneteten tüchtig und wogen es richtig,
Und hoben und schoben
Und fegten und backten und klopften und hackten.
Die Burschen schnarchten noch im Chor:
Da rückte schon das Brot, das neue, vor.

Beim Fleischer ging es just so zu:
Gesell und Bursche lag' in Ruh.
Indessen kamen die Männlein her
Und hackten das Schwein die Kreuz und Quer.
Das ging so geschwind wie die Mühl' im Wind:
Die klappten mit Beilen, die schnitzten an Speilen,

Die spülten, die wühlten,
Und mengten und mischten und stopften und wischten.
Tat der Gesell die Augen auf:
Wapp: hing die Wurst da schon im Ausverkauf.

Beim Schenken war es so: Es trank
Der Küfer bis er niedersank;
Am hohlen Fasse schlief er ein.
Die Männlein sorgten um den Wein
Und schwefelten fein alle Fässer ein,
Und rollten und hoben mit Winden und Kloben
Und schwenkten und senkten
Und gossen und panschten und mengten und manschten.
Und eh' der Küfer noch erwacht,
War schon der Wein geschönt und fein gemacht.

Einst hatt' ein Schneider große Pein:
Der Staatsrock sollte fertig sein;
Warf hin das Zeug und legte sich
Hin auf das Ohr und pflegte sich:
Da schlüpften sie frisch in den Schneidertisch
Und schnitten und rückten und nähten und stickten
Und faßten und paßten
Und strichen und guckten und zupften und ruckten,
Und eh' mein Schneiderlein erwacht,
War Bürgermeisters Rock bereits gemacht.

Neugierig war des Schneiders Weib
Und macht sich diesen Zeitvertreib:
Streut Erbsen hin; die andre Nacht
Die Heinzelmännchen kommen sacht.
Eins fährt nun aus, schlägt hin im Haus;
Die gleiten von Stufen und plumpsen in Kufen;
Die fallen mit Schallen,
Die lärmen mit Schreien und vermaledeien!
Sie springt hinunter auf den Schall
Mit Licht: Husch, husch, husch, husch! Verschwinden all!

O weh, nun sind sie alle fort,
Und keines ist mehr hier am Ort!
Man kann nicht mehr wie sonsten ruhn,

Man muß nun alles selber tun!
Ein jeder muß fein selbst fleißig sein
Und kratzen und schaben und rennen und traben
Und schniegeln und biegeln
Und klopfen und hacken und kochen und backen.
Ach, daß es noch wie vormals wär'!
Doch kommt die schöne Zeit nicht wieder her.

August Kopisch

Speil: Holzstäbchen zum Verschließen des Wurstdarms

Köln

Uralte Stadt, ich grüße dich mit Lust,
Mit deinen Kirchen, Türmen, Mauern, Toren!
Stolz schwebst du in des Stromes blauer Brust,
Er spiegelt dich so prächtig selbstbewußt
Wie einst den Fels, aus dem dein Dom geboren;
Er denkt wohl deiner reichen alten Pracht,
An der er manch Jahrhundert hingeschwebt,
Der Priester Hoheit und der Bürger Macht,
Der Kaiser, deren Hof die Sage hebet,
Der Taten, die stets blühn, so lang Geschichte lebet.

Wolfgang Müller

Köln aus der Ferne

Der Gürzenich

Dieses großartige, stattliche, in all seiner äußeren Altertümlichkeit wohlerhaltene Gebäude wurde während der ersten Hälfte des fünfzehnten Jahrhunderts erbaut, um bei Bürgermeisterwahlen und anderen öffentlichen Feierlichkeiten die damals von denselben unzertrennlichen Bankette dort zu halten. Den Namen Gürzenich trägt es einem Kölner Bürger zu Ehren, der den Raum zu dem neuen Bau der Stadt als Geschenk überließ. Große Feste wurden hier im Laufe der Zeiten Kaisern und andern hohen Potentaten gegeben, von deren Pracht und Herrlichkeit die Kölner Chronik Wunder erzählt. So ließ zum Beispiel im Jahre 1474 der Rat von Köln bei Anwesenheit Kaiser Friedrichs III. und seines Sohnes Maximilian I. auf dem Gürzenich „einen Tanz machen, wie auch der Kaiser begehrt hatte, um die schönen Frauen zu Köln zu besehen. Und des Kaisers Sohn, Herzog Maximilian, hatte den ersten Tanz mit einer Jungfer von Vinstingen. Und hatte vor ihm tanzen nach fürstlicher Weise zwei Edelleute von seinem Hofe. Und darnach fügten der Bischof von Mainz und der Bischof von Trier, daß sich die Frauen und Jungfern paarweise mit Händen nahmen, wohl an die sechsunddreißig Paare, und so ohne Männer vor dem Kaiser auf und nieder tanzten. Und man gab da Kraut und Wein, neuen und firnen."

Über alle Maßen groß und prächtig ging es auf dem Gürzenich her, als Kaiser Maximilian, vielleicht der dort genossenen früheren guten Bewirtung eingedenk, im Jahre 1505 in Köln Reichstag hielt. Vornehme Geistliche, zahlreiche Abgesandte, nicht nur aus Deutschland, sondern auch aus Rom, aus England, aus Spanien, aus Frankreich und mehreren anderen Ländern versammelten sich mit stattlichem Gefolge; vierunddreißig regierende Herren, Herzöge, Landgrafen und Kurfürsten zogen zu Schiff und zu Pferd herbei, jeder von ihnen in stattlicher Begleitung, wie es seinem hohen Stande geziemte. Der Herzog von Württemberg und der Landgraf von Hessen allein brachten, ersterer fünfundachtzig, letzterer siebzig Grafen und Ritter mit sich, deren jeder wieder sein Gefolge hatte. Regierende Fürstinnen und edle Frauen von hoher Geburt verschönerten durch ihre Gegenwart die Feste, die alle auf dem Gürzenich mit unbeschreiblicher Pracht und all dem Aufwand gegeben wurden, den die damalige Zeit erheischte. Dann kamen trübere Tage, der Wohlstand sank, der Mut mit ihm;

Kaiser Maximilian

an große Feste wurde wenig gedacht, und bis vor einigen Jahren wurde das zu einer weit fröhlicheren Bestimmung errichtete Gebäude meistens nur als Lager- oder Kaufhaus zur Aufbewahrung vielen Raum erfordernder Warenartikel gebraucht, was mit den Kellern und unteren Räumen desselben noch der Fall ist.

Doch als Deutschland wieder frei wurde und die Franzosen endlich abzogen, kam auch Held Karneval mit seinem lustigen Gefolge wieder zurück in sein fröhliches Reich, und sein altes Absteigequartier mußte zu seinem Empfang wieder eingerichtet werden. Bei dem großen Faschingsball haben sich seitdem schon mehrere Male an die viertausend seiner Getreuen in dem Saale des Gürzenich um ihn versammelt. Dieser Saal ist gewiß einer der größten in Deutschland, er nimmt den ganzen ersten Stock des großen Gebäudes ein, schien mir aber, ungeachtet er vierundzwanzig Fuß hoch ist, doch noch etwas zu niedrig im Verhältnis zu seiner Länge und Breite. Eine Reihe hölzerner Pfeiler geht durch die Mitte desselben, was wohl notwendig sein mag, um eine Decke von diesem Umfang vor Einsturz zu sichern. Geschmackvoll dekoriert, von einer hinlänglichen Anzahl von Kronleuchtern glänzend erleuchtet, von mehreren Tausenden bunter Masken bis zum Gedränge angefüllt, gewährt er am Fastnachtsabend, an dem die Maskenfreude ihren höchsten Gipfel erreicht, einen Anblick, dem wohl wenige an Heiterkeit sich vergleichen lassen mögen.

Johanna Schopenhauer

firner Wein: alter, abgelagerter Wein

Jan un Griet

Zo Köln em ahlen Kümpchens-Hof
Wunt ens nä Boersmann,
Dä hat en Mäd, de nannt sich Griet,
Nä Knäch, dä nannt sich Jan.

Dat Griet, dat wor en fresche Mäd,
Grat we vun Milch un Bloot,
Dä Jan, dat wor nä starke Boorsch,
Dem Griet vun Häzen good.

Ens säht hä: „Sag", esu säht hä:
„Sag Griet, ben ich deer räch?
Nemm mich zom Mann, do bes en
Un ich, ich ben nä Knäch." [Mäd,

Do säht it: „Jan, du bes nä Knäch,
Und ich en schöne Mäd:
Ich well nä däft'gen Halfen han
Med Oes un Köh un Päd."

Un als dä Jan dä Kall gehoot,
Do trock hä en dä Kreeg,
Schlog immer düchtig en dä Feind,
Holf wennen mänchen Seeg.

We widder hä no Köllen kom,
Sos hä op stolzem Päd,
Dä Jan, dä wor no Feldmarschall,
Dä große Jan vun Wäht.

Un als dä Jan dat Griet dät sin,
Let stell sing Päd hä stonn,
Un größten it un sät zo im:
„Griet! Wer et hät gedonn!"

We widder en de Poz hä kom,
Sos en der Poz dat Griet,
It sos vör einem Appelkrom,
Wo it Kruschteien briet.

Un als dat Griet dä Jan dät sin
Su blänkig usgeroß,
Do größt it in un sät zo im:
„Jo! Wer et hät gewoß!"

Ehr kölsche Mädchen, merk üch dat,
Un sit mer nit so friet,
Gar mäncher hät et leid gedonn,
Dat lehrt vum Jan un Griet.

Karl am Rhein

Boersmann: Bauer, Landwirt / Knäch: Knecht / vun Häzen: von Herzen / Halfe: Halb-, Weinbauer / trock hä: zog er / Holf wennen: half gewinnen / Päd: Pferd / Jan vun Wäht: Jan von Werth / Appelkrom: Jahrmarktbude / Kruschteien: Kastanien

Überlegungen zur Fortführung des Kölner Dombaus

Wenden wir uns jetzt der Frage zu, in welcher Ordnung der Bau am besten zu führen sein dürfte. Hier tritt zunächst die von allen Bauverständigen anerkannte Notwendigkeit ein, dem Chor an seinem westlichen Ende durch Aufführung der beiden hohen Kreuzhallen einen festen Halt zu geben. Sodann aber fordert die Bestimmung und die Bedeutung des Gebäudes, daß das Innere, wovon das Äußere nur die Folge ist, stets als das Wesentlichste betrachtet, und insofern es sich von dem Äußeren trennen läßt, zuerst vollendet werde. Es versteht sich also, daß man beim Fortbau des Kreuzes zugleich an den Fortbau des Schiffes denkt und daß, wie seit dem Frühjahr bereits geschieht, man nicht nur den noch fehlenden Teil der Grundfeste zu dem südlichen Kreuzgiebel baut, sondern auch die bis zum Anfang der Fensterbogen bestehenden Widerlagpfeiler der sämtlichen Nebenhallen ihrer Vollendung entgegenführt, um in der nächsten Zeit das südliche Portal errichten und die Nebenhallen wölben zu können. Man be-

reitet so durch den Abschluß des unteren Teils des Gebäudes eine Grundlage für die zur Aufführung der hohen Kreuz- und Schiffshallen erforderlichen Gerüste und gewinnt zugleich den Genuß der vollendeten Nebenhallen im Innern.

Dieses Unternehmen, das Kreuz und das Schiff auszuführen, ist, wie sich schon aus dem erwähnten Kostenaufwand von zwei Millionen Talern ergibt, ein sehr großes; und es scheint, man könnte sich vorläufig darauf beschränken, das übrige der Zukunft überlassend. Faßt man aber die Aufgabe, zuerst das Innere zu vollenden, in ihrem ganzen Umfang auf, so kann man nicht beim Schiff stehenbleiben, sondern man muß auch jetzt schon seine Gedanken auf die Vorhalle richten, denn um dem Schiff einen festen Schluß und Halt zu geben, ist, wenn man nicht wieder Flick- und Stückwerk anwenden will, die Ausführung der fehlenden Hälfte der Vorhalle, das ist also des unteren nördlichen Turmstückes, notwendig. Bei dem Bau eines mächtigen Turmes, der mit einem leichteren Gebäude verbunden werden soll, hat man nämlich das ungleiche Setzen der Massen sehr zu berücksichtigen, wie wir durch ältere und neuere Gebäude, bei denen es vernachlässigt worden, zur Genüge wissen. Daher ist es höchst wünschenswert, daß man das Werk von zwei Seiten, von der Kirche und dem nördlichen Turme zugleich angreife, damit dieser letztere, der wegen seiner riesenhaften Massen selbst bei großem Aufwand nur langsam fortschreiten kann, früher als das Schiff die erforderliche Höhe erreiche und Zeit behalte, sich vollkommen zu setzen, ehe die Verbindung mit dem Schiff und dem gegenüberstehenden Stück des südlichen Turmes gemacht werden muß.

Das einzige Bedenken, welches sich bisher diesem Wunsch entgegenstellte, war, daß man so viel größere Mittel brauchen würde, den Bau auf diese Weise von zwei Seiten mit dem gehörigen Schwung zu betreiben. Desto lebhafter freut es mich, während ich dieses schreibe, zu erfahren, daß der königliche Bauherr beschlossen hat, der Unternehmung diese Ausdehnung zu geben. Er hat zu Anfang des Jahres schon die große Summe von 50000 Talern jährlich bewilligt, und die Vereine haben seit der kurzen Zeit ihres Bestehens diese Freigebigkeit dankbar erwidert.

In der neuesten Zeit ist auch der Wunsch laut geworden, daß man sogleich zum Fortbau des südlichen Turmes schreiten möchte. Es wäre allerdings ein herrlicher Anblick für die Bewohner und Besucher des Niederrheins, wenn sich dort eine jener Pyramiden in die Lüfte erhöbe, deren wir eine in der älteren Schwesterstadt am Oberrhein bewundern. Aber dann müßte man den Bau von drei Seiten zumal angreifen; dieses mit Erfolg zu betreiben, ist unmöglich, dafür wäre der Aufwand unerschwinglich. Wollte man den nördlichen Turm liegen lassen, um den südlichen weiter zu bauen, so hieße das dem Werk in seinem innersten Organismus Abbruch tun; davon wird man sich mit uns schon nach den wenigen vorausgeschickten Bemerkungen überzeugen. Es bliebe dann selbst bei Vollendung des Turmes beides, das Äußere und das Innere des Doms, nur Stückwerk; wenn man hingegen die Mittel und Kräfte, welche dieses Unternehmen erfordert, auf den nördlichen Turm und auf die Vollendung des Innern verwendet, so erhält man ein in sich übereinstimmendes Ganzes von der größten, erhabensten Wirkung. Und zwar ist gerade die Vorhalle, deren Vollendung durch den Bau des unteren nördlichen Turmstückes zu bewirken ist, der schönste und erhabenste Teil nicht nur am Dom, sondern von allem, was die alt-

Das Kölner Dombaufest am 4. September 1842

deutsche Baukunst hervorgebracht hat. Man würde dadurch zu einem Anblick gelangen, wie es bis jetzt keinen ähnlichen gibt, und so würde der Dom, wenn auch das Schicksal die Ausführung der Türme nicht erlaubte, sich auf ganz eigentümliche Weise unter den größten deutschen Bauwerken auszeichnen. Wodurch könnte überdem der Bedeutung, welche die Begeisterung unserer Zeitgenossen dem Kölner Dom als allgemeinem Denkmal für ganz Deutschland gegeben, besser entsprochen werden als durch die Vollendung der Hallen, in denen sich an den Wänden Räume darbieten, allen um das Wohl des gemeinsamen Vaterlandes hochverdienten Deutschen mit Namen und Bildnis ein Ehrengedächtnis zu stiften, ohne daß dadurch die besondere Bestimmung des Gebäudes zum katholischen Gottesdienst auf irgendeine Weise gestört würde.

So sehr ich also unseren Nachkommen die Freude wünsche, daß sie die Vollendung der Türme sehen, so wünsche ich ihnen doch noch mehr und vor allem, daß sie jene der inneren Kirche erleben. Ist erst diese in ihrem ganzen Umfang ausgeführt, so mag mit Gottes weiterer Hilfe ein Turm nach dem andern in die Höhe steigen; bis dahin aber möge immerhin ein Kran auf dem Dom das Wahrzeichen von Köln und für die Rheinbewohner sowie für alle Deutschen eine Aufforderung bleiben, an dem großen Denkmal deutscher Eintracht mitzuwirken!

Man darf übrigens nicht vergessen, daß die Vollendung des Inneren mit der Vorhalle auch dem Äußern schon eine höchst bedeutende Gestalt geben würde, die rundum abgeschlossen, nur an der Hauptseite nach oben noch unvollendet wäre. Die beiden längeren Seiten mit ihrem vielgetürmten Strebewerk und mit ihren weit vorstehenden Kreuzgiebeln würden dem Auge eine große Pracht und Mannigfaltigkeit darbieten, von der man sich selbst nach dem jetzt schon so bewunderungswürdigen Chor kaum einen Begriff machen kann. Besonders würde dieses an der Südseite der Fall sein, wo man einen gehörigen Standpunkt zur vollen Übersicht hat. Auch würde

Uebersicht

der Einnahme und Ausgabe für die Wiederherstellung des kölner Doms von 1824 bis 1841.

Jahre.	Aus der königl. Staatskasse.			Aus verkauften alten Baumaterialien.			Aus der Cathedralsteuer.			Aus den Collecten.			Aus Geschenken.			Summe der Einnahmen.			Summe der Ausgaben.		
	Thlr.	Sg.	Pf.	Thlr.	Sg.	Pf.	Thlr.	Sg.	Pf.	Thlr.	Sg.	Pf.	Thlr.	Sg.	Pf.	Thlr.	Sg.	Pf.	Thlr.	Sg.	Pf.
1824 u. 1825	35,884	—	—	361	19	1	—	—	—	—	—	—	—	—	—	35,445	19	1	31,050	29	11
1826	15,000	—	—	47	23	—	3,998	28	8	—	—	—	—	—	—	19,046	21	8	16,930	21	9
1827	15,000	—	—	—	—	—	4,009	5	2	—	—	—	—	—	—	19,009	5	2	20,748	14	3
1828	15,000	—	—	117	11	8	3,882	21	1	—	—	—	—	—	—	19,000	2	9	23,229	12	9
1829	15,000	—	—	149	15	—	3,966	—	—	—	—	—	—	—	—	19,115	15	—	19,027	27	4
1830	10,000	—	—	150	19	6	4,953	—	—	565	8	—	—	—	—	15,668	27	6	15,924	4	4
1831	10,000	—	—	116	28	8	5,750	26	5	4,729	26	4	26	8	7	20,624	—	—	16,685	10	9
1832	10,000	—	—	175	2	—	5,771	8	2	3,035	28	6	18	21	6	19,001	—	2	18,375	17	10
1833	10,000	—	—	209	16	—	6,010	8	8	6	14	—	11	24	6	16,238	—	3	22,955	14	5
1834	10,000	—	—	418	1	5	6,464	29	8	3,349	—	11	12	24	1	20,244	26	1	19,066	12	7
1835	10,000	—	—	372	29	—	6,782	15	7	2,506	28	7	521	23	—	20,184	6	2	18,906	13	11
1836	10,000	—	—	331	8	—	6,982	24	4	4,597	29	8	191	25	11	22,103	27	11	17,128	7	10
1837	10,000	—	—	459	14	6	6,648	1	10	3,407	25	10	326	24	5	20,842	6	7	23,390	24	11
1838	10,000	—	—	369	21	3	6,479	1	11	4,992	11	9	404	13	—	22,245	17	11	20,001	3	7
1839	10,000	—	—	284	—	7	6,190	14	11	6,859	28	10	44	23	—	23,379	7	4	20,857	25	1
1840	10,000	—	—	365	7	11	6,625	17	11	5,084	1	8	24	5	—	22,099	2	6	20,531	21	5
1841	10,000	—	—	409	12	3	6,380	15	7	6,187	6	9	53	7	5	23,030	12	—	25,187	17	2
Summe	215,084	—	—	4,338	19	10	90,896	9	11	45,323	—	10	1,636	20	5	357,278	21	—	349,998	9	10

der Mittelturm diesen Teil des Gebäudes nach oben zu ganz abschließen und dem Ganzen die eigentliche Gestalt einer Kirche, wobei man sich immer einen Turm denkt, verleihen. Die Ausführung des Mittelturmes, welche ohnehin verhältnismäßig keinen sehr großen Aufwand erheischt, gehört mit zu der Vollendung des Kreuzes und des Schiffes sowohl der Zierde als der Zweckmäßigkeit wegen. Aus der letzten Ursache, weil durch diesen Turm die vier Dächer einen festen Anhalt, durch sein Gewicht aber die vier Säulenbündel des großen Mittelgewölbes eine stärkere Spannung und so das ganze Gebäude erst den rechten Schluß erhalten würde. Vergegenwärtige man sich zuletzt den einzigen Teil des Gebäudes, der in dem vorausgesetzten Fall noch unvollendet bliebe, so würden die über dem Haupteingang sich erhebenden beiden Turmstücke mit dem mittleren Giebel eine ehrfurchtgebietende Masse bilden, die unter all den vielbewunderten altdeutschen Kirchen einzig dastehen würde.

Sulpiz Boisserée

Still geschwinde

Still geschwinde,
Still ihr Winde,
Stört dem Kind nicht seine Ruh'!
Nicht mehr blaset,
Nicht mehr raset;
Schaut, es schließt die Augen zu.
Hier liegt der, so euch gebietet,
Daß ihr brauset, tobet, wütet,
Oder gänzlich schweiget still,
Wie er will.

Schnee und Regen
Soll' sich legen!
Mehrt dem Kinde nicht die Qual;
Luft und Erde
Innen werde,
Daß hier ruhe in dem Stall,
Welcher sonst wie Wollen schneiet
Und sein Eis mit Zapfen streuet,
Daß sich niemand fast erhält
Für der Kält'.

Legt euch nieder
Schwache Glieder,
So bekleiden unsern Gott!
Augenlider
Schließt euch wieder
Und vergesset aller Not;
Lasset den doch ruhig schlafen,
Der den Saul und dessen Waffen,
Die dem David nachgetracht',
Schlafen macht.

Nun will schlafen,
Der erschaffen
Und bewahret alle Ding;
Statt der Strafen
Heil zu schaffen,
Macht er sich hier selbsten gering.
Höchste Macht, läßt du dich binden?
Da der Schlaf um unsre Sünden
Mit dem Bild der Sterblichkeit
Dich bekleid't.

Aber sehet
Und verstehet,
Wenn das Aug' der Menschlichkeit
Stille stehet und zugehet,
Wacht doch sein' Fürsichtigkeit,
Daß die Erde nicht mag wanken,
Gar das wilde Meer sein' Schranken
Nicht in Ungestümigkeit
Überschreit'.

„Ich behüte
Eure Tritte",
Spricht er, „denn ich schlafe zwar;
Mein Gemüte,
Meine Güte
Aber wacht für meine Schar.
Da ich euch ganz schwach erscheine,
Friere, ächze, leide, weine,
Wird mein' höchste Macht der Welt
Vorgestellt."

Drum geschwinde
Still ihr Winde,
Sturm, Frost, Hagel, Schnee und Eis,
So erfüllen Gottes Willen,
Bringt dem Herren Lob und Preis!
Alle ihr erschaffne' Geister,
Lobet jenen höchsten Meister,
Der euch alle Wirkungskraft
Hat geschafft.

Berg und Hügel,
All' Geflügel
Bringt dem Herren Lob und Ehr.
Zeder, Eichen,
So da reichen
Über hohe Wolken her,
Jedes Blatt und jede Rinde
Seines Schöpfers Lob verkünde,
Rühmet alle jung und alt
Sein' Gewalt.

Heinrich Lindenborn

Kölnisch Wasser

Von großer Wichtigkeit für die Kölner Industrie war die Erfindung der unter dem Namen „Kölnisch Wasser, Eau de Cologne" bekannten wohlriechenden Essenz. Das Geheimnis der Fabrikation dieser kölnischen Spezialität brachte einer der Italiener, die dem Gewerbe und der kleinen Industrie in der Stadt Köln ein vielfach schattiertes Leben verliehen, gegen Ende des 17. Jahrhunderts nach Köln. Es war dies Paul de Feminis aus Domo d'Ossola, von dem seine Verwandten Johann Maria Farina und Johann Anton Farina in das als kostbarer Familienschatz gehütete arcanum eingeweiht wurden. Für den Ruf und die Verbreitung des Eau de Cologne gewannen die traurigen Wirren des Siebenjährigen Krieges (1756 – 63) große Bedeutung. Im Jahre 1760 war die Stadt Köln das Stelldichein der genußsüchtigen französischen Offiziere, die den Winter hindurch bei der niederrheinischen Armee blieben. Diese Herren, die an Hofluft und die feinen Parfums der Pariser Salons gewohnt waren, mußten sich freuen, in dem

Kölnisch Wasser ein Gegenmittel gegen die bösen Kölner Straßendünste gefunden zu haben. Sie gewöhnten sich an den Gebrauch dieser kostbaren Essenz und bereiteten derselben so den Eingang in die vornehmsten Kreise der französischen Gesellschaft. Damit war die Zukunft dieses Handelsartikels gesichert.

Leonard Ennen

arcanum (lat.): Geheimnis

Frau Richmodis von der Aducht

Um das Jahr 1400, vielleicht mag es auch ein wenig früher gewesen sein, da herrschte in den rheinischen Landen und vorab in der heiligen Stadt Köln eine gar grausame und verheerende Krankheit. Die Zahl der Toten stieg mit jedem Tag; nicht Mann und Weib, nicht Greise und unmündige Kinder verschonte das große Sterben. Da sah man viele trauernde Gestalten und viele verweinte Augen; manch einer, dem das Liebste auf Erden jäh und schrecklich von der Seite gerissen, sehnte die Stunde herbei, wo auch ihn der Tod aus der schweren und jammervollen Zeit erlösen möchte. So erging es dem vieledlen Ritter Mengis von der Aducht, dem sie die treue Gefährtin, die vor wenigen Tagen noch blühend in holder Jugendschöne, heute starr und kalt hinaustrugen aus dem großen, stolzen Haus am Neumarkt zur ewigen Ruhe. Lieblich von Angesicht und mild von Herzen war die Verstorbene gewesen, kein Dürftiger, an ihrer Schwelle bittend, war je ohne Hilfe und Labung geblieben. Die, so Frau Richmodis gekannt, vermochten es recht zu begreifen, daß der Ritter, totenbleich und nur mühsam sich aufrecht haltend, hinter dem Sarge herwankte und fast mit Gewalt von dem Friedhof neben der St. Apostelnkirche, allwo man die Leiche einsenkte, entfernt werden mußte.

Allmählich verlor sich das Trauergeleite, und einsam blieb das frisch gegrabene Grab liegen. Die Dunkelheit sank nieder, rauher wehte die Herbstluft und raschelte in den Kränzen und Laubgewinden, die hier und da die dicht aneinandergereihten Hügel schmückten. Tiefe Stille lag über der schwer heimgesuchten Stadt. – Da klirrte leise der Schlüssel im Schlosse der Kirchhofspforte, ein Mann schlich eilends die Gänge hinab, bis er das Grab erreichte, das vor wenigen Stunden erst geschaufelt worden. Er selbst hatte daran gearbeitet, denn er war der Totengräber von St. Aposteln, den nun Habsucht und Geldgier nicht ruhen gelassen in seinem kleinen Häuschen an den Mauern der Kirche. – Viel köstliches Geschmeide war der edlen Toten ja mitgegeben worden in ihre letzte Ruhestätte, das wußte der Totengräber wohl, die Kettlein und Gehänge klirrten vor seinen Ohren, und des Goldes gleisnerischer Schimmer flimmerte immerfort vor seinen Blicken, bis er sich gegen Mitternacht aufgemacht, die Leiche zu berauben. Nun warf er den langen Mantel ab und holte die verborgene Laterne hervor und den Spaten. Gar hastig brauchte er sein Werkzeug, die braunen Schollen wieder fortzuräumen, nicht der Geisterstunde achtend, die aller Glocken Mund eben ernst verkündete, nicht des sich stärker erhebenden Windes, der riesige, schwarze Wolkenschatten am Himmel hinjagte. Aber jetzt durchbrach dennoch mit hellerem Licht des Mondes blasse Scheibe siegreich die dunklen Gebilde, und bei dem sanften Schein sah der arbeitende Mann, daß sein Werk vollendet war. Frei war der Sarg, und er säumte nicht, vollends hinabzusteigen und das Schloß des Deckels zu sprengen. Da lag die tote Frau mit dem milden Antlitz, und an der Brust auf dem weißen Totengewande flimmerte ein goldenes Kreuz, mit Rubinsteinen geziert, und in den Ohren blitzten wertvolle Gehänge und an den schlanken, zusammengefalteten Händen glänzte vor allem der breite Ehering. Des Totengräbers Herz war voll Freude, so reichen Fund hatte er kaum vermutet. Mit raschem Griff löste er die verschlungenen Finger, den goldenen Ring davon abzustreifen. Da zuckten plötzlich die starren Glieder, da regte sich die leblose Gestalt: Frau Richmodis schlug die Augen auf und starrte wirren Blickes den Räuber an. Der ließ die weiße Hand fahren, die sich gekrümmt, wie um ihr bestes Gut zu schützen; von Entsetzen gejagt, eilte er, Spaten und Laterne im Stich lassend, hinweg.

Derweil saß der trauernde Witwer noch immer voll bitteren Kummers wachend in seinem verödeten Heim. Leer erschien ihm sein reiches Besitztum, vollkommen wertlos, seit er die treu geliebte Gattin verloren hatte. Ach, und kein lebendes Andenken hatte sie ihm zurückgelassen, keines Kindes geliebte Stimme tröstete ihn, daß sein Alter nicht trübe und einsam sein dürfe.

Plötzlich pochte jemand an das verschlossene Haustor, zuerst leise und dann ein wenig stärker. Das Gesinde schlief und hörte nichts; weil aber das Pochen nicht nachließ, schob Herr Mengis selbst oben ein Fenster empor, lehnte sich hinaus und fragte, wer so spät noch Einlaß begehre. Drunten auf der Straße stand eine Gestalt in weiten, weißen Gewändern, die hielt eine Laterne in der Hand und sagte, daß sie des Ritters Ehegemahlin sei und bat, ihr das Haustor zu öffnen. Schaudernd bekreuzte sich der Herr von der Aducht, murmelte ein Gebet und schloß das Fenster, denn er vermeinte, nichts anderes als eine Spukgestalt habe seine aufgeregten Sinne getäuscht. Wie er aber zurückging an den Tisch, darauf die niedergebrannten Kerzen trübe flackerten, hörte er die klagende Stimme wieder unten

ganz deutlich, und ein Diener stürzte ins Gemach und stammelte mit blassem Mund: „Herr, Herr! Draußen steht die Frau, die aus dem Grabe wiedererstanden ist, und will zurück ins Haus!“ Ungläubig schüttelte Ritter Mengis das Haupt und sprach: „Wie sollte solch ein Wunder geschehen! Ach, sie kommt nimmer lebend wieder, meine liebe Gemahlin, eher meine ich, die Rosse aus dem Stall möchten hinaufsteigen zum Söller droben!“ Kaum hatte er die Worte aber gesprochen, da donnerte es plötzlich wie von erzbeschlagenen Hufen auf dem gepflasterten Hofe und es polterte die Stiegen hinauf. Als der Ritter entsetzt die Tür aufriß, da sah er in Wirklichkeit seine weißen Hengste die Treppen emporklimmen zum Turmgemach.

Als er nun hinabstürzte in den gewölbten Flur und mit zitternder Hand dann selbst die Riegel löste und den schweren Türflügel zurückschlug, stand draußen im Mondlicht seine Frau, vom hellen Totengewand umflattert, zitternd in der kühlen Nachtluft. Sie sah bittend zu ihm auf mit ihren sanften Augen, rührte ihn an mit ihrer Hand und erzählte ihm mit ihrer sanften Stimme, die er nie wieder zu hören geglaubt, was ihr begegnet. Da schloß er seine geliebte, ihm aufs neue geschenkte Ehegemahlin in die Arme und pries Gott inbrünstig und laut in seinem Herzen für das große Wunder, das er getan.

Frau Richmodis lebte noch manches Jahr, sie gebar dem Ritter noch drei blühende Kinder; fromm, liebreich und fleißig waltete sie im Hause. Ihr erstes Werk nach ihrer Wiederkehr war ein kunstreiches Gewebe ihrer Hände zur Altardecke für die Kirche zu St. Aposteln; aber niemand hat sie je wieder lächeln gesehen, die einmal geruht im kühlen Erdenschoß.

Auguste Kurs

St. Reinold

Sankt Reinold als Einsiedler war
Der Andacht wohl ergeben,
Vergessen hatt' er ganz und gar
Des Ritters Lust und Leben.
Er sucht' sich seine Walstatt aus
Bei Köln, der Stadt am Rheine,
Daselbst zu baun ein Gotteshaus,
Das wünscht' er noch alleine.

Der Bau war all sein Augenmerk,
Er treibt es unermüdlich,
Vollendet will er sehn das Werk,
Sodann nur sterben friedlich.
Schon sieht er, wie der Bogen springt,
Der Chor an rechter Stelle;
Und wenn des Turmes Kunst gelingt,
Ist fertig die Kapelle.

Vom Bauen ist Verdruß nicht weit,
Herr Reinold muß es büßen;
Die Knechte waren arge Leut,
Die leben ihren Lüsten;
Der alte Ritter sich ihm regt
Ob diesem faulen Wesen,
Treulich mit Fäusten er sie schlägt,
Schilt sie mit frommen Reden.

„Wenn ihr zum Bau verdrossen seid,
Die Hand in Schoß wollt legen,
Mit Schwätzen bringen hin die Zeit,
Den Leib in Wollust pflegen,
So seid ihr schlimme Knechte wohl
Vor Gott und aller Augen,
Die man zur Arbeit zwingen soll,
Daß sie zum Frommen taugen."

So treibt er's fürder Tag und Nacht,
Streng haltend auf dem Rechte,
Vor Sonnenaufgang ist er wach,
Treibt an die faulen Knechte.
Kaum daß er sich gedulden kann,
Das Gotteshaus zu schauen,
Da will er fürder beten dann,
Sein Grab sich selber bauen.

Indes die Knechte halten Rat,
Wie sie ihn möchten fassen,
Bereden sich zu schlimmer Tat,
Weil sie sein Strafen hassen.
Faulheit vor allem in der Welt
Ist wohl die ärgste Sünde;
Der Böse fest den Faulen hält,
Die alte Tück entzündet.

Reinold, der redlich ihnen traut,
Kam wieder da gegangen,
Beginnen die zu murren laut;
So sollt' es nun anfangen:

Sie warfen nach ihm manches Stück,
Furchtsam ihn zu umklammern,
Bis endlich da er fällt zurück,
Schlagen sie ihn mit Hammern.

Als tot nun auf dem Boden lag,
Der fromme Herr im Blute,
Da fliehn sie wie vom Donnerschlag
Verrückt in wildem Mute.
Bauern des Weges fanden ihn,
Die ihn sogleich erkannten;
Erschrocken knien sie bei ihm hin,
Für ihn zu Gott sich wandten.

Kölner Dom-Bauhütte im Mittelalter

Prachtvoll ward er bestattet dann
Mit Singen und Geläute,
Die Fahne weht' dem Zug voran
Der schwarzen Trauerleute.
Und in der schönen Fahne war
Auf buntem Schmuckgefilde,
In schwarzer Farbe, brennend klar,
Roß Bayard abgebildet.

Panzer und Harnisch ziern den Sarg,
Den Helmbusch sieht man wehen
Am Steine, der den Helden barg,
Glöcklein und Stab daneben.
Und nun, wo er erschlagen war,
Auf dieser selben Stelle,
Ward nun errichtet ein Altar;
Man zeigt noch die Kapelle.

Friedrich Schlegel

Der Bau war all sein Augenmerk: Reinold war mit der Aufsicht über die Bauarbeiten am Kloster St. Pantaleon, in das er als Mönch eingetreten war, beauftragt worden; sein späterer Tod wurde als Martyrium angesehen und er deshalb heiliggesprochen (Tag: 7.1.)

Stadt der alten Gesichter

Köln ist für mich die Stadt der alten Gesichter, Gesichter von Menschen, die mir nie vorgestellt wurden und deren Namen ich auf dem Grabstein nicht wiedererkennen würde. Die Wirklichkeit dieser Gesichter schwände dahin, wenn sie für mich „Herr Schmitz" und „Fräulein Reinartz" würden. Die Heftigkeit meiner Erinnerung ist abhängig von ihrer Anonymität. Mit manchen von ihnen habe ich Worte gewechselt, aber nie mehr als „Umsteigen, bitte. Danke", oder „Zwei Bananen, bitte. Danke"; mit den meisten habe ich nie ein Wort gewechselt, und gerade deshalb sind sie für mich Köln.

Bis heute weiß ich nicht, ob der gepflegte Herr, den ich noch als braunhaarig in Erinnerung habe, grauhaarig und weißhaarig werden sah, Gerichtsvollzieher oder Kassierer fürs E-Werk ist. Er trägt immer eine kleine schwarze Ledertasche unterm Arm – sie ist halb so groß wie ein Schulranzen –, und ich werde nie erfahren, ob sie Pfändungsbefehle oder Stromrechnungen enthält, oder Schriftsätze und Briefabschriften, wie sie Leute mit sich herumtragen, die ein Leben lang gegen das Unrecht ankämpfen. In wechselnden Abständen, oft sind es vier oder fünf Jahre, sehe ich den Herrn zu verschiedenen Tageszeiten in verschiedenen Stadtvierteln, immer sieht er aus, als wäre er zu einem bestimmten Ziel unterwegs, und doch muß ich fürchten, daß er sein Ziel nie erreicht. Zweimal innerhalb von fünfundzwanzig Jahren sah ich ihn in einem Café, beide Male trank er Tee, aß einen Berliner, den er sorgfältig zerteilte. Wenn ich ihn wiedersehe, wird Köln für mich wirklich.

Meine Verwandten und Bekannten sind für mich nicht so sehr Köln wie diese alten Gesichter, die keinen Namen haben. Verwandte, Freunde und Bekannte haben Namen, man weiß, wohin sie in Urlaub fahren, womit sie ihr Geld verdienen, welche Bücher sie lesen, kennt ihre politische Meinung, und doch machen nicht sie das „zu Hause" aus. Meine Frau ist auch in einem Eifeldorf meine Frau, und meine Kinder bleiben meine Kinder, wenn ich in einem Londoner Kino zwischen ihnen sitze. Man kann wegziehen und seine Familie mitnehmen, die Freunde würden einen besuchen, Briefe schreiben, man würde neue Freunde finden, neue Bekannte, Fräulein H., Herr K. Angenehm – – aber „zu Hause", da sind die Namenlosen, die man oft jahrzehntelang nicht sieht und doch immer wiedererkennt. An ihren Gesichtern lese ich den Ablauf der Zeit deutlicher ab als vom Kalender und von den Gesichtern derer, die mit mir älter werden.

Diese alten Gesichter gehören zu Straßenbahnern und Straßenhändlern, Zeitungsverkäufern und Polizisten und zu jenen müßigen Damen, wie man sie zwischen neun und halb ein Uhr morgens und nachmittags zwischen drei und sechs in den Cafés antreffen kann; es sind die Gesichter von Ladeninhabern, bei denen man, wie es sich gerade beim Bummel durch die Stadt ergibt, vielleicht alle drei Jahre einmal Zigaretten kauft oder alle fünf Jahre eine Uhr zur Reparatur abgibt; Kellner und Kellnerinnen zählen nicht: sie wissen zuviel von einem und man weiß zuviel von ihnen; sie wissen schon, welche Zeitungen man liest, was man ißt und trinkt, mit wem man sich trifft, wissen es schon nach vier oder fünf Besuchen im selben Lokal; sie sind fast schon Bekannte, bald weiß man, ob sie Wohnungssorgen haben oder nicht, Schulnöte werden offenbart, Lebensweisheiten ausgetauscht; zuviel, mit einem „alten Gesicht" spricht man überhaupt nicht oder nur in einem streng begrenzten Vokabular. „Umsteigen. Geradeaus. Danke. Bitte." „Zwei Bananen. Danke. Bitte." Kaum mehr als es Responsorien in den Litaneien gibt: „Erbarme dich unser, erhöre uns, höre uns."

„Zwei Bananen, bitte", sagte ich im Jahr 1929 zu einem fünfzehnjährigen Mädchen auf dem kleinen Platz vor St. Severin; die blühende Frische einer eben Schulentlassenen, die sorglos das Wechselgeld aus der grünen Stahlkassette nahm; dasselbe an derselben Stelle zur selben Person gesagt im Jahr 1959; erschreckend die rauhe, fast schon runzelige Hand der Frau mittleren Alters, die bekümmert in die grüne Stahlkassette blickte. Nirgendwo deutlicher werde ich lesen, wie lange dreißig Jahre währen.

Der Eismann am Perlengraben schrieb unsere Schulden mit dickem Zimmermannsbleistift an die getünchte Wand seiner Bude; ein Strich bedeutete fünf Pfennige, ein Dreieck einen Groschen, ein Viereck fünfzehn Pfennige; Kerbholz und Latte lebten in dieser Buchführung fort; wenn die Schulden beglichen wurden, wischte er mit feuchtem Daumen die geometrischen Figuren aus, und an anderer Stelle der beschmierten Wand wurde bald ein neues Konto eröffnet; zwanzig Jahre später: das Gesicht des Eismanns hinter der Theke eines großen Cafés; tadelloser Anzug, graue Krawatte mit silberner Perle, glattes Gesicht über Berge von Pralinen und Torten gebietend, und als hätte er die Pointe für mich reserviert, sagte er gerade zu seiner Verkäuferin: „Ich gehe rasch zum Maniküren." Als hätte er nie andere Sorgen gehabt als die Politur seiner Fingernägel; und malte doch mit so bekümmertem Gesicht seine Kreditgeometrie an die blaugetünchte Wand, wischte nach Ostern die aus, die sitzengeblieben waren, die Schule gewechselt und ihn draufgesetzt hatten; „Tiebler", drei Striche, zwei Dreiecke, ein Viereck. „Fünfzig Pfennig im Eimer", sagte vor zwanzig Jahren die Stimme, die jetzt sagte: „Ich gehe rasch zum Maniküren."

Nichts wäre verhängnisvoller als in solchen Augenblicken „Erinnerungen austauschen" zu wollen. Per Distanz hütet man die Erinnerungen der anderen besser, als wenn man zuließe, daß sie ins Vokabularium der Sentimentalität gehoben und getötet würden: „wissen Sie noch, damals am Perlengraben vor zwanzig Jahren", der feuchte Daumen, Buchführung an der blaugetünchten Wand, Kindergewimmel am Perlengraben, wo nach dem Krieg fünfzehn Jahre lang eine fast pompejanische Stille herrschte. Alles wäre ausgelöscht, würde man sich auf das „Wissen Sie noch" einlassen; man muß auch die Erinnerungen der Städte und Stätten hüten; Fehltritte solcher Art machen die Treffen von Schulkameraden, die Saufabende jeglicher „Schicksalsgemeinschaft" zu so traurigen Veranstaltungen. Die Erinnerung an eine Handbewegung, an einen Laut, einen Geruch enthält mehr als das stundenlange Bramarbasieren. Erinnerung an eine Stimme, die an einem kühlen Montagmorgen, als wir zur Turnhalle gingen, in die Spitzengasse hinunterrief: „Ich schlag dich kapott", grüner Morgenrock, schwarzes Haar, weiße Haut, noch ungewaschen; die Frau war wohl fünfundzwanzig und hübsch, ist noch heute hübsch, noch mit siebenundvierzig, sitzt hinter der Kinokasse und sagt: „Macht einsachtzig, zwanzig Pfennige zurück. Macht zweifünfzig, fünzig Pfennige zurück. Loge ausverkauft.“ Und rief vor zweiundzwanzig Jahren nur den einen Satz: „Ich schlag dich kapott.“

Sehen und schweigen, hören und wissen: Er trug die rote Fahne, trug sie mit fanatischem Gesicht der marschierenden Kolonne voran, in den engen Gassen das Echo wilder Lieder; Eulengarten, Schnurgasse, Ankerstraße; mißtrauische Arbeitslose am Straßenrand köpften vorsichtig ihre Zigaretten, während er in den grauen Novemberhimmel hineinschrie: „Wir wählen Thälmann“ – Asketenhände, die den Bannerstiel umklammerten, Asketengesicht, blickte gen Himmel, schrie: „Wir wählen Thälmann.“ Gesicht, das sich vorgestern pedantisch über meinen Paß beugte, ihn prüfte, Hände, die den Paß zurückschoben, mir Geld auf die Banktheke zählten, gerechte Hände; mir unvergessen, was er vielleicht längst vergaß.

Ich könnte die alten Gesichter nicht zählen oder gar aufzählen, manche verschwinden, ohne daß ich es bemerke, andere reihen sich ein: Fünfundzwanzigjährige, die einmal sechs- oder zehnjährige Kinder waren, bummelten mit dem Schulranzen auf dem Rücken oder mit Einkaufstaschen in der Hand an irgendeinem Fenster irgendeiner unserer Wohnungen vorüber: am Karolingerring oder in der Maternusstraße; führen jetzt irgendwo in Parks oder in Ladenstraßen ihre eigenen sechs oder zehnjährigen Kinder an der Hand spazieren; alte Gesichter und neue, die einmal alte sein werden.

Es gibt prominente darunter, Zeitungsverkäufer, aus deren Mund ich per Schlagzeile die ganze Geschichte der letzten dreißig Jahre hörte: Brüning zum Kanzler ernannt; Papen zum Kanzler ernannt, Schleicher zum Kanzler ernannt, Hitler zum Kanzler ernannt; Röhmputsch niedergeschlagen; Sieg im Westen; Absatzbewegungen im Osten; erster Großangriff auf Köln; die neueste Verordnung der Militärregierung; die Zuteilungen in der einhundertvierzigsten Zuteilungsperiode; Adenauer, der Sohn unserer Stadt, wird Bundeskanzler; gereizte Stimmung in Bonn; Adenauer und Erhard versöhnt.

Unmenschlich die immer gleiche Begeisterung dieser Stimme, die die *Kölnische Zeitung* und die *Vossische* anpries, den *Stürmer* und den *Völkischen Beobacher,* die *Welt* und die *Abendpost,* die neuen Karnevalsschlager, die den Sputnik verkündete und Chruschtschows Besuch in den USA – welche Zeitung wird dieses alte Gesicht wohl in zehn Jahren anpreisen? Unsterblich erscheint es mir, fast schon ein Denkmal, das der Zeit trotzt, wie die müßigen Damen in den Cafés, die in Mode und Kosmetik immer *up to date* sind, sich nur zögernd vom verführerischen zum mütterlichen Lächeln entschließen, plötzlich bereit sind, älter zu werden und sich mit der Ausbildung des Nachwuchses zu beschäftigen; Töchter und die Töchter von Freundinnen werden in die hohe Kunst eingeführt, müßig zu sein; ich weiß nichts von ihnen, weiß nicht, ob sie Söhne verloren oder Freunde verraten haben; sie sind nur „alte Gesichter" – nicht Freunde und Bekannte, auf deren Güte und Fehltritte man heftig reagiert.

Sie alle sind für mich Köln; zu Hause bin ich da, wo jeweils meine Familie sein mag, wo ich die Bekannten kenne; Köln liegt da, wo ich die Unbekannten kenne, liegt am Rhein, hat Kirchen und Brücken und viel Geschichte, römische Legionäre kratzten diese Geschichte in Ziegel, mittelalterliche Baumeister bauten die romanischen Kirchen, die viel kölnischer sind als der Dom, der ein wenig fremd, für Fremde, so nahe am Bahnhof und viel zu nahe an den großen Hotels liegt; zu leicht kann man sich einbilden, Köln zu kennen, wenn man aus einem Hotelfenster auf den Dom blickt, Köln liegt für mich am Perlengraben und auf dem Platz vor Sankt Severin, es ist die Stadt der Unbekannten, die ich kenne.

Heinrich Böll

Responsorien: kirchliche Wechselgesänge / Vokabularium: Wörterverzeichnis, Wörterbuch / bramarbasieren: aufschneiden, prahlen / Thälmann, Ernst (1886 – 1944): der Vorsitzende der KPD seit 1925; kandidierte 1925 und 1932 bei den Reichspräsidentenwahlen; wurde im KZ Buchenwald erschossen

Köln von der Bastei gesehen

Es schlägt der Leuchtturm durch die
Seine unermüdlichen Strahlen. [Nacht
Es schleichen Schiffe überwacht,
Die lassen sich bezahlen.

Wie Perlenreihen und Geschmeid
Lichtern die Ufer am Rheine.
Ein Mädchen weint ihr Herzeleid
Am Kai auf steile Steine.

Sie trägt ein helles Wiesenkleid
Und steht sonst ganz im Dunkel.
Das Wasser spiegelt kein Herzeleid,
Es spiegelt nur Gefunkel.

Ich rufe schmatzend den Ober herbei.
Er will mich nicht verstehen.
Ich wünsche: Es möchte sich die Bastei
Jetzt karussellartig drehen.

Joachim Ringelnatz

Abschied von Köln

Lebe wohl, o Köln, mit deinem Dome, mit deinem Gürzenich, mit deinem Bayenturm und mit deinen tausend und abertausend Kirchweih- und Fastnachtsspäßen!

Dein werde ich immer gedenken. Dran denken werde ich, daß ich einst in der Sternengasse gegenüber dem alten, ehrwürdigen Hause wohnte, von dem mir einst ein dienstfertiger Kommissionär erzählte, daß der Herr Peter Paul Rubens darin geboren und daß die Mediceische Venus darin gestorben sei.

Seltsam! Die Maria von Medici mit der Mediceischen Venus zu verwechseln. So etwas kann nur einem guten Kölner passieren. Aber der Mann erzählte mir die Geschichte mit der ernsthaftesten Gebärde; wahrscheinlich hat er nur aus Instinkt einen kölnischen Witz gerissen. Ach, es sind so viele Leute in Köln auf ihren Witz angewiesen!

Lebe wohl, du alte, wunderliche Stadt! Während ich in deinen Mauern wohnte, habe ich mein Meistes und Bestes zu deinem Ruhme beigetragen.

Habe ich nicht von deinem kühlen Moselwein mehr genossen, als meinem Magen lieb war? Habe ich nicht in deiner „Ewigen Lampe", in jener Schenke am Dom, mehr als hundertmal über die große Wahrheit des Spruches nachgedacht, daß keine Kirche auf Erden erbaut wird, ohne daß der Teufel seine Kapelle danebensetzt?

Bin ich nicht jeden Sonntag in dein Wallrafsches Museum gewandert, um vor den Bildern deiner unsterblichen Maler, vor jenen lieblichen Engeln und Heiligen mit Schwalbenflügeln und Goldkreuzen, vor jenen erstaunlichen Märtyrern mit noch erstaunlicheren langen Beinen, als ich sie selbst besitze, meine tiefste Andacht zu verrichten und in das frömmste Gelächter auszubrechen?

Habe ich nicht deinen Karneval verherrlicht, als ich einst auf dem schlechtesten Gaule der Rheinprovinz als Don Quichotte durch deine Gassen ritt und mit dem Panzer vor der Brust, mit dem Barbierbecken auf dem Kopfe von neun Uhr abends bis sieben Uhr morgens deine holdseligen Jungfrauen zum Tanze führte?

Wurdest du nicht von mir besungen in altgriechischem Versmaß, in dem heiteren Rez-de-chaussée deiner DuMontschen Zeitung, Hochstraße Nr. 133?

Sieh, ich habe alles für dich getan, was man in seinem einundzwanzigsten Jahre für dich tun kann, in dem Alter, wo man aufgehört hat, seinen werten Namen in jeden Eichenbaum zu schneiden, wo man aber noch nicht aufge-

Folgende Doppelseite: Köln in der zweiten Hälfte des 19. Jahrhunderts

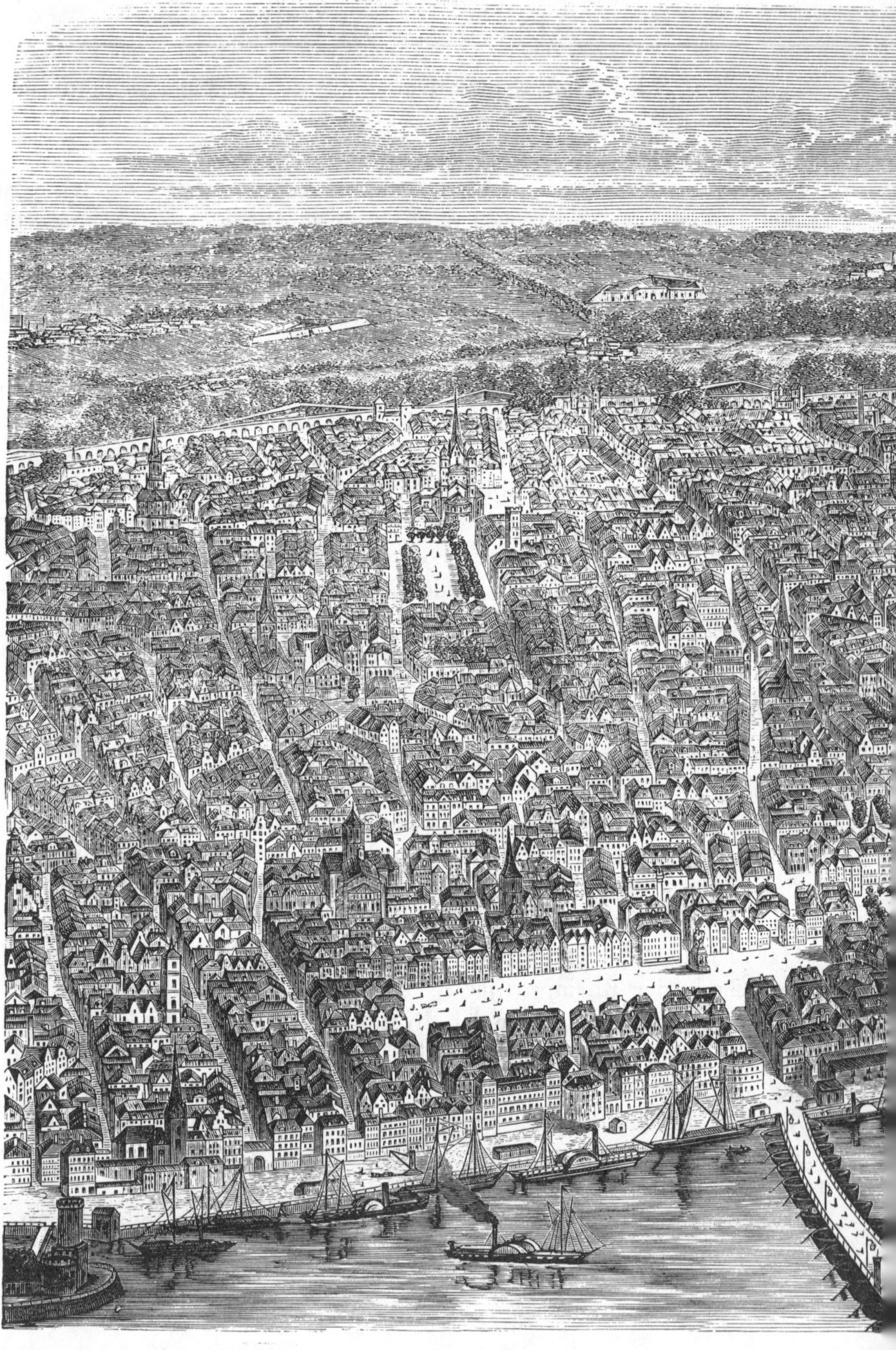

hört hat, entre-chien-et-loup eine Laterne einzuwerfen; wo man aufgehört hat: „Morgenrot, o Morgenrot!“ zu singen, wo man aber noch nicht die Marseillaise singt; wo man den letzten schwarzen Samtrock verschlissen hat, aber noch immer nicht zu einem Frack kam; wo man an die Gellertschen Fabeln zwar nicht mehr denkt, wo man aber auch noch nicht bis zu den Aventüren des Chevalier Faublas fortgeschritten ist – genug, in dem Alter, wo man den schönsten Teil der Flegeljahre hinter sich hat und gerade im Begriff ist, aus dem verrückten Monat April des Lebens in den Mai des Daseins hinüberzuvoltigieren, wo man wie ein angehender Student kein Pennal, aber auch noch kein Fuchs ist, wo man eben noch zwischen Esel und Roß schwankt, wo man einstweilen nur ein jugendliches, romantisches Maultier ist.

Ach Köln, ich habe viel für dich getan! Ich schwärmte für dich. Von jedem Eckstein deiner Gassen wußte ich etwas Interessantes zu erzählen. Ich kannte jedes Marienbild in deinen Kirchen, jedes Römerglas in deinen Schenken „zum stillen Vergnügen“. Ich wußte deine Sagen, Legenden und Märchen auswendig wie der Dr. Weyden; ich wußte noch viel dümmeres Zeug als das!

Und womit hast du mich belohnt? Glaubtest du dich dadurch hinlänglich revanchiert zu haben, daß du mich durch deinen sterblichen Professor Wahlen als korrespondierendes Ehrenmitglied eines jährlichen Bockessens aufnehmen ließest?

War das dein Dank, daß alle Fenster und Türen verschlossen, daß all deine Gassen wie ausgestorben, daß all deine Plätze wie verwaist waren, als ich endlich in der heiligen Frühe um sechs Uhr wehmütig in den Omnibus stieg, um mich vielleicht auf immer von dir zu trennen?

War das dein Dank, daß du nur hin und wieder einen schlaftrunkenen Pfahlbürger, mit der Schlafmütze auf dem Kopf und mit nicht sehr sauberen, umgeklappten Vatermördern, aus den Giebelfenstern gähnen ließest, als ich über den Eigelstein an jenen Häusern vorbeifuhr, wo man die länglichen, sehr mystisch-sagenhaften Brote backt, an deren oberm Ende ein Mutter-Gottes-Bild und an deren unterm Ende eine Flötepfeife angebracht ist?

War das dein Dank, daß du den eisernen preußischen Adler auf deinem Tore wie einen gallischen Hahn zornig erröten ließest, als der treue Sohn eines treuen Vaterlandes endlich die Festungswerke passiert hatte, um froh das Weite zu suchen?

O Köln, du große Freudenstadt, die du in deinem Banner die Farben Rot und Weiß führst, gewissermaßen als Sinnbild des vielen roten und weißen Weines, der in deinen Mauern getrunken wird; schöne Stätte, wo jeder Familienvater wie der heilige Petrus seinen Hausschlüssel bei sich führt, wo jeder junge Ehemann den ganzen geschlagenen Abend auf den harten Wirtshausbänken sitzen muß, um den kühlen Krätzer zu trinken, während die lieblichen Ehehälften im weichen Bett liegen dürfen, um sich des warmen Tees zu erfreuen; glorreicher Ort, der du nimmer müde wirst, an deinem kolossalen Dom zu bauen; ruhmwürdige Gegend, in deren Bereich die Zahl der Dombau-Vereine fast geradeso groß ist wie die Zahl der Taler, die diese Vereine jährlich zusammenbringen; Stadt des Humors und des Enthusiasmus, die ich geliebt, verehrt, besungen und verherrlicht: Weshalb ließest du mich so still aus deiner Mitte ziehn? Weshalb öffnete sich nicht noch einmal die Türe des „Freischützen" und das blaue Auge seiner schönen Kellnerin? Weshalb wurde er nicht einmal am frühen Morgen wach, der gewaltige Klütsch, welcher der Große Bär unter den Sternbildern deiner lustigen Bürger ist? Weshalb hörte ich ihn nicht noch einmal knarren, den alten Kran dort oben auf dem Domturm, an dem sich sicher und gewiß noch ein anderer Baumeister erhängen wird wie an einem Galgen, wenn er wiederum an der Vollendung des gewaltigen Werkes verzweifelt?

Alles war still. – Nur da draußen vor den Toren sangen die Lerchen ihr Morgengebet, und die Lokomotive akkompagnierte mit hellem Gepfeif; Regierungsräte und Kammerfrauen und Polizeidiener und Gemüseweiber und Roßkämme und Orgeldreher und alles, alles drängte sich in die offenen Wagen, nur kein einziges jener Geschöpfe, die ich vor meinem Abschied noch einmal an die Brust zu drücken wünschte, nur kein einziges jener lieben Kinder mit Rubinlippen, mit nußbraunen Haaren und mit Augen blau wie: „Vergiß-mir-nicht".

Georg Weerth

Maria von Medici (1573 – 1642): die Gemahlin des französischen Königs Heinrich IV., die 1631 aus politischen Gründen aus Frankreich fliehen mußte und bis zu ihrem Tod in Köln lebte / Wallrafsches Museum: das Wallraf-Richartz-Museum, das durch eine Spende des Unternehmers Johann Heinrich Richartz 1851 – 61 gebaut werden konnte und die Sammlung des Kunstsammlers Ferdinand Franz Wallraf beherbergt / Rez-de-chaussée (franz.): Erdgeschoß; hier im Sinne von „unter dem Strich" / DuMontsche Zeitung: Kölnische Zeitung / entre-chien-et-loup (franz.): in der Dämmerung / Gellertsche Fabeln: die beiden Bände „Fabeln und Erzählungen" von Christian Fürchtegott Gellert (1715 – 69), die 1746/48 erschienen / die Aventüren des Chevalier Faublas: Les Aventures du Chevalier Faublas de Louvet de Couvray, Paris 1787 – 90 / hinüberzuvoltigieren: Luft-, Kunstsprünge ausführen / Pennal (lat.): Federbüchse, -kasten; angehender Student / Klütsch: Gastwirt in Köln / ein anderer Baumeister erhängen wird: eine Anspielung auf den Tod des Baumeisters des Kölner Doms, der am Gelingen seines Werkes verzweifelte und sich der Sage nach durch einen Sprung von der Höhe des Domkranes das Leben genommen hat / akkompagnierte (franz.): begleitete

Rheinisches Schwarzbrot

Zutaten: 1300 g Roggenschrot grob, 500 g Sauerteig vom Bäcker, 3600 g Roggenschrot mittel, 50 g Hefe, 75 g Salz, 1300 g kochendes Wasser, 4100 g lauwarmes Wasser.

Zubereitung: Zunächst wird ein Brühstück angefertigt: 1300 g Roggenschrot grob mit 1300 g kochendem Wasser anbrühen und über Nacht stehen lassen.

Dann 500 g Sauerteig mit 1600 g Roggenschrot mittel und 1600 g lauwarmem Wasser anteigen und 4 – 5 Stunden stehen lassen (= Ansatz).

Zur Anfertigung des Teiges nimmt man das Brühstück vom Vortag und verknetet es mit dem Ansatz, 50 g Hefe, 75 g Salz, 2000 g Roggenschrot mittel und 2500 g lauwarmem Wasser zu einem mittelfesten Teig; diesen 60 Minuten stehen lassen. Anschließend den Teig zu 1500 g schweren Kipfen formen und bei ca. 240 – 260° Anfangshitze und nach ca. 15 Minuten bei ca. 200° rund $1^1/_2$ Stunden gut ausbacken.

Der Eisgang von 1784

Der Spätsommer 1783 war sehr regnerisch, die Herbstflut ungemein stark. Als vor Weihnachten heftiger Frost eintrat, stand der Rhein über seinen gewöhnlichen Ufern, fast in der Wasserhöhe des Flutjahres 1740. Am 8. Januar 1784 stellte sich das Rheineis unterhalb Mülheims mehrmals, brach aber immer wieder durch. Am 10. Januar stand die Decke von Mülheim bis Köln so fest, daß mehrere Personen hinübergingen, setzte sich aber neuerdings wieder in Bewegung und schob und türmte sich bei Mülheim klirrend übereinander, so daß die Schollenhügel die Stadt fast überragten. Der breite Rheinstrom, der vierzehn Fuß über der gewöhnlichen Wasserhöhe stand, glich einem Eisgebirge. Weil der Strom oberhalb Mülheims noch eine Zeitlang offenblieb, flossen immer mehr Schollen herab, die sich über dem stehenden Eis auftürmten oder unter dasselbe schoben, so daß der Wasserlauf verengt wurde. Diese Verstopfung führte am 17. Januar eine Überschwemmung herbei. Die aufgestaute Flut überstieg die Dämme bei Westhoven und ergoß sich landwärts auf Mülheim herab, so daß der tiefer gelegene Stadtteil überschwemmt wurde und der höher gelegene Teil eine Insel bildete. Nachdem die Eisdecke durch Anschieben der Schollen stroman gestiegen war, verliefen sich die Wasser wieder. Drauf erhöhte man den Damm zu Westhoven um zehn Fuß über jenen Flutstand.

So blieb die Eisdecke volle sieben Wochen bei anhaltender Kälte stehen und verdickte sich, bis gegen Ende Februar Tauwetter und starker Regen eintrat. Da brach am 26. Februar frühmorgens das Eis oberhalb von Bonn, während die Decke bei Mülheim fest stehenblieb. Das Wasser stieg in Mülheim und Köln um fünfzehn Fuß höher, als es 1740 gestanden – neununddreißig Fuß über dem Pegel. In dem tiefer gelegenen Teil der Stadt, in der

Stockergasse, in der Taubengasse und auf der Bach mußten die Bewohner aus dem Erdgeschoß in das erste, dann in das zweite Stockwerk, dann auf den Speicher flüchten; dann von Dach zu Dach von den niedrigen Häusern auf höher gelegene. In der neuen lutherischen Kirche hatten über vierhundert Personen auf dem Söller Schutz gesucht. Nachen fuhren durch die Stadt und nahmen Kinder und Kranke von den Dächern auf. Da, gegen zehn Uhr morgens, brauste die Eisflut von Westhoven aus, wo der Damm durchbrochen, gegen die Stadt; Schiffe zerschellten gleich Nußschalen. Häuser sanken in Trümmer. Die lutherische Kirche wurde weggefegt, nachdem die Flüchtlinge sich in dem Turm zusammengedrängt hatten. Auch der Turm zitterte und wankte im Anprall. Doch er hielt tapfer aus. Das Jammergeschrei von Tausenden und fruchtlose Hilferufe übertönten das Brausen der Flut, das Klirren der Eisberge, das Krachen der Gebäude. Doch zeit-

weise stockten die in den Gassen zusammengedrängten Eisberge und wurden zur Brücke benutzt, höher gelegene Gebäude mit stärkeren Mauern zu erreichen. Die katholische Kirche hielt stand und wurde der Stadt zur Schutzmauer. Eine schreckensvolle Nacht folgte dem unheilvollen Tag. Immer dichter drängten die Schollen heran, Haus auf Haus stürzte zusammen. Auch am andern Tag währte die Eisflut. Soweit das Auge reichte, sah man nur Wasser und haushohe Schollen in drei Hauptströmen daherfluten. Mülheim war ganz vom Wasser umgeben. Die ganze Stadt bis zum Berenhof und dem oberen Teil der Wallstraße und der Freiheitsstraße war überschwemmt. Den ganzen Tag über, den 27. Februar und die folgende Nacht währte der Jammer, die Zerstörung. Erst um den Mittag des 28. Februars brach die Eisdecke unterhalb Mülheims mit Gekrache los, und die noch stehenden Gebäude waren gerettet. Die Wasser verliefen sich, die von dreitätiger Todesnot gequälten Menschen atmeten freier im Gefühle der Rettung. Einhunderteinundsechzig Häuser waren vom Eis bis auf die Grundmauern fortgefegt und nur einundzwanzig Menschen umgekommen. Über Tausende hatte ein gnädiges Geschick gewaltet. Groß war die Verwüstung im unteren Stadtteil. Trümmer und Eisberge hatten die verschwundenen Wohnstätten bedeckt, und fern im Felde verhinderten die dicken Schollen noch bis in den April hinein die Beackerung. Eintausendachthundert Menschen waren obdachlos geworden, viele hatten ihre ganze Habe verloren. Aber wie die Menschenliebe sich bei der Gefahr in vielfacher Rettung bekundet hatte, so bestätigte sie sich jetzt in Liebesgaben. Die Bewohner des verschont gebliebenen Stadtteils nahmen die Obdachlosen auf, und von allen bergischen Städten und Dörfern wurden Nahrungsmittel und alles, was Not tat, gespendet. Monate aber vergingen, ehe das Eis weggeräumt war, und viele Jahre, ehe die zerstörten Häuser wieder ersetzt waren. Auch Köln wurde durch diese Eisflut bedrängt und geängstigt. Doch der starke Bayenturm wies den Anprall der Eisberge zurück, und so wurden dortselbst nur einige Häuser und mehrere Schiffe zertrümmert. Dort verloren acht Menschen und in der Stadt elf Menschen das Leben. Am Morgen des 28. Februars stieg das Wasser zu neununddreißig Fuß – dreißig Fuß über die gewöhnliche Wasserhöhe. Der untere Teil der Stadt und auch der Alter Markt standen unter Wasser. Durch späteren Einsturz der durch die Flut beschädigten Häuser kamen in Köln sechzehn Menschen um. Auch Deutz und alle am Rhein in der Nachbarschaft von Köln gelegenen Orte hatten große Verluste an Vieh, Hausrat und Gebäuden. Der Schaden, den Köln erlitt, wurde auf 100000 Taler, der von Mülheim auf 600000 Taler angeschlagen. Dazu tritt der Verlust von Menschenleben. Die Nähe des Rheinstromes ist den Sommer über prachtvoll und vergnügsam; zur Zeit der Flut und des Eisgangs aber ist der Rhein ein gefährlicher Nachbar.

Montanus

Vom Zahn des heiligen Nikolaus in Brauweiler

Als die Mönche von Brauweiler ihre Kirche erweitern wollten, schickten sie den Zahn ihres Schutzherrn, des heiligen Priesters Nikolaus, mit einigen Weltpriestern, die sich aufs Reden verstanden und Geld herauszulocken wußten, in verschiedene Gegenden. Er war in einen Kristall eingeschlossen. Als sich eines Tages diese gemieteten Prediger beim Umhertragen des Reliquienbehälters unehrerbietig benahmen, da platzte der Kristall, als könnte der ehrwürdige Bischof ihre Lästerungen nicht ertragen. Als die Mönche dieses Wunder sahen, brachten sie den Zahn zurück und litten seitdem nicht wieder, daß er zu solchem Zweck ausgesandt würde. Ich habe den Riß im Kristall gesehen.

Caesarius von Heisterbach

Johannislaub

Wenn des Sommers scharfes Glühen
Manche Zier dem Baum entrafft,
Siehst du neu den Forst erblühen
Von des Jahres reicher Kraft.
Schau, wie dort im Hain die Spitzen
Grün und mailich wieder blitzen,
Neu geschwellt von Frühlingssaft.

Manche Knospe ward dem Wurme,
Manche ward dem Frost zum Raub;
Manches Blatt im Wettersturme
Brach und rollte zu dem Staub;
Doch du siehst nicht was geschwunden,
Denn es deckt der Krone Wunden
Heiliges Johannislaub.

Zart und leicht wie Maiensprossen
Bebt's, vom Morgenhauch bewegt,
Daß der Baum, von Luft durchflossen,
Sich mit süßen Schauern regt.
Stolz wie je in Lenzestagen
Wird er nun die Krone tragen,
Bis der Wintersturm ihn fegt.

So, Geliebte, tief im Grunde
Wurzelt unsrer Liebe Baum;
Unbeirrt vom Tanz der Stunde,
Zweigt er durch den Himmelsraum,
Spricht zu uns im Heimattone
Aus den Läubern seiner Krone,
Rauscht uns heut wie einst in Traum.

Was mit giftigen Geschossen
Weggesengt der Sturm der Welt,
Füllt sich mit den hellsten Sprossen,
Die das Herz zum Lichte schwellt.
Aus dem heißen Lebenstriebe
Ewig frischt sich unsre Liebe,
Bis das Laub aufs Grab uns fällt.

Gottfried Kinkel

In den Rosen

Geistliches Trinklied der Nonnen am Niederrhein

Orig. hat Choralnoten. 15. Jahrh.

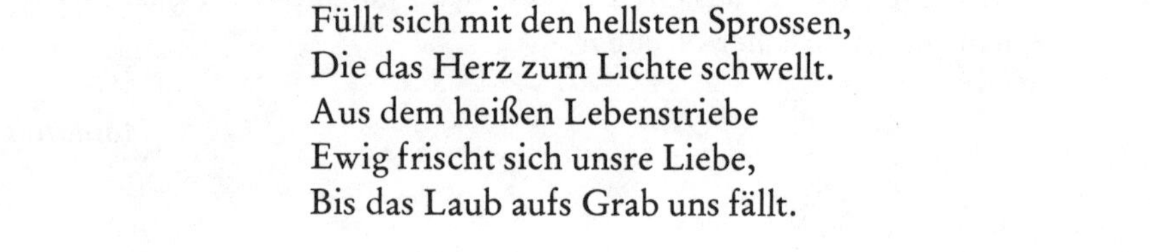

Laßt uns singen und fröhlich sein
In den Rosen,
Mit Jesus und den Freunden sein!
Wer weiß, wie lang wir hie solln sein
In den Rosen.

Jesus Wein ist aufgetan
In den Rosen:
Da solln wir allesamt hingahn,
So mögen wir Herzen'freud empfahn
In den Rosen.

Er soll uns schenken den Zyperwein,
In den Rosen,
Wir müssen alle trunken sein
Wohl von der süßen Minne sein,
In den Rosen.

Jesus ist ein Fünkelein
In den Rosen,
Sein Gläschen hält ein Trünkelein,
Sein Löffelchen ein Mümfelein
In den Rosen.

Setzt das Gläschen vor den Mund
In den Rosen
Und trinkt es aus bis auf den Grund,
Da find't ihr den Heil'gen Geist zur [Stund'
In den Rosen.

Laßt das Gläschen umgehn
In den Rosen!
So mögt ihr fröhlich heimwärts gehn
Und allezeit in Freuden stehn
In den Rosen.

Mümfelein: den Mund voll, Schluck

Das Schloß und die Stadt Brühl

Die Stadt Brühl liegt in einer lachenden Ebene und ist begrenzt von fruchtbaren Feldern und malerischen Dörfern. Die alte Stadt Köln mit unzähligen Türmen, die man von weitem erblickt, bildet eine angenehme Vorderansicht und Begrenzung von dieser Seite, zur Linken sind es die sieben Berge, die den Horizont umgeben. Der erstaunte Beobachter sieht auf ein-

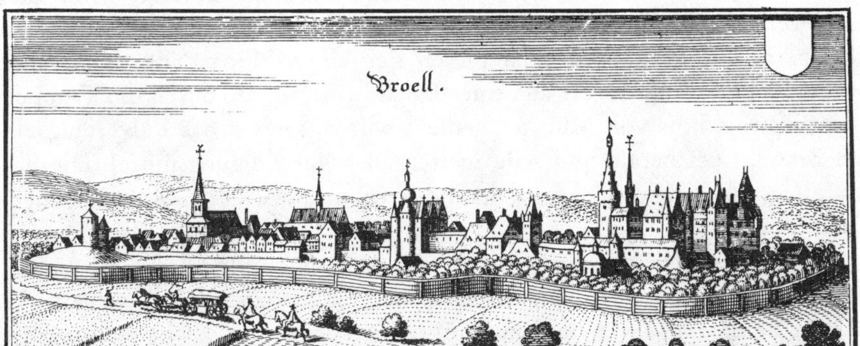

mal von den benachbarten Höhen den majestätischen Rheinfluß mitten durch fruchtbare Ebenen des Ostens seine Gewässer dahinfluten, während die Gegend nach Westen von dem Gehölz der Ville und dem Vorgebirge, das bei Bonn vom Rhein zurückweicht, umgeben ist.

Wahrscheinlich war Brühl schon zur Römerzeit bewohnt; dies macht eine Inschrift glauben, die man daselbst gefunden hat. Der Ort erhielt seinen Namen von den im neunten Jahrhundert ausgerotteten Büschen, zum Broill genannt.

Dem Erzbischof von Köln, Engelbert von Falkenburg, verdankt Brühl, bis dahin wenig bekannt, seinen ersten Glanz. Er wohnte gewöhnlich zu Köln, aber da seine fortwährenden Streitigkeiten mit den Bürgern der Stadt ihn genötigt hatten, diesen Aufenthalt zu verlassen, nahm er seine Residenz zu Brühl (1263). Sein Nachfolger, Sigfrid von Westerburg, umgab es mit Mauern und Graben (1284), ließ daselbst ein festes Schloß bauen, erteilte dem Ort Stadtrechte (1285), bestimmte die Grenzen des Brühler Byfangs und ernannte den Heinrich von Kentenich zum Burggrafen von Brühl.

Erzbischof Maximilian Heinrich, Herzog von Bayern, empfing 1651 im Schloß zu Brühl den Exminister und Kardinal Mazarin, der aus Paris gemäß einem Beschluß des Parlaments flüchten mußte. Er hatte für ihn alle Achtung, die er als Fürst der Kirche verdiente, aber diese Gastfreundschaft, die mehrere Monate dauerte, kam sowohl dem Erzbischof als auch der Stadt Brühl in der Folge teuer zu stehen.

Nach dem Tod des Kurfürsten Maximilian Heinrich (1688) wollte ein Teil des Metropolitanstifts und der Stände keineswegs die Sukzessionsrechte anerkennen, die der Koadjutor des Verstorbenen (der Kardinal und Domdechant Landgraf von Fürstenberg) sich über die Erzbischofs- und Kurwürde von Köln zugeeignet hatte. Fürstenberg wandte sich um Hilfe an Frankreich, und der König interessierte sich zu seinen Gunsten. Der Marschall d'Humières fiel in das kölnische Land ein, besetzte Brühl und legte eine starke Besatzung hinein. Dies bewog die Alliierten, Brühl zu belagern. Die Franzosen behaupteten sich einen Monat lang darin; aber drei glühende Kugeln, die aus einer Batterie flogen, die durch die Truppen des Fürstbischofs von Münster bedient wurde, setzten das Pulvermagazin in Brand. Dies beraubte die Belagerten aller Verteidigungsmittel. Die Besatzung sah sich genötigt zu kapitulieren und wurde kriegsgefangengenommen.

Nach dieser Feuerbrunst wurde das Schloß zu Brühl unbewohnbar. Übrigens findet man in der Topographie von Merian ein Kupferblatt, die kleine Stadt und das Schloß zu Brühl vorstellend, wie solche 1646 ausgesehen haben.

Der Kurfürst Joseph Clemens, der Brühl über alles liebte, aber durch die oben berührten Kriegsumstände in eine zu mißliche Lage versetzt war, um das Schloß wiederherstellen zu können, begnügte sich damit, ein Gebäude in dem Park zu errichten.

Schloß Brühl

Zufolge dieser traurigen Begebenheit, wovon wir eben gesprochen, bot Brühl während eines Zeitraumes von beinahe einem halben Jahrhundert nur Ruinen, und ohne Zweifel würde diese Stadt ganz in Vergessenheit geraten sein, wenn Kurfürst Clemens August, Herzog von Bayern, nicht das neue Schloß hätte einrichten lassen, das man jetzt sieht, ein bleibendes Denkmal seines Geschmackes für die schönen Künste, das ihm die Erkenntlichkeit der Bewohner von Brühl zuzieht. Am 8. Juli 1725 legte er dazu den ersten Stein und der Erbprinz von Sulzbach den zweiten; das Schloß wurde Augustusburg genannt. – Als man dasselbe errichtete, war man genötigt, einen alten und sehr hohen Turm zu sprengen, der den neuen Bauten im Wege stand. Einige glauben, daß dieser Turm ein Römerwerk war; indessen ist es wahrscheinlicher, daß er einen Teil der Festung ausgemacht hat, die Sigfrid von Westerburg errichten ließ. Man hatte viele Mühe, denselben zu zerstören, und die Liebhaber der alten Denkmäler sahen seinen Untergang mit Bedauern.

Brühl wurde die Lieblingsresidenz Clemens Augusts, der die Jagd, vorzüglich mit Falken, leidenschaftlich liebte und derselben jährlich mehr als 100000 Franken aufopferte. Um dieses Vergnügen noch zu vermehren, ließ er 1727 ein anderes kleines Schloß, eine Viertelstunde von Brühl, anlegen, dem er den Namen Falkenlust beilegte und wozu der erste Stein am 16. Juli desselben Jahres gelegt wurde. Das große Schloß hängt durch den Park mit dem kleinen Schloß zusammen, bei dem sich eine kleine Kapelle befindet, die durch Grottenwerk und Muscheln mit Geschmack verziert und der heiligen Jungfrau Maria gewidmet ist.

Das Gebäude sowohl als die inneren Verzierungen waren noch nicht beendigt, als der Fürst, der die große Idee dazu entwarf, 1761 mit Tode abging. Sein Nachfolger, Maximilian Friedrich, Graf von Königseck-Rothenfels, ließ dasselbe nach den Zeichnungen seines Vorgängers fortsetzen. Derselbe Kurfürst hatte die Absicht, eine Landstraße von Köln nach Brühl und von Brühl nach Bonn zu errichten; unglücklicherweise wurde von diesem Plan abgegangen und derselbe nicht ins Werk gestellt.

Max Franz, der letzte Kurfürst von Köln, verordnete einige Veränderungen im Schloßgarten. Er ließ auch einen botanischen Garten unter der Leitung des Hofgärtners Maximilian von Weyhe anlegen, und dieser Garten wurde einer der schönsten Zierden dieses kurfürstlichen Palastes. Der Fürst liebte vorzüglich den Aufenthalt zu Brühl, wo er oft den Personen seines Hofes sowie dem kölnischen Adel glänzende Feste gab. Er verfehlte überhaupt nicht, sich zu den Kirchweihfesten zu begeben, die eine beträchtliche Anzahl sowohl der Einwohner von Köln als jener von Bonn und der benachbarten Dörfer dahinzogen. Seine Gegenwart vermehrte noch die Vergnügungen dieser Feste; man schätzte sich glücklich, in der Nähe dieses Fürsten zu sein, dessen einnehmende Popularität und Milde ohnegleichen noch den Glanz seines hohen Ranges erhöhten.

Friedrich E. von Mering

Byfang: Weichbild / Mazarin, Jules (1602 – 61): ein Kardinal und französischer Staatsmann, der durch die Niederwerfung der Fronde des Hochadels und des Parlaments (1648 bis 53) wesentlich zur Durchsetzung des absolutistischen Königtums in Frankreich beitrug / Metropolitanstift: das zur Metropolitankirche gehörende Stift; der Metropolit ist der Vorsteher einer Kirchenprovinz / Sukzessionsrecht: Nachfolgerecht / Koadjutor: der Amtsgehilfe eines Geistlichen, Bischofs / Topographie von Merian: die Topographia Germaniae, Städtebilder und -beschreibungen des Heiligen Römischen Reiches Deutscher Nation, erschienen 1642 – 54, von Matthaeus Merian

Beschreibung der Torfgruben bei Brühl und Liblar

(Auszug)

Die sogenannte kölnische Umbraerde ist den Farbenhändlern und Malern sehr wohlbekannt. Wenn man sie auf eine eigene Art präpariert, so wird sie zur Miniatur-, in einigen Fällen auch zur Ölmalerei geschickt, besonders zur Grundierung in den braunen Tinten. Am häufigsten bedient man sich ihrer aber in der Malerei mit Wasserfarben, zu Dekorationen und anderen Sachen. Kölner Kaufleute sind seit jeher im Besitz des Handels mit derselben; daher der Name „kölnische Erde", obschon die Gruben einige Meilen von Köln liegen. Gewöhnlich bezeichnet man mit dem Namen „Umbra" ein braunes Eisenoxyd, mit dem diese Erde nichts als die Farbe gemein hat. Da kölnische Kaufleute auch damit handeln, so wurden beide manchmal unter dem Namen „kölnische Umbraerde" miteinander verwechselt. Die Arbeiter in den Gruben, aus denen man die braune kölnische Erde erhält, nennen sie Torf; dieser Name scheint mir der passendste und der zu sein, der der Natur der Sache am meisten entspricht.

Ein paar Tage darauf reisten wir zu den Torfgruben. Erst ging es über das schöne Lustschloß des Kurfürsten von Köln, Brühl, zwei Meilen von Köln. Dann schlugen wir den Weg nach Liblar ein und kamen, nachdem wir eine Viertelstunde gegangen waren, am Fuße und nach einer zweiten Viertelstunde auf der Höhe des Hügels an, in dem sich, hart am Wege nach Liblar, die Brühler Torfgrube findet.

Man sieht hier an freiem Tage in einer sehr schwarzen Erde, über deren Mächtigkeit sich noch nicht urteilen läßt, weil man noch nicht bis zuunterst gekommen ist, eine tiefe Grube von ziemlich großer Ausdehnung; dieses ist die Torfgrube, in der die Brühler Umbraerde bricht. Die Umbraerde liegt hier unter einer Lage von zusammengeschwemmten Kieseln, die im Durchschnitt zwölf Fuß mächtig ist. Die Umbraerde war dreißig Fuß tief senkrecht abgestochen, doch hatte das, was nachgestürzt war, zwei

Drittel von dieser Höhe bedeckt, so daß jetzt die senkrechte Tiefe nur zwölf Fuß betrug. Bis zu dieser Tiefe konnte ich daher das Lager mit aller Bequemlichkeit untersuchen. Es ist von dunkelbrauner Farbe, die, wenn das Fossil feucht ist, ins Schwarze, wenn es dagegen recht trocken und im Sonnenlicht ist, ins Karmeliterbraun spielt. Naß ist die Masse schwammig, nachgebend, etwas elastisch und weich von Gefühl. Sie hat weder Geruch noch Gefühl, gleicht etwas der völlig ausgebrauchten Gerberlohe und schwärzt ein wenig die Finger. Man erkennt mit bloßen Augen sehr wohl, daß die ganze Masse aus nichts als Holzteilen besteht, deren Zusammensetzung aufgehoben ist, die komprimiert und zerkleinert sind und die zu verschiedenen Holzarten gehört zu haben scheinen. Im ganzen ist die Zersetzung schon zu weit gegangen, als daß es möglich wäre, diese Arten noch zu bestimmen.

Die Arbeiter fördern diese Lager holziger Materien, die sich in eine Art Torf verwandelt haben, mit der größten Leichtigkeit, indem sie sie schichtenweise mit stählernen Spaten, deren Stiel etwas gekrümmt ist, ausstechen. Ist man bis zu einer solchen Tiefe gekommen, daß man sich nicht gut mehr der Schubkarren bedienen kann, so bedient man sich zum Herausfördern großer Körbe, die an Seilen hängen, und der einfachsten Art von Rundbaum.

Die einzige Präparation, die die Umbraerde an Ort und Stelle erhält, ist, daß sie, nachdem sie zuvor, wenn es in trockener Zeit nötig ist, angefeuchtet worden, von Weibern und Kindern in eine Art hölzerner, konischer Formen von der Gestalt und Größe der gewöhnlichen Blumentöpfe geschlagen, dann herausgenommen und in große, dazu bestimmte Einzäunungen, denen bei Ziegeleien ähnlich, gesetzt werden, um zu trocknen. Sind sie so weit getrocknet, daß sie sich, ohne Gefahr zu zerbrechen, handhaben lassen, so setzt man diese Kuchen in Haufen übereinander, so daß Luft und Sonne freien Zutritt haben, da sie denn bald so fest werden, daß sie den Transport in Karren oder Wagen aushalten. So bringt man sie in den Handel oder in die benachbarten Städte und Dörfer als Brennmaterial oder zu anderem Nutzen.

Noch größer und ausgedehnter als diese Brühler Grube sind die Torf- oder Umbragruben bei Liblar, wohin man von Brühl aus zu Wagen in eineinhalb Stunden gelangen kann. Kurz ehe man in dieses Dorf kommt, sieht man das Schloß Gracht, wo die verwitwete Gräfin von Metternich wohnt; ein sehr angenehmer Aufenthalt, von schönen Gewässern erfrischt, mit einem wohlunterhaltenen Park, Gärten und einer Naturaliensammlung geziert. Über zweihundert Arbeiter aus dem Dorfe Liblar, Weiber und Kinder ungerechnet, sind in den dicht umherliegenden Torfgruben den größten Teil des Jahres beschäftigt. Diese Gruben sind durch ihre große Ausdehnung, die Art der Förderung und ihr großes Alter der Aufmerksamkeit des Naturforschers vorzüglich würdig.

Die Grube bei Brühl liegt auf einem hohen Terrain; die bei Liblar auf dem Plateau einer noch größeren Höhe. Ebenso die Gruben bei Kierdorf, Brüggen, Balkhausen, Walberberg und an anderen Orten, die auf derselben Linie liegen. Der Rhein ist drei Meilen entfernt, und sein jetziges Bett liegt über vierhundert Fuß unter dem Niveau dieser Gruben.

Barthélemy Faujas de Saint-Fond

geschickt: hier im Sinne von „verwendet" / Meile: ca. 7,42 km / an freiem Tage: Tagebau / bricht: abgebaut wird / Fuß: ca. 0,25 bis 0,34 m / Fossil: Überrest von Tieren oder Pflanzen / Gerberlohe: zerkleinerte Eichenrinde, die besonders zum Gerben von kräftigen Ledersorten wie z. B. Treibriemen oder Sohlenleder benutzt wird (Rot- oder Lohgerberei) / Rundbaum: die Welle einer Berghaspel / Präparation: Zu-, Aufbereitung / konisch (griech.): kegelförmig, verjüngt / Plateau (franz.): Hochebene, Hochfläche

Das Leben des blinden Engelbert

Ein einfältiger Mensch namens Engelbert, aus der Gegend von Zülpich gebürtig, ist vor wenigen Jahren gestorben. Dieser, von Geburt blind, war wegen der mannigfaltigen Gaben, womit die göttliche Gnade seinen inneren Menschen erleuchtet hatte, in verschiedenen Gegenden bekannt und wurde von vielen und vornehmen Leuten beiderlei Geschlechts hochgeehrt. In schlichtem Mantel, wollenem Hemd und barfuß ging er im Sommer wie im Winter einher, und von einem Knaben geführt, besuchte er oft recht entfernte Stätten der Heiligen. Fleisch aß er nie, und nachts lag er nicht auf Betten, sondern nur auf etwas Stroh oder Heu. Viel Gutes habe ich an ihm gesehen, und er selbst hat viele durch Wort wie durch Beispiel erbaut.

Als er jung war und sich eines Nachts im Hause seiner Tante, einer reichen Frau, bei ihren andern Knechten schlafen gelegt hatte, untergruben in tiefer Nacht zwei Diebe die Wand und drangen ein. Sie deckten das Feuer auf, zündeten Licht an, öffneten die Truhen und unterhielten sich dreist miteinander. Engelbert hörte sie und zweifelte nicht, daß es Diebe seien, konnte aber die neben ihm schlafenden Knechte nicht wecken. Da schnitt er mit seinem Messer ein Loch in einen Stuhl, warf diesen über den Hals und bewaffnete die Hand mit einer Keule. Und weil er sie nicht sehen konnte, so ging er von Gott geführt nach dem Gehör auf sie los, und die Keule in beiden Händen schwingend und überall nach allem, was er erreichen konnte, wie ein Rasender losschlagend, jagte er sie aus dem Hause. Er folgte ihnen bis an das Loch und versperrte den Zugang mit einer Leiter.

Jene standen draußen, und da sie merkten, daß niemand außer Engelbert wach sei, da schämten sie sich ihrer Flucht, hielten Rat und versuchten nochmals einzudringen. Da er dies an der Bewegung der Leiter spürte, so schob er deren eines Ende unter eine große Kiste, die mit Korn gefüllt war und nahe dem Loche stand, das andere Ende hielt er mit beiden Händen fest. Jene drangen bis zum Nabel ein, Engelbert aber drückte, da sie mit dem Gesicht nach unten lagen, ihren Rücken kräftig mit der Leiter und hielt sie so fest, daß sie weder vorwärts noch rückwärts konnten. Die Diebe, die wie in einer Kelter gepreßt waren und am Morgen gefangen zu werden fürchteten, baten um Gnade. Nachdem sie mit schrecklichen Eiden geschworen hatten, ihm nie etwas zuleide zu tun noch in dieses Haus einzudringen, ließ er sie frei. Als es Engelbert am Morgen erzählte und die Nachbarn durch kein Mittel die Schläfer ermuntern konnten, so suchte man im ganzen Haus nach Zaubereien, da man wußte, daß es durch deren Kraft bewirkt werde, und fand über dem Loch, vom Dach herabhängend, das Rückgrat eines toten Menschen. Nach dessen Entfernung wachten sogleich alle auf. Nach vielen Jahren wurden diesselben Diebe durch den Ruf der Tugenden Engelberts gerührt und vermutlich auch durch seine Gebete zur Reue gebracht; sie kamen zu ihm, gestanden, daß sie es seien, und führten fortan ein frommes Leben.

Caesarius von Heisterbach

Die Schlacht bei Zülpich

Chlodewig der Frankenkönig sah in Zülpichs heißer Schlacht,
Daß die Alemannen siegten durch der Volkszahl Übermacht.

Plötzlich aus des Kampfs Gedränge hebt er sich auf stolzem Roß,
Und man sah ihn herrlich ragen vor den Edeln, vor dem Troß.

Beide Arme, beide Hände hält er hoch empor zum Schwur,
Ruft mit seiner Eisenstimme, daß es durch die Reihen fuhr:

„Gott der Christen, Gott am Kreuze, Gott, den mein Gemahl verehrt,
So du bist ein Gott der Schlachten, der im Schrecken niederfährt,

Hilf mir dieses Volk bezwingen, gib den Sieg in meine Hand,
Daß der Franken Macht erkennen muß des Rheins, des Neckars Strand:

Sieh, so will ich an dich glauben, Kirchen und Kapellen bau'n
Und die edeln Franken lehren, keinem Gott als dir vertrau'n."

Sprach es, und aus Wolken leuchtend brach der Sonne voller Strahl,
Frischer Mut belebt die Herzen, füllt des schwachen Häufleins Zahl;

Chlodwig selbst ergriff das Banner, trug es in der Feinde Reih'n,
Und die Franken siegesmutig stürzten jauchzend hinterdrein.

Schreck ergriff der Feinde Rotten, feige wenden sie und flieh'n,
All ihr Kriegsruhm ist erloschen, ihre Macht und Freiheit hin.

König Chlodwig ließ sich taufen und sein edles Volk zugleich,
Und ob allen deutschen Stämmen mächtig ward der Franken Reich.

Wenn sie einst den Gott verlassen, der bei Zülpich Sieg verlieh,
Ist den Alemannen wieder Macht gegeben über sie.

Karl Simrock

Chlodwig (466 – 511) stammte aus dem Haus der Merowinger und war seit 482 König der salischen Franken. Mit seinem in der Schlacht bei Zülpich gelobten und 496 vollzogenen Übertritt zum katholischen Christentum schuf er eine entscheidende Voraussetzung zur Einigung des fränkischen Reiches.

Das Flußgebiet der Erft

Über den niedrigen Höhenzügen, die sich westwärts von Köln erheben und eine Fortsetzung des sogenannten Vorgebirges sind, liegt das Flußgebiet der Erft, die den nördlichen Teilen der Eifel entspringt. Das Tal ist fast überall breit und gedehnt und besitzt eine Menge kleiner Städte und einzelner Schlösser, die meistens noch Eigentum alter und adliger Familien sind, wie es denn auch im Mittelalter der Fall war, als sich viele kleine Dynasten in diesen Gefilden angesiedelt hatten. Vielfache Überbleibsel romanischer Kunst deuten auf eine alte Kultur dieser Gegenden, deren große

Konrad von Hochstaden

Fruchtbarkeit vorzugsweise zum Anbau des Landes auffordern mußte. Zu den bedeutsamsten Orten des Gebietes gehören Münstereifel, das vorzeiten ein berühmtes Kloster besaß, Rheinbach an der Swist, einem Nebenfluß der Erft, Euskirchen und vorzugsweise Zülpich, das schon unter den Römern eine Rolle spielte und als Tolbiacum oder Tolpetum bekannt ist. Schon damals ging hier eine Straße aus der Ebene in das Gebirge, die nach Trier führte. Daß in seiner Nähe die Schlacht geschlagen worden sei, in der Chlodwig siegte und die Herrschaft der Franken über die Alemannen sich entschied, ist eine bekannte Tatsache. In der alten Krypta der Sankt Peterskirche soll der mächtige Herrscher der Franken die Taufe empfangen haben, was natürlich nicht möglich ist, weil der Bau viel später errichtet wurde. Man kann von hier aus auch die schönen Schloßtrümmer von Nideggen besuchen. Nördlich wird das Land ganz flach, und der Fluß hat ein tiefes Bett in den weichen Boden gegraben. Lechenich, Bergheim, Bedburg, Kaster und Grevenbroich sind noch als kleine Landstädtchen zu bemerken. Interessant erscheinen zwischenher die stattlichen Burghäuser, die beinahe den

Schloß Nideggen im Jahre 1845

ganzen Fluß verfolgen und wegen ihrer verschiedenen Bauart die Aufmerksamkeit des Kunstfreundes verdienen. Daß Konrad von Hochstaden wahrscheinlich in diesem Flußgebiet das Licht der Welt erblickte, wollen wir beiläufig wiederholen. Ungefähr am Ausflusse der Erft liegt ihre bedeutendste Stadt, die auch als Rheinstadt keinen geringen Rang einnimmt. Es ist Neuß, der Fruchtmarkt für die außerordentlich reiche Landschaft, die sich nach Westen dehnt. Getreide- und Ölhandel stehen hier in großer Blüte, wozu besonders das Land des nahen Gillbachs beiträgt, das so ergiebig ist, daß man in dieser Gegend zu den Kindern sagt: „Wenn du brav bist, dann gehst du auch mit an den Gillbach".

Wolfgang Müller

Dynast: Herrscher, kleiner Fürst / Konrad von Hochstaden († 1261): der Kölner Erzbischof (1238 – 61), der 1248 den Neubau des Kölner Doms begann

Geschichte der Stadt und des Schlosses Münstereifel

Die Stadt Münstereifel erfreut sich der fruchtbarsten Gegend der Eifel, sie liegt sechs Stunden von Bonn, dicht an dem dort aufsteigenden Gebirge. Ihre Bauart bewahrt ihre dereinstige Wichtigkeit in der Geschichte; zu bedauern bleibt es demnach, daß die bisherigen Geschichtsschreiber ihrer kaum erwähnen; wir können uns daher auch nur auf folgende spärliche Nachrichten, die wir mit allem Fleiße gesammelt, beschränken und bitten den Leser um gefällige Nachsicht.

Nicht nur für den Naturforscher und Mineralogen ist dieses rauhe Hochland, welches man im engeren Sinne des Wortes die Eifel nennt, merkwürdig und anziehend, sondern auch für jeden gebildeten Freund der Natur, der diese nicht allein in ihrem Schaffen und Erhalten freundlich schöner und in herrlicher Vegetation prangender Landschaften, sondern auch in ihrem Zerstören und in dem Graus und Chaos ihrer zertrümmerten und zerklüfteten Schöpfungen zu betrachten und tiefere Blicke in ihre Umwandlungs- und Zerstörungswerkstätten zu werfen wünscht, wie sie eben auf diesem wundervollen Schauplatz der Eifel und ihrer ausgebrannten Feuerherde mehr als fast irgendwo anders gegönnt werden.

Je weiter man von Münstereifel in die Eifel geht, um so häufiger erblickt der Wanderer kegelähnliche Gebirge; einige tragen auf ihren Häuptern alte Burgruinen, andern verleihen die auf ihnen emporragenden, meist mehr breiten als hohen Felsmassen von weitem den Schein solcher Schloßtrümmer; in mancher Hinsicht glaubt man mit Recht, eine neue Schweiz im kleinen zu finden.

Münstereifel, vormals im Range die dritte unter den zum Landtag berechtigten jülichschen Städten und der Hauptort eines Amtes, zählt an sich zweihundertvierundsiebzig Häuser und eintausendfünfhundertneunzig Einwohner, worunter fünfundvierzig Juden. Zur Gemeinde gehören aber ferner noch Eicherscheid, der Giersbergerhof, die Follmühle, Rodert und die Walkmühle. Das Amt Münstereifel umfaßt sechstausendsiebenhundertvierundachtzig Morgen.

Die Stadt liegt in einem romantischen Wiesental, das die Erft, die durch den Ort fließt, nicht weit von ihren Quellen, in den Gebirgen der Voreifel, gebildet hat. Die Berge sind so hoch und das Tal so eng, daß man die Stadt von der östlichen und westlichen Seite aus erst dann erblickt, wenn man ganz in ihrer Nähe ist. Etwas tiefer von Arloff an dehnt sich das Tal weiter aus, und man sieht, wie dort die Erft zuerst einen bedeutenden See gebildet, bis sie in der Folge das Gebirge durchbrochen und sich einen

Abfluß verschafft hat. Der Fluß verläßt den Kanton Rheinbach bei Wüschheim und fällt bei Neuß in den Rhein.

Vor der Okkupation des Landes durch die Franzosen im Jahre 1794 hatte Münstereifel noch eine Niederlage von Mosel- und Ahrweinen, Bleibergwerkprodukte wurden dahin gebracht, abgewogen und dort damit im großen Handel getrieben. Es bestanden außer dem Stift in der Stadt drei Klöster, ein Gymnasium, zwei Mädchenschulen, bedeutende Wollentuchmanufakturen; bei diesem allem mußte Münstereifel als eine der angesehensten Mittelstädte des Kurfürstentums angesehen werden. Auch die Einwohner litten durch Aufhebung der Klöster, besonders die Tuchmacher, denn ihnen stand es zu, die Kapuziner dies- und jenseits des Rheines zu bekleiden; das hat nun aufgehört, und somit ist auch die Nahrungsquelle mancher Familie geschwächt worden. Der Abbau von Braunkohle ist seit mehreren Jahren unterblieben. Die Schafweide wurde allzeit von den Bürgern benutzt; viele derselben ernähren sich vom Sieden von Pottasche. Die Stadt besitzt ein Friedensgericht und Bürgermeisteramt und gehört zum Landkreis Rheinbach; zwischen steilen und zum Teil unwirtbaren Bergen eingeengt, ist es jedoch den Bewohnern der Stadt ganz benommen, sich auf den Ackerbau zu verlegen. Die einzigen Anstalten, die sich in den stürmischen Zeiten erhielten, sind das Gymnasium, das dermalen von einhundertsechzig Schülern besucht wird, und eine ziemlich reich gestiftete Armenanstalt.

Die dicken Mauern der Schloßruine und die Türme, die noch dermalen die alten Stadtmauern Münstereifels zieren, geben dem Ort, obgleich das

Schloß im Dreißigjährigen Krieg und die übrigen alten Mauern größtenteils in den letzten dreißig Jahren fast gänzlich zerstört worden sind, noch heute ein Ansehen, das an vergangene Jahrhunderte und an die Zeit erinnert, wo der Bürgerstand, stets mit Wehr und Waffen gerüstet, seinen Herd und die städtischen Freiheiten mannhaft und ehrenhaft zu schirmen gewohnt war. So fest das Schloß und der Ort einst gewesen, so schlecht gelegen war er, als das Schießpulver in Gebrauch kam, weil die benachbarten Berge die Anlage von Schanzen begünstigten, von denen die Veste beherrscht wurde. Das Schloß ist auf einer Höhe erbaut, an deren Fuß die Stadt liegt. Wäre es möglich, seine hohen Türme zu ersteigen, und dafür eine Einrichtung getroffen, so würden die Freunde der schönen Natur um so größeren Genuß finden bei dem kurzen Verweilen in der Ruine und in dem freundlichen Tal der Erft. Die Ruinen verdienten als ein Denkmal der Vorzeit erhalten zu werden, denn sie gehören in der niederrheinischen Gegend unstreitig unter die ausgezeichnetsten, sowohl durch ihre Größe als auch durch ihre Lage.

Friedrich E. von Mering

Pottasche: Kaliumkarbonat, ein Bestandteil der Pflanzenasche, Rübenfutterschlempe und des Wollschweißes, wird zur Herstellung von Glas, Seifen, Ätzkali, Wasserglas verwendet / dermalen: jetzt

Wanderung an die Ahrquelle

Wir beginnen jetzt unsere Wanderungen an und um die Ahr, ohne Bedenken der romantischste Fluß von allen, die ihre Wasser in den Rhein gießen, so daß man mit Recht sagen kann, daß derjenige, der in diesen Gegenden gewesen ist und versäumt hat, ihn zu sehen, das Beste versäumt hat. Weil wir voraussetzen, daß dieser Fluß und seine umliegende Gegend vor vielen andern werden besucht werden, so wollen wir die Pfade und Wege dahin etwas genauer und weitläufiger zeichnen, auch auf manche Stellen genauer hinweisen; wozu auch in der Hinsicht um so mehr Veranlassung da ist, als gerade dieser Teil der Rheinlande in der mittelalterlichen Geschichte des Erzbistums Köln eine ausgezeichnete Rolle spielt. Weil die Ahr so schön ist, daß sie von allen, die irgend Muße haben, wenigstens einmal in ihrer ganzen Herrlichkeit bewandert und bewundert werden muß, so zeichnen wir zuerst den Weg des Wanderers, der eine ihrer Quellen sehen geht, die er nicht weit von den Trümmern des alten Schlosses Blankenheim findet.

Wir wandern des Morgens früh von Godesberg aus und steigen längs des Baches bei dem schon bekannten Dorf Villip auf die Tafel des Vorgebirges und schlendern auf ihr durch die Städte Meckenheim und Rheinbach nach Münstereifel, eine Strecke von sieben bis acht Stunden. Auf dem Wege bald hinter Rheinbach findet man hohe Waldberge und immer kahlere und ödere Kuppen linker Hand aus der Ferne herüberschauen, welche näher der Ahr immer höher steigen; als die Riesenkuppe aber thront im verdämmernden Hintergrund der ferne Michelsberg. Anderthalb Stunden vor Münstereifel kommt man zu dem stattlichen Rittersitz Flamersheim. Dies war in der karolingischen Zeit ein kaiserlicher Hauptort; daher heißt der große, von Meckenheim bis zur Erft hin an vier Stunden fortlaufende Wald, an dem viele Städte und Dörfer teilhaben, gewöhnlich der Flamersheimer Wald. Flamersheim war im Erzbistum Köln eine unmittelbare Reichsfreiheit; daher durfte sein Besitzer, der Freiherr von Dalwigk, dort den evangelischen Gottesdienst einrichten und behaupten, wie dort denn heute noch eine evangelische Gemeinde ist.

Von Flamersheim wandert man linker Hand auf Fußpfaden durch einen hohen Eichenwald in ein tiefes Tal hinab, wo man das Flüßchen Erft durch glänzend grüne Wiesen in anmutigen Windungen sich fortwälzen sieht. Wenn man sich linker Hand von seinem Pfad gegen Süden wendet und aus dem Schatten des Eichenwaldes heraustritt, sieht man das helle, freundliche Städtchen Münstereifel vor sich, wo zum Mittagsmahl der Einzug gehalten wird. Ich nenne es ein helles, freundliches Städtchen, denn es hat hübsche Türme, ein stattliches Jesuitenkollegium, jetzt königliches Gymnasium, und eine Menge zierlicher Häuser und schön gepflasterter Straßen und gemauerter Brücken über die Erft, die es in zwei beinahe gleiche Hälften teilt. Diesem Fluß verdankt die Stadt, daß sie zum Teil so jung und zierlich aussieht. Es sind sechsundzwanzig Jahre her, es war im Jahr 1818, ich glaube, es war der vierte Mai, da hatte uns das liebliche Frühlingswetter hinausgelockt, und ich war mit meiner Frau und meinem verehrten Freunde Hüllmann längs des schönen Vorgebirges nach Brühl gefahren. Als wir dort in schon abendlicher Stunde im Park unter den herrlichen Buchen und Eichen spazierengingen, wurden wir durch die schwärzesten Wolken, die am westlichen Himmel standen und schon von einzelnen Blitzen durchzuckt wurden, ins Haus zurückgejagt. Bald gab es eine gewaltige Finsternis und einzelne Schloßen, dann ein gewaltiges Donnerwetter und Regen, so daß wir bei der Heimfahrt hin und wieder die Geleise ausgelaufen fanden. Dieses Donnerwetter sollte Münstereifel verjüngen. Jenes Gewitter hatte auf den hohen Bergen über der Stadt einen Wolkenbruch ausgeschüttet, alle Ufer und Dämme durchbrochen, Wehren, Brücken, Mühlen, Häuser in seinem wilden Lauf mit sich weggerissen und

einen Teil der Häuser und Straßen der Stadt zerstört, die seitdem schöner wiederhergestellt sind. Münstereifel liegt nämlich in einer Schlucht zwischen sehr hohen Bergen, aus denen das Flüßchen sich hervorschlängelt, dessen stillen und seichten Wassern man es im Sommer nicht ansieht, daß sie bei plötzlicher Schneeschmelze und Gewittern so fürchterlich wütende und verwüstende Gewalt üben können. Und dennoch erwähnen die früheren Jahrbücher nur zu oft der Verwüstungen der Wilden Erft – und namentlich auch bei dieser freundlichen Stadt.

Hier ist man also nun schon in dem Anfang der eigentlichen Eifel, wozu wunderlich genug kein Mensch gern gehören will, da sie wegen ihrer Wildheit und Rauhigkeit übel berüchtigt ist: Denn jeder schiebt die Eifel gern so weit als möglich von sich, als wenn von einer ungesegneten oder gar von einer versegneten Wüste die Rede wäre; gerade wie die Nachbarn der Schwaben wegen der verschrienen Schwabendummheit den Namen „Schwab" immer mit aller Leibesgewalt von sich schieben. Noch erinnert's mich mit innerlichstem Lächeln einer Unterhaltung, die ich und meine Freunde auf einer Ahrreise eines Abends mit unserem Wirt hatten. Nachdem wir nämlich über die Eifel, über ihre Wölfe, Eber, Pferde, Schöpse und dergleichen mancherlei hin und her gefragt und gesprochen hatten, hub der Mann mit sehr ernster Miene auf einmal an: „Aber, meine Herren, es ist ein Irrtum, wenn Sie glauben, daß Münstereifel schon mit zur Eifel gehöre; es liegt nur an den Grenzen der Eifel: Denn es heißt in Urkunden ausdrücklich Monasterium ad Eifliam, nicht Monasterium in Eiflia." Übrigens spürt man an der hiesigen Wirtstafel ebenso wie in Blankenheim und den umliegenden Orten nicht allein an der Unterhaltung über Wolfs- und Eberjagden, sondern an dem Fettduft der Küche, daß man hier dem Urzustand der alten Germanen noch gemäßer lebt als im Rheintal. Das Wildbret kommt allenthalben auf den Tisch, weder der skandinavische Eberrücken fehlt noch Rehe und Schöpse, die letzten wegen der kräuterreichen Bergweiden den Rehen fast gleich an Geschmack. Dazu herrliche Butter und Milch und im ganzen alles viel wohlfeiler als auf der Ebene. Von Münstereifel bis zum Städtchen Blankenheim wandert man gute vier Stunden. Man steigt bergauf, bergab, in den Gründen rauschen Bäche und liegen Dörfer an grünen Auen, doch geht es immer höher bergan, bis man das anmutige Blankenheim vor sich sieht. Wer von hier auf Münstereifel wandert, da er ein bergab Wandelnder ist, kann den Weg dahin geschwinder in drei Stunden machen. Zu Blankenheim findet man ein sehr gutes Gasthaus und nimmt dort für die Nacht Quartier.

Hier ist man auf der Höhe der Eifel, 1800 bis 2000 Fuß über dem Rheinspiegel. Hier und in der nächsten Nachbarschaft, im Abstand von ein bis zwei Stunden voneinander, entspringen viele Flüsse, die in nördlicher oder südlicher Richtung nach verschiedenen Weltgegenden ablaufen; nördlich die Ahr, Erft, Olfe, Rur, deren Wasser dem Rhein zulaufen, südlich die Lieser, Kyll, Prüm, Dins, Sure, die sich alle in die Mosel ergießen. Manche Täler auf diesen Bergeshöhen sind wunderschön, hie und da ragen auch einzelne mit Wald bekränzte Kuppen hervor, aber der größere Teil dieser Gegend besteht aus kahlen Heiden und öden Hügeln, worüber der Wind durch das Heidekraut und die Wacholdersträucher hinpfeift. Daher heißt dieser Bezirk nicht zu Unrecht die „Wilde oder Hohe Eifel". Besonders freudenlos aber ist die weithin kahle Gegend zwischen Hünningen und Kronenburg auf der Straße von Malmedy oder Spa nach Blankenheim.

Blankenheim selbst aber: Welchen reizenden Kontrast gibt es gegen das nicht ferne Kronenburg, das zuletzt mit ihm demselben Herrn gehörte! Es scheint, daß seine Stelle unter vielen hunderten von einem klugen Auge ausgesucht war. Gegen die schärfsten Winde durch hohe Waldberge geschützt, lehnt es sich an ein grünes Gehänge und hat unter sich spiegelhelle Teiche und bunte Wiesen, weiterhin aber hohe Bergkuppen ringsumher, alle mit grünem Wald bekränzt. Das nette Städtchen mag im Winter, wenn diese Berge von Wölfen durchheult werden, winterlich genug aussehen, in der fröhlichen Jahreszeit macht es einen gar heiteren, man möchte sagen fast südlichen Eindruck. Hier war vor sechzig Jahren noch der glänzende Sitz der Grafen von Blankenheim-Manderscheid, die in diesen Bergen weite Gebiete hatten. Blankenheim selbst hatte ein schönes Schloß und prächtige Lustgärten, eine von den die Wissenschaft und die Kunst liebenden und fördernden Herren in mehreren Menschenaltern mit

Blankenheim

großer Sorgfalt und Kenntnis ausgewählte Bibliothek und manche Schätze und Seltenheiten der Kunst und Natur. Von all diesem ist hier keine Spur mehr außer einigen terrassierten Gärten und einzelnen Trümmern des abgebrochenen Schlosses. Die Bücher und Sammlungen selbst, das Edelste in Blankenheim, hatte die französische Umwälzung als ein geschwindes Schicksal überrascht. Als nämlich die Franzosen nach dem unglücklichen Feldzug der Verbündeten im Jahr 1794 über diese Lande sich wie eine wilde Flut ergossen, da hatte jede gierige oder frevle Hand von Freund und Feind zugegriffen, und die Kostbarkeiten waren auseinandergerissen, gestohlen oder zerstört worden, zumal da die Herren des Schlosses sich nach Böhmen geflüchtet hatten. Die letzte Erbin des Mannesstamms von Manderscheid-Blankenheim war in das Haus der Grafen von Sternberg in Böhmen vermählt, wo ihre Nachkommen jetzt wohnen. Für ihre unmittelbaren Reichsherrschaften, die die Franzosen einzogen, sind sie bei den Friedensverträgen mit Frankreich entschädigt; andere Güter und Wälder und Ansprüche auf manches besitzen sie, soviel ich weiß, hier noch einige.

Nahe an dem Markt von Blankenheim entspringt der Hauptarm der Ahr aus einem mächtig sprudelnden Born, der sich bald als ein Bächlein ins Tal ergießt. Diesem Bach folgt den andern Morgen der Wanderer, der sich hier erfrischt und ausgeruht hat, und verläßt es dann wieder, um, immer aufsteigend, eine Höhe zu erklimmen, wo das altberühmte Aremberg liegt.

Ernst Moritz Arndt

karolingische Zeit: die Epoche eines fränkischen Herrschergeschlechts, das zwischen 687 und 987 regierte und zu dem u. a. Karl der Große gehörte / Schloßen: Hagelkörner / Schöpse: Hammel / Monasterium ad Eifliam (lat.): Münster bei der Eifel / Monasterium in Eiflia (lat.): Münster in der Eifel / Fuß: ca. 0,25 bis 0,34 m / die französische Umwälzung: die Französische Revolution und die Besetzung der Rheinprovinzen Mitte der neunziger Jahre des 18. Jahrhunderts durch die Franzosen / nach dem unglücklichen Feldzug der Verbündeten: der Erste Koalitionskrieg (1792 – 97), in dessen Verlauf Frankreich die Gebiete links des Rheins eroberte bzw. durch Verträge zugesprochen erhielt (Sonderfriede von Basel, 1795)

Abendstille

Nun hat am klaren Frühlingstage
Das Leben reich sich ausgeblüht;
Gleich einer ausgeklungnen Sage,
Im West' das Abendrot verglüht.
Des Vogels Haupt ruht unterm Flügel,
Kein Rauschen tönt, kein Klang und Wort;
Der Landmann führt das Roß am Zügel,
Und alles ruht an seinem Ort.

Nur fern im Strome noch Bewegung,
Der weit durchs Tal die Fluten rollt:
Es quillt vom Grunde leise Regung,
Und Silber säumt sein flüssig' Gold.
Dort auf dem Strom noch ziehen leise
Die Schiffe zum bekannten Port,
Geführt vom Fluß im sichern Gleise,
Sie kommen auch an ihren Ort.

Hoch oben aber eine Wolke
Von Wandervögeln rauscht dahin;
Ein Führer streicht voran dem Volke
Mit Kraft und landeskund'gem Sinn.
Sie kehren aus dem schönen Süden
Mit junger Lust zum heim'schen Nord,
Nichts mag den sichern Flug ermüden,
Sie kommen auch an ihren Ort!

Und du, mein Herz, in Abendstille
Dem Kahn bist du, dem Vogel gleich,
Es treibt auch dich ein starker Wille,
An Sehnsuchtsschmerzen bist du reich.
Sei's mit des Kahnes stillem Zuge,
Zum Ziel doch geht es immerfort;
Sei's mit des Kranichs raschem Fluge,
Auch du, Herz, kommst an deinen Ort!

Gottfried Kinkel

Margret

Eine Geschichte vom Lande

Am oberen Schlusse des schönen Ahrtales, wo das Flüßchen am Fuße eines stark ansteigenden Berges entspringt, liegt in die grüne Schlucht zurückgezogen das Städtchen Blankenheim, ein Schutz und Schirm der jetzt zertrümmerten Grafenburg, der es seinen Ursprung dankt. Mancher Wanderer wird sich mit Vergnügen des lieben Örtchens erinnern, wo er nach den rauhen Pfaden der oberen Ahr oder nach beschwerlicher Eifelfahrt zum erstenmal wieder städtisches Behagen in reizender ländlicher Umgebung fand. Zumeist, wer etwa im ersten Frühling das Tal besuchte, gedenkt sicher mit Entzücken des weiten, weißen Blütenschleiers, mit dem die ganze Schlucht wie übersponnen liegt, ein blühendes Idyll mitten unter den wilden Eifelhöhen, deren teils kahle, teils bewaldete Rücken die Stadt rings umziehen. Im Schirm dieser Höhen ruht sie und genießt infolge dieser Lage eines rheinischen Sommers, während eine Viertelstunde Wegs die Berge hinauf genügt, uns in eine rauhe, nur der Fichte noch günstige Luft zu versetzen.

Freilich sieht's dann im Winter ganz anders aus. Sein über die endlosen Schneeflächen ringsum hersausender Hauch schont auch das Tal nicht. Die Wiese dorrt vor ihm, durch welche in der milderen Jahreszeit die junge Ahr so munter herabtanzt, tiefer Schnee sperrt die Stadt von dem gebildeten Leben entfernterer Gegenden und selbst von dem Verkehr mit den benachbarten Ortschaften ab. Da ziehen sich dann die Honoratioren abends ins Kasino zusammen, spielen Karten und trinken Wein; draußen aber vor den Mauern ist's nimmer gut hausen.

Am wenigsten erwünscht kommt dann in solchen Zeiten der Besuch der Wölfe, die durch den hinter Blankenheim endlos sich ausdehnenden Zitterwald aus den Ardennen vorrücken und ihren räuberischen Hunger bis dicht vor die Stadttore tragen. Was von diesen grauen und bösen Gästen nach Deutschland herüberkommt, findet jetzt meist rasch seine Kugel, aber so lange ist's noch nicht her, daß man sie sogar in der Rheinebene und, wenn das Eis ihnen eine Brücke über den großen Strom gab, selbst auf dem rechten Ufer antraf. Die ganze Eifel bildet noch bis heute ihre Domäne, der sie einen Winterbesuch abzustatten niemals verfehlen. Nachts gehen sie am liebsten auf die Hunde an der Kette aus, am Tage holen sie vor den Augen der Hirten Schafe von den Weideplätzen. Selten werden sie dem Menschen gefährlich; doch geht die unheimliche Sage im Volk, daß ein Wolf, der einmal aus grimmigem Mangel an Nahrung Menschenfleisch gekostet habe, hernach an keinem Tier sich mehr vergreifen möge.

Jener Wald nun, der ihren Zug gegen Blankenheim hin deckt, zieht sich fast von der Stadt an, nämlich von dem Tiergarten der alten Grafen bei den Schloßtrümmern, über einen hohen Bergrücken fort, der die Stromscheide zwischen Ahr und Kyll bildet. Beiderseits liegen spärliche Dörfer meilenweit auseinander, hie und da trifft man einen Bauernhof, und wo in tiefen, bebuschten Rinnen Bäche jenen größern Flüßchen zulaufen, hat sich wohl eine einsame Mühle auf einem Stück mühsam gerodeten Wiesen- oder Ackerlandes angesiedelt.

Solch ein Fleck in der tiefen, lautlosen Stille einer flimmerkalten Winternacht liegt vor uns; nicht einmal das Rauschen des Wassers oder der leise plätschernde Umschwung des Mühlrades regt sich, alles starrt im Eise. An den Menschen und sein Dasein mahnt nur ein schwaches Licht in einem Fenster des kleinen, an die Mühle angelehnten Nebenbaus, das gegen den kalten, blauen, östlich über die schneeigen Baum- und Bergspitzen heraufkommenden Mond mit warmen Rot sich absetzt. Sonst herrscht allerwärts der ernste, grausige, allem Leben feindliche Todesschlaf einer herben Wild- und Waldnatur.

Bei jener Lampe aber wacht und klopft ein armes Menschenherz – ein junges Weib beim Sterbebett ihres Kindes. Sie ist nicht Jungfrau, nicht Weib, nicht Witwe, aber dennoch ist sie Mutter. Ganz einsam und verlassen übt sie ihre Pflicht, über die fiebernde Stirn des Kindes, das in tiefem, starrem Gehirnschlaf mit gespenstig halbgeöffneten Augen teilnahmslos ihre Mühe hinnimmt, schlägt sie rasch wechselnd die nassen kühlenden Tücher; und zwischen jedem Aufschlag kniet sie vor der Mutter Gottes hin, die zwischen den Fenstern unter der Lampe hängt, und spricht ein stilles, ringendes Gebet.

Gegen Morgen ging der Odemzug des Kindes ruhiger, die Händchen wurden kühler, die Adern der Stirne begannen leiser zu schlagen und die Augendeckel zogen sich fester zu. Sie wußte jetzt aus der Erfahrung dreier schrecklicher Wochen, daß ihr das Kind wieder auf einen Tag geschenkt sei.

Und nun, da keine äußere Tätigkeit und Sorge sie mehr zerstreute, erwachte ihr inneres Auge. Ihre ganze Vergangenheit lief in raschen Bildern vor ihr vorüber, jede frühere Lust, jeder vergangene Schmerz bohrte sich tief und wühlend in ihre müde Seele ein, und alle diese kämpfenden Erinnerungen führten sie zuletzt wieder zu ihrer Gegenwart, zu ihrer gräßlichen Verlassenheit, zum Sterbebett ihres schönen Kindes.

Margret war das Kind begüterter Eltern aus einem benachbarten großen Dorfe. Ihr Vater hatte unter Napoleon gedient, viele Länder gesehen und mit dem verständigen Blick, der dem rheinfränkischen Stamm eigen ist, Menschen und Sitten beobachtet. Überall fand er, daß Kenntnis Macht gibt, und als er mit einem zerschossenen Arm, aber sonst noch rüstig in sein

väterliches Dorf zurückkehrte, ein Weib nahm und sein kleines Erbgut zu bewirtschaften anfing, da wandte er alles, was er gesehen und in achtsamem Herzen bewahrt hatte, auf sein Arbeiten an, nicht in dem neuernden Geiste halber Bauernbildung, der alles versucht und gleich wieder aufgibt, bevor es sich als nützlich hat bewähren können, sondern mit besonnener und geduldiger Prüfung. Zum Staunen des Dorfes trat er, der schlichte Mann vom Pfluge, in einen benachbarten Verein reicher und gebildeter Grundbesitzer ein, der eben damals zur Aufbesserung der schmählich vernachlässigten Landwirtschaft jener Gebirge zusammentrat; gern nahmen ihn die Theoretiker auf, die von seinem sicheren Blick und seiner verständigen Erfahrung vieles lernten, während er dagegen von ihnen die Resultate der neuern Wissenschaft für den Landbau empfing und sogleich benützte. In fünfzehn Jahren stand der Mann, der so klein angefangen hatte, bloß durch die Macht des Verstandes unter den wohlhabendsten Leuten seiner Gemeinde da, und diejenigen, die erst über seine neuen Bebauungsweisen und die wunderlichen Besserungen und Futterkräuter lachend den Kopf geschüttelt hatten, beeiferten sich jetzt, von ihm zu lernen. Man wählte ihn zum Schöffen, und wenn er seine Meinung über eine gemeinschaftliche Maßregel im Gemeinderat oder auch im Wirtshaus vortrug, so war alles still; dem klaren, scharfen Auge, den ruhig hingestellten Gründen, der beredten praktischen Ausführung seiner Vorschläge vermochte auch kein Gegner zu widerstehen, und er war im Geiste der Fürst seines Kreises, obwohl an äußerer Stellung und an Reichtum der alte Schultheiß noch über ihm stand.

Jenen Schatz von Kenntnissen nun, dem er sein Lebensglück dankte, wollte er um jeden Preis auch seiner ganzen Familie ins Leben mitgeben. Er hatte neun Kinder und sah also voraus, daß von seinem Erbe auf jedes doch nur ein kleiner Teil fallen werde, daß sie also gleich ihm wieder unten anfangen müßten, wenn sie es in der Welt zu etwas Rechtem bringen wollten. Die Söhne nahm er selbst in seine Schule, gewöhnte sie von früh auf an eigenes, kräftiges Zugreifen bei der Feldarbeit, führte sie schon als Knaben mit auf die Jagd und teilte ihnen alle Vorteile mit, die sich dem Landleben und der allnährenden Erde abgewinnen lassen. Dann mußten sie, die Kinder eines wohlbegüterten Landmannes, dennoch ohne Ausnahme für ein paar Jahre als Knecht auf großen Gütern bei tüchtigen Gutsbesitzern eintreten; denn beim Militär hatte der Alte gelernt, daß nur der, der vortrefflich gehorchen gelernt hat, hernach vortrefflich zu befehlen versteht. Dann aber, mit klugem Blick die zu große Zahl der Bevölkerung in einem rauhen, wenig ergiebigen Land wägend, schloß er sich als einer der ersten mit Rat und Tat an die große Auswanderung nach Amerika an, die noch jetzt von jenen Gegenden abströmt. Die beiden ältesten Söhne gingen trotz der Tränen der Mutter mit einer mäßigen Geldsumme nach Michigan, die beiden nächsten in der Reihe folgten zwei Jahre später mit der älteren Schwester und einem bedeutenden Nachschuß von Geld. Hierfür mußte er einen ansehnlichen Teil seiner Ländereien veräußern, aber er ließ sich auch von den Abziehenden, deren Schicksal er so gesichert hatte, einen schriftlichen Revers ausstellen, daß sie nach seinem Tode keinen weiteren Anspruch ans Erbgut machen wollten.

Wirklich ging es den jungen Leuten in Amerika vortrefflich, da sie Fleiß, praktischen Sinn und ein Betriebskapital vom Vater mitgebracht hatten. Die Söhne konnten in jedem Briefe Besseres von ihrem Haus- und Viehstand melden, das Mädchen, durch Schönheit und eine in Amerika seltene Bildung ausgezeichnet, hatte einen der reichsten Pflanzer aus dem Süden geheiratet und gebot über achtzig Sklaven und Sklavinnen.

Und so gelang es ihm auch mit den zu Hause gebliebenen Kindern trefflich. Zwei Söhne verheirateten sich in reiche Häuser, dem letzten, jüngsten wurde das väterliche Haus und Gut bestimmt. So blieb nur noch die kleine Margret übrig; sie war noch ein Kind, als nun ihre Mutter nach kurzem Krankenlager starb.

Hier fühlte nun der Vater, daß sein Wissen nicht ausreiche für alles Feinere, was Frauen lernen können und lernen sollten. Ihm selbst war seine Jugend vernachlässigt worden; der Mann, der mit seinem Geiste die amerikanischen Verhältnisse überblickte und seine ganze Umgebung beherrschte, hatte als Kind nicht schreiben gelernt und später nur mühsam die Fähigkeit sich erworben, Geschriebenes zu lesen und seinen Namen mit steifer Hand hinzumalen. Und doch liebte er, und so auch die verstorbene Mutter, diese Margret vor allen Kindern; zuletzt im Alter, nachdem das vorhergehende Kind schon acht Jahre alt, war dieses Nesthäkchen wie eine ungehoffte Weihnachtsfreude den Eltern noch geschenkt worden. Früh schon anstellig und dem Vater nachschlagend, zeigte sie auch für anderes als Spinnen und Nähen Sinn, und der alte Schulmagister fand, als sie zehn Jahre alt war, daß sie von ihm nichts mehr lernen könne, obwohl er sich wohlweislich hütete, davon ein Wort zu sagen.

Trotzdem sah der kluge Schöffe sehr bald ein, wie es damit stand. Es verdroß ihn, daß sein Mädchen noch bis zur ersten Kommunion auf den Schulbänken sitzen sollte, ohne davon etwas im späteren Leben Förderliches zu gewinnen. Er sann sich einen Plan aus und griff zur Ausführung. Teils beim Wein im Wirtshaus, teils im Gespräch mit den Frauen der reicheren Gemeindeleute verfolgte er ihn: Er wußte ein Dutzend Familien für ihn zu gewinnen. Es sollte nämlich ein studierter Mann auf ein paar Jahre ins Dorf gezogen werden, um etwa zwanzig Kinder in demjenigen zu unterrichten, was die Dorfschule nicht leistete. Manche Bauern hatte Söhne zum Studieren bestimmt, mehrere Frauen wünschten ihren Kindern städtische Erziehung zu geben. Der Schöffe erbot sich, den künftigen Lehrer in Kost und Wohnung zu nehmen, schon weil er sich freute, dadurch manche Gesprächsstunde mit einem gebildeten Mann zu gewinnen; die anderen Familien sollten ein kleines Schulgeld erlegen, das, als man hernach die Köpfe der angemeldeten Schüler zählte, dreimal so groß war, wie das Salär, womit der Adel sich seinen ersten Bedienten unter dem Namen eines Hauslehrers ins Haus zu mieten pflegt.

Als dies feststand, ging der Schöffe selbst in die nahe Universitätsstadt, fragte einen zufällig begegnenden Studenten nach dem allerbesten Professor, den sie an der Universität für die Sprachen hatten, und ging frischweg auf dessen Haus zu. Der berühmte Philologe, zu dem er dort geführt wurde, sah den Mann im Linnenkittel erst erstaunt an bei der Bitte, ihm den wackersten seiner Studenten als Bauernhauslehrer zu empfehlen; als er ihn aber seinen verständigen Plan in klarer, einfacher Rede darlegen hörte und zuletzt mit Staunen den Betrag des angebotenen Einkommens vernahm, da nannte er sogleich einen höchst tüchtigen Jüngling, der eben bei Beendigung seiner Studien noch unversorgt war, und schon am Abend wanderte der Schöffe mit dem neuen Lehrer seiner Heimat zu.

Die Wahl war gut getroffen. Der Lehrer, selbst Bauernsohn, fand sich in das schlichte, aber reichliche Leben beim Schöffen leicht und gern hinein. Den Knaben gab er Latein und sonstige Gymnasialfächer, brachte sie auch so weit, daß die meisten beim späteren Eintritt in öffentliche Schulen ein paar Klassen übersprangen. Die Mädchen aber unterrichtete er mit den Knaben zusammen im Deutschen, in Erdbeschreibung, Vaterlands- und Völkerkunde und in Geschichte. Beim nächsten Quellchen und Mühlbach, bei den überall sichtbaren Nachbarhöfen beginnend, führte er die Einbildungskraft und die Begriffe seiner kleinen Schüler in das Ahrtal, an den Rhein, an die See und so weiter in allen Ländern und Herrlichkeiten umher; dann erst begann er die Geschicke der Menschen auf unserm Erdball zu berichten. Mit leuchtendem Auge hing selbst der alte Schöffe in diesen Unterrichtsstunden an dem Mund des männlichen Jünglings, mit noch leuchtenderem die kleine Margret.

Im Sommer führte sie mit den Mägden die Sichel und den Melkeimer, im Winter spann sie. Obwohl sie sonntags unsere besten Schriftsteller las und sie besser verstand als die städtischen Nähmädchen, redete sie doch mit jedermann den derben Dialekt, an dem die Rheinländer so festhalten. Auch ihre Tracht blieb die ländliche; nur auf den Reihen und am Festtag trug sie den kostbaren, aber immer der Dorfsitte gemäßen Putz, wie man ihn am Rhein bei reichen Halfenstöchtern sieht. Es ist eine kleidsame

Tracht: Das Haar wird vorne schlicht gescheitelt, nach hinten aber heruntergekämmt und dann über den Kopf in rundem, auf dem Nacken liegenden Wulst wieder heraufgeschlagen. Eine große, eckig gebogene Goldspange sitzt auf beiden Schläfen auf und trägt auf dem obern Bügel die weiße, nur das Hinterhaupt bedeckende Haube von klarem Stoff mit der kostbaren Spitze, die handbreit um Stirn und Wangen flattert. Das Kleid fällt lang und faltig an den Hüften herunter, ein Spitzentuch liegt über Schultern und Brust; lange Handschuhe decken den unteren Teil des vollen, vom Sommerbrand geröteten Arms. Man findet in diesem Stande zuweilen die schönsten, schlanksten Gestalten; mit großen festen Schritten sieht man sie wohl am Arm ihrer Burschen auf den Jahrmärkten herumziehen, das Körbchen am Arm, mit klugen braunen Augen, voll von Selbstgefühl auf ihre Jugendfülle und auf den Respekt, den ihnen der Reichtum ihres Vaters unter ihren Umgebungen erwirbt.

Solch ein Mädchen wurde Margret, nicht eben fein oder besonders hübsch, aber kräftig an Leib und Seele, klar und frisch wie ein blühender Schlehdorn; weil sie ernster und männlicher war als die meisten andern Dirnen, hielten die Burschen des Dorfes sie für stolz, und vielleicht war sie das auch. Aber fremde Manieren hatte sie nicht an sich, und auf dem Tanzboden wußte sie zwischen reichen und armen Burschen keinen Unterschied.

Mit ihr war als Spielgenosse und später auch als Mitschüler in jenen Unterrichtsstunden bei dem neuen Lehrer der einzige Sohn des Schultheißen aufgewachsen, nicht allein der reichste Erbe im Dorfe, sondern auch der schmuckste und tüchtigste Junge von allen, strebsam, verständig und kühn. Trefflich führte Nikola seine Büchse, auf die Jagd nahmen ihn auch die benachbarten herrschaftlichen Jäger gerne mit, und wer mit dem alten, gebrechlichen Schultheißen ein Geschäft hatte, verhandelte lieber mit dem raschen Sohn. Daß er hübsch war, hätte niemand abstreiten dürfen, und er selbst wußte es am besten, auch wenn's ihm die Mädchen nicht zu verstehen gegeben hätten. Gegen eine starke Neigung zur Eitelkeit hatte schon bei dem Knaben der Student, der jenen Unterricht gab, vergebens angekämpft; er trug sich städtischer und modischer als die andern Burschen, und auf seinen Betrieb hatte der Schultheiß die Hauptstube seines Hauses, als sie einer Auffrischung bedurfte, nicht neu mit Wasserfarbe malen, sondern mit Tapeten auskleiden lassen.

Das Gefühl beiderseitig anerkannter Tüchtigkeit hatte Nikola und Margret von früh auf zusammengeführt und vertraut gemacht, und als sie älter wurden, zweifelte niemand daran, daß aus ihnen ein Paar werden sollte; wer hätte auch im ganzen Dorf besser zusammengepaßt? Aber zu einer Erklärung war es zwischen ihnen beiden noch nicht gekommen.

Das jährliche Dorffest des Vogelschießens kam heran. Frühmorgens zogen Trommler und Pfeifer durch alle Straßen, Buben und kleine Mädchen jubelnd hinter ihnen her. Die Burschen, die durch Zahlung eines mäßigen Geldes am Recht des Königsschusses sich beteiligt hatten, putzten ihre Büchsen und Stutzer und bürsteten die grünwollenen Schützenhüte aus, die nur an diesem Fest getragen werden; die Herzen der Mädchen aber pochten voller Erwartung, ob ihr Schatz oder ein anderer diesmal den Vogel abschießen möchte.

Um elf Uhr, nach dem Hochamt, begann der Fahnenschwenk. Paarweise zogen die Schützen zur Kirche und holten die seidene Fahne mit dem Bilde der Maria ab. Der Fähnrich trat gleich hinter die Musikanten, dann folgte der Schützenkönig des vorigen Jahres, dessen Ehrenregiment nun zu Ende ging, und hinter ihm die andern Schützen, deren jeder insgeheim hoffte, heute an seine Stelle zu treten. Auf dem Hauptplatz unter der Linde angekommen, stellten sich die Jünglinge in einen Kreis, um den die Masse der übrigen Dorfbewohner wogte. Der Fähnrich trat in die Mitte: Es war ein stattlicher Bursche mit hübsch gekräuseltem Schnurrbart; er trug das blaue Barett mit drei Federn und die breite, weißseidene Schärpe. Trommel und Pfeife spielten eine alte muntere Weise. Nach ihrem Rhythmus erhob er die Fahne in die Luft, schwang sie über dem Haupte, dann stemmte er den Schaft in die Seite und ließ das flatternde Banner mitten um seinen Leib in weitem Kreise rauschen, dreimal rechts, dreimal links herum. Hierauf erhob er den einen Fuß, und um das Knie des andern beschrieb die Fahne, dicht am Boden herwehend, doch ohne ihn zu berühren, ihre raschen, rauschenden Kreise; auch um den rechten Fuß führte sie sodann die andere Hand, während der linke sich erhob, sie durchzulassen. Zuletzt noch einmal wogte das Banner, unter dem jauchzenden Zuruf der Massen, in fester Faust hoch in die Lüfte über dem Haupt des Starken, der stolz auf die gelungene

Schaustellung mit flammendem Antlitz aufgerichtet stand. Nun ging's wieder in feierlichem Zug, aber hastiger und ungeduldiger, zur Vogelstange oben am Wald. Die Schützen zogen ihre Lose, während man im Dorf eilfertig die Suppe und das Sonntagsrindfleisch aß, und noch stand die Sonne mitten am Himmel, als gegen den monströsen hölzernen Vogel das muntere Pfeifen der Büchsenkugeln begann.

Glückliche Schüsse fegten den Schwanz, die Flügel und zuletzt auch den Kopf weg; ein lautes Triumphgeschrei der Jugend folgte jedem herabsplitternden Teil, und die kleinen Jungen balgten sich um die Holzspäne. Aber der Rumpf, obwohl am Ende so klein wie eine Hand und ganz ungestalt von Streifschüssen, haftete noch auf dem letzten starken Nagel. Die Entscheidung konnte jetzt jeder nächste Schuß bringen, die heiße Spannung der Schützen gab ihnen eine vorher seltene Sicherheit im Zielen, und oft zitterte der Vogel, wenn die Kugeln dicht unter ihm gegen den eisenbeschlagenen Mast prallten. Dem Nikola bebte die Büchse in der Hand; krampfhaft zählte er die Schützen, die noch vor ihm an der Reihe waren, der letzte hatte den Nagel krumm geschossen, an dem das kleine Holzstück jetzt wie an einem einzigen Splitter im Winde schwankte. Da spannte Nikola den Hahn, trank ein großes Glas des besten Ahrweins, drückte den Hut fester in die Stirne und warf unter der Krempe einen Blick auf Margret herüber, die gerade vor ihm am Waldabhang unter andern Mädchen stand. Alsdann schritt er zum Schützenstand, legte an und wartete einen Augenblick ab, als der Abendwind den Vogel nicht mehr schaukelte. Jetzt schoß er, der Nagel fuhr zerbrochen aus der Spitze des Mastes und in weitem Bogen sprangen die Trümmer des Vogels zerspellt auf die Köpfe der Zuschauer herab.

Wenn bis dahin die Herzen der Männer in Spannung gewesen, so kam nun das Zittern an die Mädchen. Keines hatte mit Nikola ein heimliches Verständnis, keines durfte sich Hoffnung machen, und doch konnte kein Zweifel sein, daß die, die er zur Königin nähme, auch die Erwählte seines Herzens sei. Aber als wäre das eine längst beschlossene und abgemachte Sache, ging Nikola, die Büchse über die Achsel hängend, drüben zum Waldsaum hinauf, umfaßte Margret, gab ihr einen herzhaften Kuß und führte sie als Königin auf den Schützenplatz. Die andern Burschen wählten ebenso rasch ihre Dirnen, die Musikanten setzten sich in Marsch, und man zog zu dem eine gute halbe Stunde weiter auf einem schönen Berg aufgeschlagenen Schützenzelt, wo alles zum Reihentanz eingerichtet war.

Margret ging selig und stolz an der Hand ihres Nikola, und ehe man noch oben anlangte, wurde auch bereits ein festerer Bund zwischen beiden jungen Herzen geschlossen, die ja schon von der Wiege an still miteinander verwachsen waren.

Den meisten kam es ganz gelegen, daß eben Nikola den Königsschuß getan hatte. Er war so reich, daß er nicht zu sparen brauchte, und übernahm alsbald die Zeche für die ganze Gesellschaft der Schützen und ihrer Mädchen. Die blanken Taler, die er in die Mützen der Musikanten springen ließ, der feurige Wein von Altenahr, den er preisgab, und die frische, sommerliche Lebensluft des Gebirges entzündeten bald den wildesten Tanz. Nach dem ersten Walzer zog Nikola seine Margret aus dem Zelt, sie gingen unter die Kirschbäume beim Saum des Waldes, umfaßten sich mit Inbrunst und wechselten ihre Küsse. Es waren die ersten Küsse, die sie gaben und empfingen, die ersten, die verdienen, Küsse zu heißen. Sie sind gefährlich und verhängnisvoll. Margret fühlte ein leises Beben in allen

Gliedern, sie spürte ihr Blut rasch und heiß aus dem Herzen in die Wangen strömen; sie faßte Nikola an der Hand und führte ihn wie im Spiele unter Plaudern und Kosen zu dem Tanzreihen zurück.

Dort unter dem Zelt fanden sie ein wildes Leben: Die Mädchen glühten wie Pfingstrosen, die Burschen atmeten tief vom Tanze auf. Als das Paar wieder eintrat, bliesen die Musikanten, wie es verabredet war, Tusch, und alles rief laut und fröhlich mit erhobenen Gläsern: „Unser Herr Bräutigam, des Schultheißen Nikola, soll leben und sein Bräutchen, des Schöffen Margret, auch daneben!“ Errötend nahm Margret, lachend Nikola den Glückwunsch an. Die Burschen wollten ihm ihr Gläser zubringen, er aber rief: „Wartet ein wenig, mein Verlöbnis muß in Walporzheimer getrunken werden.“

Der dunkelglühende, starke Sohn der Ahrtraube, wie er auf den heißesten schwarzen Schieferfelsen des Tales reift, rann in die Kelchgläser. Nikola trank mit allen, und auch Margret mußte stärker Bescheid tun, als sie wünschte. Die Mädchen brachten ihr einen Kranz, die Burschen dem Nikola einen Rosenstrauß mit Bändern ins Knopfloch. Der Walzer begann von neuem, von den beiden schlanken, stolzen Gestalten eröffnet. Und nun ergoß sich auch durch ihre Adern die ungebändigte Lebenslust; bis über die Mitternacht hinaus wurden Nikola und Margret nicht müde, in jedem neuen Tanz sich wieder zu umschlingen und Herz an Herz schlagen zu hören.

Als die Hähne aus den Tälern die Mitternacht anzeigten, gingen die meisten Burschen mit ihren Mädchen heim. Nikola, weil er den Wirt machte, mußte der letzte sein und suchte manches Paar durch Zutrinken noch festzuhalten. Als die Musikanten ihre Geigen in die Ecke gestellt und sich auf die Streu gelegt hatten, als nur der Wirt noch schlaftrunken hinter dem Schanktisch saß, brach auch er mit seiner Braut auf. Vor das Zelt getreten, sahen sie den Himmel von einer plötzlich aufziehenden Wetterwolke dunkel, ein paar schwere Tropfen fielen herab, eine matte Schwüle lag über dem Wald. Nikola meinte, sie sollten den Regen noch unterm Zelt abwarten. Aber Margret war bange wegen des späten Ausbleibens und mochte sich keinem Gerede aussetzen, da man wußte, daß sie mit Nikola allein zurückgeblieben war. Sie drängte also zum Fortgehen. „Vielleicht“, sagte sie, „erreichen wir noch vor dem Dorf die letzten Paare und kommen gar vor Anbruch des Wetters heim.“

„Dann laß uns den nächsten Weg gehen durch den Busch“, antwortete Nikola, „dort haben wir auch eher Schutz als auf dem Feld.“

Sie schlugen den kleinen Waldweg ein; er ging steil abwärts, und Nikola hielt stützend den Busen Margrets an sein wildes Herz gepreßt, während seine Wange auf ihrer heißen, vollen Schulter ruhte. Es war eine furchtbar schwüle Juninacht, Johannisfünkchen gaukelten zwischen den dunkeln

Sträuchern, kein Laut klang in diese träumende Stille herüber. Aber die Wetterwolke zog schwarz und schwärzer über ihr Haupt, und fern überm Wald hörten sie schon das laute Platschen des Regens, der auch ihnen rasch näher drang. „Es ist unmöglich“, sagte Nikola, „wir zwingen's nicht bis nach Hause. Komm in das Mooshüttchen auf dem Vogelherd, das liegt ganz nahe hierbei in meinem Busch.“ Damit zog er sie durchs pfadlose Gebüsch, sie zitterte, als sie ihm folgte, und wußte nicht warum...

Gottfried Kinkel

Honoratioren: Standespersonen, besonders in kleineren Orten / Odem: Atem / Resultate: Ergebnisse / Schöffe: Beisitzer, Laienrichter / Schultheiß: Gemeindevorsteher / Revers (franz.): Erklärung, Verpflichtungsschein / Salär (franz.): Gehalt, Lohn / Philologe: Sprach- und Literaturforscher / Linnen: Leinen / Reihen: Reigen / Halfe: Halb-, Weinbauer / Schlehdorn: Wildpflaumenart / Betrieb: hier im Sinne von „Treiben“ / Vogelschießen: ein Volksfest, das aus der Übung der alten Schützengarden hervorgegangen ist und bei dem ein hölzerner Vogel an einer Stange als Ziel dient / monströs: ungeheuerlich, riesig / zerspellt: vollkommen zerspaltet / Walporzheim: Weinort an der Ahr in der Nähe von Bad Neuenahr-Ahrweiler

Zwiebelsuppe

Zutaten: 1 kg Kartoffeln, 500 g Zwiebeln, 2 l Wasser, Salz, weißer Pfeffer, 1 – 2 Eßlöffel Essig, 250 g Bauernbratwurst, 50 g durchwachsener Speck, 50 g Butter.

Zubereitung: Die Kartoffeln schälen, waschen und in Salzwasser ca. 30 Minuten garen. Die Zwiebeln schälen, in Scheiben schneiden und in ca. 2 l kochendes Wasser geben. So lange garen, bis sie zerkocht sind.

Danach die abgegossenen Kartoffeln zerstampfen und in die Zwiebelbrühe geben; das Ganze zu einer sämigen Suppe verrühren und mit Salz, Pfeffer und Essig abschmecken. Dann die Wurst in der Suppe heiß werden lassen, herausnehmen und kleinschneiden; wieder zur Suppe geben. Nun den Speck in Würfel schneiden und in heißer Butter bräunen. Anschließend ebenfalls zur Suppe geben.

Das Mai-Lehen

An der Ahr und in der Umgegend sowie auch in Blankenheim versammeln sich am Vorabend des ersten Mais alle Burschen des Dorfes, die eine Innung bilden und der ein gewählter Schultheiß, Schöffen und Schreiber vorstehen, zum Mai-Lehen. Der Schultheiß bietet unter der Linde oder vor der Kirchtüre sämtliche Mädchen aus. Er ruft die einzelnen Mädchen des Dorfes mit Namen auf und schlägt jedes einzelne dem Meistbietenden zu. Der Ansteigerer hat das Recht, mit dem ersteigerten Mädchen während des Frühlings und Sommers zu tanzen und bei allen Gelegenheiten als ihr Bevorzugter zu gelten. Der Schultheiß hat beim Ansteigern die Vorhand und beginnt mit seinem angesteigerten Mädchen stets den Tanz. Die Mädchen, die bei der Versteigerung keine Liebhaber gefunden haben, bilden den „Bündel“ oder „Rummel“ und werden gewöhnlich in Bausch und Bogen von einem Burschen angesteigert, der dann bei ihnen dieselben Rechte hat wie jeder einzelne bei seinem Mai-Lehen. Die aus der Versteigerung zusammengebrachten Gelder werden an den Kirchweihtagen oder bei sonstigen Festlichkeiten gemeinschaftlich verzehrt. Nach der Versteigerung beeilt sich jeder Bursche, seinem „Mai-Lehen“ oder seiner „Mai-Frau“ einen schönen Maien an den Giebel oder auf das Dach ihrer Wohnung zu stecken, wogegen jene dessen Hut für den Tanz mit bunten Bändern und Blumen schmückt.

Kommt im Laufe des Jahres ein Mädchen zu Fall und zeigt es sich, daß sie schon beim Maifest ihr Kränzlein eingebüßt hatte, so wird die Dorflinde „gescheuert“, d. h. der Rasen oder das Pflaster um dieselbe aufgebrochen und erneuert. Überhaupt wird beim Mai-Lehen strengstens auf Ordnung und Sittlichkeit gesehen.

In Brohl, am Rhein, in Meckendorf, Adendorf und anderen Orten ist das angesteigerte Mädchen nicht nur verpflichtet, ausschließlich mit seinem Ansteigerer zu tanzen, sondern sich auch nur mit ihm allerwärts zu unterhalten und zwar so lange, bis man Blüten an den dicken Bohnen im Freien sieht. Eigene Hüter (Schützen) sind beauftragt, diesfallsige Übertretungen zur Anzeige zu bringen, die dann streng bestraft werden.

Aus: Sitten und Sagen des Eifler Volkes

Maie: Maibaum; Laubschmuck; Birke; Maiblumenstrauß

Die Gründung der Abtei Steinfeld

Unter der Regierung König Heinrichs des Voglers lebte im Kölner Erzstift ein vornehmer und reicher Graf mit Namen Sigebodo von Hochstaden, Herr von Altenahr. Sein Stamm wurde von keinem an edler Herkunft übertroffen; er selbst tat sich schon in seiner Jugend hervor durch christliche und ritterliche Tugenden und erwarb sich viele Kenntnisse in gelehrten Dingen.

Es traf sich einmal, daß Sigebodo bei der Taufe eines Kindes zugegen war und dieses mit dem Zeichen des Kreuzes segnen sah. Das fiel ihm auf, und er forschte nach der Ursache und fragte seinen Hofmeister: „Bin ich gleichfalls mit dem heiligen Kreuz bezeichnet worden, als man mich taufte?“ – „Freilich“, erwiderte ihm dieser, „bist du ebenso gesegnet worden.“ – „Wenn das ist“, versetzte drauf der Jüngling, „so sehe ich gar nicht ein, weshalb ich mich selber noch immerfort segnen soll.“ Und von dieser Stunde an unterließ er den christlichen Gebrauch. Das merkte alsobald der Teufel und dachte bei sich: „Ei, ei, der ist mir der rechte Geselle; bei einem solchen Herrn mag ich gerne Diener sein.“ Nicht lange währte es, so trat er vor den jungen Grafen hin in der Gestalt und Kleidung eines Dieners. „Wer bist du?“ fragte dieser ihn. „Mein Name ist Bonschariant“, erwiderte der Arge. „Ich habe viele Länder kennengelernt und wünsche jetzt, in euren Dienst zu treten.“ Dem Grafen war das ganz recht, denn er suchte eben einen Knappen, und der Fremde dünkte ihn gewandt und tätig. Er nahm ihn also zu sich auf sein Schloß zu Ahr und bereute es nicht, denn niemals hatte er einen unermüdlicheren und rascheren Knecht

gehabt. Dieser sah ihm jeden Wunsch an den Augen ab und opferte ihm Tag und Nacht, wenn es darauf ankam, wußte ihn auch durch allerhand Kurzweil und gottlose Streiche zu belustigen.

Des Grafen Ruhm nahm zu mit seinen Jahren. Keiner übertraf ihn in ritterlicher Gewandtheit, und er blieb Sieger auf allen Turnieren. Einstmals unternahmen fromme Ritter und Pilger einen Zug gegen die Ungläubigen. Sigebodo schloß sich ihnen an, und überall blieb den Christen das Schlachtfeld, wo er sich bei ihnen befand. Der Diener begleitete ihn überall und wurde ihm so lieb, daß er sich nicht von ihm trennen konnte. So geschah es auch einmal, daß am Rheine ein Krieg ausbrach und die Feinde in die Eifel einfielen. Der Graf griff alsbald zu den Waffen; die Gegner wurden mit blutigen Köpfen heimgesandt, und der Sieger zog mit den Seinen auf das jenseitige Ufer des Rheinstromes. Gegen Abend entfernte er sich lustwandelnd von seiner Schar und setzte sich, vom raschen Ritt ermüdet, unter einen Baum, wo er einschlief. Dies war aber von den Feinden erspäht worden, und sie beschlossen, ihn gefangenzunehmen oder zu töten. Schon waren sie dem Schlummernden ganz nahe, als Bonschariant, die Gefahr bemerkend, herbeieilte, den Grafen weckte und ihn im Nu auf den Rücken lud. Dies kam Herrn Sigebodo ganz sonderbar vor, und er rief, halb verwundert, halb erschrocken: „Was willst du Fant?" Aber in demselben Augenblick traf der Waffenlärm der Herbeieilenden sein Ohr und er fühlte, wie Bonschariant sich in die Luft erhob, höher und immer höher, bis er endlich im Mondlicht den Rhein wie ein breites Band unter sich erglänzen sah. „Gott sei mir gnädig!" bebte auf Sigebodos Lippen, aber in demselben Moment vernahm er seines Dieners fast unkenntlich gewordene Stimme, die ihn rauh anfuhr: „Schweige mit deinem Geplärr und halte dich ruhig, oder ich werde dir eine Taufe geben, daß du für dein Leben lang davon genug haben sollst!" Da wurde dem Grafen klar, mit wem er angebunden hatte; er sagte kein Wort mehr und vollendete, an die Schultern seines vermeintlichen Dieners geklammert, den lustigen Ritt.

Auch nach dieser Begebenheit fuhr Bonschariant fort, im Schloß zu Ahr zu verweilen. Sigebodo hatte zwar nachgerade eine gewisse Scheu vor ihm bekommen, und die alte Herzlichkeit war verschwunden; aber da durch den langen Umgang mit dem Bösen seine Zweifelsucht und Ungläubigkeit immer zugenommen hatten und er an ihm stets einen treuen und gehorsamen Diener fand, so suchte er seine Gewissensbisse dadurch zu unterdrücken, daß er sich selber sagte, er habe doch mit dem Schwarzen nie einen Pakt abgeschlossen und dieser besitze keine Gewalt über ihn. Damit beruhigte er sich, und das Verhältnis blieb dasselbe. Auch tat Bonschariant alles Mögliche, um die Gunst seines Herrn zu bewahren. Es traf sich, daß beide einmal nach Köln ritten und dort in eine Herberge einkehrten. Sigebodo hatte sich schon längst zur Ruhe begeben, als sein Begleiter in seine Kammer stürzte und ihn mit den Worten: „Steht auf, Herr, oder ihr seid verloren!" weckte. In großer Angst sprang der Graf vom Lager und hatte kaum Zeit, seinen Mantel umzuwerfen und ins Freie zu laufen, als schon das ganze Haus zusammenstürzte und alle, die es bewohnten, unter seinen Trümmern begrub.

Jahre waren unterdessen vergangen, und Sigebodo war in allen weltlichen Dingen glücklich gewesen, als seine Gattin schwer erkrankte. Die herbeigerufenen Ärzte machten düstere Gesichter und sagten dem Grafen, er möge die Hoffnung aufgeben, sie genesen zu sehen. Da kam noch ein anderer dazu und sprach: „Eine Arznei weiß ich, die die Kranke retten kann, aber es wird unmöglich sein, sie zu erhalten. Es ist Milch von Löwinnen, mit Drachenblut vermischt." Als Sigebodo das vernahm, wurde er gar sehr betrübt, denn er hielt nun seine edle Hausfrau für verloren. Bonschariant aber tröstete den Grafen mit den Worten: „Wenn das die Gräfin retten kann, so verlasset euch auf mich, und sie soll genesen." Damit war er verschwunden; die andern Diener hatten ihn wegreiten gesehen. Nach zwei Stunden trat er wieder ins Zimmer mit der verlangten Arznei, die die Gräfin nahm, worauf sie sich bald, völlig hergestellt, vom Lager erhob. Wo Bonschariant gewesen war, erfuhr niemand als sein Herr; unfehlbar war er nach der heißen Zone Äthiopiens geflogen, hatte dort eine säugende Löwin niedergeworfen und gemelkt, dann einen Drachen in seiner Höhle aufgespürt, mit seinem Schwert verwundet und dessen Herzblut aufgefangen. So war das vom Arzt verordnete Tränklein herbeigeschafft worden.

Der edlen Gräfin war aber doch die Sache etwas verdächtig geworden, und sie lag ihrem Gemahl so lange an, bis er ihr entdeckte, was es mit dem angeblichen Diener für eine Bewandtnis habe. Da erschrak die gottesfürchtige Frau sehr und drang in ihn, den gefährlichen Gast zu entfernen. Das aber wollte Sigebodo durchaus nicht und stellte ihr vor, wie pflichtvoll und dienstfertig Bonschariant sich immerfort gegen ihn benommen und wie er ihr und ihm das Leben gerettet habe. Alles, was sie von ihm erlangen konnte, war, daß er versprach, dem Herrn eine Kirche und ein Kloster zu weihen. Der größte Teil des Landes war damals von dichter Waldung bedeckt, die eine Fortsetzung der Ardennen war und auch so benannt wurde. In dieser Waldung lag eine öde Anhöhe, die man das Steinfeld nannte, weil der Boden felsig war und nur wenig Gras und Gestrüpp fortkam. Diesen Ort wählte die Gräfin, um den Plan auszuführen, zu dem sie ihren Gemahl vermocht hatte und wodurch sie dessen Seele zu retten hoffte.

Der Ardenner Wald war ganz mit Wild gefüllt, und Sigebodo pflegte dort oft zu jagen, denn er war ein großer Freund des edlen Weidwerkes. Als er nun einmal auf einem solchen Streifzug sich befand, von Bonschariant begleitet, lenkte er sein Roß nach der Gegend des Steinfeldes hin. Als sie des Ortes ansichtig wurden, begann er folgendermaßen: „Dieser Wald ist so weit entlegen von unserm Schloß, daß die Jagd in demselben immer mit großer Beschwerde verbunden ist, weil es an Wohnungen fehlt, wo wir ein-

kehren könnten. Ich habe also beschlossen, auf diesem Hügel, den wir vor uns sehen, ein Haus zu erbauen, das uns als Jagdschloß dienen soll und in dem wir fröhliche Gelage halten mögen. So beweise mir denn auch wieder deinen guten Willen und helfe mir bei dem Werk."

Als der Teufel hörte, zu welchem Zweck das Gebäude dienen sollte, war er sehr froh und alsogleich bereit, dabei tätig zu sein. Kalk und Steine waren bald herbeigeschafft und ein felsenfestes Fundament gelegt. Obgleich Bonschariant der einzige Baumeister war, erhob sich die Mauer schnell zu einer großen Höhe. In kurzer Zeit stand ein stattliches Gebäude mit geräumigen Sälen und Gängen. Als nun nur wenig noch zur Vollendung fehlte, dachte der Graf: „Nun kann ich meinen Vorsatz ausführen und das ohne Mühe und Kosten erbaute Haus seiner wahren Bestimmung übergeben." Hiermit ging er hinauf zur höchsten Spitze und pflanzte dort ein Kreuz auf, das er zu diesem Zweck vorbereitet und verborgen gehalten hatte. Kaum war dies geschehen, so erschien der Teufel in der Luft, einen gewaltigen Stein tragend, den er in den Turm einmauern wollte. Sogleich erblickte er das Kreuz, stieß eine laute Verwünschung aus und schleuderte den Felsblock mit aller Macht von sich, damit er auf das Gebäude fiele. Aber dem war nicht so: Der Stein nahm, von einer unsichtbaren Hand getragen, eine andere Richtung, rollte über den Boden weg und blieb erst bei dem jetzigen Örtchen Diefenbach liegen, wo man ihn noch unter dem Namen „Teufelsstein" dem Fremden zeigt.

Auf der Burg zu Ahr ließ sich von jenem Tag an der Diener nicht mehr blicken.

Das Kloster zu Steinfeld wurde bald vollendet, und Sigebodo schenkte dem Kölner Erzstift einen großen Teil seiner Güter, um die Nonnen des Benediktinerordens, die es bezogen, reich zu begaben. Im Schleidener Kreis des Eifellandes liegen auf einem Hügel die großartigen Gebäude und überraschen auch noch in unseren Tagen durch ihren Umfang und ihre schöne Anlage, nachdem so manche Veränderungen daselbst stattgefunden haben, seitdem die Abtei, berühmt durch viele ausgezeichnete und fromme Geistliche, die in ihr gelebt, aufgehoben und Privateigentum geworden ist.

Alfred Reumont

Heinrich der Vogler: Heinrich I. (um 876 – 936), Herzog von Sachsen aus dem Hause der Ludolfinger, wurde nach dem Tod Konrads I. 919 zum König ernannt. Heinrich I. trat u. a. 933 den Ungarn in der Schlacht bei Riade an der Unstrut siegreich entgegen und starb im Jahre 936 / Fant: unreifer, junger Mensch / sie ihren Gemahl vermocht hatte: sie ihren Gemahl veranlaßt hatte

Die Gründung Montjoies (Monschaus)

Kaiser Karl, ein großer Freund der Jagd, begab sich oft zum Jagen in die Gegend, wo jetzt Montjoie liegt, weil sich darin viel Wild wie Eber, Bären und Wölfe vorfand. Einst hatte die Nacht den Kaiser auf der Jagd überrascht, und als er sich in der öden Gegend vergebens nach einem Obdach umgesehen, legte er sich auf einen großen Stein nieder. Der Stein, der sich in der Nähe des gegenwärtigen Landgutes Reichenstein befindet, erhielt daher den Namen: „Kaiser Karls Bettstatt". Am Morgen wurde bei der Fortsetzung der Jagd von den Hunden ein Eber aufgejagt und an einem Felsen gestellt, wo ihn der Kaiser mit seinem Speer durch einen Stich in die Brust erlegte. Hierauf wandte sich der Kaiser an sein Jagdgefolge und sprach: „Hier will ich ein Schloß erbauen, damit wir bei der Jagd in dieser wilden Gegend stets ein Obdach finden." Als das Schloß nun fertig war und der Kaiser es beschaute, freute er sich dessen sehr und nannte es „Bergfreude" (Montjoie).

Aus: Sitten und Sagen des Eifler Volkes

Montjoie: die ursprüngliche Schreibweise wurde 1918 offiziell eingedeutscht und der volkstümlichen Aussprache angepaßt (Monschau)

Die Baumwoll-, Leinen- und Seidenindustrie in Westdeutschland

Diese Fabriken, die aus dem Pflanzenreich ihre Stoffe nehmen, sind noch von weit größerem Umfang als die metallverarbeitenden Fabriken, beschäftigen weit mehr Menschen und bringen noch weit größere Summen Geldes in das Land und unter die Leute.

Die wichtigsten dieser Fabriken sind: Baumwoll-, Leinen- und Seidenmanufakturen oder -fabriken. Außerdem sind noch die Öl-, Weinessig- und Kölnisch-Wasser-Fabriken bemerkenswert.

Die größten Anstalten dieser Art liegen in den Regierungsbezirken Düsseldorf und Aachen, namentlich in den Kreisen Elberfeld, Lennep, Krefeld, Aachen und Monschau. Die bedeutendsten Baumwollfabriken sind in Elberfeld und Barmen; in einigen wird die Baumwolle nur gesponnen, in anderen werden zugleich Baumwollzeuge verfertigt. Die Anzahl, die Mannigfaltigkeit, Schönheit und verhältnismäßige Wohlfeilheit derselben erregt das Staunen jedes Fremden.

Man verfertigt Siamosen, Nanking, Kotonnets, Kalikot, Madras, Barchent, Bombasin, Sack- und Halstücher, Westenzeuge und dergleichen mehr. Die besten Leinenwaren kommen von Krefeld, Mönchengladbach, Erkelenz, Kempen und Geldern, wo sehr feine Leinwand verfertigt wird, die teilweise nach Holland ausgeführt, in Haarlem gebleicht und dann als holländische Leinwand zum Teil wieder nach Deutschland gebracht wird. Die ausgedehntesten Garnbleichen sind im Wuppertal. Bei Elberfeld und Barmen schimmern die Wupperwiesen, die kunstreich angelegt sind, damit das Wasser überall hingeleitet werden kann und überall Abfluß hat, mit zum Teil blendendweißen Garnen, und Hunderte von Menschen sind damit beschäftigt, das Wasser hoch im Bogen über die ausgebreiteten Garnmassen zu schleudern. Man verfertigt gewöhnliche Leinwand, Sack- und Halstücher, Damast zu Tafelgedecken, Servietten, leinene Bänder, Schnürriemen, Zwirn, Spitzen und dergleichen mehr. Nicht unwichtig sind in Rheinpreußen auch die vorhandenen Papierfabriken besonders in den Kreisen Aachen, Düren, Mülheim an der Ruhr; Brohl und Trarbach im Regierungsbezirk Koblenz. In Heinsberg verfertigt man dasjenige Papier, in das man Nähnadeln und Stahlwaren verpacken kann, ohne daß sie rosten. Eine Papiertapetenfabrik ist in Düsseldorf.

Die Seidenfabriken haben ihren Hauptsitz in Elberfeld, Barmen, Krefeld, Rheydt, Köln und Mülheim am Rhein. Die Rohseide wird meist aus dem südlichen Frankreich und aus Italien bezogen. Die aus ihr verfertigten Zeuge sind entweder ganz- oder halbseiden. Prachtvolle Zeuge werden auf die Märkte geliefert, die zum Teil in fremden Weltteilen und Tausende von Stunden von den Orten, wo der einzelne Fabrikarbeiter mit emsigem Fleiß und oft gegen spärlichen Lohn das einzelne Stück verfertigt, entfernt liegen.

Was nicht alles geschehen muß, bevor ein Mensch in Mexiko sich in ein in Krefeld verfertigtes Seidentuch kleiden kann!

Diese Seide wird gewöhnlich aus Oberitalien bezogen. Dort sind künstliche Anstalten errichtet, die Seide möglichst vollkommen zu erhalten. Man läßt daher die Seidenraupen in künstlicher Wärme aus den Eiern, Grains genannt, herauskriechen. Diese jungen Raupen werden mit Maulbeerblättern gefüttert, in gemäßigter Wärme und reiner, trockener Luft, gegen vierundzwanzig Tage lang. Von ihrer Geburt bis zur Verpuppung häuten sie sich viermal. Nach jeder dieser Perioden erhalten sie andere Blätter des Maulbeerbaums. Sie fressen außerordentlich viel. In ihrer Verpuppung verfertigen sie sich ein seidenartiges Gespinst, worin sie ihre letzte Entwicklung zum Schmetterlingsleben erwarten. Sie tragen nämlich in ihrem Körper zwei Kanäle, in denen sich ein harziger Stoff sammelt, der an der Luft schnell erhärtet. Diesen harzigen Stoff befestigen sie an einem Stab oder Zweig und ziehen ihn in zwei feinen Fäden fort, die mehrere hundert Ellen lang sind und leicht abgewickelt werden können. Am ersten Tag verfertigen sie das äußere, unordentliche Gewebe, das bloß zu Florettseide dient; am folgenden das feine Gespinst und zuletzt eine länglich runde Hülle, wie einen Filz, worin ihr Körper gegen alle Eindrücke der Luft und Witterung sicher ruht. Dieses ganze Gespinst heißt Kokon. Nach vierzehn Tagen kommen sie als Schmetterlinge aus demselben hervor. Aber der spekulierende Mensch kommt, wenn er aus den Kokons Seide bereiten will, diesem Augenblick zuvor. Er tötet nämlich die Puppen in den Kokons entweder in heißem Wasser oder in einem heißen Backofen. Nun werden die Kokons in einen Kessel mit heißem Wasser geworfen, damit sich die Fäden, die durch einen klebrigen Saft zusammenhängen, leicht abhaspeln lassen, welches nun geschieht. Die äußeren Fäden geben die gröbere Seide, Florettseide genannt, wozu man auch die von den durchbissenen Kokons, aus denen man die Schmetterlinge zur Fortpflanzung hat kriechen lassen, gebrauchen kann.

Wenn die eigentliche Seide auf der Haspel trocken geworden ist, so nimmt man sie ab, und nun heißt sie Rohseide, im Gegensatz zu der gekochten oder zubereiteten. Die Krefelder beziehen beide Arten. Die gehaspelte Seide wird nun gespult, hierauf dupliert, endlich gezwirnt. Letzteres geschieht auf einer sehr künstlichen Maschine, die mehrere hundert Spulen zugleich in Bewegung setzt. Die beste Seide wird auf der Zwirnmühle zu Kettenseide, die weniger gute zu Einschlagseide gezwirnt.

Hierauf wird die Seide in Seife gekocht und gefärbt. Von dem Färber kommt sie nun zum Weber, der sie auf einer Wickelmaschine wieder auf Spulen wickelt. Dann verfertigt er aus ihr auf Bandstühlen Bänder, auf Strumpfstühlen Strümpfe, auf Weberstühlen allerhand Zeuge. Den fertigen Zeugen gibt man durch sogenannte Appretur Glanz und Schönheit, wozu gewöhnlich ein aus Gummi, Zucker, Ochsenblut und anderen Stoffen verfertigter Brei dient. Nun endlich werden die fertigen Zeuge eingepackt und nach den Seestädten in Deutschland und Holland versandt; ein Seefahrer nimmt sie in Empfang und landet sie, wenn die Vorsehung das Schiff beschützt, in einem mexikanischen Hafen, aus dem sie, nachdem die Zölle bezahlt sind, in die Kaufmannsläden wandern, wo der einzelne Liebhaber sie für Geld zum Gebrauche an sich bringt. – In solcher Weise können die entferntesten Menschen der Erde miteinander in Verkehr stehen. Ungesehen arbeiten sie füreinander und dienen einander.

Friedrich Adolf Wilhelm Diesterweg

Baumwollzeug: Gewebe, Stoff, Material aus Baumwolle / Siamosen: Schürzenstoffe / Nanking: ein dichtes, festes, glattes, leinwandbindiges Baumwollzeug / Kotonnet: Kattunleinwand, eine Art Baumwollzeug / Kaliko, Kalikot: gestärkter Baumwollstoff, der – farbig bedruckt – als Druckkattun und Druckperkal für Kittel und Schürzen, stark appretiert als Buchbinder-Kaliko oder Buchbinderleinwand für Bucheinbände dient / Madras: gemustertes Baumwoll-, Halbseidentuch; gemusterter Gardinenstoff / Barchent: ein grobes Baumwoll- oder baumwollhaltiges Gewebe / Bombasin: ein weicher Kleiderstoff aus Merinokammgarn / Sacktücher: Taschentücher / Elle: altes Längenmaß (ca. 0,60 bis 0,80 m) / Florettseide: Abfallseide der Naturseide, die zu Florettgarn versponnen wird / Haspel: Garnwinde / dupliert: verdoppelt / zwirnen: Garne zusammendrehen

De Schaarwaach

Stronzt, Kölsche, äckersch op ühr Fonke,
Stüüt, Öcher, och alt op ühr Penn,
Mir stoont üch net zeröck herenn;
Och Düre kan met Hälde pronke!
On dat ihr seet, dat et ät kan,
Dröm solt ihr en Exämpel han.

Mir hotte, als mir pfälzisch woehre,
En Schaarwaach, de d'r Dehns versohg,
De hött sich en enn Schlach gewohg,
Och ohne sälvs d'r Duht ze foehre;
Dauch woehr ät ihr nauch gens vergont,
Dat sei d'r Wält dat daardoon kont.

Nu hott ens he 'ne Dehf gesäße,
Dä sträng se zo bewaachte hott;
Ob eemohl gohf dä Strank sich fott,
Jüss als de Waach noh Huus woehr äße.
Zom Glöck woehr grad nauch ehne doh,
Dä schnapt seng Flent ohn kraud emm noh.

Hä woehr däm Gaudehf op de Hacke,
On kont bahl senger habhaff sen,
Doh trohf für enn 'ne Onfal en,
Als hä enn ävvens an woll packe:
Dat emm de Botz, de net ärg hehl,
Em Loofe van de Höwfte fehl.

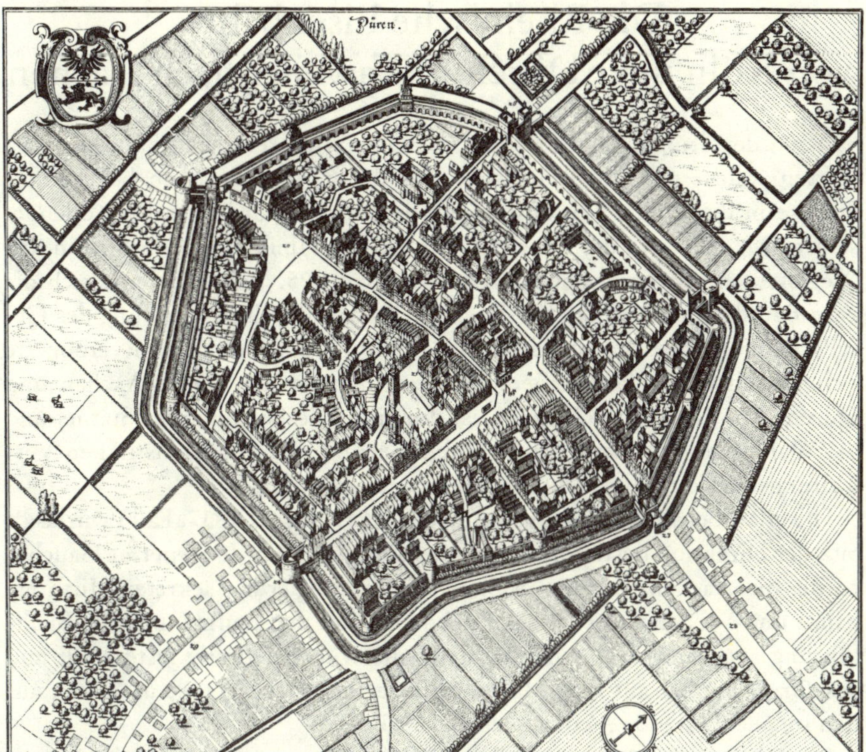

Wie de emm nu de Been däht ströppe
Als wie de Warre an 'em Päed,
Laat hä seng Flent gäng op de Äed,
Öm flöck se wedder zozeknöppe.
Dauch bes hä domet fäedig woehr,
Woehr och d'r Dehf us all Gefoehr.

Dat dat emm net mih soll passiere,
Määt onse Häld sich dä Ändschloß:
„Wan ich nauch eemohl waachte moß,
Dan wel ich mich drop preparière,
De Botz, de gävve ich dann dran,
On doon 'ne Fraulöcks-Jossep an."

Aus: Germaniens Völkerstimmen, Bd. 1

Schaarwaach: Stadtwache / stronzt: prahlt / äckersch: nur / Fonke: die Funken, Kölns frühere Stadtsoldaten / stüüt: pocht, prahlt / Öcher: Aachener / Penn: die früheren Stadtsoldaten Aachens / mir stoont: wir stehen / met Hälde: mit Helden / Dehns: Dienst / en enn Schlach gewohg: in eine Schlacht gewagt / Duht: Tod / ze foehre: zu fürchten / gens: keinmal, nie / he: hier / Dehf: Dieb / Strank: Strick, Schelm / ehne: einer / Flent: Flinte / kraud: eilt / Onfal: Unfall / Botz: Hose / hehl: hielt / ströppe: verstricken, schnüren / Warre: Fußschellen, die man den Pferden auf der Weide anlegt / Päed: Pferd / laat: legte / gäng: schnell / flöck: flugs / net mih: nicht mehr / määt: macht / Fraulöcks-Jossep: Frauenzimmer-Unterrock

Die Rheinische Eisenbahn von Köln über Düren, Eschweiler nach Aachen

Nach den frühzeitigen und umfassenden Vorbereitungen hätte man erwarten sollen, daß die Rheinische Eisenbahn, wie die oben bezeichnete Strecke in der ersten Zeit ausschließlich genannt wurde, rascher vollendet sein würde, als es in der Tat der Fall war. Die Hindernisse, die sich in den Weg stellten, waren doppelter Art. Bereits am 25. Juli 1835 hatte sich die zum Bau der Bahn gebildete Aktiengesellschaft durch Vollziehung des Gesellschaftsvertrages konstituiert. Die Erteilung der Konzession verzögerte sich jedoch durch konkurrierende Bestrebungen der Städte Aachen und Düren. Am 7. Juni 1837 gelang es, durch die Feststellung des Statuts und die Wahl einer interimistischen Direktion und eines interimistischen Verwaltungsrates die beiderseitigen Interessen zu vereinigen.

Die allerhöchste Bestätigung erfolgte am 21. August 1837. Köln wurde als Sitz der Direktion bestimmt. Zum Spezialdirektor wurde Steuerrat Hauchecorne aus Aachen, zu dessen Stellvertreter Regierungssekretär Hirte ernannt und Wilhelm Strebel aus Eupen als Chef der kaufmännischen Buchführung angestellt. Die Richtung der Bahn wurde definitiv festgestellt und das Grundkapital auf drei Millionen Taler normiert, geteilt in 12000, auf den Inhaber lautende Aktien, jede zu 250 Taler.

Nachdem diese mehr formellen Angelegenheiten glücklich erledigt waren, man auch das zur Anlage der Bahn und der Bahnhöfe erforderliche Grundeigentum erworben hatte, wurde der Bau sofort rüstig in Angriff genommen. Da es in der Heimat an den nötigen Arbeitern fehlte, wurden zahlreiche Fremde, besonders Schlesier, herangezogen, von denen viele sich später dauernd in unserer Gegend angesiedelt haben. Der Verfasser war in seiner frühesten Jugendzeit Zeuge des emsigen Schaffens der Bahnarbeiter und die Eindrücke desselben haben sich sehr lebendig in seinem Gedächtnis erhalten. Leider gehören zu diesen auch einige Unglücksfälle, die sich bei der Brücke an der Knippmühle im Ichenberger Tunnel und sonst ereigneten, und wodurch mehrere Arbeiter ihr Leben einbüßten.

Die Anlage mancher Strecke bot nicht die geringste Schwierigkeit, aber es waren auch Täler auszufüllen und Hügel abzutragen, es mußten Brükken gebaut und Berge durchschnitten werden. Darin lag das andere Hindernis, wodurch die Vollendung der Bahn außerordentlich verzögert wurde; denn es handelte sich hier um eine Arbeit, die mehrere Jahre in Anspruch nahm. Darum waren auch einige Teilstrecken schon längst in Betrieb, als endlich die ganze Bahn dem Verkehr übergeben werden konnte. Gewiß hätte sich manches mit geringerer Mühe und mit weniger Kosten bewerkstelligen lassen. Die Tunnels z. B. würden heute vielleicht alle fortfallen. Es darf jedoch nicht übersehen werden, daß man damals in dieser Beziehung noch keine Erfahrung gemacht hatte, und die ausgeführten Bauten verdienen darum um so mehr alle Anerkennung. Die wichtigsten derselben sind:

1.) Der Königsdorfer Tunnel. Derselbe durchschneidet zwischen Königsdorf und Horrem das Vorgebirge (Ville), das sich an dieser Stelle bis zu einhundertdreißig Fuß über der Bahnsohle erhebt. Da man beim Ein- und Ausgang bedeutende Erdeinschnitte gemacht hat, blieben für den eigentlichen Tunnel noch vierhundertdreißig Ruten oder eine Wegstrecke von zwanzig Minuten. Das Erdreich besteht aus lockerem Sand und die Arbeit war darum sehr schwierig. Die innere Höhe beträgt sechsundzwanzig Fuß, die Breite vierundzwanzig Fuß. Der Königsdorfer Tunnel war damals das großartigste derartige Bauwerk auf dem Kontinent; die Baukosten beliefen sich auf über 800000 Taler.

2.) Der Ichenberger Tunnel, der unmittelbar hinter der Eschweiler Station in der Richtung nach Aachen den Ichenberg, einen Vorsprung des Eschweiler Kohlengebirges, durchschneidet, ist besonders deshalb merkwürdig, weil die Bahn in demselben einen Bogen beschreibt. Dies machte die Herstellung äußerst schwierig. Auch stieß man bei der Anlage auf Steinkohle und hartes Gestein, das mit Pulver gesprengt werden mußte. Die Länge des Tunnels beträgt nur achtundsechzig Ruten, die innere Höhe zweiundzwanzig Fuß und die Breite vierundzwanzig Fuß.

3.) Der Nirmer Tunnel, nach dem in der Nähe liegenden Dorf Nirm benannt, steht an der westlichen Seite einhundertzehn Ruten weit auf einem Kohlenflöz. Die Herstellung bot große Schwierigkeiten, und der Bau war infolgedessen verhältnismäßig sehr kostspielig. Die Länge beträgt einhundertneunzig Ruten, die Höhe einundzwanzig Fuß und die Breite zweiundzwanzig Fuß.

Unter den Brückenbauten der Rheinischen Eisenbahn nimmt der Viadukt bei Aachen die erste Stelle ein. Derselbe führt die Bahn in einer Länge von achthundertzweiundneunzig Fuß über das Wurmtal. Er wird von fünfzehn kleineren und zwanzig größeren Bogen getragen und ruht in der Mitte des Tales, bei einer Tiefe von siebzig Fuß, auf doppelter Bogenführung. Die Breite beträgt sechsundzwanzig Fuß. Der Aachener Viadukt gehört ohne Zweifel zu den großartigsten derartigen Bauwerken jener Zeit. Unter den zahlreichen kleineren Brücken verdient die sechsbogige Rurbrücke bei Düren besonders erwähnt zu werden.

Am 2. August 1839 gegen Abend fand die feierliche Eröffnung der Strekke von Köln bis Müngersdorf statt. Um drei Uhr versammelten sich im Bahnhofsgebäude (am Türmchen) die zu dem Fest eingeladenen Gäste. Von den Mitgliedern der Direktion und des Verwaltungsrates fehlten wenige. Auch hatten sich zahlreiche Aktionäre eingefunden. Der Appellationsgerichtsrat von Ammon richtete eine begeisterte Ansprache an die aus etwa vierhundert Personen bestehende Versammlung, die mit einem dreifachen Hoch antwortete und unter dem Rufe „Vorwärts“ den mit zwei Lokomotiven bespannten und aus acht sechsrädrigen Wagen bestehenden Zug bestieg. In zehn Minuten erreichte man das eine Meile entfernte Müngersdorf, von den an den Seiten der Bahn versammelten Zuschauern freudig begrüßt.

Die zweite Strecke bis Lövenich wurde am 2. Juli 1840 eröffnet. Am 1. September 1841 wurde die ganze Strecke von Köln bis Aachen zuerst befahren; der regelmäßige Betrieb begann mit dem 6. September. Ende September 1843 war die Eisenbahn bis Herbestal vollendet, am 15. Oktober wurde sie zuerst befahren, und seitdem ist auch der Anschluß an die belgische Bahn hergestellt.

Man darf übrigens den damaligen Verkehr mit dem heutigen nicht verwechseln. Wir haben hier vor uns den „vorläufigen Fahrplan für die Personenzüge auf der Rheinischen Eisenbahn während der Herbstmonate 1841“. Derselbe hat drei Hauptstationen: Köln, Düren und Aachen; fünf Zwischenstationen: Königsdorf, Horrem, Langerwehe, Eschweiler und Stolberg; fünf Anhaltestellen: Müngersdorf, Dorsfeld, Buir, Merzenich und Nirm. Täglich fuhren zwei Züge von Köln ab, um acht Uhr vormittags und um halb vier Uhr nachmittags und dieselben langten nach drei Stunden in

Aachen an. Von Aachen fuhren ebenfalls täglich zwei Züge ab; um Viertel nach acht vormittags und um drei Viertel vier nachmittags. Dieselben brauchten bis Köln zwei dreiviertel Stunden. Die Haltestellen Dorsfeld, Merzenich und Nirm sind bald wieder eingegangen. Im übrigen ist jener Fahrplan in den ersten Jahren unverändert geblieben, so daß die in der Nähe der Eisenbahn wohnenden Landleute sich zuletzt bei ihrer Arbeit nach den regelmäßig vorbeifahrenden vier Zügen wie nach einer Uhr richteten.

Mittlerer Teil des Eisenbahnviadukts bei Aachen

Durch die Eisenbahnen kam ein ganz neues Element in die bisherigen Handels- und Verkehrsverhältnisse. Ob dasselbe sich bewähren würde, das konnte nur die Zukunft lehren. Allerdings waren die Vorteile, die die Eisenbahnen mit großer Wahrscheinlichkeit in Aussicht stellten, vorher genau berechnet worden; auch bestätigten die Erfolge, die die anderwärts bereits eröffneten Bahnen aufzuweisen hatten, die Richtigkeit jener Berechnung. Es handelte sich namentlich um die Beantwortung der Frage, ob die Eisenbahnen bei so niedrigen Tarifsätzen würden bestehen können, daß der Transport von verhältnismäßig geringwertigen Waren wie z.B. von Stein-

Folgende Doppelseite: Eröffnung einer Eisenbahnstrecke (um 1860)

kohle, Eisen, Erzen, Holz, Steinen, Getreide, Kartoffeln und dergleichen möglich wäre, ohne diesselben übermäßig zu verteuern. Diese Frage wurde allgemein bejaht. Man ging jedoch stets von einer Voraussetzung aus, die sich nicht beweisen ließ, sondern erprobt werden mußte, von der Voraussetzung nämlich, daß Handel und Verkehr aus den früheren bescheidenen Verhältnissen heraustreten und gerade durch die Eisenbahnen einen großartigen Aufschwung nehmen würden. Daß diese Annahme richtig war, ergibt sich aus den nachfolgenden statistischen Zusammenstellungen.

Die Rheinische Eisenbahn beförderte:

im Jahr	Personen	Ztr. Güter	im Jahr	Personen	Ztr. Güter
1842	317766	538616	1854	520446	6619497
1843	285929	1379574	1855	553297	7502958
1844	374574	2755150	1856	544141	7726640
1845	429625	3246668	1857	1571565	7957589
1846	544288	3809131	1858	1721324	8873814
1847	514530	6033504	1859	1989467	7462729
1848	446066	2702322	1860	2117378	9972790
1849	439678	2996456	1861	2748432	15957080
1850	459499	3802204	1862	2850811	19013154
1851	498734	3334702	1863	3277464	20411530
1852	529487	4497524	1864	3643531	24587191
1853	537416	5212962			

Heinrich Hubert Koch

konstituieren: bilden, zusammentreten / Konzession: behördliche Genehmigung, Betriebserlaubnis / interimistisch: vorläufig, einstweilig / normieren: festsetzen / Fuß: Längenmaß (ca. 0,25 bis 0,34 m) / Rute: Längenmaß (zwischen 2,8 und 5,3 m); eine rheinische Rute betrug 3,766 m / Meile: ca. 7,42 km

Et Bakauv

We patscht esu spieh dörch Ren en Wenk?
Et es ene Vadder met si Kenk;
Et Jöngsche helt an der Vadder sich faas,
Et hat völ Schloff en es ganz naaß.

„Och Vadder, och Vadder, bliev doch märr ens stoh,
Ich zedder en rasel, ich kan net mieh goh!
Hürsch du dan net dat Kettegeroß?
Ich gläuv, et Bakauv es egen Stroß.“

„Ich kick att, wat ich kicke kan,
Do henge steeht der Tüteman.“

„Och Vadder, och Vadder, wie bevt mich et Hatz,
Nun stipt et de Mul op en schwenkt met der Statz,
Ich sihn sing fürige Oge ganz klor,
Et es et Bakauv, et es em förwohr!“

„Schwig stell doch, du mags dich märr selver bang,
Für send jo bau heem, et duhrt net mieh lang!“

„Och Vadder, nun streckt et de Klauen att us!
Ojömich! Ogei! Der Ohm geeht mich us!
Ich kan net mieh goh, ich ben ganz stiev,
Et Bakauv, et Bakauv setzt mich opge Liev!“

„Schwig stell, ich krig dich opgen Ärm,
Dan hast du auch die Köppche wärm.“

Der Vadder leif en zauet sich gau,
Et Jöngsche open Ärm he hau.
Et Bakauv hau em zwor net gepackt,
Märr et Jöngsche hau – egen Bocks gek . . . t.

Aus: Germaniens Völkerstimmen, Bd. 1

Das „Bakauv“ war derjenige Kobold, der nach dem Volksglauben bis zu Anfang des 19. Jahrhunderts in Aachen sein Wesen trieb. Es war ein übermäßig großes Kalb (Kauv), das spät abends durch die Straßen wanderte, sich den Leuten auf den Rücken setzte und sich bis zu ihrer Wohnung tragen ließ, wo es dann wieder verschwand. Wenn derjenige, dem es sich aufgeladen hatte, fluchte, so wurde die Last leichter, wenn er betete, so wurde sie immer schwerer. Sein gewöhnlicher Aufenthalt war der Kolbert. Seine feurigen Augen und das Rasseln der Ketten, die es um Hals und Füße hatte, dienten als Warnzeichen aus der Ferne. / esu spieh: so spät / Ren en Wenk: Regen und Wind / Kenk: Kind / faas: fest / stoh: stehen / ich zedder en rasel: ich zittere und bebe / net mieh: nicht mehr, nicht weiter / hürsch du: hörst du / egen: in der / do henge: da hinten / et Hatz: das Herz / stipt: sperrt / für: wir / att us: schon aus / Ohm: Atem / stiev: steif / opge Liev: auf dem Leib / die: dein / zauet: eilte / gau: schnell / open: auf dem / hau: hatte / märr: aber / egen Bocks: in die Hose

Burtscheid

Burtscheid liegt an der Ostseite der Stadt Aachen, und man hat dorthinaus einen angenehmen Spaziergang. Die Abtei ist schön gelegen und mit allem geistlichen Prunk aufgeführt. Gleich daneben zieht ein Wäldchen sich an einem großen Teiche hin; und indem man unvermerkt weiter kommt, gerät man endlich in ein enges, von waldigen Hügeln umschlossenes Tal, wo sich nicht nur mehrere heiße Quellen durch ihren aufsteigenden Brodem verraten, sondern sogar ein ganzer Teich mit heißem Wasser angefüllt ist. Indem man an einer Reihe von schön beschatteten Wasserbehältern fortwandert, erblickt man die romantischen Ruinen des alten Schlosses Frankenberg, innerhalb dessen Mauern ein Gastwirt den guten Einfall gehabt hat, sich eine Wohnung einzurichten, die manchem verirrten Badegast sehr zustatten kommt, da man hier allerlei Erfrischungen und zugleich eine reizende Aussicht genießen kann. Was indessen das Vergnügen dieses Aufenthalts stört, ist die Nachricht, womit der Fremde bald bekannt gemacht wird, daß sich hier seit acht Jahren bereits zehn Menschen in einem Anfall von Melancholie ersäuft haben. Ich suchte vergebens die Veranlassung zu dieser düsteren Stimmung in der hiesigen Gegend, die so viel Abwechslung hat, so schön bewachsen und so vielfältig dekoriert ist. Was hier zur Trauer und zur Verzweiflung führt, ist vermutlich das Hasardspiel, das, seitdem es in der Stadt verboten ist, in Burtscheid desto stärker getrieben wird.

Die Teiche in diesem Tal werden sorgfältig unterhalten, indem sie den in Burtscheid befindlichen Nähnadelfabriken sehr zustatten kommen. Wir besahen nur das Merkwürdigste: nämlich die Poliermühle, die vermittelst eines am Wasserrad angebrachten Getriebes die erforderlichen Vorrichtungen in Bewegung setzt. Von dem Krummzapfen steigt ein senkrechtes Gestänge in die Höhe, das vermittelst eines Daumens mit einer Horizontalwelle im zweiten Stockwerk des Gebäudes in Verbindung steht und sie hin und her schwankend bewegt. Die Nadeln liegen in Rollen von dickem, hänfenem Zwillich eingewickelt, zwischen Schichten von scharfen Kieseln, von der Größe einer Linse, die man aber zuletzt mit Sägespänen vertauscht. Indem sich nun die Walze bewegt, zieht sie ein an Haken hängendes, waagrechtes Gatter hin und her, wodurch die darunter liegenden Rollen bewegt und die darin befindlichen Nadeln poliert werden. Unter jedem Poliergatter liegen zwei Rollen, und jede Rolle enthält dreimal hundertausend Nadeln. Ich freute mich, hier wieder zu bemerken, wie viel man durch mechanische Übung an Geschicklichkeit gewinnt. Einen Haufen verwirrt durcheinanderliegender Nadeln bringt der gemeinste Arbeiter durch Schütteln und Schwingen eines Kastens in wenigen Augenblicken in Ordnung.

Burtscheid beschäftigt im Verhältnis mehr Tucharbeiter als die Stadt Aachen. Die ansehnlichste Fabrik, die des Herrn von Lowenich, besteht aus sehr weitläufigen, gut angelegten Gebäuden, und ihre Tücher werden vorzüglich geschätzt. Hier sowohl als in Vaals und in Aachen selbst verfertigt man bloß einfarbige Tücher, die im Stück gefärbt werden, da hingegen Verviers und die dortige Gegend bloß melierte Tücher, die schon im Garn gefärbt sind, liefern. Vigogne- oder Vikunjatücher werden insbesondere zu Monschau fabriziert. Der Handel mit einfarbigen Tüchern scheint indessen ungleich sicherer zu sein, indem diese Fabrikate nicht wie jene andern dem Eigensinn der Mode unterworfen, sondern auf ein dauerndes Bedürfnis berechnet sind.

Georg Forster

Brodem: Qualm, Dampf, Dunst / Hasardspiel: Glücksspiel / Zwillich: doppelfädiges Gewebe / meliert: aus verschiedenen Farben gemischt / Vigogne- oder Vikunjatücher: Tücher aus besonders feiner Lamawolle

Die Sage vom Frankenberger See

1.

Zu Aachen in der Kaiserburg
Da sitzt der Frankenheld:
Die Kron' er trägt auf seinem Haupt,
Sein Lieb im Arm er hält.

Er legt die Kron' ihr in den Schoß,
Er gürtet ab sein Schwert:
„Mein liebes Lieb, du bist mir mehr
Als Macht und Reichtum wert!"

Das Fräulein spricht: „Ich glaubt' es wohl,
Gäbt ihr mir des ein Pfand,
Am liebsten aber wäre mir
Der Ring von eurer Hand."

Flugs steckt der Karl den Ring ihr an
Von Steinen schwarz und rot:
„Dein geb' ich mich, du liebes Lieb,
Im Leben und im Tod."

2.

Zu Aachen in der Kaiserburg
Da weint der Frankenheld;
Die allerliebste Buhle sein
Ist gangen aus der Welt.

Er setzet seine goldne Kron'
Ihr auf das starre Haupt:
„Begrabt nur auch die Krone gleich!
Mein Reich ist ja geraubt."

Da naht ein schwarzer Männerzug
Mit Fackeln und Gesang;
Sie wollen mit dem Fräulein gehn
Den allerletzten Gang.

Und wie der Karl die Schar erblickt,
Da rafft er sich empor
Und stellt sich mit gezücktem Schwert
Der Totenbahre vor.

Die Linke schlägt er um den Leib
Des kalten Magedein
Und ruft hinaus in wildem Zorn:
„Wer will der erste sein?“

Und herzt und küßt das bleiche Bild,
Als wär's noch rosenrot:
„Dein geb' ich mich, du liebes Lieb,
Im Leben und im Tod!

Doch mein schwarzrotes Ringelein
Ist nicht an deiner Hand!
Es wird doch nicht verloren sein,
Das heil'ge Liebespfand?“

3.

Zu Köllen in dem Dome
Da kniet ein Gottesmann:
„Herr, lös' uns unsern Kaiser
Aus seinem Liebesbann!“

Der Bischof hat gebetet,
Da ist sein Sinn erhellt,
Und flugs wird seine Reise
Zur Kaiserburg bestellt.

Dort sitzt der Karl noch immer
Am Sarg der lieben Maid
Und nährt von ihren Lippen
Sein süßes Herzeleid.

Da tritt zur Totenhalle
Der fromme Bischof ein:
„Mein Herr, du sollst geheilet
Von deiner Liebe sein.

Hast einst der Maid gegeben
Ein Ringlein, schwarz und rot,
Dran hält sie dich gebunden
Im Leben und im Tod.

Und als sie kam zu sterben,
Wohl in der letzten Stund',
Da hat sie still verborgen
Den Ring in ihrem Mund.

Und soll dir Ruhe werden
Im Leben und im Tod,
Muß jetzt ich von ihr nehmen
Das Ringlein schwarz und rot.

Und will es gleich versenken
Hier in den tiefsten See,
Daß dir von seinem Zauber
Kein Unheil mehr gescheh'!“

Schnell ist das Wort gesprochen,
Schnell ist die Tat vollbracht,
Da winkt der alte Kaiser:
„Begrabt mir nun die Magd!“

4.

Bei Aachen an der Kaiserstadt
Da liegt ein grüner See.
Wer ist es, den ich früh und spat
Dort einsam wandern seh'?

Des geb' ich dir die Kunde gern:
Das ist der Frankenheld;
Der hat am See ein Schloß erbaut
Und sich zum Haus bestellt.

Und nun ist an dem grünen See
Sein allerliebster Gang;
Oft schaut er da mit nassem Blick
Hinein wohl tagelang.

Auch soll in seinem Testament
Also geschrieben sein:
„Versenket in den grünen See
Dereinst die Hülle mein!"

Doch von dem Grund zu solchem Tun
Ist mir nur dies bekannt:
Den Kaiser bannt' an diesen See
Ein mächtig' Liebespfand.

Wilhelm Müller

Magedein: Jungfrau; Dienerin, Magd

Besichtigung einer Tuchmanufaktur

Ich habe die hiesigen Anlagen alle mit einem unbeschreiblichen Genuß in Augenschein genommen. Es beschäftigt die Phantasie auf eine äußerst überraschende Art, hier auf einem Punkte so mancherlei Produkte fremder, zum Teil der entferntesten Erdgegenden ankommen, zur Verfertigung und Bereitung eines neuen Fabrikats angewandt und dieses wieder in ebenso entlegene Länder versendet zu sehen.

Von den Walkmühlen, wo die Tücher eine nasse Bereitung erhalten, die teils wegen der schweren Arbeit, teils wegen der ekelhaften Beschaffenheit der zum Reinigen gebrauchten Stoffe, teils auch wegen der beständigen Nässe des Aufenthalts, die die Arbeiter mehr als jede andere angreifen muß, führte man uns in die neue Färberei, die in ihrer Art beinahe einzig ist und wovon man nur noch zu Sedan in Frankreich etwas Ähnliches sieht. Ihre Anlage hat sicherlich mehr als zehntausend Taler gekostet und vereinigt die drei wichtigsten Vorteile: daß sie geräumig ist, Holz erspart und Sicherheit vor Feuergefahr hat. Sie ist von den übrigen Fabrikgebäuden ein wenig abgelegen und bildet einen einzigen großen Saal, der durch viele große Fenster erleuchtet wird, die zugleich zur Erhaltung des so nötigen Luftzuges dienen. Genau in der Mitte desselben ist ein großer Turm mit Mauern von ungeheurer Dicke angelegt, der sich in den Rauchfang endigt. Die Benennung Turm ist wirklich die passendste für dieses Gebäude, um welches ringsumher die Küpen oder Farbkessel in einem Kreise stehen. Die Feuerung geschieht von innen im Turm. Das Holz liegt auf einem Rost, dessen einzelne Stäbe drei Zoll im Durchmesser haben und dennoch von der Hitze schmelzen. Die Flamme spielt im Kreise um den gefütterten Kessel, und der Rauch kommt durch eine über dem Schürloch angebrachte Öffnung und steigt in der Mitte des Turms heraus. Zwischen beiden Öffnungen ist ein Schieber angebracht, der, wenn man ihn mit einer Hand zudrückt, das fürchterlichste Feuer im Ofen augenblicklich ersticken kann.

Die zur Fabrik gehörigen Wasserleitungen sind ebenso vorteilhaft eingerichtet, und jedes Zimmer wird dadurch hinlänglich mit Wasser versorgt. In der Färberei füllt man die Küpen vermittelst geöffneter Hähne in wenigen Augenblicken und leert sie ebenso schnell durch große Heber. Das unreine Wasser hat seinen Abfluß durch Röhren unter dem Fußboden. Was den Überfluß des Wassers noch im Wert erhöht, sind die Reinheit und Weichheit desselben, die zum Nutzen der Fabrik sehr wichtige Eigenschaften sind. Im Winter bedient man sich lieber geschmolzenen Eises als Schnees wegen der vorzüglichen Reinheit des ersteren. Rot und Grün werden hier vorzüglich schön gefärbt. Es gibt Scharlachtücher, die die Fabrik selbst im Färben auf anderthalb Taler die Elle zu stehen kommen. Dabei wird man freilich einen Aufwand von Koschenille gewahr, den man in andern Fabriken zum Schaden der Käufer gar wohl vermittelst des wohlfeileren Pernambukholzes zu ersparen weiß.

In mehren großen Zimmern sitzen die Scherer und Tuchbereiter. Die Karden, deren man sich hier bedient, werden in der Gegend von Aachen gezogen. Die Scheren kommen von Remscheid und die Preßspäne oder eigentlich dazu bereitete Pappendeckel, die bei dem Pressen zwischen die Tücher gelegt werden, von Malmedy, seitdem die Engländer die Ausfuhr der ihrigen verboten haben. Die in Königsberg von Kanter angelegte Preßspanfabrik ist hier nicht bekannt; es scheint indes nicht, als wenn die hiesigen Tücher dadurch noch etwas an Vollkommenheit gewinnen könnten. Die Preßspäne von Malmedy sind weiß und dick und haben nur wenig

Firnis, weshalb sie auch gegen zwanzig Jahre halten und dann noch zu anderweitigem Gebrauch dienen können. Ein Vorzug der hiesigen Tücher, den vermutlich die Orientalen besonders zu schätzen wissen, besteht darin, daß man sie im Rahmen fast gar nicht reckt und daß sie daher auch nicht einlaufen, wenn man sie ins Wasser legt.

Georg Forster

Küpe (lat.): Färbekessel, Färbebad / Zoll: Längenmaß (zwischen 21 und 34 mm) / Scharlachtücher: rot gefärbte Tücher / Elle: altes Längenmaß (ca. 0,60 bis 0,80 m) / Koschenille (span.): roter Farbstoff / Pernambukholz: Rot-, tropisches Farbholz (nach der brasilianischen Stadt Pernambuco) / Karde: eine distelähnliche Pflanzengattung der Kardengewächse, die früher wegen ihrer hakenstacheligen Köpfe zum Aufrauhen mancher Wollstoffe benutzt wurde; eine Maschine zum Aufteilen von Faserbüscheln; Wollkamm

Badeort und Kaiserstadt

Aachen ist eine große uralte Stadt, viele der Straßen führen zwar sehr stark bergauf und bergab, was den kranken Brunnengästen oft sehr ermüdend wird, aber das Ganze macht dennoch einen weit freundlicheren und heiterern Eindruck als andere alte Städte, zum Beispiel Köln; wozu wohl hauptsächlich die große, hier durchgängig vorherrschende Reinlichkeit und die vielen elegant aufgeputzten Läden beitragen mögen, die in der Mehrzahl der Häuser das Erdgeschoß einnehmen. Mehrere Straßen sind breiter, als es in ähnlichen Städten gewöhnlich der Fall ist, die altmodischen Giebelhäuser zeigen wenigstens eine helle, reinliche Außenseite, die ihre innere ursprüngliche Düsterheit verhüllt, und mehrere neue Gebäude im moderneren Stil haben schon in ihre ehrwürdigen Reihen sich eingedrängt.

Ein sehr reges Leben scheint durchgängig in Aachen zu herrschen, doch scheint dieses nicht, wie in anderen Brunnenorten, bloß von der Menge und der Bedeutung der fremden Gäste abhängig, die die hiesigen Heilquellen alljährlich zu Tausenden hier versammeln. Das Treiben in den oft sehr gewühlvollen Straßen deutet vielmehr auf den hier vorherrschenden Gewerbefleiß der Einwohner hin, der durch die Fabriken, die die Stadt enthält, angeregt und genährt wird, auf tätige Industrie und bedeutende Handelsverhältnisse.

Für die Verschönerung der Stadt wird alljährlich noch viel getan; ein glänzender Beweis davon sind das von innen und außen sehr schöne und zweckmäßig erbaute neue Theater und das nach einem von Schinkel angegebenen Plan errichtete, mit einer prächtigen Kolonnade umgebene Brunnengebäude, unter dem die zahlreichen Brunnengäste, den Becher in der

Das Ponttor in Aachen

Hand, am Morgen, vor Sonne und Regen geschützt, lustwandeln. Steigt man von dort zu dem nicht weit entfernten Marktplatz hinauf, so glaubt man aus dem Reich der neuen in das der alten Zeit wie durch einen Zauberschlag sich versetzt, so imposant ist der Anblick dieses schönen, ganz noch das Gepräge der Altertümlichkeit tragenden Platzes.

Die Anzahl der Badegäste beläuft sich in Aachen während der eigentlichen Badesaison gewöhnlich auf mehrere Tausend, die zu gleicher Zeit dort anwesend sind. Sehr Kranke bringen auch zuweilen den Winter daselbst zu, indem die große Wärme der Quellen den Gebrauch derselben bei nicht zu starker Kälte erlaubt, die aber hier ohnehin nur selten eintreten mag. Bei alldem wird man dieser bedeutenden Anzahl fremder Gäste in Aachen weit weniger gewahr, als man es erwarten sollte; nur im Theater, auf den Promenaden, hin und wieder an den besuchtesten Gasthoftafeln und vermutlich auch in den eigentlichen Spielhäusern wird sie bemerkbar.

Promenaden zu Fuß, zu Pferd und zu Wagen bleiben und sind die Lieblingserholung der Brunnengäste wie der Einwohner von Aachen; und das mit Recht, denn die Umgebungen der Stadt ringsumher laden unwiderstehlich dazu ein. Das ganze Land ist ein großer, trefflich angebauter Garten. Das kesselförmige Tal, in dem Aachen liegt, ist nicht so eng, als daß man durchaus zum Bergsteigen gezwungen würde; man kann es im Schatten schöner Alleen, parkähnlicher Anlagen nach allen Richtungen hin durchkreuzen, ohne von der Sonne zu leiden oder vergebens nach Ruheplätzen sich umzusehen. Die Anhöhen ringsumher gewähren, selbst von sehr mäßiger Höhe, die reizendsten Ansichten auf die Stadt mit ihren alten schönen Türmen, auf die zahllosen, in Blütenschatten ruhenden Landhäuser, auf das freundliche Burtscheid und über die ganze höchst anmutige Gegend.

Johanna Schopenhauer

Brunnengebäude: der Elisenbrunnen am Friedrich-Wilhelm-Platz, zu dem im Jahre 1822 der Grundstein gelegt wurde; nach durchgreifender Überarbeitung des von Johann Peter Cremer (1785 - 1863) stammenden Entwurfs durch Karl Friedrich Schinkel (1781 - 1841) in den Jahren 1825/27 aufgeführt.

Das verschmähte Nonnenkleid

Alte Mel. vom Niederrhein.

„Vater, ist denn nicht erschaffen
Für mich eine Männlichkeit?
Daß ich ganz allein muß schlafen
In dem Bett der Einsamkeit?
Und in meinen jungen Jahren,
Meine Haare lasse scheren,
Die von Gold beglänzet sind?“

„Nein, mein Kind, auf dieser Erden
Bilde dir nichts anders ein:
Du mußt eine Nonne werden
Und mußt bleiben keusch und rein.
Du mußt, wann die Glocken klingen,
Gott zu Ehren Messen singen:
Gib dich nur gelassen drein.“

„Vater, wollt ihr denn begehren,
Daß ich soll, als euer Kind,
Mir die Haare lassen scheren,
Die wie Gold geflammet sind?
Soll ich in den jungen Tagen
Eine Nonnenkappe tragen?
Hab' ich das an euch verschuld'?"

„Ich hab' mir nun vorgenommen,
Du mußt in ein Kloster ziehn,
Mir gefällt die Art der Nonnen,
Weil sie keusch und heilig sind.
Du mußt, wenn ich werd' verwesen,
Mir die Totenmesse lesen,
Daß ich mög' erlöset sein!"

„Vater, wollt ihr denn begehren,
Daß ich soll, als euer Kind,
Diesen großen Stand verschwören,
Den Gott selber hat bestimmt?
Denn er spricht: ‚Durch euch auf Erden
Soll die Welt vermehret werden!'
Seid ihr denn noch mehr als Gott?"

„Ich muß deinen Frevel strafen,
Du verliebtes Amors-Kind!
Muß ich doch alleine schlafen,
Der ich krank und elend bin.
Ich erleide täglich Schmerzen
Und du kannst mit frohem Herzen
Deine Tage bringen zu."

„Vater, schweigt von euren Schmerzen,
Ich weiß, wie mir ist zumut':
Ihr habt Ruh' in eurem Herzen,
Ich erleide Höllenglut.
Meine Glut ist nicht zu dämpfen,
Bis ich einstens werde kämpfen
Mit dem Amor bis aufs Blut."

„Geh nur hin, du Weltgesinnte!
Du verführst mir meinen Geist,
Der ich dir, als meinem Kinde,
Alle Lieb und Güt erweist;
Aber nun will ich's verschwören,
Mich nicht mehr an dich zu kehren,
Denn du hast die Welt so lieb."

„Vater, laßt mich Gnade finden,
Seht nur meine Jugend an!
Lasset die Gedanken schwinden
Und gebt mir doch einen Mann!
Wenn ich ohne Mann sollt leben,
Müßt ich meinen Geist aufgeben:
Drum gebt mir nur einen Mann!"

Wie Kaiser Kal de Bader entdeckt hat en Oche bauet

Der Kaiser reh geer op de Jagd
Op singe wisse Schömmel,
Met alle Glanz en alle Pracht,
Els kühm he us gen Hömmel.

He wor net bang för ge Gediersch,
För Wäuf net, noch för Bäre,
Förop wor he en ömmer iersch,
Datt leiss he sich net wehre.

Wo Oche steht en Bottschet litt,
Wor nüs els Wald en Bösche,
Os Frankenberg log duh zer Zitt
Merr ganz alleng hei tösche.

Die Jagd

Et wor jüst op Hubertesdag,
Duh wau der Kaiser jage.
En duh hat sich än eige Sach
För Oche zaugedrage.

He hau 'nen aue Wauf gesih,
Döm, daht he, moss ich packe,
Merr puf, nun geng si Ped net mieh
En stong wie agebacke.

Et blievet stoh ganz op der Stell
En fong nun a ze stampe
En us gen Ed kohm wärm än Quell,
Der Kaiser soch se dampe.

He freuet sich gar sihr dobei
En sad: „Datt es 'ne Sege,
Dröm wel ich op die Stell auch hei
De schönnste Stadt alege.

Doh krieg ich Bader dann förwohr
För grousse Lü' en klenge!"
En ih ä Johr verstreiche wor,
Wor hei än Stadt ze fenge.

Joseph Müller

reh geer: ritt gern / Els kühm he: als käme er / Gediersch: Getier / Wäuf: Wölfe / Förop: voran / ömmer iersch: immer der erste / leiss: ließ / Bottschet: Burtscheid / litt: liegt / nüs: nichts / Bösche: Gebüsch / hei tösche: hier zwischen / Hubertesdag: Hubertustag (3. 11.) / Duh wau: da wollte / si Ped: sein Pferd / stong: stand / Et blievet stoh: es blieb stehen / Ed: Erde / soch: sah / alege: anlegen, gründen / Doh krieg ich: da erhalte ich / grousse Lü': große Leute / ze fenge: zu finden

Das Münster: ein Kästchen mit kostbaren Reliquien

Geht man auf die Kirche von der Seite des großen Portals zu, so vermengt und überbaut sich das Römische, das Romanische, Gotische, Rokoko und Moderne in dieser Fassade ohne alle Verwandtschaft, ohne Notwendigkeit, ohne Ordnung und daher auch ohne Großartigkeit.

Gelangt man aber von der Seite der Chorhaube zur Kirche, so ist der Eindruck ein ganz anderer. Die hohe Apsis aus dem vierzehnten Jahrhundert erscheint in ihrer ganzen Kühnheit und Schönheit mit dem klug berechneten Winkel der Dachung, der reichen Arbeit ihrer Dockengeländer, mit ihren mannigfaltigen Wasserspeiern, mit der dunklen Farbe ihres Gesteins und mit der gläsernen Durchsichtigkeit ihrer ungeheuren Fenster, an deren Fuß sich zweistöckige Häuser ganz unscheinbar in die Gegenpfeiler hineindrücken.

Rechte Seite: Der Fischmarkt in Aachen

Dennoch ist der Anblick der Kirche von hier aus, so großartig er auch scheinen mag, nur bastardig und nicht übereinstimmend. Zwischen der Apsis und dem Portal, in einer Art von Loch, auf das sich alle Linien des Baues konzentrieren, verbirgt sich, mit der Hauptfassade notdürftig durch eine niedliche Brücke mit Schnitzwerken aus dem vierzehnten Jahrhundert verbunden, die byzantinische Kuppel mit dreieckigen Giebeln, die Otto III. im 10. Jahrhundert über dem Grabe Karls des Großen aufführen ließ.

Die belegte Fassade, die zurückweichende Kuppel, die zerrissene Apsis, das ist der Dom von Aachen. Der Baumeister von 1353 wollte in seinen verschwenderischen Bauplan die Kirche Karls des Großen, die im Jahre 882 von den Normannen zerstört worden war, und den Dom Ottos III. aufnehmen, der im Jahre 1236 niederbrannte. Eine Reihe niederer Kapellen, an die Grundfläche der Hauptkirche angeschlossen, sollte vom Portal aus ihre Gliederung über den ganzen Bau erstrecken. Schon waren zwei dieser Kapellen, die noch vorhanden und bewunderungswürdig schön sind, ausgebaut, als die Feuersbrunst des Jahres 1366 kam. Hier fand diese mächtige architektonische Schöpfung ihre Grenze. Sonderbar, aber das fünfzehnte und sechzehnte Jahrhundert haben nichts für diese Kirche getan, das achtzehnte und neunzehnte haben sie verdorben.

Man muß indessen sagen, daß der Dom von Aachen, im ganzen genommen und wie er nun einmal ist, Masse und Größe hat. Nach einigen Augenblicken der Betrachtung entwickelt dieser Bau eine wunderbare Majestät, diese außerordentliche Kirche, die wie das Werk Karls des Großen selbst unvollendet geblieben ist und die sich aus einer Reihe von Baustilen zusammensetzt, die so unterschiedlich sind wie die Völker, die in seinem Reich lebten.

Nachdem ich die Wölbung des Portikus' und die alten Erztore, in der Mitte mit einem Löwenhaupt geschmückt und in Felder abgeteilt, um sich den Architraven anzuschließen, hinter mir gelassen hatte, war das, was meinen Blick besonders traf, eine helle, zweigeschossige und von oben herab beleuchtete Rotunde, in der von allen Seiten her die koketten Spiellaunen des Grotten- und Muschelwerkstils wucherten. Dann das Auge zu Boden senkend, erblickte ich mitten im Pflaster dieser Rotunde bei dem weißlichen Lichtschein, den die Fenster herabgießen, eine große schwarze Marmorplatte, von den Füßen der Besucher abgetreten und mit dieser Inschrift in Buchstaben aus Kupfer:

CAROLO MAGNO.

Das einzige in dieser Kapelle, was des großen Mannes und Ortes würdig, ist ein ungeheurer Kronleuchter von etwa zwölf Fuß im Durchmesser und mit achtundvierzig Lichtschnäbeln, den Barbarossa im zwölften Jahrhundert (um 1165 - 70) hierher schenkte. Dieser Leuchter aus vergoldetem

Pfalzkapelle Karls des Großen im Aachener Münster

Kupfer und Silber hat die Gestalt einer Kaiserkrone; er ist unmittelbar über der schwarzen Marmorplatte an der Gewölbedecke vermittelst einer eisernen Kette von neunzig Fuß Länge befestigt.

Die schwarze Steinplatte mißt ungefähr neun Fuß in der Höhe und etwas über sieben in der Breite.

Karl der Große liegt nicht mehr unter diesem Stein. Im Jahre 1166 wurde er auf Befehl Friedrich Barbarossas ausgegraben, dessen Kronleuchter diese Heiligenschänderei nicht wiedergutmacht. Die Kirche nahm das kaiserliche Gerippe und zerschnitt es als das eines Heiligen, um aus jedem Beinteilchen eine Reliquie zu machen. In der nahen Sakristei zeigt ein Vikar den Besuchern den Arm Karls des Großen, jenen Arm, der die Weltkugel hielt, das heilige Gebein, den Schädel, diesen Schädel, der das Mühlwerk eines neuen Europa war und an den jetzt ein Fremdenführer mit seinem Finger klopft.

Kaiser Otto III. in der Gruft Karls des Großen

Endlich geleitete mich mein Führer über eine andere schmale und dunkle Treppe, die seit sechs Jahrhunderten viele Könige, viele Kaiser und viele berühmte Personen bestiegen, nach der Galerie hinauf, die das erste Stockwerk der Rotunde bildet und das Hochmünster genannt wird.

Hier sah ich unter einer Verkleidung von Holz, die er zur Hälfte beseitigte, die aber nur vor gekrönten Besuchern ganz weggenommen wird, den steinernen Stuhl Karls des Großen. Dieser Stuhl, niedrig, breit, mit einer gerundeten Rückenlehne, aus vier nackten, bildlosen Platten weißen Marmors gebildet, die durch eiserne Sparren zusammengehalten werden, mit einem Eichenbrett als Sitz, worauf ein Kissen von rotem Samt, steht auf sechs Stufen, davon zwei aus Granit und vier aus weißem Marmor sind.

Auf diesem Stuhl, hoch auf einer steinernen Estrade, zu der die vier weißen Marmorstufen geleiteten, die Krone auf dem Haupt, die Weltkugel in einer, das Zepter in der andern Hand, das deutsche Schwert an der Seite, den Kaisermantel um die Schultern, das Kreuz Christi am Halse, so saß Kaiser Karl der Große in seinem Grab. In diesem Schatten, auf diesem Thron, in dieser Stellung verblieb er durch dreihundertzweiundfünfzig Jahre, von 814 bis 1166.

Und dieser Stuhl, worauf der Riese Karl der Große gesessen, wurde zum Thron, auf dem vier Jahrhunderte hindurch die Größe der Kaiser ihren Platz nahm.

Sechsunddreißig Kaiser, mit Einschluß Barbarossas, wurden auf diesem Stuhl im Hochmünster von Aachen auch wirklich gesalbt und gekrönt. Ferdinand I. war der letzte, Karl V. der vorletzte. Seit damals fand die Krönung der deutschen Kaiser in Frankfurt am Main statt.

Victor Hugo

Apsis: halbrunde, auch vieleckige Altarnische / Dockengeländer: Geländer aus Holz- oder Steinsäulchen / Otto III. (980 - 1002): der Neffe Ottos des Großen; regierte bis 996 unter der Vormundschaft seiner Mutter Theophano; wurde 996 in Rom zum Kaiser gekrönt / Portikus (lat.): der von Säulen oder Pfeilern getragene Vorbau eines Gebäudes an der mit dem Haupteingang versehenen Fassade / Architrav: der waagrechte, durchlaufende Steinbalken über den Säulen, Pfeilern, Pilastern / Rotunde (lat.): Kuppelrundbau; runder Saal / Grotten- und Muschelwerkstil: Stil der Rokokozeit, zu der muschelverkleidete Grotten sehr beliebt waren / Carolo Magno: Karl dem Großen / Fuß: Längenmaß (ca. 0,25 bis 0,34 m) / Barbarossa (ital.): Rotbart; Name für den deutschen König und Kaiser Friedrich I. (1152 - 90), den dieser wegen seines rotblonden Bartes erhielt / Sparren: die schrägstehenden Hölzer des Dachstuhls, die die Dachlatten und damit die Dachdeckung tragen; hier im Sinne von „Stützen" / Estrade: erhöhter Teil des Fußbodens; erhöhter Platz / vier Jahrhunderte: die Pfalzkapelle des Aachener Münsters war bis 1531 die Krönungskirche des Deutschen Reiches; danach trat Frankfurt am Main an die Stelle Aachens / Ferdinand I. (1503 - 64): der Bruder Karls V., von dem er 1521 durch Erbteilung die österreichischen Erblande bekam. Als dessen Stellvertreter im Reich erhielt er 1531 die Königs- und 1556, nach dem Rücktritt seines Bruders, die Kaiserwürde / Karl V. (1500 - 58): römisch-deutscher Kaiser, der von 1519 bis zu seiner Abdankung 1556 regierte; in seine Regierungszeit fiel die Reformation und die beginnende Auseinandersetzung zwischen Katholizismus und Protestantismus, an der er schließlich auch scheiterte.

Aachen

In dem hohen Dom zu Aachen,
Welcher jetzt auf deutschem Grund
Wieder stehet, wo begraben
Kaiser Karls Gebeine ruhn.

In dem hohen Dom zu Aachen
Ist gestellt der heil'ge Stuhl,
Wo der Kaiser Karl der Große
Selbst im Leben einst geruht.

Als man nach dem Tod des Kaisers
Zu den Heil'gen ihn erhub,
Fand daselbst man im Gewölbe
Sitzen ihn auf jenem Stuhl.

Da saß er, als ob er lebte,
Angetan im völl'gen Schmuck;
In der rechten Hand des Kaisers
Lag das Evangelienbuch.

Sitze, Karol, deutscher Kaiser
Wieder nun auf deinem Stuhl,
Angetan mit völl'gem Schmucke,
Mit dem Evangelienbuch!

Zeige so dich unsern Augen,
Zeig auch einen Kaiser uns,
Der dir selbst in deine Hände
Bald ablege seinen Schwur!

Friedrich Rückert

Der Münsterbau zu Aachen und der Lousberg

Ein jeder hat sicherlich von Kaiser Karl und von seinem Münster in Aachen erzählen gehört. Die geschicktesten Meister und Werkleute wurden aus allen Gegenden des weiten Reichs herbeigeholt, um den Wunderbau aufzuführen, den der fromme Herrscher an dem Ort, den er vor allen liebte, der Mutter des Heilands zu widmen gedachte; die Paläste Welschlands mußten ihre Zierde hergeben, um das neue Gotteshaus, von waldbedeckten Hügeln umringt, würdig zu schmücken. Schon erhob sich die Kirche weit über benachbarten Wohnungen, und schon berechnete man die Zeit, wo sie vollendet dastehen würde; da bemerkte man plötzlich mit großem Schrekken, daß das Geld zur Neige ging. Langwierige Kriege hatten den Schatz erschöpft, niemand wußte Rat. Schon waren eine Menge Arbeiter entlassen worden, und trauernd sahen die Bürger, wie immer weniger Hände sich regten, wie die Kalkgruben leer blieben, die großen Stämme und die schönen, mit so vielen Kosten hergeführten antiken Säulen unbenutzt dalagen, wie Kelle und Winkelmaß mit Staub bedeckt waren. Da erschien eines Morgens ein unbekannter Mann und verlangte, zum Magistrat geführt zu werden. Nachdem man seinem Begehren gewillfahrt, erbot er sich, das zum Bau nötige Geld herbeizuschaffen. Die frommen Aachener hätten seine Füße geküßt, wenn er es gestattet. Mit tausend Danksagungen nahmen sie sein Anerbieten an und frugen, welche Sicherheit er verlange und welche Bedingungen er in betreff der Rückzahlung mache.

„Rückzahlung verlange ich gar nicht", war die Antwort, und die Ratsherren schlugen beinahe rücklings, denn eine solche Uneigennützigkeit war selbst in jenen, im Prozentrechnen weniger geübten Zeiten etwas Unerhörtes. Aber ihr Erstaunen wurde ganz anderer Art, als der rätselhafte Gast fortfuhr: „Zur einzigen Bedingung mache ich, daß die erste Seele, die in die fertig gewordene Kirche eingeht, mein wird." – Da merkten die Herren, mit wem sie es zu tun hatten; sie waren im Begriff, ein Kreuz zu schlagen, und ein „Apage Sat . . .!" schwebte dem Gelehrtesten auf der Zunge, als die vernünftige Betrachtung, daß eine so schöne Gelegenheit, die Kirche ohne Schwierigkeit und ohne daß man auf das Geld zu sehen brauche zu vollenden, sich nicht leicht zum zweiten Male darbieten würde, ihren frommen Abscheu noch zur rechten Zeit im Zaume hielt. Der Fremde, ohne eine Miene zu verändern, sah sie scharf an, und nachdem die Bestürzten die Antwort hervorgestottert, daß sie sich die Sache überlegen wollten, entfernte er sich mit der Bemerkung, er werde am folgenden Tag zurückkehren, um ihren Entschluß zu vernehmen.

Die Baulust scheint vor elf Jahrhunderten den Aachenern im hohen Grade eigen gewesen zu sein, denn sie trug es über alle Gewissensskrupel davon. Der Pakt mit dem Ungenannten, aber nicht mehr Unbekannten, wurde also eingegangen, und noch an demselben Tag strotzten alle Kassen von Gold. Da es mit dem üblichen Reichsgepräge versehen war, so scheute sich niemand, davon anzunehmen; da es auf so leichte Weise erworben ward, so scheute sich auch keiner, es ungehindert auszugeben, indem weder Kaiser noch Volk darunter litten. Rasch wurde die Arbeit gefördert, und bald wölbte sich die hohe Kuppel, und das Münster war so weit fortgerückt, daß man an die Einweihung dachte. Nun war aber wiederum guter Rat teuer, denn keiner hatte Lust, der erste zu sein, der die verhängnisvolle Schwelle betrat. Der Fremde hatte sich nicht wieder blicken lassen, aber man zweifelte nicht daran, daß er sich seinen Lohn zur rechten Zeit holen werde. Da wurde denn von den geistlichen und weltlichen Machthabern von neuem beraten, und endlich schien man ein Auskunftsmittel gefunden zu haben, denn es wurde angesagt, daß am Dreikönigsfeste, man schrieb damals das Jahr des Herrn 804, die große Zeremonie stattfinden sollte, zu der Papst Leo selbst von Rom nach Aachen gekommen war.

Am Morgen des Festes Epiphanie waren die Höfe und Säle der kaiserlichen Pfalz mit Tausenden gefüllt. Die hohe Geistlichkeit in prachtvollem Ornat und die Reichsfürsten in glänzendem Anzug begaben sich hin, auch Karl hatte seine gewöhnliche einfache Kleidung abgelegt und erschien im Kaiserornat. Auf dem Münsterplatz wogte das Gedränge des Volks, aber jeder blieb dem großen Tor fern; nur ängstliche, scheue Blicke wurden dahin gesandt, obgleich man nichts Fremdartiges dort bemerkte. Da nahte mit raschen Schritten ein Haufen bewaffneter Trabanten der Kirche, und als sie sich nur noch in geringer Entfernung vom Tor befanden, jagten sie einen großen, kurz vorher gefangenen Wolf in die Kirche hinein. Ein schreckliches Getöse erhob sich: Wütend und flammenspeiend schoß eine Teufelsgestalt auf das Tier zu und erwürgte es im Nu mit ihren scharfen Krallen.

Da entstand ein gewaltiger Jubel der zahlreich versammelten Menge, und im Augenblick, wo der Erzfeind sich mit der Seele des unglücklichen Wolfs, den man ihm statt der erhofften Menschenseele in den Rachen gejagt, unter fürchterlichem Geheul und Zähnefletschen empfahl, begannen die Glocken des Gotteshauses freudig zu läuten; vom Papst und dreihundertfünfundsechzig Bischöfen und Prälaten begleitet, zog Kaiser Karl feierlich und unter Absingung der kirchlichen Hymnen in den prachtvollen Tempel ein.

In seinem furchtbaren Grimme aber war Herr Urian fortgeflogen auf des Sturmwinds Flügeln und kam heran ans Meeresgestade, wo die Brandung tief unter ihm wild emporbrauste. Nichts als Rachegedanken für den vom frommen Kaiser ihm gespielten Betrug erfüllten seine schwarze Seele: Er wollte Karl und mit ihm die neugegründete Kaiserstadt nebst dem schönen Münster, das er in der Hoffnung auf den reichen, bedungenen Lohn, selber mit hatte erbauen helfen, schmählich verderben. Über seinen Plänen brütend, erblickte er plötzlich die weiten Sanddünen des Meeresgestades, und der hämische Gedanke durchzuckte seine Seele, unter einem solchen Sandberg die Stadt samt allen ihren Bewohnern zu begraben. Gedacht, getan! Mit Blitzesschnelle stürzte er von seiner luftigen Höhe auf das Ufer hinab, unsichtbare Händen halfen ihm, und so wurde bald eine lange Düne losgerissen von dem Boden, wo die Flut sie seit Jahrhunderten angeschwemmt; wie einen Mehlsack lud der Böse sie rasch auf seine Schulter, und so ging's huckepack nach dem nichts ahnenden Aachen hin.

Die Reise mochte dem schwarzen Verderber doch am Ende etwas unbequem vorkommen; die Länge des Sandhügels bewirkte, daß derselbe sich nach beiden Seiten sackförmig überbog, so daß der vorn herabhängende Teil dem Träger die Aussicht benahm und er sich fast auf seinem Wege verirrt hätte. Doch fand er sich wieder zurecht, als er leichtfüßig über die Maas schritt und sich nun aufs Aachener Tal zutrollte. Da erhob sich plötzlich ein gewaltiger Wind und streute ihm so viel Sand in die Augen, daß er kaum noch vor sich hin sehen konnte. Dadurch wurde ihm das Sehen immer beschwerlicher, und nur mit Mühe gelangte er an das Sörstal. Da begegnete ihm ein altes Weib, das des Weges von Aachen herkam und erschrocken über den wandelnden Sandberg und seinen schwarzen Träger stehenblieb. „Wie weit habe ich noch bis Aachen?“ fragte Herr Urian die Alte, seine Stimme zu möglichster Lieblichkeit versüßend. Die Alte merkte das Plänchen; sie hatte bei dem Bau des Münsters den Bösen oft genug ins Auge gefaßt, und seine Gesichtszüge waren ihrem Andenken noch nicht entschwunden. „Ach", erwiderte sie schlau, „da seid ihr ganz vom Weg abgekommen, lieber Herr. Schaut nur gefälligst auf mein Fußzeug: Ich habe die Schuhe in Aachen neu angezogen, und jetzt sind die Sohlen von dem langen Gehen bereits ganz zerrissen."

Da stieß der Schwarze einen Fluch aus, daß das ganze Tal davon erdröhnte und die erschrockene Alte mehrere Schritte weit zurücksprang. „Ich bin der Schlepperei müde!" rief er wütend aus. „Für jetzt mag das betrügerische Nest meinem Grimme entgehen, ich werde doch schon in Zukunft Zeit und Gelegenheit finden, mich zu rächen." Und mit diesen Worten schleuderte er seine sandige Last von den Schultern auf die Erde und erhob sich flammensprühend in die Luft. Dies war das letzte Mal, daß man den Schwarzen in propria persona in Aachen und seiner Umgegend umherwandern sah; die Aufklärung hat ihn bald in seine schwefeligen Schlupfwinkel hinabgejagt. Doch will man noch dann und wann seine geheime Anwesenheit verspürt haben, nur ist man noch nicht einig über das Kostüm, worin er in späterer Zeit erschienen.

So war Aachen durch die List des alten Weibes vor dem Untergang gerettet. Der Berg ist noch vor den Toren der Stadt zu sehen, und oft wandern die Aachener Bürger zu seiner freundlichen, sonnigen Höhe hin, nicht daran denkend, wie unheilvoll er einst für die liebe Vaterstadt hätte werden können. Und die tiefe Gasse, die noch jetzt den Lousberg von St. Salvator scheidet, ist durch das heftige Niederwerfen durch Meister Urian entstanden, indem diese von dem Stoß in der Mitte platzte und so die beiden Berge bildete.

Während nun an dem Haupttor der Kirche, das dem Baptisterium zugewandt ist und den Namen „Wolfstüre" führt, das in Stein gehauene Bild des armen Opfers zu sehen ist, ruft noch heutigentags der Name Lousberg dem Wanderer ins Andenken zurück, daß ein Weib selbst dem Teufel zu lose war und ihn durch ihre Kniffe anführte. Die Aachnerinnen haben ein Recht, noch jetzt darauf stolz zu sein, wenn sie an das dadurch abgewandte Unheil denken.

Alfred Reumont

Welschland: Italien / Apage Satana (Matth. 4, 10): weiche von mir, Satan! / Papst Leo III. (765 - 816) krönte am 25. 12. 800 Karl den Großen in Rom zum römisch-deutschen Kaiser / Epiphanie: Fest der „Erscheinung" des Herrn; Dreikönigsfest (6. 1.) / Trabant: Begleiter, Diener / Urian: Teufel / propria persona (lat.): in eigener Person / Baptisterium: Taufkirche, -kapelle / lose: verschlagen, verschmitzt, pfiffig

Der Schmied von Aachen

Graf Wilhelm war's von Jülich, rauflustig gar und schlimm,
Der hielt auf Aachens Bürger noch einen alten Grimm.

Und als er sicher glaubte die Stadt in Dämmrungsruh,
Da zog mit seinen Mannen er rüstig auf sie zu.

Wohl von den Warten riefen die Wächter auf zum Streit;
Doch wollt' es nicht viel nützen, das Heer war schon zu weit.

Er stürmte durch die Tore, es hielt ihn nichts mehr auf,
Und drang schon bis zum Markte im raschen Siegeslauf.

Doch plötzlich wird er stutzig, er zaudert und erschrickt,
Wie er das Werk gewahret, das Bürgerzorn beschickt.

Er sieht, wie sie sich mühen, mit Stangen, Axt und Beil
Die Häuser einzureißen, nicht scheuend Speer und Pfeil.

Sie wollten ihm verrammen die Weg' so hier wie dort,
Und wird er nicht erschlagen, soll er nicht lebend fort.

Da sprengt' er was er konnte mit seiner Söhne zween,
Er wähnt' zum Jakobstore, da könnt' er noch entgehn;

Doch als er war gekommen ans Stift der weißen Fraun,
Da ist grad gegenüber ein Schmiedehaus zu schaun.

Der Schmied mit seinem Hammer hervor rennt kalt und keck,
Schlägt tot die drei zusammen wohl auf demselben Fleck,

Und geht zur Schmied' gelassen und schürt der Esse Brand.
Das war der Schmied von Aachen, sein Nam' ist nicht genannt.

Wilhelm Smets

Zur Lage der Tucharbeiter im Aachener Bezirk

Modern angelegte Stadtteile mit besonderen Arbeiterhäusern gibt es in Aachen nicht; auch hat weder eine lebensfähige Baugenossenschaft noch eine wohltätige Aktienbaugesellschaft bestanden; nur ein einziger Fabrikant hat seinen Arbeitern einige Häuser erbaut; es ist Herr Lammertz. Vor etwa dreißig Jahren (um 1850) war Aachen noch die alte Stadt wie nach dem Brand von 1656; die Wälle umschlossen Arm und Reich, und der Unterschied des Vermögens kam noch nicht in der Trennung der „fashionablen Welt" von dem Proletariat äußerlich zur Geltung. Damals gab es leerstehende Häuser und freie Plätze, traurige Zeugen einer großen Vergangenheit, noch genug in der innern Stadt, und es war ein Ereignis, wenn ein Gebäude neu aufgeführt wurde. Da stieg infolge des glücklichen amerikanischen Geschäfts die Arbeiterzahl, die Bevölkerung wuchs zusehends in den vierziger und fünfziger Jahren des 19. Jahrhunderts; es ergaben sich Wohnungsverhältnisse, die an Elend und Entsetzen die heutigen weit übertroffen haben sollen. Erst in den sechziger Jahren erwachte die Baulust, und nun entstanden rasch ganze Stadtviertel im Osten und Süden der Stadt. Es begannen die Wohlhabenden vom übrigen Volk sich zu trennen und in die Vorstädte zu ziehen, wo in den schönen dreistöckigen und dreifenstrigen Häusern nach belgisch-englischer Sitte meist eine Familie für sich wohnt. Die innere Stadt Aachen blieb den Krämern, Handwerkern, Arbeitern einerseits, den Badegästen, Hotels und Magazinen andererseits überlassen; namentlich die Gegend westlich von der Jakobstraße und Sandkaul kann als Sitz der Arbeiterbevölkerung von etwa 30000 Seelen gelten.

Die Straßen sind hier unregelmäßig, aber breit, die Häuser neu, höchstens zwanzig bis dreißig Jahre alt; aber es sind bereits Spekulationsbauten, die das Terrain möglichst auszunutzen streben. Die Höfe sind ganz unzulänglich. Treten wir ein in das Haus der Königstraße Nr. 1; dort hat der Hof die Form eines schmalen, lang gestreckten Rechtecks, das unter rechtem Winkel zweimal ein Knie macht; die Breite mißt kaum zwei Schritt, und an der geräumigsten Stelle wird sie noch durch eine Mauer durchschnitten, da dieser Raum zwei Häusern als Hof dient. Nebenan ist die „Arche Noäh", ein Zellenhaus in der Form eines weit in den Hinterhof sich erstreckenden Rechtecks mit zwei quadratischen Höfen von je vier Schritt, während zu allen Seiten die in der Straße üblichen vier Stockwerke emporstarren, verziert durch die zum Trocknen herausgehängten zerlumpten Hemden, Hosen und andere, nicht verpfändbare Kleidungsstücke. Selbst in der jüngsten Zeit hat man nichts in dieser Beziehung gelernt; denn bei einigen ganz neuen Häusern am Kölnsteinweg ist das Verhältnis des Hofes zur bebauten Fläche eins zu zwölf, am Steffensplatz sogar eins zu siebzehn; der Mangel einer Bauordnung tritt fühlbar zutage. Im Innern des Hauses bildet jede Zelle eine Arbeiterwohnung; sobald die Familie etwas zahlreich ist, erscheint die Stube überfüllt: ja, es haben mir glaubwürdige Männer, deren Zeugnis durch keinerlei Sympathien für Arbeiter verdächtig erscheinen könnte, wiederholt versichert, daß bei der Volkszählung 1871 vielfach in einem Zimmer zwei Familien angetroffen worden seien, die ihren Anteil an der Stube durch Kreidestriche abgetrennt hatten. In solchen Räumen wohnen, kochen und schlafen die Armen. Da sind die beiden Häuser an der Königstraße, die einzigen Überbleibsel aus der Zeit vor 1656, trotz ihrer Baufälligkeit, ihren niedrigen Decken, kleinen Fenstern und wahren Hühnersteigen doch noch geräumiger im Innern, mit freiem Blick auf den Garten. Sie waren eben noch für selbständige Handwerkerfamilien der alten Zeit eingerichtet; die modernen Spekulationsbauten sind es nur für „Arbeiter" und suchen aus der möglichsten Parzellierung der Wohngelasse den größten Nutzen zu ziehen.

In diesen Räumen, welches Elend! Hier eine Frau, die sich einsam auf dem Schmerzenslager wälzt, während der Mann dem Erwerb in der Fabrik nachgehen muß; dort ein rheumatischer Greis, von Weib und Kind verlassen; je höher man steigt, desto größer wird das Elend. Endlich auf der Dachkammer macht es halt, hier kann es nicht mehr übertroffen werden: Ein enger quadratischer Raum von fünf Schritt im Durchmesser, so niedrig, daß der Hut fast die Decke berührt; an der Wand in einem Baumstumpf ein mehrfach zerbrochenes Glas, das rücksichtsvoll das blasse Antlitz nicht

Der Hof des Kornhauses in Aachen

mehr widerspiegeln will, dann ein hinkender Tisch und ein breites Bett als einziges Ameublement! In diesem leeren Raum ohne Spur irgendeiner Behaglichkeit und eines Schmuckes sitzt beim zappelnden Säugling eine abgehärmte Frau und sucht es zu stillen; lauter schreit das Kind, wieder reicht die Mutter ihm die Brust, und das Kind saugt und saugt; doch keine Nahrung entquillt derselben; immer unruhiger wird es, immer mehr magert es ab; die Mutter merkt nicht, daß das Kind an ihrer Brust – verhungert. Nachts bevölkert sich der Raum; der Mann, ein durch die Krise arbeitslos gewordener Nadler, kehrt zurück von seinen vergeblichen Gängen um Beschäftigung; die sechs anderen Kinder kommen vom Spiel auf der Gasse zurück und drängen sich um die wenigen „Erdäpfel" und das Brot, das der Armenpfleger ins Haus gebracht hat. Dann werden die Strohsäcke unter dem Bett hervorgezogen, und bald wälzen sich die neun Personen im engen, dumpfen Raum. Kein Fenster zum Lüften ist da, nur oben im Dach eine Luke von eineinhalb Fuß Länge und einem Fuß Breite.

Ist dieses Bild auch der Höhepunkt des Elends, das ich auf meinen

Wanderungen durch die Aachener Arbeiterquartiere entdeckte, sehr viel besser ist es in den meisten Straßen der inneren Stadt nicht. Meist in den Stuben dieselbe Blöße, in den Höfen der gleiche Gestank, vor den Türen die abgehärmten Mütter mit den unglücklichen Kleinen und auf den Straßen die zahllosen Kinder, die sich umhertummeln und spielen. Man liebt in Aachen diese zahlreichen Kinderscharen auf den Straßen nicht. Aber wo in aller Welt sollen die Kinder spielen als hier? Es fehlt in der inneren Stadt durchaus an freien Rasen- und Spielplätzen.

Über das Minimum der Ernährung fehlen leider genauere Angaben; indes dürften nach sorgfältigen Nachforschungen bei den kompetentesten Männern folgende Sätze als niedrigste anzunehmen sein. Ein alleinstehender Mann braucht 1.) zum Frühstück eineinhalb Lot Kaffee gleich drei Pfennige und zwei trockene Semmeln gleich sechs Pfennige, zusammen neun Pfennige; 2.) zu Mittag an Kartoffeln und Suppe zwanzig Pfennige, mit Fleisch fünfundzwanzig Pfennige; 3.) am Abend: das Frühstück mit einem Stückchen Käse gleich zwölf Pfennige; zusammen sechsundfünfzig Pfennige täglich, macht im Monat sechzehn Mark und achtzig Pfennige, mit der Miete von fünf Mark und drei Pfennigen gleich einundzwanzig Mark und dreiundachtzig Pfennige. Ein Ehepaar mit zwei kleinen Kindern bedarf 1.) zum Frühstück drei Lot Kaffee gleich sechs Pfennige, Milch für einen Pfennig, Schwarzbrot für zwanzig Pfennige, Fett für fünf Pfennige, zusammen zweiunddreißig Pfennige; 2.) zu Mittag Kartoffeln mit Zwiebeln und Fett für vierzig Pfennige, 3.) am Nachmittag und 4.) am Abend das Frühstück wiederholt, zusammen eine Mark und sechsunddreißig Pfennige täglich oder im Monat vierzig Mark und achtzig Pfennige, mit der Miete von sieben Mark und einundsiebzig Pfennigen gleich achtundvierzig Mark und einundfünfzig Pfennige. Niedriger lassen sich die Sätze gar nicht mehr greifen, und sie decken ja nicht mehr Bedürfnisse als sie das höhlenbewohnende Tier in der Wildnis befriedigt; nur das schützende Dach und die kümmerlichste Fristung des leiblichen Daseins durch rein vegetabilische Stoffe wie Zichorien (zum „Kaffee"wasser), Kartoffeln und Brot sind dadurch gesichert. Die sonstigen Ausgaben für Kleidung, Heizung und Beleuchtung, Abgaben, Ausgaben für Unterricht, Erholung und derartiges sind hier noch gar nicht eingerechnet.

Alphons Thun

die fashionable Welt: nach der neuesten Mode gekleidete obere Gesellschaftsschicht / Magazin: Einzelhandelsgeschäft / Terrain (franz.): Gebiet, Baugelände, Grundstück / Parzellierung: in Parzellen zerlegen, aufteilen; Zerstückelung / Ameublement (franz.): Wohnungs-, Zimmereinrichtung, -ausstattung / Fuß: Längenmaß (ca. 0,25 bis 0,34 m) / kompetent (lat.): zuständig, maßgebend, befugt / ein Lot: 17,5 Gramm / vegetabilisch: pflanzlich

Kaiser Karls Wanderung

Um Mitternacht in Aachen,
Im Dome unterm Chor,
Da steigt aus seinem Grabe
Der Kaiser Karl empor.

Ein Schimmer bleicher Kerzen
Ergießt sich übers Grab,
Des Leuchters Kerzen brennen,
Den Kaiser Rotbart gab.

Der Kaiser Karl steht sinnend,
Sucht seinen alten Platz,
Blickt um sich und vermisset
Manch' güld'nen Kirchenschatz.

Er fragt nach sieben Fürsten,
Doch keiner tritt herfür.
Drauf hat er das Haupt geschüttelt,
Ist gangen zur Kirchentür.

Die dreht sich, leise knarrend,
Und aus dem Gotteshaus
Bei Mondschein auf die Straße
Tritt Kaiser Karl hinaus.

Er wandelt fort und wandert,
Geht bis zu Köln am Rhein,
Da schultert die preußische Wache
Und läßt den Kaiser ein.

Der wandelt immer weiter,
Geht bis nach Ingelheim,
Da weilt der alte Kaiser,
Da war er einst daheim.

Er fragt die neuen Häuser
Nach seinem Kaiserthron,
Die schütteln die steinernen Häupter
Und wissen nichts davon.

Und über die Veste von Mainz hin,
Und Frankfurt auch hindurch,
Geht er nach Worms und Speyer,
Nach Bamberg und Regensburg.

Hat all die Kaiserstädte
Nach seinem Reich gefragt,
Doch keine von all den Städten
Hat Antwort ihm gesagt.

Und wie mit erstem Schlage
Die Morgenglocke ruft,
Da steht er wieder in Aachen
Im Dom an seiner Gruft.

Er wirft den purpurnen Mantel
Hernieder in das Grab,
Legt sich die Krone zu Haupte,
Zu Füßen den Herrscherstab,

Und ruft: „Ich sucht' mein Deutschland,
Und find' es nirgends mehr."
Drauf legt er wieder ins Grab sich
Und träumt von Sorgen schwer.

Michael Beer

Leuchter, den Kaiser Rotbart gab: Barbarossaleuchter (um 1165 – 70), von Kaiser Friedrich I. und seiner Gemahlin Beatrix gestiftet / gülden: golden / sieben Fürsten: die sieben Kurfürsten, die den König wählten

Meister Tancho

Zu Aachen durch die Gassen, da tönte lust'ger Braus;
Von Mann und Weib verlassen, stand öde jedes Haus.
Mit seinem Hofgelage kam selber Karl zur Schau:
Es war an diesem Tage vollbracht des Domes Bau.

„Gott wird mit Wohlgefallen", begann der Kaiser laut,
„Bewohnen diese Hallen, die wir ihm aufgebaut.
Für unsrer fleiß'gen Hände vieljähriges Bemühn
Wird reichen Segens Spende im Gotteshaus uns blühn.

Doch fehlt der Mund, der helle, der uns zu kommen heißt,
Wenn sich der Gnade Quelle im Heiligtum erweist.
Mit ihrem frohen Schallen fehlt noch die Glocke hier:
Drum bringet von St. Gallen Tancho den Meister mir."

Der Meister ward gerufen, und Karl gab ihm zur Stund
Gediegner Silberstufen dreitausend schwere Pfund,
Und Kupfererz und Eisen hieß er ihm zahlen aus
Und ließ zur Arbeit weisen ihm ein gelegen Haus.

Ans Werk gab unverdrossen der Künstler sich alsdann,
Doch seine Tür verschlossen hielt er vor jedermann;
Nicht daß die Störung ferne, ihm lag Betrug im Sinn:
Das Silber hätt' er gerne vertauscht mit schlechtem Zinn.

Und als dahin drei Wochen, da war das Werk vollbracht,
Die Form ward abgebrochen: „Ha, wie die Glocke lacht!
Seht nur die hellen Bilder, die Sprüche Zeil an Zeil,
Im Sonnenglanz die Schilder, dem hohen Meister Heil!"

So flicht dem Künstler Kränze das Volk mit blindem Sinn
Und merket nicht, es glänze ein falscher Glanz darin.
Man zieht zur Glockenstufe die Glock' und fugt sie ein;
Da grüßt mit neuem Rufe das frohe Volk darein.

Und Karl tritt aus der Menge zuerst zu läuten vor,
Er rührt die Glockenstränge, kein Laut dringt in sein Ohr:
„Nicht liegt's an meiner Stärke, die regte Größres schier,
Es liegt wohl an dem Werke, den Meister rufet mir!"

Und Tancho tritt inmitten, im Auge grimme Glut,
Er geht mit schwanken Schritten, er reißt am Seil mit Wut.
Ein Prasseln und ein Toben dröhnt durch die Balken dann:
Der Klöpfel fällt von oben und trifft den falschen Mann.

Wie sie ihn stürzen sehen und sehn des Blutes Lauf,
Da staunt das Volk, da gehen ihm erst die Augen auf:
Es schweiget wie vernichtet; der alte Kaiser spricht:
„Wo Gott, der Herr, gerichtet, da reden Menschen nicht."

Wolfgang Müller

Die Aachener Heiligtumsfahrt 1888

Über die Eröffnung der diesjährigen Heiligtumsfahrt (von Montag, 9. Juli, nachmittags halb drei Uhr bis Donnerstag, 24. Juli, nachmittags fünf Uhr) berichtet die „Kölnische Zeitung": „Aachen, 9. Juli. Unter Entfaltung eines großen kirchlichen Pompes und unter Mitwirkung der hiesigen und zahlreicher auswärtiger Geistlichen, darunter je eines Abtes aus den Orden der Benediktiner, Kartäuser und Trappisten, sogar die Spitzen der bürgerlichen und militärischen Behörden waren zugegen, wurde heute nachmittag die sich alle sieben Jahre wiederholende Heiligtumsfahrt durch den Erzbischof von Köln, Dr. Philippus Krementz, eröffnet. Die Gebräuche bei der Eröffnung stehen seit Jahrhunderten fest; sie erfordern verwickelte Vorkehrungen, in deren Bewältigung sich das Stiftskapitel und die städtischen Behörden teilen. Die Tücher, die den Heiligtümern bei der öffentlichen Zeigung als Unterlage dienen, waren schon vor vierzehn Tagen ausgehängt worden. Heute nun, gleich nach zwölf Uhr mittags, wurde die Münsterkirche geräumt und verschlossen. Um vierzehn Uhr versammelten sich die Mitglieder der königlichen Regierung, an ihrer Spitze der Regierungspräsident Herr von Hoffmann, ferner das Offizierskorps, die Gerichtsbehörde, die Postbeamten, die Mitglieder der Lehrkörper an den höheren Lehranstalten und des Karlsvereins an den ihnen im Chor vorbehaltenen Plätzen, während die sonstigen eingeladenen Personen das Oktogon der Münsterkirche vollständig füllten. Oberbürgermeister Pelzer, heute zum erstenmal im Schmuck der goldenen Amtskette, die Bürgermeister und Stadtverordneten benutzen von altersher, um in das Münster zu gelangen, einen vom Rathaus in die Kirche führenden Gang. Hier angekommen, schlossen sie sich dem bereits versammelten Stiftskapitel an, dem, von einem großen geistlichen Gefolge umgeben, der Erzbischof von Köln in großem Ornat und den Krummstab in der Hand voranschritt. Der feierliche Zug bewegte sich durch die Kreuzkapelle zum Chor. Hier angekommen, nahm der Erzbischof auf einem Thronsessel Platz, während sich die Stiftsgeistlichkeit unter Vortragung des silbernen Kapitelkreuzes, in Begleitung zweier Akolyten, des Turiferars und Navikulars, in die Schatzkammer begab, wo in Gegenwart der Bürgermeister und Stadtverordneten sowie des Stadtsekrektärs der bereits am Freitag zu diesem Zweck vom Oberbürgermeister vereidigte Stiftsgoldschmied (namens Vogeno) den vor sieben Jahren mit Blei ausgegossenen Verschluß des Heiligtumskastens gewaltsam sprengte. Über diesen Akt wird eigens ein Protokoll aufgenommen. Demnächst wurden die Bursen mit den sogenannten großen Heiligtümern aus dem Schrein herausgenommen und im Zuge zum Chor getragen. Bürgermeister und Stadtverordnete, brennende Kerzen tragend, begleiteten jedes der vier Heiligtümer bis zu dem vor dem Hochaltar stehenden Auslegetisch, wo die Behälter geöffnet und, nachdem die darin befindlichen Siegel durch den Erzbischof als unverletzt anerkannt, die heiligen Gegenstände herausgenommen wurden. In diesem Augenblick setzte das Geläute der Glocken des Münsters und der übrigen Kirchen der Stadt ein, Böllerschüsse krachten, und zu den nunmehr geöffneten Türen des Münsters wälzten sich in wildem Ansturm die breiten Massen einer gewaltigen Volksmenge herein, die Kirche im Nu in allen ihren Teilen füllend. Über die auf dem Hochaltar ausgestellten Heiligtümer schwang jetzt der Senior des Stiftskapitels, Herr Dr. Buschmann, das Weihrauchfaß, sie wurden ‚inzensiert'. Der sich von seinem Sessel erhebende Erzbischof hielt nun eine längere Ansprache, in der er sich über die Herkunft der Heiligtümer und deren Verehrung verbreitete; am Schluß seiner Rede erflehte er Gottes reichsten Segen für den Kaiser und das Deutsche Reich. Stiftsvikare trugen hierauf die Heiligtümer, eines nach dem andern, im Chor zur Beschauung umher, zeigten sie auch von der Estrade herab und auf dem Hochmünster dem gläubigen Volke, worauf sie, wiederum zum Auslegetisch gebracht, hier in Seide gewickelt und in die Traglade gelegt wurden. Das bisher andauernde Orgelspiel verstummte nun, der Offiziant sang die bezüglichen Versikeln und Orationen, dann erhob sich der Erzbischof, und wiederum unter Vortragung des Kapitelkreuzes wurden nunmehr die Heiligtümer in die Sakristei gebracht. Morgen beginnt die öffentliche Vorzeigung, die zuerst durch den Erzbischof vorgenommen wird. Der Fremdenzufluß zu diesem eigentümlichen Schauspiel, das wie ein Vermächtnis des grauen Mittelalters in unsere neue Zeit hineinragt, wächst von Stunde zu Stunde und verspricht einen gewaltigen Umfang anzunehmen."

Weiter meldet die „Aachener Zeitung":

„Am 9. Juli, abends gegen neunzehn Uhr, bildete sich in der Jakobstraße ein Festzug, der durch einen großen Teil der Altstadt und am Hause des Herrn Nellessen, wo der Erzbischof logiert, vorbeizog. Dem Erzbischof wurde von ungefähr fünfhundert Sängern eine Serenade gebracht.

Die Vorzeigung der Reliquien fand am 10. Juli zum ersten Male durch den Erzbischof statt. Gegen neun Uhr fünfundvierzig ladet das Geläute zur Verehrung der Reliquien, und mit dem Schlage zehn Uhr erschienen die Geistlichen auf der Galerie, und die vier großen Heiligtümer wurden bis zwölf Uhr an neun verschiedenen Stellen gezeigt. Der Proklamator verkündet singend, im Tone der Orationen, welches Heiligtum gezeigt wird. Die Formel lautet: ‚Man wird euch zeigen . . . Bittet Gott den Herrn, daß wir dieses Heiligtum anschauen mögen zur Verherrlichung seiner Ehre und zur Erlangung seiner Gnade und seines Segens.' Von den großen Reliquien wird: 1.) das Kleid der Mutter Jesu ganz entfaltet gezeigt; 2.) die Windeln Jesu sind dreimal doppelt zusammengefaltet und an einem Ende rund umgeschlagen; 3.) das Kleid, in das Johannes der Täufer nach der Enthauptung gelegt wurde, mit Blutspuren, und 4.) das Lendentuch, das Jesus am Kreuze trug, ebenfalls mit Blutspuren, werden zusammengefaltet und kreuzweise mit einer Schnur umwunden gezeigt. Nach jeder der oben beschriebenen Ankündigungen wird ein Psalm gesungen, an die letzte schließt sich das allgemeine Gebet an. Um dreizehn Uhr beginnt der zweite Teil der Feier. Die Prozession der Wallfahrer zieht in das Münster, in dessen Chor das Heiligtum Nummer eins frei ausgehängt ist. Zu seiner Linken befinden sich Nummer zwei und drei, zur Rechten Nummer vier. Bis zwanzig Uhr bleiben die Heiligtümer zur Verehrung der Gläubigen ausgestellt; diese ziehen in Prozession vorüber, während man den Kranken bei dieser Gelegenheit das Lendentuch auflegt. Um zwanzig Uhr wird die Kirche geschlossen; dann werden die Heiligtümer in seidene Tücher von weißer, gelber, dunkel- und leichtroter Farbe eingewickelt und bis zum folgenden Tag in diejenige Truhe niedergelegt, in der ehedem die Reichskleinodien aufbewahrt wurden.

Vom 10. bis 24. Juli einschließlich werden täglich, jedoch bloß zwischen neun und zehn Uhr morgens, im Oktogon des Domes diejenigen Kranken mit den Heiligtümern berührt, die am vorhergehenden Nachmittag unter Vorlegung einer schriftlichen, mit dem Pfarrsiegel versehenen Empfehlung ihrer Seelsorger die erforderlichen Einlaßkarten in Empfang genommen haben."

Aachener Heiligtumsfahrt: Fahrt zu den Aachener Heiligtümern, bei denen man zwischen den großen und den kleinen Heiligtümern unterscheidet. Die großen Heiligtümer, die 1239 in den Marienschrein im Münster übertragen worden sind, bestehen aus den Windeln und dem Lendentuch Christi, einem Gewand der Gottesmutter und dem Enthauptungstuch Johannes' des Täufers. Die sogenannten drei kleinen Heiligtümer umfassen einen Gürtel der Muttergottes sowie Strick und Gürtel des Herrn. / Stiftskapitel oder Kollegiatkapitel: das Kapitel einer nichtklösterlichen und nichtbischöflichen Kirche (Stifts- oder Kollegiatkirche) / Oktogon (griech.): Achteck; Bau mit achteckigem Grundriß / Ornat (lat.): kirchliche Amtstracht / Akolyt (griech.): katholischer Kleriker im vierten Grad der niederen Weihen / Turiferar: der Meßdiener, der das Weihrauchfaß trägt / Navikular: der Meßdiener, der das sogenannte Schiffchen mit Weihrauchkörnern trägt / Burse: Beutel, Behälter / inzensiert: beweihräuchert / Estrade: erhöhter Teil des Fußbodens, erhöhter Platz / Offiziant: einen Gottesdienst haltender katholischer Priester / Versikel: Abschnitt des Stundengebets / Oration: kurzes Gebet / logiert: wohnt, untergebracht ist / Proklamator: Ausrufer / Psalm: altjüdisches Gotteslied aus dem Alten Testament; geistliches Lied

Aachener Nußprinten

Zutaten: 700 g brauner Sirup, 150 g Bienenhonig, 400 g Farinzucker, 1000 g Mehl, 5 g Pottasche, 5 g Natron, 5 g Piment, 5 g Koriander, 10 g Zimt, 5 g Nelken gemahlen, 1 Messerspitze Muskat, 1/4 l Wasser, etwas Eiweiß, Nüsse, Schokoladenglasur.

Zubereitung: Sirup und Honig mit dem Wasser heiß machen, aber nicht kochen. Zucker, Mehl und sämtliche Gewürze zugeben, zuletzt das Natron und die in einem Löffel Milch aufgelöste Pottasche. Den richtig durchgekneteten Teig über Nacht stehen lassen und dann ziemlich dünn ausrollen. Mit einem Messer längliche Streifen schneiden, mit Eiweiß bestreichen und mit sehr grob gehackten Nüssen bestreuen; die Nüsse noch etwas andrücken. Bei guter Hitze backen und nach dem Erkalten mit Blockschokolade oder Schokoladenglasur ganz überziehen. Diese Printen mindestens zwei bis drei Wochen lagern, da sie erst durch entsprechende Lagerung weich werden.

Der Graf von Habsburg

Zu Aachen in seiner Kaiserpracht,
Im altertümlichen Saale,
Saß König Rudolfs heilige Macht
Beim festlichen Krönungsmahle.
Die Speisen trug der Pfalzgraf des Rheins,
Es schenkte der Böhme des perlenden Weins,
Und alle die Wähler, die sieben,
Wie der Sterne Chor um die Sonne sich stellt,
Umstanden geschäftig den Herrscher der Welt,
Die Würde des Amtes zu üben.

Und rings erfüllte den hohen Balkon
Das Volk in freud'gem Gedränge,
Laut mischte sich in der Posaunen Ton
Das jauchzende Rufen der Menge.
Denn geendigt nach langem verderblichen Streit
War die kaiserlose, die schreckliche Zeit,

Und ein Richter war wieder auf Erden.
Nicht blind mehr waltet der eiserne Speer,
Nicht fürchtet der Schwache, der Friedliche mehr,
Des Mächtigen Beute zu werden.

Und der Kaiser ergreift den gold'nen Pokal,
Und spricht mit zufriedenen Blicken:
„Wohl glänzet das Fest, wohl pranget das Mahl,
Mein königlich' Herz zu entzücken;
Doch den Sänger vermiß ich, den Bringer der Lust,
Der mit süßem Klang mir bewege die Brust
Und mit göttlich erhabenen Lehren.
So hab' ich's gehalten von Jugend an,
Und was ich als Ritter gepflegt und getan,
Nicht will ich's als Kaiser entbehren."

Und sieh, in der Fürsten umgebenden Kreis
Trat der Sänger im langen Talare,
Ihm glänzte die Locke silberweiß
Gebleicht von der Fülle der Jahre.
„Süßer Wohllaut schläft in der Saiten Gold,
Der Sänger singt von der Minne Sold,
Er preiset das Höchste, das Beste,
Was das Herz sich wünscht, was der Sinn begehrt,
Doch sage, was ist des Kaisers wert
An seinem herrlichsten Feste?"

„Nicht gebieten werd' ich dem Sänger", spricht
Der Herrscher mit lächelndem Munde.
„Er steht in des größeren Herren Pflicht,
Er gehorcht der gebietenden Stunde:
Wie in den Lüften der Sturmwind saust,
Man weiß nicht, von wannen er kommt und braust,
Wie der Quell aus verborgenen Tiefen,
So des Sängers Lied aus dem Innern schallt,
Und wecket der dunklen Gefühle Gewalt,
Die im Herzen wunderbar schliefen."

Und der Sänger rasch in die Saiten fällt
Und beginnt sie mächtig zu schlagen:
„Aufs Weidwerk hinaus ritt ein edler Held,

Den flüchtigen Gemsbock zu jagen.
Ihm folgte der Knapp' mit dem Jägergeschoß,
Und als er auf seinem stattlichen Roß
In eine Au kommt geritten,
Ein Glöcklein hört er erklingen fern,
Ein Priester war's mit dem Leib des Herrn,
Voran kam der Mesner geschritten.

Und der Graf zur Erde sich neiget hin,
Das Haupt mit Demut entblößet,
Zu verehren mit gläubigem Christensinn,
Was alle Menschen erlöset.
Ein Bächlein aber rauschte durchs Feld,
Von des Gießbachs reißenden Fluten geschwellt,
Das hemmte der Wanderer Tritte,
Und beiseit' legt jener das Sakrament,
Von den Füßen zieht er die Schuhe behend,
Damit er das Bächlein durchschritte.

,Was schaffst du?' redet der Graf ihn an,
Der ihn verwundert betrachtet.
,Herr, ich walle zu einem sterbenden Mann,

Der nach der Himmelskost schmachtet.
Und da ich mich nahe des Baches Steg,
Da hat ihn der strömende Gießbach hinweg
Im Strudel der Wellen gerissen.
Drum daß dem Lechzenden werde sein Heil,
So will ich das Wässerlein jetzt in Eil'
Durchwaten mit nackenden Füßen.‘

Da setzt ihn der Graf auf sein ritterlich' Pferd
Und reicht ihm die prächtigen Zäume,
Daß er labe den Kranken, der sein begehrt,
Und die heilige Pflicht nicht versäume.
Und er selber auf seines Knappen Tier
Vergnüget noch weiter des Jagens Begier,
Der andre die Reise vollführet,
Und am nächsten Morgen mit dankendem Blick
Da bringt er dem Grafen sein Roß zurück,
Bescheiden am Zügel geführet.

‚Nicht wolle das Gott‘, rief mit Demutssinn
Der Graf, ‚daß zum Streiten und Jagen
Das Roß ich beschritte fürderhin,
Das meinen Schöpfer getragen!
Und magst du's nicht haben zu eignem Gewinst,
So bleib' es gewidmet dem göttlichen Dienst,
Denn ich hab' es *dem* ja gegeben,
Von dem ich Ehre und irdisches Gut
Zu Lehen trage und Leib und Blut
Und Seele und Atem und Leben.‘

‚So mög' Euch Gott, der allmächtige Hort,
Der das Flehen der Schwachen erhöret,
Zu Ehren Euch bringen hier und dort,
So wie Ihr jetzt ihn geehret.
Ihr seid ein mächtiger Graf, bekannt
Durch ritterlich' Walten im Schweizerland,
Euch blühn sechs liebliche Töchter.
So mögen sie‘, rief er begeistert aus,
‚Sechs Kronen Euch bringen in Euer Haus
Und glänzen die spätsten Geschlechter!‘“

Und mit sinnendem Haupt saß der Kaiser da,
Als dächt' er vergangener Zeiten,
Jetzt, da er dem Sänger ins Auge sah,
Da ergreift ihn der Worte Bedeuten.
Die Züge des Priesters erkennt er schnell
Und verbirgt der Tränen stürzenden Quell
In des Mantels purpurnen Falten.
Und alles blickte den Kaiser an
Und erkannte den Grafen, der das getan,
Und verehrte das göttliche Walten.

Friedrich Schiller

die Wähler, die sieben: die sieben Kurfürsten / der Sterne Chor: die Planeten / die kaiserlose, die schreckliche Zeit: die Zeit des Interregnums, die mit der Wahl Rudolfs von Habsburg am 1.10.1237 in Frankfurt am Main beendet wurde / Mesner: Kirchen-, Meßdiener / Gewinst: Gewinn

Der Kreg enn Spanie

„Ich en lüg net", sad der Bamberg, „överdrieven es ming Sach net, merr et es för sich kapot ze ärgere, wenn me die jong Prüsse van Strabaze spreichen hürt. Hant se ens bei ä Manöver nasse Föß kregen, of wenn hön ens de Fengere gekält hant, of wenn se ens, zwei Dag ge Flesch en Bier kregen hant, dann spreiche se van Strabaze, en dat Kels met eson Snorrbärt! Enn der Snorrbart setzt geng Courasch, noch weneger enn et Klafe; ich lüg' net, merr dann wore für doch anger Kels! Et geht doch nüs över der Kreg, dat hescht över 'nen ordentliche Kreg, wo'r ä par Millionne blieve. Donderweer, Kardaunen en Granate! Wie geng dat enn Rußland en enn Spanie!" – „Wie geng dat dann doh?" sad der Fränz. „Loß ens Kod af, Bamberg, verzell ens gett!"

„Och", sad der Bamberg, „wie geng dat doh, doh kühnt ich Nahte van verzelle, merr we net derbei gewest es, en we der Napoleon en der Soult en der Ney en spiehder der aue Blücher net gekankt en gesprochen hat, de begrieft et doch net; esou gett moß me gesiehn han. We mich en der Wickes va Bergdresch els Housare bei der Soult gekankt hat, de moß sage, dat für Kels wore, Kardaune, Millionne! Enn dat Spanie, gegen die Spangoule en die Hond van die Engländer, doh gov et Strabaze, doh stonge für mieh els emol bes över der Navel zweimol vierenzwanzig Stond ohne ze eißen en ze drenke ege Wasser, en dogen et ons op'ne Konjack. Merr wenn der Soult dann kohm en reif: ‚Dag, Jongens! Wie geht et dich, Bamberg, halt ’r et ouch us? Lott mich die Domgrove van Engländer merr net eröver!‘ Dann wod an Strabaze net gedaht. – Der Dosch ploget mich döck; wie gesad, me hau nüs els äne jaue Konjack; wegeworöm, de Spangoule hauen alle Flöß vergeft.“

„Merr“, sad der Fränz, „wie geng et üch dann met de Ped?“ – „Met de Ped“, sad der Bamberg, „dat wor än Klengighed, die soffen alle Dag jedderent sing vier, fönf Ämmere van der fingste Bomolig en wote deck en fett wie de Mölchere; dobei frosse se nüs els der fingste Haver, Ries en Klömp Zocker; die Öster hauen et doch jod! De Mannschaft hau et justement ouch net schleht; Wißbroud van dreimol dörchgebüld Mehl, Proumekompott en Gebrods alle Dag, alle Dag, die Gott komme leiß, en wat de Hauptsach wor, Konjack, en wat för ene Konjack! Esou völ els me drenke wau, doh wor geng Sproch van Ratioune. ‚Kenger‘, sad der Soult, ‚kritt et üch merr; ich krig mich ouch, wat ich krigge kann. Loß et dich a nüs fehle, Bamberg; vlecht han ich dich desse Nommedag nühdig!‘ – ‚Vot servitür, General‘, sad ich. ‚Verlott üch op der Bamberg, en wenn der Düvel ze Ped kühm.‘ – Rechtig, des Nommedags töschs vier en fönf lett he mich rofe. ‚Bamberg‘, sad he, ‚du kühns mich ä Pläsir duhn!‘ – ‚Vot servitür, General‘, sad ich, ‚stong ze Dengst!‘ – ‚Ja‘, sad he, ‚du moß efel der Wickes va Bergdresch met opsetze losse, dann ben ich van ming Sach secher. Do henge‘, sad he, ‚op dat Berchsge hant de Engländer zwei Kanone opgeplanzt; ich weu, dat ’r hön die afnühmt, ohne völ Behei ze mache.‘ – ‚Bong‘, sad ich, ‚dat sal gescheie.‘ Ich goh; doh röft der Mann mich noch ens öm. ‚Noch ä Wod, Bamberg! Vergeist net, üch ä Kötterefche Konjack met zu nemme.‘ Wie doch esonen Herr net för der gemenge Mann sörget!

Der Wickes en ich drop a, für rekognoszieren, rechtig, zwei Kanone, seszeng Mann Bedinong. ‚Donderweer, Kardaunen en Granate!‘ sad ich. ‚Wickes, dat es ä grauf Knöttche, merr für mossen der Aue dat Pläsir duhn. Rieh du drop a en fang gett Spargixe met di Ped a, dann fangen sei a ze schesse, enn der Zitt rieh ich hengen eröm en fallen egen Röck.‘ Esou gesad, esou gedohn. ‚Wickes‘, sad ich noch, ‚de Ihr van Ochen hängt dra, wenn dat os glöckt.‘ – ‚Bamberg‘, sad he, ‚verloß dich op mich!‘ Wie överlad, ich hengen eröm, ich lüg net, en wie der Düvel ben ich onger de Engeländer. ‚Ojeses!‘ reif glich der Offizir, ‚wat get dat, dat es der Bamberg van Oche!‘ Ich met der Wickes hau, scheß en steich er Stöck of acht doud, die angere gefange en nun met de Kels en de Kanone enn Galop noh der Soult.

Wie deh os sith, sed he: ‚Bamberg, dat has de jod gemagd, merr ühr seth us wie de Verekens; göt üch gett ömkleie en komt desen Ovend et Schlädge bei mich eißen, du en der Wickes va Bergdresch; merr hei, Jongens, drenkt ens, dat get üch neu présence d’esprit.‘

Für soge wörklich, dat ich et selver sag, us wie de Verekens va Stöp, Polver en Blod en haue genge Vahm ganz mieh age Lief, esou hauen de Kels op os engehaue."

„Dat wor stärk", sad der Fränz. „Merr wie kohm et, dat ühr doför net avanziret?" – „Och wat", sad der Bamberg, „avanzire, wat hei me dovan gehat? Nüs! Der Soult sad döck en kloppet mich open Schauer: ‚Bamberg, du esouwahl wie der Wickes va Bergdresch, ühr würd att lang General, wenn 'r merr ä besche Lesen en Schrieve kühnt'. – ‚Och', sad ich dann, ‚lott mich, wat ich ben, gemengen Housar; dann kann ich völ beister an der Kreg denke els äne General, de bau nüs deht els schrieve.' – ‚Bamberg', sad he dann, ‚du has eigentlich doch recht.'"

„Merr", sad der Fränz, „has de net ouch ens gett met et Marie Louis gehat?"

„Düvel hol", sad der Bamberg, „Kardaune, Millionne! Dorop loß ich mich noch en Haufpenk komme. Kardaunen en Granate, dat wor der schönnste Dag va mi Leve, wenn ich hondert Johr od wöd! De Sach wor die: Der Soult scheckt mich met en Depesch an der Massena. Ich rieh; än half Stond op Weg siehn ich ä Lager noh bei de Landstroß; ich rieh föran, op emol siehn ich ä Frauenzemmer, wat met äne wisse Doch wenkt. Ich gev mi Brüngche ä Spörche, en drop a! Kreuz, Granate! Ich lüg net! We setzt mich doh? – Der Napoleon selvs met et Marie Louis opene Schous. Bei die Gelegenhed soch ich dann ouch sing Bröncher, en dat hau ä Brönche! Ich mag de Honnörs en sag: ‚Sire, wat wür üch gefällig?' – ‚Nun sad ens', sad der Napoleon, de entöschens et Marie Louis afgesatzt hau, ‚sed ühr net der Bamberg van Oche, de leis met der Wickes va Bergdresch die zwei Kanone erobert hat?' – ‚Vot servitür, Sire', sad ich, ‚dat es esou!' – ‚Dann freut et mich', sad he drop, ‚ühr Kennes ze mache; wo rieht er hen?' – ‚Ich rieh en Depesch van der Soult noh der Massena, Sire, en han geng Zitt ze verlüse.' – ‚Marie', sad he drop, ‚drenk döm ens zau; dat es der Bamberg van Oche.' Het, net foul, schött mich äne Spezial Konjack enn, kort ens dra en sed: ‚A vous, Bamberg!' Ich mag de Honnörs en nemm mich dat Speziälche open Lamp; merr dat wor ä Konjäcksge! Kardaunen en Granate! – Ich driehn mi Brüngche, gev em ä Spörche, en futt wie der Deuvel! ‚Complement an der Wickes va Bergdresch!' reif der Napoleon, en et Marie Louis wenket mich noch noh met si batiste Sackdögelche. Kreuz, Element! Fränz, dat müdste gesiehn han! Ich lüg net, överdrieven es ming Sach net."

Aus: Germaniens Völkerstimmen, Bd. 3

merr: aber / kapot ze ärgere: zum Totärgern / Hant se: haben sie / of: oder / geng: keine / Klafe: Schwatzen / für: wir / nüs: nichts / Donderweer: Donnerwetter / Kod: Schnur, Seil / gett: etwas / Nahte: Nächte / der aue: den alten / gekankt: gekannt / Wickes: Ludwig / Bergdresch: Name eines Aachener Stadtviertels / stonge: standen / drogen: taten / Domgrove: Aachener Schimpfwort / Der Dosch ploget mich döck: Durst plagte mich oft / me hau: man hatte / met de Ped: mit den Pferden / van der fingste Bomolig: vom feinstem Baumöl / wote: wurden / die Öster: die Äser, Luder / dörchgebüld: durchgebeuteltem / Proumekompott: Pflaumenkompott / Gebrods: Braten / wau: wollte / Ratioune: Rationen / Kenger: Kinder / vlecht: vielleicht / Nommedag: Nachmittag / Vot servitür: zu euren Diensten, euer Diener / töschs: zwischen / Pläsir: Freude, Gefallen / stong: stehe / efel: aber / Do henge: da hinten / weu: wollte / hön: ihnen / Behei: Lärm, Geschrei / Bong: bon (franz.: gut) / Kötterefche: Fläschchen / rekognoszieren: auskundschaften, erkunden / grauf: grobes / der Aue: dem Alten / rieh: reite / Ihr: Ehre / överlad: überlegt / get: gibt / steich er: steche ihrer / Verekens: Schweine / gett ömkleie: etwas umkleiden / Schlädge: Salätchen / présence d'esprit (franz.): Geistesgegenwart / Für soge: wir sahen / Stöp: Staub / genge Vahm: keinen Faden / avanziret: befördert wurdet / hei: hätten / döck: oft / Schauer: Schulter / bau nüs deht: bald nichts tut / Haufpenk: eine halbe Pinte / od: alt / siehn: sehe / äne wisse Doch: einem weißen Tuch / mi Brüngche: meinem Braunen / We setzt mich doh?: wer sitzt da vor mir? / Marie Louis: Marie Louise (1791 – 1847), Tochter Kaiser Franz II. und seit 1810 zweite Gemahlin Napoleons I. / opene Schous: auf dem Schoß / sing Bröncher: ihre Waden / Honnörs: honneurs (franz.: Ehrenerweisungen, -bezeigungen) / Sire: Majestät / entöschens: inzwischen / leis: jüngst, letzthin / es esou: ist so / Kennes: Bekanntschaft / rieht er: reitet ihr / geng Zitt ze verlüse: keine Zeit zu verlieren / ens: einmal / Het: diese / Spezial: einen halben Schoppen / kort: kostet, schmeckt / A vous, Bamberg (franz.): für euch, Bamberg; auf euer Wohl, Bamberg / driehn: drehe / Complement: compliment (franz.: Gruß, Glückwunsch) / wenket: winkte / Sackdögelche: Schnupftüchlein / överdrieven: übertreiben

Aus dem Leben Karls des Großen
(Auszug)

Die Kleidung, die er trug, war die seiner Väter, d. h. die fränkische. Auf dem Leib trug er ein leinenes Hemd und leinene Unterhosen; darüber ein Wams, das mit einem seidenen Streifen verbrämt war, und Hosen; sodann bedeckte er die Beine mit Binden und die Füße mit Schuhen und schützte mit einem aus Fischotter- oder Zobelpelz verfertigten Rock im Winter Schultern und Brust; dazu trug er einen blauen Mantel und stets ein Schwert, dessen Griff und Gehenk von Gold oder Silber waren. Bisweilen trug er auch ein mit Edelsteinen verziertes Schwert, dies jedoch nur bei besonderen Festlichkeiten oder wenn Gesandte fremder Völker vor ihm erschienen. Ausländische Kleidung jedoch wies er zurück, mochte sie auch noch so schön sein, und ließ sie sich niemals anlegen. Nur zu Rom kleidete er sich einmal nach dem Wunsch des Papstes Hadrian und ein zweites Mal auf die Bitte seines Nachfolgers Leo in die lange Tunika und Chlamys und zog auch Schuhe nach römischer Art an. Bei festlichen Gelegenheiten schritt er in einem mit Gold durchwirkten Kleid und mit Edelsteinen besetzten Schuhen, den Mantel durch eine goldene Spange zusammengehalten, auf dem Haupte ein aus Gold und Edelsteinen verfertigtes Diadem, einher; an andern Tagen unterschied sich seine Kleidung wenig von der gemeinen Tracht des Volkes.

In Speise und Trank war er mäßig, mäßiger jedoch noch im Trank, denn Trunkenheit verabscheute er an jedem Menschen aufs äußerste, erst recht denn an sich und den Seinigen. Im Essen jedoch konnte er nicht so enthaltsam sein, vielmehr klagte er häufig, das Fasten schade seinem Körper. Höchst selten gab er Gastereien und nur bei besonderen festlichen Gelegenheiten, dann jedoch in zahlreicher Gesellschaft. Beim gewöhnlichen Essen wurden nur vier Gerichte aufgetragen außer dem Braten, den ihm die Jäger am Bratspieß zu bringen pflegten und der ihm lieber war als jede andere Speise. Während der Tafel hörte er einen Musikaten oder einen Vorleser. Er ließ sich die Geschichten und Taten der Alten vorlesen; auch an den Büchern des heiligen Augustinus hatte er Freude, besonders an denen, die „vom Staate Gottes" betitelt sind. Im Genuß des Weins und jeglichen Getränks war er so mäßig, daß er beim Essen selten mehr als dreimal trank. Im Sommer nahm er nach der Mahlzeit etwas Obst zu sich und trank einmal, dann legte er Kleider und Schuhe ab, wie er es bei Nacht tat, und ruhte zwei bis drei Stunden. Nachts unterbrach er den Schlaf vier- oder fünfmal, indem er nicht bloß aufwachte, sondern auch aufstand. Während er Schuhe und Kleider anzog, ließ er nicht allein seine Freunde vor, sondern wenn

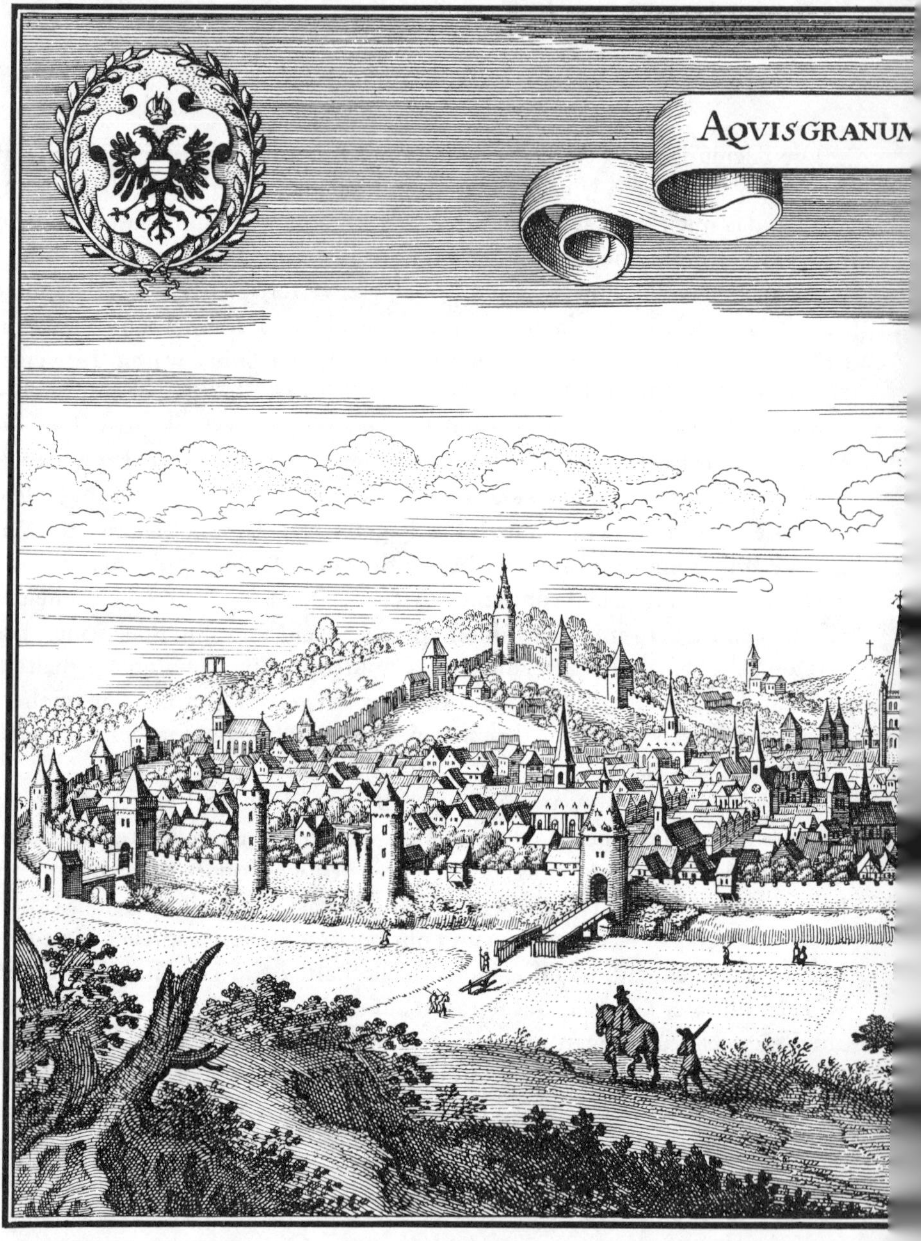
AQVISGRANUM

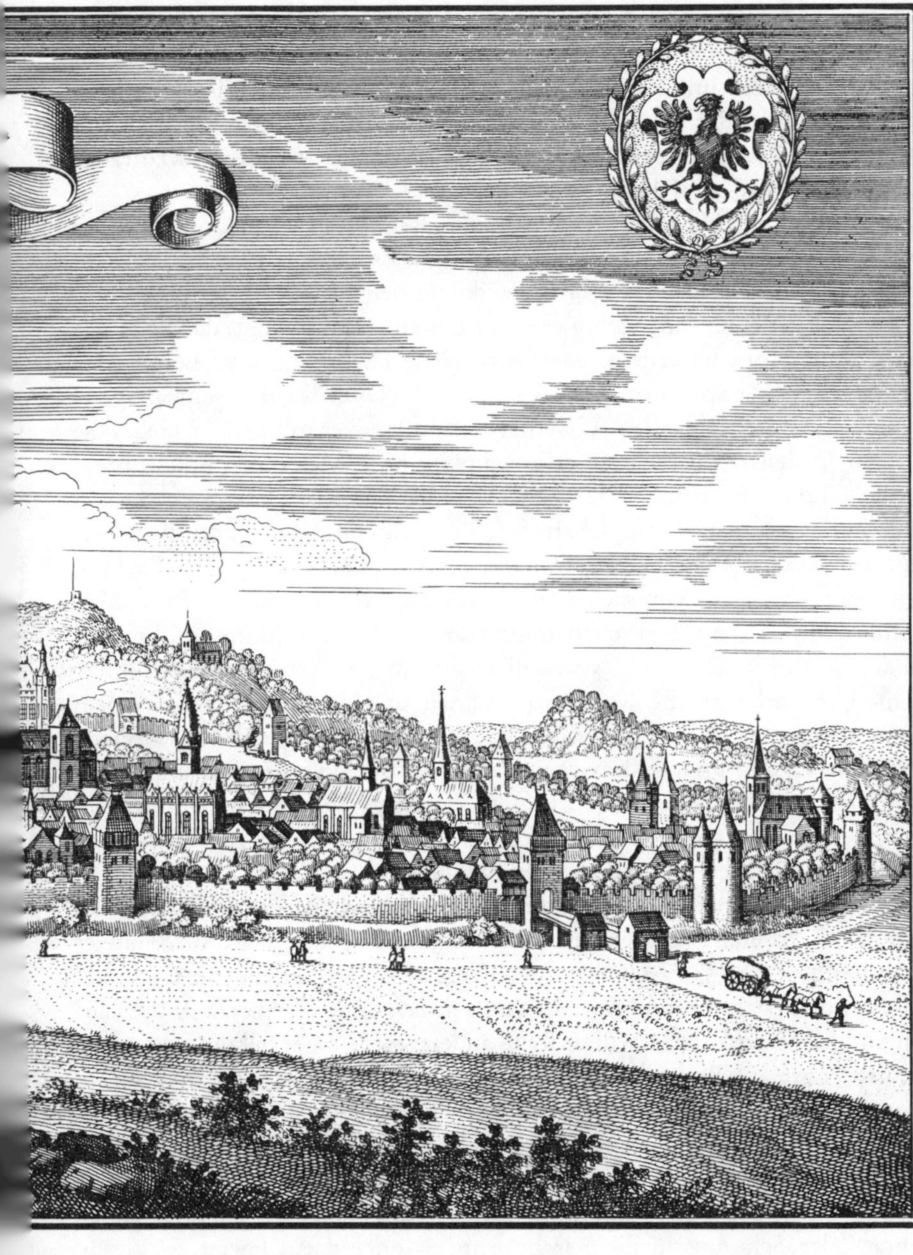

der Pfalzgraf von einem Rechtsstreite sprach, der nicht ohne seinen Ausspruch entschieden werden konnte, so hieß er die streitenden Parteien sofort hereinführen und sprach nach Untersuchung des Falls das Urteil, als säße er auf dem Richterstuhl; und das war nicht das einzige, sondern was es für diesen Tag an Geschäften zu tun und einem seiner Diener aufzutragen gab, das besorgte er zu dieser Stunde.

Reich und überströmend floß ihm die Rede vom Mund, und was er wollte, konnte er leicht und klar ausdrücken. Es genügte ihm jedoch nicht an seiner Muttersprache, sondern er widmete sich auch der Erlernung fremder Sprachen: darunter brachte er es im Lateinischen so weit, daß er es wie seine Muttersprache redete, das Griechische aber konnte er besser verstehen, als selber sprechen. Er war so beredt, daß er sogar geschwätzig erscheinen konnte. Die edlen Wissenschaften pflegte er mit großer Liebe, die Meister in denselben schätzte er ungemein und erwies ihnen hohe Ehren. In der Grammatik nahm er Unterricht bei dem greisen Diakon Petrus von Pisa, in den übrigen Wissenschaften ließ er sich von Albinus, mit dem Beinamen Alkuin, ebenfalls einem Diakon, unterweisen, einem in allen Fächern gelehrten Mann, der von sächsischem Geschlechte war und aus Britannien stammte. In dessen Gesellschaft wandte er viel Zeit und Mühe auf, um sich in der Rhetorik, Dialektik, vorzüglich aber in der Astronomie zu unterrichten. Er erlernte die Kunst zu rechnen und erforschte mit emsigem Fleiß und großer Wißbegierde den Lauf der Gestirne. Auch zu schreiben versuchte er und pflegte deswegen Tafel und Büchlein im Bett unter dem Kopfkissen bei sich zu führen, um in müßigen Stunden seine Hand an das Nachmachen von Buchstaben zu gewöhnen. Doch hatte er mit seinem verkehrten und zu spät angefangenen Bemühen wenig Erfolg.

Der christlichen Religion, zu der er von Jugend auf angeleitet worden, war er mit größter Ehrfurcht und Frömmigkeit zugetan. Darum erbaute er auch das herrliche Gotteshaus zu Aachen und stattete es aus mit Gold und Silber, mit Leuchtern und mit ehernen Gittern und Türen. Da er die Säulen und Marmorplatten für die Kirche anderswoher nicht bekommen konnte, ließ er sie aus Rom und Ravenna herbeischaffen. Die Kirche suchte er morgens und abends, auch bei den nächtlichen Horen und zur Zeit der Messe fleißig auf, solange es ihm sein Befinden erlaubte; und er ließ es sich angelegen sein, daß alle gottesdienstlichen Verrichtungen mit möglichst großer Würde begangen würden, indem er häufig die Küster mahnte, keinen Unrat oder Schmutz in die Kirche bringen oder darin liegen zu lassen. Heilige Gefäße aus Gold und Silber sowie priesterliche Gewänder ließ er in solcher Menge anschaffen, daß nicht einmal die Türsteher, die doch den untersten kirchlichen Grad bilden, beim Gottesdienst in ihrer gewöhnlichen Kleidung zu erscheinen brauchten. Auf die Verbesserung des Lesens und

Singens in der Kirche wandte er große Sorgfalt. Denn von beiden Dingen verstand er ziemlich viel, wenn er auch selbst nicht öffentlich las und nur leise im Chor mitsang.

Einhard

Gehenk oder Gehänge: Waffengurt / Papst Hadrian I. (772 – 95) rief 773 Karl den Großen gegen die Langobarden zu Hilfe und erhielt von diesem das Schenkungsversprechen Pippins von 754 bestätigt, das dem Kirchenstaat erhebliche Gebietsgewinne sicherte / Papst Leo III. (795 – 816) krönte Karl den Großen am 25.12.800 zum Kaiser / Chlamys (griech.): altgriechischer Überwurf für Reiter und Krieger / Augustinus (354 – 430): einer der vier großen lateinischen Kirchenväter und seit 395 Bischof von Hippo Regius in Nordafrika; von seinem reichen Schrifttum sind besonders seine „Bekenntnisse" und der „Gottesstaat" (De Civitate Dei) von großem Einfluß gewesen / Alkuin (um 735 – 804) wurde 782 ins Frankenreich berufen und war der Lehrer und Ratgeber Karls des Großen; von seinen Briefen an den letzteren sind 232 erhalten / Horen: Stundengebet der katholischen Geistlichen

Die buckligen Musikanten

Es lebte hier einmal ein buckliger Musikant, der auf den benachbarten Dörfern bei Hochzeiten und bei Kirmessen zum Tanze aufspielte. Eines Tages kehrte er sehr spät am Abend von Eilendorf nach Aachen zurück. Als er eben am Münster vorbeiging, da schlug die Turmglocke in langsamen und dumpfen Schlägen zwölf Uhr. Bei dem letzten Schlag kam es ihm vor, als höre er Eulengekrächz und das Schwirren von ungewöhnlich großen Fledermäusen in der Luft, am Boden bemerkte er eine Menge schwarzer Katzen, die ihn mit feurigen Augen anglotzten. Jetzt erst erinnerte er sich mit Schrecken, daß heute gerade eine Quatembernacht war. Allein, was wollte er tun; mit beschleunigten Schritten eilte er der Schmiedstraße zu und war eben bis ans Grashaus gekommen, als er wie versteinert stehenblieb. Er sah plötzlich das ganze Pervisch, den jetzigen Fischmarkt, mit schön gedeckten Tafeln besetzt, worauf in silbernen und goldenen Gefäßen die köstlichsten Speisen dufteten. Der Wein blinkte in kristallenen Krügen und Tausende von Kerzen erhellten das Ganze. An allen Tischen saßen herrlich geputzte Damen und freuten sich des Mahles, und unter ihnen waren gar viele aus der Stadt, die der Spielmann wohl kannte, deren Namen aber nie bekannt wurden, weil er sie seiner Frau nicht nannte, trotz ihres Bittens und Drohens. Vor Entsetzen über alle diese Hexen kauerte sich der Musikant in einer Ecke nieder und hoffte, so unbemerkt zu bleiben. In diesem Augenblick faßte ihn aber schon eine der Damen beim Arm und redete ihn also an: „Nur nicht so furchtsam, guter Spielmann, tritt näher und spiele uns zum Tanze auf, wir werden dir dafür dankbar sein und dich reichlich belohnen!" Indem sie so sprach, reichte sie demselben einen Pokal des kostbarsten Weines. Mit schlotterndem Gebein und klappernden Zähnen verneigte sich der Spielmann und trank den Pokal in voller Verwirrung in einem Zug aus, und hierauf schien plötzlich alle Furcht von ihm gewichen. Unterdessen waren alle Tische beiseite geschoben worden, und der Boden des ganzen Pervisches war spiegelglatt, die Damen standen zu zwei und zwei gepaart zum Tanzen bereit, da ergriff der Musikant die Geige und fiedelte drauf los nach besten Kräften. Hei wie lustig ging das nun her! Die Damen wirbelten im Kreise immer lustiger, immer schneller und toller, der Fiedler mußte stets rascheres Tempo nehmen, und was ihm sonst schwer war, schien ihm jetzt leicht, und er meinte selbst, so rein, so voll und so kräftig wie heute habe er nie gespielt. Dabei kam es ihm vor, als höre er in der Luft ein vollständiges Orchester, was in seine Melodien und Harmonien einstimme und ihn nur als Vorgeiger betrachte. Selbst wenn er glaubte, in Dissonanzen geraten zu sein, deren Auflösung ihm unmöglich schien, entwickelten sich dieselben auf eine wunderbare Weise.

Endlich schlug es drei Viertel vor ein Uhr, die Dame, die ihn zum Spielen aufgefordert hatte, winkte ihm jetzt aufzuhören, und plötzlich standen alle Paare still. Sogleich waren Tische und Stühle in die frühere Ordnung gebracht, und die Damen ließen sich auf ihre Sitze nieder und erquickten sich am Weine. Der Fiedler stand ganz verlegen da und wußte nicht, ob er bleiben oder weggehen sollte, da trat dieselbe Dame zu ihm und sprach: „Du hast uns eine angenehme Stunde bereitet, empfange nun auch deinen Lohn!" Indem sie diese Worte redete, hatte sie ihm das Wams ausgezogen und nahm ihm dann schmerzlos den Höcker weg. Ehe sich unser Spielmann von seinem Staunen erholen konnte, schlug es ein Uhr, und mit dem Schlage war alles verschwunden, so daß er anfangs glaubte, er habe nur geträumt. Allein es war Wirklichkeit. Er tappte vorn und hinten und nach allen Seiten nach dem Höcker, denn er glaubte noch immer, derselbe habe sich durch das kräftige und angestrengte Spielen nur versetzt, doch nein, fort war er für immer, und der Spielmann stand da, schlank und wohlgebaut, und fast um einen halben Fuß größer, als er vordem war, denn der Hals war zwischen den Schultern hervorgetreten und das Rückgrat hatte sich um einen Wirbel verlängert. Er eilte nach Hause zu seiner Frau, die ihn im ersten Augenblick nicht wiedererkannte und mit Entsetzen und Verwunderung das seltsame Erlebnis ihres Mannes vernahm. Es folgte aber noch eine neue Überraschung, denn als sie ihrem Manne das Wams ausziehen half, fand sie, daß dasselbe ganz außerordentlich schwer war; bei näherer Untersuchung der Taschen ergab sich, daß dieselben mit blanken Gold- und Silbermünzen gefüllt waren.

Dadurch war nun das Glück der armen Spielmannsfamilie begründet.

Eine so auffallende Metamorphose, wie sie sich bei hellem Tage erst recht zeigte, erregte, wie natürlich, bei allen, die den Spielmann früher in seiner Verkrüppelung gekannt hatten, das größte Aufsehen. Im Wirtshaus, auf Markt und Gassen mußte er oft das ganze Erlebnis erzählen, und dies tat er denn auch unverdrossen und mit sichtbarem Wohlbehagen, und alle hörten gern zu und freuten sich seines Glückes. Nur einer von seinen vielen Bekannten war ihm deshalb neidisch und scheelsüchtig. Es war ein Fachgenosse, ein Fiedler wie er, der sich von ihm nur dadurch unterschied, daß er den Buckel vorn trug, während der andere ihn ehemals hinten hatte. Sein Neid wuchs mit jedem Tag und wurde bei ihm noch besonders dadurch genährt, daß er glaubte, auf der Geige ein viel bedeutenderer Künstler zu sein als der glückliche Buckelbefreite. Er harrte daher mit Sehnsucht auf die nächste Quatembernacht und erwartete für sein besseres Spiel auch eine größere Belohnung. Mit jedem Tag wurde ihm der Buckel drückender und schwerer, er wußte nicht, daß der Neid auch alle körperlichen Gebrechen ausdehnt und vergrößert. Endlich war die Quatembernacht gekommen, und mit dem Glockenschlag zwölf stand er mit seiner Fiedel in der Hand am Pervisch und sah nun mit seinen eigenen Augen genau dasselbe Schauspiel, wie sein Fachgenosse es ihm geschildert hatte. Alsbald forderte eine der Damen ihn zum Spielen auf, und er begann die schönsten Weisen, die er wochenlang eingeübt hatte. Die lustigsten Melodien schlugen ihm aber in Klage- und Trauertöne um, und nur langsam und trübselig bewegten sich die Tänzerinnen vom Fleck. Ein gellendes Gelächter, Zischen und Pfeifen erschallte in der Luft, allein der Spielmann hörte es nicht, er bemerkte in seinem Dünkel auch nicht, daß er immer falschere Akkorde griff, und fiedelte daher wacker drauf los, bis der Bogen ihm vor Müdigkeit aus den Händen fiel. Da hörte der Tanz auf, und keck und dreist näherte sich der Spielmann der Dame, die am Tisch den Vorsitz führte, und erkannte mit großer Verwunderung darin die Frau Bürgermeisterin. „Ei, ei, gestrenge Frau", redete er sie voll Übermut an, „was würde wohl der hochweise Herr Gemahl sagen, wenn er wüßte, daß auch Sie zu den Besenstielreiterinnen gehören? Doch haben Sie jetzt nur die Gewogenheit, mir den Lohn für mein Spiel zu geben, der, wie ich hoffe und erwarten darf, für mich etwas reichlicher ausfallen dürfte als für den Stümper, der den Damen neulich aufgespielt hat." Er hatte sich inzwischen Wams und Hemd ausgezogen und stand, weil es eine kalte Herbstnacht war, schlotternd und zitternd da. Ohne ein Wort zu sagen, hob die Dame den Deckel von einer silbernen Schüssel, nahm den darin aufbewahrten Höcker seines Gesellen hervor und fügte ihm denselben schmerzlos in den Rücken. Da tönte es ein Uhr vom Münster her, und alles war im Nu verschwunden. Unser Neidhard stand noch allein da und war nun mit einem doppelten Bollwerk versehen und mußte dann, schwerer beladen, als er gekommen war, nach Hause gehen.

Noch viele Jahre zog er so durch die Straßen der Stadt als ein Warnzeichen für alle, daß Neid und Dünkel die beschämendsten Strafen verdienen.

Joseph Müller

Quatember (lat.): Vierteljahrsbeginn, vierteljährlicher katholischer Festtag / Metamorphose (griech.): Umgestaltung, Verwandlung / scheelsüchtig: neidisch, mißgünstig / Besenstielreiterinnen: Hexen / Neidhart: Neider

Der bestrafte Fähnrich

Es marschierten drei Regimenter wohl über den Rhein,
Ein Regiment zu Fuß, ein Regiment zu Pferd
Und auch ein Regiment Dragoner.

Bei einer Frau Wirtin, da kehrten sie ein,
Die hatt' ein schwarzbraunes Mägdelein,
Die schlief wohl ganz alleine.

Und als das schwarzbraun Mädel vom Schlaf erwacht',
Vom Schlaf erwacht' und sich bedacht',
Da fing es an zu weinen.

„Ach, schönste Mad'moiselle, warum weinet Sie so sehr?"
„Ein junger Offizier von eurer Kompanie
Hat mir die Ehr' genommen."

Der Hauptmann, das war gar ein zorniger Mann,
Die Trommel ließ er rühr'n, die Trommel ließ er rühr'n,
Den Feldmarsch ließ er schlagen.

Er ließ sie aufmarschieren zu zweien und zu drei'n,
Zu dreien und zu vieren, zu vieren und zu zwei'n,
Daß sie ihn sollt' erkennen.

„Ach, schönste Mad'moiselle, ach kennt Sie ihn nicht?"
„Da vorn tut er reiten, der dritte in dem Ritt,
Der jetzt die Fahne tut schwenken."

Der Hauptmann, der war gar ein zorniger Mann,
Einen Galgen ließ er baun, gar weit zu schaun,
Den Fähnrich dran zu hängen.

„Ach liebe Kameraden, um was ich euch noch bitt':
So jemand nach mir fragt, daß ihr ihm sagt,
Ich wär' mit Ehr'n erschossen."

Des andern Morgens früh kam Fähnrichs kleine Frau:
„Ach Gott, wo ist mein Mann? Ach Gott, wo ist mein Mann?
Wo mag er sein geblieben?"

„Ach schönste beste Frau, eu'r Mann, der ist nun tot!
Da draußen vor dem Tor, da draußen vor dem Tor
Hab'n ihn zwei Spanier erschossen."

Der Düvel singen Dumm

Enn Oche egen Wolefsdör
Doh stecht der Dumm van Luzifer,
En we den Dumm erus do tröck,
De kühnt wahl sage va Gelöck!
Woröm? De krieg ä gölde Kleed
Van mieh els dusend Daler Weth.
En öm de Schatz nun ze verdenge,
Böttle grousse Kenk en klenge
Hei age Mönster stondelank;

En hant s'em nun bau egen Hank,
Dann prutscht he glich wier op sing
En alles lachd dann egen Hell. [Stell,
Den Düvel, döm de Fenger fehlt
En de sich dröm noch ömmer quält,
De wed dann geftig wie en Pätt
En gringt allfresslich dann en sed:
„Die Kenk hant mich zwor nüs gedoh,
Dön kühnt ich räuhig losse goh,

Ich effel kann noch net vergeisse,
Wie dön hön Beistevaar en Beisse
Mich ens zer Zitt hant transeniert
En met de Wauf duh angeschmiert.
Ich mag hön Kenk datt Kleed dröm sur
En stell mich ömmer op de Lur;
Ich liehr hön Kenk de Zitt verderve,
Ich loss hön Stolz en Hofard erve,
'sou hauf ich, krieg ich jaue Kauf
Ming Menschesiel noch för der Wauf."

Joseph Müller

Der Düvel singen Dumm: des Teufels Daumen / stecht: steckt / Luzifer: Name des Satans / tröck: zieht / kühnt: könnte / Weth: Wert / ze verdenge: zu verdienen / Böttle: bohren / Kenk: Kinder / bau egen Hank: beinahe, bald in der Hand / prutscht: gleitet, entschlüpft / Pätt: Kröte / En gringt allfresslich: und grinst entsetzlich / sed: sagt / Beistevaar en Beisse: Großväter und Großmütter / zer Zitt: vorzeiten / transeniert: gequält / Wauf: Wolf / sur: sauer / op de Lur: auf die Lauer / 'sou hauf ich: so hoffe ich / jaue Kauf: billig / Menschesiel: Menschenseele

Das Wappen von Aachen

Großer Unglücksfall auf Zeche Gulay bei Würselen (25./26. Januar 1834)

In der Mitternachtsstunde vom 25. auf den 26. Januar 1834 wurden die Bewohner des sogenannten Teuter Hauses bei Würselen, in der Nähe von Aachen, durch ein donnerähnliches Getöse aufgeschreckt und sahen, als sie ins Freie geeilt waren, auf der Wiese vor ihrer Türe in der Richtung zu der nur fünf Minuten entfernten Grube Gulay mehrere Tagesbrüche (Erdfälle), aus deren einem ein dicker Wasserstrahl in die Höhe stieg.

Der von ihnen geweckte Grubendirektor Rasquinet fand das Unglück vollendet.

Ungeheure Wassermassen, die sich in den in den höheren Teufen befindlichen und schon seit langen Jahren ausgekohlten und verlassenen Räumen gesammelt, waren, ohne daß irgendeine Fahrlässigkeit Anlaß gegeben haben kann, durchgebrochen und hatten sich, unter einem Druck von vielleicht einhundert Lachter Höhe, mit einer solchen Schnelligkeit in die tieferen, in Betrieb stehenden Baue ergossen, daß es von den zu dieser Zeit in der Grube befindlichen vierundsiebzig Arbeitern nur elf Anschlägern und Pferdetreibern, die in der Nähe des Schachtes beschäftigt waren, gelang, sich zu retten, als der den Durchbruch des Wassers begleitende heftige Windstoß ihre Lichter ausschlug und auf ihrer Flucht das Wasser sie bereits verfolgte.

Das Wasser stieg reißend schnell; gegen ein Uhr nachts, ungefähr eine Viertelstunde nach erfolgtem Durchbruch, stand es schon vierzehn Fuß hoch über der Schachtsohle.

Der nächste Versuch zur Rettung der Zurückgebliebenen blieb, den ferneren Aufgang der Wasser zu hemmen und das eingetretene unter Kontrolle zu bekommen; dazu wurden, während allseitig Hilfe und Aufsicht herbeieilte, sogleich die vorhandenen beiden bedeutenden Dampfmaschinen verwendet; allein, obgleich diese unausgesetzt spielten und sogleich Maßregeln getroffen wurden, die Wasser der unweit vorbeifließenden Wurm nicht noch hinzutreten zu lassen, was auch gelang, wuchs das Wasser ohne Nachlaß bis zum 28. des Monats in der Stunde zwei Zoll, später fortgesetzt ein Zoll in der Stunde, so daß die Höhe am 30. Januar morgens an vierunddreißig Fuß betrug und somit die Kraft der Maschinen nicht hinreichte, dasselbe zu bewältigen.

Es hatten sich am 26. Januar gleich die Bergbeamten und Grubendirektoren der Nähe mit Abgesandten der königlichen Regierung an dem Ort des Unglücks zusammengefunden und erkannten in gemeinschaftlicher Beratung, daß, wenngleich anzunehmen war, daß ein großer Teil der Eingeschlossenen gleich im ersten Augenblick des Durchbruches seinen Tod im Wasser gefunden haben dürfte, es doch auch nicht unwahrscheinlich sei, daß manche sich in die oberen Strecken gerettet haben würden, die vom Schacht aus westlich bedeutend ansteigen und daher vom Wasser erst nach und nach erreicht wurden.

Um zu diesen Strecken zu gelangen, hätte man vom Schacht aus einen Querschlag treiben müssen, allein dieses Projekt, zu dessen Ausführung man wenigstens zweihundertvierzig Fuß Felsen und wenigstens ebensoviel Kohlenwand hätte durchbrechen müssen, mußte, weil dazu ein Zeitaufwand von mehr als vierzehn Tagen erforderlich war, während überdies die stets zunehmenden Wasser durchaus hinderten, aufgegeben werden. Dagegen schritt man sogleich zu dem Versuch, einen alten, verschütteten, unfern der Stelle, wo der Durchbruch stattgefunden, stehenden Schacht aufzuziehen, um aus diesem nach den offenen Bauen zu den Eingeschlossenen vorzudringen; allein, auch dieses Unternehmen ergab sich, der Anstrengung ungeachtet, mit der man unausgesetzt arbeitete, schon am zweiten Tag als unausführbar und mußte, bei der Unmöglichkeit, der Wassermassen Herr zu werden, eingestellt werden.

Am 28. Januar traf der königliche Oberbergrat von Oeynhausen als Kommissar des Königlichen Oberbergamtes ein und versammelte sogleich alle Lokal- und Sachverständigen der Gegend zu einer neuen Beratung, in der als einziges Mittel erkannt wurde, einen andern alten Schacht im Wurmtal, von dem aus frühere Baue geführt worden sind, aufzuwältigen, um von diesen, die hoffentlich hin und wieder noch offen sein dürften, zu den neuen Bauen und in diesen zu den Eingeschlossenen vorzudringen.

Unterstützt auf jede Weise, schritt man mit aller nur möglichen Anstrengung zur Ausführung, arbeitete Tag und Nacht fort; aber schon am 31. Januar abends, als man die Tiefe auf sechzig und einige Fuß gebracht hatte und schon glaubte, in der Nähe des abgehenden zweiten streichenden Ortes sich zu befinden, stürzten plötzlich einige zwanzig Fuß der aufgewältigten Teufe zusammen, und mit großer Gefahr retteten sich die Arbeiter.

Es wurde, obgleich die Techniker einem günstigen und gewünschten Erfolg wenig Hoffnung gaben, gleichwohl, jedoch jetzt, um nicht von neuem Menschenleben zu gefährden, mit der größten Vorsicht neuerdings begonnen und ganz nach den Regeln der Kunst verfahren; am 2. Februar war man, während die Wasser übrigens fortwährend stiegen, bis zu siebzig Fuß Tiefe gedrungen. Mit großer Hingebung arbeitete die Mannschaft in einer Aufgabe, die mit jedem Fuß Fortgang auch an Gefahr für sie zunahm, bis zum 6. des Monats fort.

Die Hoffnung, die Verunglückten selbst noch zu retten, hatte man leider schon aufgeben müssen, weil, selbst beim glücklichsten Fortgang der Arbeit, diese eine längere Dauer bis zu ihrem Ziele forderte, als menschliche Kraft dem Hunger und den bösen Wettern etc. zu widerstehen vermochte; um aber alles zu tun und zugleich dem Gesetz gemäß wenigstens noch sich der Leichen der Unglücklichen zu bemächtigen, hatte man fortgearbeitet, als man am 6. Februar in einer Tiefe von siebenundachtzig Fuß bei dem ganz verbrochenen Zustand des Schachtes, dem, als man ihn wohl vor sehr langer Zeit aufgab, alle Befestigung, selbst die Unterschläge (Kohlenpfeiler) entzogen worden waren, in eine so gefährliche Lage kam, daß alle Sach- und Lokalverständigen einhellig anerkannten, daß man selbst bei der größten Vorsicht nicht drei Fuß mehr, ohne die eminenteste Gefahr für die Arbeiter, in der begonnenen Weise fortfahren könne; daß man, um die Gefahr zu beseitigen, eine unverhältnismäßig lange Zeit, mithin auch für die allerentfernteste Möglichkeit einer Rettung ganz gewiß nutzlos, fortarbeiten und gleichwohl nach der Lage der in der Tiefe erkannten Verhältnisse die Hoffnung aufgeben müsse, dann in die älteren Baue, wohin möglicherweise diejenigen, die dem Tod im Wasser sich entzogen haben möchten, geflüchtet sein könnten, einzulenken; daß, um mit Sicherheit dahin zu gelangen, nur das einzige Mittel übrigbleibe, senkrecht auf jene alten Baue einen Schacht abzuteufen, der gewiß sechzig Lachter tief gehen müßte, daß dieser aber wenigstens ein dreiviertel Jahr an Zeit erfordern würde.

Somit war alle und jede Hoffnung einer Rettung der Verunglückten geschwunden, alle Mittel dazu waren erschöpft; es blieb nur die traurige Aussicht übrig, durch Fortsetzung der Arbeiten die Grube vielleicht wieder trockenzulegen und dann zu den Leichen der einem so entsetzlichen Tod Hingegebengewesenen zu gelangen.

Es sind insgesamt dreiundsechzig Menschen auf diese furchtbare Weise umgekommen, meist alle im kräftigen Mannesalter, der älteste von sechsundvierzig, der jüngste von fünfzehn Jahren; alle die Stützen und Ernährer ganz armer Familien; unter ihnen vierunddreißig Familienväter, die Witwen, unter denselben sechs schwangere, und neunzig unversorgte Kinder, die meisten im zartesten Alter, mittel-, aber gewiß nicht hilflos hinterlassen.

Aus: Rheinische Provinzial Blätter, 1834

Teufe: Tiefe / Lachter: altes bergmännisches Längenmaß (ca. zwei Meter) / Anschläger: Hauer, Bergmann mit abgeschlossener Ausbildung / Fuß: Längenmaß (ca. 0,25 bis 0,34 m) / Zoll: früheres deutsches Längenmaß (zwischen 21 und 34 mm) / Bau: Stollen / aufwältigen: zusammengebrochene Grubenbaue wiederherstellen / abteufen: einen Schacht abteufen, einen Schacht senkrecht nach unten bauen

Das Jülicher Land

Wir rissen uns aus den Umarmungen unserer Freunde und reisten von P. bei Mondschein die ganze Nacht hindurch nach Jülich. Die Gegend ist flach, aber vortreffliches Saatland, und besonders wird sie jenseits Jülichs sehr schön durch Haine von hochstämmigen Ulmen, Eschen und Hainbuchen; in diesen ist fast jedes der naheliegenden Dörfer gleichsam vergraben oder ragt nur mit der Kirchturmspitze daraus hervor. Jülich ist eine kleine Festung von der unbedeutenden Art, die man Bicoque nennt. Gegen einen Feind, der auf der Anhöhe, von der wir von Düsseldorf hinabkamen, seine Batterien anlegte, könnte es sich keinen Augenblick halten.

Die Dörfer und Flecken in dieser Gegend sind zum Teil aus Stein und Ziegeln sehr dauerhaft erbaut und bezeugen den Wohlstand ihrer Bewohner. Dahin kann es leicht mit dem Flor eines Landes kommen, wenn man es nicht, unter dem Vorwande der landesväterlichen Sorgfalt, aussaugt, dem Untertanen nicht durch vielfältige Verordnungen die Hände zu fest bindet und ihm nicht durch drückende Steuern den Mut benimmt. Den Ständen der Herzogtümer Jülich und Berg gebührt das Lob dieser guten Administration.

Die Menschen in dieser Gegend sprechen eine weit plattere Sprache als die oberhalb Kölns; mir schien sie sogar platter zu werden, je weiter wir uns vom Rhein hierherwärts entfernten. Alle Mannspersonen, die uns begegneten, waren wohlgewachsen und von einer bestimmteren, ausdrucksvolleren Gesichtsbildung. Die Weiber hatten nicht die eckigen, hervorstehenden Backenknochen, die in den oberen Rheingegenden und weiter hinauf im Reiche so charakteristisch sind. Manche, die wir sahen, hätten einem flämischen Maler zu Nymphen und Göttinnen sitzen können. Arbeitsamkeit erhält diese Menschen nüchtern und macht sie verhältnismäßig gegen die Oberländer wohlhabend. Das feuchte Klima, die stete Anstrengung beim Ackerbau, vielleicht auch das ursprüngliche Temperament des blonden, niederdeutschen Blutes macht sie phlegmatisch, gleichgültig, ungesellig, störrisch; und die Religion, wenigstens so, wie man sie ihnen nach hierarchischen Grundsätzen beibringt, trägt eben nicht viel dazu bei, sie geistreich und aufgeweckt zu machen. Ihr Wohlstand gibt ihnen Unabhängigkeit, und dieses glückliche Verhältnis zu dem Nebenmenschen trägt vielleicht auch das seinige dazu bei, die Gleichgültigkeit gegen den Fremdem bis zur rohen, unwirtbaren Ungezogenheit zu treiben. Selbst bei denen, die noch Höflichkeit zu bezeigen geruhten, hatte sie einen so kecken Anstrich, daß ich mich ihrer im Namen der Menschheit freute, so wenig sie für mich, als einzelnen betrachtet, Einladendes und Schmeichelhaftes haben konnte. Die Einförmigkeit der Beschäftigungen des Ackerbaues und die

strenge Ordnung, in der sie aufeinander folgen, gibt demjenigen, der sich bloß davon nährt, eine Einseitigkeit, die in vielen Fällen bis zum hartnäckigsten Eigensinn geht, zumal wenn es auf die Einführung einer verbesserten Kultur ankommt; auch trägt sie vieles dazu bei, eine habituelle Langsamkeit hervorzubringen, die man jedoch sorgfältig von Faulheit und Müßiggang unterscheiden muß. Der Müßiggänger, wenn er Munterkeit und einigen Ideenvorrat besitzt, kann ungleich unterhaltender sein, als dieser kalte Alltags- und Gewohnheitsmensch; allein seine Abhängigkeit macht ihn verächtlich und untergräbt seine Sittlichkeit. Der langsame, gleichgültige, in seinem Kreise sich fortwälzende Dummkopf, wenn er sich und die Seinigen redlich ernährt, ist dem Staate wichtiger, als Mensch glücklicher und moralisch besser, ob er gleich auf der Leiter der Erdenwesen, nach ihren Fähigkeiten geordnet, tiefer steht. In den Städten der hiesigen Gegend, wo sich auf das angeborene Phlegma und den damit verbundenen Stumpfsinn, die Faulheit, die Unsittlichkeit und der Aberglaube pfropfen, findet man allerdings die menschliche Natur in ihrer empörendsten Entartung.

Georg Forster

bicoque (franz.): Baracke, Hütte / Administration (lat.): Verwaltung / phlegmatisch (griech.): träg, gleichgültig, geistig unbeweglich / hierarchisch (griech.): rangmäßig, obrigkeitlich / habituell (franz.): gewohnheitsmäßig

Winkterovend

Schuk, schuk, du kalde Winkter,
Hüt schöddelstu ens braf!
De wisse Flokke scheeßen
Em welde Storm erâf.

De Son es schlöfrig wüeden
On düsselt matt nom Bett;
De Moond, de steht on trentelt,
'e trout dem Wedder net.

Su wenn de Storm om Ovend
Dorch mi Gäßche vlüch,
Da' wiet mi Hez su trurig,
Ming Ooge wêede vüch.

Dann denk ich a' ming Heemet
On an en schöne Zik;
Di Zik, die es vergange,
Ming Heemet, die es wik.

Et wor e Ekchen am Ove,
Do sooß mer dröklich wärm,
Do sooß ich med e Mädche,
Dat loog e' minge Ärm.

Du mohd et bûße schneie,
Ich soog mar no si Oog;
Du mohd et bûße störme,
Ich hûet mar, wad et sprooch.

On wenn sing rude Leppe
A' ming Leppe loge su heeß,
Wor d' Welt vür mich gestorve,
Of de Storm och noch su blees.

De Winkter es wierkomme,
Et schneit on störmb ooch jez;
Ävv'r eent es angesch wûede,
Da'ch nû alleen he setz!

Aus: Germaniens Völkerstimmen, Bd. 1

Schuk: Ausruf, wenn es einen friert / ens: einmal / trentelt: zaudert / 'e: er / vüch: feucht, naß / Heemet: Heimat / Zik: Zeit / wik: weit / dröklich: gemütlich / Du: dann / bûße: draußen / Ich soog mar: ich sah nur / hûet: hörte / sing: seine; hier: ihre / loge: lagen / störmb: stürmt / angesch: anders / wûede: geworden / Da'ch: daß ich / he: hier

Der Kanzlist

In das Leben war er fremd gestellt,
Gleich dem Seestern auf dem Sandgestade,
Unwahrscheinlich war's, daß er die Pfade
Wandeln könnte durch die wirre Welt.
Aber tastend ging er in die Schräge,
Windend sich um Stein und Hindernis,
Schon vom ersten Tag an rollte träge
Ihm das Blut wie schwere Finsternis.

In sein Dasein strahlte nie ein Stern,
Der ihn hätte jäh entflammen mögen,
Und es war, als ob die Jahre zögen
Teilnahmlos auf Straßen weit und fern,
Während er für sich im stillen Kreise
Seine schattenhaften Spiele trieb,
Und verloren abseits der Geleise
Ein verstummtes fremdes Wesen blieb.

In vier Wände schloß sich seine Welt,
In Papieren raschelte sein kleines
Dasein – dennoch voll des bunten Scheines,
Wenn auch rings von Dunkelheit umstellt.
Denn ein jeder Lebensfunke, mag
Er auch irr verzerrt sein, ist ein Spiegel,
Darin Gottes Antlitz jeden Tag
Aufscheint wie ein untilgbares Siegel.

Also war auch dieses Sein erfüllt
Von dem Abglanz eines wunderbaren
Universums, kleine Dinge waren
Mit des Abenteuers Glanz umhüllt.
In den Akten schwamm er wie in Meeren,
Hinter Klippen rief er nach dem Land,
Doch beim Ein- und Auslauf seiner schweren
Mappe war er wie ein Kommandant.

Nur der Übergang war ihm gefährlich
In den Abend, groß und unbekannt,
Auf geländerlosem, schwankem Band

Schlich er heim, doch wenn der Urlaub jährlich
Ihn gewohnten Haltes ganz beraubte,
Dann vermochte er nur mühsam sich
Noch zu retten, wo er Boden glaubte,
In des Traumes Reiche, innerlich.

Und er saß versunken hinterm Buche,
Wo die Marken in den bunten Reihn
Ihn verzauberten, als ob das Sein
Seinen Grund in Zahl und Stempel suche,
Oder er verwandte lange Stunden
Prüfend, ordnend, beim Herbarium,
Wo die Gräser, die er aufgefunden,
Zwecklos lagen, gleich ihm dürr und stumm.

Seine Hände waren weiß und fest,
Seine Augen waren unermattet,
Nur die Stirn war haltlos und verschattet
In der wirren Haare moosigem Nest.
Wie ein Motor schlug sein Herz beständig
In der Brust, der nicht vom Leid verletzten,
Und sein Blick ging ratlos und lebendig,
Gleich, als sähen ihn die Vorgesetzten.

Da er sich und aller Welt mißtraute,
Wich er auch dem Tode aus im Bogen,
Hundert Jahre wär' er noch gezogen;
Doch da Gott dies Körnlein reif erschaute,
Rief er einen aus der Schar der dunkeln
Todesengel, der verlockte ihn
In das Feld mit eines Irrlichts Funkeln,
Rührte ihn und raffte ihn dahin.

Hans Leifhelm

Herbarium (lat.): Sammlung getrockneter, gepreßter Pflanzen

Mönchengladbach

Das Gebiet der oberen Niers mit den Städten Odenkirchen, Rheydt, Mönchengladbach und Viersen, welch letztere wieder von zahlreichen größeren und kleineren Ortschaften umgeben sind, ist der Sitz einer blühenden Baumwoll-, Halbwoll- und Wollindustrie von Weltruf geworden. Die zahlreichen Spinnereien, Webereien, Stoffdruckereien, Appreturanstalten, Rauhereien und Färbereien des Handelskammerbezirks Mönchengladbach beschäftigten am 1. Januar 1908 insgesamt nahezu zweiunddreißigtausend Arbeiter, die sich auf dreihundertsiebenunddreißig Betriebe verteilten und im Jahre 1907 fast achtundzwanzig Millionen Mark an Löhnen bezogen. Aber der Gladbacher Bezirk umfaßt noch weitere Zweige des Textilgewerbes: eine recht bedeutende Seiden- und Samtfabrikation (Viersen und Kreis Kempen), Flachs- und Leinenindustrie (Waldniel), Juteindustrie und endlich die fabrikmäßige Herstellung fertiger Kleider (Gladbacher Konfektion). Rechnet man alle diese umfangreichen und vielseitigen Betriebszweige für Textilindustrie im Handelskammerbezirk zusammen, so ergibt sich im ganzen eine Zahl von fünfhundertfünfundzwanzig Textilfabriken mit mehr als fünfzigtausend Fabrikarbeitern, zu denen noch fünf- bis sechstausend Heimarbeiter kommen. Dies bedeutet für einen sich nur über wenige Kreise erstreckenden Industriebezirk eine textilindustrielle Betätigung, wie sie noch kein anderer deutscher oder überhaupt festländischer Textilbezirk aufzuweisen hat. Es ist daher auch naturgemäß, daß der Gladbacher Bezirk unter den Textilbezirken Deutschlands eine führende Stellung einnehmen muß, wie dies namentlich in der deutschen Baumwollindustrie seit Jahrzehnten der Fall ist. Nicht zu Unrecht verdient und trägt daher Mönchengladbach schon längst den Namen des „deutschen Manchester“. Von den Hilfsindustrien, die sich an das Textilgewerbe naturnotwendig angliederten, haben die Fabriken von Webstühlen und Textilveredlungsmaschinen eine große Bedeutung erlangt, ja der Maschinenbau steht heute nicht mehr allein im Dienste der heimischen Industrie, sondern hat sich auch weitere Absatzgebiete zu verschaffen gewußt. Ferner haben die Industrie der Steine und Erden, die Lederindustrie, die Papier- und Papierverarbeitungsfabriken, das Nahrungs- und Genußmittelgewerbe hier eine Heimstätte gefunden. Die günstige Entwicklung der Erwerbsverhältnisse ist bestimmend gewesen für die ständige Zunahme der Bevölkerungsziffer. Immer näher rücken die Grenzen der Städte gegeneinander, immer mehr wächst der Ring der benachbarten größeren und kleineren Ortschaften mit den Städten zusammen.

In Mönchengladbach findet das industrielle Leben des ganzen Bezirkes seinen Mittelpunkt. Die Stadt, die zu Anfang des 19. Jahrhunderts nur eintausendfünfhundert Einwohner zählte, beherbergt heute ca. fünfundsechzigtausend Seelen. Wohl halten einzelne Bauwerke, so namentlich die alte Abtei, in deren Räumen heute die städtische Verwaltung untergebracht ist, und die Abtei- oder Münsterkirche, die Erinnerung an Gladbachs Vergangenheit wach, wohl trägt die Altstadt mit ihren engen Gassen, engen Höfen und alten Häusern noch ein altertümliches Gepräge, aber im allgemeinen stellt Mönchengladbach mit seinen breiten Straßen, prachtvollen privaten und öffentlichen Bauten, schönen Anlagen und Plätzen, mit seinen modernen Wohlfahrts- und Verkehrseinrichtungen eine echte Fabrik- und Handelsstadt dar, in der neben den materiellen auch die geistigen Interessen eine sorgfältige Pflege finden. Auf dem Hügel, wo heute die beiden Hauptkirchen der Stadt stehen, gründeten vor über tausend Jahren, im Jahre 972, auf Veranlassung des Erzbischofs Gero von Köln (969 bis 976) Benediktinermönche ein Kloster, das mit der Zeit außerordentlich reich und mächtig wurde. Aus den Ansiedlungen in der Nähe der Abtei entwickelte sich allmählich der Ort, der zwar schon früh Marktflecken war, aber erst nach der Mitte des 14. Jahrhunderts Stadtrechte erhielt. Von der alten Stadtbefestigung sind noch einige Turm- und Mauerreste zu sehen.

Wie in Mönchengladbach so umgibt uns auch in Odenkirchen und noch mehr in Rheydt ein reges gewerbliches Leben, das die Spuren der Vergangenheit mehr und mehr verwischt und moderne Stadtbilder geschaffen hat. Der Lärm und das Treiben des Erwerbs- und Verkehrslebens dringt hinüber in das Tal der Niers, die friedlich durch Wiesengründe dahinrauscht.

G. Lennarz / J. Nießen

Fahrt in die Industrie

Niederrhein breitet die weiten Gelände,
Seewind wirft Wolken wie Berge zum Rhein,
Überlandleitung der Hochspannung sendet
Elektroströme ins Land hinein.

Unter den steigenden Eisengebilden
Dämmern die Wiesen, weidet das Vieh,
Und am Horizont flackern die wilden
Feuerbrände der Industrie.
Dorthin, dorthin weisen die Straßen,
Braust der Bahnen ratternder Flug,
In die Fabriken, die turbelnden Massen
Trägt mich der nächtliche Arbeiterzug:
Bergleute, Schlosser und Hüttenwerkleute;
Auch ich bin nun verschlungen im Lauf.
Heute noch packt mich die Arbeit, noch heute.
Öffnet euch, Werke, ihr Tore, springt auf!

Ich will in das Herz deines Körpers schauen,
Stahlwerk, mit deinem grauen und blauen
Staub-Rauchmantel, der die Straßen der Städte bedeckt.
Will sehn, was sich unter den halligen Dächern versteckt.
Will schauen, was mit Gestöhn und Geschnauf
Die Werkbahn über Straße und Höfe rollt,
Und warum das Brausen der Räder tollt.
Öffnet euch, Tore, ihr Türen, springt auf!

Ich will sehn, was die Eisenbahnzüge rollen,
Sehn, was die Dampfer, die übervollen
Schiffe schleppen stromab, stromauf . . .
Öffnet euch, Werke, Fabriken, weit auf!

Was die Menschen fluchen und jubeln macht, will ich sehn;
Warum der Haß und die Freude wacht.
Will sehn, was Fäuste und Schultern breitet,
Was die Seele schwellt und die Augen weitet,
Den Rücken krümmt und die Lunge quält;
Was den einen verdirbt und den andern stählt,
Den einen erhöht und den andern zerfrißt:

Will sehn, was die Arbeit ist,
Die Arbeit in rasendem, rauschendem Lauf.
Öffnet euch, Tore, ihr Türen, springt auf!

Will sehn des Eisens geformte Gestalt,
Der Maschine wachsende Arbeitsgewalt,
Die Schiene, wie sie sich preßt und längt,
Wie rauschend sie durch die Walze sich drängt.
Die Pressen, die Hämmer, die Feuerfluten,
Die Öfen, die Flammen, die Dämpfe, die Gluten.
Die Menschen, Maschinen, verschlungen im Lauf:
Öffnet euch, Tore, ihr Türen, springt auf!

Heinrich Lersch

Viersen

Bald sind wir auf der Landstraße von Krefeld nach Viersen. Rechts und links Bruchgelände, Wiesen und Wälder so weit das Auge reicht! Hinter den Schatten der dunklen Baumkronen erscheinen die Fabrikschlote von Viersen. Schwarzgraue Rauchwolken, in Streifen und Bänder aufgelöst, ziehen über die Brüche dahin und vereinigen sich am Abend mit den Nebelschwaden, die dem sumpfigen Boden entsteigen. Nun heben sich die Umrisse des Stadtbildes deutlicher ab. Seinen Hintergrund bildet die bewaldete Höhe des „Hohen Busches“. Ein reicher Kranz von Ortschaften, Häusergruppen und Einzelhöfen legt sich um die in fruchtbarer Ebene gelegene Stadt. Selbst ein Sitz der Industrie, hat Viersen jenen Siedlungen die landwirtschaftliche Ausnutzung des ertragreichen Bodens in seiner Umgebung überlassen. Jahrhunderte hindurch war Viersen durch die Herstellung von Leinwand bekannt und berühmt; heute sind Samt- und Seidenwebereien, Baumwollspinnerei und -weberei, Flachsspinnerei und Leinenfabrikation die hauptsächlichsten Zweige seiner blühenden Industrie. Schöne Anlagen, gutgepflegte Wege, abwechslungsreiche Umgebung und günstige Verkehrsverbindungen haben dazu beigetragen, daß die Stadt zum Zielpunkt zahlreicher Ausflügler und Touristen geworden ist. Der Wanderer, der den Ort in westlicher Richtung durchquert und dann an der Kaisermühle rechts abbiegt, erreicht, die Höhe hinaufgehend, den 1901 von mehreren Bürgern Viersens errichteten Bismarckturm. Die Aussicht von der Plattform des mächtigen Bauwerkes ist überraschend schön. Behaglich dehnt sich im Osten die mit zahlreichen Siedlungen, Wäldern, Wiesen und Feldern geschmückte Niersebene aus, nach Norden ziehen die Wälder der Süchtelner Höhen, im Süden jenseits des Taleinschnittes zwischen Viersen und Dülken und im Westen breitet sich ein wellenförmiges, von Mulden und Senken durchzogenes Gelände aus, das noch die Kirchturmspitze von Brüggen dem Auge des Beschauers darbietet.

G. Lennarz / J. Nießen

Der Weisenstein

Auf dem Viersener Markt lag in alter Zeit ein Stein, der Weisenstein genannt, an dem das Recht gewiesen wurde. War ein Verbrechen geschehen, dann wurden diejenigen, die der Tat verdächtig waren, an diesen Stein geführt und mußten mit ihren Händen auf den Stein schlagen, bis einem von ihnen die Nase blutete. Dieser war dann der gesuchte Verbrecher. Aber diese Probe bewährte sich nicht immer. Als es sich einst um die Entdeckung eines Mörders handelte, hatte zuerst einem Manne die Nase geblutet, der sich vor Gott und seinem Gewissen der bösen Tat unschuldig wußte. Als er aber trotzdem zum Galgen geführt wurde, kam der Zug an einem Lindenbaum vorbei, und der vermeintliche Delinquent rief aus: „Ich bin so wahr unschuldig, als dieser Baum alle seine Blätter verliert.“ In diesem Augenblick fielen alle Blätter von dem Lindenbaum herab, und der Mann erlangte Freiheit und Leben wieder.

Aus: „Die Heimat“, 1876, Nr. 12

Delinquent (lat.): Straf-, Übeltäter; Angeklagter

Die Mauern von Neuß

Neuß lockt zunächst den Freund der Kunst und der Geschichte. Der eine wird sofort zur Quirinskirche eilen; dem anderen empfehle ich einen beschaulichen Gang durch die Wallanlagen.

Beginnen wir mit einem Rundgang längs der alten Stadtmauern, um in den großen Erinnerungen des 15. Jahrhunderts die kleine Stadt vorerst groß zu sehen. Ein Stück des mittelalterlichen Mauerwerkes steht noch; der massive Unterbau von Basaltblöcken mit übergewaltigen Strebepfeilern zeigt die ehemalige Festigkeit, andere Teile liegen in Trümmern oder sind völlig verschwunden. Die schönsten Überreste ragen malerisch versteckt aus dem dichten Grün parkartiger Anlagen, und während im Vordergrund Wall und Graben als anmutiges Motiv von Hügel und Tal der modernen Gartenkunst dienen mußten, schnaubt hinten die Dampfmaschine einer Fabrik neben Türmen und Bollwerken, die gleich einer Burg an der Ringmauer aufsteigen. Ein gotisches Stadttor ist noch wohlerhalten; den Turm schmücken in Stein nachgeahmte und gleichsam halb in die Mauer geschossene Stückkugeln, ein seltsames, aber charaktervolles Ornament, welches uns sofort an die ruhmreichsten Tage der Stadt, an die Belagerung von 1474/75, erinnert. Durch dieses Tor, und nicht von der offenen Seite des Eisenbahnhofes her, sollte der Reisende einziehen, welcher im ersten Ein-

Obertor mit Drususturm in Neuß

druck gleich ein volles und bedeutendes Bild der Stadt Neuß gewinnen will.

Wer aber mit dem historischen Sinne zugleich geographischen Blick verbindet, dem erzählen die Mauern von Neuß nicht bloß von der erprobten Wehrhaftigkeit deutscher Bürger im Mittelalter, sondern sie sagen ihm auch, eben als stumme Zeugen jener Belagerung durch Karl den Kühnen, daß er hier ein Grenzgebiet betritt, auf welchem deutsche und niederländische Geschicke mehr als einmal entschieden worden sind.

Karl der Kühne von Burgund, bereits im Besitz der gesamten Niederlande, wollte ein großes Reich zwischen Frankreich und Deutschland schaffen, langgestreckt von den Alpen, wohl gar vom Mittelmeer bis zur Nordsee. Es galt, die Rheingrenze zu gewinnen und also zunächst die niederrheinischen Städte zu beugen. Karl rückte im Juli 1474 vor Neuß mit seinem aus allerlei Volk geworbenen Heer von achtzehntausend Mann. Elf Monate währte die Belagerung, und selbst der Winter setzte ihr, was damals unerhört war, keine Schranke. Allein obgleich der Burgunder siebzehn Türme brach und dreihundert Häuser zusammenschoß und die Belagerten derart aushungerte, daß sie zuletzt ihre eigenen Pferde verzehrten, mußte er doch im Juni 1475 wieder abziehen, und Tausende, die mit ihm gekommen waren, kamen niemals wieder heim. Die elf Monate vor Neuß waren die Vorboten der Tage von Grandson, Murten und Nancy.

Die mannhaften Bürger von Neuß waren stolz auf ihre festen Mauern und hatten Freude an denselben, sie schmückten sie mit allerlei feiner Kunst, wie uns jener Torturm und dürftige kleinere Überreste heute noch bezeugen. Es hat sich aber auch noch ein anderes Denkmal der berühmten Belagerung erhalten, gleichfalls „sere kunstlich und meysterlich“, das ist die Reimchronik des Christian Wierstraat, weiland Stadtschreiber von Neuß. Unter dem frischen Eindruck der miterlebten Ereignisse schilderte er schon im Jahre 1475 die schwersten und ruhmreichsten Tage seiner Vaterstadt in mehr als dreitausend Versen „mit manigerley manier der rymen“ treuherzig, wahr und warm.

Doch ich wollte von der Quirinskirche reden, die in anderem Sinne Neuß, Xanten und Köln als drei verbundene Punkte zeigt. Neuß ist ein Vorposten jener wunderbar reichen romanischen Architekturzone, deren Mittelpunkt Köln bildet; Xanten ein äußerster Vorposten der großen kölnisch-niederrheinischen Gotik. Beide Kirchen aber zu Xanten und Neuß stehen in einem ebenso auffallenden wie vorteilhaften Gegensatz zu den meisten mittelalterlichen Baudenkmälern Hollands.

Die Quirinskirche in Neuß ist kunstgeschichtlich längst gewürdigt; ich spreche von ihr an diesem Ort nur als von einem Markstein der kulturgeschichtlichen Landeskunde. Der kühne Bau aus dem Anfang des 13. Jahrhunderts, also spätromanisch, überrascht durch seine fast übermütige Originalität, die sich uns namentlich im Aufbau und Schmuck der Westfassade blendend entgegendrängt. Aus der mannigfachsten Verbindung von Friesen und Bogenstellungen gestaltet sich hier ein ganz phantastisches Gesamtbild, wobei alles selbständige Skulpturenwerk und plastisch durchgeführte

Karl der Kühne von Burgund

Ornament wie mit Absicht vermieden ist, gleich, als habe der Architekt uns zeigen wollen, wie bunt und reich er mit den einfachsten konstruktiven Elementen zu schmücken vermöge. An den Seitenschiffen und der Kuppel über der Kreuzung spielt er geradezu mit den abenteuerlichsten Fensterformen in Gestalt eines Fächers, ja eines Kleeblattes, und setzt im Innern aus freier Laune Kragsteine an, welche sicherlich niemals etwas zu tragen hatten. Der Meister war ein gefährlicher Mann, ein Originalitätsgenie, das Großes vollbrachte, wunderliche Wege und Abwege gehend, auf welchen geistlosere Nachtreter völlig hätten verderben müssen. Allein der Spitzbogen, welcher bereits da und dort hervorlugt, an der Quirinskirche

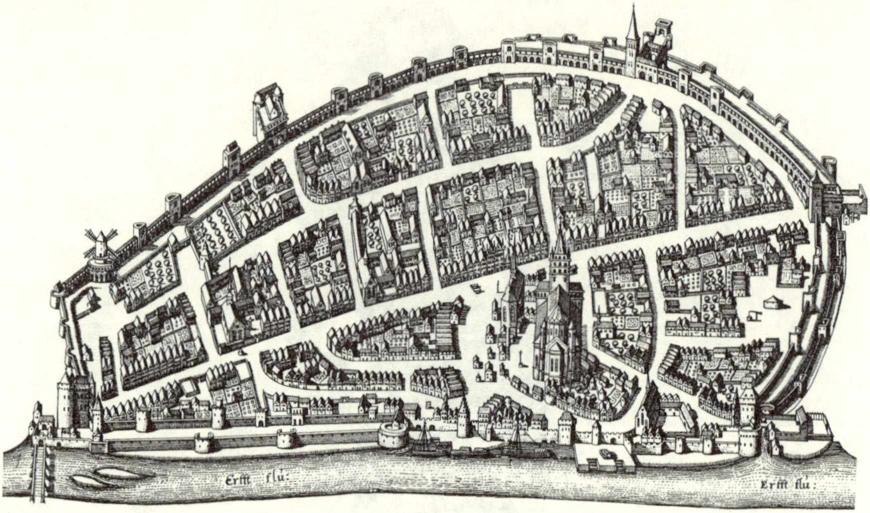

Neuß. Von Matthaeus Merian

verkündet uns auch, daß ein neuer Geist neue Formen bringen, daß der Romanismus nicht in der hier bereits vorgedeuteten Willkür und Manier steckenbleiben sollte, sondern sich auflösen in die strenge, jugendfrische Kunst der Frühgotik.

Ich nannte die Quirinskirche einen Markstein. Auf dem Wege nach Holland nehmen wir mit ihr von den großen Denkmälern des rheinischen Romanismus Abschied. Zwar findet sich romanische Kunst auch noch weiter abwärts an den Kirchen zu Mehr und Wissel, an der Westfassade der Xantener Viktorskirche, an Chor und Krypta der Kollegiatskirche zu Emmerich, an der Stiftskirche auf dem Eltenberg; das sind aber zerstreute, zum Teil bloß fragmentarische Überreste; herrschend erscheint jetzt unterhalb von Neuß die Gotik, wie sie auch in Holland und Belgien herrscht.

Wilhelm Heinrich Riehl

Stückkugel: Kanonenkugel / Belagerung von 1474/75: die Belagerung durch Karl den Kühnen, Herzog von Burgund (1467 – 77) / Grandson, Murten und Nancy: Namen von Orten auf dem Gebiet der heutigen Schweiz (Grandson, Murten) bzw. in Frankreich (Nancy), an denen Karl der Kühne im März und Juni des Jahres 1476 schwere Niederlagen gegen die mit Frankreich verbündeten Eidgenossen und Lothringer erlitt; in der Schlacht bei Nancy fiel Herzog Karl am 5. Januar 1477 / weiland: vormals / Fries: Gesimsstreifen, Verzierung / Kragsteine: vorspringende, als Träger verwendete Steine / Romanismus: Romanik

Karpfen in Biersauce

Zutaten: 1 Karpfen, 1 geschnittene Zwiebel, 1 Nelke, 1/2 Lorbeerblatt, Salz, Pfeffer, Wasser, 3/4 l Dunkelbier, zerkleinerter Pfefferkuchen, einige Zitronenscheiben, 1 Teelöffel Zucker; 1/8 l Rotwein, 40 g Butter.

Zubereitung: Mit wenig Wasser, 1 geschnittenen Zwiebel, 1 Nelke, 1/2 Lorbeerblatt, Salz und Pfeffer bereitet man zunächst eine Gewürzbrühe, läßt sie durchkochen, gibt 3/4 l Dunkelbier, etwas zerkleinerten Pfefferkuchen, einige Zitronenscheiben und 1 Teelöffel Zucker dazu; in diesem Sud läßt man den vorbereiteten Karpfen etwa 1 Stunde ziehen und stellt ihn danach warm.

Nun den Sud durch ein großes Sieb seihen, mit 1/8 l Rotwein und 40 g Butter verfeinern und nochmals erhitzen, aber nicht mehr kochen; anschließend die Sauce über den Karpfen geben.

Der eifersüchtige Knabe

[Ältere Form der Melodie.]

Es leuchten drei Sterne am Himmel,
Die geben der Lieb' einen Schein.
„Gott grüß euch, schönes Jungfräulein!
Wo bind' ich mein Rößlein hin?"

„Nimm du es dein Rößlein beim Zügel, beim Zaum,
Bind es an den Feigenbaum
Und setz dich ein' kleine Weil' nieder
Und mach mir ein' kleine Kurzweil."

„Ich kann es und mag es nicht sitzen,
Mag auch nicht lustig sein.
Mein Herzel ist mir betrübet,
Ach Schätzel, von wegen dein."

Was zog er aus der Taschen?
Ein Messer, war scharf und spitz,
Er stieß es seiner Lieben ins Herze,
Das rote Blut gegen ihn spritzt'.

Was zog er ihr abe vom Finger?
Ein schönes Goldringelein.
Er warf es ins flüssig' Wasser,
Es gab's einen hellen Schein.

„Schwimm hin, schwimm hin, Goldringelein
Bis in die tiefe See;
Mein feines Lieb ist gestorben,
Nun hab' ich kein Feinslieb' mehr!"

Aus Grevenbroichs ruhmreichen Tagen

Grevenbroich ist nur ein Städtchen von eintausendsiebenhundert Einwohnern, aber dennoch in der Welt weit mehr bekannt als manche größere Stadt. Diesen Ruf verdankt es einem Mann, der, im Oldenburgischen geboren, sich 1810 hier niederließ und durch seine Erfindungen, seine Bemühungen um das Wohl unseres Heimatlandes und seine Bürgertugenden die Achtung und Liebe der Mitwelt errang. Dieser Mann war Dietrich Uhlhorn. Nach der Entlassung aus der Volksschule ging er in die Schreinerwerkstätte des Vaters, benutzte aber die freien Stunden mit nie ermüdendem Eifer zu seiner Fortbildung. Die ohne Hilfe gesammelten Kenntnisse machten ihn fähig, manche mechanischen Werkzeuge zu vervollkommnen und neue zu erfinden. Er stellte hölzerne Uhren mit selbst erfundenem Räderwerk her, dann machte er Fernrohre; er erfand eine Tuchschermaschine und schuf Verbesserungen in den Wollspinnereien. Durch seine Münzprägemaschine wurde sein Name in allen Ländern bekannt. Die Metallplättchen, aus denen das Geld hergestellt wird, kommen zwischen zwei stählerne Stempel mit vertiefter Inschrift. Statt des Schraubenwerkes, mit dem man die Stempel einander näherte, setzte Herr Uhlhorn ein Hebelwerk zusammen, das den Vorzug hatte, mit der Maschine schneller und geräuschlos arbeiten zu können. Diese neue Prägevorrichtung wurde von den meisten Fürsten bestellt und hat in neuerer Zeit von anderen Mechanikern Verbesserungen erfahren. Die seltene Erfindungsgabe ist auf die Söhne und Enkel des verdienten Mannes, den König Friedrich Wilhelm III. mit Ehren auszeichnete, übergegangen. Eine lange Reihe von Erfindungen ließe sich hier aufzählen, die von Grevenbroich aus der Welt bekannt und in der Landwirtschaft und dem Fabrikbetrieb verwertet wurden.

Rechte Seite: Johann von Werth

D. Levy Elkan in Cöln

Grevenbroichs Ruhm in früherer Zeit war ein Kriegsheld: Johann von Werth. Er stammte von adeligen Eltern aus Weert in Brabant ab, die sich vor seiner Geburt in Grevenbroich niedergelassen hatten. Im Dreißigjährigen Krieg stand er unter der kaiserlichen Fahne und erwarb sich durch seine Tapferkeit schon früh die Beförderung zum Rittmeister. Als General führte er sein Reiterheer bald gegen die Schweden, bald gegen die beutelustigen Franzosen. Letzteren besonders jagte der Held durch seine Siege große Furcht ein. Um so größer war ihre Freude, ihn später als verwundeten Gefangenen nach Paris gebracht zu sehen. Nach vierjähriger milder Haft kehrte Johann von Werth, gegen einen früher von ihm selbst in Gefangenschaft gebrachten schwedischen General ausgewechselt, nach Deutschland zurück. Die lockendsten Versprechungen hatten ihn nicht bewegen können, in französische Dienste zu treten. Bald war unser Held wieder der gefürchtete Reitergeneral. Er schlug die Feinde bei Zons am Rhein (im Kreise Neuß), nahm Grevenbroich ein und trieb die Gegner bis Düren. Als die Franzosen vom Oberrhein aus in Deutschland einzudringen wagten, suchte er sie auch dort auf und teilte grimmige Schläge aus. Der Friede des Jahres 1648 brachte dem in den Grafenstand erhobenen Helden die ersehnte Ruhe. Er zog nach seinem Gute in Böhmen und starb dort 1652.

W. Hackmann

Friedrich Wilhelm III. (1770 – 1840): preußischer König von 1797 bis 1840 / Johann von Werth (um 1600 – 1652): nach seinem beinahe unglaublichen Vorstoß bis nahe vor Paris (1636) wurde er zwei Jahre später von Bernhard von Weimar bei Rheinfelden (Südbaden) besiegt und war vier Jahre in französischer Gefangenschaft / unter der kaiserlichen Fahne: unter der Fahne Habsburgs / der Friede des Jahres 1648: am 24.10.1648 wurde durch den Abschluß des Westfälischen Friedens zwischen der katholischen Liga einerseits und Frankreich und Schweden andererseits der Dreißigjährige Krieg beendet

Grevenbroich

Grevenbroich macht den Eindruck eines schlichten Landstädchens, dem die bruchige Umgebung mit ihren Büschen und Bäumen zwischen zahlreichen Wasserläufen einen etwas ernsten Anstrich gibt. Ein fast düsteres Aussehen trägt das alte Schloß Grevenbroich zur Schau, das ein malerischer Torbau mit hübschem Fachwerkaufsatz von der Stadt trennt. Bis in die Mitte des 19. Jahrhunderts war Grevenbroich ein stiller Ort, der sich Jahrhunderte hindurch nicht von den Wunden erholen konnte, die Kriege, Niederlagen und Brandschatzungen ihm geschlagen hatten. Kaum waren die Leiden des Truchsessischen Krieges glücklich überstanden, da verwüstete der Dreißigjährige Krieg Stadt und Land von neuem. Im Jahre 1614 wurde der Ort durch den spanischen General Spinola erstürmt, 1636 durch die Kaiserlichen unter Piccolomini eingenommen, im Januar 1642 durch die Hessen unter General Eberstein, im September desselben Jahres von Johann von Werth erobert und im Jahre 1678 von den Franzosen belagert. Vom Anfang des 14. Jahrhunderts ab war Grevenbroich, das durch Schieds-

spruch im Streite zwischen Köln und Jülich letzterem zuerkannt worden war, die Hauptstadt eines Amtes und seit 1425 der Tagungsort des Jülichen Landtages. Nach Auflösung des Herzogtums im Jahre 1795 gelangte die Stadt 1815 in den Besitz Preußens. Grevenbroich hat eine ziemlich vielseitige Industrie zur Entwicklung gebracht: Eisengießerei und Emaillierwerke, Baumwollspinnerei und Weberei sind mit stattlichen Anlagen vertreten, und seine Maschinenfabrik genießt sogar einen ganz bedeutenden Ruf.

G. Lennarz / J. Nießen

Truchsessischer Krieg: ein Krieg, der 1582 durch den Übertritt des Kölner Erzbischofs und Kurfürsten Gebhard II. (1577 – 83), Truchseß von Waldburg, zum Protestantismus und dessen Heirat mit Gräfin Agnes von Mansfeld ausgelöst wurde. Seiner am 1.4.1583 erfolgten Exkommunikation und Entsetzung versuchte er sich vergebens zu widersetzen / Piccolomini-Pieri, Octavio (1599 – 1656): Herzog von Amalfi, Fürst und kaiserlicher Heerführer unter Wallenstein

Rheinische Nester

(Auszug)

Das ist nun märchenhaft zu sehen, wie aus den Weiden und Pappeln der Wiesen die Riesenmauern der Burg und Stadtumwallung von Zons den Wanderer überraschen. Am mächtigsten, wenn er von Süden kommt; nicht mit dem Schiff, wie es die Kölner an schönen Nachmittagen sonntags zu Tausenden machen, sondern von Monheim mit der Fähre hinüber und eine Stunde am Ufer stets auf dem Damm vorbei, zuletzt quer durch die Wiesen darauf zu. Das ist zugleich ein Weg am Niederrhein, der die verschwiegenen Reize der Landschaft jedem offenbart, wenn man ihn ganz im ersten Frühjahr macht: In den hohen Pappeln schimmern die Zweige schon rötlich, so daß die breiten Riesenkronen ihr vielverschlungenes Astwerk zarter als sonst mit schlanken Zweigen in den Himmel malen. Darunter stehn zu Tausenden die dicken Weidenstöcke mit starren Ruten; und wenn die jagenden Wolken das Himmelslicht durchlassen, daß all die Rutenbüschel auf den schwarzen Stümpfen magisch aufleuchten über den Wiesen in grünrotem Schein, dann ist die Schönheit gewaltiger hier als irgendwo da oben am romantischen Rhein. Oder: Die Wolken hüllten alles wieder ein in stählernen Glanz, da hebt sich zwischen den Stümpfen dicht überm Horizont im Westen ein silbernes Licht, und unter ihm der fernste Blick in einem kalten Kupferblau, die Dächerrücken eines Dorfes, ein stumpfer Turm darin, nur einen Fingerbreit über den Grasspitzen: in einer breiten Fassung von Wolken, dürrem Gras und Zweigen ein wundervoller, sehr kleiner Edelstein.

Rechts überm Rhein, da hebt die Ebene sich mit schweren Ackerfeldern, von kleinen Wäldern untersetzt, und hier zieht breiter, meist auch im Blau, doch stärker und wärmer überleuchtet, der lange Hügelkamm bergischer Höhen hin. Deutlich erkennt man Solingen, die Schwertfegerstadt, mit ihren Türmen und Häusermassen das Gebirge krönend. Und dieses blaue, leuchtende Band am Horizont, unterm weiten Wolkenhimmel der Ebene, dicht über Schollenbraun und Wiesengrün, manchmal verdeckt vom zarten gelbgrünen Pappelzweigwerk, das gibt der niederrheinischen Landschaft zwischen Köln und Düsseldorf noch eine farbige Stärke, die sich hinunter nach Holland rasch verliert; da werden die Lüfte wieder weich und schummrig, stets liegt ein Silberschimmer matt darin, hier aber sind sie stahlgrau und metallisch blank.

In dieser Landschaft steht mit Türmen, davon der kleinere eine feingeschwungene Schieferkappe trägt, schon weithin durch die Weiden und Pappeln grüßend, das „rheinische Rothenburg", wie dieses Zons ein schlimmer

Ungeschmack getauft hat. Man steht betroffen still, wenn man heraustritt aus den letzten Weidenbüschen, vor einem Bild- und Bauwerk ohnegleichen. Auf sanftem Wiesenland ganz unvermittelt, von einer Riesenzauberhand dahin gestellt, in dunkelrotem Ziegelwerk, durch regelmäßig eingemauerte Basaltblöcke noch schwärzlicher gemacht, unheimlich alles überragend, ein mächtiges Schloß: kein Gebäude für menschliche Bewohner, ohne Fenster, nur ungeheure Wände in wohlerwogenen Verschiebungen dahin gestellt; Efeu wuchert mit schwarzem Grün darüber; aus einem Eckturm wächst ein Baum mit mächtiger Krone, er kann die Riesenwände nicht überragen und steht vor ihnen wie im Blumentopf. Kein Burggebäude am ganzen Rhein, von Bonn bis Bingen, soviel ihrer da auch stehen, ist so unerhörter Schönheit mächtig und dergestalt erfüllt vom mittelalterlichen Geist.

Es steht nicht für sich selber da, die Mauern laufen rechts und links zu einem Viereck aus, das heute festgeschlossen noch die kleine Stadt umgibt: Links trotzt, auf der Befestigung aufgebaut, ein Windmühlenturm, rechtshin, zum Rhein gewendet, zieht eine Häuserreihe hinter der Mauer zum stumpfen Rheinturm hin. So gewaltig dieser äußere Eindruck, so trübselig ist der innere. Einzig jene Häuserreihe gewährt in der Nähe einen Anblick, der zwar dem massigen Stadtmauerwerk auch nicht entspricht, doch manchmal malerisch im Durchblick steht; sonst wandert es sich traurig durch die ärmlichen Gassen. Verwahrlost stehn die niedrigen Ziegelhäuser, ein tückisches, verkommenes Volk scheint da zu hausen, haltlose Erben einer Vergangenheit, die nicht die ihre war. Schloß Friedestrom, so hieß die Riesenburg, in deren Mauern das Städtchen miteingefaßt wurde, hat

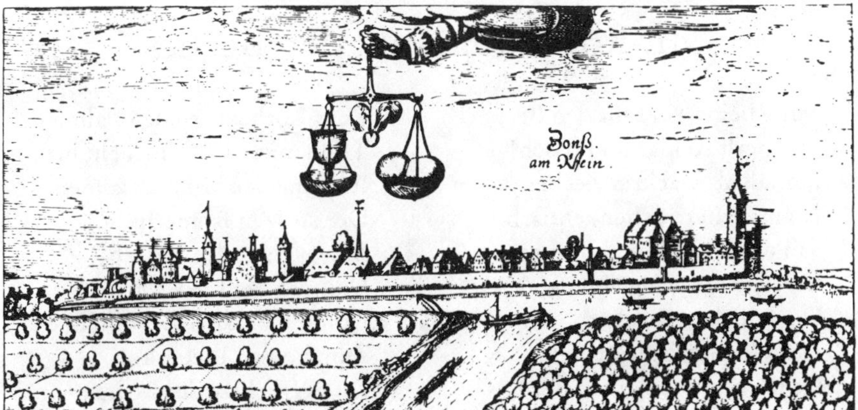

Zons am Rhein

keinem Ortseinsassen gehört: Friedrich von Saarwerden, Erzbischof von Köln, war ihr Erbauer im 14. Jahrhundert. So gehen hier wie überall am Niederrhein die Spuren auf Köln und seine Erzbischöfe zurück; sie waren die Sonne, der in Trotz oder Unterwerfung alles zuliebe geschah, was hier vermocht wurde.

Wilhelm Schäfer

Friedrich III., Graf von Saarwerden: Kölner Erzbischof, dessen Pontifikat von 1370 bis 1414 dauerte

Mit Rheinwein füllt den Becher

Mit Rheinwein füllt den Becher!
Der perlt so klar und frisch!
Ich saß als wackrer Zecher
An manchem Schenkentisch,
Sah weißen Wein und roten
In Kelchen, spiegelblank,
Doch nichts hat überboten
Der Heimat Göttertrank.
Da bergen doch die Fässer
Den allerbesten Wein!
Es zecht sich nirgends besser
Als an dem deutschen Rhein!

Zum Lorbeer, zu den Palmen
Trieb mich die Sehnsucht hin;
Ich sang der Minne Psalmen
Der stolzen Römerin.
Betrogen und verlassen –
Das war des Liedes Schluß.
Komm, laß dich fest umfassen
Zum heißen Liebeskuß,
Du herrlichste der Rosen,
Du rheinisch Mägdelein!
Ich kenn' kein süßres Kosen
Als an dem deutschen Rhein!

Schenkt ein den Saft der Trauben,
Des Rheingaus goldnen Schatz!
In grünen Rebenlauben,
Da ist der schönste Platz:
Ein wundersames Klingen
Durch Tal und Hügel zieht,
Des Stromes Wogen singen
Den Chor zu meinem Lied.
Bei Sang und Kuß und Reben
Erblüht uns Seligsein.
Will zechen, lieben, leben
Am Rhein, am deutschen Rhein.

Emil Rittershaus

Die Rheinflöße

Auf unserer Fahrt begegneten wir einem Rheinfloß. Wer den Rhein bereist, trifft gewöhnlich auf einige dieser schwimmenden Inseln, und eine nähere Beschreibung derselben dürfte für jeden meiner Leser Interesse haben.

Die kleineren Flöße werden größtenteils in den Vorgebirgen des Schwarzwaldes und im Odenwald gebaut und auf der Murg, der Alb und dem Neckar auf den Rhein gebracht.

Bei Mannheim und Mainz wird alsdann eine Anzahl derselben in größere Flöße vereinigt und diese wieder – in den Gegenden von Koblenz und Andernach – zu einem Hauptfloß zusammengefügt.

Die Länge eines Hauptfloßes ist gewöhnlich von sieben- bis neunhundert Fuß, die Breite beträgt etwa siebzig. Auf dieser ungeheuren Masse von Holz sind zwölf bis fünfzehn bretterne Wohnungen verstreut, worunter die Herrnhütte sich meist durch innere Eleganz und Bequemlichkeit auszeichnet; das Ganze wird durch eine Menge Ruderknechte und Arbeiter belebt, deren Anzahl sich nicht selten auf neunhundert beläuft.

Die Holzarten, woraus ein solches Floß zusammengesetzt ist, sind Eichen und Tannen.

Der Boden oder Grund ist von langen Stämmen angelegt, die an den hinteren Teilen und dort, wo sie mit einer neuen Lage zusammenstoßen, durch Bundsparren befestigt sind. Diese Bundsparren bestehen aus Murgtannen, denen man zu Flößen den Vorzug gibt, weil sie zu Tragmasten dienen und besser gehandhabt werden können als die runden. Die Länge der Bundsparren bestimmt die Breite eines Floßes. Sie liegen quer über den Stämmen des Bodens und sind durch Weiden oder gedrillte junge Tannen und eiserne Klammern befestigt.

Ein Floß hat gewöhnlich die Länge von zehn Murgtannen oder Masten, wozu diese Stämme von den Holländern gebraucht werden. Gibt es in der Zusammenfügung noch Lücken, so werden diese mit Holz ausgefüttert.

Über dem Boden befinden sich noch zwei Lagen von Hölzern, die auf gleiche Art unter sich und mit dem Grund verbunden sind.

Die erste Mastlänge ist noch außer ihrer Befestigung an beiden Enden mit starken Tauen umwunden, um dem Schiffsvolk zur Rettung zu dienen, wenn das Floß, wie es mitunter geschieht, vielleicht scheitern sollte.

Der obere Teil ist mit kleinerem Holzwerk und mit Bohlen belegt. Die Last wird nach dem Wasser berechnet, und ein Hauptfloß geht gewöhnlich sechs bis acht Fuß tief.

An beiden Seiten des Hauptfloßes bewegen sich kleinere Flöße, in der Kunstsprache Knie genannt, die untereinander jeweils durch eine junge frische Eiche verbunden sind. Sie dienen dazu, dem Floß eine beliebige Richtung zu geben. Diese Knie haben gewöhnlich eine Länge von siebzig bis neunzig Fuß.

An dem Hauptfloß und an den Knien sind noch kleinere und leichtere Flöße befestigt, die man Anhänge nennt. Sie vermindern auf der einen Seite die Gefahr des Strandens, und auf der anderen Seite vermehren sie die Masse des Holzes zum Vorteil des Holzhändlers, ohne das Hauptfloß zu beschweren. Auch befinden sich bei einem solchen Floß jedesmal mehrere Nachen, davon die größern mit zahlreichen Ankern, es sind ihrer oft an hundert, und Tauen beladen sind, die kleineren aber zum Wahrschauen und zu Bestellungen, die man etwa an das Land zu machen hat, gebraucht werden.

Die Wohnungen auf einem Floß sind reinlich und bequem. Die Haupt- oder Herrnhütte ist von geräumigem Umfang und gewöhnlich durch einen Gang geteilt. Auf der einen Seite ist die Buchhalterei und das Schlafzimmer des Eigentümers, auf der anderen das Zimmer des Steuermanns und das Behältnis für die feineren Weine und ausgesuchteren Lebensbedürfnisse. Der Gang endigt in einen Speisesaal, vor dem ein Gezelt ausgespannt ist, um bei jeder Witterung mit Bequemlichkeit frische Luft atmen und sich der schönen Natur freuen zu können.

Nahe dabei steht die Küche mit einem ungeheuren kupfernen Kessel über dem Herd, in dem Tag und Nacht gekocht wird. Das Zeichen zum Essen wird durch einen auf eine Stange gesetzten Korb gegeben, der Steuermann ruft zugleich das Losungswort aus, und im fröhlichen Gedränge eilen die Hunderte von Menschen herbei und holen sich ihr Mittagsmahl in hölzernen Gefäßen. Es speisen durchaus je sieben und sieben zusammen, und eine solche Abteilung heißt ein Pack.

Die Konsumtion auf einem Floß, bis es an den Ort seiner Bestimmung gelangt, ist beträchtlich, und man rechnet sie gewöhnlich zu vier- bis fünftausend Pfund Brot, achtzehn- bis zwanzigtausend Pfund frisches und zehn Zentner geräuchertes Fleisch, zwölftausend Pfund Käse, zehn bis fünfzehn Zentner Butter, dreißig bis vierzig Malter Hülsenfrüchte, acht bis zehn Malter Salz, fünf- bis sechshundert Ohm Bier und sechs bis acht Stückfässer Wein. Das Schlachtvieh wird lebendig mitgeführt, und es sind immer auch einige Fleischer bei dem Zuge. In der Tat gleicht eine solche Holzinsel einer schwimmenden Kolonie, bei der strenge Ordnung und unverdrossene Arbeitsamkeit herrschen.

Ein interessanter Moment ist die Abfahrt. Den Tag vorher werden die Nachen ausgeschickt, um das Volk – nach dem Kunstausdruck – zu wahrschauen; Bäcker, Fleischer, Küfer und was sonst noch den Mundvorrat zu besorgen hat, ist in voller Tätigkeit. Heiterkeit und Scherz beleben die überall verteilten geschäftigen Gruppen.

Kaum dämmert der nächste Morgen, so begibt sich jeder Trupp an seinen Posten: einige zu den Streichen, einer Art von Ruder, die zu beiden Seiten der hintersten Knie angebracht sind; die Ankerknechte treten in die Nachen, und die Meisterknechte, bewaffnet mit großen Stangen, woran sich eiserne Haken befinden, erteilen die Befehle und halten auf Ordnung und Pünktlichkeit im Dienste. Ist nun ein jeder an seiner Stelle, so nimmt der Obermeisterknecht eine Musterung vor, hält eine kräftige Rede an das Volk, sagt, was jeder für die Reise bis Dordrecht an Arbeitslohn neben der Kost erhalten werde, und geschieht keine Einrede, so ist der Vertrag abgeschlossen. Wer sich die Bedingungen nicht gefallen lassen will, der entfernt sich ohne weiteres und kehrt über die Kommunikationsbrücke nach dem Lande zurück.

Jetzt ertönt das Zeichen zur Abfahrt. Der Steuermann besteigt seinen Stuhl, es tritt eine plötzliche Stille ein, die Hüte werden abgenommen, die Hände gefaltet und ein kurzes Gebet um glückliche Fahrt zum Himmel geschickt. Nun gibt der Steuermann mit seinem Hut die Signale, die von einigen Ruderknechten, die in bestimmten Entfernungen stehen und wandernde Telegrafen bilden, durch die Bewegung eines Stabs fortgepflanzt werden.

Die Kunst, ein Floß zu steuern, ist übrigens unter der Schiffergilde nichts weniger als gemein, und vor ungefähr vierzig Jahren (um 1766) war sie noch das Geheimnis eines einzigen Mannes zu Rüdesheim und seiner Söhne. Die häufigen Krümmungen des Rheines, die Wirbel und Fälle, die durch sein oft felsiges und abschüssiges Bett gebildet werden, erschweren die

Ein Wahrschauerkahn auf dem Rhein

Leitung einer so ungeheuren Masse und machen sie oft gefährlich, zumal, da ein Floß, eben weil es tiefer im Wasser geht, auch ungleich schneller dahintreibt als ein gewöhnliches Fahrzeug. Muß angelegt werden, so reißt oft der Strom die ganze Masse mit ihren hundert Ankern noch eine Strecke weit fort, daß die stärksten Taue brechen, die Knie zersplittern und Felsenstücke von ihrer Stelle gerückt werden, bis endlich der Vorderteil ans Land treibt und sich daselbst festlegt. Dordrecht ist der Markt für das Holz, wo es oft wieder in Schiffe geladen und nach England, Spanien und Portugal verführt wird.

Der Bau eines Floßes erfordert übrigens bedeutende Auslagen und ist darum gewöhnlich nur das Unternehmen sogenannter Floßkompanien. Es gehört dazu ein Kapital von wenigstens dreihunderttausend Gulden, und bloß die Verzollung eines Floßes von Mainz bis Dordrecht wird auf fünfunddreißigtausend Gulden berechnet.

Ob aber bei dem zunehmenden Holzmangel in den Gegenden des Oberrheins dieser Handel noch lange fortgesetzt werden könne, ohne auf die einzelnen Bewohner jener Provinz empfindlich zu drücken, und ob unserem Vaterland ein wesentlicher Gewinn dadurch erwachse, möchte ich aus guten Ursachen bezweifeln. Die Not des Augenblickes zerstört ganze Waldungen, und den baren Gewinn erhalten die Engländer und Holländer für Zucker, Kaffee, Musseline, Spitzen, feine Leinwand und tausend andere Bedürfnisse des Luxus' mit hohen Interessen von uns zurück.

Wer diese Betrachtungen etwas weiterverfolgen will, der wird die verhängnisvolle Katastrophe nur zu nahe erblicken, der unser Vaterland unaufhaltsam entgegeneilt. Der Deutsche ist endlich dahingekommen, daß er lieber seinen Sitten und Gesetzen, seinem Namen und seiner Sprache und dem ehrenvollen Andenken seiner Väter entsagen wird als den täglich steigenden Bedürfnissen einer – jede bessere Kraft lähmenden – Verfeinerung. Wir dünken uns groß mit unserer Schulweisheit, mit unserer Geistesbildung, die eine elende einseitige Verbildung ist, und trösten uns mit dem Trödelkram von Vielwisserei, während wir unsere Kraft in frivolen Genüssen verschwendet haben. Und wie könnte ein Volk für seine Verfassung noch etwas wagen, wenn es nur noch durch diese und nicht mehr durch seinen eigentümlichen Charakter zusammengehalten wird?

N. Vogt / A. W. Schreiber

Fuß: Längenmaß (zwischen 0,25 und 0,34 m) / wahrschauen: warnen / Konsumtion: Verbrauch / Malter: altes Getreide-, Kartoffelmaß (zwischen 100 und 700 l schwankend) / Ohm: früheres Flüssigkeitsmaß (zwischen 130 und 160 l) / Kommunikationsbrücke: Landungssteg / verführen: ausführen, exportieren / Musselin (franz.): Kleiderstoff aus schwach gedrehten, feinen Garnen (nach der mesopotamischen Stadt Mosul benannt)

Ins Bergische Land

Auf, folget mir! Wir wandern nach den Höhn,
Sie liegen ernst im Kranz der alten Eichen:
Wie klinget hier des Walds Choral so schön!
Folgt mir, die roten Heiden zu durchstreichen
Und zu durchwandern weiter Wiesen Flur.
Norddeutsche Bilder schau'n in den Bereichen
Euch allwärts an. Auf, folgt der Flüsse Spur:
Sieg, Agger, Wupper kommen dort geschossen,
Hier strömt die Lenne und hier strömt die Ruhr,
Es kommt die Lippe mit den Flußgenossen!

Ein Land der Arbeit rings! Im Tale schlingt
Die Sieg sich hin. Es wächst im Erdengrunde
Das Eisen dort, und nach dem Erze dringt
Der fleiß'ge Bergmann in der Täler Runde.
Er bauet in die Felsen tief hinein,
An Schacht und Stollen schaffend Stund' um Stunde.
Fernab der Sonne holdem, warmem Schein,
In Dunkelheit verbringend schier sein Leben,
Enthaut er die Metalle dem Gestein.
Glückauf, glückauf, den edlen Schatz zu heben!

Und aus den Gruben schleppt er es herbei,
Die schwarzen Schmelzen liegen rings im Tale.
Ihr hört der dumpfen Schläge Einerlei
Vom Hammerwerk, wo man mit hartem Stahle
Den Stein zersprengt, in dem die Erze glühn.
Seht ihr die Ösen stehn im Feuerstrahle?
Seht ihr der Essen helle Funken sprühn
Und ruß'ge Männer schreiten durch die Werke?
Es muß der Mensch sich Tag' und Nächte mühn,
Bei Feu'r und Eisen wächst des Mannes Stärke.

Ein Land der Arbeit! Seht, es strömt hervor
Die Wupper dort, das Wasser mit dem Dampfe
Treibt tausend Werke. In die Luft empor
Ragt hoch der Schlot, mit donnerndem Gestampfe
Ertönt das Rad, die Glut am Herde flammt.
Sie schmieden hier das Schwert zum grausen Kampfe,
Sie wirken hier die Seide und den Samt,
Sie weben hier die Wollen und das Linnen,
Der Heimat hier, der Fremde dort entflammt:
Es gilt mit Fleiß das Leben zu gewinnen!

Auf hundert Straßen, die das Land durchziehn,
Hört lastbeladen ihr die Karren krachen,
Die Eisenwagen seht ihr rollend fliehn,
Gezogen von den schwarzen Feuerdrachen.
Ein Zürnen schallet hier, ein Markten dort,
Dazwischen dröhnt ein lustig' frohes Lachen.
Hier bringt der Kaufmann seine Waren fort,
Dort holt er andre sich in keckem Tausche.
So schwillt die Tätigkeit von Ort zu Ort,
Ein frischer Strom, den ich mit Lust belausche.

Ein Land der Arbeit! Fort ins Tal der Ruhr!
Was nur die Wagen und die Schiffe holen?
Es lebt der Fluß, es tönet Wald und Flur!
Lockt hier ein Schatz? – Ja, in der Täler Sohlen
Ruhn aus der Zeit, wo noch der Erde Grund
Im Gären lag, die dunkelschwarzen Kohlen.
Sie deckten einst die Gipfel in der Rund'
Als ries'ge Stämm' und wilde Blätterranken,

Es trieb die Flut sie in der Tiefe Schlund,
Wo sie als Vorrat künft'ger Zeit versanken.

Die Kohle feuert rings der Öfen Glut,
In denen zähe Erze weich zerfließen,
Es muß der Kiesel, der im Boden ruht,
In ihrem Feuer sich als Glas ergießen,
Sie läßt das Dampfroß auf der ehrnen Bahn
Mit Windeseile durch die Länder schießen,

Sie treibt im Fluß und durch den Ozean
Das Schiff zu jedem Land der weiten Erde,
Sie facht der ems'gen Werkstatt Flammen an,
Sie leiht euch Wärm' und Licht am Heimatherde.

Wolfgang Müller

Linnen: Leinen

Hefe-Waffeln

Zutaten: 375 g Mehl, 25 g Hefe, $^1/_4$ l lauwarme Milch, 125 g Butter, 50 g Zucker, 4 Eier, 1 Prise Salz, die abgeriebene Schale einer Zitrone, 1 Speckschwarte zum Einfetten.

Zubereitung: Die Hefe mit etwas Milch, Mehl und Zucker verrühren und 15 Minuten gehen lassen. Butter, Zucker, Eier, Salz und Zitronenschale schaumig rühren und nach und nach das Mehl mit der angesetzten Hefe unterkneten und den Teig nochmals $^1/_2$ Stunde gehen lassen. Das vorgeheizte Waffeleisen mit der Speckschwarte einfetten, den Teig löffelweise einfüllen und goldgelb backen.

Die Fabrikation von „Schwertern" in Solingen

Die Häuser, die über die Gegend zerstreut liegen, machen einen überaus freundlichen Eindruck; sie sind wenigstens an der Wetterseite, oft aber ganz und gar, mit blauem Schiefer bekleidet, haben weiße Fensterkreuze und ohne Ausnahme grüne Fensterläden. Die meisten sind von einem Gärtchen und Obstbäumen umgeben, die besonders im weißen Blütengewand ein herrliches Bild vervollständigen. Wer die Landstraße von Gräfrath aus nach Solingen wandert, wird durch die Sauberkeit dieser Häuschen, welche in der Nähe der Stadt zu immer dichteren Gruppen sich zusammenfinden, angenehm berührt. Die Reinlichkeit, die ja im Bergischen zu Hause ist, hört auch im Innern der Stadt Solingen nicht auf, nur verengern sich die Straßen; ja einzelne Verbindungsgassen sind so eng, daß zwei einigermaßen beleibte Personen sich schlechterdings nicht aneinander vorbei

drücken können. Von einigen luftigeren Straßen, die auch ansehnliche Häuser besitzen, abgesehen, macht Solingen einen etwas finstern, ja verräucherten Eindruck; doch versöhnt hiermit, wie nachdrücklich wiederholt werden muß, die Sauberkeit im Innern. Was an Solingen, der weitberühmten Fabrikstadt, besonders auffällt, ist die verhältnismäßig geringe Anzahl von Kaminen, die in Elberfeld-Barmen einem Walde vergleichbar emporragen. Der Grund für diese befremdliche Erscheinung ist darin zu suchen, daß die Solinger Industrie sich noch am Anfang des Überganges vom Handbetrieb zur maschinellen Fabrikation befindet.

Das vornehmste und älteste Gewerbe Solingens ist die Fabrikation von „Schwertern“, wie der ortsübliche Ausdruck für blanke Waffen lautet.

Die Art und Weise, wie man „die guten Schwerter“ macht, ist im allgemeinen die folgende: Die Eisenstangen werden mit dem Reckhammer zusammengeschweißt und zu der erforderlichen Länge und Dicke vorbereitet. Der „Schwertschmied“ gibt mit Hilfe des „Draufschlägers“ dem Stahl die Form einer Klinge, der „Härteschmied“ dieser die nötige Elastizität, indem er sie rotglühend durch nassen Hammerschlag zieht und in kaltes Wasser

taucht. Sodann bekommt sie der „Schleifer", und endlich empfängt sie vom „Härter" die „blaue „Härtung". Ihre blanke Farbe bekommt die Klinge durch Schleifen auf einer Holzscheibe mit Schmirgel und Öl. Dann ist die Klinge fertig bis auf den Schmuck durch eingeätzte Figuren und die etwa verlangte Vergoldung. Der Griff wird durch den „Griffmacher", die Gefäße von dem „Gefäßmacher", die Scheiden vom „Schwertfeger" hergestellt. Sämtliche Stücke werden dann zusammengesetzt und die Waffe bereit gemacht oder „gereidet".

So wandert ein Schwert, ehe es in das Lager des Kaufmanns übergeht, durch viele Hände, und jede übt daran ihre Geschicklichkeit, die uns erstaunlich scheint, wenn wir die Prachtgefäße und Prachtklingen neben dem schlichten Infanterieseitengewehr stehen sehen. Noch heute soll es im Kaukasus Solinger Säbel geben, die sich von Generation zu Generation vererbten und als Familienkleinode hochgeschätzt werden.

Die schwierigste Arbeit von allen Arbeitern haben ohne Zweifel die Schleifer. Die Schleifkotten, zum Teil uralte, halbverfallene Hütten in tiefer Schlucht über dem Bache liegend, bieten an und für sich schon keinen gesunden Aufenthaltsort. Das Schleifen geschieht auf nassem oder trockenem Stein. Beim ersteren wird zwar kein Staub erzeugt, aber die Kleider werden vollständig durchnäßt, und die Gefahr der Erkältung liegt sehr nahe. Das Trockenschleifen erzeugt aber einen ganz entsetzlichen Staub, der dem Arbeiter gerade in das Gesicht treibt. Derselbe verrichtet nämlich seine

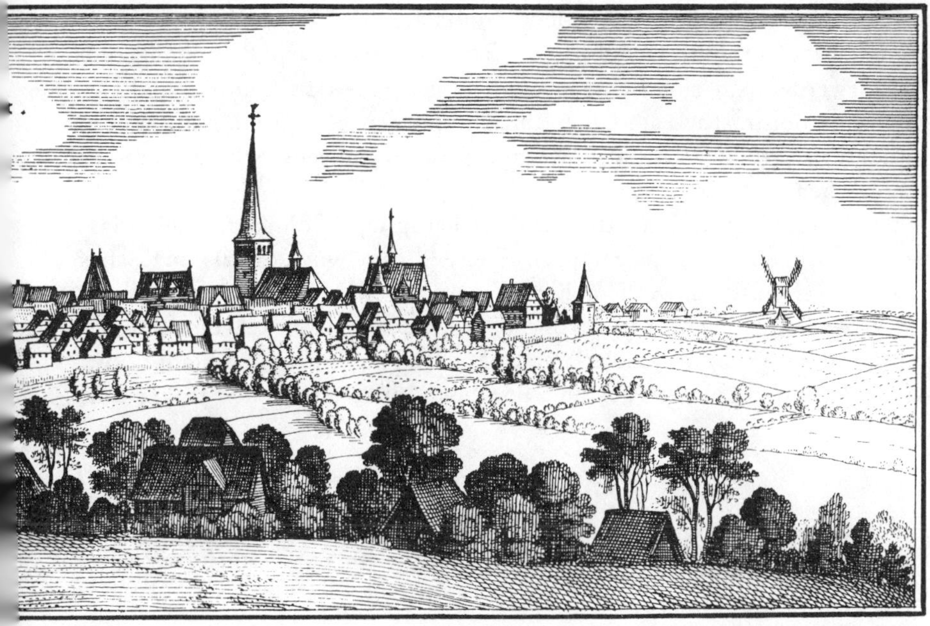

Arbeit, indem er, vor dem Stein stehend, sich mit dem Rücken an ein Brett lehnt und einen an die Knie angeschnallten Klotz, an dem die Klinge, nach oben gerichtet, befestigt ist, gegen den Schleifstein preßt. Noch schlimmer ist das sogenannte „Bürsten", bei dem gewisse feinere Stahlwaren auf Scheiben abgezogen werden, die mit starken Borsten besetzt sind. Infolge der aufreibenden und gesundheitswidrigen Beschäftigung herrscht denn auch eine große Sterblichkeit unter den Schleifern.

Die Herstellung der Messerklingen ist derjenigen der Schwerter ähnlich. Die inneren Platten zum Belegen mit Heften und die Scheidewände der doppelklingigen wie überhaupt der Zuschlagmesser werden vom „Erlschmied" hergestellt. Die einfachen Stiele werden vom „Heftemacher", die aus fremdem Holz vom „Pockholzschneider" zugeschnitten. Die Bearbeitung der Hefte aus Elfenbein usw. kommt dem Drechsler, aus Horn dem Hornpresser zu. Was an Beschlägen aus Messing, Zinn und Silber nötig ist, wird vom „Bändemacher" geliefert. Was alle diese einzelnen hergestellt haben, setzt der Fertigmacher zusammen. Die Gabeln werden in ähnlicher Weise hergestellt.

In der ältesten Zeit mit den Schwertschmieden verbunden, wurde das Messermachen im Jahre 1571 durch ein Privileg zu einem selbständigen Gewerbe, welches sich streng gegen das Eindringen von Fremden abschloß.

Verhältnismäßig am jüngsten ist die Scherenfabrikation, die durch unprivilegierte Arbeiter eingeführt wurde und im Jahre 1793 etwa einhundertneunzig Meister zählte. Nach dem Zunftstatut des Jahres 1794 konnten Fremde gegen erhöhte Gebühr in die Zunft eintreten. Die Bedingung zum Meisterwerden war eine Lehrzeit von je zwei Jahren als Lehrling und Geselle, ein Meisterstück und die Entrichtung gewisser Gebühren. Wegen untüchtiger Arbeit wurde der Meister gestraft; auf jede Schere mußte er sein Zeichen schlagen.

Die Scherenfabrikation ist heute die wichtigste in Solingen; große Massen von Scheren gehen sogar nach Sheffield, um von dort als englisches Fabrikat verkauft zu werden. Einen großen Teil an dem Weltruf dieses Industriezweiges hat die großartige Fabrik namens Henckel. Dieselbe bereitet, um ein gutes und zuverlässiges Material zu haben, den Stahl selbst, schmiedet ihn zu Stangen aus und verarbeitet diese im eigenen Hause weiter.

W. Kaiser

Heft: Handgriff an Werkzeugen und Waffen / Privileg (lat.): Vor-, Sonderrecht / Sheffield: Industriestadt in Mittelengland, wo u.a. seit dem 14. Jahrhundert Messerwaren hergestellt werden

Solingen in der zweiten Hälfte des 19. Jahrhunderts

Das erwählte Schätzchen

Vergnügt. Aus dem Bergischen und Clevischen. Ldh. Nr. 69.

Ich habe mir eines erwählet,
Ein Schätzchen und das mir gefällt;
Ist hübsch und so fein,
Von Tugend so rein,
Fein tapfer und ehrlich sich hält.

Ich hab' es mir öfters lass'n sagen,
Du hättest ein' andern so lieb;
Doch glaub' ich es nicht,
Bis daß es geschicht,
Mein Herze bleibt ewig bei dir!

Glaube nicht den falschen Zungen,
Die mir und dir nichts gunn';
Bleib ehrlich und fromm,
Bis daß ich wiederkomm',
Drei Jahre, die gehn bald herum.

Und wenn ich dann wiederum komm',
Mein Herz ist vor Freuden so voll;
Dein Äuglein so klar,
Dein schwarzbraunes Haar
Vergnügen mich tausendmal.

Der Schmied von Solingen (1757)

Der Waffenschmied von Solingen ließ Schlot und Esse dampfen,
Doch wenn er dann die Zeitung las, mit Füßen tät er stampfen.
Er rief bei jedem Flintenrohr und jedem Bajonette:
„Wenn das und einen Mann dazu der Fritz sogleich nur hätte."
Denn bei Kolin erging es schlecht, die Scharte muß ausgewetzt sein,
Ganz anders müßte der Kroate nach Hause schon gehetzt sein.
Und endlich faßt ihn Ungeduld, der Schmied nimmt selbst die Waffe.

„Ich will doch einmal selber sehn, ob ich's nicht anders schaffe."
Er kam noch just zur rechten Zeit, bei Roßbach mitzuschlagen,
Ja wie das gleich ganz anders ging! Heidi, das war ein Jagen!
Franzosen und die Reichsarmee, die liefen um die Wette,
Wie ständ' das wohl, wenn nicht der Schmied so brav geholfen hätte.
Das war schon gut, doch besser noch, noch besser muß es kommen,
Es hat der Schmied von Solingen noch ferner Dienst genommen.
Mit zog er in die Leuthnerschlacht, das war ein freudig' Siegen;
An sechzigtausend fliehn davon, und dreißigtausend liegen.
Da sprach er: „So, nun geht das Ding, nun kann ich wieder schmieden,
Und hoffen will ich, daß der Fritz mir nicht so schnell macht Frieden."
Der Waffenschmied von Solingen ließ Schlot und Esse dampfen;
Und wenn er jetzt die Zeitung las, wohl nicht mehr tät er stampfen;
Er sprach: „Ich hab's gesagt, es ist der Fritz ein Kerl zum Küssen,
Ich glaube kaum, daß noch einmal ich werde kommen müssen."
Der Waffenschmied von Solingen ließ Schlot und Esse rauchen,
Er sprach: „Es kann mein Herzensfritz noch manche Flinte brauchen."

Otto Friedrich Gruppe

Kolin: In der Schlacht bei Kolin, einer Stadt in Mittelböhmen, verloren die preußischen Truppen unter Friedrich II. am 18.6.1757 gegen die Österreicher unter dem Feldmarschall Leopold Graf von Daun / Roßbach: Gemeinde im Kreis Merseburg, in deren Nähe Friedrich II. am 5.11.1757 über die Franzosen und die Reichsarmee siegte / Leuthen: Dorf in Niederschlesien, bei dem Friedrich II. am 5.12.1757 über die zahlenmäßig überlegenen Österreicher unter Karl von Lothringen siegte. Die Schlachten bei Kolin, Roßbach und Leuthen waren Bestandteile der Auseinandersetzung zwischen Preußen und Österreich um das Gebiet Schlesiens (1756 – 63), aus der Preußen letztendlich siegreich hervorging und durch die es in die Reihe der europäischen Großmächte eintrat.

Eine Schleifkotte in Remscheid

Die sogenannten „Remscheider Waren"

Die sogenannten „Remscheider Waren" umfassen etwa tausend Artikel in feinen und gröberen Eisen- und Stahlwaren; sie bestehen aus Werkzeugen, Haushaltungs- und Küchengeräten, Ackerbauutensilien, Militäreffekten, Plantagen- und Schiffsgeräten, Schlittschuhen, Sporen, Gebissen, Bügeln, Ambossen usw.

Remscheid kann sich an Ausdehnung und Großartigkeit seiner Fabrikation füglich mit dem englischen Sheffield messen. Und was sein Absatzgebiet betrifft, so darf man fast sagen, daß dieses aus allen fünf Weltteilen besteht. Die Beweglichkeit des Remscheider Geschäftsmannes wird allgemein gerühmt. Daneben berührt sein Interesse für das öffentliche Leben, sein Sinn für edle Geselligkeit auf das Angenehmste, sei es, daß man in Geschäften, sei es, daß man in privater Weise ihm näher tritt. Kaum irgendwo dürfte man einer freundlicheren Aufnahme sicher sein als bei diesen Fabrikherren und Kaufleuten, die es nicht verschmähen, ihren Arbeitern mit Hilfeleistungen an die Hand zu gehen.

Während in Solingen die Arbeitsteilung soweit als möglich getrieben ist, wird in Remscheid jedes Fabrikat in der Werkstatt von einem Meister vollendet. Dieser kann sich deshalb ansiedeln, wo es ihm gefällt, unabhängig vom andern und vom Kaufmann. An den Wasserläufen liegen die Hammerwerke und Schleifkotten, auf den Höhen hat sich der Schmiedemeister angesiedelt. Unten im Erdgeschoß befindet sich die Werkstatt, genügend groß und luftig; darüber in einem Stockwerk oder in zweien sind die Wohn- und Schlafräume. Die Lohnarbeiter wohnen freilich weit schlechter. Ganz auffallend schön sind die Wohnhäuser der Kaufleute. Schon im Jahre 1809 schildern Augenzeugen ihr Erstaunen, im Dorfe Remscheid Häuser zu erblicken, die an Eleganz mit denen der größten Städte wetteifern könnten: Das seien die Häuser der reichen, in alle Welt handelnden Kaufleute, die sich dieselben in ihren Gärten aufgebaut hätten. Die Nahrung und Kleidung der Arbeiterschaft hat sich gegen früher nicht unerheblich geändert. Im 18. Jahrhundert herrschte noch die Nationaltracht: Werktags im Sommer eine Kleidung aus derbem Leinen von selbstgesponnenem Flachs, am Sonntag Kniehosen aus Baumwollsamt und eine kurze Jacke; zwischen ihnen kam das reine Hemd zum Vorschein; ferner wollene Strümpfe, Schuhe mit zinnernen Schnallen und eine baumwollene Zipfelmütze. Die Nahrung bestand hauptsächlich aus Haferbrot; erst seit den achtziger Jahren begann man Roggen anzubauen. Um jene Zeit bildete die Kartoffel schon den Hauptbestandteil aller Mahlzeiten. Kaffee galt als Luxus und kam höchstens sonntags in sehr dünner Gestalt auf den Tisch; die Sparsamen nannten ihn „Bankerottwasser". Morgens gab es Milch oder Haferbrei, mittags Gemüse mit Speck; abends wurden die Reste des Mittagsmahles oder ein derber Brei verspeist. An hohen Kirchen- und Familienfesten gab es Fleischbrühe, Hülsenfrüchte und dicken Reis mit Pflaumen.

Gegenwärtig herrscht unter den Arbeitern die allgemeine bürgerliche Tracht; der rheinische leinene Kittel ist fast durchweg von dem schwarzen Tuchrock verdrängt.

Der Arbeiterstand des Remscheider Bezirks ist schlicht an Sitten, aber energisch und selbständig; eine Hauptstütze des Hauses ist ihm die Frau, die als sparsam, wirtschaftlich und arbeitsam gepriesen wird.

Vorzeiten war auch das Schmiedehandwerk in Remscheid eine geschlossene, erbliche Zunft, die eifersüchtig über ihre Rechte wachte. Von großem Einfluß auf die Technik des Handwerks war die wiederholte Einwanderung fremder Protestanten und die Anknüpfung neuer Handelsverbindungen. Neben den Sensen und Sicheln bürgerte sich allmählich die Fabrikation von Hausgerätschaften, Schlössern und Handwerkszeug in Remscheid ein. Der

Rechte Seite: Niederrheinisch-westfälische Volkstrachten

Wert der im Jahre 1763 fabrizierten Waren betrug etwa zwei Millionen Taler, gegenwärtig im Durchschnitt dreißig Millionen Mark. Die Zahl der Arbeiter betrug 1763 etwa eintausendachthundert, heute mag sie wohl zehntausend betragen. Ebenso wuchs die Bevölkerung der Bürgermeisterei von fünftausendfünfhundert im Jahre 1807 auf etwa dreißigtausend Einwohner im Jahre 1880.

W. Kaiser

Ackerbauutensilien: Geräte, die beim Ackerbau benötigt werden / Militäreffekten: militärische Ausrüstungsgegenstände / Sheffield: Industriestadt in Mittelengland, wo u.a. seit dem 14. Jahrhundert Messerwaren hergestellt werden

Das bergische Haus

Das Bergische Land ist mehr als nur das Wuppertal. Der Wuppertaler ist ein Städter und hockt beieinander; der bergische Bürger ist ein Mann für sich, im eigenen Haus und freier Luft. Von allen bergischen Orten liegen die wenigsten in Tälern, die meisten, wie Solingen und Remscheid, den Kegel oder den langen Rücken eines Berges mit ihren Häusern krönend. Und zwar auf Höhen, die, so nahe am Niederrhein, beträchtlich sind. Remscheid z. B. liegt auf einer Höhe von rund 350 Metern; das ist schon höher als die Spitze vom Drachenfels. Und diese Lage, den nassen Stürmen ausgesetzt, die über die Rheinebene vom nahen Meer herfegen, in einer regnerischen Luft hat wohl den Anlaß gegeben, die Fachwerkwände ihrer Häuser mit Schieferkleidung zu umgeben, woraus sich das entwickelte, was man den bergischen Hausbaustil nennen kann. Obwohl gerade dabei mit dem, was man so Stil nennt, sehr eigenwillig umgesprungen wird.

Schwarze Beschieferung, zumeist mit Ölfarbe noch schwarz gestrichen, dazu ein weißes Holzwerk an Fensterrahmen, Türoberlichtern und Gesimsen, grüne Fensterläden und die Türen meist in einem schönen Braun: So werden drin im Bergischen die Häuser auch heute noch gebaut. Der Farbenklang ist lustig und paßt so gut in diese Landschaft von Grauwackeschiefer, daß seine Bauform nebensächlich wird. Gleichzeitig aber liegt in dem besonderen Material der Beschieferung eine Hinderung, hereingetragene Baumoden ohne weiteres mitzumachen, so daß darin recht eigentlich der Anlaß zu jenen Bürgerhäusern lag, die heute endlich auch nach ihrem künstlerischen Wert bewundert werden. So frei ein Bürger auf dem Lande sitzt, er will doch zeigen, daß er die Zeit versteht; und als das Rokoko da unten am Niederrhein von seinen Fürsten so eifrig ausgebildet wurde,

da machte sich der bergische Bürger sein Schieferhaus danach zurecht. Da wurde aus dem Giebel der Eingang in die Mitte verlegt, die beiden nächsten Fenster zur Flurbeleuchtung dicht herangezogen, eine Treppe behaglich davor gesetzt und das Portal war fertig; zugleich aber auch die Grundform, die später im Empire und weiterhin nicht mehr verlassen wurde.

Nichts Schöneres ist nun zu sehen an bürgerlicher Hausbaukunst als diese Hauseingänge, die keine Nachäffungen, sondern Übertragungen von steinernen Portalen in Holz und darum in schlichtere und dennoch, weil die Handwerker damals noch Tradition bewahrten, in materialgerechte Schmuckformen sind. Da sprudelte der Einfall bürgerlicher Meister in immer neuen Erfindungen: Die Fenster bald schmal, bald breiter an die Tür zu rücken, das Oberlicht bald reich verschlungen, bald schlichter auszubilden, das Profil an der Portalbedachung vorzuschweifen oder schlicht zu halten. Und so groß war die Selbstachtung dieser bürgerlichen Kunst, daß

Häuser, von denen wir beglaubigt wissen, daß hergeholte Baumeister sie errichteten, nur in der strengeren Durchbildung und Wiederholung derselben Schmuckform auffallen, sonst gar nicht verschieden sind, indem sie durch den bürgerlichen Sinn der Bauherrn immer bergische Wohnhäuser blieben und keine Jagdschlösser oder Stadtpaläste nachäfften.

Und noch von einem sonderbaren Zickzack menschlicher Naturgeschichte ist zu berichten, wie sich das bergische Bürgerhaus zum Ahnen hochberühmter Nachkommen entwickelt hat auf dem Umweg über Amerika. Im 18. Jahrhundert sind auch aus dem Bergischen Land viele Bürger über den Ozean gegangen, und weil ihr Eigensinn auch drüben die Heimat nicht vergaß, so bauten sie sich, wenn sie dazu gekommen waren, Häuser in bergischer Bauart. So finden sich in Amerika aus dem 18. Jahrhundert Häuser mit Schieferbekleidung, deren Herkunft aus dem Bergischen unleugbar ist, und diese sind wiederum so typische Beispiele des sogenannten Kolonialstils, daß man diesen auf die schlichte Wohnlichkeit des bergischen Bürgerhauses zurückführen kann. Aus dem Kolonialstil aber hat sich zum guten Teil das englische Landhaus entwickelt, dessen Sachlichkeit und wohnliche Bildung uns heute in Deutschland entzücken und das wohl der stärkste Nothelfer war, mit allem Palast-Stilplunder im deutschen Land- und Bürgerhaus endlich zu brechen.

Wilhelm Schäfer

Aus der Geschichte der Städte Barmen und Elberfeld

Elberfeld war einst ein Rittergut der Dynasten von Elverfeld mit einem Schloß von großem Umfang, das 1421 erst dem Lande Berg einverleibt wurde, worauf tätige Ansiedler um das Schloß her sich anbauten, bis ein Ort entstand, der 1619 Stadtrechte erhielt. Auf den Höfen und Grundstücken, die unter der Gesamtbenennung „das Barmen“ 1244 durch Kauf von dem Grafen Ludwig von Ravensberg an die Erbgrafen des „Keldachgaus“, die späteren Grafen von Berg, kamen, wurden ebenso wie in Elberfeld am Ende des 15. Jahrhunderts die Garnbleichereien eingeführt, womit damals bereits die Bewohner von Werden, Hattingen und Witten sich Wohlstand erworben hatten; 1527 erhielten Elberfeld und Barmen ein ausschließliches Privileg von dem Landesherrn Johann von Berg dafür. Das ist der erste Anfang der Industrie des Wuppertales, die jedoch erst nach dem Regierungsantritt Friedrich Wilhelms I. von Preußen blühenden Aufschwung bekam, als sich die rüstigsten und kräftigsten jungen Männer der gewerbetätigen Grafschaft Mark hierhin flüchteten, um dadurch den Soldatenaushebungen zu entgehen; Berg war seit 1629 Pfalz-Bayerisches Territorium. Noch im ersten Dezennium des 18. Jahrhunderts bestand Barmen bloß aus sechsunddreißig „Höfen" und etwa zweihundert ebenfalls zerstreut stehenden und meist kleinen andern Häusern, was noch nicht wohl der Anfang einer Stadt genannt werden kann. Von da an aber entwickelte es eine solche Regsamkeit und selbstschöpferische Kraft, daß es schon bald nachher aus mehreren ansehnlichen Flecken – Gemarke, Wupperfeld, Rittershausen, Wichlinghausen – bestand und jetzt zu einer Fabrik- und Handelsstadt fast ersten Ranges herangewachsen ist und dreißigtausend Einwohner zählt, ein Wachstum, das jedenfalls bewundernswürdiger ist als das des gleich jungen Petersburg, denn dieses wuchs durch die Macht der Zaren, Barmen einzig und allein durch seinen Gewerbefleiß! Die Zunahme Elberfelds war während desselben Zeitraums nicht minder groß und nur darum nicht so auffallend, weil, wie wir oben gesehen haben, es schon lange vorher eine Stadt war. Elberfeld übertrifft, wenn auch nicht in demselben Maße wie durch sein Alter, die freundlichere Schwesterstadt Barmen noch jetzt an industrieller Wichtigkeit, an Reichtum und Einwohnerzahl, welche letztere sich gegenwärtig auf vierzigtausend belaufen mag.

Ferdinand Freiligrath / Levin Schücking

Privileg (lat.): Vor-, Sonderrecht / Friedrich Wilhelm I. (1688 – 1740): seit 1713 König in Preußen, wurde unter dem Namen „Soldatenkönig" bekannt und war der Vater Friedrichs des Großen / Dezennium: Jahrzehnt

Die Industrie in Barmen und Elberfeld

Ein fast unübersehbares Häusermeer dehnt sich in dem Talkessel der Wupper aus, dringt in die Schluchten des Gebirges ein und klimmt an den Bergwänden links und rechts empor. Volle zwei Stunden braucht ein rüstiger Fußwanderer, um vom östlichsten Ende Barmens bis zum westlichsten Punkt Elberfelds zu gelangen. Überall treten ihm die Zeichen einer vielseitigen, lebhaft betriebenen Gewerbetätigkeit entgegen. Das Klappern der Webstühle, das Rauschen der blitzschnell sich drehenden Spindeln begleitet ihn fast auf seinem ganzen Weg. Geschäftige Menschen eilen an ihm vorbei, alle fünf Minuten begegnet er einem überfüllten Wagen der Pferdeeisenbahn, und an beiden Seiten des Tales ziehen die Rauchwolken der Eisenbahnzüge entlang, die an elf Bahnhöfen halten, um in das reiche Verkehrsleben als wichtige Faktoren mit einzugreifen. Die beiden Städte, die so miteinander verbunden und verwachsen sind, daß man ohne besondere Ortskenntnisse ihre Grenzen nicht zu erkennen vermag, haben nach der neuesten Zählung einhundertneunzigtausend Einwohner, sind also der Hauptstadt des Westens, dem altehrwürdigen Köln, weit vorausgeeilt. Es ist dies ein ganz unerhörtes Wachstum, und was noch mehr sagen will, ein Wachstum auf den festen Grundlagen einer blühenden Gewerbetätigkeit! Im Jahre 1708 zählten beide Städte fünftausendvierhundert Einwohner, im Jahre 1815 bereits vierzigtausend, 1861 war diese Zahl auf einhundertsechstausend gestiegen und jetzt (um 1880) wohnen, wirken und schaffen mit rastloser Emsigkeit fast zweihunderttausend Menschen im „Tale“, wie man kurzweg zu sagen pflegt. Was die Stadt groß gemacht hat und was ihr auch heute noch ihr eigentümliches Gepräge verleiht, ist die Arbeit.

Der älteste Industriezweig des Tales ist, wie oben angedeutet wurde, die Garnbleicherei, zu der schon früh die saftigen Wiesen zu beiden Seiten des Flusses und das kalkhaltige Bergwasser desselben einluden. Schon im Jahre 1527 war die Kaufmannschaft zu solchem Wohlstande gelangt, daß sie Herzog Johann III. die Summe von achthunderteinundsechzig Goldgulden vorstrecken konnte, für die sie ein wertvolles Privileg erhielt. Den Orten Elberfeld und Barmen wurde das Monopol auf die „Garnnahrung“, d. h. das Bleichen und Zwirnen von Garn und der Vertrieb desselben, verliehen. Jeder, der auf der Bleicherei arbeitete oder Garn bleichen ließ, oder auch leinene oder baumwollene Waren herstellte, mußte der Garnnahrung beitreten und vor dem Beginn seines Geschäftes sich eidlich verpflichten, den Bleichern und dem Fabrikwesen keinen Schaden zuzufügen, vielmehr für das Beste derselben sorgen zu wollen. Die Vorsteher der Garnnahrung hießen „Garnmeister“, deren Wahl unter dem Vorsitz der ersten Beamten der Freiheit und des Amtes von Elberfeld jährlich am Margaretentag (13. Juli) stattfand. An demselben Tag wurden alle neuen Mitglieder der Garnnahrung eidlich verpflichtet; ein festliches Trinkgelage beendete nach allgemeiner Sitte der alten Zeit den wichtigen Tag. Das Privileg bestimmte die Anfangs- und Schlußzeit des Bleichens und die Garnmeister die Masse des Garnes, das jeder einzelne bleichen durfte. Letzteres wurde vornehmlich aus Westfalen, Herford und Hildesheim, aus Hessen und Lüneburg bezogen, wo es von den Landleuten mit der Hand gesponnen wurde. So wurden Tausende von Zentnern auswärtigen Garnes fortwährend eingeführt und, soweit die Fabriken es nicht verbrauchten, roh oder gebleicht nach dem Rheine, den Niederlanden, Süddeutschland und Italien weiter ver-

Rechte Seite: Elberfeld um 1880

handelt. Die Wupperwiesen, die künstlich angelegt wurden, um das Wasser überall hinleiten zu können, waren mit blendend weißem Garn bedeckt, und Hunderte von Menschen waren damit beschäftigt, das Wasser hoch im Bogen über die ausgebreiteten Gespinste zu schleudern. Im Jahre 1610 hatte die Garnnahrung bereits fünf verschiedene Sorten Garn auf der Bleiche, deren Wert etwa einzweidrittel Millionen Taler betrug. Man berechnete den Gewinn auf die Hälfte. Besonders nach England wurde der Absatz immer bedeutender; auch in Frankreich wurde das Wuppertaler Garn mit Vorliebe gekauft. Unter der Leitung der Garnmeister entwickelten sich das Bleichereigewerbe und die damit verbundenen Webereien immer mehr. Auch das Baumwollgarn kam, seit die Genueser und Venezianer Baumwolle nach England und den Niederlanden gebracht wurde, in Aufnahme. Zu Anfang des 18. Jahrhunderts beschäftigte sich die auf die Bleicherei von Leinen und Baumwolle gegründete Fabrikation hauptsächlich mit der Herstellung von Leinwand, leinenen Bändern, Taschen- und Halstüchern, Schnürriemen, Nähzwirn, Bettzwillich und bunten Leinenstoffen, dem sogenannten Doppelstein oder Bonten, blau und weiß gewürfeltem Zeug zur Bekleidung der Sklaven von Amerika. Als man den Mechanismus der Weberei kennenlernte, verlegte man sich auf die Herstellung von Zwirnspitzen und Languetten, die in kurzer Zeit in absatzsicherndem Rufe standen. Um sich auch den Gewinn des Färbens zuzuwenden, ließ man nicht nach, bis man die nötige Fertigkeit erlangt hatte.

Bei der ersten Anwesenheit des Kurfürsten Karl Theodor, am 26. März 1767, wurde der Stand der Fabrikation im Wuppertale in folgender Weise angegeben:

1500	Stühle für Siamosen (halbbaumwollene Zeuge) .	18000	Arbeiter
2000	Stühle auf Bonten	8000	"
2000	Bandstühle	6000	"
100	Bleichereien	600	"
	Färbereien	200	"
	Fabrikbediente	500	"
	Florettspinner und Wirker	600	"
		33900	Arbeiter,

die in den beiden Städten und deren Umgebung für die Industrie des Wuppertales tätig waren.

Das Aufkommen der Siamosenmanufaktur fällt mit dem Hubertusburger Frieden zusammen. Der Handel mit den blau und weiß gewürfelten leinenen oder halbbaumwollenen Bonten blieb im Laufe des 18. Jahrhunderts

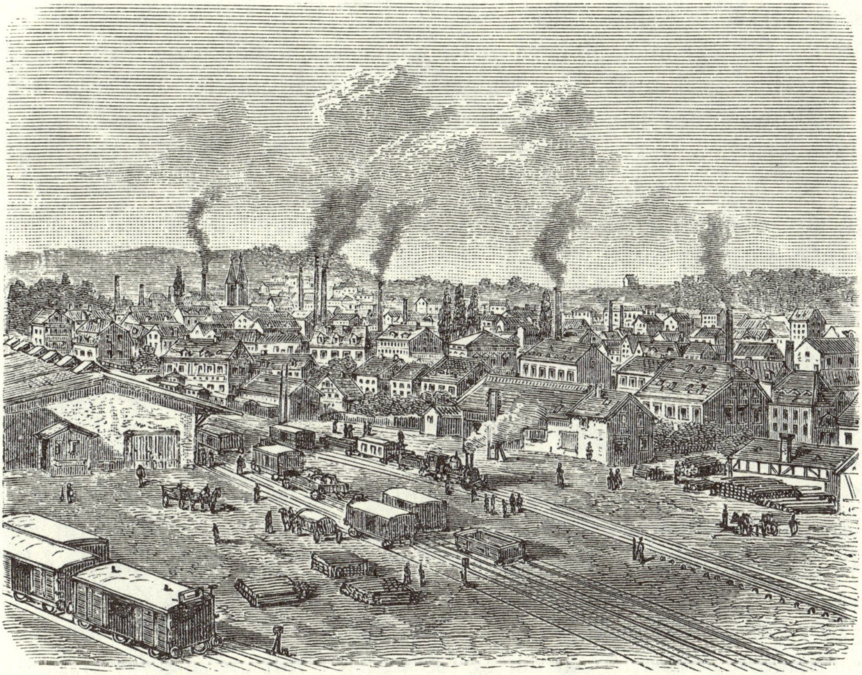

Mittelbarmen: Bergisch-märkischer Güterbahnhof

durch den bedeutenden Absatz in Westindien von großer Bedeutung, bis sie durch die baumwollenen Gewebe verdrängt wurden. Um die Mitte des Jahrhunderts blühte die Band- und Spitzenmanufaktur und durch brabantische Arbeiter die Bettziechenfabrikation auf. Zur gleichen Zeit begann die Herstellung von Florett- und halbseidenen Zeugen. Das Baumwollgarn wurde aus dem Ausland bezogen; jedoch lieferten schon 1736 die Baumwollspinnereien in den nahe gelegenen Wipperfürth und Wermelskirchen bedeutende Mengen in das Wuppertal. Die Unternehmer kauften die Baumwolle in Holland ein, gaben sie an die Handspinner aus und verkauften die fertigen Garne. Die Handspinnereien hörten auf, als die 1767 in England erfundene Spinnmaschine allgemeinen Eingang fand. Die neuen Spinnereien in England hatten auch eine auffallende Vermehrung der Siamosenfabriken im Wuppertale zur Folge. Im Jahre 1774 belief sich die Zahl der Stühle in Elberfeld-Barmen auf dreitausendfünfhundert und 1780 schon auf viertausendzweihundert.

Für die Einträglichkeit der alten Wuppertaler Industrie diene nur ein Posten aus dem Hauptbuche eines Elberfelder Hauses zum Beleg. Dasselbe verkaufte während des Jahres 1635 an Heinrich Jakob de Groot in Rouen für zweiunddreißigtausendachthundertachtundfünfzig Taler Garn und verdiente daran hundert Prozent. Ein Haupthebel für die Steigerung des Wohlstandes war die Geschicklichkeit, mit der die Fabrikanten des Tales sich fremde Kunstgriffe aneigneten. In der Baumwollindustrie lernte man Neues zu Rouen; die Nankings und Foulards sah man den Ostindern ab, die Rotfärberei kam aus dem Osten, und die Seidenstoffe ahmte man den Lyonern nach.

Von großer Bedeutung sind die Türkischrotfärbereien des Wuppertales. Wie man erzählt, kam das Geheimnis der dunkelroten Farbe, die weder durch Waschen noch durch Bleichen verschießt, vor etwa hundert Jahren durch thessalische Griechen nach Europa. Nach Elberfeld brachte es der Sage nach ein Sachse, der lange Jahre in der Türkei gelebt hatte und auf der Heimreise des Geldes bedurfte. Er verkaufte das Geheimnis für wenige Goldstücke an einen Färber. Die Kunst wurde jedoch zu einem solchen Grade der Vollkommenheit gebracht, daß Elberfeld die Erfindung füglich als Eigentum beanspruchen darf. Das Wuppertaler Fabrikat verdrängte sehr bald sogar die Rotgarne in der Türkei und beherrschte eine Zeitlang den ganzen europäischen Markt. Heutzutage ist die Türkischrotfärberei eine selbständige Industrie. An der Spitze stehen Kaufleute, die das Garn so billig als möglich aufkaufen, es durch die Färberei veredeln und dann auf eigenes Risiko verhandeln. Auch die Technik hat sich geändert, einmal durch Anwendung von Arbeitsmaschinen, dann durch Ersetzung des Krapps durch Anilin- und Alizarinfarben.

Heutzutage werden in Elberfeld wollene Streich- und Kammgarn-, Möbel- und Wagenstoffe, Tischdecken, allerlei gemischte Gewebe, vor allem aber Zanella gewebt. Ja, man kann sagen, daß der letztere, sehr einfache Artikel der Elberfelder Industrie von heute das Gepräge verleiht wie einst das Garn und dann die Seide. Doch damit ist unsere Darstellung noch bei weitem nicht erschöpft. Das großartigste Unternehmen im Tale, ja in seiner Art auf dem Festland, ist die Kattunfärberei und Druckerei von Schlieper und Baum, die die rohen Kattune einkauft, färbt und bedruckt. Das Etablissement, vor fünfundzwanzig Jahren mit vier Walzen begonnen, zählt gegenwärtig deren fünfundzwanzig. In demselben sind zweiunddreißig Dampfmaschinen tätig. Dank der hohen Bildung und Energie der Leiter, die sich in die einzelnen Zweige geteilt haben, hat die Fabrik sogar Mülhausen im Elsaß überflügelt.

Während in Elberfeld hauptsächlich die Weberei ihren Sitz hat und Zanella die Tagesparole ist, heißt das Stichwort für die Barmer Industrie „Bänder, Kordeln, Litzen“. Die Riemendreherei, die Bandwirkerei, die gummielastischen Gewebe und die Stoffknöpfe sind die „Spezialität“ Barmens.

Den Anfang dieser Fabrikation sahen wir schon im 17. Jahrhundert mit den Languetten (Bändern mit eingewebten Figuren) und Zwirnspitzen machen. Ihre eigentliche Blüte aber beginnt erst mit dem Jahre 1849. Die einfachen Bänder werden mechanisch gewirkt; die gemusterten sind mit geringen Ausnahmen der Hausindustrie verblieben.

Die Riemendreherei, d. h. das mechanische Flechten von Litzen und Kordeln vermittels sogenannter „Riementische", ist eine Eigentümlichkeit der Barmer Industrie. In den Jahren 1870 und 1871 arbeiteten eintausend Tische, von denen sich vierhundert im Besitze der großen Fabrikanten befinden.

Eine annähernde Schätzung berechnet die Zahl der in der Bandwirkerei und Riemendreherei beschäftigten Arbeiter auf zehntausend.

Die Knopffabrikation, die gegenwärtig in großer Blüte steht, beschäftigt etwa eintausendzweihundert Arbeiter.

W. Kaiser

verhandelt: verkauft / Bonten: Matrosenleinen / Languetten: Bänder mit eingewebten Figuren / Karl Theodor (1724 – 99): Kurfürst (1777 – 99) aus der Linie Pfalz-Sulzbach, erbte 1742 die Kurpfalz mit Jülich und Berg und 1777 Kurbayern / Florettspinner: Spinner, die Abfallseide (Florettseide) verarbeiten / Hubertusburger Frieden: mit dem Hubertusburger Frieden vom 15.2.1763 zwischen Preußen, Österreich und Sachsen wurde der Siebenjährige Krieg (1756 – 63) beendet / Florettseide: Abfallseide / Nanking: ein dichtes, festes, glattes, leinwandbindiges Baumwollzeug von fahler bis rötlich-gelber Farbe / Foulard (franz.): weicher, dünner, oft bedruckter Seidenstoff; Färbereimaschine / Krapp: Färberröte (zur Gewinnung roten Farbstoffes angebaute Pflanze) / Alizarin: Krapprot / Streichgarn: ein Garn aus kurzen Fasern mit wirrer Faserlage / Kammgarn: glattes, langfaseriges Garn mit paralleler Faserlage aus Wolle oder Chemiefasern / Zanella (ital.): Atlasgewebe / Kattun: feinfädiges Baumwollgewebe, das je nach Verwendungszweck gebleicht, gefärbt oder bedruckt wird / Etablissement: Geschäft, Unternehmen, Fabrik

Ballade vom Reiter

Die Frühe schlägt die Augen auf.
Der Reiter trabt in munterm Lauf.
In buntem Zug begleiten
Ihn tausend Möglichkeiten,
Geschmückt mit seidnen Bändern
Und schillernden Gewändern,
Und in den Mienen allen
Der Wunsch, ihm zu gefallen.
Der Hauch des Morgens trägt sie sacht,
Von Aug' und Mund Verheißung lacht.

Er reitet durch den grünen Plan.
Die Schönen um ihn fliehn und nahn.
Wie viel er auch mag zählen,
Nur eine kann er wählen,
Und als er sie gefunden,
Sind alle rings verschwunden,
Sind alle weggeblasen
Und leer der grüne Rasen.
Und nur die eine schwebt herzu,
Schwingt vor ihn sich aufs Pferd im Nu.

Und wie sie seinen Hals umfaßt,
Hält er entzückt die warme Last
Und streichelt auf und nieder
Durchs Kleid die feinen Glieder
Und trinkt vom roten Munde
Des Lebens süße Kunde.
Nichts andres will er haben,
Läßt frisch sein Rößlein traben.
Das trägt sie weit ins Land hinein,
Den Weg weist ihm der Sonnenschein.

Und vorwärts geht es lange Frist,
Bis er die andern doch vermißt,
Er staunt, daß die beim Reiten
Ihn nun nicht mehr begleiten,
Nicht lockend um ihn schweben
Und leichte Füße heben,
Daß nur die schöne Kleine
Von allen jetzt die Seine,
Die sein Umherspähn schon verdrießt,
Die küssend ihm die Augen schließt.

Von oben steil die Sonne sengt.
Er spürt, was lastend an ihm hängt.
Ihr Häuptlein mit den Händen
Will sanft er von sich wenden,
Die Glieder, die sich schmiegen,
Ganz sacht beiseite biegen,
Den Armen sich entwinden,
Die gar zu fest ihn binden,
Und als ein froh befreiter Mann
Ergreifen, was er mag und kann.

Da sieh, wie rascher Tauben Flug
Naht wieder sich der bunte Zug
Der tausend Möglichkeiten,
Die schnell vorübergleiten
Und, will er eine fassen,
Sich nicht mehr halten lassen,
An keinen Körper streift er,
In leere Lüfte greift er.
Fort sind sie! Nur auf seinem Schoß
Ward unterdes die Kleine groß.

Der lange Ritt, die schwere Last
Macht schon sein Rößlein stolpern fast.
Da springt sie rasch vom Pferde,
Zieht ihn sich nach zur Erde.
Sie reichen sich die Hände
Und wandern durchs Gelände.
Dann ruht sie müd vom Gange
Mit ihm am Waldeshange,
Bis ihrer Wangen Glanz verbleicht,
Als Schemen blaß sie von ihm weicht.

Gleich einer roten Scheibe schwand
Die Sonne hinterm Bergesrand.
Nun sinken nächt'ge Schatten
Auf einen Lebenssatten.
Bis tausend mocht' er zählen,
Nur einmal konnt' er wählen,
Einmal zu Roß sich heben
Und auch nur einmal leben.
Die Nacht verdunkelt sein Gesicht.
Ob er gestorben, weiß ich nicht.

Albert Roffhack

Arbeitsalltag in einer Spinnerei

Jeden Morgen, Punkt sechs Uhr, tönt von dem kleinen Turm, der die Spinnerei des Herrn Preiss schmückt, das Läuten jener Glocke, welche den Arbeitern weit und breit das Signal gibt, daß sie ihr Tagewerk zu beginnen haben. Das große Tor, welches nach der Straße führt, wird dann geöffnet, und Weiber, Kinder und Männer, die sich schon einige Augenblicke vorher gesammelt haben, verfügen sich an ihren Posten. Die meisten tragen in irdenen Töpfen ihr kleines Frühstück mit sich, zu dessen Genuß ihnen um neun Uhr einige Minuten freigegeben sind. Um zwölf Uhr macht man Mittag. Die Arbeiter aus der Stadt können dann für eine Stunde nach Hause gehen, um sich zu Tisch zu setzen; die, welche vom Lande kommen und abends erst auf die Dörfer zurückkehren, setzen sich gewöhnlich in den Hof, um ihr Mahl zu verspeisen. Um dreizehn Uhr beginnt die Arbeit aufs neue und dauert fort bis zwanzig Uhr. In gewöhnlichen Zeiten arbeitet man also dreizehn Stunden, ist indes viel zu fabrizieren, so müssen sich die Arbeiter auch dazu bequemen, noch länger auszuhalten.

Wir treten zur Mittagszeit in das Innere des Hofraumes. Auf kleinen Bänken, die an den Seiten der Fabrik angebracht sind, bemerken wir eine Arbeitergruppe neben der andern. Manche haben sich gegenüber auf einige Leitern und Holzstöße gesetzt, einige sogar auf die bloße Erde. Alle Arbeiter, die wir hier sehen, sind am Morgen vom Lande herübergekommen; in Tüchern und Töpfen führten sie ihr Mittagsmahl bei sich, zu dessen Erwärmung ihnen die Seiten des siedenden Dampfkessels die beste Gelegenheit gaben. Jeder hat sich dazu seine Stelle ausgewählt; wenige Augenblicke sind hinreichend, um diesen genügsamen Menschen ein spärliches Mahl schmackhaft und erquicklich zu machen, denn sie bringen ja ihren besten Appetit dazu mit. Wir sehen, wie einer nach dem andern sein Töpfchen von dem Rande des Kessels herunterlangt, wie er es in den Schoß oder zwischen die Knie stellt und mit dem Löffel in seine Suppe fährt, indem er zuerst das Dünne oben abschöpft, um zu guter Letzt auf den substantiellen Teil seines Mahles zu kommen.

Hin und wieder haben sich auch zwei Brüder oder Bruder und Schwester oder die Personen einer ganzen Familie bei einem Gefäße niedergelassen und geraten nicht selten in einen kleinen liebenswürdigen Zank, wenn der eine dem andern eine Kartoffel oder eine halbzerkochte Rübe in aller Eile fortstibitzen will.

„Du hast schon wieder eine Kartoffel zuviel genommen“, sagt Mariechen zu ihrem Bruder.

„Das ist nicht wahr!“ erwidert Jan.

„Ich habe es aber gesehen!“

„Du hast dich aber geirrt.“

„Du bist ganz schrecklich gefräßig!“

„Ich esse fast gar nichts.“

„Es wundert mich, daß du den Löffel nicht mit hinunterschluckst.“

„Kein Mensch in der Welt ißt weniger als ich.“

„Du wirst den ganzen Topf noch mitessen.“

„Laß mich zufrieden, Mariechen, oder ich haue dich auf den Kopf!“ Jan macht ein zorniges Gesicht, Mariechen wird noch viel böser, beide erheben die Löffel, um aufeinander loszuschlagen, da müssen sie laut auflachen und fahren einträchtig in ihrer Mahlzeit fort.

„Das ist heute wieder ein schlechter Fraß!“ sagt ein langer Bursche zu seiner Mutter.

„Danke Gott, wenn du immer etwas so Gutes hast!“ erwidert sie ihm.

„Immer Kappes und Rüben!“

„Freu dich, daß uns die noch gewachsen sind!"

„Nicht ein einziges Mal einen Fetzen Fleisch!"

„Schäm dich, du hast am Sonntag noch Fleisch bekommen!"

„Der Teufel mag deine Suppen essen!"

„Gotteslästerer", ruft die Mutter und zieht ihrem Sohn den Topf vor der Nase fort, „hat dich das der Pastor gelehrt?" – „Der Pastor hat gut lehren!"

„Nun, dann iß!" erwidert die Mutter. „Der Pastor ißt freilich etwas Besseres."

„Viel besser!" bemerkt der Sohn und beruhigt sich sofort, indem er aufs neue mit dem Löffel niederfährt.

„Das Brot wird dieses Jahr sehr teuer", murmelt ein alter Arbeiter.

„Ich kann es nicht begreifen", antwortet ihm seine Tochter.

„Die Zeiten sind so schlecht."

„Es ist aber doch bei uns genug Korn gewachsen!"

„Hin und wieder, das ist wahr! Aber das kaufen die Spekulanten auf."

„Was ist das, ein Spekulant?"

„Das ist ein reicher Mann."

„Also die reichen Leute kaufen uns das Brot fort?"

„Jawohl, mein Kind."

„Die reichen Leute essen ja aber fast gar kein Brot."

„Aber sie legen das Korn in ihre Speicher."

„Wozu?"

„Um uns zu zwingen, daß wir es höher bezahlen."

„Ist das aber recht?"

„Nein, mein Kind, es ist aber erlaubt!"

„Ach so!" – Und beide setzen ihre Kinnladen wieder in Bewegung.

„Was meinst du, was heute der Herr Preiss ißt?" fragt ein Junge den andern.

„Verdamm mich, wenn ich es weiß."

„Junge Hahnen ißt er, mit Erbsen."

„Wer hat dir das gesagt?"

„Ich habe es in der Küche gesehen, und Schinken und Petersilie."

„Mir einerlei!"

„Und Tauben mit Apfelmus."

„Schweig still."

„Und Rehbraten mit brauner Soße."

„Halt dein Maul!"

„Und Apfelsinen und Korinthen."

„Hol ihn der Henker!"

„Und Wein trinkt er dazu, daß es rappelt."
„Gott verdamm ihn!"

Am Tore, etwas entfernt von den übrigen, liegen noch zwei Knaben; sie sind mit ihrer Suppe fertig.
„Ich weiß etwas von dir!" sagt der eine.
„Und ich etwas von dir!" erwidert ihm der andere.
„Du hast dem Herrn Preiss Kirschen gestohlen."
„Und du seinen Pferden den Hafer."
„Du hast das Stärkemehl aus der Färberei gefressen!"
„Und du hast das Blei von den Fenstern verkauft!"
„Du hast zwei Pfund altes Eisen beiseite geschafft."
„Und du bist ein Lump! Du willst mich anzeigen."
„Und du bist ein Dieb! Du willst mich verraten!"
„Ach Gott, sag kein Wort, ich war so hungrig."
„Sei still, mir ging es geradeso."
„Nichts angezeigt!"
„Nichts verraten!"
„Alles still!"
„Ganz still!" – Und beide erheben sich, um den Rest der Feierstunde zu verspielen.

So unterhalten sich die Arbeiter während ihrer Mahlzeit. Die meisten unter ihnen sehen noch ziemlich wohl aus; man sollte fast glauben, daß sich die Arbeiter des Herrn Preiss vor allen anderen durch ihre Gesundheit unterscheiden.

Die armen Leute, welche hier im Hofe speisen, sind aber alle vom Lande. Manche werden nur einen Teil des Jahres in der Fabrik beschäftigt und können sich durch abwechselndes Arbeiten im Felde immer wieder von den Strapazen innerhalb der Fabrikmauern erholen. Alle bewegen sich auch mehr in der freien Luft als die Arbeiter der Stadt. Morgens und abends haben sie eine volle halbe Stunde zu gehen, ihr Weg führt durch Wiesen und Gärten, wo sie die frischeste, herrlichste Luft einatmen.

An den Arbeitern der Stadt haben wir den besten Kontrast. Nach und nach treten sie in den Hof – die Mittagsfeierzeit ist bald verstrichen –, schon wirbelt der Dampf aus dem riesigen Schlot, gleich wird die Maschine ihr altes Spiel beginnen. Alles muß zur rechten Zeit wieder an Ort und Stelle sein. Töpfe und Schüsseln sind schnell beiseite geschafft, die Arbeiter der Stadt mischen sich mit denen vom Lande, und wir erschrecken über den Unterschied, der zwischen beiden ist. Unter den letztern finden sich noch einige frische Gesichter, man sieht, ihr Körper widersteht noch tausend schädlichen Einflüssen, denen die andern längst unterlagen. Je mehr von den Stadtbewohnern hereintreten, desto unheimlicher und stiller wird der ganze Haufen. Bald sehen wir nichts mehr als jene bleichen, elendigen Gestalten, deren Anblick uns schon entsetzte; alle Ecken und Winkel der Stadt, alle schlechten Gassen haben ihre Unglücklichen wiedergegeben, das eigentliche Fabrikproletariat ist wieder beeinander. [. . .]

Eine mechanische Weberei in Elberfeld (um 1880)

Auf zwei großen Tischen, welche die vordere Seite des Raumes einnahmen, lag das Geld bereits abgezählt. Der Buchhalter Weber, ein Komptoirist und ein Contremaître der Fabrik kamen nacheinander herein, um den jungen Herrn Preiss im Berichtigen der einzelnen Zahlungen zu unterstützen.

Das Auszahlen der Löhne ist in den Fabriken stets ein feierlicher Moment. Hinter den Zahltischen stehen die Fabrikherren und die Fabrikaufseher. Finster und gravitätisch, ihrer Würde bewußt, mit einer gewissen Verachtung auf die bleichen, zerlumpten Gestalten hinunterschauend, die nach und nach vor den Tisch treten, um sich für die Arbeit der Woche durch eine Bagatelle belohnen zu lassen, und die noch wohl gar dafür danken, daß man sie so schlecht wie möglich bezahlt. Nur in England, wo wir dem Akt des Lohnauszahlens oft beiwohnten, hat die ganze Geschichte einen für den Arbeiter günstigeren Anstrich: Das englische Proletariat ist sich über seine Stellung der Bourgeoisie gegenüber schon viel klarer als das aller andern Länder. Sie wissen, daß die Herren nicht ohne die Arbeiter fertig werden können und daß nächstens eine Stunde schlägt, wo es zwischen diesen beiden Klassen einmal zu einer genaueren Abrechnung kommt. Die meisten englischen Arbeiter treten daher barsch und stolz vor ihren Herrn, ohne zu grüßen, ohne eine Miene zu verziehen, steif und ernst. Sie lassen sich das Geld Stück für Stück vorzählen, sehen es nach, schieben es langsam und bedächtig in die Hand, drehen sich um, ohne zu danken, ohne zu grüßen, und verlassen das Zimmer geradeso steif, so ernst, so stolz, wie sie eben hereintraten.

In Deutschland ist die Sache natürlich bei weitem anders, die ganze Szene trägt noch ihren mittelalterlichen Charakter; der Arbeiter lebt bei uns noch in der Furcht des Herrn; selten ist es, daß ein armer Teufel vergißt, für seine wohlverdienten paar Dreier herzlichst zu danken.

In der Fabrik des Herrn Preiss kannte man nun namentlich gar keine ungeschliffenen Gesellen, dort standen die Arbeiter zu ihrem Herrn noch im schönsten leibeigenschaftlichsten Verhältnis.

Im Vordergrund stand August Preiss, um den Arbeitern das Geld zu überreichen, neben ihm der Komptoirist, um darauf zu achten, daß sein Herr nicht aus Versehen oder aus übel angebrachter Großmut eine Münze zuviel in die Hände der Leute steckte. Rechts der Contremaître, um jedem Arbeiter, der im Laufe der Woche einer Sünde teilhaftig geworden, einen derben Rüffel zu erteilen oder das bei Heller und Pfennig am Lohne abzuziehen, was der Unglückliche vielleicht an der Ware geschädigt hatte.

Links an dem Schreibtisch seines Herrn lehnte der Buchhalter Weber, prisend und grinsend, die grüne, geputzte Brille auf der kupferroten Kartoffelnase, die Hände in den Hosentaschen, im grauen Komptoirrock, aus dessen durchlöcherten Ärmeln die spitzen Ellenbogen nach allen Seiten im Schmuck des gelblichweißen Baumwollhemdes ins Weite starrten. Der Buchhalter Weber war eigentlich bei dem ganzen Akt sehr überflüssig, er hielt es aber für seine Pflicht, die Feier der Szene durch seine werte Persönlichkeit noch zu vergrößern, und außerdem war es ihm nicht unwillkommen, das ganze Fabrikpersonal gelegentlich Revue passieren zu lassen, um stille Betrachtungen über die Physiognomien der einzelnen Individuen anzustellen und sich zu merken, was irgend an weiblich Erfreulichem vorhanden war. Ein etwas aufmerksamer Beobachter würde die geheimen Gedanken dieses verworfenen Sujets leicht an jenen verdächtigen Bewegungen erraten haben, zu welchen sich die Hand des christlichen Mannes beim

Hereintreten irgendeiner halb verblichenen Schönheit bisweilen verleiten ließ. Die hündisch widrige Erscheinung dieses Menschen, die Strenge des Contremaîtres, die Dienstbeflissenheit des jungen Kommis und die halb verbissene Scham des jungen Fabrikherrn, der der ganzen Jämmerlichkeit seiner Umgebung und seiner eignen unglücklichen Stellung bewußt war, das machte ein sonderbares Tableau.

Die Arbeiter der Färberei traten zuerst herein, ein kräftiger Menschenschlag mit Leuten, die sich fast den ganzen Tag in der freien Luft bewegen und die daher das gesunde Aussehen behalten, das sie mit vom Lande bringen. In ihrer Jugend gewöhnlich mit andrer Arbeit beschäftigt, treten sie erst als Fabrikarbeiter ein, wenn ihr Körper sich schon hinlänglich entwickelt hat und dem meisten schädlichen Einfluß in ihrer Arbeit trotzen kann. Die Färber erhalten auch bessern Lohn als die meisten andern Arbeiter der Kattun-Manufakturen und sind daher in jeder Weise günstiger gestellt als ihre Kollegen.

Den Färbern folgten die Drucker, an derem etwas weniger frischem Äußeren gleich zu bemerken war, daß sie in geschlossenen Räumen beschäftigt sind. Da ihre Arbeit indes noch zu der feineren gehört, so sind die Lokale, in denen sie sich aufhalten, gewöhnlich ausnahmsweise gut, wodurch ihre Gesundheit besser aufrechterhalten wird. Abwechselndes Stehen, Gehen und Sitzen ermüdet sie natürlich nicht so sehr wie diejenigen Arbeiter, welche durch den Gang ihrer Maschine stets zu derselben Stellung und Bewegung gezwungen sind. Die Drucker erfreuen sich mit den Färbern noch eines leidlichen Saläres.

Auf die Drucker kommen die Weber, jene unglücklichen Menschen, deren traurige Beschäftigung sich nur zu sehr in ihrer ganzen Erscheinung widerspiegelt. Bleich, gebückt, hustend und langsam daherschleichend, ein frühes Grab vor den trüben, stieren Augen, Trümmer von Menschen, mit denen die Schwindsucht immer rascher dem Ende entgegengaloppiert.

Färber, Drucker und Weber hatten sich entfernt, nicht ohne daß der Contremaître mit eiserner Strenge seinen Tadel über diesen und jenen ausgesprochen, daß er Abzüge an den Löhnen gemacht und gedroht hatte, bei dem nächsten Versehen den armen Sünder fortjagen zu wollen. Da nahte mit den Meistern an der Spitze die Bevölkerung der Spinnerei. Frauen, im neunten Monat der Schwangerschaft, im dreißigsten Jahre mit grauen, ja mit weißen Haaren, wenn die Hand des armen Weibes den Staub der Baumwolle nicht vorher aus einem Rest von Eitelkeit vom Kopfe hinuntergestrichen hatte. Mütter, denen die Brüste zu springen drohten, weil daheim ein kleines Kind in den Windeln lag, was seit der Mittagszeit vergebens die Händchen der sehnlich Erwarteten entgegenstreckte. Alte Megären, die der Zauberstab der Industrie schon vor dem Tode in Skelette verwandelte. Mädchen, bleich und verkommen, die gelben Schultern kaum bedeckt von zerrissenen Kleidern, die gelösten Haare in schmutzigen Zöpfen im Rücken, die gelenken Finger verborgen unter der zerrissenen Schürze, die Augen stier und gläsern, die Wimpern voll Staub, einen Gassenhauer auf den Lippen, die Venerie in den Knochen. Und nun die Kinder: Knaben mit verrenkten Beinen, mit Buckeln und skrofulös zum Entsetzen, kleine Mädchen, zur Arbeit abgerichtet wie Wiesel und Pudel, an die schnurrende Spindel, an die rasselnde Maschine geschmiedet, ehe noch die Knospe ihrer Jugend sich erschlossen, ehe noch das erste Rot in dämmernder Pracht ihre Wangen überflogen, ehe sie noch wußten, daß sie Kinder, daß sie Menschen waren, ehe sie den ersten Fluch vergessen und das erste Gebet gelernt, ehe sie sich dreimal gefreut, ehe sie dreimal geküßt, ehe sie einmal ihr Leben genossen hatten. Entnervt schon und zerfoltert von der Arbeit, ohne Fleisch auf den Lippen, ohne Blut in den Adern, ohne Gehirn im Kopf, wie Gespenster, eben dem Grabe entstiegen oder wie welke Blumen, die morgen sterben müssen.

Georg Weerth

substantiell: wesentlich; materiell; nahrhaft / Kappes: Weißkohl / Komptoirist (franz.): jemand, der hinter dem Laden-, Zahltisch steht, bzw. jemand, der in einem Büro oder Kontor arbeitet / Contremaître (franz.): Werkmeister, Vorarbeiter / Bagatelle (franz.): unbedeutende Kleinigkeit / Bourgeoisie (franz.): Bürgertum, Bürgerschaft / Physiognomie (griech.): äußeres Erscheinungsbild, Gesichtsausdruck / Sujet (franz.): Mensch, Person, Kerl, Subjekt / Kommis (franz.): Handlungsgehilfe; Angestellter / Tableau (franz.): hier im Sinne von „Anblick" / Salär (franz.): Lohn, Gehalt / Megäre (griech.): böses Weib, Furie / Venerie: Geschlechtskrankheit / skrofulös: an Haut- oder Lymphknotenerkrankung leidend

Frekadellen

125 g gehacktes Rindfleisch, 125 g gehacktes Schweinefleisch, 2 Brötchen (früher nahm man auch Weißbrot), 1 bis 2 Eier, 1 kleine gekochte Kartoffel, 50 g Fett, 1 große Zwiebel, $^1/_2$ Eßlöffel Salz, 2 Prisen Pfeffer.

„Fricandellen" hießen die gebratenen Fleischklöße im Großherzogtum Berg. Damals bereitete man sie mit den angegebenen Zutaten auf folgende Weise zu: Man reibt die Brötchen halb ab, weicht sie ein und drückt sie gut aus. Dann gibt man sie zum Fleisch, fügt die verrührten Eier hinzu, die mit einer Gabel zerdrückte Kartoffel, die gehackte Zwiebel und würzt mit Salz und Pfeffer. Nun verknetet man die Zutaten gut zu einer Masse, aus der man längliche, flache Klöße formt. Im erhitzten Fett brät man nun in der Pfanne die Frekadellen auf beiden Seiten braun.

Gespräch zwischen zwei alten Elberfeldern

A.: „Gooden Dag, Kompier! Wie geht et åu!"

B.: „Och, et hoddelt noch alt soa."

A.: „Nu säit meck ens, Kompier, häff i ook alt de Isenbahn gesenn? Wat säi i dovan?"

B.: „Wat sall eck dovan säien, Kompier, dat es meck en Wongerdengen; wenn eck et nit selwer gesenn hätt, so gläut eck nit, wat de Lüüt dervan säien, denn me sall jo met dem isernen Päd, wat se ‚Lokomotiv' hetten, noch nit emol en Stond bruuken, öm no Düsseldorp te koamen."

A.: „Jo, Kompier, dat es en der Doot soa, denn eck mott åu säien, dat meck de Neugier ook verlett heet, ens en Rötsch no Düsseldorp te maaken; et geht so grasch wie der Bletz, on et göft en Spektakel, dat me meint, Höaren on Sen vergeng eem dobi; wamme för use Åulen gesäit hätt, dat me noch ens dörch Damp song Denger uutreiten wöard, äs me jetz höart on süht, se hädden de Häng boower dem Kopp tesaamen geschlagen on gesäit: ‚Jonges, sind get am Dollwären?'"

B.: „Jo, dat es wohr; äwwer eck glöf, dat fi Elberfäiler den Kopp en't Look haulen mötten, denn de Düsseldorper hant doch keen Gäild, öm de Isenbahn te ongerhaulen; die Aktionnärsch, dat sind de Felschärsch, die schlont us de Ooder, on de Düsseldorper Weat haulen den Teller op."

A.: „Jo, on dat es noch nit alles; wie geht et den armen Fuhrlüüden on Haudarersch? Wovan söllen die am Eng leewen, wenn se nicks mear te donn hant? On dobi säien boowendren alt wear angere Lüüt, dat et nit lang duuren säul, dann stöngen de Dampscheppe stell on de Isenbahnen wören verrostet, denn dann führ me dörch de Laut met dem Wenk on spannden de Wallfesche vör de Scheppe on jagden domet dörch die Sea."

B.: „Ne, ne, Kompier, nu hault stell, dat es meck tu arg! Godde Näit, Kompier, bes op en angermol!"

A.: „Gliekfalls, Gott befohlen!"

Aus: Germaniens Völkerstimmen, Bd. 1

Kompier: Gevatter / å̊u: euch / et hoddelt noch alt soa: es geht so ziemlich / säit: sagt / i: ihr / alt: schon / säien: sagen / Wongerdengen: Wunderding / gläut: glaubte / Päd: Pferd / hetten: heißen, nennen / Düsseldorp: Düsseldorf / en der Doot: in der Tat / verlett: verleitet / R̊ötsch: Rutsch, Fahrt / Höaren on Sen: Hören und Sehen / eem: einem / wamme: wenn man / Åulen: Alten / song: solche / uutreiten: ausrichten / Häng: Hände / sind get: seid ihr / dat es: das ist / fi: wir / haulen: halten / hant: haben / te ongerhaulen: zu unterhalten / Felschärsch: Feldscher / schlont: schlagen / Weat: Wirte / Haudarersch: Miet-, Lohnkutschern / am Eng: am Ende / boowendren: obendrein / wear: wieder / Lüüt: Leute / säul: sollte / stöngen: stünden / Laut: Luft / Wenk: Wind / Goode Näit: Gute Nacht

Alb

Nun bricht des Abends wolkenkalter Rauch
Die letzten Strahlen, die sich höher wagen.
Ringsher kein Ton als meines Mundes Hauch
Und meiner Zähne Aufeinanderschlagen.

Mich weht ein Grauen an vor mir und rings
Dem düstern Menschsein, das auch mich durchschauert,
Denn auch in mir liegt wandelbar die Sphinx,
Die überall ins Ungewisse lauert.

Wie euch entstieg so manche Blutnacht mir,
Da lachten Flammen über Prunk und Leichen,
Und wieder neigten unsre Scheitel wir,
O meine Brüder, vor geweihten Zeichen.

Und wieder hab' ich tausendfach geknickt
Des liebsten Freundes und das eigne Leben
Und wieder ihr, die darbend aufgeblickt,
Der Unbekannten, alles hingegeben.

Mich wandelt Grausen an vor mir und rings
Der tiefen Nacht, die stöhnend mich gebar,
So grausam und so gut, so wahr, so falsch.

Peter Baum

Drei Geschwister

Es starben drei Geschwister aus dem König sein Haus,
Die erste, die starb des Abends spat,
Die zweite, die starb um Mitternacht,
Die dritte, die starb, als der Tag anbrach.

Sie gingen alle drei den schmalen Weg,
Bis daß sie an die Himmelstür kam'n;
Da klopften sie so leise an.

„Sankt Petrus, Sankt Petrus, macht offen die Tür!
Es stehen drei arme Gott-Sünder dafür,
Es stehen drei arme Gott-Sünder dafür.“

Die erste, die ging mit Hüpfen hinein,
Die zweite, die ging mit Singen hinein,
Die dritte, die mußte drauß'n stehnbleibn.

„Sankt Peter, Sankt Paulus, was hab' ich getan?" –
„Als deine Geschwister den Armen was gab'n,
So gingst du knurrend den ganzen Tag,

Deine Haare geschmückt, dein Haupt geziert:
War das nicht ein schöner Kirchgang,
War das nicht ein schöner Kirchgang?"

„Ach hätte meine Mutter die Rute genomm'n
Und hätte mich zu der Kirche geführt,
Und hätte mich zu der Kirche geführt!"

Sie kehrte wieder um den breiten Weg,
Bis daß sie vor die Höllentür kam;
Da klopfte sie so grausam an.

„Ach Satan, ach Satan, mach offen die Tür!
Es steht ein armer Gott-Sünder dafür,
Es steht ein armer Gott-Sünder dafür."

Der erste bracht' ihr einen glühenden Stuhl,
Der zweite ein glühendes Kissen dazu,
Der dritte, der bracht' ihr allerlei Getränk.

„Trink aus! Trink aus! Ich hab' es noch mehr!"
„Ach nein, ach nein, mich gelüstet nicht mehr,
Ach nein, ach nein, mich gelüstet nicht mehr!"

„Ach wär' ich bei meinen Geschwistern geblieb'n!
Die haben den Schlüssel von meiner Kist',
Die haben den Schlüssel von meiner Kist'."

„Gedenkest du noch an Geld und Gut?
Du sitzest ja hier in der Höllenglut,
Du sitzest ja hier in der Höllenglut."

Der Gesellenverein

(Auszug)

Was dem jungen Handwerker zunächst fehlt, ist ein kräftiger moralischer Halt im Leben, eine freundlich zurechtweisende Hand, eine, wenn auch von weitem um ihn wandelnde, liebende Sorge, die sein Vertrauen verdient. Jeder fühlt sich aber recht eigentlich behaglich unter seinesgleichen. Den genannten moralischen Halt müßte man ihm eben bei und mit seinen Genossen geben können. Wer ihn weisen und leiten soll, zu dem muß er von Natur aus eine gewisse Neigung haben und seiner tätigen, uneigennützigen Sorge bei vorkommenden Fällen versichert sein. Weiter fehlt ihm zumeist die Gelegenheit, sich außerhalb der Werkstätte und des Wirtshauses irgendwo behaglich niederzusetzen und wenigstens eine Weile sich mit ernsten, ihn bildenden Dingen zu befassen. Das Bedürfnis dazu liegt in der Natur des Menschen und wird nur dann verdrängt, wenn unbefriedigt er sich ohne Aufhören dem schalen Genusse der Sinne hingeben muß. Ganz besonders wird dieses Bedürfnis fühlbar an den langen Winterabenden, die an gewissen Tagen wirklich zur Tortur werden können und gewöhnlich deswegen zu allerlei Fahrten und Exzessen verleiten, an die man am Morgen noch nicht gedacht hatte. Es fehlt dem jungen Arbeiter ein Zufluchtsort außerhalb der Herberge und des Wirtshauses, wo er recht eigentlich eine Weile rasten und Nahrung für seinen Geist erhalten könnte, die, auf ihn berechnet, ihm zusagen müßte. Es fehlt ihm ferner die Gelegenheit, sich für seinen Beruf, für seine Zukunft gewissermaßen auszubilden, abgesehen von der technischen Fertigkeit, die ihm die Werkstätte des Meisters mitgeben soll. Noch mehr fehlt ihm: Eine passende, Geist und Gemüt wahrhaft aufrichtende und stärkende Unterhaltung und Erheiterung, wie er sie weder zu Hause noch im Wirtshaus, noch an öffentlichen Vergnügungsorten erhält. Auch muß die Religion wieder wachgerufen und aufgefrischt werden in seinem Herzen, indem ihm wieder ein lebhafteres Interesse dafür eingeflößt wird. Deshalb müssen seine Kenntnisse in dieser Beziehung erweitert und ihm Gelegenheit geboten werden, seines Glaubens wieder froh zu werden. Dann mangelt ihm zuletzt noch die Gelegenheit, von Herzen tätig zu sein mit und für andere. Auch sein Herz will Gegenstände haben, an denen seine Liebe sich übt. Ob man diesen Bedürfnissen füglich abhelfen könne? Ich sage ja, man soll es sogar, wenn man es mit diesem so wichtigen Teile des Volkes noch gut meint. Wie wäre das denn anzufangen?

Man richte nur in allen Städten, wenn nicht in allen größeren Gemeinden einen freundlichen, geräumigen Saal ein, sorge sowohl am Sonn- und Feiertag- sowie am Montagabend für Beleuchtung und im Winter für behagliche Wärme dazu und öffne dann dieses Lokal allen jungen Arbeitern, denen es mit ihrem Leben und ihrem Stande nur immer Ernst ist. Da die jungen Leute, die der Einladung folgen, Gemeinsames mit ziemlich gleichen Kräften wollen, bilden sie dadurch einen Verein, für dessen Bestehen und Gedeihen ein Vorstand von achtbaren Bürgern, die dem guten Zwecke zu dienen entschlossen sind, zu sorgen hätte und an dessen Spitze ein Geistlicher stehen soll, der dieser Stelle mit all der persönlichen Hingebung und Aufopferung vorzustehen hat, welches sein heiliges, gerade dem Volk gewidmetes Amt und die gute Sache erheischen. Je nützlicher und angenehmer, je freier und würdiger der Aufenthalt in dem Vereinslokal für die jungen Leute gemacht wird, um so größer wird die Teilnahme sein, um so fester werden sie bei der guten Sache halten. Da dürfte es nicht an guten Büchern, Schriften und Zeitungen fehlen, und es dürften auch nicht bloß solche Sachen aufliegen, die das religiöse Interesse vertreten, sondern auch diejenigen, was ja nicht zu übersehen wäre, die dem bürgerlichen Leben gelten, die gewerbliche Gegenstände behandeln und, soweit wie möglich, jedem Handwerker von Nutzen sein können. Dazu muß das le-

bendige Wort treten. Da wäre die Gelegenheit günstig, die Religion als die Grundlage des Volks- und Menschenglückes wieder anzubauen und den Herzen nahezubringen, wie überhaupt auf alle Lebensverhältnisse einzugehen, die den Gesellen berühren und deren Besprechung ihm von überaus großem Interesse sein müßte. Wenn man einesteils dahin zu wirken hätte, die jungen Leute mit nützlichen und angenehmen Kenntnissen aus allen ihnen zugänglichen und passenden Gebieten des Wissens zu bereichern, würde man von der anderen Seite sie warnen, führen und leiten können auf den Wegen, die sie gegenwärtig wandeln. Erfahrung und Beispiel würde eindringlicher durch das lebendige Wort wirken. Klar und unablässig könnte man ihnen ihren wahren Beruf, ihr rechtes Lebensziel vor Augen halten sowie die Mittel besprechen, dieses Ziel auf die sicherste Weise zu erreichen. Tüchtige Bürger sollen sie werden, zu tüchtigen Bürgern muß man sie erziehen. Ein tüchtiger Bürger muß ein tüchtiger Christ und ein tüchtiger Geschäftsmann sein, nun, dann muß man der betreffenden Jugend wenigstens insoweit zur Hand gehen, daß sie beides werden kann.

Schon vor zwei Jahren (1846) traten hier in Elberfeld ein paar Geistliche, ein Lehrer mit einigen Arbeitern und Gesellen zusammen, berieten den in diesen Blättern angegebenen Plan, und die Ausführung ließ nicht lange auf sich warten. Da kein anderes Lokal zu haben war, besondere Mittel haben uns nie zu Gebote gestanden, wurde um Benutzung eines Schulsaales gebeten, den man uns bereitwillig einräumte. Feuer und Licht wurden durch monatliche Beiträge bestritten, Bücher und Zeitungen auf anderem Wege beschafft, die nötigen Lehrkräfte besaßen wir selber. „Lust und Lieb' zu einem Ding, macht alle Müh' und Arbeit g'ring", praktisch und wahr. Die Geistlichen befaßten sich zumeist mit den Vorträgen, den religiösen Stoff sonntags, den bürgerlichen montags behandelnd, wie ihn die Umstände nahelegten, wie er den Mitgliedern anzupassen schien. Der beteiligte Lehrer übernahm die Leitung des Gesanges, wobei ihm sonst noch vieles zu tun übrigblieb; ein anderes Mitglied übernahm als Mitvorstand die Obsorge über die Beiträge, Bücher usw. Fünf Mitglieder gingen als Assistenten dem Vorstand in kleinern Dienstleistungen zur Hand. Der Verein unter dem Namen „Katholischer Jünglingsverein zu Elberfeld" gedieh von Tag zu Tag, und die Lust an der Sache wuchs mit der größeren

Elberfeld (um 1880)

Teilnahme. Bei der ersten Einzeichnung der Mitglieder fanden sich sechsundvierzig ein, in wenigen Monden nahmen schon über einhundert teil, so daß zu gewissen Stunden der Saal sie kaum zu fassen imstande war. Der Mangel an Raum hat uns bedeutend geschadet, da es an Behaglichkeit fehlte. Unter achtzehn Jahren wurde, seltene Fälle ausgenommen, kein Mitglied aufgenommen, keine Lehrlinge zugelassen, überhaupt noch darauf gesehen, daß der Verein Elemente von sich fernhalte, die seinem Geist und seiner Würde geradezu zur Unehre gereichen müßten. Als Werber für die Sache haben sich die Mitglieder selbst praktisch bewiesen. Und hat dann bis jetzt der Eifer nicht nachgelassen? Nein, die Zahl der bis zum Oktober dieses Jahrs (1848) eingezeichneten Mitglieder beträgt zweihunderteinundfünfzig, von denen sehr selten einer ausgeschieden, es sei denn, er habe seinen Wanderstab weitergesetzt oder sei Meister geworden. Gegenwärtig beläuft sich die Zahl der teilnehmenden Mitglieder noch auf über einhundertdreißig trotz der arbeitslosen Zeit und dem Umstand, daß verhältnismäßig wenige katholische Gesellen sich hier aufhalten. Jedenfalls würde sich die Zahl noch dazu ansehnlich vermehren, wenn nur passende Räume vorhanden wären. Und die Haltung der jungen Leute im Verein, es sind meist fremde, eingewanderte Handwerksgesellen aus aller Herren Länder, war bis dahin musterhaft zu nennen. Seit dem Bestehen des Vereins ist kaum eine ernste Rüge nötig gewesen, haben wir kaum ein Leid gehabt, aber viele und herzliche Freude.

Adolph Kolping

in wenigen Monden: in wenigen Monaten

Rückkehr

Warum hast du den Fuß
An diese Stelle gelenkt?
Suchst du den Wald,
Wo du als Knabe gespielt,
Die blumige Wiese,
Die düstre Talschlucht?
Hegt geheimes Hoffen dein Herz,
Daß die Spur deiner Kindertritte
An den Grasspitzen
Sei haften geblieben?

Ach, nichts erblickst du mehr!
Wo des Waldes Bäume
Die grünen Wipfel geschüttelt,
Dampft der Schlot;
Wo die Wiese lag
Voll Sternblumen und Maßlieb,
Sausen die Spindeln;
Und der Dampfzug braust
Über die verschüttete Schlucht,
An deren Grund aus dem harten Fels

Die klaren Quellen entsprangen.
Wie oft lagst du hier,
Im Traum versunken;
Und wenn die Abendnebel
Aufstiegen aus dem feuchten Grund,
War dir's, als streckten weiße Arme
Sich dir entgegen.

Voll Schmerz nun stehst du
Über der Verwandlung,
Und fremd und verloren
Erscheinst du dir selbst.
Bist du es nicht auch?
Mehr noch verwandelt
Als alles, was dich umgibt?

Wo ist dein helles Kinderauge,
Der frohe Herzschlag deiner Jugend?
All deine blumigen Talgründe
Sind verschüttet,
Und einzig nur blieb dir
Wehmüt'ges Erinnern.

Friedrich Roeber

Der Zug der Häuser

Die letzten Häuser recken sich grau empor,
In Massen geschart und in einzelne Gruppen,
Elende Hütten laufen davor,
Zerlumpte Kinder vor Heerestruppen.
Hinter den steinernen Zinnen aber beginnen
Die Felder, die Weiten,
Die sich endlos in die graue Ebene breiten.
Hohläugig glotzen die Häuser herüber,
Mit scheelem Blicke versengen sie Strauch und Baum:

„Gebt Raum! Gebt Raum
Unserm Schritt!
Wir wälzen den plumpen steinernen Leib darüber,
Die Dörfer, die Felder, die Wälder, wir nehmen sie mit!
Mit unserem rauchenden Atem verbrennen
Wir jede Blüte und reifende Frucht.
Die Saaten, die nicht mehr grünen können,
Ersticken in Qualm wir. Vor unserer Wucht
Zersplittern die Bäume, in rasender Schnelle
Sind alle Menschen im Land auf der Flucht

Vor unserer steinernen Welle.
Wir aber erreichen sie doch. Uns hält
Kein Strom, kein Graben. Wir morden das Feld.

„Und die Menschen, aus ihrer Qual sich zu retten,
Aus einsamen Höfen, verlassenen Auen,
Mit dem Wahnsinn gepaart, dem Hunger, dem Schmerz,
Gebeugte Männer, verzweifelte Frauen
Ziehen dahin in schwarzen Ketten,
Hinein in der Städte pochendes Herz.
Ob lebend, ob tot, wir halten sie fest
An unsere steinernen Brüste gepreßt.
Bis unsere Stirnen die Sterne berühren,
Blutender Felder zerrissenen Grund,
Euch Ebenen, die in das Endlose führen,
Alle verschlingt unserer Mauern zermalmender Mund.
Bis wir zum Saume der Meere uns strecken,
Nie sind wir müde, nie werden wir satt,
Bis wir zum Haupte der Berge uns recken
Und die weite, keimende Erde bedecken:
Eine ewige, eine unendliche Stadt! ..."

Armin T. Wegner

Heinrich Stillings häusliches Leben
(Auszug)

Den ersten Mai 1772 des Nachmittags wanderte Stilling mit seiner Christine zu Fuß nach Schönenthal, und Herr Friedenberg begleitete sie; die ganze Natur war still, der Himmel heiter, die Sonne schien über Berg und Tal, und ihre warmen Frühlingsstrahlen entfalteten Kräuter, Blätter und Blüten. Stilling freute sich seines Lebens und seiner Schicksale, und er glaubte gewiß, jetzt würde sein Wirkungskreis groß und weitumfassend werden, Christine hoffte das nämliche, und Friedenberg schritt bald vorne, bald hinten langsam fort, rauchte seine Pfeife, und wie ihm etwas Wirtschaftliches einfiel, so sagte er's kurz und bündig, denn er glaubte, solche Erfahrungssätze würden den neu angehenden Hausleuten nützlich sein. Als sie nun auf die Höhe kamen, von welcher sie Schönenthal übersehen konnten, so durchschauerte Stilling eine unbeschreibliche Empfindung, die er sich nicht erklären konnte; es wurde ihm innig wohl und weh, er schwieg still, betete und stieg mit seiner Begleitung hinab.

Diese Stadt liegt in einem sehr anmutigen Tal, welches von Morgen gegen Abend in gerader Linie fortläuft und von einem mittelmäßigen Flüßchen, der Wupper, durchströmt wird; den Sommer über sieht man das ganze Tal zwei Stunden hinauf bis an die märkische Grenze mit leinenem Garn wie beschneit, und das Gewühl von tätigen und sich glücklich nährenden Men-

schen ist unbeschreiblich. Alles steht voll einzelner Häuser; ein Garten, ein Baumhof stößt an den andern und ein Spaziergang durch dieses Tal hinauf ist paradiesisch. Stilling träumte sich eine selige Zukunft, und unter diesen Träumen schritt er ins Getöse der Stadt hinein.

Nach einigen Minuten führte ihn sein Schwiegervater in das Haus, welches ihm Dinkler und Troost zu seiner Wohnung bestimmt und gemietet hatten; es stand von der Hauptstraße etwas zurück, nahe an der Wupper und hatte einen kleinen Garten nebst einer herrlichen Aussicht in das südliche Gebirge. Die Magd war ein paar Tage vorausgegangen, hatte alles gereinigt und den kleinen Vorrat an Hausgeräten in Ordnung gebracht.

Als man nun alles hinlänglich besehen und beurteilt hatte, so nahm Friedenberg mit vielen heißen Segenswünschen Abschied und wanderte wieder nach Rasenheim zurück. Jetzt stand nun das junge Ehepaar da und sah sich mit nassen Augen an; der gesamte Hausrat war sehr knapp zugeschnitten, sechs bretterne Stühle, ein Tisch, ein Bett für sie und eins für die Magd, ein paar Schüsseln, sechs Fayenceteller, ein paar Töpfe zum Kochen usw. und dann die höchst nötige Leinwand nebst den unentbehrlichsten Kleidern war alles, was man in dem großen Hause auftreiben konnte. Man verteilte dieses Geräte hin und her, und doch sah es überall unbeschreiblich leer aus. An den dritten Stock dachte man gar nicht, der war wüste und blieb's auch.

Und nun die Kasse? Diese bestand alles in allem aus fünf Reichstalern in barer Münze, und damit Punktum.

Wahrlich! Wahrlich! Es gehörte viel Vertrauen auf Gottes Vatersorge dazu, um die erste Nacht ruhig schlafen zu können, und doch schlief Stilling mit seinem Weibe recht wohl; denn sie zweifelten beide keinen Augenblick, Gott werde für sie sorgen. Indessen plagte ihn zu gewissen Zeiten seine Vernunft sehr, er gab ihr aber kein Gehör und glaubte nur.

Im folgenden Frühjahr, als er an einem Sonnabend auf ein benachbartes Dorf ritt, welches anderthalb Stunden von Schönenthal liegt, um Kranke zu besuchen, und den ganzen Tag Häuser und Hütten durchkrochen hatte, kam am Abend eine arme, junge, wohlgestalte Frau über die Straße hergestiegen; sie war blind und ließ sich führen. Nun hatte Stilling noch immer einen vorzüglichen Ruf in der Heilung der Augenkrankheiten, er stand vor der Tür des Wirtshauses neben seinem Pferd und wollte eben aufsteigen. Nun fing die arme Frau an:

„Wo ist der Herr Doktor?"

„Hier! Was will Sie, gute Frau?"

„Ach sehen Sie mir doch einmal in die Augen, ich bin schon etliche Jahre blind, habe zwei Kinder, die ich noch nicht gesehen habe, mein Mann ist ein Tagelöhner, sonst half ich uns mit Spinnen ernähren, nun kann ich das nicht mehr, und mein Mann ist recht fleißig, aber er kann's doch allein nicht zwingen, und da geht's uns sehr übel, ach sehen Sie doch, ob Sie mir helfen können!"

Stilling sah ihr in die Augen und sagte: „Sie hat den grauen Star, Ihr könnte vielleicht geholfen werden, wenn sich ein geschickter Mann fände, der Sie operierte."

„Verstehen Sie das denn nicht? Herr Doktor!"

„Ich verstehe das wohl, aber ich hab's noch nie an lebendigen Personen probiert."

„Oh, so probieren Sie es doch an mir!"

„Nein, liebe Frau, das probiere ich nicht, ich bin zu furchtsam dazu, es könnte mißlingen, und dann müßte Sie immer blind bleiben, es wäre Ihr nicht zu helfen."

„Wenn ich es aber nun wagen will? Sehen Sie, ich bin blind und werde

nicht blinder als ich bin, vielleicht segnet Sie unser Herrgott, daß es gerät, operieren Sie mich!“

Bei diesen Worten überlief ihn ein Schauer, Operationen waren seine Sachen nicht, er schwang sich also aufs Pferd und sagte: „Großer Gott, lasse Sie mich in Ruhe, ich kann – ich kann Sie nicht operieren!“

„Herr Doktor! Sie müssen; es ist Ihre Schuldigkeit. Gott hat Sie dazu berufen, den armen Notleidenden zu helfen, sobald Sie können, nun können Sie aber den Star operieren, ich will der erste sein, will's wagen, und ich verklage Sie am Jüngsten Gericht, wenn Sie mir nicht helfen.“

Das waren nun Dolche in Stillings Herz, er fühlte, daß die Frau recht hatte, und doch hatte er fast eine unüberwindliche Furcht und Abneigung gegen alle Operationen am menschlichen Körper, denn er war auf der einen Seite zu zärtlich, zu empfindsam, und auf der anderen auch zu gewissenhaft, um das lebenslängliche Glück eines Menschen so aufs Spiel zu setzen. Er antwortete also kein Wort mehr und trabte fort, unterwegs kämpfte er schrecklich mit sich selbst, allein das Resultat blieb immer, nicht zu operieren. Indessen ließ es die arme Frau nicht dabei bewenden, sie ging zu ihrem Prediger.

Warum soll ich ihn nicht nennen – den edlen Mann, den auserwählten unter Tausenden, den seligen Theodor Müller? Er war der Vater, der Ratgeber aller seiner Gemeindeglieder, der kluge, sanfte, unaussprechlich tätige Knecht Gottes, ohne Pietist zu sein; kurz, er war ein Jünger Jesu im vollen Sinn des Worts. Sein Prinzipal forderte ihn früh ab, gewiß um ihn über viel zu setzen. Lavater besang seinen Tod, die Armen beweinten und die Reichen betrauerten ihn.

Diesem edlen Mann klagte die arme Blinde ihre Not, und sie verklagte zugleich den Doktor Stilling; Müller schrieb ihm daher einen dringenden Brief, in welchem er ihm alle die glücklichen Folgen vorstellte, welche diese Operation nach sich ziehen würde, im Fall sie gelänge, dagegen schilderte er ihm auch die unbeträchtlichen Folgen im Fall des Mißlingens. Stilling lief in der Not seines Herzens zu Dinkler und Troost, beide rieten ihm ernstlich zur Operation, und der erste versprach sogar mitzugehen und ihm beizustehen; dies machte ihm einigen Mut, und er entschloß sich mit Zittern und Zagen dazu.

Zu all dem kam noch ein Umstand: Stilling hatte die Ausziehung des grauen Stars bei Lobstein zu Straßburg vorzüglich gelernt, sich auch bei Bogner die Instrumente machen lassen, denn damals war er willens, diese vortreffliche und wohltätige Heilung noch mit seinen übrigen Augenkuren zu verbinden; als er aber selbst praktischer Arzt wurde und all das Elend einsehen lernte, welches auf mißlungene Krankenbedienung folgte, so wurde er äußerst zaghaft, er durfte nichts wagen, daher verging ihm alle Lust, den Star zu operieren, und das alles war auch eine Hauptursache mit, warum er nicht so viel ausrichten konnte, wenigstens nicht so viel auszurichten schien, als andere seiner Kollegen, die alles unternahmen, fortwirkten, auch manchmal erbärmlich auf die Nase fielen, sich aber doch wieder aufrafften und bei alledem weiter kamen als er.

Stilling schrieb also an Müller, daß er den und den Tag mit Herrn Doktor Dinkler kommen würde, um die Frau zu operieren; beide machten sich demnach des Morgens auf den Weg und wanderten nach dem Dorfe hin; Dinkler sprach Stilling allen möglichen Mut ein, aber es half wenig. Sie kamen endlich im Dorf an und gingen in Müllers Haus; auch dieser sprach ihm Trost zu, und nun wurde die Frau nebst dem Wundarzt geholt, der ihr den Kopf halten mußte; als nun alles bereit war und die Frau saß, so setzte sich Stilling vor sie hin; mit Zittern nahm er das Starmesser und drückte es am gehörigen Ort ins Auge; als aber die Patientin dabei, wie natürlich ist, etwas mit dem Odem zuckte, so zuckte Stilling auch das Messer wieder heraus, daher floß die wässerige Feuchtigkeit durch die Wunde die Wange herunter, und das vordere Auge fiel zusammen. Stilling nahm also die krumme Schere und brachte sie mit dem einen Schenkel glücklich in die Wunde, und nun schnitt er ordentlich unten herum, den halben Zirkel, wie gewöhnlich. Als er aber recht zusah, so fand er, daß er den Stern oder die Regenbogenhaut mit zerschnitten hatte; er erschrak, aber was war zu tun? Er schwieg still und seufzte. In dem Augenblick fiel die Starlinse durch die Wunde über den Backen herunter, und die Frau rief in höchster Entzückung der Freude: „O Herr Doktor, ich sehe Ihr Gesicht, ich sehe das Schwarze in Ihren Augen.“ Alles jubilierte, Stilling verband nun das Auge und heilte sie glücklich, sie sah mit dem Auge vortrefflich; einige Wochen nachher operierte er auch das andere Auge mit der linken Hand, jetzt ging's ordentlich, denn nun hatte er mehr Mut, er heilte auch dieses; und so wurde die Frau wieder vollkommen sehend. Dieses gab nun einen Ruf, so daß mehrere Blinde kamen, die er alle der Reihe nach glücklich operierte; nur selten mißlang ihm einer. Bei alldem war das doch sonderbar; diese wichtigen Kuren trugen ihm selten etwas ein, die meisten Patienten waren arm, denn diese operierte er umsonst, und nur selten kam jemand, der etwas bezahlen konnte; seine Umstände wurden also wenig gebessert. Sogar nahmen viele dadurch Anlaß, ihn mit Operateurs und Quacksalbern in eine Klasse zu setzen. „Gebt nur acht!" sagten sie. „Bald wird er anfangen, von Stadt zu Stadt zu ziehen und einen Orden anzuhängen!"

Johann Heinrich Jung-Stilling

Schönenthal: Elberfeld / von Morgen gegen Abend: von Osten nach Westen / Fayence (franz.): feinere Töpferware / grauer Star: Linsenstar, bei dem eine Trübung der Augenlinse eintritt, wodurch das Sehloch grau erscheint / Prinzipal: Lehrherr; hier umschreibend für „Gott" / Lavater, Johann Kaspar (1741 – 1801): ein Freund und geistiger Verwandter Heinrich Jung-Stillings, den er im Jahre 1774 in Elberfeld besuchte. Lavater war ein philosophischer Schriftsteller aus Zürich, der vor allem auf dem Gebiet der Physiognomik arbeitete / Odem: Atem / Operateur (franz.): eine Operation vornehmender Arzt / Quacksalber: Kurpfuscher

Am fernen Abend

Du bist so weit von mir entfernt
Am Abend zwischen deinen Freunden;
Meist ist das Dunkel über uns entsternt . . .
Dann leide ich wie unter Feinden.
Doch glühen die Lichte in den Wolkenzweigen,
So sind sie alle unser Eigen.

Und manchmal kommt ganz weich die Luft
Und streichelt meine und dann deine Wange.
Und deine Stimme ist es, die mich ruft,
Aus allen Stimmen gleitend, in der Halle.
– Und mich umarmen viele Himmel in dem Schalle.

Ich finde aber auch in deinen Augen keine Rast
Und keinen Trost im stummen Zuspruch deiner Reden –
Ich fiel der Liebe und sie mir zur Last.
Mein letzter Schimmer leuchtet heim den Gast,
Ein stilles Kleinod für jedweden.

Und weiß, daß du alleine lieb mich hast . . . ganz alleine.
Und bin ich dir auch unbegreiflich fast,
So sagen all die weichen Worte, daß ich weine.

Else Lasker-Schüler

Martinslied

Aus Barmen. Erk II, 2, 17.

Auf dem Weg nach Düsseldorf

Die weitere Fahrt rheinabwärts ging froh und glücklich vonstatten. Die Ausbreitung des Flusses ladet auch das Gemüt ein, sich auszubreiten und nach der Ferne zu sehen. Wir gelangten nach Düsseldorf und von da nach Pempelfort, dem angenehmsten und heitersten Aufenthalt, wo ein geräumiges Wohngebäude, an weite, wohlunterhaltene Gärten stoßend, einen sinnigen und sittigen Kreis versammelte. Die Familienmitglieder waren zahlreich, und an Fremden fehlte es nie, die sich in diesen reichlichen und angenehmen Verhältnissen gar wohl gefielen.

In der Düsseldorfer Galerie konnte meine Vorliebe für die niederländische Schule reichliche Nahrung finden. Der tüchtigen, derben, von Naturfülle glänzenden Bilder fanden sich ganze Säle, und wenn auch nicht eben meine Einsicht vermehrt wurde, meine Kenntnis wurde doch bereichert und meine Liebhaberei bestärkt.

Die schöne Ruhe, Behaglichkeit und Beharrlichkeit, welche den Hauptcharakter dieses Familienvereins bezeichneten, belebten sich gar bald vor den Augen des Gastes, indem er wohl bemerken konnte, daß ein weiter Wirkungskreis von hier ausging und anderwärts eingriff. Die Tätigkeit und

Wohlhabenheit benachbarter Städte und Ortschaften trug nicht wenig bei, das Gefühl einer inneren Zufriedenheit zu erhöhen. Wir besuchten Elberfeld und erfreuten uns an der Rührigkeit so mancher wohlbestellten Fabriken. Hier fanden wir unsern Jung, genannt Stilling, wieder, der uns schon in Koblenz entgegengekommen war und der den Glauben an Gott und die Treue gegen die Menschen immer zu seinem köstlichen Geleit hatte. Hier sahen wir ihn in seinem Kreise und freuten uns des Zutrauens, das ihm seine Mitbürger schenkten, die, mit irdischem Erwerb beschäftigt, die himmlischen Güter nicht außer acht ließen. Die betriebsame Gegend gab einen beruhigenden Anblick, weil das Nützliche hier aus Ordnung und Reinlichkeit hervortrat. Wir verlebten in diesen Betrachtungen glückliche Tage.

Kehrte ich dann wieder zu meinem Freund Jacobi zurück, so genoß ich des entzückenden Gefühls einer Verbindung durch das innerste Gemüt. Wir waren beide von der lebendigsten Hoffnung gemeinsamer Wirkung belebt, dringend forderte ich ihn auf, alles, was in ihm sich rege und bewege, in irgendeiner Form kräftig darzustellen. Es war das Mittel, wodurch ich mich aus so vielen Verwirrungen herausgerissen hatte, ich hoffte, es solle auch ihm zusagen. Er säumte nicht, es mit Mut zu ergreifen, und wie viel Gutes, Schönes, Herzerfreuendes hat er nicht geleistet! Und so schieden wir endlich in der seligen Empfindung ewiger Vereinigung ganz ohne Vorgefühl, daß unser Streben eine entgegengesetzte Richtung nehmen werde, wie es sich im Laufe des Lebens nur allzusehr offenbarte.

Johann Wolfgang von Goethe

Pempelfort: in Pempelfort, damals noch außerhalb Düsseldorfs, besaß Friedrich Heinrich Jacobi (1743 – 1819), mit dem Goethe freundschaftlich verbunden war, ein Landhaus mit Park; Goethe besuchte Jacobi im Jahre 1774 zum ersten und 1792 zum zweiten Male / Familienglieder: Friedrich Heinrich Jacobi und dessen Bruder Johann Georg Jacobi (1740 bis 1814), der damals ebenfalls in Pempelfort wohnte, ferner die Schwestern Lene und Lotte und F. H. Jacobis Gattin Betty, geb. Clermont (1743 – 84), mit ihren Kindern / unsern Jung: Heinrich Jung-Stilling, den Goethe anläßlich seiner Reise zu F. H. Jacobi 1774 in Elberfeld im Kreise von Johann Kaspar Lavater, Johann Jakob Wilhelm Heinse und anderen Elberfelder Pietisten traf / unser Streben eine entgegengesetzte Richtung: sowohl in ihrer geistigen Entwicklung als auch in ihrer literarischen Produktion beschritten F. H. Jacobi und Goethe unterschiedliche Wege, die sich teilweise nur durch ihre persönliche Beziehung überbrücken ließen

Aus der Geschichte der Stadt Düsseldorf

Die Geschichtsquellen Düsseldorfs reichen nur bis zur Mitte des 12. Jahrhunderts zurück. Wann die erste Niederlassung an der Düsselmündung stattfand, bleibt in Dunkel gehüllt; jedenfalls aber geschah dies erst zu einer Zeit, als sich viele rheinische Städte bereits zu einer gebietenden Stellung emporgeschwungen hatten. Zum erstenmal taucht der Name Düsseldorf auf in einem Erlaß des Papstes Hadrian IV. vom 23. Mai 1159, worin die Ein-

Düsseldorf von der Rheinseite

künfte von Düsseldorpe dem Stift der hl. Ursula in Köln bestätigt werden. In einer zweiten Urkunde vom Jahre 1189 verpfändet der Edelherr Arnold von Tiverne seine Erbgüter zu Düsseldorf dem Grafen Engelbert von Berg. Infolge dieser Verpfändung gelangten die Dynasten von Berg in den Besitz der Niederlassung, die einstweilen noch ein ländliches Stilleben führen durfte, jedoch schon nach hundert Jahren in den Wechsel der Ereignisse hereingezogen wurde. In der blutigen Schlacht bei Worringen am 4. Juni 1288 erkämpfte sich Graf Adolf VII. von Berg das ihm acht Jahre zuvor entzogene Recht zur Anlegung fester Plätze am Rhein wieder zurück. Das Dorf an der Düsselmündung sollte die nächste Rheinfeste werden, und schon am 14. August desselben Jahres erhob er die Villa Düsseldorf zur Stadt und begann die Umfriedung derselben. Zu einer weiteren Stufe der Entwicklung gelangte die Stadt zu Anfang des 16. Jahrhunderts, als die Regenten von Berg, die unterdessen den Titel Herzog angenommen hatten (1380), sie zu ihrer bleibenden Residenz erwählten und um ihre Erweiterung und Verschönerung besorgt waren. Besonders war es der Kurfürst Johann Wilhelm, Herzog von Berg (1690 – 1716), der sich nicht nur nach dieser Seite hin verdient machte, sondern der auch zu der künstlerischen Bedeutung, die Düsseldorf seit mehr als hundert Jahren in der gebildeten Welt behauptet, den Grund legte. An die Stiftung der Malerakademie (1767) und die Gründung der Landesbibliothek (1770) wäre ohne die vorhergegangene Wirksamkeit Wilhelms wohl nicht gedacht worden. – Auch die Industrie hat in Düsseldorf eine Heimstätte gefunden. Unter der Menge der verschiedenartigsten Fabrikanlagen haben besonders die Senf- und Punschfabriken einen altbewährten Ruf. Demungeachtet macht Düsseldorf nicht den Eindruck einer Industriestadt. Betritt man sie von der Rheinseite, so glaubt man sich in eine moderne Residenz versetzt.

G. Form / C. Diefenbach

Dynast (griech.): Herrscher, kleiner Fürst / Villa (lat.): Weiler; herrschaftlicher Wohnsitz mit parkartigem Garten, wozu häufig eine Landwirtschaft gehörte

Schelm von Bergen

Im Schloß zu Düsseldorf am Rhein
Wird Mummenschanz gehalten;
Da flimmern die Kerzen, da rauscht die Musik,
Da tanzen die bunten Gestalten.

Da tanzt die schöne Herzogin,
Sie lacht laut auf beständig;
Ihr Tänzer ist ein schlanker Fant,
Gar höfisch und behendig.

Er trägt eine Maske von schwarzem Samt,
Daraus gar freudig blicket
Ein Auge wie ein blanker Dolch,
Halb aus der Scheide gezücket.

Es jubelt die Fastnachtsgeckenschar,
Wenn jene vorüberwalzen.

Der Drickes und die Marizzebill
Grüßen mit Schnarren und Schnalzen.

Und die Trompeten schmettern drein,
Der närrische Brummbaß brummet,
Bis endlich der Tanz ein Ende nimmt
Und die Musik verstummet.

„Durchlauchtigste Frau, gebt Urlaub mir,
Ich muß nach Hause gehen." –
Die Herzogin lacht: „Ich laß dich nicht fort,
Bevor ich dein Antlitz gesehen."

„Durchlauchtigste Frau, gebt Urlaub mir,
Mein Anblick bringt Schrecken und Grauen."
Die Herzogin lacht: „Ich fürchte mich nicht,
Ich will dein Antlitz schauen."

„Durchlauchtigste Frau, gebt Urlaub mir,
Der Nacht und dem Tode gehör' ich." –
Die Herzogin lacht: „Ich lasse dich nicht,
Dein Antlitz zu schauen begehr' ich."

Wohl sträubt sich der Mann mit finsterm Wort,
Das Weib nicht zähmen kunnt er;
Sie riß zuletzt ihm mit Gewalt
Die Maske vom Antlitz herunter.

„Das ist der Scharfrichter von Bergen!“ so schreit
Entsetzt die Menge im Saale
Und weichet scheusam; die Herzogin
Stürzt fort zu ihrem Gemahle.

Der Herzog ist klug, er tilgte die Schmach
Der Gattin auf der Stelle.
Er zog sein blankes Schwert und sprach:
„Knie vor mir nieder, Geselle!

Mit diesem Schwertschlag mach' ich dich
Jetzt ehrlich und ritterzünftig,
Und weil du ein Schelm, so nenne dich
Herr Schelm von Bergen künftig.“

So ward der Henker ein Edelmann
Und Ahnherr der Schelme von Bergen.
Ein stolzes Geschlecht, es blühte am Rhein!
Jetzt schläft es in steinernen Särgen.

Heinrich Heine

Fant: unreifer, junger Mensch / Drickes und Marizzebill: Figuren des Kölner Karnevals

Eine der wohlgebautesten Städte am Rhein

Düsseldorf, das seine Entstehung schon in dem Inhalt seines Namens zu erkennen gibt und daher keiner weiteren Zergliederung seines ersten Ursprunges bedarf, ist die Hauptstadt des Herzogtums Berg und jetzt der Sitz des preußischen Oberlandesgerichts und der Regierung. Sie liegt in einer gefälligen Ebene am Rhein, die der an der südlichen Seite der Stadt sich dahinschlängelnde Düsselbach fröhlich bewässert. Bis zum Friedensschluß von Lunéville, der im Jahre 1801 erfolgte, war Düsseldorf eine Festung; nach dem Abschluß aber wurden ihre Festungswerke geschleift. Durch das

Der alte Jacobische Garten in Düsseldorf

französische Bombardement, das sozusagen einem mutwilligen Ungefähr die Veranlassung dazu zu verdanken hat, wurde das Schloß und ein großer Teil der ansehnlichsten Gebäude, worunter auch der 1765 erbaute kurfürstliche Marstall war, in einen Schutthaufen verwandelt. Schrecklich und unvergeßlich wird die Nacht des 8. Oktober 1794 den Einwohnern bleiben, worin dieser traurige Vorfall sich ereignete. Düsseldorf blieb seit dem 6. September 1795 bis nach dem Friedensschluß im Besitz der Franzosen und hatte während dieser Zeit manches zu ertragen, wovon es den Druck noch lange empfinden wird.

Diese Stadt ist eine der wohlgebautesten am ganzen Rhein. Sie hat einige regelmäßige und helle Straßen, die mit einem sauberen Steinpflaster versehen sind. Sie hat ihre Beleuchtung, die aber noch zu unvollständig ist. – Alle Häuser sind mit gebackenen Ziegelsteinen aufgeführt, und Fenster und Türen mit einer Art hartem Sandstein (dem Königswintererstein) befaßt. – Man sieht vorzüglich dahin, die Fassaden der Häuser durch einen Anstrich zu erheben, weil ein unbeworfenes, mit Ziegeln erbautes Haus mit der Zeit, wenn es etwas alt wird, ein schmutziges, widriges Ansehen bekommt. Oft trifft es sich, daß am Ende der Straße ein schönes, in einer Zwergstraße gelegenes Haus gerade die Mitte macht, als sei es einzig dazu aufgebaut, die Perspektive der Straße zu verschönern. Durchaus ist der Häuserbau gut, aber er ist nicht zu vergleichen mit der Bauart in den oberrheinischen Gegenden von Koblenz oder Mainz, was die Dauerhaftigkeit und das äußere Ansehen betrifft.

Durchgeht man die Bolker-, die Mühlen- und die Bergerstraße, wozu man auch die Zitadelle, den Markt, den Burgplatz und den mit schattigen Linden wohltätig besetzten Paradeplatz rechnen muß, so findet man durchaus ansehnlich aufgeführte Gebäude.

Auf dem Markt steht auf einem zehn bis elf Fuß hohen Fußgestell das schöne Denkmal des Kurfürsten Johann Wilhelm, dem eigentlich Düsseldorf seinen Flor und das, was es wirklich ist, größtenteils zu verdanken hat.

Geht man zu dem Bergertor heraus, so kommt man in die Neustadt, die entlang dem Rhein liegt und von dem vorbemerkten Kurfürsten, der hier residierte, angelegt worden ist. Sie ist ganz im italienischen Geschmack mit palastähnlichen Gebäuden aufgeführt; die Straße ist breit und mit Linden besetzt. Schade, daß mit dem Tode des Kurfürsten ihre weitere Fertigung erlosch. Sie würde eine der schönsten Städte Deutschlands geworden sein.

Die Karlstadt, die sich mit der alten Stadt an der südlichen Seite schon näher verbindet, hat dem Kurfürsten Karl Theodor ihre Entstehung zu verdanken, wovon sie auch den Namen trägt. Man räumte einen großen Platz dazu ein und brachte es gar bald dahin, daß ein großer Teil der Häuser in kurzer Zeit stand, weil das Bauen mit den Ziegelsteinen sehr fertig von der Hand geht. Diese Stadt, die ihre reguläre Abteilung hat, besteht aus sechs wohlproportionierten Vierteilen, die in der Mitte einen großen freien Platz umschließen. Die Gebäude haben fast durchweg einerlei Form; jedoch nimmt sich das Haus des Geheimrats Franken mehr als die übrigen durch seine reine und erhabene Fassade aus. – Nebst dem neuen Karlstädter Tor zählt die Stadt noch vier andere Tore: das Ratinger, Flinger-, Berger- und das Rheintor.

Das ehemalige Rheintor

Die Volksmenge, die vor dem Krieg über achtzehntausend Seelen gestiegen ist, mag die Ursache der Erweiterung der Stadt gewesen sein. Der Häuserpreis nahm wegen der Volksmenge, für die die alte Stadt viel zu klein war, von Jahr zu Jahr zu, und dies veranlaßte, daß oft ein Haus mit fünf bis sechs Familien überladen war und der größere Teil der Handwerker nur zu gedrängt wohnen mußte.

Die Kaserne ist ein großes, geräumiges Gebäude mit dreiundfünfzig Fenstern, ohne die daran stoßende Kapelle, das Anatomiehaus und das Lazarett dazuzurechnen. Dieses Gebäude, das ein verlängertes Viereck macht und einen ungeheuer großen Platz oder Hof umfaßt, der zum Exerzieren dient und auf den vier Ecken mit Pumpbrunnen versehen ist, ließ Johann Wilhelm zweistöckig aufführen; Karl Theodor aber befahl, das Dach, weil das Gebäude noch zu klein war und kein Ansehen hatte, wieder abzudecken, um noch ein drittes Stockwerk darauf zu setzen, so daß es nun für vier- bis fünftausend Mann hinlänglich Raum hat.

Ich ging zum Ratinger Tor hinaus, sah das davorgelegene große Jägerhaus und den sogenannten Neuen Bau, der zur Aufbewahrung der Gefangenen bestimmt ist. Nicht weit davon liegt der schöne Hofgarten, eigentlich das Düsseldorfer Elysium, das dem Grafen von Goltstein, damaligen Statthalter, seine Entstehung und die ganze schöne Anlage zu verdanken hat,

Schloß Jägerhof

der den Gedanken zu dessen Errichtung bei einer gewissen Notzeit, um den Dürftigen Arbeit und Nahrung zu verschaffen, wohltätig ins Werk brachte. Ein ewiges Denkmal für diesen Menschenfreund, der es durch so viele große und würdige Veranstaltungen, die er für diese Stadt getroffen, verdient hat, daß man seinen Namen der Nachwelt bekanntmacht.

Der Platz des Gartens ist nicht groß, aber einer der angenehmsten, die man sehen kann. Das Ganze besteht aus einer dreifachen schattigen Allee, die mit kleineren Nebenbuskagen im englischen Geschmack, mit hin und her sich schlängelnden Wegen und hie und da mit weiß angestrichenen Statuen, die mit dem dunklen Grün lieblich kontrastieren, anmutig befaßt ist. Überall sieht man gemächliche Rasensitze oder auch steinerne Bänke angebracht, die dem Lustwandelnden Erholung zuwinken, und das beim Eingang zur Linken in einem Halbzirkel erbaute Gärtnerhaus gibt bei großer Hitze Erfrischungen und Schutz beim Überfall eines Regens.

Wie schön, wie herrlich ist es, hier an den Sommermorgen und -abenden unter dem Geplätscher der nebenan dahinrauschenden Düssel zu wandeln, wo Menschen von allerhand Stande, von allerhand Physiognomien und

Zuschnitten sich sammeln, sich gefällig unterhalten und sehen. Zu Ende der Allee steht das sogenannte Jagdhaus oder der Jägerhof, vielmehr ein niedliches, wohlgebautes Schlößchen, das dieses Eden schließt.

Der Krieg hat diese schönen Gefilde, besonders an der Stadtseite beim Ratinger Tor und nach dem Flingertor zu, verwüstet. Alleen und Boskette wurden umgehauen, und das da gestandene schöne Haus, das zur Versammlung des lustwandelnden Publikums diente, wurde niedergerissen, um allda, dem Vorgeben nach, militärische Anlagen zu errichten.

Joseph Gregor Lang

Friedensschluß von Lunéville: im Frieden von Lunéville (9. 2. 1801), der die Französischen Revolutionskriege beendete, erhielt Frankreich u. a. das linke Rheinufer zugesprochen / Ungefähr: Zufall / Zitadelle (franz.): Befestigungsanlage innerhalb einer Stadt oder einer Festung / im italienischen Geschmack: im Barockstil / reguläre Abteilung: hier im Sinne von „rasterartig angelegtes Straßennetz“ / Elysium (griech.): Aufenthaltsort der Seligen in der griechischen Sage; Paradies / Graf von Goltstein: der Statthalter des Kurfürsten Karl Theodor in Düsseldorf / Nebenbuskagen: vgl. unten „Boskett“ / befaßt: eingefaßt, angelegt / Physiognomie (griech.): äußeres Erscheinungsbild eines Lebewesens, Gesichtsausdruck / Eden (hebr.): das Paradies im Alten Testament (der Garten Eden) / Boskett (franz.): Busch, Gehölz, Wäldchen

„Himmel und Erde“

Zutaten: 1 kg mehlige Kartoffeln, 1 kg säuerliche Äpfel, etwas Wasser, ca. 1 1/2 Eßlöffel Zucker, 1/4 l Milch, nach Belieben 1 Eßlöffel Butter, Salz, Muskat, etwas Pfeffer; 2 – 3 Zwiebeln, 1 Eßlöffel Butter oder 50 g durchwachsener Speck, 500 g Blutwurst.

Zubereitung: Die Kartoffeln schälen, waschen, vierteln und in wenig Salzwasser ca. 30 Minuten garen. Die Äpfel geschält oder ungeschält vierteln und entkernen. Danach grob würfeln und mit wenig Wasser und Zukker so lange garen, bis sie gerade weich sind. Dann die frisch gekochten, abgegossenen Kartoffeln entweder durch eine Kartoffelpresse drücken oder zerstampfen. Milch und vielleicht auch Butter mit dem Schneebesen darunterschlagen. Apfelstücke mit den Quetsch- oder Stampfkartoffeln vermischen und abschmecken. In eine Schüssel füllen, warm stellen. Zwiebeln schälen und in Ringe schneiden.

Als nächstes in einer Pfanne Butter oder Speckwürfel erhitzen. Inzwischen die Blutwurst in ca. 1 cm dicke Scheiben schneiden und in dem Fett von jeder Seite knusprig braten. Die angebratene Blutwurst auf dem Gemisch aus Kartoffeln und Äpfeln anrichten. Zwiebeln im Bratfett bräunen und darübergeben.

RHENVS
1
2
1. Creütz brüder.
2. Iesuiter Kirch.

FLVVIVS

Grupello

Historische Novelle
(Auszug)

Am Niederrhein liegt das Land der Berge mit seinen fleißigen und kräftigen Bewohnern. In unserem Jahrhundert hat die Industrie dieses Landes eine so vielfältige Ausdehnung gewonnen, daß die bergische sich wohl mit der britischen vergleichen läßt, und selbst auch der Nationalcharakter der Bewohner hat mit dem kraftvollen, biederen und freiheitsliebenden Sinn der Briten viele Ähnlichkeit.

Schon in den frühern Jahrhunderten war diese Gegend blühend und wohlhabend. Nach dem Dreißigjährigen Krieg wurde das Land am Niederrhein wie das zerstörte Deutschland überhaupt neu belebt. Die Residenzstadt Düsseldorf, am Rhein gelegen, die anfangs nur eine gedrängte Häuserlinie bildete, erhob sich bald zu einer der schönsten Städte Deutschlands. Die Vorsehung wollte, daß dieser aufblühende Ort der Sitz eines Fürsten werden sollte, der zum Beschützer des Nützlichen und Schönen, zum Protektor der Künste und Wissenschaften bestimmt zu sein schien.

Es hatten nämlich politische Verträge sowie unerwartete Erfolge das Land der Berge samt dem fruchtbaren, kornreichen Jülich der Linie Pfalz-Neuburg zugewandt. Zwei Fürsten dieses Hauses hatten schon geherrscht, als Johann Wilhelm die Zügel der Regierung noch bei Lebzeiten seines schwachen Vaters übernahm und in Düsseldorf sein Hoflager aufschlug. Dieses war im Jahre 1678, wo mit Ausnahme des Türkenkrieges der Friede in Europa sich mehr und mehr befestigt hatte. Die Zeiten waren der Erhebung des Hauses Pfalz-Neuburg hold gewesen. Was ihm an großem Länderbesitz abging, ersetzten seine verwandschaftlichen Verbindungen mit mächtigen Häusern. Johann Wilhelm war zuerst mit einer Tochter Kaiser Ferdinands und dann mit der Tochter Kosmus' III., Herzogs von Florenz, vermählt, ohne jedoch das süße Glück des Vatergefühls zu genießen, vielleicht, um ein um so besserer Landesvater zu werden. Ein Bruder war Großmeister des Deutschen Ordens, ein anderer Koadjutor des Bistums Augsburg, und seine Schwester teilte den Thron von Portugal als Gemahlin eines Bragança. Erziehung und Reisen hatten die herrlichen Anlagen des Fürsten völlig entwickelt. Mit gediegenem Kunstsinn kehrte er aus fremden Ländern und vom Besuche glänzender Höfe zurück, um den Samen seiner Erfahrung in den aufblühenden Boden seines Landes zu verpflanzen. Dort herrschte er mit schöpferischer Milde. Unter seiner schützenden Ägide gewann das Land an Reichtum und Wohlstand, und die Künste feierten ihre goldene Ära unter seinem Zepter. Wo sein Fuß hintrat, verschönerte sich die Gegend, und die Stadt, wie sie sich unter ihm gestaltete, wurde lebendiges Zeugnis seines Geschmackes. Sein Genie durchdrang mit zauberischem Leben alle Zweige der Staatsverwaltung. Sein persönlicher Mut, die treffliche Disziplin seiner Truppen und seine ausgezeichnete Stellung unter allen gleichzeitigen Regenten Deutschlands verschafften ihm allgemeine Hochschätzung und selbst bei seinen Feinden Achtung.

Der Residenz Düsseldorf wurde ein großer Teil der Sorgfalt des im Jahre 1690 zur Kurwürde gelangten Fürsten. Die Stadt vergrößerte und verschönerte sich täglich unter seinem wohltätigen Einfluß. Neue Straßen legten sich nach dem vom Rheine mehr entfernten Teile an, so daß man an Neubauten in kurzer Zeit bei zweihundert zählte. In dem Lieblingsplan des Fürsten lag die Erbauung eines Prachtschlosses, von dem sich noch die Zeichnung vorfindet. Dasselbe sollte an der südlichen Seite der Stadt, wo schon eine ziemliche Vorstadt angebaut war, durch die Größe seines Umfangs und durch geschmackvolle Bauart ein Palast aller Paläste werden. Er hat aber einem zu kurzen Menschenleben, aus dem des Segens so viel hervorgegangen, seine Ausführung nicht abgewinnen können. Ein weit vollkommeneres Denkmal künstlerischer Größe gründete sich Johann Wilhelm in der weltberühmten Bildergalerie, zu deren Stiftung seine zweite Gemahlin als wahre Medici durch Schenkung ihrer eigenen Gemälde vieles beitrug. Beinahe ein Jahrhundert hindurch ist sie eine Zierde der Stadt und des Landes gewesen, mit der vielleicht nur Florenz und Dresden wetteifern konnten. Jetzt ist sie die kostbarste Perle in der Kunstsammlung Münchens, durch deren Vervollkommnung Bayerns kunstliebender König sich ausgezeichneten Ruhm erwirbt. Viele große Meister der damaligen Zeit lebten am Hofe des Kurfürsten, worunter man die Namen Antonio Bellucci (1654 – 1726), Domenico Zanetti (gest. nach 1712), Adriaen van der Werff (1659 – 1722), Antonio Milanese, Jan Frans van Douven (1656 – 1727), Giovanni Antonio Pellegrini (1675 – 1741), Godfried Schalken (1643 – 1706), Anthoni Schoonjans (um 1655 – 1726), Eglon Hendrik van der Neer (1634 – 1703), Jan van Nickelen (1656 – 1721), Jan Weenix (1640 – 1719) etc. findet, deren Werke noch jetzt das Auge aller Kenner und Kunstfreunde mit Entzücken erfüllen.

Die Tugenden des Kurfürsten hatten auch so sehr die Herzen seines Volkes gewonnen, daß es ihm schon bei Lebzeiten ein Zeichen der Anerkennung seiner Größe geben und seine eherne Bildsäule aufstellen wollte, um sowohl durch die Tat zu beweisen, daß sein Andenken ihm ewig heilig bleiben würde, als auch um sich zeitig ein dauerndes Denkmal von seiner vergänglichen, ihm so werten Hülle zu verschaffen. Die Einwohner der Residenzstadt fühlten sich getrieben, den Magistrat zu beauftragen, daß er einen Meister aufsuche, welcher ein Monument nach dem Ebenbild ihres

Herrschers verfertige. Denn so fest wurzelte die Liebe in den Herzen aller, daß sie aus übergroßer Angst fast zitterten, je auch nur ein Körnchen davon zu verlieren, und als ewige Mahnung daran auch ein äußeres Zeichen sehen wollten.

Obgleich nun damals Düsseldorf beinahe ebenso reich an Künstlern war wie jetzt, so war doch kein Meister dieser Art vorhanden. Es mußte daher der Bildner in der Ferne gesucht werden, und die Wahl fiel auf Gabriel de Grupello, den gefeierten Techniker und Meister zu Wien, dessen Ruhm schon längst bis an die Ufer des Rheins erschollen war.

Grupello nahm diese ehrenvolle Berufung an, da er ohnehin durch den Tod Leopolds I. in Wien seines größten Gönners beraubt war. Gleichwohl konnte er seine übernommenen Werke dort nicht unvollendet lassen; dabei ging's ihm auch, wie allen großen Männern, daß er gern etwas auf sich warten ließ. So brachte ihn erst der Herbst nach Düsseldorf, wo man schon Zweifel in die Erfüllung seines Versprechens setzte.

In und vor dem kurfürstlichen Palast am Rhein schritten die Wachen auf und nieder. Da nahte sich ein fremdartig gekleideter Mann.

„Wohin?" fragte der auf dem Posten stehende Soldat.

„Zu Serenissimo", erwiderte höflich der sonst so grobe Künstler.

„Folgt mir", sagte die Wache und meldete ihn bei einem der vielen, geschäftig tuenden Kammerdiener.

Grupello wurde es dabei unangenehm. Er merkte, daß er hier nicht mit italienischen, sondern mit deutschen, streng an Ordnung gewöhnten Soldaten zu schaffen habe. In einen Vorsaal geführt, sah er an den herrlichen Freskomalerien, daß man auch hier die Kunst zu schätzen wisse. Er betrachtete sie lange, bis ein Mann mit einem goldenen Schlüssel auf dem Rücken erschien und ihn in das Kabinett des Kurfürsten führte. Wachen und Höflinge sahen sich an und wurden voll Respekt gegen den Fremdling.

Der Kurfürst saß heiter auf seinem mit rotem Damast überzogenen Diwan, als der Künstler hereintrat. Diesem war sonderbar zumute; er stand wie auf glühendem Boden und wußte kein Wort vorzubringen, bis der Kurfürst mit der ihm eigentümlichen Grazie und Milde aufstand und ihm in der lingua Toscana, in bocca Romana (dem reinsten Italienisch) bedeutete, er möge sich setzen. Sowie Grupello dies hörte, ging ihm das Herz auf, und er plauderte dem Kurfürsten so viel und allerlei vor, wie kaum ein heutiges Journal es könnte. Er zeigte ihm eine Komposition, wie er die Statue auszuführen gedachte. Dem Fürsten gefiel die Anordnung derselben, und er sagte gutmütig zu Grupello:

„Ihr wollt mich also wirklich schon bei Lebzeiten in Erz bilden?"

„Ja, Euer Durchlaucht", erwiderte der Meister.

„Ist's auch der Mühe wert, so viel Metall zu schmelzen und Arbeit anzuwenden um meinetwillen, und zwar noch vor meinem Tode?"

„Die Liebe des Volks wünscht Euer Durchlaucht jetzt schon in Erz verewigt zu sehen."

„Nun, so verewigt mich", sagte der Kurfürst lächelnd.

Grupello zog Reißzeug und Papier aus der Tasche und skizzierte das Profil des Kurfürsten. Diesem war dabei unbehaglich, indes unterdrückte er das und blickte nur bisweilen etwas mehr um sich, als der Künstler es wünschte. Letzterer merkte die Ungeduld und war so klug zu denken: „Mach nur, daß du fertig wirst." Deshalb vollendete er so schnell wie möglich den Schattenriß, und dieser war in der Eile dem Original ähnlicher geworden, als hätte er wochenlang nach jetziger Manier daran gequacksalbert, heute den einen Gesichtszug getroffen, morgen ihn verbessert und dadurch verdorben. Als er vollendet hatte, sagte Johann Wilhelm:

„Geht, und laßt Euch von meinem Schatzmeister hundert Goldgulden auszahlen."

Das ließ sich Grupello nicht zweimal sagen. Er machte eilig seine schuldigen Bücklinge, nahm Abschied und schrie im Korridor nach dem Maestro di tresoro, und als man das nicht verstand, nach dem Kassenmeister. Zuletzt kam ein Diener und brachte ihn zu dem Gesuchten.

Nachdem er das Geld empfangen, wuchs er um einen Fuß, schritt dreimal so stolz, als er verlegen und demütig gekommen war, durch Wachen und Hofgesinde, und man starrte ihm voller Ver- und Bewunderung nach. Einige Hofjunker folgten ihm sogar von fern, um seine Wohnung auszuspähen und womöglich seine Protektion in Anspruch zu nehmen. Er bekümmerte sich aber um nichts und ging ans Modellieren, wozu ihm seine erstaunten Hausleute einen verdeckten Raum auf dem Hofe eingeben mußten.

Hier verfertigte er das Modell der Bildsäule aus Ton, ganz so, wie es nachher in Erz gegossen werden sollte.

Der Kurfürst selbst besuchte einigemal den sonderbaren Meister in seiner Werkstätte, da es ihm Vergnügen machte, seiner Arbeit zuzusehen. Dieser benutzte solche Gelegenheiten klüglich, um das Modell dem Original vollkommen ähnlich zu machen.

Im Jahre 1708, in der Woche vor dem Pfingstfest, waren alle Vorarbeiten zum Guß fertig. Grupello, der während seines Aufenthalts in Düsseldorf sich auch mit andern Arbeiten beschäftigt und mehrere Bildhauerwerke geliefert hatte, war nach dem vom Kurfürsten neu erbauten Jagdschloß Bensberg bei Köln abgereist, um die Feiertage daselbst bei seinen Landsleuten

Zanetti, Bellucci und Pellegrini, die die Plafonds- und Mauergemälde des Schlosses verfertigten, zuzubringen und zu besichtigen, wie die bei ihm bestellten Basreliefverzierungen am Portal des Schlosses am besten anzubringen seien. Der Italiener war ebenso ausgezeichnet als Ornamenteur wie als Figurist.

Sein Mitarbeiter, der Bildgießer Wilhelm Kinnberger, beschloß, die heiligen Tage in Ruhe und Liebe zuzubringen, Grupellos Rückkehr abzuwarten, ihn dann von dem Stande des Kunstwerks in Kenntnis zu setzen und zur Besichtigung desselben einzuladen. Wenn der Meister, wie er nach seinem angewandten Fleiße glauben durfte, alles in bester Ordnung befunden haben würde, so wollte er ihn um Empfehlung für sein Fortkommen bitten.

Grupello kehrte von seiner Reise zurück. Er hatte vergebens draußen die Wunder der allschaffenden Natur geschaut. Die düsteren Nebel wollten nicht von seiner Seele weichen. So war der Donnerstag nach Pfingsten herangekommen.

Der Italiener saß eben mit einer Zeichnung beschäftigt auf seinem Zimmer, als Wilhelm eintrat und dem Meister sagte: „Alles ist jetzt zum Gusse bereit!"

„Alles an der angewiesenen Stelle?" fragte der Meister. „Und die Metalle zur Hand?"

„Ja", erwiderte Wilhelm, „Kupfer und Zinn in reichen Massen und auch einiges Messing, um es damit zu versetzen. Die Schwere des Metalls ist nach der Menge des verbrauchten Wachses berechnet: Auf ein Pfund Wachs sind zehn Pfund Metall genommen worden."

„Nun, ich will zusehen, was für Zeug Ihr gemacht habt! Komm, zeige mir's!" sagte Grupello.

Er ging mit Wilhelm zum Gießplatz, sah nach, und weil er die trefflichen Vorrichtungen nicht selbst gemacht, kritisierte er sehr. Er wurde sogar, da er nichts mit Recht tadeln konnte, ärgerlich. Wilhelm, der auch etwas hartköpfig war und sich nicht gerne da Grobheiten ins Gesicht sagen ließ, wo er sein Möglichstes getan hatte, zeigte dem Meister die bedachtsam getroffenen Konstruktionen, den erbauten Feuerherd, seine in die Gußgrube fließenden Kanäle, die Massen des herangefahrnen Brennholzes, und was sonst zur Sache gehörte. Grupello, dem das kalte, sichere Wesen Wilhelms immer weniger gefiel, je mehr er merkte, daß dieser junge Mann anfing, ihm die Spitze zu bieten, war mit keiner seiner Anordnungen zufrieden. Er ließ daran ändern, kreuz und quer, so viel tunlich war. Wilhelm lächelte. Er wußte ja zu gut, daß Grupello Unrecht hatte, und war zufrieden. Da er die Notwendigkeiten und Erfordernisse eines Gusses genau kannte, so hatte er sein Möglichstes und wahrscheinlich auch das Beste getan. Anderentags begann der Guß. Wer die Wichtigkeit dieser Katastrophe kennt, wird sich von der Spannung der beteiligten Künstler einen Begriff machen.

Der Italiener kommandierte: „Mehr Holz zum Feuer, Diavolo! Es sind der Luftröhren so viele; wenn sie Schaden anrichten, so ist's nicht meine Schuld."

„Meister", antwortete Wilhelm, „sie sind sehr nötig, um die Luft abzuleiten, damit das Metall keine Blasen bekommt oder gar die Form springt."

„Das ist mir bekannt", entgegnete Grupello, „aber so viele sind überflüssig."

„In Bordeaux war es die einzige Ursache, daß der erste Guß mißlang", antwortete Wilhelm. „Dem Bildhauer schienen so viele Luftröhren nicht notwendig", fuhr er fort. „Deshalb verstopfte er sie und trug so die Schuld des Mißlingens, was sich beim zweiten Guß ausgewiesen hat."

Die Richtigkeit dieser Aussage einsehend, fragte Grupello ärgerlich:

„Ist das Metall noch nicht in Fluß?"

„Nein", antwortete Wilhelm, „so weit kann's noch nicht sein. Erst wenn der Rauch weiß wird."

„So hole dich der Satan, ungeschickter Laffe!" schrie Grupello. „Hättest du's verstanden, es müßte längst fließen."

Wilhelm zuckten die Lippen und auch wohl die Fäuste. Indes faßte er sich und erwiderte nur: „Erlaubt, daß ich mich für jetzt entferne!"

„Pack dich zum Henker!" stieß Grupello aus.

Wilhelm erwiderte: „Gott befohlen!" Hiermit ging er.

Der zurückgebliebene Meister fühlte sich wie in einer Wüste, weil er wohl großartige Bilder entworfen, sich jedoch um die Art, wie man sie abgießt oder sonst in das Publikum bringt, nie bekümmert hatte; eine leider nur zu gewöhnliche Manier der Genies. – Selbst die Arbeiter flüsterten höhnisch untereinander, als er ihnen allerlei gebot, was ganz gegen ihre gewöhnlichen Handgriffe ging. Er geriet in Verzweiflung, befahl hin und her, nur um etwas zu befehlen und seine Verlegenheit zu unterdrücken. Aber alles hinderte mehr, als daß es förderte. Er mußte in den sauren Apfel beißen und nach Wilhelm schicken mit der Bitte, zurückzukommen.

Wilhelm aber antwortete: „Der Meister ist ein Grobian!" Worauf Grupello noch höflicher wurde und ihn um des Himmels und des Kurfürsten willen bitten ließ, wiederzukommen. Er war auch so klug und ließ dieses Gesuch durch die beiden Ratsdiener besorgen, damit es den Anschein hätte, als käm's von Magistrats wegen.

Wilhelm kam aus bloßem Edelsinn. Er dachte, der Meister sei zwar barsch und grob, doch vielleicht sonst nicht so übel.

Als er da war, nahm die Sache eine andere Wendung.

Grupello erstaunte sehr, und es war ihm manchmal, als hätte er einen

Jungen vor sich, der ihm über den Kopf gewachsen. Neid und Ingrimm fraßen wetteifernd an seinem Herzen.

Wilhelm leitete währenddessen das Geschäft so sicher wie vorher.

„Jetzt ist der Rauch weiß", sprach er, „das Metall ist in gehörigem Flusse. Nun mit Gott. Die Schleusen auf; die Zapfen an den Röhren herausgezogen."

Dem geschah so. Das Metall floß wie Wasser, lief in die Rinnen, von da durch die Trichter in die Höhlungen und füllte alles in der größten Geschwindigkeit bis oben an, so daß es bis an den Rand der Trichter stieg. Der Guß war vollendet und, wie es schien, auch gelungen, da weder irgendein Springen noch ein anderer Unfall zu bemerken waren.

Meister Grupello sah sich in den Hintergrund versetzt; gekränkter Ehrgeiz und wütender Haß trieben sein Blut rascheren Laufs durch die Adern. In solchen Augenblicken greift man gerne zur Gewalt und ein Italiener am ersten nach Dolch und Stilett.

Es war Abend, und Wilhelm befand sich mit Grupello allein bei den übriggebliebenen, aufgeschichteten Holzhaufen. Nur Grupello verließ die Stelle mit höhnischem Lächeln.

Wilhelm wurde am anderen Morgen tot unter einem umgestürzten Klafter gefunden. Die ehrlichen Leichenbeschauer versicherten, er sei eines natürlichen Todes gestorben. Die Wunde sei durch einen zufälligen Splitter und durch keinen absichtlichen Dolchstich entstanden. Jeder von ihnen bekam auch für seine Weisheit einen Gulden, wie das damals gebräuchlich.

Nachdem das Metall erkaltet war, ließ Grupello die Dammgrube aufmachen, den Mantel abschlagen und die Bildsäule aus der Grube winden. Dann suchte er den Kern nebst dem Gerüst so gut wie möglich aus dem hohlen Erz fortzuschaffen, zu welchem Behufe ein Loch geblieben war, das ebenso wie auch die Löcher der Gerüststangen nachher mit Spunden ausgefüllt wurde. Er schnitt die durch die verschiedenen Röhren entstandenen Hügel sowie alle überflüssigen Ansätze mit der Säge und dem Meißel weg, ließ hierauf einen geschickten Silberarbeiter kommen, der die Natur ganz dem Modelle gleich mit Grabstichel und Schabeisen verschneiden und ausbilden mußte, und überzog zuletzt das Ganze mit einem eigens dazu gemischten Firnis.

Als dieses alles vollendet, errichtete Grupello auf dem Marktplatz die Bildsäule auf einem zehn Fuß hohen Piedestal von schönem Marmor, in dessen Innern die Statue mit ihren eisernen Stäben befestigt wurde. Sie stellt die imponierende Gestalt des Kurfürsten, zu Pferde sitzend, im Brustharnisch, den Kommandostab in der Hand haltend, vor. Wie ein kühner Reiter hält er den Zaum und scheint in seiner festen Stellung wie ein

Der Marktplatz mit dem Rathaus in Düsseldorf

Göttersohn Luft und Wolken durchschneiden zu können. Der Beschauer glaubt ihn wirklich reiten zu sehen. Das Roß ist natürlich und schön, ungeachtet seiner Kolossalität in wahrhaft künstlerischer Proportion gestaltet. Alle Attribute sind der gewaltigen, schwer zu behandelnden Masse mit Leichtigkeit abgewonnen, die Krone auf dem Haupte, die wallenden Lokken, der Harnisch, die Rüstung und das Reitzeug, ja selbst die Sporen sind vollständig und ausgezeichnet gebildet.

Die Statue war schöner, herrlicher, als man gedacht hatte, und übertraf alle Erwartungen. Alles jauchzte und war entzückt über die glänzende Darstellung des Fürsten. Selbst die Höckerweiber, die doch sonst an vielen Sachen etwas auszusetzen wissen, waren zufrieden, und das will viel sagen. Sie freuten sich, jetzt im Schatten des Kurfürsten sitzen zu können und dadurch mit ihrer Ware nicht mehr dem Brand der Sonne und dem Verschrumpfen ausgesetzt zu sein. Nur der Hofschmied, ein gelehrter Mann und Rezensent, meinte, es wäre doch ein Fehler, daß das Pferd in einem Hufeisen acht, in dem andern dagegen neun Nägel habe. – Das Volk lief in seiner Freude um die Säule, jubelte, konnte sich nicht satt sehen und ließ bald den Kurfürsten, bald den Meister hochleben. – Letzterer schritt stolz durch die Menge und sah geringschätzig umher. Die allgemeine Freude belächelte er; teilen konnte er sie nicht, und hätte's doch so gerne getan.

Eduard Hartenfels

Grupello, Gabriel de (1644 – 1730): seit 1695 Hofbildhauer des Kurfürsten Johann Wilhelm in Düsseldorf; ab 1719 in gleicher Position in Brüssel tätig / unser Jahrhundert: das 19. Jahrhundert / Protektor (lat.): Beschützer, Förderer / politische Verträge: Anspielung auf den Jülisch-Klevischen Erbfolgestreit (1609 – 14), der durch den Teilungsvertrag von Xanten (1614) dahingehend beigelegt wurde, daß Brandenburg Kleve, Mark, Ravensberg und Ravenstein erhielt, Pfalz-Neuburg dagegen Jülich und Berg / Johann Wilhelm (1658 – 1716): genannt Jan Wellem, übernahm 1678 von seinem Vater die Verwaltung in Jülich und Berg und folgte diesem am 2.9.1690 als Kurfürst von der Pfalz und Erzschatzmeister des Reichs / bei Lebzeiten seines Vaters: Pfalzgraf Philipp Wilhelm (1653 – 90) / Türkenkriege: die Kriege der christlichen Staaten Südost- und Osteuropas (Österreich, Rußland) gegen das mohammedanische Osmanenreich, deren Anfänge in das 14. und 15. Jahrhundert zurückreichen; zu der Zeit, von der in der Novelle „Grupello" die Rede ist, war es gelungen, Wien von der Belagerung durch die Türken (seit dem 15.7.1683) zu entsetzen und letztere erfolgreich zurückzudrängen (Prinz Eugen von Savoyen) / eine Tochter Kaiser Ferdinands: am 25.10.1678 heiratete Johann Wilhelm die Erzherzogin Maria Anna Josepha, Tochter Kaiser Ferdinands III., die im Jahre 1689 starb / Tochter Kosmus' III.: 1691 heiratete Johann Wilhelm Marie Anna Ludovike von Medici, die Tochter des Großherzogs Kosmus III. von Toskana / ein Bruder war Großmeister: Ludwig Anton (1660 – 94) wurde 1679 Ritter des Deutschen Ordens zu Mergentheim und 1685 Groß- oder Deutschmeister / ein anderer [Bruder]: Alexander Siegmund (1663 – 1737) war seit 1681 Koadjutor zu Augsburg und ab 1690 Bischof daselbst / Koadjutor (lat.): Amtsgehilfe eines katholischen Geistlichen, eines Bischofs / seine Schwester: Maria Sophia Elisabeth (1666 – 99) heiratete am 2.7.1687 Pedro II., König von Portugal (1648 – 1706), der dem Hause Bragança entstammte, das nach der Befreiung Portugals von der spanischen Herrschaft (1640) auf den Thron gelangte / Ägide (griech.): Schutz, Obhut / Ära (lat.): Zeit, Zeitalter / die kostbarste Perle in der Kunstsammlung Münchens: die Düsseldorfer Gemäldegalerie wurde 1805 aus Furcht vor Kriegseinwirkungen nach München verbracht und bildet dort heute einen wesentlichen Bestandteil der Alten Pinakothek / Bayerns kunstliebender König: Ludwig I., König von Bayern (1825 – 48) / Tod Leopolds I.: Kaiser Leopold I., zweiter Sohn Ferdinands III., starb am 5.5.1705 / Serenissimus (lat.): Durchlaucht / der lingua Toscana, in bocca Romana (ital.): der toskanischen Mundart, in römischer Zunge / Journal (franz.): Zeitschrift; früher auch für „Zeitung" üblich / gequacksalbert: herumgedoktert / Plafondsgemälde (franz.): Deckengemälde / Basreliefverzierungen: Flachreliefverzierungen / Ornamenteur (franz.): Stukkateur / Katastrophe: hier im Sinne von „Ereignis, Unternehmen" / Diavolo (ital.): zum Teufel! / Stilett (ital.): kleiner Dolch / Piedestal (franz.): Sockel; Untersatz / Rezensent (lat.): hier im Sinne von „kritischer Beobachter, Kritiker"

Abend

Komm, Liebchen, es neigen
Die Wälder sich dir;
Und alles mit Schweigen
Erwartet dich hier.

Der Himmel, ich bitte,
Von Wölkchen wie leer!
Der Mond in der Mitte,
Die Sternlein umher.

Der Himmel im glatten
Umdämmerten Quell!
Dies Plätzchen im Schatten,
Dies andre so hell.

Im Schatten, der Liebe
Dich lockendes Glück,
Dir flüsternd: Es bliebe
Noch vieles zurück.

Es blieben der süßen
Geheimnisse viel;
So festes Umschließen,
So wonniges Spiel!

Da rauscht es! Da wanken
Auf jeglichem Baum
Die Äste, da schwanken
Die Vögel im Traum.

Dies Wanken, dies Zittern
Der Blätter im Teich –
O Liebe, dein Wittern!
O Liebe, dein Reich!

Johann Georg Jacobi

Das alte Düsseldorfer Schloß vor seiner Zerstörung am 6./7. Oktober 1794

Die Ausdehnung des Schlosses dürfen wir uns keineswegs zu groß vorstellen; aber an Höhe überragte es weit die übrigen Häuser des Burgplatzes. Es bildete ein ziemlich regelmäßiges Viereck, östlich vom Burgplatz und westlich vom Rhein begrenzt, und erstreckte sich von dem noch stehenden Turm bis etwa zum heutigen Eingang der Landesbibliothek. Denken wir uns nun den modernen Vorbau am Bibliotheksgebäude weg, so erhalten wir eine Art Gasse: Zur Linken haben wir das Galeriegebäude, rechts einen viereckigen Turm, der den Südeingang zum Schloß flankierte. Vor dieser Gasse stand ein schmales Gebäude, die Hauptwache; sie schloß den Burgplatz nach dem Markte zu gewissermaßen ab und verlief in der Richtung der Kurzen Straße.

Der Südflügel des Schlosses, der sich also von jenem viereckigen Turm bis zum Rhein hin erstreckte, wurde im Erdgeschoß von der Hofkammer und Kanzlei eingenommen, während sich darüber, in der ersten Etage, der Fürstenspeisesaal befand. Die kostbare Tapete dieses Saales enthielt Darstellungen aus der Geschichte des Merowingerkönigs Chlodwig. Von hier aus gelangen wir in den Westflügel des Schlosses, der sich entlang dem Rhein erstreckte. Dieser Teil war das eigentliche fürstliche Wohnhaus; denn hier befanden sich sowohl die Schlaf- als auch die Audienz- und Speisezimmer der höchsten Herrschaften, der Rittersaal und Wintergarten, das Spiegelkabinett und die Garderobe der Kurfürstin. Im dritten und vierten Stock waren je zwanzig Zimmer für Hofdamen und Kavaliere bestimmt.

Viele der für die höchsten Herrschaften reservierten Räume waren mit kostbaren Tapeten von Hautelisse geschmückt, Darstellungen aus der Geschichte Josephs, Simsons, Telemachs, Alexanders des Großen, auch wohl der Jahreszeiten sowie von Landschaften. Der Wert eines solchen Wandteppichs belief sich immer auf einige tausend Taler. In den meisten dieser fürstlichen Zimmer hingen Gemälde, so im Rittersaal allein zweiundfünfzig Stück. Außer dem van Douvenschen Porträt Kurfürst Johann Wilhelms im Speisesaal werden uns leider in den Inventarien die Bilder nur der Zahl nach angegeben, so daß über Künstler und Gegenstand nichts daraus zu ersehen ist.

Von diesem Westflügel bis zum runden Turm an der Krämerstraße erstreckte sich ein Flügel von geringer Länge, dessen Erdgeschoß die Kameralregistratur beherbergte, während die erste Etage ganz von der Schloßkapelle eingenommen war, über der sich wiederum einige größere Zimmer

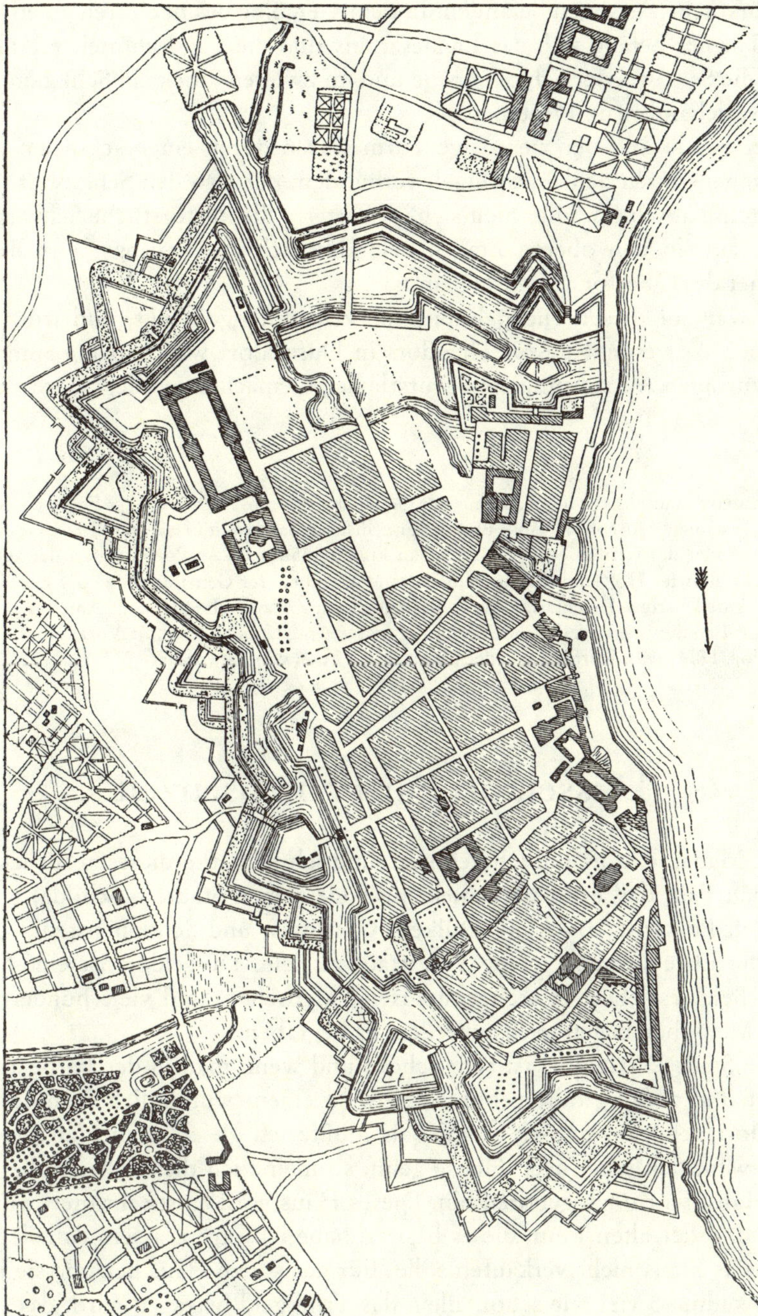

Düsseldorf im Jahre 1796

für fürstliche Personen befanden. In dem Gewölbe des noch stehenden runden Turmes befand sich das Landesarchiv und die Landrentmeisterei; darüber die Sakristei der Schloßkapelle und im zweiten Stock ein Schlafzimmer mit Antichambre und Kabinett.

Der runde und der viereckige Turm waren durch einen schmalen Bau, den sogenannten Schlangenflügel, verbunden, der also den Schloßhof nach Osten hin abschloß. Hier hielt sich im Parterre die kurfürstliche Schweizergarde auf, in den oberen Etagen befanden sich die Sitzungs- und Bürozimmer des Oberforst- und Jagdamts.

So war auf diesen engen Raum viel zusammengedrängt, und trotz der seltenen Anwesenheit Karl Theodors in Düsseldorf waren große Summen der würdigen Ausstattung dieser fürstlichen Gemächer geopfert worden.

Otto R. Redlich

Tapeten von Hautelisse: Gobelins / aus der Geschichte Josephs, Simsons, . . .: Figuren aus dem Alten Testament (Joseph, Simson) und der griechischen Sagenwelt (Telemach) bzw. Geschichte (Alexander der Große) / van Douven, Jan Franz (1656 – 1727): Porträtmaler, der 1682 an den Düsseldorfer Hof kam und an dem Zustandekommen der Gemäldegalerie des Kurfürsten regen Anteil hatte / Inventarien (lat.): Bestandslisten / Kameralregistratur: Amt für Steuerwesen / Landrentmeisterei: Landesrechnungsamt / Antichambre (franz.): Vorzimmer / Karl Theodor (1724 – 99): Kurfürst von der Pfalz seit 1742 und von Bayern seit 1777

Düsseldorf zur Franzosenzeit

Ja, Madame, dort bin ich geboren, und ich bemerke dieses ausdrücklich für den Fall, daß etwa nach meinem Tode sieben Städte – Schilda, Krähwinkel, Polkwitz, Bockum, Dülken, Göttingen und Schöppenstedt – sich um die Ehre streiten, meine Vaterstadt zu sein. Düsseldorf ist eine Stadt am Rhein, es leben da sechzehntausend Menschen, und viele hunderttausend Menschen liegen noch außerdem da begraben.

Die Stadt Düsseldorf ist sehr schön, und wenn man in der Ferne an sie denkt und zufällig dort geboren ist, wird einem wunderlich zumute. Ich bin dort geboren, und es ist mir, als müßte ich gleich nach Hause gehn. Und wenn ich sage, nach Hause gehn, so meine ich die Bolkerstraße und das Haus, worin ich geboren bin. Dieses Haus wird einst sehr merkwürdig sein, und der alten Frau, die es besitzt, habe ich sagen lassen, daß sie beileibe das Haus nicht verkaufen solle. Für das ganze Haus bekäme sie jetzt doch kaum so viel wie schon allein das Trinkgeld betragen wird, das einst die grünverschleierten, vornehmen Engländerinnen dem Dienstmädchen geben, wenn es ihnen die Stube zeigt, worin ich das Licht der Welt erblickt, und den Hühnerwinkel, worin mich Vater gewöhnlich einsperrte, wenn ich Trauben genascht, und auch die braune Türe, worauf Mutter mich die Buchstaben mit Kreide schreiben lehrte. Ach Gott, Madame, wenn ich ein berühmter Schriftsteller werde, so hat das meiner armen Mutter genug Mühe gekostet.

Aber mein Ruhm schläft jetzt noch in den Marmorbrüchen von Carrara, der Makulaturlorbeer, womit man meine Stirne geschmückt, hat seinen Duft noch nicht durch die ganze Welt verbreitet, und wenn jetzt die grünverschleierten, vornehmen Engländerinnen nach Düsseldorf kommen, so lassen sie das berühmte Haus noch unbesichtigt und gehen direkt nach dem Marktplatz und betrachten die dort in der Mitte stehende, schwarze, kolossale Reiterstatue. Diese soll den Kurfürsten Jan Wilhelm vorstellen. Er trägt einen schwarzen Harnisch, eine tief herabhängende Allongeperücke. Als Knabe hörte ich die Sage, der Künstler, der diese Statue gegossen, habe während des Gießens mit Schrecken bemerkt, daß sein Metall nicht dazu ausreiche, und da wären die Bürger der Stadt herbeigelaufen und hätten ihm ihre silbernen Löffel gebracht, um den Guß zu vollenden; und nun stand ich stundenlang vor dem Reiterbild und zerbrach mir den Kopf, wie viele silberne Löffel wohl darin stecken mögen, und wie viele Apfeltörtchen man wohl für all das Silber bekommen könnte? Apfeltörtchen waren nämlich damals meine Passion; jetzt sind es Liebe, Wahrheit, Freiheit und Krebssuppe. Und eben unweit des Kurfürstenbildes, an der Theaterecke, stand gewöhnlich der wunderlich gebackene, säbelbeinige Kerl mit der weißen Schürze und dem umgehängten Korb voll lieblich dampfender Apfeltörtchen, die er mit einer unwiderstehlichen Diskantstimme anzupreisen wußte: „Die Apfeltörtchen sind ganz frisch, eben aus dem Ofen, riechen so delikat.“ – Wahrlich, wenn in meinen späteren Jahren der Versucher mir beikommen wollte, so sprach er mit solch lockender Diskantstimme, und bei Signora Giulietta wäre ich keine volle zwölf Stunden geblieben, wenn sie nicht den süßen, duftenden Apfeltörtchenton angeschlagen hätte. Und wahrlich, nie würden Apfeltörtchen mich so sehr angereizt haben, hätte der krumme Hermann sie nicht so geheimnisvoll mit seiner weißen Schürze bedeckt – und die Schürzen sind es, welche –; doch sie bringen mich ganz aus dem Kontext, ich sprach ja von der Reiterstatue, die so viele silberne Löffel im Leibe hat, und keine Suppe, und den Kurfürsten Jan Wilhelm darstellt.

Er soll ein braver Herr gewesen sein, sehr kunstliebend und selbst sehr geschickt. Er stiftete die Gemäldegalerie in Düsseldorf, und auf dem dortigen Observatorium zeigt man noch einen überaus künstlichen Einschachtelungsbecher von Holz, den er selbst in seinen Freistunden, er hatte deren täglich vierundzwanzig, geschnitzelt hat.

Damals waren die Fürsten noch keine geplagten Leute wie jetzt, und die Krone war ihnen am Kopfe festgewachsen, und des Nachts zogen sie noch eine Schlafmütze darüber und schliefen ruhig, und ruhig zu ihren Füßen schliefen die Völker, und wenn diese des Morgens erwachten, so sagten sie: „Guten Morgen, Vater!“ – Und jene antworteten: „Guten Morgen, liebe Kinder!“

Aber es wurde plötzlich anders; als wir eines Morgens zu Düsseldorf erwachten und „Guten Morgen, Vater!“ sagen wollten, da war der Vater abgereist, und in der ganzen Stadt war nichts als stumpfe Beklemmung, es war überall eine Art Begräbnisstimmung, und die Leute schlichen schweigend nach dem Markt und lasen den langen papiernen Anschlag auf der Türe des Rathauses. Es war ein trübes Wetter, und der dünne Schneider Kilian stand dennoch in seiner Nankingjacke, die er sonst nur im Hause trug, und die blauwollnen Strümpfe hingen ihm herab, daß die nackten Beinchen betrübt hervorguckten, und seine schmalen Lippen bebten, während er das angeschlagene Plakat vor sich hinmurmelte. Ein alter pfälzischer Invalide las etwas lauter, und bei manchem Wort träufelte ihm eine klare Träne in den weißen, ehrlichen Schnauzbart. Ich stand neben ihm und weinte mit und fragte ihn, warum wir weinten? Und da antwortete er: „Der Kurfürst läßt sich bedanken.“ Und dann las er wieder, und bei den Worten: „für die bewährte Untertanentreue“, „und entbinden Euch Eurer Pflichten“, da weinte er noch stärker. Es ist wunderlich anzusehen, wenn so ein alter Mann mit verblichener Uniform und vernarbtem Soldatengesicht plötzlich so stark weint. Während wir lasen, wurde auch das kurfürstliche Wappen vom Rathaus heruntergenommen, alles gestaltete sich so beängstigend öde, es war, als ob man eine Sonnenfinsternis erwarte, die Herren Ratsherren gingen so abgedankt und langsam umher, sogar der allgewaltige Gassenvogt sah aus, als wenn er nichts mehr zu befehlen hätte, und stand da so friedlich-gleichgültig, obgleich der tolle Alouisius sich wieder auf ein Bein stellte und mit närrischer Grimasse die Namen der französischen Generale herschnatterte, während der besoffene, krumme Gumpertz sich in der Gosse herumwälzte und „Ça ira, ça ira!“ sang.

Ich aber ging nach Hause und weinte und klagte: „Der Kurfürst läßt sich bedanken.“ Meine Mutter hatte ihre liebe Not, ich wußte, was ich wußte, ich ließ mir nichts ausreden, ich ging weinend zu Bett, und in der Nacht träumte mir, die Welt habe ein Ende; die schönen Blumengärten und grünen Wiesen wurden wie Teppiche vom Boden aufgenommen und zusammengerollt, der Gassenvogt stieg auf eine hohe Leiter und nahm die Sonne vom Himmel herab, der Schneider Kilian stand dabei und sprach zu sich

Rechte Seite: Ansicht von Düsseldorf (um 1850)

selber: „Ich muß nach Hause gehn und mich hübsch anziehn, denn ich bin tot und soll noch heute begraben werden." – Und es wurde immer dunkler, spärlich schimmerten oben einige Sterne, und auch diese fielen herab wie gelbe Blätter im Herbst, allmählich verschwanden die Menschen, ich armes Kind irrte ängstlich umher, stand endlich vor der Weidenhecke eines wüsten Bauernhofes und sah dort einen Mann, der mit dem Spaten die Erde aufwühlte, und neben ihm ein häßlich hämisches Weib, das etwas wie einen abgeschnittenen Menschenkopf in der Schürze hielt, und das war der Mond, und sie legte ihn ängstlich sorgsam in die offene Grube; hinter mir stand der pfälzische Invalide und schluchzte und buchstabierte: „Der Kurfürst läßt sich bedanken."

Als ich erwachte, schien die Sonne wieder wie gewöhnlich durch das Fenster, auf der Straße ging die Trommel, und als ich in unsere Wohnstube trat und meinem Vater, der im weißen Pudermantel saß, einen guten Morgen bot, hörte ich, wie der leichtfüßige Friseur ihm während des Frisierens haarklein erzählte, daß heute auf dem Rathaus dem neuen Großherzog Joachim gehuldigt werde, daß dieser von der besten Familie sei, die Schwester des Kaisers Napoleon zur Frau bekommen werde, auch wirklich viel Anstand besitze, sein schönes schwarzes Haar in Locken trage, nächstens seinen Einzug halte und sicher allen Frauenzimmern gefallen müsse. Unterdessen ging des Getrommel draußen auf der Straße immer fort, und ich trat vor die Haustür und besah die einmarschierenden französischen Truppen, das freudige Volk des Ruhmes, das singend und klingend die Welt durchzog, die heiter-ernsten Grenadiergesichter, die Bärenmützen, die dreifarbigen Kokarden, die blinkenden Bajonette, die Voltigeurs voll Lustigkeit und Point d'honneur, den allmächtig großen, silbergestickten Tambourmajor, der seinen Stock mit dem vergoldeten Knopf bis an die erste Etage werfen konnte und seine Augen sogar bis zur zweiten Etage, wo ebenfalls schöne Mädchen am Fenster saßen. Ich freute mich, daß wir Einquartierung bekämen, meine Mutter freute sich nicht, und ich eilte nach dem Marktplatz. Da sah es jetzt ganz anders aus, es war, als ob die Welt neu angestrichen worden, ein neues Wappen hing am Rathaus, das Eisengeländer an dessen Balkon war mit gestickten Samtdecken überhängt, französische Grenadiere standen Schildwache, die alten Herren Ratsherren hatten neue Gesichter angezogen und trugen ihre Sonntagsröcke und sahen sich an auf französisch und sprachen „Bonjour"; aus allen Fenstern guckten Damen, neugierige Bürgersleute und blanke Soldaten füllten den Platz, und ich nebst andern Knaben, wir kletterten auf das große Kurfürstenpferd und schauten davon herab in das bunte Marktgewimmel.

Der lange Kurz sagte uns, daß heute wegen der Huldigung keine Schule sei. Wir mußten lange warten, bis diese losgelassen wurde. Endlich füllte

Jugendbildnis Heinrich Heines

sich der Balkon des Rathauses mit bunten Herren, Fahnen und Trompeten, und der Herr Bürgermeister, in seinem berühmten roten Rock, hielt eine Rede, die sich etwas in die Länge zog wie Gummielastikum oder wie eine gestrickte Schlafmütze, in die man einen Stein geworfen – nur nicht den Stein der Weisen –, und manche Redensarten konnte ich ganz deutlich vernehmen, z.B. daß man uns glücklich machen wolle – und beim letzten Wort wurden die Trompeten geblasen, die Fahnen geschwenkt, die Trommel gerührt und Vivat gerufen; und während ich selber Vivat rief, hielt ich mich fest an den alten Kurfürsten. Und das tat not, denn mir wurde ordentlich schwindlig, ich glaubte schon, die Leute ständen auf den Köpfen, weil sich die Welt herumgedreht, das Kurfürstenhaupt mit der Allongeperücke nickte und flüsterte: „Halt fest an mir!“ – Erst durch das Kanonieren, das jetzt auf dem Wall losging, ernüchterte ich mich und stieg vom Kurfürstenpferd langsam wieder herab.

Als ich nach Hause ging, sah ich wieder, wie der tolle Alouisius auf einem Bein tanzte, während er die Namen der französischen Generale schnarrte, und wie sich der krumme Gumpertz besoffen in der Gosse herumwälzte und „Ça ira, ça ira“ brüllte. Zu meiner Mutter sagte ich: „Man will uns glücklich machen, und deshalb ist heute keine Schule.“

Heinrich Heine

Allongeperücke: langlockige Perücke des 17. und 18. Jahrhunderts / Diskant (lat.): höchste Stimm- oder Tonlage / Kontext (lat.): Zusammenhang / Aber es wurde plötzlich anders: im März 1806 wurde das zu Bayern gehörende Herzogtum Berg mit der Hauptstadt Düsseldorf als Großherzogtum an Frankreich abgetreten / da war der letzte Vater abgereist: Kurfürst Maximilian IV. (I.) Joseph (1756 - 1825) wurde 1806 bayerischer König / Nanking: ein dichtes, festes, glattes Baumwollzeug von fahler bis rötlich-gelber Farbe / Alouisius, Gumpertz: bekannte Gestalten der Stadt Düsseldorf / Ça ira (franz.): es wird gehen; Lied der Französischen Revolution, benannt nach dem Refrain „Ah, ça ira, ça ira, ça ira, les aristocrates à la lanterne“ / Großherzog Joachim: Napoleons Schwager Joachim Murat / Voltigeur (franz.): Kunstspringer, Seiltänzer / Point d'honneur (franz.): Ehrensache / Tambourmajor: Leiter eines Spielmannszuges

Los des Buhlers

Ein Buhler muß sich leiden viel,
Des bin ich innenworden;
Des Tages treibt er Affenspiel
Und führt Kartäuserorden!

Die ganze Nacht er überbracht
Mit Kreischen und mit Singen,
In Hag'l und Schnee tut er ihm weh,
Er hofft, ihm soll's gelingen.

Wann er des Morgens früh aufsteht,
Tut er sich schnell anlegen,
Er wart't, wann sie zur Kirchen geht,
Daß er ihr komm' entgegen.
Wann sie ihn anblickt, sein Herz er-
Ein Wort kann er nicht jehen, [schrickt,
So grüßt sie ihn und geht vorhin,
Nach ihr tut er umsehen.

So geht er auf und wieder ab,
Das tut sie bald vernehmen,
Sein Herz ist ihm der Freuden voll,
Wann er heimlich soll kommen;
Auf eine Stund', die sie ihm gunnt,
Gar schön tät er sich mutzen,
Er läuft stets um, sucht Ränk' und
Mit Gaffen und mit Gucken. [Krumm

Wann er dann zu der Liebsten kommt,
Sein Trauren ist ihm vergangen.
Sie spricht: „Ihr seid hübsch und gelaß";
Mit ihm kann sie wohl prangen,
Und liegt ihn an, als sie wohl kann
In Gecken- und Narrenweise.
Er spricht zu ihr: „Herzenbegier
Ein Schatz ob allen Weiben!

Ich bin euch, Jungfrau, von Herzen hold,
Nicht mehr kann ich gesagen;
Wann mir eu'r Lieb nicht werden ensollt,
Von Leid müßt' ich verzagen."
Dann nimmt sie für ein' Aventiur',
Damit daß er geht traben;
Macht ihm ein' Kranz, die Lieb sei ganz,
Und wart't auf andre Knaben.

Ach Buhler, du viel armes Tier,
Wann willt du Weisheit pflegen?
Sie spricht, sie hätt' kein Gunst zu dir,
Darum laß unterwegen.
Gelaub mir, du bis zu aller Frist
Ein Märtyrer hie auf Erden:
Du machst dir Pein durch Liebe Schein,
Da dir kein' Lieb mag werden.

Laß ab, laß ab, du armer Gauch,
Solch' Buhlschaft darfst nicht suchen,
Das Feuer lösch; beißt dich der Rauch,
Schaff du nichts in der Kuchen.
Such anderswo, kein' Lieb ist do,
Die dir mag widerfahren,
Dein' Lieb und Gunst ist gar umsunst,
Dein Arbeit magst wohl sparen.

anlegen: anziehen / jehen: sagen / vorhin: vorbei / gunnt: gönnt / mutzen: hier im Sinne von „kleiden" / Und liegt ihn an: und lügt ihn an / Aventiure (franz.): Abenteuer / Gauch: Narr

Sonntags am Rhein

Des Sonntags in der Morgenstund'
Wie wandert's sich so schön
Am Rhein, wenn rings in weiter Rund'
Die Morgenglocken gehn!

Ein Schifflein zieht auf blauer Flut,
Da singt's und jubelt's drein;
Du Schifflein, gelt, das fährt sich gut
In all die Luft hinein?

Vom Dorfe hallet Orgelton,
Es tönt ein frommes Lied,
Andächtig dort die Prozession
Aus der Kapelle zieht.

Und ernst in all die Herrlichkeit
Die Burg herniederschaut
Und spricht von alter, starker Zeit,
Die auf den Fels gebaut.

Das alles beut der prächt'ge Rhein
An seinem Rebenstrand
Und spiegelt recht in hellem Schein
Das ganze Vaterland,

Das fromme, treue Vaterland
In seiner vollen Pracht,
Mit Lust und Liedern allerhand
Vom lieben Gott bedacht.

Robert Reinick

Scholles mit Rettich

Zutaten: 500 g Kartoffeln, 1 eingeweichtes Brötchen, 1 geriebene Zwiebel, 50 g Rindertalg, 2 Eier, Salz, Pfeffer, ca. 6 Eßlöffel Öl; 2 mittelgroße weiße Rettiche, Salz, Pfeffer, 2 – 3 Eßlöffel Essig, $^1/_4$ l saure Sahne.

Zubereitung: Die Kartoffeln schälen, waschen und fein reiben. Mit dem ausgedrückten Brötchen, der Zwiebel, dem gewürfelten Rindertalg und den Eiern gut vermischen. Mit Salz und Pfeffer abschmecken.

Öl in einer großen Pfanne erhitzen und den gesamten Kartoffelteig hineingeben und gleichmäßig verteilen. So lange bei mittlerer Hitze braten, bis sich unten eine goldbraune Kruste bildet. Dann den Inhalt der Pfanne wenden und unten ebenfalls bräunen.

Für den Rettichsalat den Rettich schälen und auf einer Reibe grob raffeln. Danach in einer Schale mit Salz, frisch gemahlenem schwarzen Pfeffer und Essig würzen. Abschließend mit saurer Sahne vermischen und noch einmal abschmecken.

Düsseldorfer Anfänge

Maskengespräche
(Auszug)

„Eines Sommers nun", fuhr der schwarze Domino fort, „zogen Maurer und Zimmerleute in die scheußliche Rumpelkammer ein, deren Gerüst auch hier die Welt bedeuten sollte. Sie warfen Balken, Sparren, Bänke, Pfeiler hinaus und ließen nichts als die vier nackten Wände stehen. Darauf mauerte der Maurer, und der Zimmerer hieb zu. Ihnen folgte der Polierer, der Tüncher, der Meister in Schnitzwerk, der Maler, der Vergolder. Es sägte, raspelte, hämmerte und rumorte innerhalb jener Mauern. Man tat hier, was man an vielen Orten letzthin getan: Man baute ein neues Theater.

Die ganze Stadt interessierte sich, wie das immer in solchem Falle geschieht, auf das lebhafteste für das entstehende Werk; daran, was denn nun sich in den neuen Räumen zutragen sollte, dachte freilich niemand, wie das auch meistenteils in solchem Falle zu geschehen pflegt. Ich ging auch viel ab und zu, ohne zu denken, was mir alles da noch begegnen sollte. Eines Tages im Oktober war ich ganz allein im Gebäude. Schon stiegen die Säulen mit goldenen Knäufen am Proszenium empor, ringsherum sah ich Vergoldung, an der Decke bunte Arabesken, auf der Bühne standen die zierlichsten Dekorationen, die Gropius soeben gesendet hatte. Auf einmal und blitzartig tat ich mir die Frage: ‚Soll denn hier abermals nur das hübsche Gefäß gemacht worden sein, aus demselben aber der alte saure Krätzer immer und immer wieder ausgeschenkt werden?‘ Es kam mir so albern vor, meine Seele geriet in eine große Bewegung. Ohne nachzudenken über Hindernisse und mögliche üble Folgen, faßte ich den Entschluß, etwas zu stiften, was so hübsch sei wie die Säulen, die Dekorationen, die Vergoldungen und Arabesken. Wenn ich daran zurückdenke, so muß ich sagen, es war der abenteuerlichste Einfall. Denn ich war fremd am Rhein, dem großen Publikum so gut wie unbekannt, bei der Bühne ohne Hebel und Handhabe, und manches, was ich andere lehren wollte, das sollte ich selbst erst noch lernen. Indessen solche Entschlüsse kommen uns wie durch eine verborgene Notwendigkeit. Ich habe dergleichen mehrmals erlebt, und es ist immer ein Resultat daraus hervorgegangen.

Noch an demselben Abend berief ich einige Freunde zusammen. Sie gingen mit Feuer auf meinen Vorschlag ein, sagten mir jeden Beistand zu, und wir stifteten einen Theaterverein. Der sollte das Organ der Gebildeten bei der Bühne sein, den Direktor und die Truppe in Schule und Regel nehmen. Aber als die Sache angefangen war, da zeigten sich erst die Schwierigkeiten. Die ehrsamen Väter der Stadt, mit denen denn doch die Sache als eine städtische verhandelt werden mußte, machten die erstauntesten Gesichter über diese von einem auf den andern Tag hervorgetretene Oligarchie von zum Teil ganz einflußlosen Leuten. Im Demos erhob sich eine Opposition unter den Freunden des Alten. Wir selbst begingen in dem neuen Geschäft Fehler, ich nicht die kleinsten. Alles das war aber noch nichts gegen die Hemmnisse, die sich aufstauten, als der Impresario mit seiner Truppe anlangte. Zwar in Worten mußte er sich willfährig bezeigen, denn wir bezweckten ja auch das Heil der Kunst, das er auch im Munde zu führen hatte. Aber im Herzen hegte er den innigsten Abscheu gegen so aufdringliche Veredlungsversuche, und selten sind wohl die Musen jemandem so durchaus fatal geworden, als wie wir sie unserem ergrauten Schüler machten.

Wir ließen uns indessen durch nichts abschrecken. Gelder wurden gesammelt, um Prämien an die Willfährigen verteilen zu können, und ich setzte mich mit den Schauspielern in Verbindung. Mein Gedanke war, ein Experiment anzustellen. Die Rose bricht auf, wenn wir sie zu erziehen wissen, das Haus muß gebaut werden, damit es stehe, die Kunst kehrt zurück, wenn Kunstwerke nicht anbefohlen, sondern geliefert werden. Von dieser Praxis in meinen Gedanken ausgehend, entstand mir der Vorsatz, mit den Schauspielern eine Reihe von Aufgaben an bedeutenden Werken praktisch zu lösen, so vollkommen als es möglich sei. Diese Versuche waren mir der Nerv der ganzen Sache. So entstanden in zwei Wintern die Vorstellungen, die wir Subskriptionsvorstellungen nannten. Das Publikum nannte sie Mustervorstellungen, und die Schauspieler hießen sie Kunstvorstellungen, wodurch sie vielleicht andeuteten, daß in den anderen die liebe Natur walte. – Es waren aber folgende: Emilia Galotti, Stille Wasser sind tief, Der standhafte Prinz, Prinz Friedrich von Homburg, Don Juan, Egmont, Nathan der Weise, Der Wasserträger, Die Braut von Messina,

Andreas Hofer. So folgten sie sich der Zeit nach, und in den Wintern von 1832 und 1833 wurden sie gegeben. Seydelmann nahm an „Nathan" teil, Weymar an der „Braut von Messina" und an „Andreas Hofer". Uechtritz, der sich sehr warm für das Unternehmen interessierte, studierte „Stille Wasser sind tief" ein und unterstützte mich sonst mit Rat und Tat. Felix Mendelssohn-Bartholdy lieferte die beiden Opern. Mir fielen die übrigen Stücke zu.

Ich verfuhr nun so: Des Dichters Werk, dachte ich, entspringt einem Haupt, deshalb kann die Reproduktion desselben vernünftigerweise auch nur aus einem Haupt hervorgehen. Der Satz von der künstlerischen Freiheit der darstellenden Individuen ist zwar nicht ganz zu verneinen, darf aber nur eine sehr beschränkte Anwendung finden. Das Überwuchern jenes falschen Prinzips hat die Verwilderung und Verluderung der Bühne herbeigeführt. Ich war nun in jenem Fall, der mir vorlag, durch Zufall und Vertrauen das Haupt geworden, und im Gefühle dieser Mission handelte ich daher." –

„Das war wohl möglich mit mittelmäßigen Subjekten, an eigentlichen Künstlern würde deine Mission gescheitert sein", unterbrach ihn der blaue Domino.

„Gewiß. Nur ist denn hier klar geworden, daß mit mittelmäßigen Subjekten, die einem Haupt folgen, sich korrekte Darstellungen liefern lassen, die den wahren Kunstfreund zu erfreuen imstande sind, während wir anderenorts das Gedicht durch große Talente zerfleischen sehen. – Ich las also zuerst das Stück, das gegeben werden sollte, den Schauspielern vor. Dann hielt ich mit jedem einzelnen Spezialleseproben, aus denen sich die allgemeine Leseprobe aufbaute. Ertönten in dieser noch Disparitäten des Ausdrucks, so wurden die schadhaften Stellen so lange nachgebessert und, wo nichts anderes half, vorgesprochen, bis das Ganze in der Rezitation als fertig gelten konnte. Die Aktion stellte ich darauf zuerst in Zimmerproben fest, die oft nur einzelne Akte, zuweilen nicht mehr als ein paar Szenen umfaßten."

„Warum das?"

„Damit der Darstellende in den nackten, nüchternen Wänden seine Phantasie um so mehr anspannen lernte und die falschen Geister, die jetzt durch jeden deutschen Theaterraum flattern, die Dämonen des Gespreizten, Rhetorischen oder der hohlen Handwerksmäßigkeit, nicht verwirrend auf ihn einwirkten. Stand das Gedicht so ohne alle illusorische Notkrücke fertig da, dann ging ich mit den Leuten erst auf das Theater. Gegeben wurde das Stück nicht eher, als bis jeder, bis zum anmeldenden Bedienten hinab, seine Sache wenigstens so gut machte, wie Naturell und Fleiß es ihm nur irgend verstatteten.

Auf diese Weise sind jene Vorstellungen entstanden, und aus dem Interesse an ihnen ging nachmals das Düsseldorfer Stadttheater hervor, das ich drei Jahre lang geleitet habe." –

„Emilia Galotti, die erste deiner Vorstellungen, war ein Ereignis für die Stadt", sagte der blaue Domino. „Alles war wochenlang darauf gespannt, man wußte nicht, was bei dem Dinge so eigentlich herauskommen sollte.

Das Stadttheater in Düsseldorf

Die ‚gelehrte Bühne', dieses Spottwort, das nachmals deine Widersacher zum stehenden Typus ihrer Insinuationen machten, wurde da zuerst ausgesprochen. Nun rollte der Vorhang vor dem gedrückt vollen Auditorium auf. Anfangs saßen die Leute ganz erstaunt darüber, daß die da droben nicht so schrien, predigten, durcheinander strudelten und stolperten wie sonst, sondern wie Menschen sprachen und sich betrugen, und zwar wie Menschen, die die Handlung, die sie vorstellten, etwas anging. Nichts regte und rührte sich im Publiko. Von dem Disput zwischen Appiani und Marinelli aber an entzündeten sich die Zuschauer und wurden gleichsam frei vom Zwange, der sie eingeschnürt gehalten hatte. Nun fiel Szene für Szene, ja Rede für Rede der Applaus, der endlich bis zu dem Jubel stieg, in dem alle hervorgerufen wurden. Sie traten heraus, und ihr Sprecher erkannte dir die Ehren des Abends zu."

„Ich habe diese Vorstellung nicht gesehen, denn ich kam erst am Lendemain von einer Reise zurück", sagte der rote Domino. „Wo ich aber jemanden sprach, da hörte ich von Emilia Galotti. Wenn zwei einander auf der Straße begegneten, so redeten sie so, als sei der Stadt ein Glück widerfahren. Das alte, für den gewöhnlichen Sinn abgenützte Stück hatte eine außerordentliche Wirkung hervorgebracht. Der Kredit der Sache war gegründet. Es gehörte nachher zur Observanz, in jeder dieser Mustervorstellungen alle hervorzurufen, wenn die Speise auch nicht immer so munden mochte wie jener Versuch, die moderne Virginia zu Fall zu bringen."

Karl Immermann

Proszenium (griech.): vorderster Teil der Bühne, Vorbühne / Krätzer: saurer Wein, gärender Weinmost / Oligarchie (griech.): Herrschaft einer kleinen Gruppe / Demos (griech.): Gemeinde, Volk / Impresario (ital.): Theater-, Konzertagent; Leiter einer Schauspieltruppe / Emilia Galotti: Trauerspiel in fünf Akten von Gotthold Ephraim Lessing; in Düsseldorf am 1. 2. 1833, 22. 12. 1834 und 22. 5. 1835 aufgeführt / Stille Wasser sind tief: Lustspiel in vier Aufzügen von Friedrich Ludwig Schröder; in Düsseldorf am 2. 3. 1833 und am 20. 2. 1835 gespielt / Der standhafte Prinz: Tragödie in drei Akten von Pedro Calderón de la Barca; in Düsseldorf am 9. 4. 1833 aufgeführt / Prinz Friedrich von Homburg: Schauspiel in fünf Akten von Heinrich von Kleist; in Düsseldorf am 25. 4. 1833, 28. 10. 1834 und 12. 11. 1834 gespielt / Don Juan (Don Giovanni): Oper von Wolfgang Amadeus Mozart, die am 19. 12. 1833 in Düsseldorf gegeben wurde; Wiederholungen fanden am 18. 3. und 30. 4. 1835 statt / Egmont: Trauerspiel in fünf Akten von Johann Wolfgang von Goethe, das in Düsseldorf zusammen mit der von Ludwig van Beethoven 1810 komponierten Musik am 18. 1. 1834 aufgeführt wurde / Nathan der Weise: Dramatisches Gedicht in fünf Akten von Gotthold Ephraim Lessing; in Düsseldorf im Februar 1834 aufgeführt / Der Wasserträger oder Die zwei gefahrvollen Tage: Oper in drei Aufzügen von Luigi Cherubini; in Düsseldorf am 21. 3. 1834 unter der Leitung von Felix Mendelssohn-Bartholdy gespielt / Die Braut von Messina oder Die feindlichen Brüder: Trauerspiel in fünf Akten von Friedrich Schiller, das in Düsseldorf am 19. 4. 1834 in Szene gesetzt wurde / Andreas Hofer, Sandwirt vom Passeier: Trauerspiel in fünf Akten von Karl Immermann, unter dessen Leitung das Stück am 26. 4. 1834 in Düsseldorf aufgeführt wurde / Seydelmann: Karl Seydelmann (1793 - 1843) spielte die Hauptrolle in „Nathan der Weise" / Weymar: Karl Theodor Weymar (1803 - 39) spielte die Titelrolle in dem Stück „Andreas Hofer" / Uechtritz: Friedrich von Uechtritz (1800 - 75), Landgerichtsrat in Düsseldorf / Felix Mendelssohn-Bartholdy (1809 - 47): ab Oktober 1833 Musikdirektor der Stadt Düsseldorf, mußte aber außerdem Aufgaben als Kapellmeister am Stadttheater übernehmen, weshalb er bereits Anfang 1835 seine Ämter wieder niederlegte / die beiden Opern: F. Mendelssohn-Bartholdy studierte die Musik zu „Egmont" ein und leitete die Oper „Der Wasserträger" / Reproduktion (lat.): Wiedergabe / Disparitäten (lat.): Ungleichheiten, Unterschiede / Rezitation (ital.): Vortrag / drei Jahre lang: Immermann war zwischen 1835 und 1837 Leiter des Düsseldorfer Stadttheaters / Insinuationen (lat.): Schmeicheleien; Unterstellungen / Auditorium (lat.): Hörsaal; Zuhörerschaft / Disput: Wortwechsel; Streitgespräch / Disput zwischen Appiani und Marinelli: Emilia Galotti, 2. Akt, 10. Auftritt / Lendemain (franz.): am folgenden Tag, anderentags / Observanz (lat.): Regel, Gewohnheitsrecht / die moderne Virginia: Emilia Galotti; Virginia von virginea (lat.): die Jungfrau, das Jungfräuliche betreffend

Der gute Pfalzgraf

Es war ein Pfalzgraf an dem Rhein,
Geboren zum Regieren.
Regieren tät er groß und klein,
Die Menschen samt den Tieren:
Und ließ sie gehn und ließ sie stehn,
Es ward ihm gar nicht sauer,
Es blieb der Fisch in seinen Seen,
Bei seinem Pflug der Bauer.

Der Mundschenk trank den besten Wein
Wohl in dem ganzen Lande,
Und wer ein Ritter wollte sein,
Der trug ein Kreuz am Bande;
Und wenn das Hofgesinde sah
Die Tafel wohl servieret,
So rief es: „Cara patria,
Wie gut bist du regieret!“

Der edle Pfalzgraf, baß erfreut
Ob seines Landes Segen,
Berauschte sich in Seligkeit
Und ließ ins Bett sich legen.
Da lag und schlief und schnarcht' er dann
Bis an den hellen Morgen.
Wohl ihm, der also ruhen kann
Und läßt den Herrgott sorgen!

Der gute Pfalzgraf ist nun tot
Und tut nicht mehr regieren;
Er hat sie nicht erlebt die Not,
Die jetzt heißt Gouvernieren.
Regieren will nun jedermann,
Niemand regieret werden;
Was jeder will und keiner kann,
Wer macht das recht auf Erden?

Der gute Pfalzgraf ist nun tot,
Und würd' er neu geboren,
So wären wir aus aller Not,
Die Klugen samt den Toren.
Wir wählten ihn zum Herrn der Welt,
Er ließ sie gehn und stehen,
Wo sie der Herrgott hingestellt
In seines Himmels Höhen.

Und wenn wir hier bei Wein und Sang
Selbander jubilieren,
So ist uns um die Welt nicht bang
Und um das Weltregieren.
O gebt mir einen Becher her,
Dem alten Herrn zu Ehren!
Und wer es besser kann als der,
Er soll's den andern lehren.

Wilhelm Müller

Cara patria (ital.): liebes, teures Vaterland! / selbander: zu zweit

Kirmes-Leed

Danze, senge welle mer
On ä Gläske drenke,
Selde könnt de Kirmes her;
Lot die Höt ons schwenke!

On mer danze en de Zelt,
Wo de Baß deet schrompe,
Sprenge do wie en dat Feld,
Lote ons nit lompe.

On mer freue ons alleen,
Dat donnt och die Weiter;
Freu' ons bes zom Morgestän,
Sint noch morge heiter.

Bröder, sengt on, Bröder, sprengt!
Kirmes deet nit blieve,
Morge ons v'leich wat brengt,
Dat zem Werk mer griefe.

Aus: Germaniens Völkerstimmen, Bd. 1

welle mer: wollen wir / Selde könnt: selten kommt / die Höt: die Hüte / schrompe: klingen, spielen / donnt: tun / die Weiter: die Mädchen / Morgenstän: Morgenstern / deet: tut / v'leich: vielleicht / zem: zum / mer: wir

Felix Mendelssohn-Bartholdy in Düsseldorf

Mendelssohn lebte und wirkte nun schon seit 1833 in der schönen Gartenstadt. Wer die Ufer des Rheines kennt, der hat auch sicherlich die Erfahrung gemacht, daß in dem Volksstamm, der sie bewohnt, eine unzweifelhafte musikalische Begabung lebt. Es gibt schwerlich einen Strich in Deutschland, wo mehr gesungen wird. Nach vollbrachtem Tagewerk ist noch jede Kehle, so müde die Glieder auch sein mögen, zum Gesang aufgelegt. Nirgendwo haben die alten deutschen Volkslieder in solcher Fülle und Verschiedenheit ihre alte Macht über die Seelen bewahrt wie in diesen gesegneten Ländern. Durchzieht man abends die Märkte und Straßen der Städte oder die Wege der Dörfer, so hört man sie in vollen Chören ertönen. Sie klingen in den Schenken, wo die Männer zusammensitzen, und in den Spinnstuben, wo die Mädchen sich mit ihren Rocken und Rädern versammeln. Der Bauer singt hinter dem einsamen Pflug, der Holzhauer im Walde, der Winzer im Weinberg, der Handwerksbursche auf der Landstraße, der Schiffer auf dem Strome. Wie ist es also anders möglich, als daß sich die Liebe für musikalische Unterhaltung auch in den gebildeten Ständen wiederfindet? Seitdem die Pflege der Musik überhaupt eine regelrechte und fast wissenschaftliche Richtung im ganzen Vaterland genommen hat, schenkten ihr die Bewohner des Rheines ihre besondere Aufmerksamkeit. In allen Städten bildeten sich Gesang- und Musikvereine, die die lebendigste Teilnahme fanden. Selbst die Söhne und Töchter der ersten Familien rechneten es sich zur Ehre an, in gemeinsamen Aufführungen mitzuwirken. Und dann entstanden auch jene großen Musikfeste, zu denen sich namentlich die großen Städte des Niederrheines vereinigten. Zu der Zeit, wo man wie der Dichter sagen konnte: „Pfingsten, das liebliche Fest, war gekommen", da begannen die Musikfreunde aus Köln, Aachen, Düsseldorf und Elberfeld ihre Wanderungen, denen sich die kleinern Städte anschlossen, und kamen in einem dieser Vororte zusammen. Chöre und Orchester zählten nach Hunderten in den größten Sälen, die man auftreiben konnte, oder auch in den Theatern. Patriarchalische Gastfreundschaft brachte die Pfleger der Tonkunst in der freundlichsten Weise unter. An der Spitze der Aufführungen aber erblickte man die größten Meister des Vaterlandes: Spohr aus Kassel, Schneider aus Dessau, Ries aus Bonn. Die lauschenden Gäste waren unzählbar. Mochte man auch an andern Orten, wo die Musik mit bezahlten Kräften ausgeübt wird, feinere und gefeiltere Leistungen hören, die Kraft, die Fülle, die Begeisterung, die bei den rheinischen Musikfesten herrschten, und der brausende Jubel, mit dem sie vom Publikum aufgenommen wurden, wiesen nicht ihresgleichen auf.

Düsseldorf hatte sich schon seit langen Jahren einen wohlverdienten Ruf bei diesen großen Musikfesten errungen. Seitdem der alte Burgmüller, Norberts Vater, den Grund zu einer geregelten musikalischen Bildung gelegt, war der Eifer für die Tonkunst stets im umfangreichsten Sinne tätig gewesen. Die vielen Annehmlichkeiten, die die schöne freie Stadt mit den umgebenden Gärten, Parks und Teichen bot und die durch eine ungemeine Heiterkeit und Leichtigkeit des Lebens der Bewohnerschaft erhöht wurden, machten die Pfingsttage, wenn sie nach je vier Jahren wieder an diesem Ort gefeiert wurden, besonders anmutig. Nun war auch seit dem Jahre 1826, in dem Schadow mit seiner jungen Künstlerschar einzog, ein neuer Kreis entstanden, der dem Leben frische Reize verlieh. Überdies hatte die Poesie, die seit den Zeiten Jacobis keinen Sammelplatz am Rhein mehr gehabt, in Karl Immermann einen gewaltigen, wenn auch einsamen Pfleger erhalten. Unter diesen Verhältnissen kam Felix Mendelssohn-Bartholdy auf einer Reise nach Paris zum Besuch in die rheinische Kunststadt. Er war von Berlin aus mit Schadow und einigen seiner Schüler befreundet. Die Bekanntschaft mit Immermann wurde angeknüpft. Man sprach von einer Oper, die man gemeinsam bearbeiten wollte. In der Ferne wurde auf Theaterprojekte hingedeutet. Es gefiel dem jungen Komponisten, dessen Stern eben im Aufgehen war, in diesem jungen frischen Weben und Streben. Als er Abschied genommen hatte, behielten ihn die alten und neuen Freunde im Auge. Die Stadt entbehrte gerade eines Musikdirektors. Man lenkte die Aufmerksamkeit auf den talentvollen jungen Mann, der sich als Komponist und Klavierspieler einen Namen im ganzen Vaterland gemacht und der als Dirigent einer kleinen Kapelle in seinem reichen elterlichen Hause das unverkennbarste Talent als Orchester- und Chorleiter an den Tag gelegt hatte. Es wurde erst in Düsseldorf hin und her verhandelt. Als ein Beschluß feststand, schrieb man an Mendelssohn, der sich alsbald bereit erklärte und nach Jahr und Tag als Musikdirektor in Düsseldorf einzog.

Er fand indes mehr Arbeit, als er erwartet hatte. Statt der geregelten und sauberen Verhältnisse, an die er in dem Privatkreise seines elterlichen Hauses gewohnt war, stieß er namentlich im Orchester auf eine verwilderte Bande, in der seit des alten Burgmüller Tod alle Zucht und Ordnung abhanden gekommen war und in der also jeder auf seine Faust eigenen und persönlichen Gelüsten nachging. Mit dem Chor, der aus besseren und gebildeteren Elementen zusammengesetzt war, hatte er dagegen nicht die geringste Not. Gleichwohl stellte es sich als kein leichtes Werk dar, alle Köpfe unter einen Hut zu bringen. Die ersten Konzerte machten ihm eine namenlose Mühe. Erst als die verschiedenen Leute, die mithelfen mußten, Freude am Gelingen des Unternehmens und Achtung vor dem unermüdlichen Fleiße ihres Leiters empfanden, kam die Sache in ein besseres Gleis. Eine entschiedene Genugtuung aber sollte Mendelssohn in der begeisterten Aufnahme des Publikums finden, das nach einer langen Öde wieder wirkliche Musik hörte und ihm seine Dankbarkeit in dem hellsten Beifall zeigte. Zu diesen Geschäften war nun in der letzten Zeit noch die Leitung der Oper bei dem neuen Theaterunternehmen gekommen. Auf besonderes Dringen Immermanns, der die halbe Hoffnung des Gelingens in den jungen Freund setzte, hatte er auch diese schwierige und zeitraubende Beschäftigung über sich genommen.

Felix Mendelssohn-Bartholdy war damals im wahren Sinne des Worts ein Liebling der ganzen Stadt Düsseldorf. Wenn er auch seine Neider hatte, so standen diese doch zu sehr im Hintergrund, als daß sie auf irgendeine Geltung Anspruch machen konnten. Der leuchtende Ruhm, der ihn schon in so jungen Jahren schmückte, denn er zählte erst eben dreiundzwanzig, mußte jedermann in die Augen stechen. Dazu kam die seltene und zähe Kraft, mit der der junge Komponist, seine Pläne verfolgend, nie das Ziel aus den Augen ließ und die schwierigsten Dinge erreichte. Aber auch in seinem persönlichen Verhalten entwickelte er eine ungewöhnliche Liebenswürdigkeit. Im geselligen Verkehr war er stets munter, beweglich, geistreich, zuvorkommend gegen alle Leute, mit denen er zusammentraf. Seine umfangreiche Bildung erschien dabei im Kleide der Bescheidenheit. Da er zugleich gern mit den Menschen zusammenkam, so diente er jeder Gesellschaft, in der er erschien, zur Zierde und zum Schmuck. Er gab überall mehr, als er nahm. Er regte an und belebte. Zugleich hatte die Natur ihm ein glückliches Äußeres gegeben. War seine Gestalt auch nicht imponierend, so machte sein geistvoller, von dunklen Locken umgebener Kopf und sein höchst bewegliches Gesicht mit den schönen braunen Augen doch den Eindruck, daß er einem bevorzugten Wesen angehöre. Besonders anmutend war er am Dirigentenpult, wenn er seine Konzerte einstudierte, noch anmutender, wenn er vor dem Flügel saß und sein tiefes, prächtiges Spiel entrollte, am anmutendsten aber fast für seinen engeren Freundeskreis, wenn er scherzte und plauderte. Daß er zugleich von einer reichen und angesehenen Familie abstammte und sich gehäbiger und geordneter Vermögensverhältnisse erfreute, diente ihm neben all seinen anderen Eigenschaften noch zum besonderen Vorzug, der namentlich von den Vätern und Müttern heiratslustiger Töchter beachtet und geschätzt wurde. [. . .]

Am 2. Juli 1835 leitete Mendelssohn sein letztes Konzert in Düsseldorf. Die ganze gebildete Welt hatte sich versammelt, um diesem Fest beizuwohnen; jedermann empfand mit herzlicher Dankbarkeit, was man dem trefflichen jungen Meister schuldig war. Selbst diejenigen, die ihn als einen fremden Eindringling angesehen und ihm manchen Verdruß bereitet hatten, schienen versöhnt und bemühten sich, alle früheren Unbilden durch eine größere Zuvorkommenheit gutzumachen. So war der festlich geschmückte Saal überfüllt. Die Musik gelang bei der erhöhten Stimmung, die gleichmäßig im Chor und Orchester wie im Publikum herrschte, in einer Weise, daß die schönste und hellste Begeisterung hervortrat. Als aber Mendelssohn gleichsam persönlich durch sein reizendes Klaviercapriccio in h-moll von Düsseldorf Abschied nahm und sein herrliches, mächtiges Spiel zum letztenmal einen hinreißenden Zauber in alle Herzen goß, da war des Jubels und zugleich der Trauer kein Ende. Jeder Mund tönte von lautem Zuruf, aber auch in vielen Augen glänzten die hellen Tränen. Blumensträuße und Kränze flogen in das Orchester und fielen über den Meister, der sich mit neuem Ruhm bedeckt hatte. Ein junges, schönes Mädchen setzte dem trefflichen Meister einen Lorbeerkranz auf, der ihm wohlverdient das lockige, von Freude strahlende Haupt schmückte.

Wolfgang Müller

Pfingsten, das liebliche Fest, war gekommen: erste Verszeile aus Johann Wolfgang von Goethes Werk „Reineke Fuchs" (1794) / Spohr aus Kassel: Louis Spohr (1784 – 1859), Komponist, Dirigent und Violinist; dirigierte die Musikfeste in Düsseldorf (1826) und in Aachen (1840) / Schneider aus Dessau: Friedrich Schneider (1786 – 1853), Komponist und Musikpädagoge, ab 1817 Musikdirektor am Stadttheater Leipzig, ab 1821 Hofkapellmeister in Dessau / Ries aus Bonn: Ferdinand Ries (1784 – 1838), Pianist und Komponist, 1801 – 05 Schüler Beethovens in Wien, nach 1826 in Frankfurt am Main ansässig; leitete zwischen 1825 und 1837 mehrfach die Niederrheinischen Musikfeste / der alte Burgmüller: Johann August Franz Burgmüller (1766 – 1824), Kapellmeister, der sich 1806 in Düsseldorf niederließ und dort zusammen mit Johannes Schornstein 1818 die Niederrheinischen Musikfeste begründete; er leitete die ersten Musikfeste in Düsseldorf (1818, 1820, 1822) und in Köln (1821) / Norbert: Norbert Burgmüller (1810 – 1836), Sohn von Johann August Franz Burgmüller, war Schüler von Hauptmann und Spohr und arbeitete hauptsächlich als Komponist / Schadow, Wilhelm von (1788 – 1862): seit 1826 Direktor der Düsseldorfer Kunstakademie / seit den Zeiten Jacobis: Friedrich Heinrich Jacobi (1743 – 1819), Sohn eines wohlhabenden Düsseldorfer Kaufmanns, war seit 1772 Mitglied der Hofkammer von Jülich-Berg und seit 1807 Präsident der Akademie der Wissenschaften in München; veröffentlichte u.a. die Romane „Woldemar" (1779/94) und „Eduard Allwills Papiere" (1792) / gehäbig: gewichtig, bedeutend; solid / Unbilden: Unannehmlichkeiten

Die Linde auf dem Kirchhofe

Die du so bang den Abendgruß
Auf mich herunterwehest,
Zur Wolke schwebst und mit dem Fuß
Auf Totenhügeln stehest,
O Linde, manche Träne hat
Den Boden hier benetzet
Und Menschenjammer, blaß und matt,
Auf ihn sein Kreuz gesetzet.

Die auf dem einen Hügel hier
Geweint um ihre Lieben,
Die bringt ein andrer neben dir;
Und ihrer wenig blieben.
Sie schlafen. Ach, um ihr Gebein
Verhallte schon die Trauer.
Du Linde rauschest ganz allein
In atemlose Schauer.

Vergebens läßt auf kühles Grab
Dein Zweig die Blüte fallen;
Vergebens tönt von dir herab
Das Lied der Nachtigallen:
Sie schlummern fort. Du aber schlägst
In modervolle Grüfte
Die Wurzel, schmückest dich und trägst
Empor die Blütendüfte.

Auf Erden sieht man immer so
Den Tod ans Leben grenzen.
Doch ewig kannst du, stolz und froh,
Die Äste nicht bekränzen;
Es trocknet schon der Jugend Saft
In dir; Verwesung winket,
Bis endlich deine letzte Kraft
Dahin auf Gräber sinket.

Wenn aber dein Geflister auch
Verstimmt an diesen Hügeln,
So bringet neuen Frühlingshauch
Der West auf Rosenflügeln.
Damit die Felder wieder blühn,
Umwallt er Berg und Gründe,
Will deinen Sprößling auferziehn
Und krönt die junge Linde.

Wohl uns! Der große Lebensquell
Versiegt dem Geiste nimmer.
Das Kreuz auf Gräbern wie so hell
In dieser Hoffnung Schimmer!
O Linde, gern an deinem Fuß
Hör' ich des Wipfels Wehen:
Dein feierlicher Abendgruß
Verkündet Auferstehen.

Johann Georg Jacobi

Geflister: Geflüster

Hoffmann von Fallersleben an seine Frau Ida

Göttingen, 10. Februar 1852

Daß meine Reise nicht zu Wasser geworden, ist ein wahres Wunder. Alle Ströme, alle Flüsse, alle Bäche, alle Pfützen und Lachen waren ausgetreten, Wiesen und Felder standen unter Wasser, viele Wege und Straßen schienen verschwunden, die Eisenbahnen und Chausseen hatten gelitten, und manche Orte wurden auf Tage unzugänglich. Durch alle diese Wassergreuel bin ich trockenen Fußes durchgekommen.

Die Fahrt von Neuwied bis Köln war eine der besten, die ich seit Jahren gemacht habe. Majestätisch sauste und brauste die „Lorelei" gegen den Wind und die hochaufschagenden Wellen des breiten Stromes dahin. Schon in zweidreiviertel Stunden hatten wir den Weg zurückgelegt. Die „Lorelei" ist unstreitig jetzt die Königin aller Dampfschiffe unseres lieben Rheines: rasch, geräumig, reinlich.

Ich mußte mich nun der Kunst des Wartens befleißigen; erst um sechzehn Uhr ging der Zug nach Düsseldorf. Am Bahnhof empfing mich Herr Götzen.

Den anderen Morgen ging ich ziemlich früh zu Robert Schumann. Da hieß es: ‚Der Herr Doktor ist noch nicht angezogen, Sie möchten doch in einer halben Stunde wiederkommen.' – Ich besuchte unterdessen Wolfgang Müller. Erst nach einer halben Stunde machte ich einen abermaligen Versuch. Ich mußte lange draußen warten. Frau Clara begegnete mir und erklärte, der Herr Doktor sei nicht zu Hause. Ich erklärte, er habe mich aber zu sich beschieden etc. Nun kam er selbst. Er wollte mich ganz kurz wegkomplimentieren. Da erläuterte ich ihm denn den Professor Hoffmann: Hoffmann von Fallersleben! Nun nahm er mich bei der Hand und wurde so freundlich, als es dieser merkwürdigen, immer in sich gekehrten, gesellig schwerfälligen Künstlernatur nur möglich war. Ich erzählte ihm ganz kurz den Zweck meines Besuchs und überreichte ihm meine Oper. Er wollte sie sich selbst ansehen und mir am Nachmittag Bescheid erteilen. So zog ich denn wieder ab mit dem Gefühl, es wird nichts. Unterdessen lud mich ein Herr Bacharach ins Liebhabertheater ein. Ich nahm die Einladung an.

Um vierzehn Uhr war ich bei Wolfgang Müller. Auch Köster fand sich ein und begleitete mich um sechzehn Uhr vor Schumanns Haus.

Schumann, sehr verlegen, aber doch sehr freundlich, führte mich in sein Arbeitszimmer. Da waren an einer langen Wand in Reih und Glied alle klassischen Werke unserer Tonmeister und so auch die seinigen aufgestellt und darüber die deutschen Klassiker. Auf seinem breiten Arbeitstisch standen zwei prachtvoll blühende Hyazinthen. Überall lagen Noten, Partituren, ausgeschriebene Stimmen und dergleichen. Als wir uns gesetzt und eine Zigarre angezündet hatten, kamen wir nun auf meine Oper. Schumann erklärte, es sei ein wunderschöner Text, aber *er* könne sich doch nicht damit befassen, denn die Beziehungen auf die Gegenwart seien zu frisch, keine Hofbühne würde die Oper jemals geben usw. Ich suchte ihn zu überzeugen, daß ja alles bereits historisch sei, merkte aber bald, daß er bereits einen bestimmten Entschluß gefaßt hatte und sich nicht dazu verstehen würde. Er zeigte mir dann eine ganze Reihe seiner Kompositionen meiner Lieder, wir sprachen noch dies und das, ich fühlte mich aber nicht eben aufgelegt, länger das Gespräch fortzusetzen und ging.

Robert Schumann (1810 – 56): Komponist, der 1850 städtischer Musikdirektor in Düsseldorf wurde; wegen eines Leidens mußte er diese Stellung aber 1853 wieder aufgeben / Frau Clara: Robert Schumanns Ehefrau Clara, geb. Wieck (1819 – 96), eine bekannte Pianistin und Musikpädagogin des 19. Jahrhunderts, die sich vor allem als Beethoven-, Chopin-, Schumann- und Brahms-Interpretin einen Namen machte / überreichte ihm meine Oper: „In beiden Welten", Oper in drei Aufzügen (1852) / Beziehungen auf die Gegenwart: der Schauplatz der Oper ist Baden im Jahre 1849 (Badische Revolution von 1848/49)

August Heinrich Hoffmann von Fallersleben

Der Hofgarten

Eine junge und neue Stadt

Die gegenwärtige Gestalt der Stadt macht einen durchaus jungen und neuen Eindruck; Gebäude aus dem früheren Mittelalter trifft man kaum welche an. Lange und breite Straßen, meist regelmäßige, wenngleich feine Häuser geben dem Innern einen gefälligen, doch hin und wieder auch etwas kasernenmäßigen Anstrich. Was aber dem Ganzen einen besonderen Reiz verleiht, das sind die herrlichen Alleen und die reizenden Parkanlagen des Hofgartens, die die Stadt zum Teil in einen blühenden Garten verwandeln, weshalb man sie nicht mit Unrecht geradezu eine „Gartenstadt" genannt hat. Dazu kommen schöne Umgebungen, die zu lohnenden Ausflügen einladen, wie der Grafenberg, so daß es wohl wenig anmutiger und freundlicher gelegene Städte Deutschlands gibt als Düsseldorf.

In staunenswerter Weise hat sich Düsseldorf vergrößert. Nach der Zählung von 1875 betrug die Bevölkerungszahl achtzigtausendsechshundertfünfundneunzig Einwohner, 1880 bereits gegen fünfundneunzigtausendfünfhundert Einwohner, ist also in fünf Jahren um achtzehn Prozent gestiegen. Von den fünf Teilen, aus welchen Düsseldorf sich zusammensetzt, ist die unregelmäßig gebaute Altstadt mit ihren engen und sehr finsteren Straßen oder Gassen am wenigsten anmutig und einladend. Freundlicher erscheint die sich im Südosten ausbreitende Neustadt, zumal der unter dem prachtliebenden Kurfürsten Johann Wilhelm rheinaufwärts gebaute Teil derselben. Hier sind breite Straßen und jene reizenden Parkanlagen, die so viel Anziehungskraft für kunstsinnige Ausländer und alle Besucher Düsseldorfs besitzen. Ebenso zeigen auch die übrigen neueren Stadtteile: Friedrichstadt, Königsstadt und Pempelfort das Gepräge der Anmut und Wohnlichkeit. Zwischen den einzelnen Stadtteilen, zum Teil auch innerhalb derselben, liegen zehn größere, von prächtigen Häusern umrahmte und mit Monumenten geschmückte Plätze. In der Altstadt zeichnen sich unter den Gebäuden aus: die alte Akademie und das alte Ständehaus am Burgplatz, ferner das Rathaus (im Jahre 1567 erbaut) und das Gebäude des alten Stadttheaters am Marktplatz. Außerdem sind bemerkenswert: das Präsidial- und das Regierungsgebäude, das an der Außenseite der Altstadt befindliche Gymnasium, das neue Theater (1875 erbaut), die Kunsthalle am Friedrichsplatz, die 1879 eingeweihte neue Akademie am Sicherheitshafen, die Sankt-Andreas-Kirche (auch Jesuiten- oder Hofkirche genannt) und die

Das Provinzial-Ständehaus

Wilhelm von Schadow

im spätgotischen Stil gebaute Lambertuskriche mit zahlreichen Fürstendenkmälern, einem schönen Altargemälde von Andreas Achenbach (1815 bis 1910) und an der Außenseite mit einer aus dem 15. Jahrhundert stammenden „Kreuzigung".

Von den wichtigen Bauten der übrigen Stadtteile sind zu erwähnen: das 1879 vollendete Provinzial-Ständehaus, das im italienischen Renaissancestil von Baurat Raschdorff in Köln erbaut wurde, die Post, im Florentiner Palaststil, das Justizgebäude am Königsplatz, in dessen Assisensälen Gemälde von Wilhelm von Schadow zu finden sind, die Tonhalle, ein prächtiger Backsteinbau, worin die rheinischen Musikfeste, die Ausstellungen etc. abgehalten werden, das Künstlerlokal des „Malkastens" und das 1752 bis 63 erbaute Schloß Jägerhof, ein vielgenanntes und vielbesuchtes Jagdschloß. Außerdem nennen wir von den Kirchen die Franziskaner- oder Maximilians-Pfarrkirche und die evangelische Kirche auf dem Königsplatz. An Denkmälern ist Düsseldorf reich; das bedeutendste derselben ist die auf dem Marktplatz stehende Kolossalstatue des Fürsten Johann Wilhelm, 1711 von Gabriel de Grupello errichtet.

Die Industrie Düsseldorfs hat durch allgemeine Regsamkeit in neuester

Zeit einen großen Aufschwung genommen. Am lebhaftesten zeigt sich die Hebung in der Metallindustrie, die durch leistungskräftige Eisen- und Metallgießereien, Walz- und Puddlingswerke, Nägel- und Stiftfabriken, Gußstahl-, Eisen-, Blech-, Messingwaren-, Zündhütchenfabrikation, Drahtziehereien, Dampfkesselschmiederei, Maschinenbau, Lokomotiv-, Bleiröhren- und Geldschrankfabriken etc. vertreten ist. Außerdem sind wichtig die Kattundruckerei, Färberei sowie die berühmten Senffabriken. Auch der Verkehr auf dem Rhein, auf dem die güterbeladenen Dampfschiffe ununterbrochen ab- und zugehen (jährlich im Durchschnitt dreitausend), ist ein bedeutender.

Jakob Nover

Assisensäle (lat.): Säle des Schwurgerichts / Puddlingswerke: Werke zur Gewinnung von Stahl aus Roheisen

Der Malkasten

Für Düsseldorf aber war es der „Malkasten", der seit 1859 der Mittelpunkt allen lokalen Interesses werden sollte.

Der bisherige Malkasten, d.h. das Gesellschafts-, richtiger Kneiplokal der Düsseldorfer Maler, besonders der jüngeren Generation, war ein düsteres, enges Lokal an der ebenso düsteren Ratingerstraße in der Altstadt. Dieses Lokal hatte allerdings in seiner innern Einrichtung und Dekorierung einen künstlerisch anheimelnden und mittelalterlichen Charakter und hätte gewiß einem Rembrandt oder Jan Steen ein willkommenes Wirtshausasyl geboten, es hatte sogar für die jüngere Welt etwas patriarchalisch Anziehendes, allein, die Räume waren zu eng und dumpf geworden und hielten die älteren und einigermaßen an Komfort gewohnten Herren fern. Es bestand also seit langem der Wunsch nach einem größeren Künstlerheim, und dieser Wunsch sollte ganz unerwartet bald in Erfüllung gehen. Der im nahen Pempelfort (unmittelbar an dem Düsseldorfer Weichbild) gelegene, den Erben der berühmten Gebrüder Jacobi bisher gehörende sogenannte Jacobische Garten, ein mit großem schattigem Park, mit üppigen Bosketten und Rasenplätzen ausgestattetes, weites und rings in Mauern eingeschlossenes altherrschaftliches Besitztum, war unter der Hand verkauft und für einen sehr mäßigen Preis von zwei sehr wohlhabenden Herren, dem Maler Andreas Achenbach (1815–1910) und dem Rentner Alexander von Sybel, erworben worden, und zwar offenbar in der Absicht, aus der Parzellierung dieses wertvollen Grundstücks ein gutes Geschäft

Die neue Kunstakademie

zu machen. Dieser Ankauf erregte in den sich für die Malerschaft interessierenden höheren Kreisen den lebhaften Wunsch, diese poetische und durch Goethe und andere Literaturheroen geheiligte Stätte der Nachwelt zu erhalten und, als geschaffen für ein Künstlerheim und womöglich als ein neues Lokal für den Malkasten, von den Ankäufern wieder zu erwerben. Da sich für diese Erwerbung hochgestellte Personen wie der Regierungspräsident von Massenbach und in hervorragender Weise der Fürst von Hohenzollern interessierten, auch die ganze Bürgerschaft für die Erhaltung ihres historischen Jacobischen Parks Partei nahm, so konnten die Ankäufer nicht wohl dem allgemeinen Drängen widerstehen und entschlossen sich hochherzig, einem unter Teilnahme der Regierung zu bildenden Komitee bzw. dem mit Korporationsrechten versehenen Verein Malkasten das idyllische Besitztum, und zwar zum Selbstkostenpreis, zu überlassen.

Es bildete sich nun aus Künstlern und Kunstfreunden ein solches Komitee von dreizehn Mitgliedern. Man entwarf die Statuten zu einer Verlosung von Kunstwerken im Taxwert von fünfzigtausend Talern behufs Deckung

Das Peter-von-Cornelius-Denkmal

der Ankaufssumme und Schaffung eines Baukapitals für Einrichtung und Erhaltung des vorhandenen Wohnhauses sowie zur Einrichtung eines besonderen Sommeraufenthaltes für gesellige Zwecke. Man hätte erwarten sollen, daß sämtliche Künstler dem edlen Beginnen zujubeln würden, allein weit gefehlt, denn es ereignete sich das Unglaubliche, daß ein großer, namentlich der einflußreiche jüngere Teil der Malerschaft bei den Debatten über die Beschaffung der nötigen Geldmittel plötzlich die Flinte ins Korn warf, und zwar von der Angst überwältigt, der Erwerb und die Einrichtungen des großen Besitztums werde ihnen unerschwingliche Lasten auferlegen. Dieser Zwischenfall war selbstredend ein plötzlicher Hemmschuh des freudig begrüßten Unternehmens, und es bedurfte mehrerer Versammlungen und aufmunternder und beschwichtigender Reden, um die Opposition zu versöhnen und die entstandene Aufregung zu dämpfen. Beruhigend wirkte namentlich, daß sich der Fürst von Hohenzollern zur Zeichnung einer namhaften Beitragssumme erbot.

Die Ausstellung der zur Verlosung bestimmten Gemälde wuchs in erfreulichem Umfange von Woche zu Woche besonders auch durch Zusendungen auswärtiger Künstler; sogar aus Rom traf eine Sendung reizender Skizzen ein, und wenn man auch nicht von allen Produkten der Staffelei sagen konnte, es seien gerade Meisterwerke, so bot dieselbe [die Ausstellung] doch ein großartig befriedigendes Resultat, und man sah mit Sehnsucht dem Augenblick entgegen, wo das letzte Los Nr. 25000 seinen Abnehmer gefunden haben würde. Zum allgemeinen Jubel trat auch dieser Moment ein, und an den Tagen vom 5. bis 7. August 1860 wurde in dem nun glücklich eroberten Jacobischen Garten zur Verherrlichung des Ereignisses ein dreitägiges Künstlerfest gefeiert, das mir durch seine gelungenen Arrangements, durch seine gehobene Stimmung und seinen glänzenden Verlauf noch in steter Erinnerung geblieben ist. Am Sonntag, dem 5. August, war zunächst Diner im neuen Künstlerheim, bei dem Toaste auf Toaste sich überstürzten; abends große Illumination des Gartens. Am Montag war großer Nachmittagskaffee daselbst, wobei die Damenwelt mit einer Anzahl schöner Frauen und Töchter von Malern vorteilhaft vertreten war. Die Glanzpunkte des Festes waren am dritten Abend ein großes Bankett im Geislerschen Lokal und nach demselben ein Auszug in den nahen Jacobischen Garten zur Anschauung des von der Künstlerschaft dort dargebotenen poetischen Zaubers. Wer Gelegenheit gehabt hat, ähnlichen dekorativen Festen beizuwohnen, weiß, daß die Düsseldorfer Künstler sich auf dergleichen Arrangements verstehen und daß, wenn nach einem heißen Augusttag eine laue Nacht und ein zu Beleuchtungen und malerischen Effekten geschaffener idyllischer, wasserreicher Park sowie endlich eine leicht enthusiasmierte, empfängliche Zuschauermenge helfend hinzukamen, ein Gelingen gesichert schien. Man denke sich die Baumgruppen und Bosketten des weiten Parks geheimnisvoll beleuchtet, die Gegensätze von Licht und Schatten wirkungsvoll verteilt, um den kürzlich vom Komitee mit ei-

Rechte Seite: Das Kaiserfest im Malkasten (6. 9. 1877)

ner Kopie der Venus von Capua gezierten Weiher Najaden in graziösen Bewegungen durch die schattigen Laubengänge und Büsche huschend und von Waldgeistern verfolgt, dazu in zauberischer Wirkung hoch in den Zweigen im wechselnden Reigen über der plätschernden Düssel Luftgeister in langen duftigen Gewändern umherfliegend, den Elfenkönig Puck überall kommend und verschwindend; ja, es war eine gelungene Verkörperung des Shakespeareschen Sommernachtstraums. Wenn Oberon und die Elfenkönigin Titania zugegen gewesen wären, sie hätten ihr Wohlgefallen an dem phantastischen Spuk ihrer Untertanen gehabt. In weitem Hintergrund dieser Zaubereien ertönte geheimnisvolles Zitherspiel, und als Schlußtableau erstrahlte der ganze Park in verschiedenartigster Beleuchtung mit Raketen und Leuchtkugeln. Es war ein schönes Märchen aus Tausendundeiner Nacht und eine würdige Eröffnungsfeier für den neu erstandenen Malkasten. Die Verlosung der Kunstwerke fand am 17. Juni 1861 zu Berlin unter Aufsicht und Leitung der königlichen Lotteriedirektion statt.

Karl Schorn

Jan Steen (um 1626 - 1679): holländischer Maler, der in seinen Bildern besonders das Volks- und Bürgerleben darstellte / Gebrüder Jacobi: Johann Georg (1740 - 1814) und Friedrich Heinrich (1743 - 1819); letzterer bewohnte, bevor er 1807 Präsident der Akademie der Wissenschaften in München wurde, in Pempelfort ein Landhaus, zu dem der erwähnte Park gehörte / Boskett (franz.): Gebüsch; Wäldchen; Blumen-, Sträucherbeet / Parzellierung: Aufteilung von Land in kleine Teile / durch Goethe . . . geheiligte Stätte: Goethe besuchte Friedrich Heinrich Jacobi 1774 und 1792 in Pempelfort / Taxwert: Schätzwert / Diner (franz.): Festmahl / Toast (engl.): Trinkspruch / Illumination (franz.): Festbeleuchtung / enthusiasmierte (franz.): begeisterte / Najaden (griech.): Quellnymphen / Elfenkönig Puck, Oberon, Elfenkönigin Titania: Figuren aus Shakespeares „Ein Sommernachtstraum“ (1595) / Schlußtableau: abschließende Darbietung, Vorführung; Schlußbild

Zur Jubelfeier des „Malkasten“ am 9. und 10. Juli 1873

Nach Pempelfort! Den Krempel fort!
Fort Pinsel und Palette!
Wir bau'n den Freudentempel dort
An altbekannter Stätte.
Nun laßt uns flugs die Falten all
Von unsern Stirnen streichen.
Im Nest die junge Nachtigall
Fang an vor Lust zu pfeifen.

Zu Weimar in der Fürstengruft
Regt sich ein Dichter leise:
„Mir ist, als käme durch die Luft
Geschwommen eine Weise,
So rheinisch frisch, so wunderbar.
Das zuckt mir bis zum Marke.
Mir ist zumut', wie's einst mir war
In Freund Jacobis Parke.“

O Vater Goethe säßest du
Statt in dem Paradiese
Bei uns und sähst dem Treiben zu
Im Busch und auf der Wiese,
Da säh'n wir dich mit Mut und Kraft
Den vollsten Becher heben;
Du sprächst: „Sankt Lukas' Jünger- [schaft
Versteht die Kunst zu leben.“

Malkasten, lieber Jubilar,
Nicht kann er zu dir treten
Und bringen Gruß und Glückwunsch [dar,
Der König der Poeten.
Die Leier sank aus seiner Hand,
Entrückt hat ihn die Wolke.
Da tritt zu dir als Gratulant
Ein Singmund aus dem Volke.

Emil Rittershaus

Kaiserswerth

Die uralte Stadt Kaiserswerth, zwei Stunden unterhalb von Düsseldorf am Rhein gelegen, wurde von den Römern gegründet; im Jahre 710 predigte hier der hl. Suitbert das Evangelium und gründete ein Stift auf einem Eiland des Rheines, das ursprünglich nach ihm Suitbertswörth, später aber von den Kaisern Kaiserswerth genannt wurde. Von diesem Heiligen erzählt man sich die Legende, daß er die Gabe besessen habe, die im Rhein Ertrunkenen ins Leben zurückzurufen. Noch jetzt glaubt man, daß die Leichen derer, die im Strom ihren Tod gefunden, an dem Ufer antreiben, wo Suitbert begraben liegt. Seine Gebeine ruhen, in einem silbernen Sarg eingeschlossen, in der alten Stiftskirche.

Die Stiftskirche in Kaiserswerth

Im Jahre 788 wurde die Stadt von den Sachsen verwüstet und kam später an die Pfalz. Die denkwürdigste Geschichte, die sich an den Namen Kaiserswerth knüpft, ist die berüchtigte Entführung des jungen Heinrich IV. durch Bischof Anno von Köln (1062).

Nach mehrmaliger Verpfändung kam Kaiserswerth 1424 an Köln, und erst 1768 fiel es wieder an die Pfalz. Früher war es auch stark befestigt und hielt zweimal starke Belagerungen aus in den Jahren 1689 und 1702. Jetzt blüht die Stadt durch verschiedene Industriezweige, Baumwoll- und Wollspinnereien, Samt- und Seidenmanufakturen, Tabakfabriken, Töpfereien und hält drei Jahrmärkte ab. Von Gebäuden verdient die alte Stiftskirche romanischen Stils, im 12. und 13. Jahrhundert aus Tuffstein erbaut, erwähnt zu werden, in der sich der silberne Reliquienschrein des hl. Suitbert befindet.

Am Ufer gewahrt man noch die Bogengänge und Mauerwände der ehemaligen kaiserlichen Pfalz, worin sich einst die kaiserliche Witwe mit dem Königskind aufhielt. Im Jahre 1184 hatte sie Kaiser Friedrich Barbarossa wiederherstellen lassen, aber bei der Vertreibung der Franzosen durch die Holländer 1702 wurde die ehrwürdige Burg bis auf wenige Reste geschleift.

In Kaiserswerth war auch das freiherrliche Geschlecht der Spee von Langenfeld ansässig, dem Friedrich von Spee (1591 – 1635), der Dichter der „Trutz-Nachtigall“ (Köln 1649) und des „Güldenen Tugendbuchs“ (Köln 1666), angehörte, besonders bekannt als eifriger Bekämpfer der Hexenprozesse. Gegen diese schrieb er das Buch: „Kriminalistische Vorsicht, oder Buch über die Prozesse gegen die Hexen, an die deutschen Obrigkeiten, zu diesen Zeiten notwendig, aber auch den Räten und Beichtvätern der Fürsten, den Inquisitoren, Richtern, Advokaten usw. sehr nützlich zu lesen“. Dies beweist, daß Friedrich von Spee ein humaner Mann war; er gehört

Entführung des jungen Heinrich IV. durch Erzbischof Anno von Köln

aber auch zu den besten Dichtern des 17. Jahrhunderts. – Geboren 1591 in Kaiserswerth, trat er später dem Jesuitenorden bei und starb 1635 zu Trier. Seine Gedichte atmen eine tiefempfundene Andacht und ein weiches Gefühl. Der Wahn seiner Zeit hatte ihm die Haare vor der Zeit gebleicht, so daß er selbst dem Würzburger Kanonikus Johann Philipp von Schönborn, spätern Kurfürst von Mainz, auf sein Befragen darüber antwortete: „Das kommt von den vielen Hexen her, die ich zum Scheiterhaufen begleitet habe."

Nicht weit von Kaiserswerth liegt das Schloß Heltorf, der Sitz der Grafen von Spee, im Innern mit Freskogemälden von Cornelius, Plüddemann, Mücke und Lessing ausgeschmückt.

Am bekanntesten jedoch ist für die Gegenwart die Stadt geworden durch die von Pastor Theodor Fliedner 1836 daselbst gegründete Diakonissenanstalt, die das Mutterhaus vieler gleicher Töchteranstalten in Deutschland und weit über die Grenzen unseres Vaterlandes hinaus wurde.

Jakob Nover

Suitbert († 713): aus York (England) gebürtiger Geistlicher, 692 zum Missionsbischof geweiht, der vor allem im Gebiet von Ruhr und Lippe missionarisch arbeitete; gründete um 695 auf einer ihm geschenkten Rheininsel das Kloster Kaiserswerth; heiliggesprochen (Tag: 1. 3.) / Eiland: Insel / Anno II. von Steußlingen (um 1010 – 1075): seit 1056 Erzbischof von Köln und gleichzeitig zusammen mit Kaiserin Agnes Vormund Heinrichs IV., dessen er sich 1062 in Kaiserswerth bemächtigte, um die Reichsregierung allein zu führen / die kaiserliche Witwe mit dem Königskind: Kaiserin Agnes (um 1025 – 1077), Gemahlin Kaiser Heinrichs III., und ihr Sohn Heinrich IV. (1050 – 1105) / Inquisitoren (lat.): Ketzerrichter / Kanonikus: Mitglied eines geistlichen Kapitels, Chorherr / mit Freskogemälden von . . .: eines der wenigen Beispiele monumentaler Historienmalerei der Romantik im rheinischen Raum; die Freskogemälde wurden u.a. angefertigt von Peter Cornelius und den Schadow-Schülern an der Düsseldorfer Kunstakademie Hermann Plüddemann, Heinrich Mücke und Carl Friedrich Lessing

Schiffswerft am Rhein

Sturmumsauste Kräne steilen
Einen Wald von Säulenbäumen, Trägerästen.
Schräge Schwenker kreisen,
Laufkatzen, lastbehangen, eilen
Durch die Kronen von Stahl und Eisen.
Innen der Wind; wühlt durch die festen
Gestänge und heult zwischen Blechen und Spanten.
Jagt den Lärm der Niethämmer weit übers Land hinaus.
Feldschmieden flackern.

An den Schiffswänden stehn die Nieter, die Luftdruckhämmer in den
gewandten
Händen und lassen sie tosend, rasend über die glühenden Nieten klackern.
Helfer tragen und schrauben Bleche an Träger und Spanten,
Bauen Schottwände ein. Haspeln, Hebel, Ketten schwingen,
Bohrmaschinen heulen, Kompressoren singen.

Scharfäugige Meister lugen in alle Ecken hinein,
Überschauen die Arbeit der griffkundigen Schiffbauer, Kesselschmiede,
Monteure,
Mit Blaupausen prüfend vergleichen Ingenieure,
Daß es richtig sich füge, von der Schiffsschraube bis zum letzten
Kettengliede.

Vielhundert Männer, werkerprobt, hart gegen Sturm, Kälte, Glut, Rauch
und Schlag,
Hämmern, bohren und werken in Doppelschicht Nacht um Tag,
Unter fahrenden Kran-Türmen, in einem Wald von Trägerästen und
Säulenbäumen;
In Sonnenglut und Regenstürmen. Nachts, wenn der Bogenlampen
Strahlengarben fliegen,
Vielhundert kleine Glühlichter und Lampen glühn,
Sieht man sie hämmern, bohren, tosend in schaffendem Mühn.
Manchmal sehn sie hinaus aufs Wasser, wo die Wellen im Sturme schäumen
Und sich die großen Schiffe auf den Wogen wiegen.

Heinrich Lersch

Laufkatze: bewegliches Fahrgestell mit einer oder mehreren Hubvorrichtungen an einem Brücken- oder Laufkran / Spant: bezeichnet im Schiffbau eine Außenhautversteifung / Schottwände: wasserdichte Querwände im Schiffsrumpf zur Begrenzung der Lade-, Maschinen- und Tankräume / Blaupause: Lichtpause von transparenten Originalen

Duisburg

Duisburg darf sich eines hohen Alters rühmen. Genau ermittelt ist die Zeit seiner Gründung bis jetzt noch nicht; doch ist so viel festgestellt, daß im 5. Jahrhundert die Burg Dispargum (Duisburg) Eigentum der fränkischen Könige war. Von der fränkischen gelangte die Stadt zur deutschen Reichsunmittelbarkeit, die zwar in der Folge vielfach beschränkt, jedoch in ihren wesentlichen Rechten bis ins 17. Jahrhundert aufrechterhalten wurde. Mit Vorliebe verweilten die deutschen Kaiser in der freundlichen Rheinstadt, und keiner verabschiedete sich von ihr, ohne vorher alte Gerechtsame bestätigt oder neue bewilligt zu haben. Unter diesen war eine von Albrecht I. im Jahre 1298 verliehene Freiheit, wonach die Stadt ihre Gemeindestatuten (Kören genannt) selbst „ohne jemandes Hindernis" ändern und feststellen durfte, die bedeutungsvollste. Selbst noch im Jahre 1571, als Duisburg in den Besitz des Herzogs Wilhelm IV. von Kleve überging, ließen sich die Bürger alle bisherigen Rechte und Freiheiten vom neuen Landesherrn verbürgen. Mit diesen Rechtsverwahrungen hatte es freilich ein Ende, als der Große Kurfürst, der kein Freund städtischer Sonderrechte war, die Regierung seiner rheinischen Besitzungen antrat. Die Huldigung im Jahre 1666 geschah ohne jegliche Klausel.

Zu einem bedeutenden Handelsplatz hatte sich Duisburg schon im 12. Jahrhundert aufgeschwungen. Hier war der Mittelpunkt der Rheinschifffahrt und des rheinischen Handels, und keine Ware durfte von hier aus verschickt oder weiterbefördert werden, die nicht in der Stadt zum Verkaufe ausgestellt gewesen war (Stapelrecht). Daraus entwickelten sich die ehemals so berühmten Duisburger Messen. Der Hanse trat Duisburg im Jahre 1201 und dem Rheinischen Städtebund zum Schutze des Handels und des Landfriedens im Jahre 1254 bei.

Seit der Anlage des Rhein-Ruhr-Kanals, der den Verkehr der Stadt mit den beiden Flüssen vermittelt, und seitdem mehrere Eisenbahnen hier einmünden, sind der Handel und die Industrie Duisburgs zu neuer Blüte gelangt. Zeugnis davon geben eine Reihe industrieller Werke auf der südwestlichen Stadtseite, dem Hochfeld, und der gesteigerte Verkehr im städtischen Hafen, der gegenwärtig zu den wichtigsten der Rheinhäfen gehört.

G. Form / C. Diefenbach

Gerechtsame: Berechtigung, Vorrecht, rechtliche Eigenschaft / Albrecht I. (1255 – 1308): ältester Sohn Rudolfs I. von Habsburg, seit 1282 Herzog von Österreich und Steiermark, seit 1298 deutscher König; wurde 1308 von seinem Neffen Johann Parricida ermordet / der Große Kurfürst: Friedrich Wilhelm (1620 – 88), seit 1640 Kurfürst, unternahm, gestützt auf ein eigenes stehendes Heer, eine umfassende Arrondierung seines unzusammenhängenden Territoriums; strebte ein einheitliches Staatswesen im Sinne des Absolutismus an / Hanse: im Mittelalter eine bevorrechtete Genossenschaft deutscher Kaufleute im Ausland / Rheinischer Städtebund: 1254 von Mainz und Worms gegründeter Bund, dem sich mehr als 70 Städte anschlossen / Landfriede: im Mittelalter ein öffentlich-rechtlicher Schutz gegen den Mißbrauch der Fehde sowie gegen jede Straftat

Rechte Seite: Der Markt in Duisburg

Auf der Kirmes

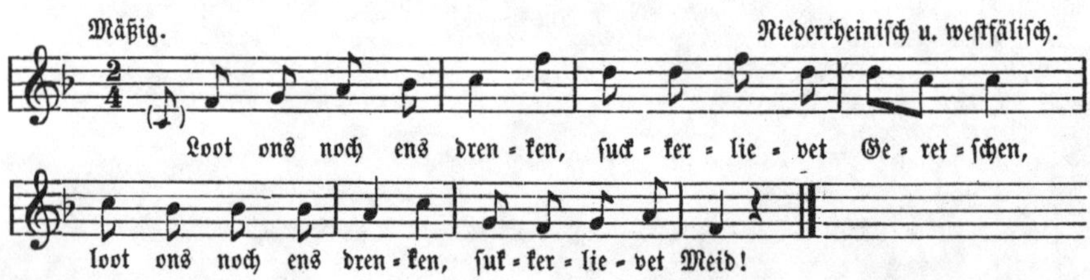

Loot ons noch ens drenken,
Suckerlievet Geretschen!
Loot ons noch ens drenken,
Suckerlievet Meid!

Brandewyn mit Sucker,
Suckerlievet Geretschen!
Brandewyn mit Sucker,
Suckerlievet Meid!

We sall dat dan betalen?
Suckerlievet Geretschen!
We sall dat den betalen?
Suckerlievet Meid?

Den ersten Buur, den besten,
Suckerlievet Geretschen!
Den ersten Buur, den besten,
Suckerlievet Geretschen.

Wie eine Witwe ihr Haus gegen das Feuer schützte

Im Kölner Bistum, in der kaiserlichen Stadt Duisburg, pflegte eine Witwe Bier zu brauen und zu verkaufen. Als einst die Stadt durch Zufall in Brand geriet und das Feuer ihrem Hause nahte, nahm jene, die nicht mehr auf menschliche Hilfe hoffte, zu der göttlichen ihre Zuflucht. Sie stellte alle ihre Gefäße, worin sie den Käufern das Bier abzumessen pflegte, vor die Tür des Hauses gegen die Flammen und betete in großer Einfalt ihres Herzens so: „Gerechter und barmherziger Herrgott, wenn ich je einen Menschen mit diesen Maßen betrogen habe, so will ich, daß dieses Haus verbrenne. Habe ich aber getan, was recht ist in deinen Augen, so bitte ich bei deiner Gerechtigkeit, daß du in dieser Stunde gnädig meine Not bedenkst und mich und meinen Hausrat verschonst." Wunderbarer Glaube des Weibes, wunderbare Demut Gottes! Er, der gesagt hat: „Mit welchem Maße ihr gemessen habt, damit soll euch gemessen werden", hielt die Flammen, die alles ringsum verzehrten, von ihrem Haus ab, so daß alle staunten, wie das wütende Feuer den brennbaren Stoff beleckte und nicht entzündete.

Caesarius von Heisterbach

Am unteren Lauf der Ruhr

Durch dieses Ruhrgebiet, aus Hügellandschaften und Gebirgen bestehend, ringsum von allen Seiten bis ganz nahe zur Mündung des Flusses herab mit Bergen und Höhen umgeben, kommt der Fluß vom östlichen Rande des rheinisch-westfälischen Plateaus, zeigt uns in seinem Lauf bald die hohen Schornsteine großer Hammer- und Walzwerke, Warttürme aus der Römerzeit, Schlösser und Ruinen der Burgen altadeliger Geschlechter, deren Namen heute noch guten Klang haben, und gewährt uns in stets wechselnder Reihenfolge die interessantesten Landschaftsbilder, die sich bald anmutig, bald ernst vor unserem Auge entrollen, wenn wir die Ufer vermittelst der Eisenbahn befahren oder den Fluß selbst auf den kleinen Dampfbooten.

Dort zur Rechten vor uns bei den vielen, dunklen, qualmenden Schornsteinen und der schwarzgefärbten Erde haben wir seine Mündung und zugleich zwei Städte, die sich, was ihre Vergangenheit und Gegenwart anbelangt, wie eine Waage zueinander verhalten, an der eine Schale steigt, wenn die andere, durch vermehrte Bedeutung erschwert, an Wert und Gewicht zunimmt, Ruhrort und Duisburg, letzteres schon im Anfang des Mittelalters ein berühmter Punkt, vielleicht der Platz, wo Dispargum oder Duispargum, das vielgesuchte Schloß des fränkischen Heerführers und Königs

Ruhrort

Clodio, eines Vorläufers Chlodwigs, gestanden haben mag und von wo die ersten Kriegszüge gegen Gallien ausgingen. Jedenfalls war hier längere Zeit eine Residenz fränkischer Fürsten, die von Karl dem Großen bei seinen Zügen gegen die Sachsen zur Deckung des Rheins befestigt wurde, wo mehrere deutsche Kaiser Reichstage und Konsilien hielten und der freien Reichsstadt Privilegien aller Art verliehen; auch lag Duisburg damals dicht am Ufer des Stromes und war deshalb auch schon als Rheinstadt von großer Bedeutung, denn, wie die Chronisten erzählen, bedeckten seine Schiffe den ganzen Rhein von Straßburg bis Holland.

Da veränderte fast zu gleicher Zeit mit den Leiden und Zerrüttungen des Dreißigjährigen Krieges der Rhein seinen Lauf, zog sich von den

Mauern der Stadt eine halbe Stunde weit nach Westen zurück, und wie damit die große Bedeutung Duisburgs sank, erhob sich das benachbarte Ruhrort, ein bis dahin ganz unbedeutendes Städtchen, nur eine Hafen- und Schiffstation für die großen Handelsherren von Duisburg und Mülheim, nach und nach und sehr langsam zu einem der lebhaftesten Handelsorte am ganzen Rhein. Unmittelbar an der Mündung der Ruhr bemerken wir einen der besten, sichersten und größten Flußhäfen des deutschen Niederrheins, sehen die großartigsten Docks, Hafen- und Kanalbauten, dabei Schiffswerften, das Ufer mit Fahrzeugen aller Art bedeckt, ein wahrer Mastenwald. – Duisburg erscheint uns daneben in vornehmer Zurückgezogenheit, dabei aber nicht allein vom Ruhm vergangener Tage zehrend, sondern auch heute noch in seinen Fabriken, Eisenwerken und Schiffswerften, letztere am Rhein-Ruhr-Kanal gelegen, bedeutend; die Salvatorkirche ist eine der schönsten gotischen des 15. Jahrhunderts, und wenn wir ihre kühn aufstrebenden, hochgewölbten Hallen für einen Augenblick besuchen, so geschieht das nur, um als gewissenhafte Reiseführer am Grabe des großen Geographen Gerhard Mercator für etwaige kleine Schnitzer, die auch dem Besten passieren können, Vergebung zu erhalten.

Friedrich Wilhelm Hackländer

Gerhard Mercator (1512 – 94): niederländischer Geograph und Kartograph, der seit 1552 in Duisburg lebte; schuf u. a. eine Karte des Heiligen Landes, eine Europakarte (1552) und eine Weltkarte für die Schiffsnavigation (1569)

Mattes Vohsens Ahnung

Skizze

Grau und dick lag die Luft auf dem Strom, der heute durch das Fehlen der Boote und Kähne viel breiter aussah als sonst. Auch die Schiffbrücke war ausgefahren; es war Eisgang. Zwar, am diesseitigen Ufer war das Wasser frei und die dunkle Flut glitt fast lautlos an der Kaimauer hin, aber schon die Mitte des Stromes belebte sich mit weißlichen treibenden Flecken, den mürben Eisschollen, und am andern Ufer drängten sich diese dicht zusammen und zogen als ein breites, weißgraues, ununterbrochenes Band träge flußabwärts.

Der Kai lag verödet. Kein Rollwagen rumpelte über das Pflaster, kein Waggon rollte auf den mattblinkenden Eisenbahnschienen. Die sich zuspitzenden Gerüste der Dampfkranen ragten schwarz in die Dämmerung, Riesenarme, die ins Leere greifen. Nur auf dem Straßensteig, der sich stadtwärts an den Häuserzeilen entlangzog, sah man Gruppen von Menschen herumstehen, die beschäftigungslosen Schiffer und Hafenarbeiter. Mit hochgezogenen Schultern, die Hände bis an die Ellenbogen in die Hosentaschen versenkt, standen sie auf der schwarzen Kruste von häufig aufgetautem und ebenso oft wieder gefrorenem Schnee und sahen unter den tief über den Schädel herabgezogenen Mützen hervor mit mißmutigen Blicken auf den Strom hinaus, der Eisschollen und nichts als Eisschollen vorüberführte. Ihre Lippen, sonst stets zu derben Scherzen aufgelegt, blieben mürrisch geschlossen. Höchstens, daß mal der eine oder der andere den Pfeifenstiel aus dem Munde nahm und verächtlich in das „Openswetter" hinausspuckte.

Zu einer solchen Gruppe von vier Personen, die seit einer halben Stunde fast bewegungslos an der Ecke der Hafengasse standen, gesellten sich zwei neue Ankömmlinge. Ohne die Hände aus den Hosentaschen zu nehmen oder sonst durch ein erkennbares Zeichen zu grüßen, hielten sie ihre schlürfenden Schritte an, und einer von ihnen fragte den ältesten der vier:

„Mattes Vohsen, wie ist es? Gibt es bald offen' Wetter?"

Der Angeredete zuckte faul die Achseln. Er war ein starker Mann mit einem rotblauen Gesicht, umrahmt von einem grauen, kurzgestutzten Bartkranz, wie ihn die Schiffer tragen.

„Ich glaub' nicht, ich hab' noch nichts an meinem Rückstrang gespürt!"

„Der Bürometer fällt nicht und der Thermometer steigt nicht!" meinte einer seiner Genossen, ein Hafenarbeiter.

Der alte Schiffer sah ihn, ohne den Kopf zu wenden, spöttisch von der Seite an.

„Was du wohl von 'nem Thermometer verstehst, Pitter, du verwechselst das sicher mit 'nem Taxameter. Und überhaupt: Mein Reißmatismus gibt besseren Rat als alle die verdötschten Instrumente miteinander."

„Also ihr meint, es bleibt noch am Frieren", sagte der Frager, dann wandte er sich an den mit ihm Angekommenen:

„Das sind schlechte Aussichten, Kalumneit."

„Je ja, was soll man dabei machen?" erwiderte dieser.

Und „Was soll man dabei machen?" sagten auch die andern, und dann standen sie zu sechst und sahen auf den Fluß hinaus, dessen Spiegel man kaum noch von der darüberlagernden Dunstwolke unterscheiden konnte. Schattenschleier auf Schattenschleier senkte sich von der Höhe herab über das trübe Bild. In dem mehr und mehr sich verdichtenden Nebel blinkten die Uferlaternen auf, sie erschienen als gelbe, kreisrunde Flecken in der braungrauen, fast körperdichten Dunstmasse.

„Kalumneit heißt du?" fragte nach einer Weile der alte Mattes den Fremden. Und als dieser bejahend nickte, fuhr er fort: „Dann bist du wohl aus Lengerich?“

„Woher wißt ihr das?“ lautete die Gegenfrage.

„Das ist doch sehr einfach“, erklärte der Alte. „Es ist sonst kein gewöhnlicher Name, aber in Lengerich heißt das halbe Dorf so.“

„Das stimmt!“ gab der andere zu und verzog den Mund nach dem mit einem kleinen Goldring geschmückten linken Ohrläppchen hin, was ein Lächeln bedeuten sollte.

„Das stimmt freilich, wenn ich was sag', das stimmt immer!“ nickte Mattes.

Seine Genossen lachten und stichelten, er ließ sich indes nicht aus seiner würdevollen Ruhe hinausspotten.

„Ich hab' mal einen Jan Kalumneit gekannt, daher weiß ich das“, erzählte er dem Lengericher.

„Was war das für einer?“ erkundigte der sich. „Es gibt eine ganze Reihe Jan Kalumneits bei uns.“

„Das soll wahr sein. Der, den ich gekannt hab', war ein Stiller, aber er hatt' es hinter den Ohren. Natürlich ein Schiffer. Wir haben zusammen in Wesel gedient. Und nachher ist mir mal was Merkwürdiges mit ihm passiert.“

„Was war denn das?“ fragte der anwesende Kalumneit, und auch die anderen waren begierig, es zu erfahren; denn der alte Mattes erzählte nicht schlecht, wenn man auch vielleicht nicht alles buchstäblich glauben durfte.

„Ja natürlich, etwas Merkwürdiges will jeder gern hören“, nickte Mattes bedächtig.

„Nu, also los!“

Aber der Alte besann sich noch eine Weile und erklärte dann:

„Es ist mir zu kalt. Beim Sprechen in dem Nebel erkältet man sich ja den Hals.“

Die andern tauschten fragende Blicke aus.

„Dann wollen wir irgendwo hingehen. Wir können doch hier nicht den ganzen Abend stehenbleiben!“ sagte einer.

„Ich hab' so schon kalte Füße“, ein anderer.

„Und Durst“, ein dritter.

„Den hätt' ich wohl auch!“ gab Mattes zu. „Wenn ihr mir also einen Schoppen Genever bezahlt, dann erzähl' ich euch, was mir mit Jan Kalumneit einmal passiert ist.“

Er hatte das so ins allgemeine hingesprochen, aber alle sahen jetzt den Landsmann und Namensvetter des Genannten an, als sei es selbstverständlich, daß er dem Erzähler den ausbedungenen Lohn für seine Geschichte spende. Und als er sich dazu doch nicht sofort bereit erklärte, stieß ihn sein Freund, mit dem er angekommen war, ermunternd mit dem Ellenbogen in die Seite:

„Nun also –"

Er mußte also notgedrungen den Großmütigen spielen.

„Auf einen Schoppen soll es mir nicht ankommen, wenn die Geschichte wirklich merkwürdig ist."

„Du wirst dich wundern!" versprach ihm der alte Mattes.

Ohne daß etwas weiteres verabredet worden wäre, setzte sich die Gesellschaft schlürfenden Schrittes in Bewegung. Es schien gar nicht anders möglich, als daß man in den „Vater Rhein" ging, eine viel von Schiffern besuchte Kellerkneipe.

Heute war der niedrige, mäßig große Raum fast menschenleer. Die durch den strengen Frost der letzten Wochen verursachte Verdienstlosigkeit des Stammpublikums mochte der Grund sein, daß nur vereinzelte Gäste an den langen, dunklen Holztischen saßen. Der Wirt sparte bei dem stillen Geschäftsgang auch an Gas, und so herrschte ein dämmeriges Halbdunkel unter dem flachen Gewölbe der Decke. Dagegen erfüllte eine wohlige Wärme den Raum, und wer es mit der Reinlichkeit nicht allzu genau nahm und gegen den Geruch nach in Öl gebratenen Fischen nicht empfindlich war, der mochte es hier recht behaglich finden.

Die Gesellschaft ließ sich in einer Ecke nahe bei dem reich ausgestatteten Schanktisch nieder. Der feiste Wirt begrüßte die ihm wohlbekannten Gäste mit einem fettigen Grinsen und kam selbst hinter dem Schanktisch hervor, um sich nach ihren Wünschen zu erkundigen. Sie verlangten alle nur ein kleines Glas Weißbier, nur Mattes bestellte schmunzelnd einen Schoppen Genever, „aber von dem geschmuggelten, Schääl."

Die schielenden Augen des Wirtes, denen er seinen Spitznamen verdankte, streiften prüfend das Gesicht des fremden Gastes aus Lengerich.

„Ja, sieh ihn dir nur an", nickte Mattes, „der wird nämlich die Ehre haben, ihn zu bezahlen!"

In kurzem hatten alle ihr Getränk vor sich stehen. Sie feuchteten die Lippen, und ihre Augen richteten sich mit stummer Aufforderung auf den Alten.

Der hatte die Schweinsblase, die ihm als Tabakbeutel diente, aus der Tasche gezogen, öffnete die Schnur, steckte den Kopf der weißen Tonpfeife hinein, und während er sie im Beutel mit dem Zeigefinger stopfte, begann er gut gelaunt:

„Jungen, weiß einer von euch, was 'ne Ahnung ist?"

Er beantwortete sich die Frage selbst und fuhr fort: „Ihr habt natürlich keine Ahnung; aber das ist also, wenn zum Beispiel jemand stirbt, und ein anderer, der das gar nicht wissen kann, weiß es aber doch, das nennt man

Ahnung. Ich hatte eine Tante, die Jumfer Züff in der Bolzengasse, die hatte jedesmal Zahnschmerzen, wenn einer von ihren Bekannten starb, und sie hatte viele Bekannte und schon lange keinen einzigen Zahn mehr; das war gerade wie bei mir mit dem Wetter und dem Reißmatismus. Und so 'ne Ahnung hab' ich auch mal gehabt, aber viel schlimmer."

Er hatte jetzt die Pfeife gestopft, sog einmal versuchsweise am Rohr, ehe er sie in Brand setzte. Dann nahm er einen kleinen Schluck Schnaps, lehnte sich behaglich in den Stuhl zurück und paffte einige Züge, ehe er fortfuhr:

„Es mag schon an die dreißig Jahre her sein, und es war in der Silvesternacht. Ich war Knecht auf dem Schleppkahn ‚Putje', der Schiffer hieß Vermoilen. Wir lagen draußen am Wertchen und hatten Tabak und Wein geladen aus der Pfalz. Die Ladung sollte hier am Tag nach Neujahr gelöscht werden. Nachmittags war ich in die Stadt gegangen und hatte meinen Freund Jan Kalumneit getroffen, mit dem ich zusammen gedient hatte. Wir hatten uns ein paar Monate nicht gesehen, da gab es allerlei zu erzählen. Jan Kalumneit war ein bißchen langsam mit dem Munde, und so wurde es früh Abend.

‚Bleib noch ein bißchen', sagte Jan Kalumneit, wir saßen beim Bier, und es war sehr gemütlich.

‚Nein', sagte ich, ‚ich muß jetzt gehen, denn heute abend will der Baas selbst in die Stadt, und einer soll auf dem Kahn sein, die Ladung könnte Liebhaber anlocken.' Ich trank also noch einen, und noch einen zweiten und dann ging ich doch, denn es ist immer mein Grundsatz gewesen: ‚Was du tun willst, das tu' gleich.'

Und wenn es auch nicht immer anerkannt wird, und der Baas schimpfte wirklich, daß ich so spät käme, so was kann den Mattes Vohsen nicht irremachen. Der Baas beruhigte sich auch bald und ging an Land, und ich blieb allein in der blaugemalten Kabine am Heck und saß recht gemütlich auf der Bank und dachte: ‚Weil es Silvester ist, machst du dir einen Grog.' Es war ja nicht kalt draußen, nicht so wie in diesem Jahr, und in der kleinen Kabine war's sogar mollig warm, aber ich dachte: ‚Schaden kann es jedenfalls nichts', und das hat es ja auch am Ende nicht getan.

Ich saß und trank meinen Grog und schmorte mein Mutzpfeifchen und hörte zu, wie das Wasser unterm Kahn hinklatschte – na, ihr wißt ja alle wie das ist."

„Jawohl!" bestätigte unvorsichtigerweise der Hafenarbeiter.

„Das heißt: Du, Pitter, hast ja keinen blauen Dunst davon!" bemerkte der Erzähler in gleichmütigem Ton. „Aber ihr andern kennt das ja alle. Ich sah auch mal aus der Tür, ob draußen alles in Ordnung wär', und da sah ich, daß es ganz neblig geworden war auf dem Wasser.

‚O je', dachte ich und setzte mich wieder zu meinem Grog. Und als ich nach einer Weile wieder draußen nachsehen wollte, da war das gar nicht mehr möglich vor Nebel. Es war viel schlimmer als heute, nicht so 'ne gelbe Erbsensuppe, so 'n weißer Nebel, der ganz hell aussieht und durch den man doch keinen Schritt weit sehen kann, so wenig wie durch 'n Porzellanteller.

‚O je', dachte ich noch einmal, ‚wenn der Baas nun in der Stadt zu viel trinkt zu Silvester und muß dann nachher bei dem Nebel am Rheinufer entlang und ist nicht mehr sicher auf den Beinen und sieht die Laufplanke nicht mehr genau, da kann er leicht danebentreten und ins Wasser fallen.' Ich ging wieder zu meinem Grog und will gerade das Glas an den Mund setzen, da hör' ich auf einmal was schreien.

‚Na, da haben wir das Unglück schon', denk' ich und gehe hin und reiße die Türe auf. Zuerst war es ganz still, und der Nebel qualmte ordentlich in die warme Kabine hinein. Ich wollte schon wieder zumachen, da hör' ich von einer schrecklichen Stimme den Namen ‚Jan Kalumneit' rufen. Es klang ganz gräßlich gell; man konnte nicht sagen, kam es aus dem Wasser oder kam es vom Himmel herunter, aber schauerlich war's und dazu bei dem Nebel, wo man nicht die Hand vor den Augen sehen konnte.

Ich steh' und bohre nur so mit den Augen in den verwünschten Nebel hinein und spitze die Ohren, aber nun war's auf einmal wieder still. Das Wasser, das plätscherte nur so leise an der Kette und an den Planken wie immer.

‚Du hast ja wohl geträumt, Mattes', sag' ich mir schon. ‚Das kommt davon, daß du sieben Glas Grog getrunken hast, das ist eine böse Zahl.' Und ich will eben nachsehen, ob es nicht mehr zum achten reicht, da hör' ich die Stimme wieder ‚Jan Kalumneit' rufen, ebenso schrill und durchdringend wie vorher, aber aus einer ganz andern Richtung. Ich ging nun rund um den Kahn und horchte aufs Wasser hinaus und wollte auch selbst rufen, aber mir war ganz eigen in der Kehle, so trocken, daß ich keinen Ton herausbringen konnte. Nun, das dachte ich mir wohl, daß was Schlimmes passiert wär'.

Na, da kam denn endlich der Baas nach Haus, da wurde ich doch wieder viel ruhiger, und wie ich erst in der Klappe lag, da schlief ich auch schon wie einer, der ein gutes Gewissen und sieben Glas Grog im Leibe hat.

Soweit war ja nun alles in Ordnung, aber nun denkt euch, Jungen, am andern Tag, wie der Vermoilen von seinem Morgenspaziergang aus der Stadt zurückkommt, da erzählt er mir als das Neueste, daß richtig in der vergangenen Nacht Jan Kalumneit aus Lengerich bei dem Nebel in den Rhein gefallen und ertrunken sei. Da habt ihr's." Der Erzähler schweigt und nimmt, wie um seine Rührung zu verbergen, das Schnapsglas zur Hand.

„Das ist freilich merkwürdig", murmelt die Runde, nur der noch lebende Kalumneit, der den Schnaps für die Geschichte bezahlen soll, findet sie gar nicht merkwürdig.

„Das ist ganz einfach", sagt er. „Ihr habt eben gehört, wie man in dem Nebel nach dem in den Rhein Gefallenen gesucht und gerufen hat. Ich denke wunders, was noch kommen soll."

„Es kommt auch noch was, das versteht sich", nickt der Mattes. „Denn daß einer beim Nebel in den Rhein fällt, ist gewiß nichts Merkwürdiges, und daß man, wenn man es merkt, nach ihm ruft, ebensowenig. Aber wenn man einem dann wieder erscheint – heh –, das ist doch wohl nicht so ganz gewöhnlich?"

Seine kleinen Augen blinkern, ob von dem scharfen Genever oder aus Freude über seine Geschichte, ist schwer zu entscheiden. Und mit gedämpfter Stimme hebt er wieder an:

„Ein, zwei Monate später war ich mit Vermoilen auf der Fahrt zu Berg wieder hier in Köln. Das war so in der Fastnachtzeit, und ihr wißt ja alle aus Erfahrung, wie es dann hier hergeht; das weiß sogar der Pitter. Ich hatte mich an dem Abend hier und da ein bißchen angemuntert und ging in der allerseligsten Stimmung nach Haus. Das heißt, ihr müßt nun nicht denken, daß ich angetrunken gewesen wär', das ist der Mattes Vohsen überhaupt nie. Ich sang halblaut so'n Liedchen vor mich hin, was ich schon den ganzen Abend gehört hatte; da, unter einer Laterne seh' ich einen Schatten vor mir hertorkeln, der mir bekannt vorkommt. Wie es dunkler wird, verschwindet er wieder, aber unter der nächsten Laterne ist er wieder da, und kein Zweifel: Es ist Jan Kalumneit.

‚Mattes', sag' ich mir, ‚du bist betrunken, diesmal bist du doch betrunken, sonst sähst du nicht jemanden dahergehen, der schon an die acht Wochen tot ist. Oder vielmehr du bildest dir das nur ein, daß es dein verstorbener Freund ist, mach mal, daß du an ihm vorbei kommst, und dann sollst du sehen, daß es ein wildfremder Mensch ist.'

Ich rapple mich also zusammen und schreite schneller aus. Je näher ich dem andern komme, um so deutlicher muß ich ihn erkennen. Schließlich, ich bin kaum noch einen Schritt hinter ihm, dreht sich das Gespenst um und grinst mich an.

‚So du bist es, Mattes!'

Mir ging's über den Buckel, als wär' mir ein Kübel Eiswasser über den Kopf gegossen worden.

Es war richtig der ertrunkene Jan Kalumneit.

‚Guten Abend, Jan!' stottere ich.

Langsam geht das Gespenst weiter. Ich auch, mehr tot als lebendig neben ihm.

‚Führst du auch noch immer so 'n verruchten Lebenswandel?' sagt es ganz mühsam und läßt den Kopf voll Reue auf die Brust sinken.

‚Leider, leider', sag' ich ganz zerknirscht und ganz leise.

‚Schlimm, Mattes! Schlimm!' Es schüttelt den Kopf.

Und wir tappen langsam weiter durch die totenstille Gasse. Das Haar stand mir zu Berg, ich hatte damals noch welches auf dem Kopf. Ich überlegte tausend Sachen, die ich ihn fragen wollte, aber ich konnte die Zähne nicht voneinander kriegen. Die klapperten, wie wenn ich Schüttelfrost gehabt hätte. Nun kamen wir an eine Treppe, die in die Friedrich-Wilhelm-Straße hinunterführte.

‚Ich gehe keinen Schritt weiter!' sagte das Gespenst und lehnte sich mit dem Rücken an eine Hauswand. Es wurde vor meinen Augen zusehends kleiner.

‚Das ist auch nicht nötig!' sagte ich mit einem Gefühl der Erleichterung. Aber meine Neugier war doch arg. Ehe es ganz verschwunden war, fragte ich:

‚Sag' mal Jan, wie ist es denn nun eigentlich, wenn man tot ist?'

Da riß er die Augen weit auf.

‚Ja, das weiß ich auch nicht!' stöhnte er.

Wir starrten uns eine Weile groß an, dann drehte er den Kopf auf die Seite und murmelte:

‚Ich hab' zu viel – zu viel getrunken.'

‚Das glaub' ich', nickte ich, ‚und noch dazu Rheinwasser. Wenn man versoffen ist . . .'

Auf einmal richtete er sich auf und griff nach meinem Rock. Ich stieß einen Schrei aus und sprang erschreckt zurück, aber er hatte mich schon gepackt.

‚Mattes, du Stockfisch', lallte er schwer, ‚ich glaube, du meinst auch, ich wär' der Jan Kalumneit, der vor ein paar Wochen am Wertchen in den Rhein gefallen ist. Das bin ich doch gar nicht. Das war doch der Jan Kalumneit aus der Windmühle, und ich bin der Jan Kalumneit vom Deich.'"

Mattes leerte sein Glas und betrachtete schmunzelnd die verblüfften Gesichter seiner Zuhörer.

„Jawohl", nickte er und klopfte seine Pfeife an der Tischkante aus. „Das ist die einzige Ahnung, die ich je gehabt habe, und die war, wie ihr seht, nicht ganz richtig!"

Emil Kaiser

Genever: Wacholderbranntwein / Baas (niederl.): Herr, Meister / gell: helltönend

Das niederrheinisch-westfälische Gebirge

Es ist uns nun noch übrig, das Wesentlichste von den Gebirgen auf der rechten Rheinseite mitzuteilen.

Dasjenige Gebirge, das zwischen Rhein und Weser, zwischen Lippe und Lahn liegt, führt ziemlich allgemein den Namen des niederrheinisch-westfälischen. Es besteht hauptsächlich aus Grauwacke und erstreckt sich hauptsächlich von Osten gegen Westen. Es bildet meist dort breite Gebirgsbrücken und runde große Kuppen, wo mehrere Täler nebeneinander liegen. Die Massen hängen größtenteils zusammen. Fast alle größeren Täler sind Quertäler, z. B. das Rhein- und Wuppertal. – Über das Grauwackengebirge zieht sich zum Teil ein Kalksteingebirge (Übergangskalkstein), das an vielen Stellen die Form eines Korallenriffes hat. Hin und wieder besteht die große Masse aus Resten von Muscheln und Korallentieren (Madreporen). Große Massen von Kalkstein, der meist eine bläulich graue Farbe hat, findet man z. B. in der Nähe von Ratingen. Dieses Kalksteinlager enthält sehr viele Höhlen; die größten liegen in Westfalen, in denen man Reste von Urtieren, z. B. von Höhlenbären, findet. Auf dem Kalkgebirge liegt ein Gebirge, das aus Ton- und Kieselschiefer, Alaunschiefer und plattenförmigem Kalkstein in nicht sehr hohen Schichten besteht. Nun folgen die Massen, die den Flözgebirgen angehören. Zuerst flözleerer Sandstein; dann das Steinkohlengebirge, das in der Regel in kleinen Kuppen und in schmalen, spitzigen Rücken erscheint, so daß man es in der Regel gleich von außen vom Grauwackengebirge unterscheiden kann; so z. B. die Bergformen bei Kettwig und Langenberg. Die Ruhr ist der eigentliche Fluß des Steinkohlengebirges, und sie durchschneidet dasselbe bald quer, bald der Länge nach.

An manchen Stellen liegen viele Steinkohlenflöze (fünfzig und mehr) übereinander. Dieselben neigen sich unter sehr verschiedenen Winkeln gegen den Horizont, von fünf bis zu fünfzig Grad. Gewöhnlich begleitet der Schieferton die Flöze. Die Steinkohlen sind entweder Blätterkohlen oder Schieferkohlen oder Grobkohlen. In Ansehung der Güte werden sie in fette und backende, Eß- und magere Kohlen eingeteilt. Wenn die Steinkohlenflöze nicht dick (nicht mächtig), sondern mit vielen Absonderungsflächen durchmischt sind, so zerfallen die Kohlen leicht in kleine Stücke (Grus oder Geriß, Schrotgeriß und Fettgeriß genannt). Die Lagen der Steinkohlen sind zuweilen nur einige Linien mächtig, selten über vierzig Zoll ohne Schichtungsablösungen. Flöze von einem Lachter Mächtigkeit gehören schon zu den seltenen. Es hängt sowohl von der Beschaffenheit der Kohlen, besonders von ihrem Verwachsensein mit Lagen von bituminösem (erdpechhaltigem), festem Schieferton und von Schwefelkies, als auch von der Mächtigkeit der Kohlen ab, ob sie in großen Stücken oder in Geriß brechen. In der Regel trifft man als Begleiter der Steinkohlen Schwefelkies und mineralisierte Holzkohlen an; ganz unzertrennliche Begleiter derselben aber sind Pflanzenabdrücke, die daher mit der Bildung der Steinkohlen in notwendigem Zusammenhang stehen müssen. Diese Abdrücke sind entweder Abdrücke hohler Pflanzenteile oder der äußeren Gestalt oder solche, die die ganze äußere Gestalt darstellen und Kerne genannt werden. Der größte Teil dieser Abdrücke liegt auf den Schieferungsflächen. Es sind meist Abdrücke von palmenartigen Blättern, oft von ungeheurer Größe. – Weniger allgemein findet man in Steinkohlenflözen Reste tierischer Körper, meist von Schal- und Muscheltieren (Ammoniten, Pektiniten und andere Konchylien). Sie sind, wie die Pflanzenabdrücke, Überbleibsel einer untergegangenen Tier- und Pflanzenwelt und stammen aus einer Zeit, von der keine Geschichte berichtet. Man nennt diese Zeit die Urzeit. In derselben waren höchstwahrscheinlich alle unsere Gebirge Meeresgrund. Auf das Steinkohlengebirge folgt der ältere Flözkalkstein, hierauf der jüngere Flözsandstein, dann der Mergel und der jüngere Flözkalkstein. In diesem Mergel sind Versteinerungen von Muscheltieren sehr häufig wie z. B. bei Essen.

Der Mensch weiß die genannten Gebirgsmassen zu seinem Vorteil zu gebrauchen. Die Grauwacke und die Sandsteinmassen geben sehr gute Bruchsteine zum Häuserbau; der Kalk wird gebrannt und zu Mörtel benutzt; die Steinkohlen ersetzen das Holz und bringen durch ausgebreiteten Handel viel Geld ins Land; aus der Alaunerde wird Alaun gewonnen; die Versteinerungen haben ein wissenschaftliches Interesse. Hin und wieder, doch selten, kommen auch Metallmassen vor, z. B. Eisensteingänge, Galmei und Bleiglanz. Um diese Massen zutage zu fördern, werden Steinbrüche, Schächte und Stollen angelegt. Zur Bewältigung unterirdischer Wasser wie

Bergwerksarbeiten. Holzschnitt von Sebastian Münster

zur Hervorhebung der losgebrochenen (oder losgeschossenen) Massen dienen Dampfmaschinen. So beherrscht der Mensch selbst die Tiefen, und er zwingt ihre verborgenen Eingeweide und Schätze zu sich herauf an des Tages Licht.

Friedrich Adolf Wilhelm Diesterweg

Grauwacke: Sedimentgestein aus kleinen Gesteinstrümmern, vor allem aus Schiefergrus / Madreporen (franz.): Löcherkorallen / Alaunschiefer: Tonschiefer mit reichlichem Gehalt an kohligen Stoffen und Eisenkies / Lachter: Längenmaß im Bergbau (ca. 2 m) / Ammoniten: Versteinerungen / Pektiniten: Kammuscheln (Pektenmuscheln) / Konchylien: Schnecken-, Muschelschalen / Mergel: Sammelbezeichnung für Sedimentgesteine der Mischungsreihe Ton-Kalk; Mergel wird in der Zementindustrie und als Herdmaterial verwendet / Galmei: die Mineralien Hemimorphit und Zinkspat / Bleiglanz: Bleierz

E Stückske va Möllem an der Ruhren

Va möllemsche Wies woste gän es wat weiten?
Eck sall je vertellen ei möllemsch Stück?
Eck si jo va Möllem! Dat kaste geneiten,
Wach evel noch innige Ougenblick'!
Nou sin eck parad, un nou paß es gout op!

Äs drötteen de Franze va Rußlaund gekummen,
Do hadde s'et ümmer noch hoach in de Kopp;
Do sind er ouk wat hie no Möllem gekummen
Un woulen de Herre wier sien äs vör Tieen.
Se reipen un deaden, äs wä we ne wöüßten,
Dat sei van de Russe wat hadde gelieen,
Äs wä we se ouk ne near bänge kößten.
De Utdreges evel verstounen dat net,
Se schmeten de Bergen un noamen de Hacken
Un koame gegangen un sungen e Led,
Se schlugen de Franzen es döchteg de Nacken;
De kaunen net möllemsche Sitten un Wies
Un lepen mit eins sche van hie no Paris.

Merr överall, wu se merr doar sind getrocken,
Vertaule se möllemsche Stückskes un Brocken
Un logen de Lüt de Gesichter herin.
(Franzoasen, dat weit jo ein jeder, sind Meistes do in.)
Äs wöare we Töüfels mit Töüfelsgesichter,
Mit groate Gefreter un doch noch merr Wichter.
Dat sei do van us hevve Waumes gekregen,
Dat hevve se nömmes gesach un verschwegen.
Nou glöüv me doch noch dat Franzoasenpack,
Äs wunden e Möllem merr Hackemack;
Doch glöüv dou et mei merr, of lot et geweden,
De Möllemsche sind sche de Tröüsten op Eden.
E Wot ös e Wot, un en Mann ös en Mann,
Wat eimol versproken, do wick me ne van,
Die Openheit ziert se äs Königs de Kronen,
Un hölprike Haund den Arme gedohnen,
Merr kömmp denn en Donnerkiel ouk all dertüschen,
So ös dat wahl schlimm, doch kamme't utwischen,
Dä selten ös alles so schlimm, äs me set,

Un aal de va Möllem verschreen wahl het;
Merr wahr je un bliev bei de Eihr un et Rech,
Sös, glöüv merr, et geit sche noch schlechter äs schlech!
Ouk segg me merr net, dat de König net doug,
Denn he ös e Möllem den Appel im Oug.

Sös kumm merr no Möllem un wuhn dou merr drin,
Gewiß wet et siene rech no dinnem Sinn,
Et ös merr ei Möllem äs ditt in der Welt,
Wen drin ös, den bliev drin, wenn't öm merr gefällt.

Aus: Germaniens Völkerstimmen, Bd. 1

woste: willst du / gän es: gern einmal / je: dir / vertellen: erzählen, berichten / si: bin / kaste: kannst du / Wach evel: warte aber / drötteen: dreizehn (1813) / vör Tieen: vorzeiten / deaden: taten / wä: wenn / bänge: so viel wie „bemeistern, überwältigen" / Utdreges: Austräger, die die Ladung aus den Nachen tragen / Bergen: Gefäße, deren man sich beim Ausladen der Ladung aus den Nachen bedient / De kaunen: die kannten / Un lepen mit eins sche: und liefen mir nichts, dir nichts / Vertaule: erzählten / Töüfels: Teufel / Gefreter: Mäulern / Waumes: Schläge, Prügel / nömmes: niemandem / glöüv me: glaubte man / wunden: wohnte / e: in / Hackemack: Gesindel / sche: dir / de Tröüsten: die Treusten / Wot: Wort / wick: weicht / dertüschen: dazwischen / Dä: denn / wet: wird / Et ös merr: es ist nur / Wen: wer / den: der

Mülheim an der Ruhr

Gewissermaßen die Ausgangspforte des Hügellandes der unteren Ruhr zu den Alluvionen des Rheintales bilden das malerisch gelegene Mülheim und gegenüber Broich mit den efeuumrankten Trümmern seines Schlosses. Schon im elften Jahrhundert begegnet uns der Name Mülheim als gewerbetreibender Ort da, wo ursprünglich ein Hof mit einer Gerichtsstätte stand; mutmaßlich wurde es 1508 vom Herzog von Berg zur Stadt erhoben. Der ältere Stadtteil liegt etwas höher um die reformierte Kirche herum; die Geschichte Mülheims hängt eng mit der des benachbarten herrschaftlichen Gebiets von Broich zusammen. Gegenwärtig ist die Stadt durch ihre Kohlenindustrie und Schiffahrt sehr blühend und zählt an zweiundzwanzigtausend Einwohner.

In kühnem Bogen überwölbt den Strom eine prachtvolle Kettenbrücke, auf der man gern in milden Sommernächten lustwandelt, um sich an dem feenhaften Glanz des erleuchteten Häusermeeres oder an dem magisch in den Wellen der Ruhr glitzernden Vollmond oder an den aufflackernden Feuerflammen der Hüttenwerke zu erfreuen. „Zwei gewaltige industrielle

Riesen" bewachen gewissermaßen das Häuserbild: nördlich die imposante Friedrich-Wilhelms-Eisenhütte, südlich die großartige Maschinenspinnerei, Weberei und Druckerei der Herren Troost & Komp. zu Luisental.

Zu Mülheim lebte und predigte der „tiefsinnige Mystiker" Tersteegen, der sich mit seinen von wahrer Frömmigkeit beseelten Reden und Schriften großen Anhang erwarb. Ferner wirkte hier der wackere Bürgermeister Öchelhäuser, dessen Anregung die Ruhrdampfschiffahrt ihre Entstehung verdankt. Mit dieser in Verbindung steht die Mülheimer Rheinschleppschiffahrts-Gesellschaft, die gleichfalls ihren Sitz in dieser Stadt hat. Ebenso erhielt die Segelschiffahrt durch den größeren Verkehr in Kohlen sowie durch den Transport von Eisensteinen und anderen Produkten einen großen Aufschwung. Auch der Schiffbau Mülheims nahm infolge des gesteigerten Kohlenhandels und des für Schiffe von größerer Tragfähigkeit ausgeteuften Fahrwassers wieder zu. Noch wichtiger für die Stadt wurde der Eisen- und Zinkhüttenbetrieb; besonders die in der Neuzeit kolossal erweiterte Friedrich-Wilhelms-Hütte, verbunden mit einer Maschinenbauwerkstätte. Doch wir müssen verzichten, hier alle großartigen Fabriken Mülheims namhaft zu machen.

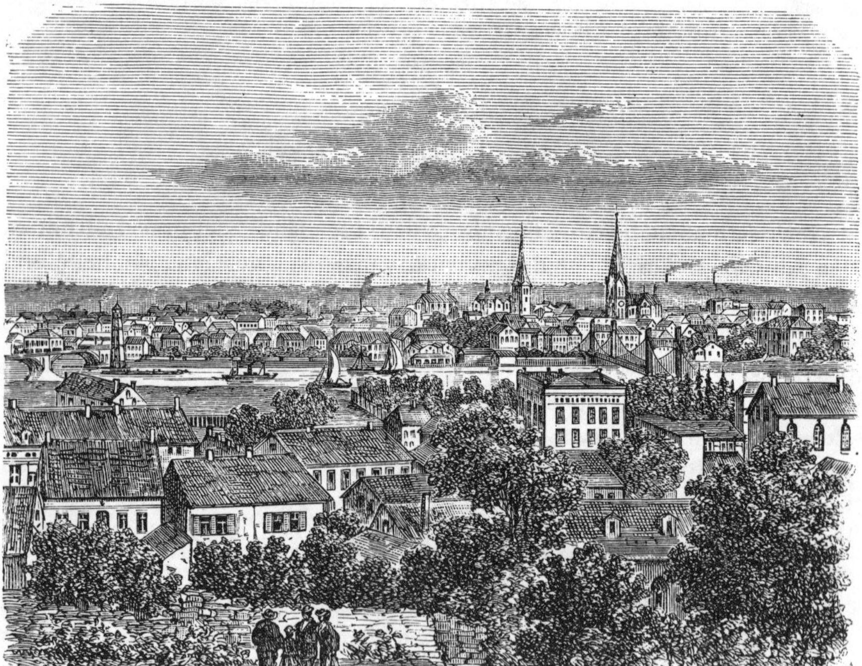

Mülheim an der Ruhr

Mülheim gegenüber liegt in reizender Lage das noch ziemlich wohlerhaltene Schloß Broich, einst, wie uns angenagelte Gebeine längst erlegten Wildes gemahnen, der Wohnort „alter Wildgrafen oder gewaltiger Nimrode“.

Jakob Nover

Alluvion (lat.): angeschwemmtes Land / Gerhard Tersteegen (1697 – 1769): arbeitete zunächst als Kaufmann und Bandwirker, ab 1728 als Schriftsteller, pietistischer Seelsorger und Prediger; einer der bedeutendsten Vertreter der evangelischen Mystik / Nimrod (hebr.): leidenschaftlicher Jäger

Die Jobsiade

Das Examen

Indes ist es beim Entschluß geblieben,
Und nach wenigen Wochen hat man verschrieben
Die ganze hochehrwürdige Klerisei
Zu Hieronimus' Examen herbei.

Jedoch, wie ihm ob solcher Gefahre
Des nahen Examens zumute ware
Und sein gemachtes ängstliches Gesicht,
Dies alles begreift der Leser nicht.

Es wäre also solches zu schildern vergebens.
Die fürchterlichste Stunde seines Lebens
Nahte nunmehro endlich herzu;
Ach, du armer Hieronimus, du!

Nenne mir nun, Jungfer Muse, die Namen
Der geistlichen Herrn, welche zum Examen
Aus jeder Gegend der schwäbischen Welt
Am bestimmten Tage sich eingestellt.

Der erste war der Herr Inspektor
In der Lehre stark wie ein andrer Hektor,
Ein stattlicher, dickgebauchter Mann;
Man sah ihm gleich den Inspektor an.

Seine Verdienste schafften ihm diese Würde,
Er trug übrigens seines Amtes Bürde
Geduldig und mit gar frohem Mut
Und aß und trank täglich gut.

Nach ihm kam der geistliche Assessor,
Ein Mann, von Person zwar etwas größer,
Doch am Körper und Waden dünn
Und von etwas mürrischem Sinn.

Er triebe nebst der geistlichen Sache
Verschiedene Stücke aus dem ökonomischen Fache
Und trank nur Bier und schlechten Wein,
Denn seine Einkünfte waren klein.

Auch Herr Krager, ein Mann von hohen Jahren,
In den Kirchenvätern sehr wohl erfahren,
Die er, sooft die Gelegenheit kam,
Seinen Satz zu erweisen, hernahm.

Auch Herr Krisch, ein Mann von guten Sitten,
Ungemein stark in Postillen beritten,
Wobei er sich so gut und noch besser befand
Als der beste Pfarrer im Schwabenland.

Auch Herr Beff, ein weidlicher Linguiste
Und in Leben und Wandel ein ziemlicher Christe,
Im Vortrag ein ewiges Einerlei,
Doch niemals gegen Orthodoxei.

Auch Herr Schrei, stark in der Rede,
Weder in Gesellschaften noch auf der Kanzel blöde,
Lebte übrigens munter und frisch
Mit seiner Köchin exemplarisch.

Auch Herr Plotz, ein Mann wie ein Engel,
Er hatte zwar in der Jugend viele Mängel,
Nachdem er aber sein Amt trat an,
Ward er ein frommer braver Mann.

Er hielt seine hochgeliebte Gemeine
Von allen Lastern und bösem Wesen reine
Und strafte zur Zeit und zur Unzeit
Alle und jede, doch nach Gelegenheit.

Auch Herr Keffer, nie müde in Lehr' und Strafen,
Er nahm sich treulich an seiner Schafen,
Doch fande sich in der Herde sein
Mancher hartnäckiger Bock mit ein.

Oft war, um sie zurechte zu führen,
Er deshalb genötiget zu prozessieren,
Dann er verstand die Jura, in der Tat,
So gut als der beste Advokat.

Außer diesen obengenannten kamen
Noch mehr geistliche Herrn zum Examen,
Die ich nicht alle Mann für Mann
So gar genau mehr nennen kann.

Als nun die ganze geistliche Schare
Der hochehrwürdigen Herrn beisammen ware,
So setzten, praemissis praemittendis,
Sich alle um einen großen Tisch.

Hieronimus trat mit Zittern und Zagen
Vor die sämtliche Gesellschaft der weißen Kragen
Und scharrete ihnen demütig den Gruß.
O weh dir, o weh dir, Hieronimus!

Zuvorderst erkundigten die Examinatores
Sich nach seinen bisherigen Sitten und Mores
Und fragten ihn bald, ob er auch hätt'
Ein Zeugnis von der Universität?

Hieronimus, ohne sonderliche Umstände,
Gab das Attest in des Inspektors Hände,
Welcher dasselbe alsbald dann lus;
O weh dir, o weh dir, Hieronimus!

Es war zwar, wie oben schon angeführet,
In Latein und Griechisch konzipieret,
Folglich zu lesen ein schweres Stück,
Doch verstund zu allem Ungelück

Der Inspektor etwas von den Sprachen,
Um hier die nötigste Dolmetschung zu machen;
Dann für jeden andern geistlichen Herr'
War die Übersetzung zu schwer.

Damit nun hier nichts möge fehlen,
Will ich dem geneigten Leser erzählen,
Was eigentlich in dem Attestat
Von Wort zu Worte gestanden hat.

Zuerst Name und Titel vom Professer
Und in drei Buchstaben, etwas größer,
Wünschte er, durch L. B. S. dem
Lector Benevolo Salutem!

„Sintemal und inmaßen drei Jahre
Und einige Wochen hieselbst ware
Herr Hieronimus Jobsius
Als Theologiae Studiosus.

Derselbe aber abzureisen nunmehro
Ernstlich ist gesonnen, und dero-
halben um ein schriftlich' Attestat
Mich geziemendermaßen bat.

So habe ich nicht unterlassen können,
Ihme solches schriftliches Zeugnis zu gönnen:
Daß derselbe alle Vierteljahr
Bei mir einmal im Kollegio war.

Ob er sich sonst des Studierens privatim beflissen,
Wird ihm wohl sagen sein eigen' Gewissen,
Dann in diesem schriftlichen Bericht
Behaupte und zeuge ich solches nicht.

Und von seinem sonstigen Betragen
Wäre zwar nicht viel Gutes zu sagen,
Allein die christliche Liebe will,
Daß ich davon hier schweige still.

Übrigens wünsch' ich ihm auf alle Weise
Hiedurch eine glückliche Abreise,
Und der gütige Himmel leite ihn
Künftig zu allem Guten hin."

Was man für große Augen gemachet,
Und daß Herr Hieronimus nicht gelachet,
Als man den Inhalt fand dergestalt,
Ein solches begreifet der Leser alsbald.

Indes ist es für diesmal geschehen,
Daß man die Sache hat übersehen;
Und man redete von dem Attest
Aus christlicher Erbarmung und Liebe das Best'.

Dann die Herrn dachten weislich zurücke,
Daß sie auch wohl viele lustige Stücke
Auf Akademien getrieben vordem;
Man schritte also weiter ad rem.

Der Herr Inspektor machte den Anfang,
Hustete viermal mit starkem Klang,
Schneuzte und räusperte auch viermal sich
Und fragte, indem er den Bauch strich:

„Ich, als zeitlicher pro tempore Inspektor
Und der hiesigen Geistlichkeit Direktor
Frage Sie, quid sit episcopus?"
Alsbald antwortete Hieronimus:

„Ein Bischof ist, wie ich denke,
Ein sehr angenehmes Getränke
Aus rotem Wein, Zucker und Pomeranzensaft
Und wärmet und stärkt mit großer Kraft."

Über diese Antwort des Kandidaten Jobses
Geschah allgemeines Schütteln des Kopfes.
Der Inspektor sprach zuerst: „Hem! Hem!"
Drauf die andern secundum ordinem.

Nun hub der Assessor an zu fragen:
„Herr Hieronimus, tun Sie mir sagen,
Wer die Apostel gewesen sind."
Hieronimus antwortete geschwind:

„Apostel nennt man große Krüge,
Darin gehet Wein und Bier zur G'nüge,
Auf den Dörfern und sonst beim Schmaus
Trinken die durstigen Burschen daraus."

Über diese Antwort des Kandidaten Jobses
Geschah allgemeines Schütteln des Kopfes.
Der Inspektor sprach zuerst: „Hem! Hem!"
Drauf die andern secundum ordinem!

Nun traf die Reihe den Herrn Krager,
Und er sprach: „Herr Kandidat, sag Er,
Wer war der heilige Augustin?"
Hieronimus antwortete kühn:

„Ich habe nie gehört oder gelesen,
Daß ein andrer Augustin gewesen
Als der Universitätspedell Augustin,
Er zitierte mich oft zum Prorektor hin."

Über diese Antwort des Kandidaten Jobses
Geschah allgemeines Schütteln des Kopfes.
Der Inspektor sprach zuerst: „Hem! Hem!"
Drauf die andern secundum ordinem.

Nun folgte Herr Krisch ohn' Verweilen
Und fragte: „Aus wie vielen Teilen
Muß eine gute Predigt bestehn,
Wenn sie nach Regeln soll geschehn?"

Hieronimus, nachdem er sich eine Weile
Bedacht, sprach: „Die Predigt hat zwei Teile,
Den einen Teil niemand verstehen kann,
Den andern Teil aber verstehet man."

Über diese Antwort des Kandidaten Jobses
Geschah allgemeines Schütteln des Kopfes.
Der Inspektor sprach zuerst: „Hem! Hem!"
Drauf die andern secundum ordinem.

Nun fragte Herr Beff, der Linguiste,
Ob Herr Hieronimus auch wohl wüßte,
Was der hebräische Kibbuz sei?
Und Hieronimus antwortete frei:

„Das Buch, genannt Sophiens Reisen
Von Memel nach Sachsen, tut es weisen!
Daß der Mann, den Sophie bekam,
Ein Magister gewesen, Kibbuz mit Nam'."

Über diese Antwort des Kandidaten Jobses
Geschah allgemeines Schütteln des Kopfes.
Der Inspektor sprach zuerst: „Hem! Hem!"
Drauf die andern secundum ordinem.

Nun kam auch an den Herrn Schreie,
Den Hieronimus zu fragen, die Reihe.
Er fragte also, wie mancherlei
Die Gattung der Engel eigentlich sei?

Hieronimus tat die Antwort geben:
Er kenne zwar nicht alle Engel eben,
Doch wär' ihm ein blauer Engel bekannt
Auf dem Schild in der Schenke, „Zum Engel" genannt.

Über diese Antwort des Kandidaten Jobses
Geschah allgemeines Schütteln des Kopfes.
Der Inspektor sprach zuerst: „Hem! Hem!"
Drauf die andern secundum ordinem.

Herr Plotz hat nun fortgefahren
Zu fragen: „Herr Kandidate! Wie viel waren
Concilia oecumenica?"
Und Hieronimus antwortete da:

„Als ich auf der Universität studieret,
Ward ich oft vors Konsilium zitieret,
Doch betraf solches Konsilium nie
Sachen aus der Ökonomie."

Über diese Antwort des Kandidaten Jobses
Geschah allgemeines Schütteln des Kopfes.
Der Inspektor sprach zuerst: „Hem! Hem!"
Drauf die andern secundum ordinem.

Nun folgte Herr Keffer, der geistliche Herre,
Seine Frage schien zu beantworten schier schwere,
Sie betraf der Manichäer Ketzerei,
Und was ihr Glaube gewesen sei?

Antwort: „Ja, diese einfältigen Teufel
Glaubten, ich würde sie ohne Zweifel
Vor meiner Abreise bezahlen noch,
Ich habe sie aber geprellet doch."

Über diese Antwort des Kandidaten Jobses
Geschah allgemeines Schütteln des Kopfes,
Der Inspektor sprach zuerst: „Hem! Hem!"
Drauf die andern secundum ordinem.

Die übrigen Fragen, welche man proponieret,
Lasse ich hier aus Mangel des Raumes unberühret,
Denn sonst machte das Protokoll
Wohl mehr als sieben Bogen voll.

Sintemal man noch vieles gefraget,
Worauf Hieronimus die Antwort gesaget
Auf obige Weise Stück vor Stück
Aus Dogmatik, Polemik und Hermeneutik.

Imgleichen sonst noch manche Sachen
Aus der Kirchenhistoria und Sprachen,
Und was man einen geistlichen Mann
Sonstwo zur Prüfung noch fragen kann.

Über alle Antworten des Kandidaten Jobses
Geschah allgemeines Schütteln des Kopfes,
Der Inspektor sprach zuerst: „Hem! Hem!"
Drauf die andern secundum ordinem.

Als nun die Prüfung zu Ende gekommen,
Hat Hieronimus einen Abtritt genommen,
Damit man die Sache nach Kirchenrecht
In reife Überlegung nehmen möcht':

Ob es mit gutem Gewissen zu raten,
Daß man in die Klasse der Kandidaten
Des heiligen Ministerii den
Hieronimum aufnehmen könn'.

Es ging also an ein Votieren,
Doch ohne vieles Disputieren
Ward man einig alsobald:
Es könne zwar dermal und solchergestalt

Herr Hieronimus es gar nicht verlangen,
Den Kandidaten-Orden zu empfangen,
Jedoch aus besondrer Konsideration
Wollte man stille schweigen davon.

Es hat auch wirklich in vielen Jahren
Kein Fremder davon etwas erfahren,
Sondern jedermann hielt früh und spat
Den Hieronimum für einen Kandidat.

Karl Arnold Kortum

Hektor: Gestalt der griechischen Mythologie; zeichnete sich durch seine Stärke und Unerschrockenheit im Trojanischen Krieg aus / Linguist: Sprachwissenschaftler / Mores (lat.): Sitte, Charakter, Wandel, Betragen, Verhalten / konzipieret: verfaßt, entworfen / dem Lector Benevolo Salutem (lat.): dem geneigten, dem gewogenen Leser einen Gruß / Sintemal: da, weil / inmaßen: in der Art, desgleichen; weil, wie denn / Attestat (lat.): Bescheinigung, Gutachten, Zeugnis / privatim (lat.): persönlich, für sich / ad rem (lat.): zur Sache / pro tempore (lat.): zur rechten Zeit / quid sit episcopus (lat.): wer oder was ein Bischof sei? / Pomeranze (ital.): Zitrusfrucht, bittere Apfelsine / secundum ordinem (lat.): folgend, als nächste; in zweiter Linie; hier wohl im Sinne von „sekundieren": beistehen, beipflichten / Kibbuz (hebr.): Versammlung, Gemeinschaft; ländliche Gemeinschaftssiedlung in Israel / Sophiens Reisen von Memel nach Sachsen: 1769 – 73 erschienener Roman in sechs Bänden von Johann Timotheus Hermes (1738 – 1821) / Concilia oecumenica (lat.): ökumenische Konzile / Konsilium (lat.): Rat, beratende Versammlung / Manichäer: Anhänger des Manichäismus, einer von dem Babylonier Mani (216 – 277) gestifteten gnostischen Weltreligion / proponieret: gestellt / Dogmatik: Glaubenslehre, Lehre von den Glaubensinhalten der Kirche / Hermeneutik (griech.): Lehre von der Auslegung, Deutung / Konsideration (lat.): Erwägung, Überlegung

Grünkohl mit Kochwurst

Zutaten: 1 kg Grünkohl, 3 – 4 Eßlöffel Öl, 1 – 2 Zwiebeln, $^1/_4$ – $^3/_8$ l Wasser, 500 g Kochwurst, Salz, Pfeffer.

Zubereitung: Den Grünkohl von den Stielen streifen, waschen und tropfnaß in einem Topf erhitzen, bis er zusammenfällt. Den Kohl auf einem Sieb abtropfen lassen und grob hacken. Das Öl heiß werden lassen und die in Würfel geschnittenen Zwiebeln darin hellgelb dünsten. Den Kohl dazugeben, kurze Zeit dünsten und kochendes Wasser angießen. Die gewaschenen Würste darauflegen und bei milder Wärme kochen, bis der Kohl gar ist. Das Gericht mit Salz und Pfeffer pikant abschmecken.

Das Tagewerk des Bergmanns im Ruhrkohlengebiet

Eigentlich kann man kaum von einem Tagewerk des Bergmanns sprechen, denn die zeitliche Anordnung der bergmännischen Schichten hat mit dem Wechsel von Tag und Nacht nichts zu tun, und die Zeiteinteilung des Bergmanns beruht auf anderen Momenten. Das Sonnenlicht scheidet für ihn als Lebensfaktor allzu sehr aus. Im allgemeinen vermag er nur am Sonntag sich einer durch die Kargheit seiner Entlohnung beschränkten Lebensfreude hinzugeben, falls nicht bereits den Vierzigjährigen der allen Voraussetzungen der Natur hohnsprechende Mißbrauch der Körperorgane zum matten Greis gewandelt hat; was ihm an Genüssen erreichbar ist, ist sehr minderwertig. Er neigt dabei zu Exzessen, wie ein Schiffer, der nach langer, harter Fahrt im Hafen landet.

Schlägt die Stunde, zu der sein Tag beginnt, so wandert er, nachdem ihm die Gattin die große blecherne Feldflasche mit Kaffee gefüllt hat, dem Zechenhof zu. Zwischen den riesenhaften qualmenden Schutthalden steigt das viereckige Turmmassiv des Schachtes empor, umgeben von den Baulichkeiten für Fördermaschine und Pumpenanlage und von der großen Halle für die Entladung der Förderwagen, deren Inhalt hier unmittelbar in die darunter haltenden Güterzüge hinabgekippt wird. Zunächst wendet sich der unfreudige, endlose Zug in den Korridor des Gebäudes der Betriebsverwaltung, an dessen Schalter Name, Nummer und Stunde registriert werden. Dann vertauscht ein jeder im Ankleideraum, einem langen, niedrigen Saal mit lehnenlosen Holzbänken und zahllosen Schrankrepositorien, seinen Anzug mit der Grubentracht, einer festen, von Staub und Schmutz schweren Bekleidung. Ist dann die Sicherheitslampe entzündet, ordnungsgemäß verschlossen und das *Gezähe*, das Arbeitsgerät des Bergmanns aufgenommen, so betritt die zur Einfahrt fertige Schichtkolonne den Vorbau des Schachtturms und ersteigt auf den breiten Treppen die weite, staub-erfüllte Plattform im Innern, in deren Mitte die hochaufragende Schachtzimmerung sich erhebt. Holzgitter in Manneshöhe umgeben den Schacht; der Blick hinunter führt in einen unermeßlich scheinenden Abgrund. Sausend kommen die riesigen Fahrstühle herauf; Klingelsignale und Kommandorufe erschallen, die Gitter öffnen sich, und Wagen auf Wagen, mit Kohlen gefüllt, werden herausgezogen. Lärmend vollzieht sich der Betrieb, ohne irgendeine Pause, da der Schacht in zwei Abteilungen geteilt ist, in denen die Fahrstühle sich derart bewegen, daß der eine das Gegengewicht des andern bildet. Die Fahrstühle haben drei Stockwerke. Das oberste dient dem Transport der Menschen; in den beiden unteren stehen die Kohlenwagen, die kleinen Eisenbahnloren mit schräggestellten Wänden gleichen, auf Gleisen, die die Fortsetzung der Grubengleise respektive der Gleise im Innern des Schachtgebäudes bilden. Mit geschwärzten Gesichtern und in nassen, schmutzstarrenden Gewändern entsteigt eine Anzahl von Bergleuten dem Fahrstuhl, ein Teil der abgelösten Schicht; stumm grüßen sic ihrc zur Einfahrt bereiten Kameraden. Ein Wink von dem Leiter des Schachtbetriebs, und die erste Gruppe der neuen Schicht betritt den Fahrstuhl. [...]

Hinunter geht es in die Finsternis des Schachts. Sausend fährt die Schachtzimmerung vorüber, naß, glitschig und modrig. Ein Glockensignal ertönt; der Fahrstuhl hält. Durch ein Holzgitter sieht man in eine erhellte, niedrige Halle, deren Steinwände und Backsteingewölbe von Nässe triefen, das *Füllort* der Sohle. Das Bergwerk zerfällt unter der Erde in eine Anzahl horizontaler, durchschnittlich in vertikaler Richtung zirka einhundert Meter voneinander entfernter, im Betrieb ziemlich selbständiger Abteilungen, mit der Bezeichnung *1.*, *2.*, *3.* usw. *Sohle;* das Eingangstor einer derartigen Grubenabteilung stellt eben das genannte Füllort dar. Ein Vormann, dessen Verantwortlichkeit recht erheblich ist und der in steter Verbindung mit dem Maschinisten der Fördermaschine steht, leitet den Betrieb des Füllorts; er öffnet das Schachtgitter, und die Arbeiterkolonne betritt den Boden dieser Unterwelt.

In den unzähligen Adern des weitverzweigten Grubenorganismus' verliert sich der Strom der Bergleute. Im Bergbau regiert das Prinzip der Dezentralisation. Die Kohle kommt nicht etwa in starken, zusammenhängenden Komplexen vor, sondern in sogenannten *Flözen*, das heißt in ausgedehnten, mehr oder weniger dünnen plattenartigen Schichten, die jede für sich gewissermaßen den Extrakt einer besonderen Periode vorweltlicher

Urwaldvegetation darstellen und nicht unmittelbar aufeinander aufliegen, sondern durch andere Gesteinsschichten von meist erheblicher Stärke getrennt sind. [. . .] Die Stärke der einzelnen Flöze ist sehr verschieden; sie variiert von einigen Dezimetern bis zur Stärke von mehreren Metern. Abbaufähig ist das Flöz, sobald ein Mensch hineinkriechen kann; Flöz *Fünfhandbank*, dessen Stärke gleich dem Maß von fünf nebeneinander gelegten Händen ist, wird ausgebeutet. Die großen Horizontalstrecken der Sohlen durchschneiden, vom Füllort ausgehend, in Gestalt von Tunneln, die für Pferdezüge passierbar und mit schmalen Gleisen versehen, teils ausgezimmert, teils bei allzu großem Gesteinsdruck in Backstein ausgewölbt oder auch bei festem Gestein frei durch das *Gebirge* durchgesprengt sind, das ganze Grubenfeld, von Zeit zu Zeit die in mehr oder weniger steilem Winkel aufsteigenden plattenartigen Kohlenflöze durchschneidend. Man gewinnt die Kohle aus dem Flöz, indem man zunächst von der Hauptstrecke aus in das von dieser durchschnittene Flöz eine horizontale Nebenstrecke ungefähr von Manneshöhe hineintreibt. Das Kohlenflöz liegt durchweg ohne irgendwelche Erhebungen völlig glatt zwischen der Gesteinsschicht, auf der es aufliegt, dem *Liegenden*, und derjenigen, die auf ihm lastet, dem *Hangenden*, eingepreßt. Diese Nebenstrecke bedarf daher keiner seitlichen Auszimmerung, da ihre Seitenwände aus den glatten Gesteinsflächen des Liegenden und des Hangenden bestehen. Diese Seitenflächen der Nebenstrecke haben selbstverständlich den Neigungswinkel des Kohlenflözes. Den Fußboden der Nebenstrecke bildet die Oberkante des tieferen Teiles des Kohlenflözes, der von einer tieferen Sohle aus ausgebeutet wird. Die Decke der Nebenstrecke besteht aus einer rechtwinklig zu den schrägen Seitenflächen eingespannten Deckenzimmerung, deren zwischen den Rundhölzern eingelegte Bretter von der Nebenstrecke aus herausgenommen werden können. Die Nebenstrecke hat somit den Durchschnitt eines Trapezes, das auf einer der schrägen Schmalseiten als horizontaler Basis aufgestellt ist. Auf dem Fußboden der Strecke sind in die Kohle Gleise eingebettet, die durch Drehscheiben mit den Gleisen der Hauptstrecke in Verbindung stehen. Nach Herstellung dieser Nebenstrecke beginnt der eigentliche Abbau des Flözes. Man entfernt einen Teil der Deckenschalung, schlägt die unmittelbar über der Schalung aufsitzenden Kohlen heraus und gelangt damit in den über der Nebenstrecke aufliegenden Flözteil. Die herausgeschlagene Kohle wird, um einen Einsturz des seiner Unterlage beraubten Hangenden zu vermeiden, durch runde Holzpfosten ersetzt, sogenannte *Streben;* daher führt diese, ihrer Zweckmäßigkeit und Rentabilität halber jetzt allgemein anstelle des früheren Streckenbaus mit ungezählten übereinanderliegenden Sohlen eingeführte Technik der Kohlengewinnung die Bezeichnung *Strebebau*.

Grubeneinfahrt in alter Zeit

Hat der Bergmann nach oft langer und mühseliger Wanderung die Stätte seiner Arbeit, dieses Loch innerhalb irgendeines Kohlenflözes erreicht, so kriecht er von der Nebenstrecke aus in dieses Arbeitslokal hinein, klettert, sich von Strebe zu Strebe schwingend, bis zur Unterkante der noch anstehenden Kohle hinauf, hängt dort Lampe, Rock und Kaffeeflasche an eine Strebe und beginnt die Kohle loszuhauen oder auch Bohrlöcher für Sprengpatronen herzustellen. Die losgeschlagene oder losgesprengte Kohle rutscht auf der glatten, schrägen Fläche des Liegenden herunter und häuft sich auf der Oberseite der Deckenzimmerung der im Flöz verlaufenden Nebenstrecke auf. Zeitweise klettert der Bergmann dann hinab, entfernt von der Nebenstrecke aus einige Bretter der Deckenschalung und läßt den schwarzen Strom in die darunter aufgestellten Förderwagen hinabgleiten. Dann schiebt er die gefüllten Wagen bis an den Eingang zur Hauptstrecke, wo der Junge mit dem Pferde ihrer wartet; sie werden mittels der Drehscheibe in das Gleis der Hauptstrecke hineingeschoben, zu je dreien oder vieren zusammengekoppelt, und der Zug setzt sich zum Füllort in Bewegung. Der Bergmann kehrt zu seiner Arbeitsstelle zurück, klettert wieder zu der *vor Ort* anstehenden Kohle empor und arbeitet sich so allmählich – ein jeder an seinem Platz – durch das Flöz bis zur Unterkante der nächst höheren Sohle durch. Während immerhin der Durchschnitt der Industriearbeiter in hellen, gelüfteten Räumen im Kreise der Arbeitsgenossen sein Tagewerk vollbringt, schafft der Bergmann seine Arbeit auf dem Bauch liegend oder im günstigsten Fall kniend in einem niedrigen, oft nicht einmal meterhohen Raum, eingezwängt zwischen der schrägen, glitschigen Fläche des Liegenden, auf der er, so gut es eben möglich ist, Halt zu finden hat, und der zu dieser parallel verlaufenden düsteren Decke des Hangenden, meistens einsam, beim spärlichen Licht der Grubenlampe und in einer unglaublich überhitzten, von Kohlenstaub und andern Dünsten erfüllten, oft kaum atembaren Atmosphäre. Hier nimmt er auch sein karges Mahl, das wenig geeignet ist, ihn bei der anstrengenden und erschöpfenden Arbeit ausreichend zu ernähren, ein: ein Stück Wurst oder Speck mit Brot und einen Schluck Kaffee. Alkohol ist mit vollem Recht streng verboten. Diese Arbeitsplätze sind Brutstätten der Krankheiten: Bösartige Augenentzündungen, Haut- und Knochenleiden, Gelenkerkrankungen, Wurmkrankheiten typhöse Infektionen infolge des Genusses des Berieselungswassers sind an der Tagesordnung, und da die Lungen durchweg schnell völlig verderben, fordert die Tuberkulose zahllose Opfer.

Zeitweilig unterbricht der Besuch des kontrollierenden Steigers die Einsamkeit. Er prüft den Gang der Ventilation, die leider trotz aller Anstrengungen und Erfindungen bei dem ungeheuren Gebiet und fortgesetzten Verunreinigung der Luft durch Kohlenstaub und Gase niemals hinreicht,

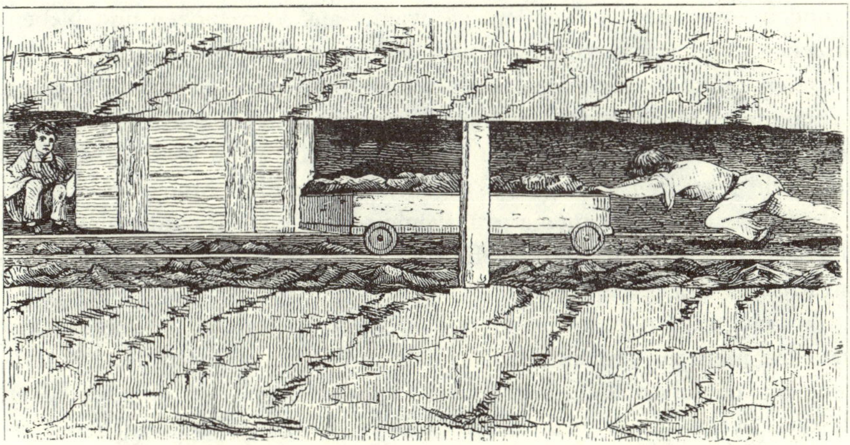

beaufsichtigt den ordnungsgemäßen Schluß der *Wettertüren* – das sind Türen, die zwecks besserer Ventilation Teilungen innerhalb der Strecken bewirken –, stellt Untersuchungen auf Grubengas an und überzeugt sich mittels seines Riechorgans, daß die berechtigterweise sehr strengen Vorschriften über die ausschließliche Benutzung bestimmter Latrinenanlagen befolgt werden.

Außer der geradezu markverzehrenden Arbeit bei der eigentlichen Kohlengewinnung gibt es noch eine Anzahl anderer Aufgaben für die bergmännische Tätigkeit. Die Aufschließung des Grubenfeldes durch die Herstellung der Haupt- und Nebenstrecken inklusive der Auszimmerungen, die Anlage von Leitergängen zur Verbindung der einzelnen Sohlen, die Schaffung der Räumlichkeiten für die unterirdischen Pferdeställe und Sprengstoffmagazine, die Zuschüttung der leeren Innenräume der ausgebeuteten Flöze mit dem bei der Durchlegung der Strecken gewonnenen Gesteinsschutt, um dadurch *Tagesbrüche,* das heißt tektonische Veränderungen der Erdoberfläche, die zur Demolierung der daraufstehenden Häuser führen, wenn das auf die Dauer von den allmählich faulenden Streben nicht mehr ausreichend gestützte Hangende einstürzt, zu vermeiden, all das und noch weiteres erfordert die fortgesetzte Verwendung eines großen Teils der Belegschaft. Gerade bei der Herstellung der Strecken werden vielfach gashaltige Gesteinsschichten respektive gasgefüllte Hohlräume angeschlagen, und es entstehen trotz der streng kontrollierten geschlossenen Sicherheitslampen oft genug Explosionen schlagender Wetter, meistens wohl in Verbindung mit der Entzündung von Sprengschüssen. [...]

Sind die eingefahrenen Bergleute diesen Gefahren entgangen und ist die endlose Zeit der Schicht – infolge der Überschichtpraxis bis zu fünfzehn

Stunden – vorüber, so wandern sie wieder aus allen Flözen und Nebenstrecken der Hauptstrecke und dem Füllort zu. Sie fahren aufwärts und betreten dann, nachdem sie das Gezähe und die Sicherheitslampe abgelegt haben, den Baderaum, wo die dicke Schmutzkruste aus Schweiß und Kohlenstaub, die den ganzen Körper gleichmäßig überzieht, beseitigt wird. Es soll nicht bestritten werden, daß vielfach bei der Einrichtung dieser Badeanlagen das Bestreben zutage tritt, wenigstens in einer Richtung den durch die bergbauliche Arbeit herbeigeführten gesundheitlichen Schädigungen einigermaßen entgegenzuwirken.

Zu Haus angelangt, ißt der Bergmann seine Kartoffeln und was er sonst hat, und meistens versinkt er dann bald in den tiefen Schlaf der Erschöpfung. So vollzieht sich des Bergmanns Tagewerk in endloser Folge endloser, düsterer Tage, bis er verbraucht ist oder der giftige Schwaden ihn erstickt.

Ludwig Feuth

Schrankrepositorien: hier im Sinne von „Spinde" / Dezentralisation: Übertragung bzw. Aufgliederung von Aufgaben und Verantwortung auf mehrere Instanzen / Extrakt (lat.): Auszug; Hauptinhalt, Kern / Schwaden: schlechte, gefährliche Grubenluft

Arbeite

Du Mann im schlechten blauen Kittel,
Arbeite! Schaffe Salz und Brot!
Arbeite! Arbeit ist ein Mittel,
Probat für Pestilenz und Not.

Arbeite! Rühre deine Arme!
Arbeite sechzehn Stunden so!
Arbeite! Nachts ja lacht das warme,
Das Lager dir von faulem Stroh.

Arbeite! Hast ja straffe Sehnen.
Arbeite! Denk, mit schwangerem Leib
Harrt in der Hütte dein mit Tränen
Ein schönes leichenbleiches Weib.

Arbeite! Gleich der Stirn der Rinder
Ist ja die deine breit und dick.
Arbeite! Deine nackten Kinder,
Die küssen dich, kehrst du zurück.

Arbeite bis die Adern klopfen!
Arbeite bis die Rippe kracht!
Arbeite bis die Schläfen tropfen;
Du bist zur Arbeit ja gemacht!

Arbeite bis die Sinne schwinden!
Arbeite bis die Kraft versiegt!
Arbeite! – Wirst ja Ruhe finden,
Wenn dein Gebein im Grabe liegt.

Georg Weerth

Essen

Essen (Assinde, Essinde, Essende, Essendt) baute sich um ein Benediktinerinnenkloster auf, das der Bischof Altfried von Hildesheim (gestorben am 15. August 875) auf seinem Oberhof Assinde im 9. Jahrhundert gestiftet hatte. Schon im folgenden Jahrhundert, als der deutsche König Heinrich I. durch Anlegen von Burgen und Stadtmauern unser Vaterland gegen die räuberischen Einfälle der Ungarn zu schützen suchte, wurde das Dorf Essen befestigt und zur Stadt erhoben. Damals war Hagona, des Königs Schwester, Äbtissin des Klosters, und diese hat, wie die betreffende Chronik erzählt, „aus eigenem Antrieb und auf Veranlassung ihres Bruders das Dorf Assinde mit einer Pfahlhecke und einer Mauer umgeben und zur Stadt erhoben.“ (Die zweite, einen weiteren Kreis einschließende Mauer entstand um die Mitte des 13. Jahrhunderts.)

Das Kloster erlangte durch die Gunst namentlich der sächsischen Kaiser die Landeshoheit über ein Gebiet von beinahe einhundertvierzig Quadratkilometern mit mehr als zehntausend Einwohnern, ungerechnet der außerhalb des jetzigen Kreises Essen liegenden Besitzungen. Damit war die Erhebung der Äbtissin zur Reichsfürstin und die Berechtigung, auf den Reichstagen zu stimmen, verbunden. Nach fast tausendjährigem Bestehen wurde das Hochstift bei der allgemeinen Säkularisation zu Anfang des 19. Jahrhunderts als weltliches Fürstentum aufgehoben. Es hat sich durch den Bau der Münsterkirche, die nach dem Kölner Dom zu den kunstreichsten Kirchenbauten des Rheinlands gehört, und die darin aufbewahrten seltenen Kunstschätze ein ehrendes Andenken geschaffen. Auch die Stadt erfreute sich des Wohlwollens der deutschen Kaiser. Karl IV. erhob sie zur Reichsstadt (1377) und bemerkte dabei ausdrücklich, „daß die Stadt Essen von alters her ein unmittelbares Reichsglied gewesen sei.“ Doch war der Wohlstand der Stadt nur ein mäßiger und ihr gewerbliches Leben nicht in dem Maße ausgebildet, wie wir dies bei anderen Reichsstädten finden. Eine etwa einhundert Jahre bestandene Gewehrfabrikation abgerechnet, bewegten sich die städtischen Verhältnisse wesentlich nur in den bescheidenen Grenzen einer Ackerstadt. Erst die Anwendung der Dampfkraft beim Steinkohlenbergbau und die damit Hand in Hand gehende Anlage von Eisenwerken und die Erbauung der Eisenbahnen brachten die ungeahntesten Umwandlungen hervor. Steinkohlen grub man hier nachweislich schon im 14. Jahrhundert, doch war die Ausbeute so gering, daß zu Anfang des 19. Jahrhunderts noch die gesamte Förderung des ganzen Ruhrbeckens kaum sieben Millionen Zentner ausmachte. Gegenwärtig werden die gewaltigsten Massen (einzelne Zechen fördern zwölf bis fünfzehn Millionen Zentner im Jahr) aus drei- bis vierhundert Meter tiefen Schächten mit

Leichtigkeit gehoben und auf fast unzählbaren Eisenbahngleisen fortgeschafft.

Hauptsächlich aber ist der Entwicklung der Kruppschen Gußstahlfabrik die Blüte der Stadt Essen zu danken. Diese Fabrik, gegründet im Jahre 1810, hat sich von kleinem Umfange und unter bedeutenden Schwierigkeiten zum größten gewerblichen Etablissement der Erde emporgeschwungen.

Die Stadt Essen ist gegenwärtig der Mittelpunkt des Steinkohlenbergbaues und der Eisenindustrie vom Niederrhein und von Westfalen und ihr Name mehr als der mancher Weltstadt bekannt und genannt. Ihre Einwohnerzahl ist von fünftausend im Jahre 1825 bis auf mehr als das Zehnfache gestiegen.

G. Form / C. Diefenbach

Heinrich I. (um 875/76 – 936): Herzog von Sachsen (seit 912) aus dem Hause der Ludolfinger, wurde nach dem Tod Konrads I. 919 zum König ernannt. Heinrich I. trat u. a. 933 den Ungarn in der Schlacht bei Riade an der Unstrut siegreich entgegen / Etablissement (franz.): Betrieb, Anlage, Fabrik

Jugendzeit in Essen

(1820 – 1829)

In meiner Jugendzeit lag die Industrie meiner Vaterstadt noch in den Windeln. Der erste Erfinder des Gußstahls, Friedrich Krupp, starb 1826, und seine Witwe setzte die kleine Fabrik in bescheidenster Weise fort. Ein anderer genialer und schöpferischer Ingenieur Essens namens Franz Dinnendahl aus Horst bei Oberruhr, der sich vom Schweinehirten zu einem Begründer der Dampfmaschinenindustrie im Essener Bezirk emporgeschwungen hatte, starb auch im Jahre 1826. Derselbe hatte bei Jacobi auf der Gute-Hoffnungshütte zu Sterkrade seine Schule durchgemacht und in Essen im dritten Hagen, in der Nähe meines elterlichen Hauses, eine Maschinenfabrik errichtet, sodann die ersten Wasserhaltungs- und Fördermaschinen auf den Zechen „Gewalt“ bei Überruhr und „Sälzer“ bei Essen gebaut, konnte aber sich keiner weitern Erfolge erfreuen; derselbe hatte vielmehr mit vielem Mißgeschick zu kämpfen, namentlich, nachdem im Jahre 1826 die erwähnte Fabrik in Essen abgebrannt war. Die Ruinen derselben lagen noch jahrelang angesichts meines Elternhauses verlassen und vereinsamt da und gaben zu manchen unheimlichen Gerüchten über den Zauberer Dinnendahl Anlaß; denn derselbe hatte unerklärlicherweise ohne Öl oder Lichter seine Fabrik erleuchtet, und der Teufel hatte den

Rheinisches Hammer- und Walzwerk

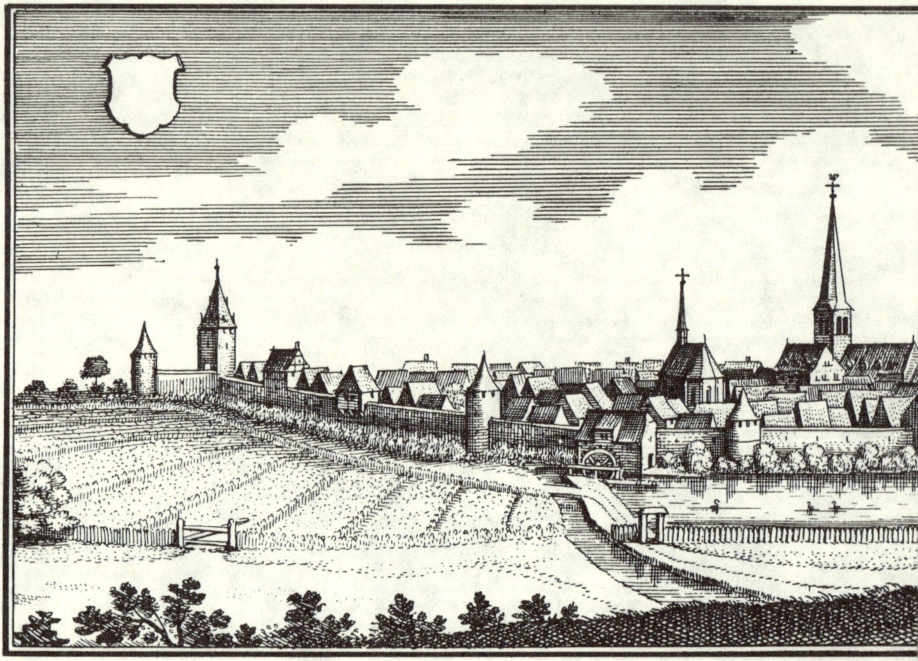

Spuk nicht weiter geduldet, indem er die Fabrik in Flammen aufgehen ließ. So erzählte man sich im Volksmund, da man noch keine Ahnung von einer Gasbeleuchtung hatte, die von dem genialen Dinnendahl bereits ergründet und angewandt war. Die Dampfmaschinentechnik war damals in Essen und Umgegend so wenig verbreitet, daß die Zeche „Sälzer" im Volksmund nicht unter diesem Namen, sondern nur spezifisch als „die Maschine" benannt wurde und ihr eigentlicher Name in der Bürgerschaft fast unbekannt war. Alt und jung wanderte aber gern dorthin, um die gewaltigen Dampfkräfte mit ihren kolossalen Zylindern (selbstredend nur für einfachen Niederdruck) arbeiten zu sehen und krachen zu hören. Ich erinnere mich noch sehr gut des enormen Balanciers der Wasserhebungsmaschine, der aus einem schweren, mit Eisenbändern umgürteten Eichenstamm bestand. Diese Zeche „Sälzer" war in der Umgegend von Essen, abgesehen von den Ruhrzechen, das einzige vorhandene und betriebene Tiefbau-Kohlenbergwerk bis zum Beginn der dreißiger Jahre.

Essen hatte damals wenig über viertausend Einwohner, die noch an den schönen Erinnerungen einer früheren Zeit zehrten, wo die Stadt eine freie Reichsstadt ohne Militärzwang und Steuerdruck war und die Bewohner sich innerhalb ihrer noch teilweise erhaltenen Umfassungsmauern der Überreste des hochadligen Damenstiftes erfreuen durften. Außer den er-

wähnten Mauerresten existierten noch Überbleibsel früherer Stadttore, z. B. am Steeler und Kettwiger Tor, sowie Verteidigungstürme an der Lindenallee und dem zum Viehofer Tor führenden Graben, die der Stadt mit einer im Innern erhaltenen Burg und mit zahlreichen Kirchtürmen ein stattliches Ansehen gaben. In den ehemaligen, meist noch erhaltenen Festungsgräben weideten auf üppigem Grase Kühe und Ziegen; denn die Stadt und ihre Bewohner hatten ja ländlichen Anstrich und ländliche Sitten. In den meisten, auch wohlhabenderen Familien fehlte weder die milchgebende Kuh noch das jährliche Mastschwein im Stall. Kuh- und Schweineherden wurden von einem städtischen Kuh- bzw. Schweinehirten während des Sommers auf die naheliegende Gemeindewiese, das Seegerot, getrieben und erfreuten die Jugend bei ihrer abendlichen frohen Heimkehr in die Stadt. Die Straßen trugen, wie sich leicht erklären läßt, die wenig erbaulichen Spuren dieser Tierwelt, und ein tägliches Kehren und Reinhalten derselben gehörte zum Bereich frommer Wünsche.

Von einer Beleuchtung der Straßen war, wie in allen kleinen Städten, gar keine Rede, um so weniger, als man zu diesem Zwecke nur das teure Öl und schwierig zu behandelnde Lampen zu verwenden hatte. Man benutzte zwar damals schon innerhalb der Wohnungen Talglichter, doch galten diese schon mehr als Luxus, und in den meisten, auch besseren Haushaltungen war die einfache, fußhohe, mit einem Ölkasten und Dochtarm versehene blanke Zinn- oder Messinglampe das gewöhnliche Beleuchtungsmittel. Auf dem Lande, in der Bauernstube, war der billige, selbstgefertigte Kienspan noch stellenweise in Gebrauch.

Eine Straßenbeleuchtung begann in Essen erst zu Anfang der dreißiger Jahre. Der ehrsame Bürger trug bis dahin abends seine Hand- oder Taschenlaterne mit sich ins Vereinshaus oder wo er sonst der Unterhaltung wegen hinging. Wenn Frauen besserer Stände eine Abendgesellschaft besuchen wollten, ließen sie sich über das schlechte holperige Straßenpflaster durch das Dienstmädchen hinübergeleiten, das mit einer großen vielscheibigen Traglaterne voranschritt. Eine solche Laterne ist als historisches Stück noch in meinem Besitz. Eine schwierige und beim Fehlen chemischer Kenntnisse sehr unbeholfene Arbeit war damals das Feuermachen. In einen mit verkohlter Leinwand, als Zunder, angefüllten kleinen Holzkasten wurde mit den aus Stahl und Stein herabgeschlagenen Funken so lange hineingearbeitet, bis ein Funke den Zunder erglühen machte; dann berührte man diese Glühstelle mit einem Schwefelspan und blies so lange hinein, bis dieser Span eine Flamme hervorbrachte. Dieses Feuermachen mittels Stahl, Stein und Zündschwamm war denn auch die alltägliche Sitte für das Anzünden der langen Philisterpfeife, mit der der behäbige Pfahlbürger, die Zipfelmütze auf dem Kopf, vor seiner Haustür stand oder saß, um mit dem Nachbarn oder den Vorübergehenden hochpolitische Gespräche zu führen. Welche Phasen haben die Feueranzünder, Lichter und Lampen von diesen primitiven Einrichtungen bis heute gemacht. Zuerst die sogenannten chemischen Anzünder mittelst Eintauchen eines Schwefelholzes in Asbestflaschen mit Säuren, dann um das Jahr 1838 die teuren buntfarbigen Glaszylinder mit chemischer Füllung, deren Gase ein oberhalb angebrachtes Platinschwämmchen entzündeten, sodann Stopfbüchsen, bei denen ein mit einem Zündschwamm versehener Kolben durch gewaltsames Hineinstoßen in die komprimierte Luft sich entzündete. Endlich, nach jahrelangen Vervollkommnungen, unsere jetzigen bequemen phosphor- und schwefelfreien Zündhölzchen für die Westentasche!

In Essen, wie in andern kleinen Städten, gab es damals höchstens ein bescheidenes Wochenblättchen, das bei G. D. Baedeker zweimal wöchentlich in dürftiger Form auf schlichtem Papier erschien. Selbst in größeren Städten gab es damals kaum täglich erscheinende Zeitungen, und wenn man bedenkt, daß man Nachrichten nicht schneller erhalten konnte als durch Postverbindung und daß deren Vermittlung auf größere Entfernungen meist wochen-, oft monatelang dauerte, so kann man sich vorstellen, wie spärlich man Neuigkeiten hörte von dem, was außerhalb des Stadtgebietes vor sich ging.

In unserem Essen ging in den zwanziger Jahren nur zweimal wöchentlich ein Postwagen mit vier bis sechs Sitzen für Personen-, Brief- und Paketbeförderung zu der sieben Stunden entfernten Regierungshauptstadt Düsseldorf, um dann von dort erst anderentags nach gleich mühseliger und langer Fahrt zurückzukehren. Die Landstraßen befanden sich in sehr traurigem Zustand, und nichts Außergewöhnliches waren die sogenannten Knüppeldämme, d. h. durch Auflegen von Reisig und Knütteln einigermaßen fahrbar gemachte Straßenstrecken, auf denen der Wagen zum Schrecken der Insassen in bedenklichem Hin- und Herschaukeln schwankte. Ein solcher berüchtigter Knüppeldamm befand sich auf der Essen-Werdener-Chaussee an einer sumpfigen Stelle in der Nähe der jetzt noch vorhandenen Siechenhaus-Kapelle.

Im Laufe der zwanziger Jahre ging dann allmählich täglich eine Personen- und Briefpost nach Düsseldorf, und erst zu Anfang der dreißiger Jahre machten die eingeführten vierspännigen, vom Sattel gefahrenen sechs- oder neunsitzigen Schnellposten als rasches Beförderungsmittel gerechtes Aufsehen. Solche Schnellposten, zu denen man sich tagelang vorher einen Platz zu verschaffen hatte, fuhren namentlich rheinaufwärts über Düsseldorf, Köln, Bonn, Koblenz und weiter hinauf. Vor Erscheinen der Dampfschiffe gab es am Rhein eine andere Reisegelegenheit für die Sommermonate mittelst kleiner, hübsch eingerichteter Kajüten- oder Personenschiffe, die, von vier Pferden vom Leinpfad aus im Trab gezogen, den Weg von Köln bis Frankfurt mit Übernachtung unterwegs in zwei bis drei Tagen zurücklegten und die von Groß- und Kleinstädtern und so auch von Essen aus mit großem Behagen benutzt wurden, namentlich zum Besuch der berühmten Frankfurter Messe. Gab es doch nach Vollendung einer solchen beträchtlichen Rheinreise in der kleinen Heimat viel von Land und Leuten, von Erlebnissen und Reiseabenteuern zu erzählen.

Ein Rheindampfschiff soll schon 1817 von England aus, aber nur bis Köln gegangen sein. Das erste große Personendampfschiff von Köln rheinaufwärts ging am 29. Oktober 1824. Es war ein Niederländer mit Namen „Der Seeländer“ und gehörte der niederländischen Stoomboot-Matschappy. Es war zum Personenverkehr zwischen Amsterdam, Rotterdam und Nijmegen bestimmt und unternahm am 26. Oktober von Rotterdam aus eine Versuchsreise auf dem Rhein; es hatte nur fünfundvierzig Pferdestärken und belgische Kohlen im Verbrauch, pro Stunde viereinhalb Zentner. Von Rotterdam bis Köln brauchte es siebenunddreißig Stunden, gelangte am 30. Oktober bis Andernach, am 31. bis Koblenz und am 1. November bis St. Goar, von da unter großen Anstrengungen bis Kaub, wo es umkehren mußte, da es nicht durch das wilde Gefähr weiterkonnte. Die ersten Dampfschiffe mit regelmäßigen Fahrten zwischen Köln und Mainz erschienen 1827 auf dem Rhein, und ich erinnere mich, als Knabe von meinem Vater mit nach Düsseldorf genommen worden zu sein, um ein dort stationierendes Dampfschiff als Weltwunder anzustaunen.

Beim Mangel jedes öffentlichen Fuhrwerks in Essen, mit Ausnahme der genannten Posten und seltenen Extraposten, blieb der vornehmeren kleinstädtischen Welt bei Wintergesellschaften und Bällen nichts übrig, als sich mit den nötigen Umhüllungen und Schuhwerkzeugen zu Fuß durch Schnee und Regen über schlechtes Pflaster durchzuarbeiten. Daß es dabei an komischen Vorkommnissen nicht fehlte, leuchtet ein. Manches Mal kamen die nächtlich aus dem „Verein“ oder den Weinhäusern von Bruns und Lucanus heimkehrenden Herren mit der heiligen Hermandad in Gestalt des einzigen städtischen Nachtwächters in Berührung, dessen würdevolles Amt es war, mit altertümlichem Helm und einer Hellebarde, mit Horn und Laterne über die Ruhe der Stadt und deren Bewohner zu wachen. Ein solcher Nachtwächter früherer Zeit, der allstündlich seinen Patrouillengang abmachte und dabei an den Straßenkreuzungen sein Horn und seinen eintönigen Gesang erschallen ließ, hatte etwas so Eigentümliches und Charakteristisches, daß sein späteres Verschwinden von manchem an Schlaflosigkeit leidenden

Stadtbürger schmerzlich vermißt wurde, hatten doch seine, die jedesmalige Nachtstunde und die Ruhe der Stadt verkündenden Verse und namentlich deren frommer Schluß: „Lobet Gott den Herren!“ etwas überaus Wohltuendes. Außer dem Nachtwächter hatte man in Essen zur Verkündung von Feuersgefahr auf dem hohen, weitschauenden Marktkirchenturm einen Turmwächter oder Bläser, der zum Beweise seiner Wachsamkeit zu jeder Stunde nach jeder der vier Himmelsrichtungen sein Horn erschallen ließ und im Falle eines Brandes die sogenannte Brandglocke zu ziehen und nach der Richtung der Brandstätte hin eine Laterne auszuhängen hatte.

Auch die Kleidertrachten der damaligen Zeit zeigten noch Anklänge an die Trachten des 18. Jahrhunderts; denn es gab unter den älteren Leuten noch einzelne Männer aus der Zeit der geistlichen Herrschaft mit der Zopfperücke, wie solche z. B. ein ehemaliger fürstlicher Friseur namens Kamphof zum Ergötzen der Jugend trug, mit gepuderten Haaren, mit Kniehosen und Stulpstiefeln, den goldbeknopften Rohrstock in der einen Hand und die goldene, silberne oder elfenbeinerne Tabaksdose in der anderen, sodann das weiße Spitzenhalstuch nicht zu vergessen. Die geringeren Stände dagegen zeichneten sich durch große Schlichtheit und Einfachheit in der Kleidung aus und legten nicht ohne Würde durch ihr äußeres Erscheinen Zeugnis ab von dem heute ganz verschwundenen Bewußtsein der Standesunterschiede. Hemden von selbstgesponnener, grober Leinwand (das Spinnrad bildete auch in vornehmeren Häusern einen wesentlichen Bestandteil des Haushalts und des Luxus, denn es gab wundervoll gearbeitete Spinnräder aus den auserlesensten Hölzern mit Elfenbein und Silberschmuck), Röcke und Hosen aus unverwüstlichem, mehrere Geschlechter aushaltendem und von einheimischen Tuchwebern gefertigtem Tuch bei Männern, schlichte dunklere Tuchkleider mit Hauben bei den Frauen bildeten den Sonntagsputz der Handwerker und geringeren Stände. An Wochentagen trugen die Bürgersfrauen zu ihren Ausgängen und Kirchgängen über den schlichten Hauskleidern den jetzt noch bei Maskeraden im Karneval gebräuchlichen buntkattunenen Kapuzenmantel; bei feierlichen Begräbnissen im Gefolge des Leichenzuges aber die sogenannte Faille, eine über Kopf und Schulter lang herabfallende Hülle von schwarzer Seide oder schwarzem Wollstoffe, die nach Art der spanischen Mantille etwas ungemein Würdevolles und Kleidsames darbot.

Es mag auch nicht uninteressant sein, die damaligen Preise einiger Lebensmittel kennenzulernen. Im Jahre 1822 kosteten in Essen z.B. ein Pfund Rindfleisch fünf Stüber oder fünfundzwanzig Pfennige, ein Pfund Kalbfleisch vier Stüber oder zwanzig Pfennige, ein Pfund Schweinefleisch sechs Stüber oder dreißig Pfennige und ein Pfund Butter fünf Stüber oder fünfundzwanzig Pfennige.

Karl Schorn

Hagen: der umhegte Ort, Stadt, Stadtteil, Dorf / Balancier (franz.): Ausgleicher, Schwinghebel; Wippe; Pumpenschwengel / Kienspan: harziger Holzspan, Fackel aus Kienholz / Philister: Spießbürger, Spießer / Pfahlbürger: Kleinbürger / das wilde Gefähr: gefährliche Stelle, Stromschnelle im Rhein bei Bacharach / stationieren: anhalten, anlegen, Station machen / Stüber: niederrheinische Silbermünze, seit 1821 außer Kurs

Die Gußstahlfabrik bei Essen

An der Westseite der Stadt Essen dehnt sich die Gußstahlfabrik des Herrn Krupp aus, die größte Fabrik der Welt. Sie nimmt den Raum einer mittelgroßen Stadt ein, denn sie erstreckt sich über vierhundert Hektar und beschäftigt vierzehntausend Arbeiter, bei Einschluß der auswärtigen Anlagen einundzwanzigtausend (achthundert Beamte).

Von einem erhöhten Punkt der Umgebung betrachtet, meint man einen Wald von rauchenden Schornsteinen zu sehen. Die Straße von Essen nach Mülheim führt durch diese Fabrikanlage, ohne daß man in die einzelnen Werkstätten gelangen könnte; diese sind durch Tore für jeden Fremden verschlossen. Der Fabrikherr unterhält eine eigene Polizeimannschaft von etwa zweihundert und eine Feuerwehr von einhundert Personen.

Rechte Seite: Blick auf die Kruppschen Fabrikanlagen

Ein Kruppsches 21-cm-Ringgeschütz

Bereits im Jahre 1877 zählte man eintausendsechshundertfünfzig verschiedene Öfen, dreihundert Dampfkessel, achtzig durch Dampfkraft regierte Hämmer, dreihundert Dampfmaschinen und eintausendsechzig Werkzeugmaschinen. Was in dem großen Werk verfertigt wird, sagt schon der Name: Gußstahl und eine Menge von Produkten aus diesem gehärteten Eisen. Bei vollständiger Benutzung aller Einrichtungen können hergestellt werden: in vierundzwanzig Stunden zwanzigtausend Meter Schienen, dreihundertfünfzig Radreifen, einhundertfünfzig Lokomotiv- und Wagenachsen, zweihundert verschiedene Eisenbahnräder, eintausendfünfhundert Granaten (mit Pulver und andern Stoffen gefüllte, in Kriegen benutzte Brandkugeln); in einem Monat zweihundertfünfzig Feldkanonen, dreißig 15-cm-Kanonen, fünfzehn 24-cm-Kanonen, acht 28-cm-Kanonen und eine 36-cm-Kanone. Von 1847 bis 77 sind mehr als fünfzehntausend Kanonen gefertigt worden. Eine 36-cm-Kanone ist ein Riesengeschütz, dessen Kugelweite einen Durchmesser von sechsunddreißig Zentimetern, also einen Umfang von einhundertdreizehn Zentimetern hat; die Granate wiegt fünfhundert, das Rohr allein fünfzigtausend Kilogramm.

Auf der sechzig Kilometer langen Eisenbahn der Fabrik sorgen gegen dreißig Lokomotiven für die Herbeischaffung von Heizmaterial und Erz, überhaupt für den Verkehr. Die Hochöfen und andern Feuerungen verschlingen täglich eine ungeheure Menge Kohlen, erstere nehmen dazu noch dreißigtausend Zentner Erz in sich auf. Außer den Kohlenzechen besitzt der Fabrikherr gegen vierhundert Eisensteingruben, und seine Dampfschiffe schleppen das Erz teils aus andern Ländern (z. B. Spanien) herbei. An Roheisen werden monatlich gegen zweihunderttausend Zentner gewonnen.

Die schwerste Arbeit müssen die Dampfmaschinen verrichten; der größte Dampfhammer wiegt eintausend Zentner oder fünfzigtausend Kilogramm, d. i. gleich dem Gewicht von sechs- bis siebenhundert erwachsenen Menschen. Dieser Koloß wird von einer Maschine drei Meter, also stubenhoch, aufgezogen, wenn er niederfällt, erbebt die Erde, als wäre eine Kanone abgefeuert worden. Ja, so heftig ist die Erschütterung, daß die benachbarten Gebäude erzittern und die Fensterscheiben klirren. An einer Seite der Fabrik befindet sich der Schießstand, in dem vor Gewölben und Wällen die verfertigten Geschütze probiert werden. Das Donnern der Kanonen vernimmt man bei günstiger Windrichtung sogar noch in der Nähe Düsseldorfs. Die größten Geschütze befördert die Eisenbahn auf eigens dazu eingerichteten Wagen nach einer großen Heide bei Meppen in der Provinz Hannover, wo dieselben auf ihre Tüchtigkeit versucht werden.

Der reiche Fabrikherr, als ein Wohltäter weithin bekannt, hat in väterlicher Weise für seine Arbeiter gesorgt, die teils in den von ihm erbauten

Zerschossene Versuchspanzerplatte

stadtartigen Kolonien (fünfundzwanzigtausend Seelen) wohnen. An Volksschulen und andern nützlichen Einrichtungen für die dreiundsiebzigtausend Köpfe zählende Bevölkerung fehlt es nicht; gegen fünfzig große Verkaufsstellen sind eingerichtet, den Leuten so billig als möglich das zum Lebensunterhalt Erforderliche zu liefern. Auch der Kranken und Arbeitsunfähigen ist stets in fürsorglicher Weise gedacht worden.

W. Hackmann

Die Probenacht

„Liebes Mädchen, ich steh' draußen
An dei'm Fensterlein;
Hörst du nicht die Winde brausen?
Komm, und laß mich ein!

Ach, ich bin so herzlich müde,
Hier im Sturm zu stehn.
Liebes Mädchen, holder Engel,
Höre doch mein Flehn!"

„Ach, so warte nur ein wenig,
Bis sich nichts mehr rührt." –
„Liebes Mädchen, holder Engel,
Komm, mach auf die Tür.

Schon die halbe Nacht gesungen,
O ich Armer hier!
Laß dich doch erbitten, Täubchen,
Komm, mach auf die Tür!

Jetz hör' ich das Fenster krachen,
Bald steht sie heraus;
Nun wird sie die Tür aufmachen,
Dann komm' ich ins Haus.

So gewiß ist denn die Wonne,
Heut bei dir zu sein;
Schönstes Mädchen, Herzenssonne,
Du bleibst ewig mein!" –

„Ei so komm und genieß die Wonne,
Die uns glücklich macht,
Bis die goldne Morgensonne
Uns vom Schlaf erwacht!"

„Fabrikfeudalismus"

Die sogenannten Wohlfahrtseinrichtungen sind es, welche die intelligenten Fabrikarbeiter oft sicherer unter die Botmäßigkeit der Unternehmer bringen, mit schwereren Ketten in Abhängigkeit von den Industriefeudalen halten als den landwirtschaftlichen Arbeiter die Gesindeordnung und sonstige moderne Sklavenketten.

Dieser Fabrikfeudalismus gibt zum Teil die Erklärung für eine Erscheinung, für die außerhalb der betreffenden Bezirke das Verständnis meist fehlt. Es ist das, wie bemerkt, nur ein Teil der Ursachen, welche in den Industriezentren die proletarische Bewegung so sehr zurückhalten; ein weiterer Grund ist, für das Ruhrrevier wenigstens, in der von schlauen Demagogen systematisch betriebenen konfessionellen Verhetzung der Arbeiter zu suchen. Doch wollen wir uns hier nur mit dem Fabrikfeudalismus befassen, wie er typisch so recht in Erscheinung tritt bei der welt„berühmten" Wohlfahrtsfirma Krupp in Essen.

Beginnen wir mit der Arbeitsordnung. In dieser heißt es: „Wer sich an Agitationen oder Vereinen beteiligt, die auf den Umsturz der staatlichen Ordnung gerichtete Bestrebungen verfolgen, hat die Kündigung zu vergegenwärtigen." Da Krupp sich öffentlich als Gegner des bestehenden Vereinsrechtes bekannt hat, sieht er in diesem Staatsbürgerrecht zweifellos ein Moment, welches die bestehende Ordnung gefährdet, und wer von dem Recht der Vereinigung Gebrauch macht, ist selbstverständlich ein Ordnungsstürzer. Als im Jahre 1893 in Essen eine Zahlstelle des Deutschen Metallarbeiterverbandes gegründet wurde und diese schnell eine stattliche Mitgliederzahl zu verzeichnen hatte, erregte das die Aufmerksamkeit der „Wohlfahrtsfirma". Eines Tages wurden unvermutet die Werkzeugschränke revidiert. Man fand in vielen derselben Metallarbeiterzeitungen und andere ähnlich ordnungsgefährliche Dinge; in Scharen flogen die Umstürzler aufs Pflaster . . . Und heute noch, wer als Umsturzmann in Verdacht kommt: Als „überzählig" passiert er das große Tor. Daß die Bekundung sozialistischer Gesinnung als Staatsverbrechen gerochen wird, versteht sich am Rande. Was das „Fliegen" bei Krupp für den einzelnen bedeutet, darüber später noch Näheres.

Die politische Unfreiheit, die Eskamotierung der Staatsbürgerrechte wird weiter gefördert durch Bedrohung mit wirtschaftlicher Schädigung, indem Renitenten die Vorteile der „Wohlfahrtseinrichtungen" entzogen werden. Für eine große Zahl Kruppscher Arbeiter kommen da zunächst die viertausendachthundertunddreiundfünfzig Werkswohnungen in Betracht. Wer aus der Fabrik entlassen wird, muß natürlich auch, wenn er das „Glück" hat, Mieter einer Kruppschen Wohnung zu sein, diese verlassen. Bei der Wohnungsnot in Essen, verstärkt durch den Umstand, daß der Mietpreis in Werkswohnungen um etwas geringer ist als in Privathäusern, läßt sich der Inhaber einer Werkswohnung manches Unrecht bieten, fügt sich in manche Unbill, die er als freier Arbeiter nicht dulden würde.

In den Kruppschen Konsumläden wird nur gegen bar verkauft und zwar zu allgemein üblichen Preisen. Der Vorteil besteht darin, daß alljährlich, nach dem Betrag für entnommene Waren berechnet, ein Rabatt von sechs bis sieben Prozent zurückgezahlt wird. Jeden 1. Juli ist Jahresschluß; der Rabatt gelangt im Dezember zur Auszahlung. Kehrt ein Werksangehöriger ab, dann wird natürlich der Rabatt nicht ausgezahlt. Im günstigsten Falle, wenn der Betreffende kurz nach Auszahlung des Rabatts abkehrt, muß er den auf die in der Zeit vom Juli bis zur Entlassung entnommenen Waren entfallenden Rabatt einbüßen. Es sind nicht wenige, die mit Rücksicht auf den eventuell zu erleidenden Verlust Anmaßungen der Meister in bezug auf Behandlung und Lohn„regulierungen" ohne Protest über sich ergehen lassen.

Die Krone aller Wohlfahrtseinrichtungen ist die Pensionskasse. Diese

Rechte Seite: Essen an der Ruhr (um 1870/80)

verschaffte der Stadt Essen sogar den Nimbus eines Arbeitereldorados. Und die Pensionskasse ist wirklich eine Wohlfahrtskasse – für die Firma Krupp! Kaum war eine „patriarchalische" Einrichtung dem früheren Feudalismus dienlicher als eine solche Kasse dem modernen Industriefeudalismus. Diese Wohlfahrtseinrichtungen verursachen Geschäftsunkosten, die überreichliche Zinsen tragen.

Jeder Werksangehörige ist obligatorisch Mitglied der Wohlfahrtspensionskasse. Allerdings gratis kann niemand das Vergnügen haben. Zunächst wird ein Einschreibegeld in Höhe des anderthalbfachen Tagesarbeitsverdienstes erhoben, so daß durchschnittlich sechs Mark zu zahlen sind. Sodann werden an laufenden Beiträgen erhoben zweieinhalb Prozent des bis zu sechszweidrittel Mark pro Arbeitstag reichenden Arbeitsverdienstes. Im Jahre 1900 zahlte jedes Mitglied durchschnittlich 34,80 Mark Beiträge. Und welche Vorteile sind dafür dem Arbeiter in Aussicht gestellt? Er kann Rentenempfänger werden! Aber um in diese „Glückslage" zu kommen, müssen folgende Voraussetzungen erfüllt sein. Der Rentenforderer muß mindestens zwanzig Jahre – bei besonders schwerer Arbeit, Feuerarbeit, fünfzehn Jahre – ununterbrochen in Diensten der Firma gestanden haben und seine *vollständige Arbeitsunfähigkeit,* von zwei Ärzten übereinstimmend attestiert, nachweisen! Unberücksichtigt bleiben bei der Dienstalterberechnung die Zeit vor zurückgelegtem achtzehnten Lebensjahr, gezahlt muß aber werden, eine über dreizehn Wochen hinausgehende Krankheitszeit, ferner die Zeit, während welcher ein Mitglied eventuell als Halbinvalide beschäftigt wird.

Ist das nicht die Krone sozialer Fürsorge, das Muster einer „Wohlfahrtseinrichtung"? Dabei hat man jetzt erst die hoffnungsvollen Perspektiven kennengelernt. Die „glänzende" Medaille hat noch eine „glänzendere" Rückseite. Wer als Mitglied der Pensionskasse zehn, zwanzig Jahre oder noch länger zwangsweise Beiträge zahlte, dann auf einmal „überzählig" wird, sich nach Meinung eines „wohlwollenden" Beamten unbotmäßig beträgt, politisch anrüchig wird, in Verdacht der Umstürzlerei gerät und hinausfliegt, der ist aller Ansprüche auf die Wohlfahrtskasse verlustig, und nicht *einen Pfennig* von den eingezahlten, oft genug sich bis auf eintausend Mark berechnenden Beiträgen erhält der freiwillig oder unfreiwillig Abkehrende zurückerstattet. – Die Zahl derjenigen, welche bei Krupp alljährlich zur Entlassung kommen, ist nicht gering. In den beiden letzten Jahren waren es je mindestens siebentausendfünfhundert bis achttausend Mann! Diese Zahl ergibt sich nach Berechnung des vereinnahmten Einschreibegeldes unter Berücksichtigung der Steigung der Mitgliederzahl. Wenn man erwägt, daß unter den Entlassenen eine große Zahl mit langer Dienstzeit sich befindet, daß Arbeiter mit zehnjähriger Dienstzeit entlassen werden, ist gar keine Seltenheit, dann kommt man zu dem Resultat: ein feines Geschäft!

Welche Wirkungen übt nun die Kruppsche Pensionskasse aus? Das ist leicht zu ermessen! Der Arbeiter, welcher eine Reihe von Jahren Beiträge zur Kasse steuerte, will natürlich das Geld nicht nutzlos geopfert haben; er möchte dermaleinst Rentenempfänger werden. Mit scheuer Ehrfurcht denken die Kruppschen Arbeiter, wenigstens diejenigen Elemente, welche als Nachwuchs, gewissermaßen als Erbe dem Kruppschen Werke zufallen, an das in weiter Ferne winkende „Glück", Kruppscher Pensionär zu werden; man sehnt sich danach, „völlig arbeitsunfähig" zu sein. Aber das Glück wird nicht jedem zuteil. Viele sind berufen, aber nur sehr wenige auserwählt. Vielleicht gerade darum ist die Sehnsucht nach dem „Glücke" so groß, darum gerade das Bestreben, unter keinen Umständen die Anwartschaft auf die Pension zu verlieren. Man weiß, das ist sehr schwer. Und je näher jemand dem erforderlichen Dienstalter rückt, desto größer wird die Furcht, durch irgendeine „Zufälligkeit" die langgenährte Hoffnung in Trümmer gehen zu sehen! Und daher die Anspannung aller Kräfte, das „Glück" nicht zu verwirken. Dazu ist zunächst erforderlich: unbedingter Gehorsam, vollständige Willenlosigkeit bei unwürdiger Behandlung, Lohnabzug etc. Die geringste Renitenz, der leiseste Zweifel an der tadellosen Humanität der Wohlfahrtsfirma wird mit dem Gefürchteten, mit der Abschiebung bezahlt.

Daß unter solchem Regiment Furcht, Unterwürfigkeit und Willenlosigkeit systematisch gezüchtet werden, leuchtet ohne weiteres ein. Doch ist das nicht alles. Um die Würdigkeit, Pensionär zu werden, nachzuweisen, um den Verlust der Menschenwürde demonstrativ zu bestätigen, um jedes Mißtrauen auf „politische Reinheit" zu zerstreuen, breitet sich bei Krupp durch das Treiben einzelner Subjekte ein Denunziantentum aus, wie es scheußlicher kaum gedacht werden kann. Und dadurch werden alle Arbeiter, besonders gerade diejenigen mit freier Meinung und ehrlicher Gesinnung, betroffen. Um nicht der Heldentat eines Denunzianten, eines Verleumders zum Opfer zu fallen, muß man sehr vorsichtig die Zunge hüten, darf seine Meinung nicht laut werden lassen. Ständig in Gefahr angeschwärzt zu werden, erlahmt allmählich die Spannkraft, und so macht sich mit der Zeit eine Resignation geltend, die weiter zur Tugend bedingungsloser Untertänigkeit führt. So wirkt das Wohlfahrtssystem demoralisierend und korrumpierend, nimmt dem einzelnen seine Menschenwürde, nimmt seine Rechte als Staatsbürger und macht ihn zum willenlosen Sklaven des Fabrikfeudalen.

Die Wohlfahrtsspesen sichern dem Industriekönig einen Stamm intelligenter, „zufriedener" Arbeiter. Diese Arbeiter halten selbst unter ungünstigen Erwerbsverhältnissen bei Krupp aus in der Hoffnung auf späteren Vorteil, um welchen aber fast alle Hoffnungsvollen betrogen werden. Aus Rücksicht auf irgendein Familienglied wird der ganzen Schar der Anverwandten Wohlverhalten empfohlen. Die Kinder werden in gläubiger Verehrung der als höchstes Ziel zu erstrebenden dereinstigen Pension erzogen, alles arbeitet hin auf Züchtung eines Abhängigkeitsgefühls, das alle eigenwollende Regungen erstickt, den Arbeiter mit unzerreißbaren Fesseln in das Joch, unter die absolute Herrschaft des Wohltäters spannt. Kann es eine bessere Kapitalanlage geben?

Wilhelm Düwell

Fabrikfeudalismus: der Begriff „Feudalismus", der das mittelalterliche Lehnswesen und seine sozialen, wirtschaftlichen und politischen Implikationen umreißt, wurde im Zuge der Industrialisierung auch auf das kapitalistische Wirtschaftssystem übertragen und soll hier die soziale, wirtschaftliche und politische Abhängigkeit des Lohn-, Gehaltsempfängers von dem Kapitaleigner verdeutlichen helfen / Demagoge (griech.): Volksverführer, -aufwiegler / Agitation (lat.): politische Hetze; politische Aufklärungstätigkeit / Eskamotierung (franz.): hier im Sinne von „Leugnung" / Nimbus (lat.): guter Ruf, Ruhm / Arbeitereldorado (span.): Arbeiterparadies / Renitenz (lat.): Widerspenstigkeit / Denunziantentum (lat.): Versuch, jemanden durch Anzeige, Verdächtigung, Bespitzelung zu Fall zu bringen / korrumpieren (lat.): verderben, bestechen

Aus alter Zeit

Erinnerungen eines Grubensteigers

Mit Beginn des neuen Jahres ist auf dem Schacht Huyssen der Kruppschen Zeche vereinigte Sälzer-Neuack eine neue Förderung in Betrieb gekommen. Wenn ich das schlanke, zweiunddreißig Meter hohe eiserne Seilscheibengerüst und die gewaltigen Abmessungen der beiden modernen Dampffördermaschinen mit den sechs bis sieben Meter im Durchmesser großen Treibscheiben betrachte und staunend sehe, welche Leistung sie bewältigen, und die sinnreichen Einrichtungen der Förderung bewundere, kommt mir lebhaft die Zeit in Erinnerung, als ich vor bald fünfundvierzig Jahren meine erste Schicht verfuhr. Ja, wer hätte damals gedacht, daß ein Schacht in der achtstündigen Schicht aus vierhundert Meter Teufe über eintausendfünfhundert Tonnen, also vier lange Güterzüge, Kohlen ausspeien würde, wer wußte damals etwas von Koepe-Förderung, Zwillingstandem-Verbundmaschinen, von hohen Dampfspannungen, von Dampfüberhitzung, wer kannte selbsttätige Bremsen, Sicherheitseinrichtungen und Geschwindigkeitsmesser, die es jetzt erlauben, fünfzig Personen oder acht

Förderwagen auf einem vieretagigen Förderkorb mit dem zweiundfünfzig Millimeter starken Seil heraufzuziehen? Ich begreife sehr wohl den Wetteifer, mit dem die Zechenschmiede und die Schlosser der Reparatur- und Eisenbahnwerkstätten mit den Monteuren bei der Jahreswende arbeiteten, um letzte Hand an die Aufzüge, Wagen und Etagenbremsen in der zweistöckigen Schachthalle zu legen, die selbsttätigen Schachtverschlüsse, Signal- und Aufsatzvorrichtungen zu probieren und die Kettenbahnen, Stellwerke auf den geneigten Bahnen in Gang zu bringen, wie sie die Technik unserer Ingenieure heutzutage ersinnt. Galt es doch ein Werk zum Abschluß zu bringen, das nahezu drei Jahre Zeit erfordert hatte und zu den schwierigsten bergmännischen Arbeiten zählte: die Erweiterung des Schachtes Huyssen auf vierhundertfünfzig Meter Teufe von seinem rechteckigen, zwölf Quadratmeter großen Querschnitt auf einen kreisrunden Querschnitt von fünfeinhalb Meter Durchmesser und vierundzwanzig Quadratmeter Inhalt. Er steht jetzt ganz in Mauerung und Eisenausbau und hat unter Tage ebenfalls in Stein und Eisen ausgebaute Füllörter erhalten, während er vordem nur mit Holz ausgezimmert war und keine Spurlatten besaß.

Es war im Mai 1865, als ich meine erste Schicht verfuhr. Die Zeche hatte damals drei Förderschächte: Schmits, Huyssen und Waldthausen. Schacht Schmits, zu Beginn des Jahres 1857 abgeteuft und nach einem Grubenvorstandsmitglied benannt, förderte am 25. Februar 1858 das erste mit Tannen bekränzte Faß Kohlen. Der Schacht hatte damals die gleiche stehende Balanciermaschine von 85 PS wie Schacht Huyssen. Mit einer künstlerisch ausgeführten Form verband sie viele technische Vorzüge, sie besaß Mantelheizung des Zylinders, Kondensation und die Möglichkeit, mit Handsteuerung dem Dampfzylinder beliebige Füllung zu geben. Das waren damals noch einfache Zeiten, und es bestand weder eine Bahnverbindung mit der Gußstahlfabrik noch mit der erst 1866 dem Verkehr übergebenen Rheinischen Eisenbahn. Die hölzerne Verladebrücke, von wo die Kohlen nach dem Schacht Waldthausen durch Pferde abgeschleppt wurden, wurde mit hochgezogenen Feuerkörben und Rüböllaternen, später mit Petroleum, kümmerlich erleuchtet, und ich entsinne mich noch des Jubels, als eines Abends, im Winter 1866, der Zechenplatz im herrlichen Gaslicht strahlte, das natürlich aus Schnittbrennern kam. Erst später entstanden die Betriebsanlagen, Mannschafts- und Verwaltungsgebäude, die jetzt zum Teil schon wieder abgebrochen sind, teilweise noch durch Neubauten ersetzt werden sollen.

Die obengenannte Fördermaschine versagte 1879 den Dienst und wurde durch eine liegende Zwillingsmaschine von 250 PS Leistung mit Ventilsteuerung ersetzt, deren Aufstellung wiederum berechtigtes Staunen her-

vorrief. Sie hat der Gewerkschaft glänzende Dienste geleistet und noch im vergangenen Jahr die Förderung allein bewältigt. Diese betrug 1879 zweihundertvierzehntausend Tonnen und dreißig Jahre später vierhundertachtzehntausend Tonnen jährlich. Die besten Zeiten der Gewerkschaft hat freilich die erwähnte Vorgängerin dieser Maschine auf Schacht Schmits und ihre Schwestermaschine auf Schacht Huyssen erlebt.

Ja der gute Huyssen mit seinem Malakow-Turm, wie die meisten an der Ruhr von Funke erbaut! 1846 tat der Deputierte des Grubenvorstandes, Bürgermeister Heinrich Huyssen, Sohn des Berglehnträgers Dr. Arnold Huyssen, den ersten Spatenstich. Zehn Jahre später war die Balanciermaschine in Betrieb, die noch im vergangenen Jahr als Wunder alter Maschinenbaukunst in Ehrfurcht betrachtet wurde. Sie förderte, bevor Schacht Schmits in Betrieb kam, allein aus einhundertsechsundvierzig Meter Teufe, während die Flöze in den höheren Horizonten von der südwestlich gelegenen Hauptschachtanlage Waldthausen aus gebaut wurden. Jetzt ist dieser Schacht selbst verschüttet, er lag an der Stelle, wo jetzt schwere Schiffsgeschütze in den Riesenhallen der neunten mechanischen Werkstatt hergestellt werden.

Dieser nach dem Grubenvorstandsmitglied Johann Wilhelm Waldthausen benannte und 1820 abgeteufte Schacht erreichte bei siebzehn Meter das Steinkohlengebirge und förderte schließlich aus sechsundneunzig Meter Teufe. Erst 1851, als die Jahresförderung einundvierzigtausend Tonnen betrug, ist die Schachtanlage durch die gemeinsame Anschlußbahn der Zechen

Sälzer-Neuack, Hagenbeck und Helene-Amalie mit der Station Bergeborbeck verbunden worden, nachdem wenige Jahre vorher die Köln-Mindener Eisenbahn eröffnet worden war. Nach dem Schacht Waldthausen war auch 1825 jene alte Fördermaschine verlegt worden, die zuerst 1809 auf dem Nachbarschacht Josina gestanden hatte, die zweitälteste Dampffördermaschine, die überhaupt im Kohlenrevier in Betrieb war.

Jenseits des Sälzerbachs, nur einhundertfünfzig Meter westlich von Waldthausen, stand Josina, der erste Tiefbauschacht der Zeche, nach der Frau des Rechtsgelehrten Dr. Arnold Huyssen genannt. Hier lief im Juni 1809 zum erstenmal die „Feuermaschine" zum allgemeinen Jubel und Staunen und förderte schon im Jahr darauf gegen viertausendachthundert Tonnen Kohlen. Der Mechaniker Franz Dinnendahl, der schon 1801 die erste Dampfmaschine für die Zeche Wohlgemut gebaut hatte, hat sie in seiner Werkstatt im dritten Hagen gleichzeitig mit einer großen Wasserhaltung konstruiert. Fünfmal mußten die vierzig- und fünfzehnzölligen großen Zylinder auf der Hütte „Gute Hoffnung" bei Sterkrade, die damals der Witwe Friedrich Jodokus Krupp (er war Stadtschreiber und nannte ein ihm verliehenes Grubenfeld „Sekretarius Aak", d. h. Stollen des Stadtschreibers) gehörte, der Großmutter von Friedrich Krupp, gegossen werden, bis diese großen Gußstücke genügend ausfielen, und eine ungeheure Menschenmenge begleitete die Kesselfahrt, als der von sechs Pferden gezogene Lastwagen mit den großen Zylindern nur mit Mühe durch das Limbecker Tor kam. Es war eine Vorgelegemaschine mit einem sechzehn Zoll langen Balancier, der einen Kolbenhub von vier Zoll erlaubte, und sie hatte eine 7,2 Zoll starke Seiltrommel und viereinviertelzöllige große Seilscheiben; der Dampfkessel stand im Maschinenraum und wurde nur zur Förderung gestocht. Sie förderte in der Minute aus zweiundzwanzig Lachter (sechsundvierzig Meter) Teufe einen Wagen von vier bis sechs Ringel zu eineinhalb Scheffel, also dreihundert bis vierhundertfünfzig Kilogramm. Weither strömte das Volk zusammen, um das Wunderwerk zu sehen, und man sprach nicht vom Schacht „Josina", sondern nur von der „Essener Maschin". Freilich hatte sie, wie ich mich aus meiner Kindheit entsinne, auch ihre Mucken. Wenn das Schwungrad auf dem toten Punkt stand, mußte mit einem Hebel nachgeholfen werden. Förderkörbe waren nicht vorhanden, vielmehr wurde das Seil mit vier Kettenhaken an entsprechende Griffe am Rand des Wagens befestigt. Die Signale wurden vom Füllort dem Anschläger über Tage zugerufen, der sie ebenso zur Maschine weitergab. Seilfahrt gab es natürlich auch nicht, die Belegschaft fuhr auf Fahrten (Leitern) ein und aus. Die Belegschaftskaue, in der die Knappen ihre Kleiderkisten in den verschiedensten Größenmaßen stehen hatten und wo sie sich vor dem Verlesen zum Gebet versammelten, hat ebenso wie die „Schachthalle" noch lange als Wohnhaus gedient. Die Zechenhäuser haben erst vor drei Jahren dem Neubau der Zünderwerkstätten und der neunten mechanischen Werkstatt weichen müssen. Den Zugang zur Zeche bildete der sogenannte Kohlweg, der auf der einen Seite bei der früheren Wirtschaft Wilhelm Crone in Altendorf, bei der heutigen Konsumanstalt in die Weseler Chaussee, jetzt Altendorfer Straße, mündete, auf der anderen Seite in die alte, zum Limbecker Tor führende Mülheimer (jetzt Frohnhauser) Landstraße. Als Fahrbahn für die Schiebkarren lagen seitlich des Weges an den Gartenhecken entlang Bretter auf kleinen Schwellen; von der Hauptstraße war dieser Kohlweg durch ein Geländer abgetrennt. Er hat für die städtischen Kohlenschieber bis in die fünfziger Jahre bestanden, freilich haben die Kappusbauern der Umgegend auf dem Rückweg vom Markt ihre Kohlen wohl meist mit Fuhrwerk von der Zeche selbst abgeholt.

So sah die Tiefbauschachtanlage vereinigte Sälzer-Neuack vor einhundert Jahren aus. Es gehörte damals großer Wagemut und erheblicher Kapitalaufwand der Gewerken dazu, den Stollenbergbau zu verlassen und ein derartiges Tiefbauunternehmen zu beginnen. Es war im Jahre 1805 auch nur möglich, die bergbehördliche Erlaubnis zur Erbauung einer Fördermaschine zu erhalten, nachdem sich die Sälzer Gewerkschaft mit der Neuacker Gewerkschaft vereinigt hatte. Deren erste Belehnungen durch die Fürstäbtissin Maria Klara gehen in die Zeit des Dreißigjährigen Krieges zurück und sind nächst denen der Nachbarzeche Hagenbeck die ältesten im Ruhrkohlenbezirk. Mit bedeutenden Gerechtsamen wurde die vereinigte Gewerkschaft jedoch erst 1812 von dem Großherzoglich Essen-Werdenschen Bergamt ausgestattet, nachdem eine nachhaltige Entwicklung ihres Bergbaues durch die Aufstellung der „Feuermaschine" gewährleistet war.

Aus: Kruppsche Mitteilungen, 12./19. 2. 1910

Teufe: bergmännische Bezeichnung für Tiefe / Koepe-Förderung oder Treibscheibenförderung: eine nach ihrem Erfinder Koepe benannte Art der Schachtförderung, die 1877 zum erstenmal angewandt wurde. Bei dieser Art der Förderung gibt es nur ein Förderseil, das an jedem Ende ein Fördergestell bzw. -gefäß trägt und daher nicht aufgewickelt, sondern durch Reibung auf einer Treibscheibe mitgenommen wird. Im Ruhrgebiet sind über neunzig Prozent aller Hauptschachtförderanlagen als Koepe-Förderung ausgeführt / Füllort: der Schnittpunkt zwischen der waagrechten Strecke eines Bergwerks und dem senkrechten Schacht. Hier werden die beladenen Förderwagen in den Förderkorb geschoben oder in die Skips (Fördergefäße) entleert / Spurlatten: meist werden die Schachtfördermittel an Spurlatten geführt, wobei diese aus Holz oder neuerdings aus Stahl bestehen / Balanciermaschine: Maschine mit einem schwingenden, kraftübertragenden Hebel (= Balancier) / Gewerkschaft: Vereinigung der Bergbauteilnehmer, Kuxinhaber / Zoll: alte Längeneinheit (zwischen 23 und 30 mm) / der Dampfkessel . . . wurde nur zur Förderung gestocht: im Dampfkessel wurde nur zur Förderung das Feuer geschürt und zur hellen Flamme gebracht / Kaue: Wasch- oder Umkleideraum / Kappus oder Kappes: Weißkohl / Gerechtsame: Berechtigung, Privileg, rechtliche Eigenschaft

Alfred Krupp

Persönliche Erinnerungen an Alfred Krupp

Es war die große internationale Industrieausstellung des Jahres 1852 in London, die den Weltruf der Kruppschen Fabrikate begründen sollte. Alfred Krupp stellte hier aus: einen Gußstahlblock von viertausend Pfund, wodurch er die englische Industrie vollständig in den Schatten stellte, eine sechspfündige Gußstahl-Mantel-Kanone, eine Eisenbahnachse, einen Küraß, Walzen u. a. Es häuften sich nun die Bestellungen, namentlich auf Eisenbahn- und Schiffsachsen, auf Radreifen der Eisenbahnräder, nachdem man die Zähigkeit des dazu verwandten Metalls erprobt und erkannt hatte; die Fabrik konnte erweitert, ein neuer Dampfhammer aufgestellt, der Betrieb nach allen Richtungen hin verbessert werden.

Es ist nicht meine Absicht, auf den nunmehr riesenmäßigen Aufschwung der Fabrik, den ich ja nur gelegentlich persönlich habe näher verfolgen können und der zudem allgemein bekannt ist, näher einzugehen; ich begnüge mich, einige der vielfach publizierten Daten und Zahlen hier anzuführen. Auf der folgenden Ausstellung in Paris (1855) sah man einen Kruppschen Gußstahlblock von zehntausend Pfund, 1862 in London einen solchen von vierzigtausend Pfund. 1860 betrug die jährliche Produktion von Gußstahl acht Millionen, 1863 fünfzehn Millionen, 1872 zweihundertfünfzig Millionen Pfund. Weniger schnell ging es mit der Einführung der Kanonen, die in der Folge der Hauptfabrikationsgegenstand der Fabrik werden sollten. Auch hier ging das Ausland mit Bestellungen voran (die ersten gingen, wenn ich nicht irre, nach Ägypten), und erst zu Anfang der sechziger Jahre entschloß sich Preußen zu einer teilweisen Einführung. Nachdem sie sich in dem Deutsch-Dänischen Krieg von 1864 gut bewährt hatten, trat nach 1866 ein merklicher Rückschlag in der Stimmung für sie infolge des Springens einzelner Rohre ein, und die Bronze schien als Material das Feld zu behaupten; es bedurfte vieler kostspieliger und die ganze Intelligenz des Fabrikherrn in Anspruch nehmender Versuche, um die Mängel der Konstruktion zu entdecken und zu beseitigen; nachdem sie sich 1870 glänzend bewährt hatten, wurden sie von allen europäischen Staaten (mit Ausnahme von Frankreich und England) und auch von außereuropäischen eingeführt und sind es seitdem geblieben. Der Weltruf der Firma war fest begründet; bis zum Tod des Erfinders hat sie allein dreiundzwanzigtausend Geschütze geliefert.

Eine natürliche Folge dieses Aufschwungs war die räumliche Ausdehnung der Fabrik; Krupp war gezwungen, seine Werke und Werkstätten durch großartige Landankäufe im weiteren Umkreise durch Bauten und Maschinenanlagen zu vergrößern, und bald erwuchs aus den kleinen Anfängen ein Komplex von ausgedehnten Fabrikanlagen auf beiden Seiten der sich bis nach dem Dorfe Borbeck erstreckenden Staatsstraße, mit Hunderten von Hämmern und Schloten, so daß selbst der eingeborene Essener nach mehrjähriger Abwesenheit seine Vaterstadt nicht mehr wiedererkannte. 1860 trat der große, bis jetzt noch nicht übertroffene Dampfhammer Fritz in Tätigkeit. Es ist leicht begreiflich, daß auf Dauer ein, wenn auch noch so umfassender Geist nicht imstande war, den großartig erweiterten Betrieb allein zu übersehen; und so schritt 1862 Krupp zur Einrichtung eines Direktoriums, anfänglich aus zwei, seit 1867 aus vier, zuletzt aus sieben juristisch, technisch, kaufmännisch gebildeten Mitgliedern bestehend, seit 1879 unter einem besonderen Vorsitzenden, also einer Art Ministerium, das unter seiner Oberleitung die Geschäfte bewältigte.

Mit dem Anwachsen der Fabrik ging in gleichem Schritt das Steigen der Zahl der in ihr beschäftigten Arbeiter. Im Jahre 1852 noch dreihundertvierzig, überschritt sie 1858 das erste, erreichte 1861 das zweite Tausend,

Rechte Seite: Gesamtansicht der Kruppschen Fabrikstadt

bestand 1864 aus sechstausend, 1872 aus beinahe elftausend, und, nachdem sie vorübergehend um einige Tausend gefallen war, im Todesjahr 1887 aus zwölftausendsechshundertvierundsiebzig (allein im Essener Betrieb). Welche Übelstände das Ansammeln solcher Massen, denen naturgemäß zum Teil sehr zweifelhafte Existenzen als Inhaber von Winkelgeschäften, Schankwirte usw. folgen, mit sich führt, wird jeder begreifen, der einmal einen Blick in das Leben der modernen Fabrikstädte getan hat. Sobald die Verhältnisse der Fabrik sich einigermaßen gekräftigt hatten, ging Krupp daran, diesen Übelständen so weit wie möglich zu steuern. Den Anfang seiner Wohlfahrtseinrichtungen bildete 1853 die Gründung einer Hilfskasse in Fällen von Krankheit und Tod, deren Beiträge den Mitgliedern im Krankheitsfall ärztliche Hilfe und Geldunterstützung, im Todesfall die Beerdigungskosten lieferten und deren Überschüsse zur Stiftung eines Pensionsfonds für invalide Arbeiter bestimmt waren. Um den entsetzlichen Überteuerungen bei dem Ankauf der notwendigen Lebensbedürfnisse zu begegnen, schuf er 1856 für seine Arbeiter eine Beköstigungsanstalt in der Fabrik, 1858 eine eigene Bäckerei, 1868 eine Verkaufsanstalt für Kolonialwaren und Lebensmittel, dem dann Schuster- und Schneiderwerkstätte, später auch Schlachthaus mit Fleischhalle folgten. So entstanden die großartigen Konsumanstalten, wie sie jetzt in Essen vor aller Augen stehen, deren im einzelnen ganz geringfügiger, nur in Masse erheblicher Gewinn unverkürzt der Pensionskasse der Arbeiter zufließt. Ein weiterer Übelstand war die Wohnungsnot; natürlich stiegen in Essen mit der wachsenden Bevölkerung die Wohnungspreise erheblich, und die Arbeiterfamilien fanden, dichtgedrängt, in elenden Räumen nur für schweres Geld Unterkunft. 1860 begann Krupp mit dem Bau von Wohnungen für seine Arbeiter, 1863 entstand die erste Arbeiterkolonie Westend, ihr schlossen sich in den siebziger Jahren die Kolonien Dreilinden, Nordhof, Schederhof, Kronenberg an; im ganzen wurden über dreitausend Wohnungen geschaffen, in denen über fünfzehntausend Menschen eine gesunde und billige Wohnung fanden. Dazu kamen 1872 ein Krankenhaus mit eigenem Arzt, ein Lazarett für eintretende Epidemien, eine Badeanstalt, ferner Elementar- und Fortbildungsschulen, endlich als Krönung des Ganzen die Gründung der Pensionskasse, die die Existenz des Arbeiters bei Invalidität durch Alter oder Unfall sicherstellte und die der Stifter durch reichliche Gaben fundierte. Krupp hat damit, und zwar aus sich selbst heraus, aus eigenem Antrieb und ohne allen Zwang, ein wohldurchdachtes System von Wohlfahrtseinrichtungen für die Arbeiter geschaffen, ein System, dessen Einrichtungen seitdem vielfach nachgeahmt, aber nicht erreicht worden sind.

Die dürftige Wohnung [Krupps] in dem kleinen elterlichen Haus war schon Anfang der fünfziger Jahre verlassen und durch ein geräumigeres

Wohnhaus inmitten der Fabrik ersetzt worden. Als durch die Erweiterung der Fabrikanlagen, den damit verbundenen Lärm und Rauch, das Wohnen daselbst immer unbequemer wurde, kam Krupp auf den Gedanken der Anlage einer Villa mit Garten und Park, eine Anlage, die ihn in der Folge viel Nachdenken und viel Geld gekostet hat. Er kaufte dazu auf einer das nahe Ruhrtal beherrschenden Anhöhe ein passendes Terrain und ging mit der ihm eigenen Energie an die Ausführung des Planes. Um zunächst die passendste Höhe für den Hausbau zu finden, ließ er einen transportablen Aussichtsturm in Holz konstruieren, um denselben mit Hilfe zahlreicher Menschenkräfte von einer zur anderen Stelle zu versetzen und um von dessen Spitze die beste Aussicht zu erspähen. Sodann ging es ans Nivellieren, Planieren und Höhenausgleichen des von Einschnitten und Hügeln kupierten weiten Terrains. Jahre hindurch waren mehrere Hunderte von Erdarbeitern in großen Baracken einquartiert und mit Ameisenfleiß an den großen Erdverschiebungen tätig. Danach begann der Bau des in großem, architektonisch aber wenig bedeutsamem Stil angelegten ländlichen Palais. Um den Park schon sogleich mit großen und schattigen Bäumen ausrüsten zu können, kaufte er unter anderem in Mülheim a. d. Ruhr eine ganze stattliche Allee und ließ auf eigens konstruierten Transportwagen die enormen Stämme mit ihren Wurzeln anfahren sowie sonstige größere Pflanzen hierher und dorther beschaffen. Nach den Kosten wurde bei ihm niemals gefragt, wenn es sich um große Pläne handelte, und so erstand nach einer Anzahl von Jahren die bekannte und von ihrer Höhe weit in die Ferne leuchtende große Villa, von dem Erbauer mit dem bescheidenen Namen „der Hügel“ benannt, in der seitdem Kaiser, Könige und Fürsten empfangen und großartige Feste gefeiert worden sind.

Dieses im großen Stil eingerichtete und dementsprechend gastliche Haus, welches durch die Erscheinung und das Wesen einer vom Zauber der Jugend und Schönheit umgebenen Gemahlin einen besondern Glanz und frisch pulsierendes Leben erhielt und auf engere und weitere Kreise eine große Anziehungskraft übte, bot Freunden und Bekannten manch angenehme Stunden und durch die fast stete Anwesenheit fremdherrlicher Offiziere ein erhöhtes Interesse und internationale Unterhaltung.

In seiner äußeren Erscheinung war Alfred Krupp von schlanker, fast hagerer Figur, weit über mittelgroß, mit hoch emporragendem Kopf, hoher Denkerstirn und lebendigem, einnehmendem Ausdruck in Miene und Blick. Bis in die siebziger Lebensjahre hinein erfreute er sich einer guten Gesundheit und körperlicher wie geistiger Frische und zeigte weder in Haltung noch Bewegungen Spuren vorgeschrittenen Alters. Er war ein flotter Reiter, und wenn er in Begleitung seines langjährigen Stallmeisters auf edlem Roß einherkam, so machte er mit seiner hohen schlanken Figur, mit hohen eleganten Reitstiefeln und der typisch gewordenen grauen Filzmütze den Eindruck eines vornehmen selbstbewußten Edelmannes. Seine vom Vater ererbte Vorliebe für den Reitsport hatte bei ihm eine solche Anhänglickeit an den Sattel hervorgebracht, daß er vor seinem Schreibpult nicht etwa auf einem üblichen Polsterstuhl, sondern auf einem eleganten Reitsattel saß, um, wie er sagte, bequemer zu ruhen und stets in der Übung des beim Reiten nötigen Schenkelschlusses zu bleiben. Dieser Sattel bildete trotz seines tadellosen Zustandes in seinem schönen, ins weite Ruhrtal hinabschauenden, mit lebensgroßen Künstlerporträts gezierten Arbeitszimmer der Villa eine auffallende Erscheinung.

Ich habe Krupp zum letztenmal in diesem Leben, etwa ein Jahr vor seinem Tode, bei einem größeren Diner auf seiner Villa Hügel gesehen, das er für die Herren und Damen seines Direktoriums veranstaltet hatte und zu dem auch einige alte Freunde geladen waren. Er bewillkommnete die Gesellschaft noch mit ganzer körperlicher und geistiger Frische, nahm bei der Tafel an der vielseitigen Unterhaltung mit lebhaftem Interesse Anteil, erfreute sich nach Beendigung derselben sichtlich an den dargebotenen Klaviervorträgen einer unter den Damen anwesenden Dilettantin, wie denn überhaupt für ihn, ohne gerade besonderer Kenner zu sein, Musik und Gesang besondere Anziehungskraft besaßen; kurz, er war damals wiederum sehr guter Stimmung und Verfassung, die ihn noch längere Zeit mit einigen Freunden in munterer Unterhaltung zusammenhielt. Als ich sodann zu später Stunde den gastlichen Hügel verließ, mußte der Diener im Auftrage seines Herrn mir noch ein Konvolut seines gewohnten Blockpapiers und einige seiner großen Bleifedern in den Wagen nachreichen zur Erinnerung an die Pflicht, ihn baldigst durch ein Schreiben zu erfreuen. Ein solches ließ denn auch nicht lange auf sich warten, allein bald nachher erhielt ich eine kurze Bleifedermitteilung seinerseits, daß er sich krank und elend fühle, und was mir völlig unerklärlich war und so auch bis heute geblieben ist, daß er von schweren Sorgen bedrückt sei. Es war ein Beweis von eingetretener ernster Krankheit und einer hochgradig entwickelten pessimistischen Seelenstimmung.

Von der damals beginnenden Krankheit hat sich der bald auf das Krankenlager gebannte, betagte Mann nicht wieder erholt und im folgenden Jahr, am 14. Juli 1887, sein tatenreiches und arbeitsvolles Leben beschlossen.

Karl Schorn

Küraß (franz.): Brustharnisch / nach 1866: nach dem Krieg von 1866 zwischen Preußen und Österreich / 1870: Deutsch-Französischer Krieg von 1870/71 / nivellieren: einebnen / kupiert: von Gräben usw. durchschnittenes Gelände / Diner (franz.): Festmahl / Konvolut (lat.): Bündel; Sammelband, -mappe

Das Lied vom Krupp

Schlechte Menschen es gar viele gibt,
Die das Gute leider nicht verstehn,
Und den Menschenfreund es tief betrübt,
Wenn den krassen Undank er muß sehn.

Bittre Tränen mußte ich vergießen
Ob der Kruppschen Proklamation;
Ach, den Edlen muß es schwer verdrießen,
Wenn der Undank ist der Wohltat Lohn.

Krupp, der edelste der Menschenfreunde,
Vierzig Jahre hat er sich gequält,
Nicht für sich, wie Lästerzungen meinten,
Nur fürs Nächstenwohl war er beseelt.

Alles tat er nur für seine Leute,
Die mit seiner Arbeit er ernährt,
Jene sind fast Millionäre heute,
Während er der Armut Speise zehrt.

Doch die Bösen sind ja nie zufrieden,
Satan, ach, die Menschen leicht berückt,
Sozialisten gibt es viel' hienieden,
Und wo die sind, da wird auch gestrikt.

Und zum Krupp sie auch mit Striken kommen,
Wollen unverschämt noch höheren Lohn,
Doch das wird bei ihm wohl wenig frommen,
Denn er macht 'ne Proklamation:

„Ich bin Krupp", so heißt es in dem Schreiben,
„Ich bin Krupp, drum sollt ihr mich verstehen,
Herr in meinem Hause will ich bleiben,
Wer nur muckt, der kann von dannen gehn.

Ich bin Krupp, ich denke für euch alle,
Ich bin Krupp, bin euer Herr und Gott,
Ich bin Krupp, wem's bei mir nicht gefalle,
Gut, adieu, er mach' sich auf den Trott.

Ich bin Krupp, das heißt die Nächstenliebe,
Ich bin Krupp, ich hab' allein Verstand,
Ich bin Krupp, ich nur das Gute übe,
Doch ich dulde keinen Widerstand.

Volksverführer wollen euch betören,
Hört sie nicht, hört nur allein auf mich;
Demokraten wollen euch aufklären,
Hört sie nicht, denn nur Verstand hab' ich.

Ich allein ein Herz hab' für die Armen,
Nur gehorsam will ich jeden sehn,
Wer da widerspricht, nun, ohn' Erbarmen,
Meinethalben mag er betteln gehn.

Ich bin Krupp, ich laß mich nicht belehren,
Ich bin Krupp – zum Teufel, lacht da wer? –
Wem's nicht paßt, nun gut, der mag sich scheren,
Ich bin Krupp, bin euer Gott und Herr."

Als die frommen Kruppschen dies gelesen,
Ach, da waren sie gar sehr betrübt,
Grämten sich, daß sie so frech gewesen
Zu dem Herrn, der sie so sehr geliebt.

Taten Buße schnell in Sack und Asche,
Jeden „Volksstaat" man sogleich verbrennt,
Und den letzten Groschen aus der Tasche
Sammeln sie zu einem Monument. –

Und der Vater Krupp, in Erz gehauen,
Hoch er über allen Menschen ragt,
An dem Postamente kann man schauen
Einen Hund, der einen Knochen nagt.

Sinnbild der vertrauensvollen Treue!
Jeden Mann es, der es ansieht, rührt,
Und der ärgste Sozialist fühlt Reue,
Daß er gottlos hat das Volk verführt.

Aus: „Volksstaat" vom 10.7.1872

gestrikt: eingedeutschte Schreibweise nach dem englischen Verb „to strike" (die Arbeit niederlegen, in Ausstand treten) / Volksstaat: 1869 in Leipzig gegründetes Zentralorgan der Sozialdemokratischen Arbeiterpartei; 1876 abgelöst durch den „Vorwärts"; Leiter waren Wilhelm Liebknecht und August Bebel.

Werden an der Ruhr

„Werethina" ist die Stiftung des heiligen Liudger, dem auf sein Gebet ein Orkan an dieser Stelle das undurchdringliche Dickicht lichtete, auf daß er Raum gewinne zu seiner neuen Anlage und Überfluß von Holz auch für sein Bauwerk. Der noch von ihm selbst begonnene Bau (eines Benediktinerklosters) wurde im Jahre 875 eingeweiht. Aus jener Zeit sind in dem gegenwärtigen Bau nur noch einige Teile erhalten. Danach war die Kirche eine dreischiffige basilikale Anlage in der Form des lateinischen Kreuzes mit zweigeschossigen Seitenräumen neben dem Chor und einer Krypta. Sie

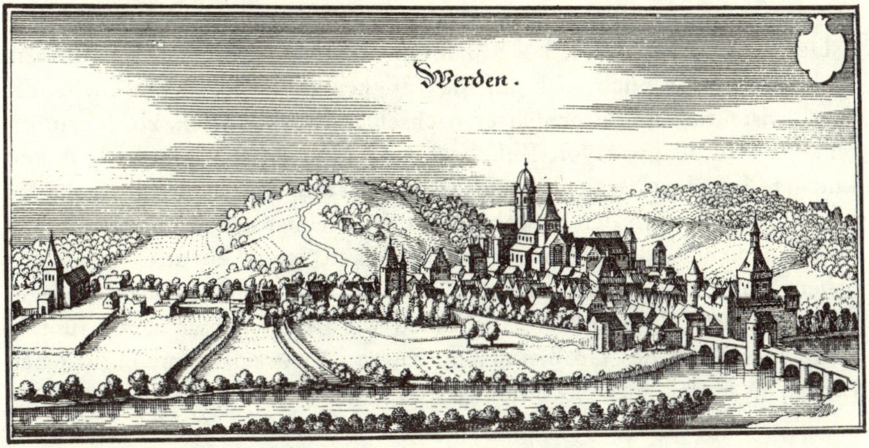

enthält den steinernen Sarg des heiligen Liudger, der am 25. März 809 zu Billerbeck starb, zuerst in seiner Bischofsstadt Mimigardeford beigesetzt und dann auf seines Bruders, des Bischofs Hildegrim von Châlons, Geheiß gen Werden geführt wurde, wie er es selbst angeordnet hatte; die Stiftung nämlich war ein persönliches Eigentum Liudgers, und die nächsten Vorsteher waren sämtlich aus seinem edlen friesischen Geschlecht. Der Körper des Heiligen ruht jedoch nicht mehr in der Krypta, sondern in einem silbernen Sarg auf dem Altar hinter dem Altarblatt; dort, in der Krypta, halten an seiner früheren Grabstätte nur noch die uralten Standbilder der Vierzehn Nothelfer Wacht.

Werden ist von hervorragender Bedeutung geworden für die deutsche Kulturgeschichte. In Werden entstand die Lebensgeschichte Liudgers von seinem Neffen, dem Abt und Bischof Altfried. Sodann steht Werden in nächster Beziehung zu zwei wichtigen Denkmälern unserer ältesten Literatur, zu des Ulfilas gotischer Bibelübersetzung und zu der altsächsischen Evangelienharmonie, dem Heliand.

Die ausgezeichnetste und vollständigste Handschrift des Ulfilas, der berühmte „Codex argenteus“, wurde seit je in Werden aufbewahrt, bis man ihn im Dreißigjährigen Krieg nach Prag flüchtete, wo ihn 1648 die Schweden erbeuteten, um ihn nach Uppsala zu bringen. Man muß annehmen, daß das merkwürdige Buch in Italien, vielleicht in Bobbio, in die Hände des Werdener Abtes oder gar des heiligen Liudger selbst gekommen ist, Liudger hatte 782 eine Reise nach Rom und nach Benevent gemacht, um hier die Ordensregel des heiligen Benedikt kennenzulernen, oder daß es in den Besitz Kaiser Karls übergegangen und daß dieser es einer neuen kirchlichen Stiftung übergab, die vorzugsweise berufen war, den niederdeutschen Volksstamm zu bilden, dessen Mundart, wie Grimm nachgewiesen hat, damals noch so verwandt mit der gotischen Sprache war.

Der Heliand ist um 825 – 830 in altsächsischer Mundart geschrieben. Vielleicht ist das Buch auch auf die Tätigkeit der Werdener Mönche, die das Christentum im benachbarten Sachsenland verkündeten, zurückzuführen. Daß die Gegend von Billerbeck und Nottuln seit der Wirksamkeit Liudgers in enger Beziehung zu Werden stand, ist gewiß; dort, in den fruchtbaren Hängen der Baumberge ist die Heimat unseres altsächsischen Heldengedichtes, das neben der dichterischen Schönheit uns einen deutlichen Einblick in das ureigenste sächsische Volks- und Heldenleben gewährt und uns ein Zeugnis dafür bietet, wie tief und innig schon fünfzig Jahre nach Karls des Großen erstem Zug ins Sachsenland die christlichen Lehren ins Herz seiner Bewohner gedrungen sind.

Ferdinand Freiligrath / Levin Schücking

Liudger (um 742 – 809): Priester und Missionar, der 794 von Karl dem Großen mit der Verwaltung des Bistums Münster betraut wurde; 804 zum Bischof geweiht und nach seinem Tod in der Krypta des von ihm gegründeten Klosters Werden beigesetzt; heiliggesprochen (Tag: 26.3.) / Ulfilas (um 311 – 383): 341 zum Bischof der Westgoten geweiht, übersetzte er Mitte des vierten Jahrhunderts die Bibel ins Gotische; diese Übersetzung, von der größere Teile im Codex argenteus enthalten sind, bildet das wichtigste gotische Sprachdenkmal / Heliand (um 830): altsächsische Evangeliendichtung, die in fast 6000 Stabreimversen die Lebensgeschichte Christi erzählt; als bedeutendstes Denkmal des Altsächsischen hat der Heliand auch hohen sprachlichen Wert / Grimm, Jacob (1785 – 1863): Sprach- und Literaturwissenschaftler, der u.a. die „Geschichte der deutschen Sprache“ (2 Bde., 1848) erforschte und die Grundzüge einer germanischen Philologie in seinem Werk „Deutsche Grammatik“ (1819 ff) entwickelte / Karls des Großen erster Zug ins Sachsenland: in den Jahren 772 bis 804 führte Karl der Große zahlreiche Kriegs- und Unterwerfungszüge gegen die heidnischen Sachsen; die „erfolgreiche“ Christianisierung der Sachsen fand in der im Jahre 785 vollzogenen Taufe des Sachsenführers Widukind ihr äußeres Zeichen.

Einer der bedeutendsten Handelsplätze am deutschen Niederrhein

An der Lippemündung, wo eine mächtige Eisenbahnbrücke den Strom überspannt, grüßt die Stadt Wesel mit ihren zwischen Bäumen hindurchschimmernden Häusern und hochragenden Türmen. An die frühere Festung erinnern noch vier Außenforts und eine Zitadelle. Im Süden der Stadt führt eine Schiffbrücke zur Bislicher Insel, einer früher vom Rhein an ihrer rechten Seite bespülten Halbinsel. Um die für das Weseler Ufer so verderblichen Wirkungen des Stromes bei Hochwasser abzuschwächen, entschloß man sich am Ende des 18. Jahrhunderts, dem Wasser durch einen Durchstich einen zweiten Abfluß zu verschaffen. Indem der Kanal sich allmählich zum Hauptstrom ausbildete, fiel der alte Arm trotz aller Gegenbemühungen zunehmender Versandung anheim. In den Jahren 1893/95 wurde nun der obere Teil des Alten Rheines künstlich vom Strom getrennt, der untere zum Hafen ausgestaltet und gleichzeitig die Lippemündung verlegt. Bezeichnend für die großen Veränderungen, denen die Stromrinne hier seit

Der Marktplatz in Wesel mit dem Rathaus

St. Willibrord in Wesel

altersher unterworfen gewesen ist, sind nicht allein die alten Rheinarme bei Wesel, sondern auch die Zerstörung Büderichs auf der linken Stromseite und die Auffindung eines alten spanischen Kriegsschiffes, dessen Wrack bei Gelegenheit der Erweiterungsarbeiten am Hauptstrom freigelegt wurde. Der neue Hafen von Wesel ist siebenhundert Meter lang und an der Sohle achtzig Meter breit; der alte städtische Hafen mißt zirka dreihundertfünfzig Meter in der Länge bei unregelmäßiger Breitenausdehnung; von der Gesamtwerftlänge, nahezu eineinhalb Kilometer, entfällt ein Drittel auf den freien Strom. Die günstige Lage der Stadt am Anfang der letzten, westlich gerichteten, eine ziemlich geradlinige Verbindung mit der See darstellenden Laufstrecke des Rheines und an der Mündung eines für kleine Schiffe fahrbaren Nebenflusses, an dessen Ufer entlang die letzte trockene und ebene Straße von West nach Ost zieht, dann die Lage an der letzten Einengung des Hochwasserbettes, alles dies hat Wesel von jeher zu einem der wichtigsten Punkte am unteren Niederrhein in Kriegs- und Friedenszeiten gemacht. Schon am Ende des 14. Jahrhunderts wurde Wesel von einer starken Mauer umgeben, und während sechs Jahrhunderten sah es sich von einem festen Ring von Mauern und Bastionen eingeschlossen, gewiß nicht zum Vorteil des Ortes, der nicht allein mannigfache Kriegsnöte, namentlich im 16. und 17. Jahrhundert, zu erdulden hatte, sondern auch in seiner räumlichen Entwicklung sehr behindert war. Wesel blieb lange Zeit eine stille Stadt, bis die Schleifung des Festungsgürtels im Jahre 1890 und die Verbesserung der Hafen- und Schiffahrtsverhältnisse eine neue Zeit wirtschaftlicher Entwicklung einleiteten. Heute ist es der letzte bedeutende Hafen am deutschen Niederrhein mit einem Gesamtverkehr von dreihunderttausend Tonnen, wobei die Zufuhr (Getreide, Holz, Kolonialwaren) die Ausfuhr bei weitem überwiegt. Neben Handel und Schiffahrt sind mannigfache Industrien in erfreulichem Aufschwung begriffen.

G. Lennarz / J. Nießen

Erinnerungen an das alte Wesel

Eins der ältesten und merkwürdigsten Gebäude Wesels ist die Willibrordskriche, die von den ältesten Grafen von Kleve in altdeutschem Stile erbaut und von dem Kölner Erzbischof Philipp von Heinsberg (1167 – 91) eingeweiht wurde; in ihrer jetzigen Gestalt zeigt sie eine wunderliche Zusammensetzung aus verschiedenen Jahrhunderten. Schon ums Jahr 700 soll an der Stelle des jetzigen Chors Willibrord, der Stifter des Bistums Utrecht und der Apostel der Niederlande, in einer Kapelle die rheinischen Heiden getauft haben. Am 11. Januar 1594 schlug der Blitz in den um 1470 erbauten hohen Turm ein, so daß die Glocken schmolzen und die Kirche starken Schaden litt. Leider mußte der aus dem Jahre 1521 stammende herrliche gotische Giebel wegen Baufälligkeit schon vor fünfzig Jahren (um 1830) abgetragen werden. Der jetzige kolossale Turm mit seinen neuntausend Kilogramm wiegenden Glocken macht mit seiner kleinen Spitze auf niederem

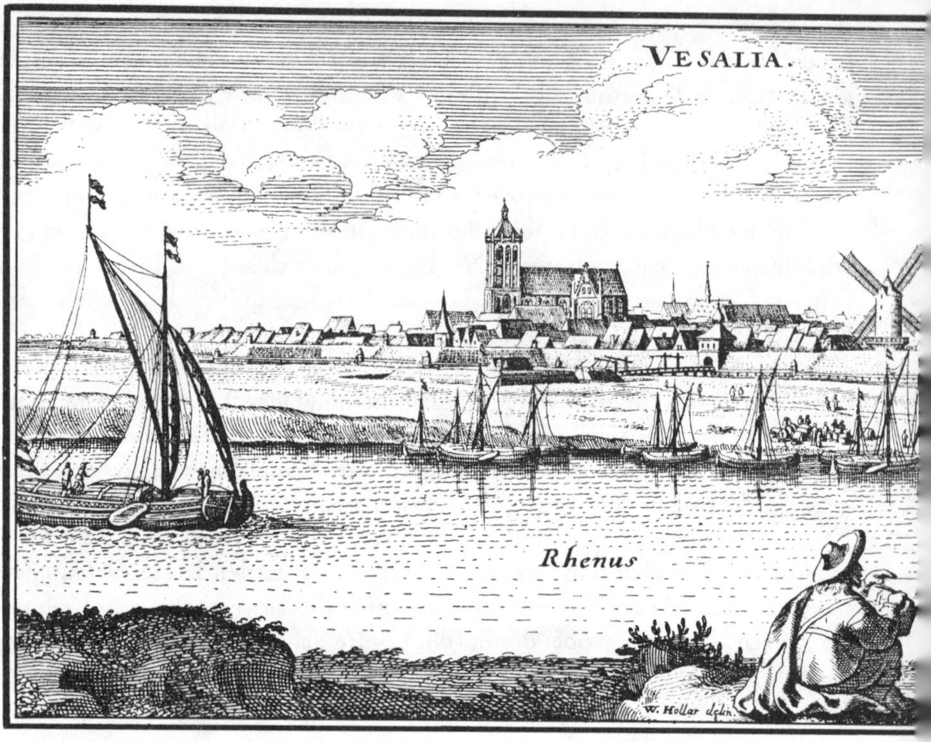

Dachwerk und seinem dreifachen Zifferblatt über der Mauerkrone seiner Galerie einen sonderbaren Eindruck. Neuerdings geht das merkwürdige Gebäude, wie es scheint, einem ganz kläglichen Verfall entgegen. Sämtliche Fensterscheiben sind zerbrochen, und in den Turmfenstern nisten zahllose wilde Tauben; eine schwarze Schar von Dohlen und Krähen fliegt laut schreiend und unheimlich flatternd hin und her.

Von der Marktseite her erscheint die Kirche ganz geschmacklos durch Seitengebäude rechts und links verbaut (1658); im Innern befindet sich ein merkwürdiges Denkmal aus der Zeit der Glaubensverfolgungen. Hier fanden einst flüchtige Protestanten aus England zur Zeit der Königin Maria ein Asyl, und es soll damals (1555) die Herzogin Katharina von Suffolk, die Gemahlin des Grafen Richard Bertie, in dieser Kirche einen Knaben geboren haben, der in der Matenakirche getauft wurde und als Fremdling den Namen Peregrin erhielt. Zum Andenken ließ die Familie nach ihrer Rückkehr in die Heimat in der Willibrordskirche ein kleines Denkmal setzen, das jedoch wahrscheinlich von Franzosen, als 1672 das Gotteshaus in ein Heumagazin verwandelt worden war, zerstört wurde. Später (1680) ließ ein Nachkomme jenes Peregrin die schwarze Marmortafel mit weißer Einfas-

sung einsetzen, die man jetzt noch sieht. Diese Gedenktafel enthält in einer langen Inschrift eine Verewigung der merkwürdigen Geburtsstätte seines Ahnherrn. Von anderen Grabdenkmälern erwähnen wir noch links das des gelehrten kleveschen Kanzlers Konrad Heresbach (gest. 1576), der seine erzürnten Manen über etwaige Grabschänder heraufbeschwor. Im Jahre 1603 hatte der Magistrat eine astronomische Uhr aufstellen lassen, die vermittels eines Drahtes von der Turmuhr aus in Bewegung gesetzt wurde und auf ihrem Zifferblatt die Monate, die Zeichen des Tierkreises, die regierenden Planeten, die Mondwechsel und die Tage und Stunden anzeigte, wie noch ein alter Spruch besagt. Leider hat der Blitz den Verbindungsdraht schon lange zerstört. Am Eckpfeiler nach der Hauptwache und über der Marktpforte sind lateinische Inschriften, die fromme Wünsche für die Kirche und die Toten enthalten.

Eins der merkwürdigsten Gebäude Wesels ist das Rathaus auf dem Marktplatz, das statt des in dem furchtbaren Brand von 1354 abgebrannten Rathauses in den Jahren 1390 – 96 im gotischen Stil erbaut wurde. Sein prächtiges Giebelwerk und die reiche Ornamentik von Meister Geliss sind nebst der Willibrordskirche eine Zierde des Platzes. Nach der Front schmücken

Das Berliner Tor

es die Steinbilder der Jungfrau Maria, der Heiligen Drei Könige, des großen Christoph und des heiligen Willibrord.

Daß Wesel reich an Kasernen ist, bringt sein Charakter als Festung mit sich. Damit hängen Lazarette und Hospitäler zusammen; auch an Wohltätigkeits- und Geselligkeitslokalen ist Wesel nicht arm.

Interessant ist eine Besichtigung der umfangreichen halbmondförmigen Befestigungswerke und der Zitadelle. Auf letzterer bezeichnet eine Platte mit Inschrift die Kasematten, worin die elf Schillschen Offiziere saßen, ehe sie draußen erschossen wurden, wo ihnen ein Monument gesetzt ist. Man zeigt noch das Glas in der Wand der Zitadelle, aus dem die unglücklichen Offiziere zuletzt getrunken. Frau Sulikowsky erhielt es als kleines Kind und verehrte es der Kommandantur.

Unter den sieben Toren Wesels zeichnet sich besonders das Berliner Tor aus, das 1722 vollendet wurde und früher das „Dammtor" hieß. Es wurde besonders von Holländern bewundert, verlor aber im Jahre 1791 durch eine neue Bedachung viel von seiner ursprünglichen Schönheit, unter anderem das preußische Wappen mit der Königskrone, die Trophäen und eine geflügelte Fama. 1854 wurde das Tor wiederhergestellt. Im Innern sieht man Kriegsembleme, den Namenszug F. R. und zwei große Figuren, mit Ketten geziert. Auf der Außenseite steht rechts zwischen zwei Säulen die Statue des Herkules mit der Keule an einen Baumstumpf gelehnt, das Symbol der Kraft; darüber ruht ein Löwe mit der Aufschrift: „In ipsa quiete timendus" (Selbst in seiner Ruhe zu fürchten). Als Pendant zu Herkules erblicken wir links die Kriegsgöttin Pallas Athene in voller Rüstung; ihr zu Füßen sitzt ihr Lieblingsvogel: die Eule; auf ihrem Schild liest man den Namenszug F. W. R. mit der Königskrone; über ihr fliegt ein Aar zur Sonne mit der Aufschrift: „Non soli cedit" (Er weicht der Sonne nicht). Mitten auf dem Tor erblickt man oben den rebenbekränzten „Vater Rhein", wie er eine anmutige weibliche Gestalt, die Lippe, zärtlich in die Arme schließt.

Am Klever Tor ist besonders die arg verstümmelte und darum rätselhafte

Das Denkmal der elf Schillschen Offiziere

Giebelgruppe merkwürdig, um deren Auslegung sich der bewährte Weseler Altertumsforscher Prof. Fiedler verdient gemacht hat. Danach stellt die Gruppe die Erteilung der Herzogswürde an den Grafen Adolf von Kleve durch Kaiser Sigismund auf dem Konzil zu Konstanz (1414 – 18) dar. Dieser Graf hatte nämlich mit Hilfe der tapferen Bürger von Wesel seinen Oheim, Herzog Wilhelm von Berg, der ihm die seiner Mutter schuldige Pfandschaft auf Kaiserswerth verweigert hatte, in einer ruhmvollen Schlacht bei dem Dorf Kellen besiegt (1397) und damit die Grafschaft Berg gewonnen. Dafür und für andere Verdienste hatte ihn also der Kaiser mit Verleihung der Herzogswürde beehrt.

Nahe beim Schützenhaus, unweit des nach Fürstenberg führenden Weges, steht das von Schinkel entworfene, am 16. September 1834 enthüllte Denkmal für die am gleichen Tag des Jahres 1809 auf derselben Stelle erschossenen elf Offiziere vom Schillschen Korps.

Jakob Nover

Willibrord (um 658 – 739): angelsächsischer Missionar, der vor allem in Westfriesland tätig war, 695 zum Bischof von Utrecht geweiht wurde und 697/98 das Kloster Echternach gründete; Apostel der Friesen und Patron der Beneluxländer; heiliggesprochen (Tag: 7.11.) / Peregrin: männlicher Vornahme, abgeleitet von dem lateinischen Wort „peregrinus" (fremd, Fremdling; Ausländer) / Manen (lat.): die guten Geister der Toten im altrömischen Glauben / Schillsche Offiziere: Ferdinand von Schill (1776 – 1809) versuchte 1809 vergeblich, auf eigene Faust mit seinem Husarenregiment eine allgemeine Erhebung gegen Napoleon I. auszulösen; elf Offiziere seines Korps wurden am 16.9.1809 in Wesel von den Franzosen standrechtlich erschossen / Fama (lat.): in der römischen Dichtung die Personifikation des Gerüchts / Namenszug F. R.: Fridericus Rex (Beiname Friedrichs II.) / Pendant (franz.): Gegen-, Seitenstück; Ergänzung / Namenszug F. W. R.: Fridericus Wilhelmus Rex (wohl Friedrich Wilhelm IV. damit gemeint) / Aar: Adler / Schinkel, Karl Friedrich (1781 – 1841): Baumeister und Maler, der einerseits mit eigenen architektonischen Entwürfen von klassizistischer Strenge, in denen sich oft Schönheit und Zweckmäßigkeit in idealer Weise miteinander verbinden, hervortrat, und der andererseits als preußischer Oberlandesbaudirektor und Begründer der staatlichen Denkmalpflege von maßgebendem Einfluß war.

Mein Wesel

Morgens um acht Uhr müßt ihr's sehn,
Wenn die Mädel zur Schule gehn,
Wie das vorbeidrängt mit Lärmen und Hasten,
Arbeiter, Bauern, Gymnasiasten,
Und auf dem Markt, das nenn' ich Glück,
Hurra, die Regimentsmusik.
Das blinkt und glitzert im Sonnenschein,

Die liebe Jugend hinterdrein,
Und bis zum Tor im strammen Tritt
Zieht stolz die kleine Garde mit.

Ich kenne wohl and're Heimatstädte,
Keine doch, die ich lieber hätte,
Keine, die in der Rosenzeit
So voll tiefheimlicher Seligkeit.
Ihr lächelt und wollt mich nicht verstehn?
Kommt, wenn die Mädel zur Schule gehn!

Martin Boelitz

Die Rheinzölle im Mittelalter

Die ersten Rheinzölle entstanden gegen Ende des 8. Jahrhunderts, als die Handelsschiffahrt auf dem Rhein lebhafter wurde. Sie waren ursprünglich eine Gebühr, die als Gegenleistung für Instandhaltung der Fahrstraße und Beseitigung der Verkehrshemmnisse galt. Zollstätten wurden darum zumeist dort angelegt, wo sich im Rheinstrom gefährliche Stellen für die Schiffahrt befanden, so bei Bingen, Kaub, Bacharach, St. Goar. Das Recht, Zölle zu erheben, lag ursprünglich in der Hand des Kaisers und ging später an die Territorialherren über. Während die Zölle früher der Förderung des Verkehrs dienten, wurden sie seit dem 12. Jahrhundert mehr und mehr eine Verkehrsbelastung. Die Inhaber der Zollstätten, deren Zahl seitens der geistlichen und weltlichen Landesherren fortwährend vermehrt wurde, betrachteten den Zoll bald nur als ergiebige Einnahmequelle. Im Laufe des 12. Jahrhunderts wurden Rees (1142), Duisburg (1145), Kaiserswerth (1174) und Neuß (1169) zu Rheinzollstätten erhoben. Gegen Ende des folgenden Jahrhunderts gab es nachweislich vierundvierzig Zollstätten am Rhein, deren Zahl sich im 14. Jahrhundert um weitere achtzehn, u. a. Xanten, Emmerich und Düsseldorf, vermehrte.

Die Rheinzölle waren in damaliger Zeit eine reiche, beständig fließende Einnahmequelle für die geldbedürftigen Grafen und Fürsten und brachten große Summen ein. Soll doch allein aus dem Ertrag des Duisburger und Kaiserswerther Zolls der Bau der stolzen Barbarossaburg zu Kaiserswerth bestritten worden sein. So verstehen wir, daß wegen des Kaiserswerther Zolls der Krieg zwischen dem ersten Herzog von Kleve und dem Herzog von Berg entbrannte (Schlacht bei Kleverham, 1397).

Jedes Schiff, ob zu Berg oder zu Tal fahrend, mußte behufs Untersuchung und Abschätzung zollpflichtiger Frachten am Ufer anlegen, damit die Zöllner einsteigen und ihren Dienst gewissenhaft versehen konnten. Von einem Türmchen des Zollhauses spähte beständig ein Wächter aus, der jeden Versuch der Schiffe, unverzollt zu entkommen, vereitelte.

Drastisch schildern die mit dem Zoll verbundenen Plackereien die Verse:

Der König und der Bischof teilen
Und Burg und Stadt und Stift und Dom.
Mehr Zölle sind am Rhein als Meilen,
Und Pfaff' und Ritter sperr'n den Strom.

Zollschreiber ist zuerst Empfänger,
Dann stellt sich der Beseher ein,
Ihm folgt Nachschreiber, dann Nachgänger:
Vier Mann hoch zapfen sie am Wein.

Die Belastung des Verkehrs wurde noch erhöht durch die zahlreichen Verpfändungen der Zölle und ihre rücksichtslose Ausbeutung durch die Pfandnehmer. Erschwerend wirkten die in mannigfachster Form verliehenen Zollbefreiungen.

Durch den stets wachsenden Druck der Flußzölle ging der Rheinhandel im 16. und 17. Jahrhundert immer mehr zurück, weil die Kaufleute den billigeren Landtransport vorzogen, was dann freilich die stetige Einführung neuer Landzölle zur Folge hatte.

H. Reckers / W. Rübenkamp

Im Mündungsland des Rheins

Am rechten Ufer des Rheins, der hier seine Wogen durch endlos grüne, üppige Wiesenflächen dem unermeßlichen Ozean zuwälzt, liegt die freundliche Stadt Emmerich, in einer Urkunde Kaiser Ottos I. (970) und noch heute im Volksmund mit dem echt deutschen Namen „Embrick" benannt, mit seinen zahlreichen Giebelhäusern und seinen netten Häuschen, die bei dem Mangel an Stattlichkeit um so mehr durch ihre echt holländische Reinlichkeit wohltuend in die Augen fallen. Darum lesen wir mit Recht auf einer dieser unansehnlichen Hütten die Inschrift: „Honny soit qui mal y pense!" – Wir wandern durch die breiten, sauberen Straßen dem hüb-

Emmerich mit der Kirche St. Aldegundis

schen und geräumigen Marktplatz zu, betrachten das altadlige Haus des Bürgervereins und besichtigen die wertvollen Sammlungen des Gymnasiums. Wenn wir die Ladenschilder der Häuser zur Rechten und Linken studieren, so glauben wir uns halb auf deutschem, halb auf holländischem Boden zu befinden. Unter den Kirchen verdienen die Aldegundiskirche mit ihrem hervorragenden gotischen Turm und ihrem melancholisch erklingenden niederländischen Glockenspiel sowie die ehrwürdige Münster- und Sankt-Martins-Kirche am unteren Ende der Stadt erwähnt zu werden. Letztere, im Übergangsstil des 11. und 12. Jahrhunderts erbaut, ist reich an christlichen Altertümern; sie enthält ein Reliquiar des hl. Willibrord, einen alten Mosaikboden, hübsche Holzschnitzereien an Kanzel, Altar und

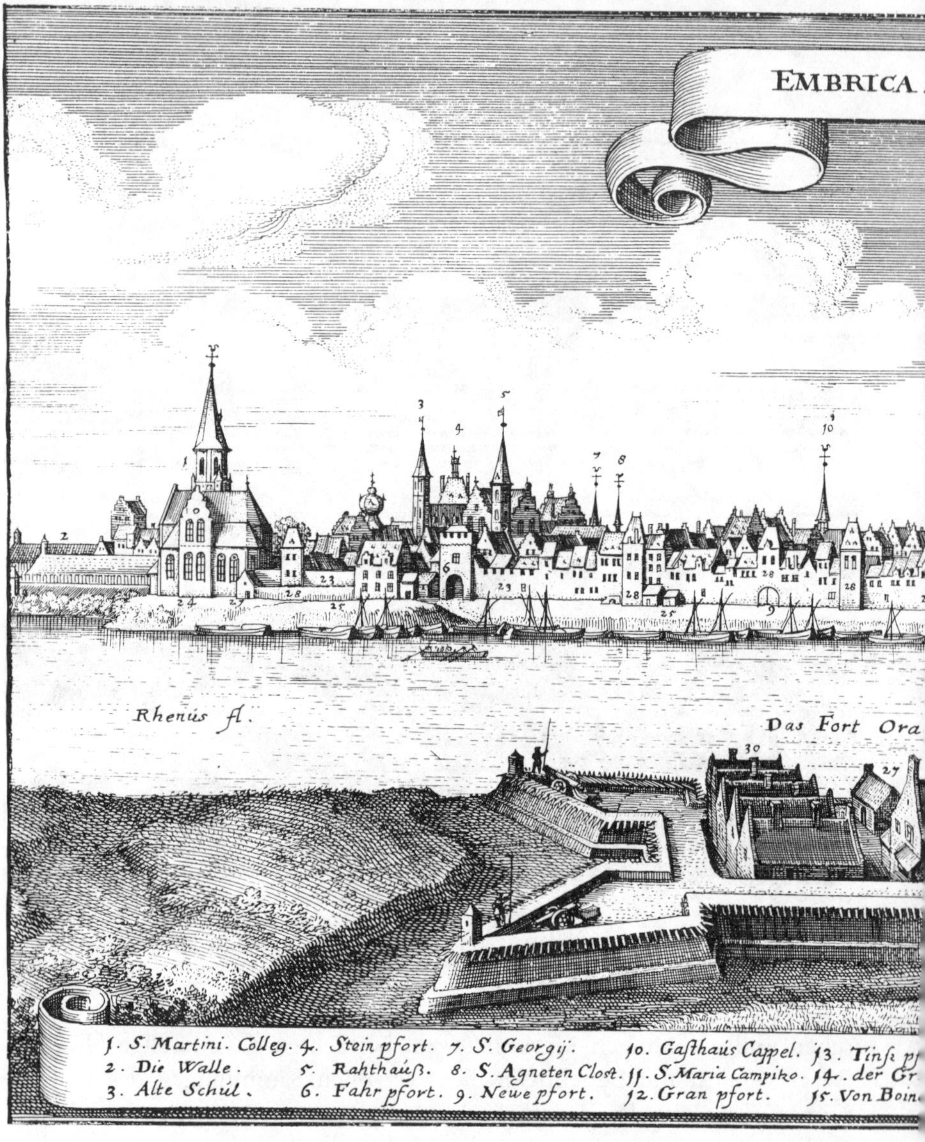

Chorstühlen, ein merkwürdiges Taufbecken und vor allem eine uralte Krypta. Zur Erinnerung an den 1433 hier verstorbenen Herzog Gerhard von Scheswig, Grafen von Holstein, trägt am vorderen Aufgang zum Chor ein roter viereckiger Denkstein folgende Inschrift: „Int jaer ons Heren MCCCCXXXIII op sante jacobes-avent do staerf hertoghe Geert van Sles-vig greve to Holsten to Stormeren un to Schovenborck, Bid voer de zile.“

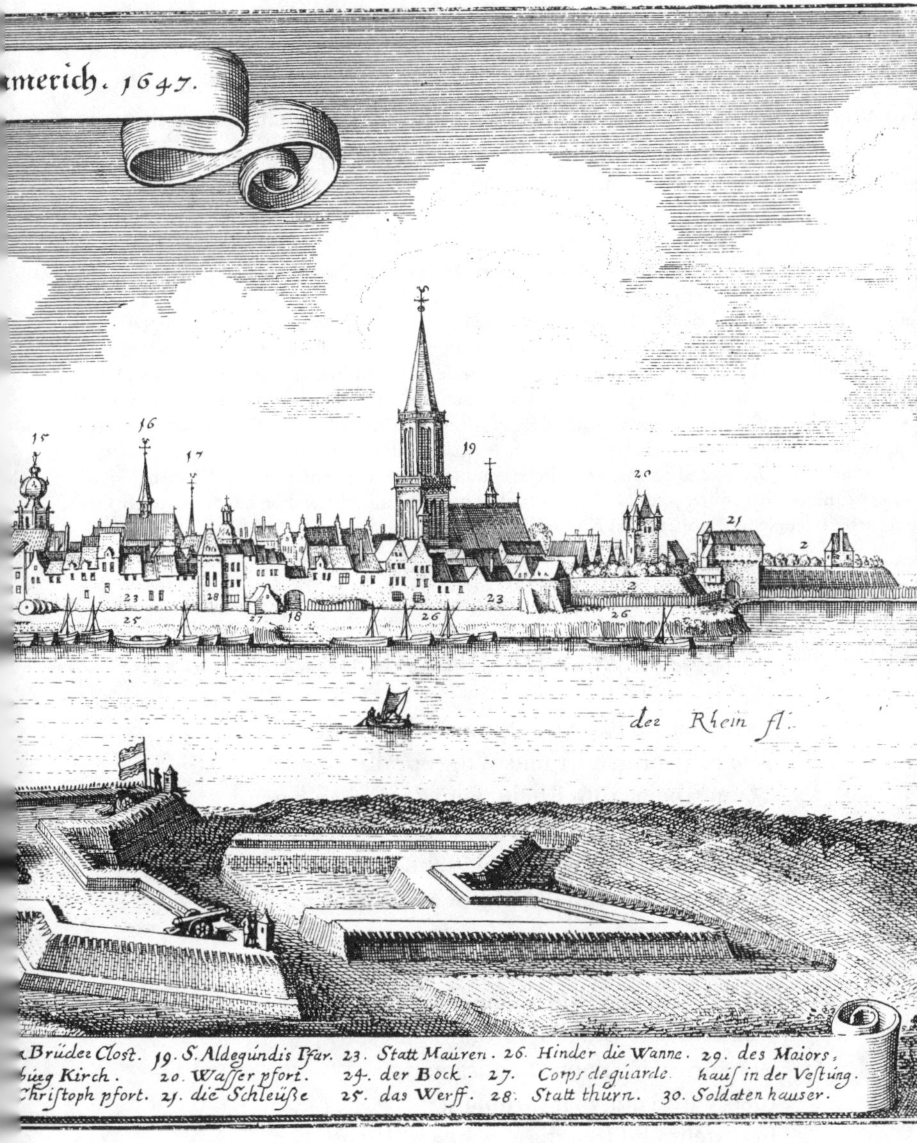

Nach seines und seines Bruders Tod (1459) kam Schleswig-Holstein an Dänemark, bei dem es bis in die neueste Zeit verblieb.

Seine ersten städtischen Rechte erhielt Emmerich laut Urkunde vom 31. Mai 1233 durch Otto II., Grafen von Geldern und Zutphen; die Rechtspflege übte ein unter der Kirche und dem Propst des Städtchens stehender gräflicher Richter, und die Gemeindeangelegenheiten verwalteten zwölf von den Bürgern gewählte Schöffen. Alle Schiffe, die zu Emmerich landeten und von da abfuhren, befanden sich unter gräflichem Schutz. Später trat die Stadt auch dem mächtigen Hansebund bei. Übrigens floß der Rhein ursprünglich nicht an Emmerich vorbei; wann dies geschah, läßt sich nicht recht ermitteln. Nur so viel weiß man, daß dabei der ältere Stadtteil an der Martinskirche zerstört wurde.

Jakob Nover

Honny soit qui mal y pense (franz.): Ein Schuft (eigentlich: beschimpft sei), wer schlecht darüber, davon denkt / Reliquiar (lat.): ein Behälter, in dem Überreste bzw. Gegenstände von Heiligen aufbewahrt werden / „Int jaer ons Heren . . .“: „Im Jahr des Herrn 1433 starb auf Sankt-Jakobs-Abend Herzog Gerhard von Schleswig, Graf von Holstein, von Stormarn und von Schauenburg (Schaumburg); betet für seine Seele.“ / kam Schleswig-Holstein an Dänemark, . . .: nach dem Verlust des Deutsch-Dänischen Krieges von 1864 mußte Dänemark im Wiener Frieden (30.10.1864) ganz Schleswig-Holstein an Preußen und Österreich abtreten; im Anschluß an den Deutschen Krieg von 1866 erklärte dann Österreich im Prager Frieden (23.8.1866) sein Einverständnis mit der Einverleibung Schleswig-Holsteins in Preußen / Hansebund: Emmerich gehörte seit 1407 der Hanse an, einer im Mittelalter bevorrechteten Genossenschaft deutscher Kaufleute im Ausland

Die Wacht am Rhein

Es braust ein Ruf wie Donnerhall,
Wie Schwertgeklirr und Wogenprall:
„Zum Rhein, zum Rhein, zum deutschen Rhein!
Wer will des Stromes Hüter sein?“
Lieb Vaterland, magst ruhig sein,
Fest steht und treu die Wacht am Rhein!

Durch Hunderttausend’ zuckt es schnell,
Und aller Augen blitzen hell;
Der deutsche Jüngling, fromm und stark,
Beschirmt die heil’ge Landesmark.
Lieb Vaterland, magst ruhig sein,
Fest steht und treu die Wacht am Rhein!

Er blickt hinauf in Himmelsaun,
Wo Heldengeister niederschaun,
Und schwört mit stolzer Kampfeslust:
„Du Rhein bleibst deutsch wie meine Brust.
Lieb Vaterland, magst ruhig sein,
Fest steht und treu die Wacht am Rhein!

Und ob mein Herz im Tode bricht,
Wirst du doch drum ein Welscher nicht.
Reich wie an Wasser deine Flut
Ist Deutschland ja an Heldenblut.
Lieb Vaterland, magst ruhig sein,
Fest steht und treu die Wacht am Rhein!

Solang ein Tröpfchen Blut noch glüht,
Noch eine Faust den Degen zieht
Und noch ein Arm die Büchse spannt,
Betritt kein Welscher deinen Strand."
Lieb Vaterland, magst ruhig sein,
Fest steht und treu die Wacht am Rhein!

Der Schwur erschallt, die Woge rinnt,
Die Fahnen flattern hoch im Wind:
Zum Rhein, zum Rhein, zum deutschen Rhein!
Wir alle wollen Hüter sein!
Lieb Vaterland, magst ruhig sein,
Fest steht und treu die Wacht am Rhein!

Max Schneckenburger

Aal mit Senfsauce

Zutaten: 1 Aal, Öl, 1 Eßlöffel feingehackter Zwiebeln, Petersilie, gemahlener Pfeffer, Salz, Zitronenscheiben; 2 große Zwiebeln, Butter, Essig, Pfeffer, Salz, 4 Eßlöffel Senf, Saft von 1 Zitrone.

Zubereitung: Den abgezogenen, ausgenommenen und gewaschenen Aal zusammen mit 1 Glas Öl, 1 Eßlöffel feingehackter Zwiebeln und Petersilie, etwas gemahlenem Pfeffer, Salz und Zitronenscheiben in eine Schale geben und 2 Stunden in dieser Marinade ziehen lassen. Danach den Aal eine halbe Stunde lang auf dem Bratrost langsam von beiden Seiten anbraten und anschließend warm stellen.

Währenddessen richtet man eine Sauce an aus zwei großen Zwiebeln, die kleingeschnitten und in einer Pfanne schön gelb geröstet werden. Die in einer Rostpfanne abgetropfte Flüssigkeit des Fisches zusammen mit $^1/_2$ Glas Essig, etwas gemahlenem Pfeffer und Salz dazugeben. Das Ganze aufkochen lassen und dabei 4 Eßlöffel Senf und den Saft von einer Zitrone unterrühren. Zum Schluß die Sauce heiß über den Aal geben.

Schondilg und Ritter Helsinger

Ernst. Mel. vom Niederrhein. Kretzschmer II. Nr. 28.

Als Schondilg noch ein klein' Kind war,
Da starb' ihr Vater und Mutter ab.

Schondilg wuchs auf, und sie ward groß,
Sie wuchs einem Ritter in seinen Schoß.

„Schondilg, willst du mein' Hausfrau sein?
Zehn Tonnen Goldes sollen dein eigen sein."

Schondilg gedacht' in ihrem Mut:
Zehn Tonnen Goldes, die wären gut.

Schondilg gedacht' in ihrem Sinn:
Zehn Tonnen Gold macht eine Kaiserin.

Was trug Schondilg um ihren Leib?
Ein Hemdchen wie der Schnee so weiß.

Was trug Schondilg über ihrem Hemdchen weiß?
Einen Rock, der war von dem Golde so steif.

Was trug Schondilg über ihr' gehl kraus' Haar?
Eine Krone, die war von Gold so klar.

Da sah Schondilg zum Fenster hinaus:
„Nu komm, stolz' Reiter, und hol deine Braut!"

Die Jungfrau war ihm lieb und wert,
Er schwenkt sie hinter sich auf sein Pferd.

Sie ritten den Tag dreißig Meilen lang,
Eh' sie weder Essen noch Trinken fand'.

„Ach Reiter, steh herab, es ist Mittag:
Wo sollen wir Essen und Trinken han?"

„Wohl in dem breiten Lindenbreit,
Da wirst du finden dein Essen bereit."

„Ach Reiter, steh herab, es ist schon Nacht,
Wo sollen wir den Abend schlafen gan?"

„Wohl in dem breiten Lindenbreit,
Da wirst du finden dein Bettchen gespreit."

Wie sie in den Lindenbaum kam'n,
Da hingen sieben Jungfrauen daran.

„Hier siehst du sieben Jungfräulein,
Schondilg, willst du die achte sein?

Willst du hangen den hohen Baum?
Oder willst du fließen den Wasserstrom?
Oder willst du küssen das blanke Schwert?“

„Ich will nicht hangen den hohen Baum,
Ich will nicht schwimmen den Wasserstrom,
Ich will lieber küssen das blanke Schwert.

Ach Reiter, zieh aus dein Oberkleid,
Jungfrauenblut spritzt weit und breit.“ –

Schondilg, sie packt' das Schwert beim Knopf,
Sie hieb dem Reiter ab den Kopf.

Da lag die falsche Zung' und sprach:
„In meiner Tasche ist ein Horn,
Da blas du ein, so kommst du fort.“

Schondilg gedacht' in ihrem Mut,
Viel Teuten und Blasen wär' nicht gut.

Schondilg saß auf sein apfelbraun' Roß
Und ritt zum grünen Wald hinaus.

Als sie wohl vor den grünen Wald kam,
Da begegnen ihr seiner Brüder drei.

„Schondilg, wo ist mein Bruder fein,
Daß du jetzt reitest ganz allein?“

„In dem breiten Lindenbreit,
Da spielt er mit sieben Jungfräulein fein.“

„Schondilg, wie sind deine Schühlein so rot?“
„Drei Täubchen hab' ich geschlachtet tot.“

Schondilg, Schondilie: Schön Ottilie / gehl: gelb / Meile: ca. 7,42 km / Lindenbreit: Lindengezweig / Teuten: Tuten

Kleve:
Schloßtor mit Schwanenturm

Die Perle des Niederrheins

An den Höhen des Schloß-, Hei- und Kirchbergs amphitheatralisch sich erhebend, liegt Kleve auf einem üppigen Wiesengrund in malerischer Umgebung, so daß es wohl die „Perle des Niederrheins" genannt zu werden verdient. Ein mildes Klima, eine reine gesunde Luft beglücken die Einwohner und führen sie einem hohen Alter entgegen. Oft weht zwar ein mehr als frischer Wind über die offen liegende Landschaft, doch man macht ihn sich dienstbar und läßt ihn die langen Arme vieler Windmühlen drehen. Daher heißt es von Kleve mit Recht:

„Hier ist die Luft gesund; hier lebt man von dem Wind;
Hier bleibt man lange frisch und stirbt nicht so geschwind."

Kleve war einst die Hauptstadt des geschichtlich berühmten gleichnamigen Herzogtums, jetzt ist es der Hauptort des nach ihm benannten Kreises mit zweiundzwanzigtausend Einwohnern. Sind auch die Straßen zum Teil wegen der bergigen Lage steil und abschüssig, so wandert man doch gern im Innern der gefällig gebauten Stadt umher, die durch ihr schmuckes,

Schloß mit Schwanenturm

freundliches Aussehen schon die Nähe holländischer Reinlichkeit anzeigt. Stolz überragt die Stadt der alte Schwanenturm, und auf dem nahen Mühlberg schwingt eine Windmühle ihre riesigen Flügel. Nur wenige Mauerreste erinnern daran, daß Kleve einst eine Festung war. Noch sind die Namen der früheren Festungstore erhalten. Auf dem Mitteltor soll eine Glocke gehangen haben, die nur bei Feuersbrünsten, Hinrichtungen und Aufruhren geläutet wurde, und zwar nur „met verdriet", d. h. „mit Verdruß"; sie hieß nach einer Inschrift: „Boose gramme Griet". Von öffentlichen Plätzen verdient nur der Marktplatz Erwähnung, der einst ein Waffenplatz gewesen sein und durch einen unterirdischen Gang mit der Schwanenburg zusammengehangen haben soll.

Unser erster Besuch gilt natürlich dem auf einem Felsenvorsprung auf der Südostseite der Stadt gelegenen berühmten Schloß, der sogenannten Schwanenburg, deren Bau in ein graues Altertum hinaufreicht. Sie trägt die Merkmale verschiedener Jahrhunderte, hatte zwei Höfe und war von drei gewaltigen Warten, dem Schwanen-, Spiegel- und Johannisturm, gedeckt. Jetzt zeigt sie kaum noch die Hälfte des einst so bedeutenden Bollwerks und ist zum Teil durch Neubauten entstellt. Der Sage nach hatte schon

Ansicht von Kleve

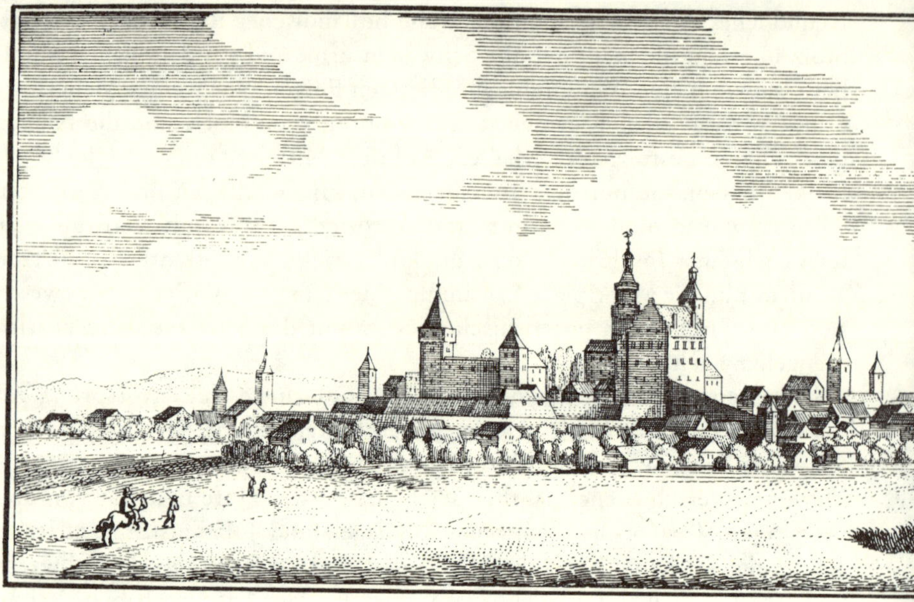

Julius Cäsar (56 v. Chr.) hier einen Wartturm errichtet; wenigstens bezeugen Funde von Urnen, Münzen und Votivsteinen die Anwesenheit der Römer. Unwahrscheinlich dagegen ist, daß der alte Name des Schloßberges Hertenkamp von Herkules herstamme, dem hier zu Ehren ein geweihter Tempel gestanden habe; vielmehr bedeutet das plattdeutsche Wort „hert" so viel als Hirsch. Nicht minder zweifelhaft ist die Etymologie des Heibergs von Heidenberg, und die Annahme, daß hier einst Augustus einen Apollotempel erbaut, entbehrt jeden Grundes.

Von Kleves sechs Kirchen verdient am meisten die katholische Hauptpfarrkirche, gewöhnlich Sankt-Viktors-Kirche genannt, erwähnt zu werden; sie ist in einfacher gotischer Bauart aufgeführt und hat zwei stattliche Türme. Ihr Inneres litt zur Zeit der „Vernunftreligion" der Franzosen große Not. Besonders kunstvoll ist das schöne Schnitzwerk des Kreuzaltars und von den Grabdenkmälern bemerkenswert dasjenige des Grafen Adolf I. und seiner Gemahlin Margareta. Man sieht ihre lebensgroßen Figuren, den Grafen mit dem kleveschen Schwan zu Füßen und die Gräfin mit dem bergischen Löwen. Wie die Inschrift besagt, war der Graf früher Bischof von Münster und Köln, schied aber später aus dem geistlichen Stande, heiratete Margareta und wurde Vater von sechzehn Kindern.

Weniger schön erscheint die Minoritenkirche, birgt aber im Innern mehrere wertvolle Kunstschätze. Vor allem ist das Schnitzwerk an der Kanzel beachtenswert und ein Gemälde am Hochaltar, die Anbetung der drei

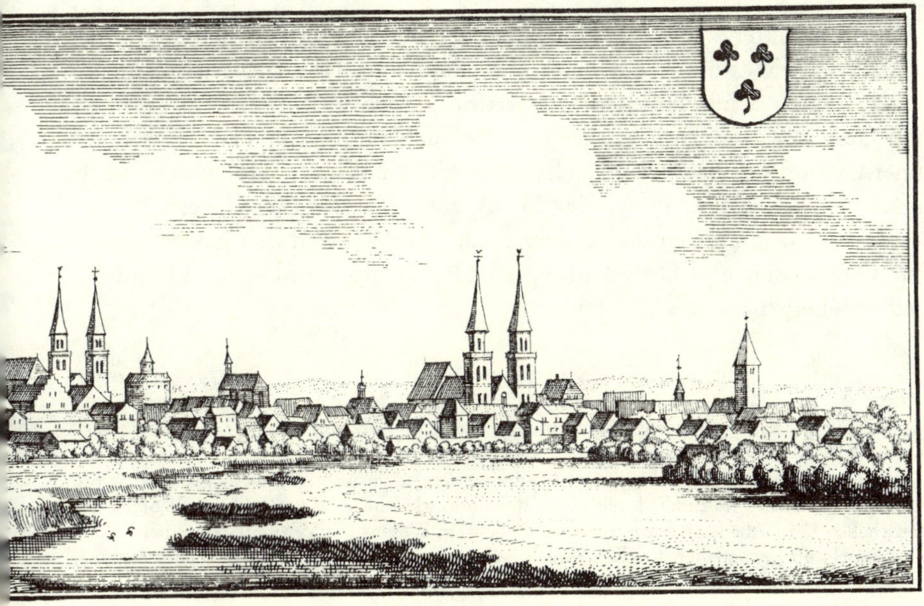

Könige, ein Werk von Erasmus Quellinus aus Antwerpen (einem Schüler des großen Rubens), wofür einst ein holländischer Künstler zehntausend Gulden bot. Durch eine List des Meisters, der es zur Revolutionszeit mit Schmutz bedeckte, entging es dem Wandalismus der Franzosen. An das gleichfalls von Dieterich VIII. gestiftete Minoritenkloster knüpft sich eine nette Anekdote Friedrichs des Großen. Auf Nachfragen, warum das Kloster vom Staate Lieferungen an Holz und Getreide bekäme, erwiderte dem Monarchen ein Guardian: „Dafür werden Seelenmessen gelesen zur Erlösung der verstorbenen Grafen von Kleve aus dem Fegefeuer." Auf die spöttische Frage, wie lange das wohl noch dauern könne, antwortete der entschlossene Pater: „Sobald ich von dorten Nachrichten erhalte, werde ich Euer Majestät unverzüglich per Stafette benachrichtigen." Da lachte der König und sagte: „Laß Er das gut sein; ich merke schon, Er ist bei den Jesuiten in die Schule gegangen." – So soll er auch in Kleve einen Rangstreit zweier Frauen der höchsten Beamten mit den drastischen Worten entschieden haben: „Die größte Närrin geht voran!"

Nicht weit von der Schwanenburg liegt der Prinzenhof mit seinen reizenden Parkanlagen, ehemals ein Lustschloß des Prinzen Moritz, jetzt ein gräflich Lippe-Biesterfeldsches Besitztum. Die Könige Friedrich Wilhelm I. und Friedrich Wilhelm II. sowie die Helden Prinz Eugen und Marlborough sollen gern hier verweilt haben. In dem schönen Landhaus Bellevue, früher Konradsburg genannt, stieg Friedrich der Große zweimal ab.

Der Charakter der stetig zunehmenden Bevölkerung ist heiter und lebenslustig, wie es die Rheinländer überhaupt sind. Dies zeigt sich namentlich in seinen Schützenfesten, pulsiert aber auch in zahlreichen Vereinen und Gesellschaften. Ihre Vorliebe für Reinlichkeit und ihr Plattdeutsch erinnern schon an die Nachbarschaft der phlegmatischen Holländer. Auch durch Kunstsinn und Pflege der Musik zeichnen sich die Klever aus; besonders glänzend sollen die Konzerte zur französischen Zeit gewesen sein. Für Geselligkeit und Unterhaltung sorgen Kasino, Konkordia, Harmonie und vorübergehend das Theater.

Jakob Nover

Etymologie (griech.): Ursprung, Herleitung, Geschichte der Wörter / zur Zeit der „Vernunftreligion" der Franzosen: eines der Ziele der Französischen Revolution unter Robespierre war, das öffentliche Leben weitgehend zu entchristianisieren. Zu diesem Zweck wurde u. a. der christliche Kalender durch einen Revolutionskalender ersetzt und an die Stelle des christlichen Gottesdienstes trat ein Kult des höchsten Wesens (= Vernunft), den man in den zu Tempeln umgewandelten Kirchen abhielt / Guardian: Klosteroberer / phlegmatisch: träge, schwerfällig / Kasino (ital.): Gesellschaftshaus; Offiziersheim; Speiseraum / Konkordia, Harmonie: Namen von Vereinen

Lustschloß Moyland bei Kleve

Mönch und Nonne

Mai-Reigen

Et ging en Paterke langs te Kant,
He nohm en Nönneke bei de Hand.

„Och Nönneke, wilt gei mit min gon,
Alwor di moje Blümkes ston?“

„Nou, Pater, spreit ou swarte Kap,
Alwor de Frau de Box mit lapt.“

Pater, geft ou Non en Suun!
Dat mögt gei noch wel seßmol duhn.

Pater, böört ou Non es op
En danzt dermit as en Kermespop.

O Pater, gei mot scheie gon
Dat Nonneke, dat mot blive ston.

Paterke: Mönchlein / langs te Kant: längs der Uferböschung / gei: ihr / mit min gon: mit mir gehn / moje: schönen, hübschen / ston: stehen / ou swarte Kap: eure schwarze Kutte / Box: Buchsen, Hosen / lapt: flickt / Pater, geft ou Non en Suun: Pater, gebt eurer Nonne einen Kuß / böört: hebt auf / es: es, ein, einmal / Kermespop: Kirmespuppe / scheie gon: scheiden gehn

Klever Spekulatius

Zutaten: 400 g Mehl, 3 gestrichene Teelöffel Backpulver, 200 g Butter, 200 g Farinzucker, 2 Eier, 100 g gehobelte Mandeln, 1 Messerspitze Zimt, 1 Messerspitze Nelken, geriebene Zitronenschale, $^1/_2$ Teelöffel Kardamom.

Zubereitung: Die 400 g Mehl werden zusammen mit den 3 gestrichenen Teelöffeln Backpulver, mit je 200 g Butter und Farinzucker, den 2 Eiern, 100 g gehobelten Mandeln, je 1 Messerspitze Zimt, Nelken und geriebener Zitronenschale und einem $^1/_2$ Teelöffel Kardamom zu einem glatten Teig verknetet, der eine Stunde ruhen muß, dann dünn ausgerollt, mit Spekulatiusformen ausgestochen und bei guter Hitze gebacken wird.

Farinzucker: brauner, grobkörniger Zucker

Johanna Sebus

Der Damm zerreißt, das Feld erbraust,
Die Fluten spülen, die Fläche saust.
„Ich trage dich, Mutter, durch die Flut,
Noch reicht sie nicht hoch, ich wate gut." –
„Auch uns bedenke, bedrängt, wie wir sind,
Die Hausgenossin, drei arme Kind'!
Die schwache Frau! . . . Du gehst davon!" –
Sie trägt die Mutter durchs Wasser schon.
„Zum Bühle, da rettet euch! Harret derweil;
Gleich kehr' ich zurück, uns allen ist Heil.
Zum Bühl ist's noch trocken und wenige Schritt';
Doch nehmt auch mir meine Ziege mit!"

Der Damm zerschmilzt, das Feld erbraust,
Die Fluten wühlen, die Fläche saust.
Sie setzt die Mutter auf sicheres Land;
Schön Suschen, gleich wieder zur Flut gewandt.
„Wohin? Wohin? Die Breite schwoll;
Des Wassers ist hüben und drüben voll.
Verwegen ins Tiefe willst du hinein!" –
„Sie sollen und müssen gerettet sein."

Der Damm verschwindet, die Welle braust,
Eine Meereswoge, sie schwankt und saust.
Schön Suschen schreitet gewohnten Steg,
Umströmt auch gleitet sie nicht vom Weg,
Erreicht den Bühl und die Nachbarin;
Doch der und den Kindern kein Gewinn!

Der Damm verschwand, ein Meer erbraust's,
Den kleinen Hügel im Kreis umsaust's.
Da gähnet und wirbelt der schäumende Schlund
Und ziehet die Frau mit den Kindern zu Grund;
Das Horn der Ziege erfaßt das ein',
So sollten sie alle verloren sein!
Schön Suschen steht noch strack und gut;
Wer rettet das junge, das edelste Blut!
Schön Suschen steht noch wie ein Stern;
Doch alle Werber sind alle fern.

Johanna Sebus aus Brienen bei Kleve
rettet ihrer Mutter das Leben

Rings um sie her ist Wasserbahn,
Kein Schifflein schwimmet zu ihr heran.
Noch einmal blickt sie zum Himmel hinauf,
Da nehmen die schmeichelnden Fluten sie auf.

Kein Damm, kein Feld! Nur hier und dort
Bezeichnet ein Baum, ein Turn den Ort.
Bedeckt ist alles mit Wasserschwall;
Doch Suschens Bild schwebt überall. –
Das Wasser sinkt, das Land erscheint,
Und überall wird schön Suschen beweint. –
Und dem sei, wer's nicht singt und sagt,
Im Leben und Tod nicht nachgefragt!

Johann Wolfgang von Goethe

Bühl: Geländeerhebung / Turn: altertümlich für „Turm"

Vivat de Drüwen en vivat de Rhinn

Vivat de Drüwen en vivat de Rhinn!
Nörgend kann 't Leve plesireger sinn,
Ooverall Freugde bei Sengen en Winn,
Glökkig es 't Leven aan onsen Rhinn.

D'aalde Stad Kleef, die leet ook aan de Rhinn,
Solle wei dann niet met frölek sinn?

Kleef ist bekennd ooverall in ons Land,
Wei goon as Frende hier Hand in Hand.

Frenden en Fremde, kommt, keert bei ons in!
Hier söllt gei leeren es löstig te sinn,
Kommt en bekennd et marr oopen en frei:
Nörgend sinn Menze so munter as wei.

Reist döör de Welt ooverall op en neer,
Kleef sind gei bis aan den Blocksberg niet weer;
Sitt gei in Pommern en Polen gewest,
Kommt dann noo Kleef op et Schötzefest!

Hypokondrie en all dat geck Gespüß,
Dat es bei ons hier in Kleef gar niet tüs,
Es der es imand verdrieteg gewest,
Den word kuriert op et Schötzefest.

Vivat de Drüwen en vivat de Rhinn!
Vivat Stad Clivia, vivat de Winn!
Vivat die met ons hier löstig gewest!
Vivat et klefse Schötzefest!

Aus: Germaniens Völkerstimmen, Bd. 1

Drüwen: Trauben / Leve: Leben / plesireger: pläsierlicher / bei Sengen en Winn: bei Singen und Wein / es: ist / D'aalde: die alte / wei: wir / Frende: Freunde / marr: nur / Menze: Menschen / op en neer: auf und nieder / noo: nach / Hypokondrie: Hypochondrie (Einbildung, krank zu sein) / Gespüß: Zeug, Quark / tüs: zu Hause / Es der es: ist da einmal / Den word: der wird

Vom Brauchtum am Niederrhein

In katholischen Gegenden sind viele Bräuche mit den Festen des Kirchenjahres verknüpft. Am Palmsonntag wird der „Palm" gesegnet. Ein Strauß von Buchsbaumzweigen, häufig mit Obst und Weckvögelchen angefüllt, wird mit in die Kirche genommen. Die Karwoche ist immer eine stille Zeit der Buße. In Emmerich wurde am Gründonnerstag als erster Gang des Mittagsmahles eine Suppe mit sieben Kräutern aufgetragen zur Erinnerung an die sieben letzten Worte des Erlösers. Am „gujen Frydag" (Karfreitag) verstummen die Glocken. Sie sind „na Rôme“, um den Segen des Heiligen Vaters zu empfangen. Nicht ohne poetische Empfindung singt ein plattdeutscher Dichter:

„Hästu vanne Naach de Klocke gesien?
Sey trocke over hooge Boome,
Sey trocke wahl over de grüne Riehn,
Sey sind na Rôme, na Rôme.
Nau es et still in de Kerkentorn,
En stöll op Märt en Stroate,
Do blöß geen Trompet, do klengt gen Horn,
De Freud hät os verloate!“

Am Karsamstag wandert der Küster über Land, um Ostereier einzusammeln. Am Feste der Auferstehung des Herrn spielt das Osterei eine große Rolle. Der Osterhase ist für uns Niederrheiner ein Kind der Neuzeit und aus andern Bezirken in die Gefilde des Niederrheins eingewandert. Das „Eiertippen“, das jetzt nur noch nach Tisch in den Häusern vorgenommen wird, war ehedem ein öffentliches Vergnügen. Ganze Körbe mit gefärbten und ungefärbten Eiern wurden auf dem Markt feilgeboten, damit jeder in ausgiebiger Weise dem Sport huldigen konnte. Alte Leute erzählen, daß sie oft „mützenweise“ die beim Tippen gewonnenen Eier nach Hause getragen haben. Am Ostermontag wanderten die Familien vieler Orte auf eine benachbarte Honschaft oder in ein nahes Dorf „nach Emmaus“, wo bei einem Glas Bier ein kleiner Imbiß genommen wurde. Fromme Landleute ziehen auf das Feld hinaus, um den „gesegneten Palm“ in die Erde zu stecken. Viele Freuden bringt der Mai. Ein Abglanz der mittelalterlichen Wonnezeit fällt auch in die Gegenwart hinein.

„An den ierste Mai
Hätt jider Vogel en Ei!“

Eine besonders heilsame Wirkung wird dem Mairegen zugeschrieben. Kinder stellen sich ins Freie und lassen den befruchtenden Regen auf sich herabfließen. Dabei singen sie:

„Et rägent, et sägent,
De Panne wäre naat!“

Oder: „Mairegen, mak mech groot,
Eck ben sone klene Bockseknoop.“

Zur Maikirmes wird mit großer Feierlichkeit der mit buntem Flitter geschmückte „Maiboom“ aus dem Walde geholt und vor dem Wirtshaus oder Schützenzelt aufgestellt. Schützengilden gibt es fast in jedem Ort. Oft sind es kirchliche Bruderschaften sehr alter Herkunft, so die Sankt-Georgs-, Sebastianus-, Quirinus-, Barbara-, Johannes-Bruderschaft. Der Schützenkönig wird mit dem „Silber“ geschmückt, dem jeder neue König eine Platte hinzufügen muß. Sehr interessant ist das Königssilber in Leuth (Kreis Geldern) wegen der vielen inhaltsreichen Zeichen und Sprüche, die auf den Platten eingraviert sind. So trägt die fünfte Platte als Bild einen Lorbeerzweig, in dessen Mitte man eine Kugel sieht. Darunter befindet sich folgende Inschrift:

„Martinus Nelesen Greep en Kogel
Schiet Wat Gouw, Kreeg af den Vogel.“

Platte neun enthält eine Königskrone mit der charakteristischen Inschrift:

„Ik jongmann van 16 jaer
En Baes van alle gaer,
Nam de Flint in de hand
En schot de Vogel in het Sand.
Henricus Nelesen. 1769.“

Im Jahre 1820 war ein Besenbinder Schützenkönig, der seine Platte mit dem Zeichen seiner Zunft schmücken ließ und sich mit folgendem Sprüchlein verewigte:

„Niet verwegen,
Doch verlegen,
Es war mir um die Ehr' zu tun.
Das betrieb der Besenbinder,
Wovon ich der Obrist bin.
Muß ja einmal triumphieren,
Gleich den andern gloriieren,
Drum schoß ich den Vogel nieder,
Mein Geld gewann mir viele Diener."

Einem Jünger des edlen Hans Sachs gab das Jahr 1838 die Herrschaft über die Leuther Schützengilde:

„Auf Brüder, seid fröhlich,
Der Schuster ist König.
Der Leisten nun ruht,
Das Heer ist geschuht."

Eine seltene Bescheidenheit zeigt der Zimmermann vom Jahre 1884:

„Sonst führ' ich Säg' und Winkelmaß
Und Hobel, Beil und Rohr;
Doch trag' ich höher nicht die Nas'
Als Herr vom Schützenchor."

Ein Erntebrauch, der an der holländischen Grenze noch heute besteht, ist die Darbietung der „krummen Garbe". Ist der letzte Erntewagen in die Scheuer gerollt, so nimmt der Knecht eine Handvoll Ähren und begibt sich zu der Hausfrau, um einen Erntetrunk zu erobern. Er zeigt die Ähren vor und spricht:

„Hier es de kromm Gärv ut de Gaës,
Wo ett so lang nar hebb getaëft,
Frau, watt sall eck dörmett duen,
Versupe of verbrande?"

In früheren Jahren, als am Niederrhein noch viel Flachs angebaut wurde, ist die Flachsernte mit größerer Umständlichkeit gefeiert worden. Beim „Hecheln" des Flachses sangen Knechte und Mägde in Strophen und Gegenstrophen das berühmte „Räplied":

„En jonge Maid soll fröy opstoan,
So soll en de grone Wälder goan."

Am Abend nach der Ernte versammelten sich Herrschaft, Gesinde und Gäste um den Tisch. Die Hausmutter trug dicken Reis mit „Kaneel und Zucker" auf. Das war die sogenannte „Räppap". Dabei verfehlte man nicht, den Kindern zu sagen, daß „Ries met selvere Lepels" die Kost der Himmelsbewohner sei. Der Winter brachte dann die Verarbeitung des Flachses in den Spinnstuben mit ihren surrenden Rädern, lustigen Liedern, Spuk- und Schelmenstücken.

Zwei ausgesprochene Kinderfeste waren und sind das St. Martinsfest (11.11.) und das St. Nikolausfest (6.12.). In Rheinberg besteht noch in manchen Familien die Sitte, zur Belustigung der Kinder am Abend vor Martini an der Decke des Zimmers oder der Küche eine mit Zuckerwerk, Äpfeln, Nüssen und einigen Kartoffeln oder bitterschaligen Rüben gefüllte große Tüte (St. Martinssack) aufzuhängen, an deren unterem Ende ein langer Papierstreifen befestigt ist, den man anzündet. Unter demselben tanzen die Kinder herum, indem sie sich an den Händen gefaßt haben und das Liedchen singen:

„Sent Märtes, Märtes Vögelche,
Rond, rond Vögelche,
Wo flog et,
Wo stov et?
All over de Rhin,
Wo de fette Ferkes sin.

De fette Ferkes soll'n geschlacht' sin,
Heißa, sent Märte,
De Kalver hebb'n Stärte,
De Köhj hebb'n Hörnder
On krupen all in de Dörnder,
Heißa, Sent Märte!"

Sobald die Tüte von der Flamme ergriffen wird, fällt der Inhalt zu Boden und jetzt gilt's im Dunkeln, denn es darf kein Licht in der Stube sein, die einzelnen Gegenstände zu erhaschen. Rechten Scherz gewährt es, wenn ein Kind, eine Rübe oder eine Kartoffel für einen Apfel haltend, in diese hineinbeißt oder darüber ausgleitet und hinfällt. An demselben Abend pflegt man auch kleine Buchweizenkuchen, sogenannte St. Martinsküchelchen, zu backen.

In einigen Orten ziehen die Kinder mit bunten Fackeln, ausgehöhlten Runkelrüben und „Bronkappeln" (Kürbissen), in denen ein Talglicht brennt, durch die Straßen des Dorfes und singen:

„Sinter Märtes Vögelke
Met dat root Kögelke,
Met dat blau Stärje,
Hopsa, Sinter Märte!"

Bettelkinder, darunter, wie es sich eigentlich von selbst versteht, auch Kinder gutsituierter Eltern, ziehen vor die Häuser wohlhabender Leute, um einen Tribut in klingender Münze zu erheben. Dabei wird in Krefeld folgendes Lied angestimmt:

„Sint Määte, die Kuh hätt seve Stääte,
Hier wohnt ein reicher König,
Gibt uns nicht zu wenig,
Laß uns nicht zu lange stehn;
Denn wir müssen weitergehen!"

Ist den Kindern eine Gabe zuteil geworden, so bedanken sie sich mit den Worten:

„Hier wohnt ein reicher Mann,
Der uns viel geben kann,
Viel kann er geben,
Lang soll er leben,
Selig soll er sterben,
Das Himmelreich erwerben!"

Bleibt aber die Tür des „reichen Königs" hartnäckig geschlossen, so wird von den kleinen Sündern die Rache heraufbeschworen:

„Dat Hus, dat steht op ene Pen,
Do wohnt ene rike Gitzhals dren.
Gitzhals, lange Hals,
Morge mos du stärve!"

In einigen Orten, so in St. Tönis, Hüls, Kempen u. a., werden feierliche Umzüge veranstaltet. Da reitet dann St. Martin in Bischofstracht mit Mitra und Stab dem Kinderzug voran. Hell leuchten die Fackeln durch das Dunkel der Nacht, und aus hundert Kinderkehlen steigt das Lied zum Himmel empor:

„St. Martin, St. Martin,
St. Martin ritt durch Schnee und Wind,
Sein Roß, das trug ihn fort geschwind."

Im übrigen ist der St. Martinstag als Zinstag bei den Bauern des Niederrheins nicht sonderlich beliebt: „Sint Määte, et Betale niet vergäte!"

„Sinter Klaas es ene heellige Mann,
De os brav wat brenge kann."

Das eigentliche Fest der Kinderbescherung ist St. Nikolaus (6. Dezember). Aus einer Möhre, oft auch aus Holz, wird ein Schuh zurechtgeschnitzelt und die innere Höhlung weidlich mit Hafer versehen, damit das Pferd des heiligen Nikolaus etwas zu fressen findet. Dieser „Klosklomp" wird besonders den Paten ins Haus gebracht. Am andern Morgen, nach einer meist schlaflos verbrachten Nacht, begibt man sich zu den Paten, um zu sehen, „wat Klos gereihe hät". Die strahlenden Kinderaugen wiegen die kleinen Auslagen reichlich auf. Oft erscheint auch der heilige Nikolaus in phantastischem Aufputz mit langem Flachsbart in der Wohnstube, um sich nach dem Verhalten der Kinder zu erkundigen und seine mit Nüssen und Äpfeln bespickten Taschen zu entleeren.

„Sinter Klos, hellige Maan,
Breng die kleene Kender watt,
Loat die groote loope,
Die könne sech selvs watt kope."

Fr. Brücker

Honschaft: Kleingemeinde auf nachbarlicher Grundlage / Jünger des edlen Hans Sachs: Schuhmacher / „Hecheln" des Flachses: das Werg (Flachs-, Hanfabfall) auskämmen / Kaneel: beste Zimtsorte / Ries mit selvere Lepels: Reis mit silbernen Löffeln / Ferkes: Ferkel / de Kalver hebb'n Stärte: die Kälber haben Schwänze / On krupen all in de Dörnder: und kauern sich alle in den Dornen (-hecken) zusammen / Sinter Märtes Vögelke: Eisvogel / Met dat root Kögelke: mit der roten Kapuze / Met dat blau Stärje: mit dem blauen Schwanz / die Kuh hätt seve Stääte: die Kuh hat sieben Schwänze

Rast in Kalkar

Ich rechne Kalkar zu den „dankbaren" Städten, das heißt zu den Städten, welche auf engem Raum ein klares, aus wenigen, aber bedeutsamen Zügen zusammengesetztes Bild geben. Wir durchwandern sie mit leichter Mühe, sind sofort orientiert und wissen schon nach den ersten Eindrükken das Charakteristische herauszufinden und zu gestalten. Wir beherrschen eine solche Stadt leicht und sicher, während es andere Städte gibt, worin man sich erst in Tagen und Wochen nicht gerade nach dem äußeren Plan, wohl aber geistig zurechtzufinden vermag. Die Größe oder Kleinheit bedingt nicht schlechthin diesen Unterschied: Wir haben verworrene und zerfahrene Kleinstädte und andererseits Großstädte von so breiten, scharf geprägten Zügen, daß sie sich ganz von selbst zur schlagenden Darstellung bieten.

Umkreisen wir Kalkar, so verkünden die kleinen, äußerst ländlichen Häuser neben den unbedeutenden Resten von Mauer und Graben eine Landstadt, welche sich dem Dorf nähert; dringen wir dagegen ins Innere, auf den Marktplatz, so erzählt uns das einfach schöne gotische Rathaus (ein merkwürdiges Gegenstück zu dem reichen und zierlichen Rathaus in Wesel), die vielen alten Giebelhäuser und vorab die gotische Kirche, daß

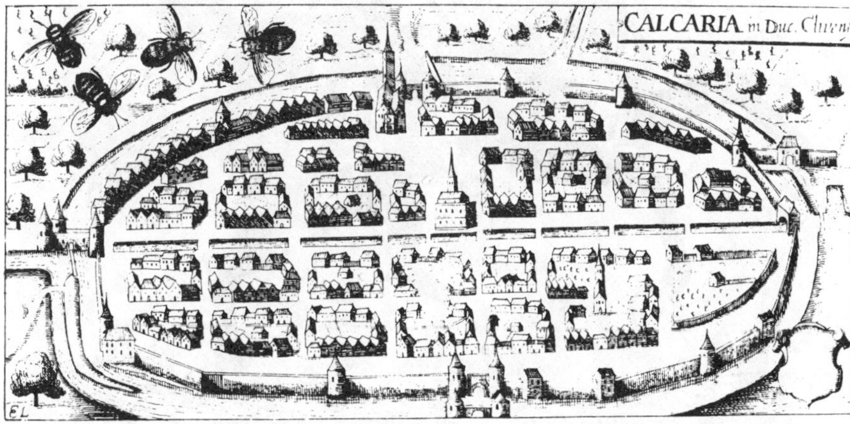

wir eine Stadt von wirklich städtischer Geschichte vor uns haben, eine Stadt sogar von kunstgeschichtlichem Namen. Neben der Kirche steht endlich aber ein bescheidenes Haus mit der Inschrift: „Hier wurde Seydlitz geboren am 3. Februar 1721". Den Marktplatz ziert dann ein Denkmal des berühmten Heerführers. Also geht auch die preußische Geschichte bereits nicht mehr leer aus in Kalkar.

Die gotische Hallenkirche mit unvollendetem Turm ist von außen nach ihrer Art kaum minder schlicht wie das Rathaus, überrascht aber im Innern durch die edlen Verhältnisse und den gleichartigen und dennoch reichen Schmuck der Altäre mit unbemaltem Schnitzwerk, überhaupt durch das leicht faßliche, einheitliche Gesamtbild im Gegensatz zu dem verwirrenden Reichtum der Kirche von Xanten. Kalkar hatte sein eigenes vielgestaltiges Kunstleben in Baukunst, Bildnerei und Malerei, wovon auch die Xantener Kirchenrechnungen Zeugnis geben. Den Höhepunkt dieser künstlerischen Betriebsamkeit bezeichnet ein großer Maler ohne Namen, der anonyme „Meister von Kalkar", ein Jünger oder mindestens ein naher Verwandter der eyckschen Schule aus der zweiten Hälfte des 15. Jahr-

General Friedrich Wilhelm von Seydlitz

hunderts. Und wie er in seiner Richtung ganz dem örtlichen Grenzgebiet der niederrheinisch-niederländischen Kunst angehört, so hat er auch sein Hauptwerk dem Heimatort gewidmet, das große Altarbild in der Kirche zu Kalkar; und daß er nicht bloß für Kalkar, sondern auch in Kalkar gemalt hat, beweist die Tafel mit der Auferweckung des Lazarus, wo wir das Kalkarer Rathaus, wie es heute noch steht, im Hintergrund erblicken.

Wilhelm Heinrich Riehl

Seydlitz, Friedrich Wilhelm von (1721 – 73): seit 1757 preußischer General; entschied im Siebenjährigen Krieg als Oberbefehlshaber der preußischen Kavallerie die Siege über die Franzosen/die Reichsarmee bei Roßbach (1757) und über die Russen bei Zorndorf (1758); militärgeschichtlich überaus bedeutsam und folgenreich war die von ihm durchgeführte Reform der Kavallerie, die diese Waffengattung in den Angriff miteinbezog.

Goch an der Niers

Die Stadt Goch liegt zum größten Teil auf dem linken Niersufer; nur der neuere Teil, die Vorstadt, ist auf dem andern Ufer zwischen den Schenkeln des rechten Winkels erbaut, der von den beiden Laufstrecken des Flusses hier gebildet wird. Es ist eine aufblühende Stadt, ein Hauptindustrieort des Kreises Kleve. Öl- und Margarinewerke, Zigarrenfabriken, Plüschwebereien und Gerbereien beschäftigen insgesamt mehr als eintausend Arbeiter; eine Glasmalerei stellt farbenprächtige Glasfenster her, und eine Bildhauerwerkstatt liefert künstlerisch ausgeführte Werke der kirchlichen und profanen Kunst. Im Mittelalter war Goch der Sitz einer blühenden Tuchfabrikation. Als jedoch, nachdem schon 1634 der Ort durch die Pest fast ganz entvölkert worden war, zu Beginn des 18. Jahrhunderts die Rote Ruhr Tausende dahinraffte, zogen die Kunstweber fort, die Tuchfabrikation hörte auf. Im 17. Jahrhundert wurde die Stadt zweimal von den Holländern erobert, aber jedesmal von den Spaniern wieder eingenommen, bis es 1625 ersteren gelang, ihre Feinde für immer aus Goch zu vertreiben. Im Siebenjährigen Krieg (1756 – 63) sah der Ort zuerst französische, dann holländische und zuletzt preußische Truppen in seinen Mauern; die Preußen unter Ferdinand von Braunschweig zogen von hier nach Krefeld, wo sie im Jahre 1758 den Franzosen die bekannte Niederlage bereiteten. – Goch erfreut sich des Besitzes zahlreicher Baudenkmäler aus alter Zeit. Die katholische Pfarrkirche, die in zwei Bauperioden während des 14. Jahrhunderts entstand, ist neben den Pfarrkirchen zu Kleve und Kalkar der räumlich ausgedehnteste und architektonisch bedeutendste Backsteinbau des deutschen Niederrheins; das Steintor, eines der vier Tore der ehemaligen Befestigungswerke und eine der wenigen größeren Toranlagen am Niederrhein, die erhalten blieben, besteht aus einem mittleren rechtwinkligen Hauptteil, der von zwei mit zehnseitigen Pyramiden versehenen Rundtürmen flankiert wird. Eine Sehenswürdigkeit stellt unter anderem noch das „Haus zu den fünf Ringen“ in der Steinstraße dar, ein dreistökkiger Backsteinbau aus dem 13. Jahrhundert mit Treppengiebel und reich gegliederten Ecktürmen. Es war das ehemalige Absteigequartier der Grafen und Herzöge von Kleve und Geldern.

G. Lennarz / J. Nießen

Ferdinand von Braunschweig-Wolfenbüttel (1721 – 92): nahm als preußischer Oberst an den ersten beiden Schlesischen Kriegen teil und wehrte im Rahmen des Siebenjährigen Krieges, nachdem er vom englischen König den Oberbefehl gegen die Reichsarmee und die Franzosen erhalten hatte, den französischen Angriff im Westen durch Siege bei Krefeld (1758) und Minden (1759) ab.

Zwei Königskinder

Langsam. Vom Niederrhein, Bergisch u. Umgegend von Düsseldorf 1835.

Es waren zwei Königskinder,
Die hatten einander so lieb;
Sie konnten beisammen nicht kommen,
Das Wasser war viel zu tief.

„Ach Schätzchen, könntest du schwimmen,
So schwimm es ein wenig zu mir.
Drei Kerzen will ich dir anstecken,
Die sollen sehr leuchten bei dir.“

Da kam ein schurkiger Bauer,
Ein schurkiger Edelmannssohn,
Der tät sich die Kerzen ausblasen,
Der junge Herr, der ging zugrund'.

Als der junge Herr zugrunde ging,
Sie schrie und weinte so sehr;
Sie ging mit weinigen Augen
Wohl vor der Mutter ihr' Tür:

„Ach Mutter, herzliebste Mutter,
Wie tut mir mein Haupt so weh!
Laß mich ein wenig spazieren
Wohl an den tiefen See."

„Ach Tochter, allerliebste Tochter,
Du sollst alleine nicht gehn;
Du hast noch eine frische jung'
Und die soll mit dir gehn." [Schwester,

„Ach Mutter, herzliebste Mutter,
Mein' Schwester ist noch so klein,
Sie möcht' mir die Rosen abbrechen,
Die an dem See sein."

Die Mutter ging nach der Kirche,
Die Tochter hielt ihren Gang,
Sie ging so lang herumwandern,
Bis sie den Fischmann fand.

„Ach junger, herzliebster Fischer,
Könnt verdienen ein' großen Lohn:
Werft ihr das Netzchen ins Wasser
Und fischt den Königssohn."

Er warf sein Netz ins Wasser,
Es fiel so tief zu Grund,
Der erste Fisch, den er tät fangen,
Das war des Königs Sohn.

Sie nahm ihn in ihre Arme
Und küßte seinen roten Mund:
„Ach Mündlein könntest du sprechen,
So wäre mein Herz gesund."

Sie nahm ihn in ihre Arme
Und drückt' ihn an ihren Mund:
„Bei dir ist's so wohl und so wehe!"
Und sank mit ihm in den Grund.

Xanten

Rings um die Stadt gewahrt man noch die Reste der alten Mauer und Türme sowie ein ziemlich wohlerhaltenes Stadttor; auch die Spuren eines breiten Wallgrabens sind noch sichtbar. Neuerdings hat ein Ingenieur im freien Feld höchst merkwürdige Ausgrabungen vorgenommen, die er leider aus Mangel an Unterstützung wieder zuwerfen ließ, nachdem er die gepachteten Grundstücke ihren Eigentümern wieder hatte zurückgeben müssen. Er entdeckte dabei die Fundamente sehr fest gemauerter Gebäude, über deren einstige Bestimmung man noch nicht recht im klaren ist. Interessante Altertümer bewahrt auch die Frau des verstorbenen Gasthofbesitzers Ingenlath. Außer einem Schrank voll der mannigfaltigsten Urnen, Lampen, Gemmen und Münzen zeigt sie in ihrem Garten eine ziemlich unversehrte Sphinx, die im römischen Amphitheater bei Birten gefunden wurde. Wir bewundern das von Querbändern über dem Kopf derselben zusammengehaltene, lockenartig über den Nacken und zopfartig über die Brust herabfallende, an den Schläfen wulstförmig aufgewundene üppige Haar. Über ihrem Löwenrücken liegt eine Decke, und um Hals und Busen ist ein Kragen geschlungen, dessen beide Vorderzipfel in Quasten enden und reich mit Blumen und Arabesken verziert sind. Hinter dem Garten liegt das sogenannte Mertekamp, wo der Legende nach St. Viktor und seine dreihundertdreißig Genossen der Thebäischen Legion den Märtyrertod erlitten; ihre Gebeine soll die heilige Helena gesammelt und in einem eigens dazu erbauten adligen Stift aufgehoben haben.

Daß Xanten einst eine römische Niederlassung, das Lager römischer Legionen gewesen, ist über alle Zweifel erhaben.

In der Nähe der Stadt muß die berühmte Römerburg Castra Vetera sowie die römische Ansiedlung Colonia Traiana gelegen haben. Die Stadt selbst war Ulpia castra oder Tricesimae, der Standort der 30. Legion. Vor dem Klever Tor, an der Straße nach Marienbaum, zeigt man die Trümmer der sogenannten alten Burg; hier soll die Colonia Traiana gelegen haben. Daran erinnert noch der Name einer Wirtschaft: „Zum Römerbrunnen", wo man 1822 einen römischen Brunnen aus Tuffsteinquadern ausgrub. Schon Julius Cäsar soll hier ein befestigtes Lager angelegt haben; südlich von der Stadt, auf dem sogenannten Fürstenberg (Vorstenberg oder Starisberg), legte Kaiser Augustus die Castra Vetera an, und man entdeckte dort außer einem Brunnen auch die Reste einer römischen Wasserleitung. Auch die Spuren eines römischen Amphitheaters hat man auf dem Wege von Xanten nach Winnenthal ausgegraben, und zwar ein amphitheatrum castrense, ein hölzernes, wie man sie bei römischen Kastellen häufig hatte. Noch kann man den Umfang der Arena mit ihren vier Eingängen an einem ovalrunden Erdwall erkennen. Der Legende gemäß soll sich jedoch hier der heilige Viktor mit seinen Märtyrern lange verteidigt haben; deshalb heißt der Ort auch im Volksmund „St. Viktorsloch" oder „St. Viktorslager". Andere verlegen Castra Vetera nach dem nahe gelegenen Birten oder nach Büderich. So viel ist gewiß, daß das „alte Kastell" einen Hauptstützpunkt für die Römer bei ihren kriegerischen Operationen gegen die Germanen jenseits des Rheins bildete und daß Legionen des Drusus, Tiberius und Germanicus hier ihr Standquartier hatten. Auf dem Fürstenberg stand auch das Prätorium des Quintilius Varus, und von Castra Vetera rückten im Jahre 9 n. Chr. die 18., 19. und 30. Legion gegen die Germanen aus und fielen in der berühmten Schlacht im Teutoburger Wald. Ferner erhob hier nach Tacitus (Annalen, Bd. 1) die 5. und 21. Legion nach dem Tod des Augustus die Fahne der Empörung, bis ihnen der aus Gallien herbeieilende Germanicus mit Waffengewalt drohte. Da bildete sich innerhalb

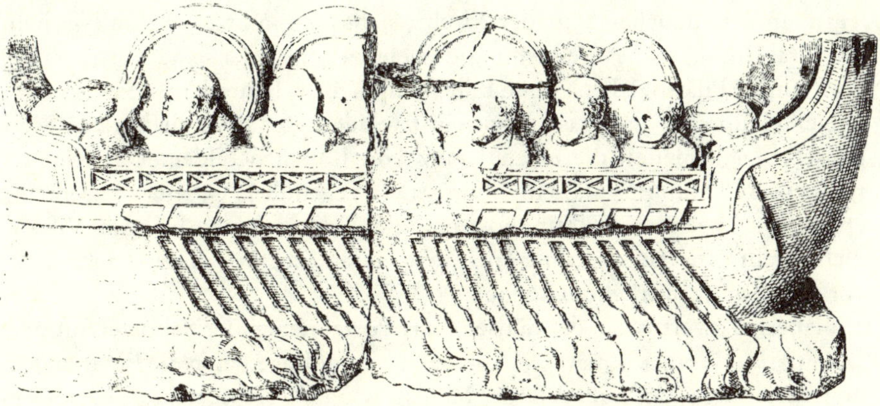

Römisches Monument aus den Rheinlanden

der Verschwörung eine Gegenverschwörung, und als Germanicus erschien, fand er das Lager in Bruderblut schwimmend. Um ihr Vergehen zu sühnen, verlangten die aufgeregten Soldaten, gegen den Feind geführt zu werden. Germanicus führte sie über den Rhein, doch es fehlte nicht viel, so hätten sie das Schicksal der varianischen Legionen geteilt (15 n. Chr.).

Wenden wir uns nunmehr zu einem der großartigsten Denkmale gotischer Baukunst, das, weil es älter ist als der berühmte Kölner Dom, wenn es auch nicht so rein und großartig die Ideale der Gotik verwirklicht, doch verdient, in zweiter Linie genannt zu werden; wir meinen die prächtige Sankt-Viktors-Kirche, eine Zierde und ein Stolz der Stadt Xanten. Wir haben bereits erwähnt, daß man ihre Gründung der heiligen Helena zuschrieb, wenngleich die jetzige Kirche erst im 13. oder 14. Jahrhundert entstanden sein kann.

Betrachten wir uns den Dom nun etwas näher von außen, so gewahren wir auch in ihm jenes ungehemmte, harmonische Emporstreben, das der Gotik eigen ist: die hohen spitzbogigen Fenster, die mächtigen Strebepfeiler mit ihren oben ausgespannten Bogen, die prächtigen Doppeltürme mit Kreuzen, freilich byzantinischen Charakters, dazwischen das reich geschmückte Hauptportal, ein Hauptlängsschiff mit je zwei parallel laufenden Seitenschiffen, die leider nicht von Querschiffen durchkreuzt sind; auch fehlt der Kapellenkranz rund um den Hochaltar, so daß das Ideal der gotischen Baukunst, wie es am reinsten und vollendetsten der Kölner Dom verwirklicht, nicht völlig erreicht wird. Nichtsdestoweniger muß die Xantener Sankt-Viktors-Kirche zu den schönsten Bauwerken gotischen Stils gerechnet werden. Rechts von dem prachtvollen Hauptportal, neben dem

Turm an der südlichen Seite der Kirche, sieht man in zwei großen Nischen die Grablegung und Auferstehung des Herrn und links seine Verspottung vor Pontius Pilatus, lebensgroße Bildergruppen aus Baumberger Sandstein.

Der Hauptchor und das Hauptschiff werden von zwei niedrigeren Nebenschiffen begleitet, die einen Kranz von Kapellen bilden. Das frühere romanische Hauptportal, dem Chor gerade gegenüber, ist leider zugemauert, damit, wie der Volksmund sagt, die Reliquien des heiligen Viktor nicht mehr, wie sie es früher mehrmals getan, zu ihrer alten Lagerstätte vor dem Tor zurückkehren können.

Bemerkenswert ist an der Südseite das Portal neben der Sakristei mit der Inschrift: „Ad sanctos martyres", in dessen Rundbogen man die Figuren der drei berühmten Märtyrer Viktor, Mauritius und Gereon sieht. Gegenüber ist das alte Stiftsgebäude, an dessen Ecke sich auf wunderschönem Säulenkapitell mit arabeskenartig verschlungenem Zweig- und Blätterwerk eine kolossale Figur mit Schwert und Schild erhebt, die an die großen Rolandssäulen anderwärts erinnert, hier aber wohl den hl. Viktor darstellen soll.

Rings um den früheren Begräbnisplatz der Xantener Stiftsherren zieht sich ein vierseitiger Kreuzgang, der reich ist an merkwürdigen Grabsteinen, Gedenktafeln und Inschriften aus dem 15. und 16. Jahrhundert.

Das Innere des Doms gewährt einen äußerst harmonischen und kunstvollen, reichgegliederten und doch so einheitlichen Bau, daß er sich leichter und, fast möchten wir sagen, für das Auge beruhigender überblicken läßt als das Innere des Kölner Domes. Eine Menge von Altären, dreiundzwanzig im ganzen, begegnen uns an den Pfeilern, aber wenige, die dem Bau zur Zierde gereichen. Die Statuen der hl. Maria, der zwölf Apostel und des hl. Viktor auf den kelchartigen Konsolen nehmen sich dagegen recht stattlich aus.

Besondere Betrachtung verdient der um 1400 erbaute sogenannte Lettner (von lectorium, d. i. Vorlesebühne), auch interstitium oder cancellum genannt, der das Schiff der Kirche von dem für die Stiftsherren reservierten Raum des Hauptchors trennt und zur Vorlesung der Heiligen Schrift an die Gläubigen diente: Ein prächtiger Bau, wenn er auch den Hochaltar des Chors verdeckt. Rechts und links führen Tore durch Gitterwerk in den Hauptchor, wo auf erhöhten Stufen die kunstvoll geschnitzten Stühle der Stiftsherren stehen. Auf den Pulten ruhen interessante alte Meßbücher, ringsum hängen Reliquienkästchen, im Hochaltar aber steht der kostbare Sarkophag mit den Gebeinen des hl. Viktor. Prächtige Querleuchter von Messingguß, in Belgien zu Anfang des 16. Jahrhunderts gearbeitet, stehen vor dem Hochaltar. Links ist der Tabernakel aus Sandstein zur Aufbewahrung der Monstranz. Dort sieht man die vier Evangelisten, die hl. Helena und den hl. Viktor sowie die Einsetzung des heiligen Abendmahls dargestellt. Der Hochaltar selbst, 1533 in Köln erbaut, enthält außer den Reliquien der Märtyrer Xantens in runden Glaskästchen über dem Altartisch vier große Tafeln mit herrlichen Gemälden von Bartholomäus Bruyn d. Ä., in den Jahren 1529 – 34 zu Köln gefertigt. Dafür zahlte das Kapitel dem Künstler einen Preis von sechshundert Goldgulden, einhundert mehr, als es ihm vertragsgemäß zugesichert hatte. Wir erblicken auf diesen Ge-

Xanten

mälden den Auszug der Thebäischen Legion aus ihrer Vaterstadt Theben (Thebais) und ihren Einzug in Rom, wo sie der Papst segnet und der Kaiser Maximian den Viktor mit Handschlag verabschiedet vor seinem Zuge an den Rhein. Auf der zweiten Tafel sehen wir die Niedermetzelung des standhaften Glaubenshelden mit den Seinigen und im Hintergrund das Bild der Stadt Xanten aus dem 16. Jahrhundert. Die beiden anderen Tafeln stellen Szenen aus der Legende der hl. Helena dar, wie sie durch ein Wunder des Papstes Sylvester sich samt ihren jüdischen Rabbinern taufen läßt und dann sich in Jerusalem nach dem Hl. Kreuze erkundigt. Ein alter Jude namens Judas ist ihr bei Auffindung desselben behilflich, und sie trägt es triumphierend nach Jerusalem. Einen Teil desselben trägt sie unter ihrem Schleier auf der Hand, um ihn der Legende gemäß in dem Dom in Xanten niederzulegen, über dessen Gründung sie sich mit einem Bauherrn und dem hl. Viktor berät. Im Gefolge der Helena erscheinen dann die Stiftsherren und die Gräfin Eriga (Erubsa) von Recklinghausen, die mit ihrem Sohn im Dome begraben liegt. Diese vier Tafeln lassen sich als Altarflügel öffnen und zeigen auf der andern Seite die Vorstellung Christi an das Volk durch Pontius Pilatus, die Auferstehung des Herrn, die Jungfrau Maria mit den hll. Viktor und Gereon, die hl. Helena, Papst Sylvester und Kaiser Konstantin.

Wenn man die Flügel des Hochaltars zurückschlägt, erblickt man unten drei kleine, aber wunderschöne Brustbilder, eine sehr wertvolle Madonna von Jean de Beau und die Bilder des hl. Hieronymus und des hl. Blasius, die aus der italienischen Schule des 16. Jahrhunderts stammen. Oben erblickt man die Vorderseite des silbernen und vergoldeten sowie mit Edelsteinen reich geschmückten Sarkophags des hl. Viktor, der in Zeiten der Not mehrmals geflüchtet wurde.

Jakob Nover

Viktor von Xanten: erlitt als Führer einer zur Thebäischen Legion gehörenden Kohorte um 302 den Märtyrertod; die Thebäische Legion, die ursprünglich zur Christenverfolgung eingesetzt werden sollte, wurde, nachdem sich alle ihre Mitglieder als Christen zu erkennen gegeben hatten, zwischen 300 und 302 völlig ausgelöscht; Viktor von Xanten wurde heiliggesprochen (Tag: 10.10.) / heilige Helena: Kaiserin Helena (um 257 – um 336), Mutter Konstantins I., förderte, nachdem sie 312 selbst Christin geworden war, die Ausbreitung des Christentums in jeder Weise; ihr schreibt die Legende vor allem die Auffindung des Hl. Kreuzes in Jerusalem zu; heiliggesprochen (Tag: 18.8.) / trice(n)simus (lat.): der dreißigste / Prätorium (lat.): Amtshaus des Provinzstatthalters; Hauptplatz im Lager mit dem Feldherrnzelt / Ad sanctos martyres (lat.): den heiligen Märtyrern / Mauritius, Gereon: wie der hl. Viktor Mitglieder der Thebäischen Legion, die wegen ihres christlichen Bekenntnisses ebenfalls das Martyrium erlitten; beide heiliggesprochen (Mauritius, Tag: 22.9.; Gereon, Tag: 10.10.)

Siegfrieds Jugend

In frühen Kindestagen,
Aus Trutz und frevlem Mut,
Entlief der Burg zu Santen
Siegfried, ein Recke gut.

Er kam nach vielem Irren
In einen fernen Wald,
Sah da die große Schmiede,
Ein trat der Knabe bald.

Hier wohnt' mit seinen Künsten
Mimer, ein Held bekannt,
Der mit vielen Gehilfen
Schmiedete schön Gewand.

Er wirkte edle Schwerter,
Panzer und Schilde breit,
Die kauften werte Recken
Und Kön'ge hoch erfreut.

Er war ein Held gewaltig,
Zu ihm trat Siegfried ein
Und wollt' im grünen Walde
Mimers Gehilfe sein.

Als größer ward der Knabe,
Zeigt' er viel bösen Sinn,
Er droht' und plagte alle,
Der Meister furchte ihn;

Er stellt' ihn an die Arbeit
An einem Sommertag,
Da nahm Siegfried den Hammer
Und tat so kräft'gen Schlag,

Daß er den Amboß spaltete
Und schlug ihn in den Grund,
Darob sie all' erschraken
Und wünschten zu der Stund',

Er wäre nie gekommen,
Sie hatten sein nicht Not,
Sie furchten, daß der Große
Sie alle schlüge tot.

Ein giftiger Linddrache
Dort in dem Walde was,
Vor dessen grimmem Rachen
Der Kühnste nicht genas.

Mimer in seinen Listen
Dachte mit klugem Sinn:
Der Knab' wird sich nicht fristen;
Sandt' ihn zum Wurme hin.

Da folgt der Jüngling kühne
Dem anbefohlnen Werke,
Ohn' Waffen in der Grüne,
Nur in selbsteigner Stärke.

Der Drache schoß im Grimme
Aus seiner Höhle wild,
Den jungen Ritter schirmten
Baumzweige wie ein Schild.

Damit kämpft' er so kräftig
Und schlug das Ungeheuer,
Dann aß er in dem Walde
Und zündete ein Feuer.

Im Drachenblut er badete,
Hürnen ward seine Haut,
Kein' Waffen ihm nun schadete',
Wie scharf es auf ihn haut.

In sehr grimmigem Mute
Riß er vom Wurm das Haupt
Und rennt durch Waldesdunkel,
Als schon der Meister glaubt,

Er sei im Wald erstorben.
Da schreien die Gesellen:
„Wir sehen Siegfried kommen,
Der wird uns alle fällen!

Er trägt das Wurmhaupt blutig
Wie einen Schildesrand!"
Siegfried trat ein wildmutig,
Sie flohn zur Steineswand.

Mimer ging ihm entgegen,
Er sah des Jünglings Wut,
Um Gnade bat der Degen;
Harnisch und Schwerter gut

Versprach er fleh'nd dem Werten:
Siegfried nichts sagte wider,
Das Haupt warf er zur Erden
Und schlug den Meister nieder.

Auf saß er dann zu Rosse
Und nahm ein Sturmgewand;
Nicht furcht' er die Genossen,
Weit fuhr er durch das Land.

Ludwig Tieck

Der Meister furchte ihn: der Meister fürchtete ihn

Het Ölkjage

Vöör dese was in de Stadt Xante enne komisse Gebrück, den nümde men et Ölkjage. Min Vader hett et min döck vertellt, en hei woß et sech noch ävkes te herinnere, dat et passierde. Eck sall ou es segge, wu dat was.

So gau as Mann en Frou in Xante Stritt hadde en et worde so ärg, dat de Jonges op te Stroot et höörde, dann bleve se nett so lang vörr de Döör stohn, tet dat et Gekäkel üt was. En gei künt begrippe, dat ter op et letzt eenen heelen Buhl Jonges beieen stonde. Dann trock den ganzen Hoop dörr de Stadt met een groot Lawäi, de gröttste Jong vörop met een Kuhhorn

Siegfried erlegt den Drachen

in de Hand en die andere allemool achterno. Merr et Klöchtigste van dat heele Spööl wett gei nou noch niet. Dat sa'ck ou nou es segge. Den Öpperste van de Jonges blooste nou alle Keere op et Horn en kraude dann nex als Frooge, en de andere Jonges antwoorde dorop nett so hart, as se merr rupe kosse.

Eene: „Heet Jan Ott met sin Frou gen Rüsi gehad?"

Allemool: „Jo, dat ist woor."

Eene: „Heet hei niet geseid: ‚Wat düje met ou schmeerege Fingers aan de Mostertpott?'"

Allemool: „Jo, dat heet hei geseid."

Eene: „Sei sei niet: ‚As et Sooterdag is, dann sall min de Mostertpott gewasse worde, of de Düwel sall et hale?'"

Allemool: „Jo, dat heet sei geseid."

Eene: „Heet hei dou niet geseid: ‚Nee, ou sall de Düwel hale, as gei min noch es de Mostertpott aanrührt?'"

Allemool: „Jo, dat heet hei geseid!"

Eene: „Sei sei niet: ‚As eck et niet deei, verkochte wei vörr genn Fettmentje Mostert meer?'"

Allemool: „Jo, dat heet sei geseid."

Eene: „Heet hei dou niet geseid: ‚Wat segt gei door, meent gei dann, de Lüi kwammen, öm ou lellek Gesecht te sien? Wat, wojje minne Mostert verkleiniere, den beste Mostert in et heele Land van Kleef?"

Allemool: „Jo, dat heet hei geseid."

Eene: „Heet sei dou niet geseid: ‚En eck seg dann, ouwe Mostert we'ck noch niet gegeven hebben?'"

Allemool: „Jo, dat heet sei geseid."

Eene: „Heet hei öör dou niet met een Hand voll Mostert döör et Gesecht geschmäärt?"

Allemool: „Jo, dat heet hei gedohn."

Eene: „Heet sei dou niet de Müts afgesett en de Schloff ütgetrocke en öm doormet op et Gatt getakelt, en heet sei tüssen et Houe niet ömmer gerupe: ‚Döögt ouwe Mostert noch?'"

Allemool: „Jo, dat heet sei gedohn."

Eene: „Heet hei dou niet geseid: ‚Loot min merr los, nee, nee, de Mostert döögt nex?'"

Allemool: „Jo, dat heet hei geseid."

Eene: „Sei sei dou niet: ‚Haha, heie nou ou Fett?'"

Allemool: „Jo, dat heet sei geseid."

Merr eene Kier hebbe se ook es över den Börgemeister en sin Frou den Ölk gejage, en dou heet hei et Ölkjage een vörr allemool verbooje.

Ävel van dat Ölkjage kömmt et, datter nörges op de Wäreld beeter Verdrag tüsse Mann en Frou is as in Xante; want den Ängst set ter eenmool in. En eck will glöve, dat et well gut was, as hier en door op andere Plaatze vörr en Tidlang et Ölkjage ingeführt wird.

Aus: Germaniens Völkerstimmen, Bd. 1

Het Ölkjage: das Iltisjagen / Vöör dese: früher, vormals, vorzeiten / Gebrück: Gebrauch, Sitte / den nümde men: den nannte man / min döck: mir oft / ävkes te herinnere: eben zu erinnern / ou es: euch einmal / wu: wie / So gau: sobald / nett: gerade, genau / tet: bis / Gekäkel: Geschrei / En gei: und ihr / ter: da / eenen heelen Buhl: eine ganze Menge / beieen: beieinander / trock: zog / Lawäi: Lärm, Aufruhr / achterno: hintennach / Merr: aber / Klöchtigste: das Possierlichste / wett gei: wißt ihr / Dat sa'ck: das werde ich / Keere: Mal / kraude: grob anfahren, auf eine grobe Art anreden, schnippisch sein / nex: nichts / hart: laut / as se merr rupe kosse: als sie nur rufen konnten / Heet: hat / Rüsi: Zank, Streit / Heet hei niet geseid: hat er nicht gesagt / düje: tut ihr, tust du / met ou: mit euren / Sei sei niet: sagte sie nicht / Sooterdag: Samstag / min: mir / worde: werden / of: oder / hale: holen / dou: da, dann / ou: euch, dich / noch es: noch einmal / as: wenn / deei: täte / verkochte wei: verkauften wir / vörr genn: für keinen / Fettmentje: eine kleine Münze / door: da / Lüi: Leute / lellek: häßliches / wojje: willst du, wollt ihr / in et heele: in dem ganzen / we'ck: will ich / döör: durch / Müts: Mütze / Schloff: alten Pantoffel / et Gatt: den Hintern / tüssen et Houe: zwischen den Schlägen / min: mich / heie: habt ihr, hast du / ou Fett: euer, dein „Fett" (Strafe, Züchtigung) / Kier: Mal / een vörr allemool verbooje: ein für allemal verboten / Ävel: jedoch, aber / datter: daß da / nörges op de Wäreld: nirgends auf der Welt / want: denn / set ter: sitzt da / as: wenn / vör en Tidlang: für eine Zeitlang / wird: würde

Die betrübte Witwe

„Köster, minne Mann es doot,
Darover es min' Reu so groot.

Nu sett eck mei val op sin Graf
On gohn der en söwe Johr nit af."

Sei soot der koom en hallef Ühr,
Geng sei ald met de Köster derdür.

Köster: Küster / Reu: Betrübnis / mei: mich / Graf: Grab / on gohn der: und gehe / Sei soot: sie saß / hallef Ühr: halbes Stündchen / derdür: durch

Die Wallfahrt nach Kevlaar

1

Am Fenster stand die Mutter,
Im Bette lag der Sohn.
„Willst du nicht aufstehn, Wilhelm,
Zu schaun die Prozession?“

„Ich bin so krank, o Mutter,
Daß ich nicht hör' und seh';
Ich denk' an das tote Gretchen,
Da tut das Herz mir weh.“ –

„Steh auf, wir wollen nach Kevlaar,
Nimm Buch und Rosenkranz;
Die Mutter Gottes heilt dir
Dein krankes Herze ganz.“

Es flattern die Kirchenfahnen,
Es singt im Kirchenton;
Das ist zu Köllen am Rheine,
Da geht die Prozession.

Die Mutter folgt der Menge,
Den Sohn, den führet sie,
Sie singen beide im Chore:
Gelobt seist du, Marie!

2

Die Mutter Gottes zu Kevlaar
Trägt heut ihr bestes Kleid;
Heut hat sie viel zu schaffen,
Es kommen viel kranke Leut.

Die kranken Leute bringen
Ihr dar, als Opferspend',
Aus Wachs gebildete Glieder,
Viel wächserne Füß' und Händ'.

Und wer eine Wachshand opfert,
Dem heilt an der Hand die Wund';
Und wer einen Wachsfuß opfert,
Dem wird der Fuß gesund.

Nach Kevlaar ging mancher auf
Der jetzo tanzt auf dem Seil, [Krücken,
Gar mancher spielt jetzt die Bratsche,
Dem dort kein Finger war heil.

Die Mutter nahm ein Wachslicht,
Und bildete draus ein Herz.
„Bring das der Mutter Gottes,
Dann heilt sie deinen Schmerz."

Der Sohn nahm seufzend das Wachsherz,
Ging seufzend zum Heiligenbild;
Die Träne quillt aus dem Auge,
Das Wort aus dem Herzen quillt:

„Du Hochgebenedeite,
Du reine Gottesmagd,
Du Königin des Himmels,
Dir sei mein Leid geklagt!

Ich wohnte mit meiner Mutter
Zu Köllen in der Stadt,
Der Stadt, die viele hundert
Kapellen und Kirchen hat.

Und neben uns wohnte Gretchen,
Doch die ist tot jetzund –
Marie, dir bring ich ein Wachsherz,
Heil du meine Herzenswund'.

Heil du mein krankes Herze –
Ich will auch spät und früh
Inbrünstiglich beten und singen:
Gelobt seist du, Marie!"

3

Der kranke Sohn und die Mutter,
Die schliefen im Kämmerlein;
Da kam die Mutter Gottes
Ganz leise geschritten herein.

Sie beugte sich über den Kranken
Und legte ihre Hand
Ganz leise auf sein Herze
Und lächelte mild und schwand.

Die Mutter schaut' alles im Traume
Und hat noch mehr geschaut;
Sie erwachte aus dem Schlummer,
Die Hunde bellten so laut.

Da lag dahingestrecket
Ihr Sohn, und der war tot;
Es spielt auf den bleichen Wangen
Das lichte Morgenrot.

Die Mutter faltet' die Hände,
Ihr war, sie wußte nicht wie;
Andächtig sang sie leise:
Gelobt seist du, Marie!

Heinrich Heine

Kevelaer

Religiöse Sagen gründeten diesen Ort im 17. Jahrhundert. Die Hauptsage meldet von einem Bürger Heinrich Buschmann, der auf einer Reise um Weihnachten 1641 über die Kevelaer Heide, wo damals ein sogenanntes Hagel- oder Schauerkreuz stand, sehr inbrünstig betete, plötzlich eine Stimme vernahm, die ihm zurief: „Hier sollst du mir ein Heiligenhäuschen bauen."

Als derselbe nach einigen Tagen auf derselben Stelle dasselbe Begegnis hatte, ohne daß weit und breit eine menschliche Seele zu sehen war, so beschloß er, ohne jemandem von diesem Wunder etwas mitzuteilen, von seinem geringen Verdienst etwas zurückzulegen und so nach und nach so viel zusammenzubringen, um der wunderbaren Weisung zufolge das Heiligenhäuschen herzustellen. Darüber verging der Winter. Im Frühjahr, als Buschmann bereits die nötige Summe beisammen hatte, erzählte ihm sein Weib von einer nächtlichen Erscheinung, einem Heiligenhäuschen mit einem Muttergottesbild, worauf derselbe seiner erstaunten Frau das ihm widerfahrene Wunder mitteilte. Die beiden Eheleute teilten den Kapuzinern, die in der Nähe ein Kloster hatten, die Sache mit, welche nun den Bau des Heiligenhäuschens mit ausführen halfen, so daß schon am 1. Juni 1642 eine große Volksmenge aus der ganzen Umgegend zu der im Heiligenhäuschen ausgestellten Mutter Gottes wallfahrtete. Später nahmen diese Wallfahrten immer mehr zu, so daß sich viele Häuser in der Nähe des Heiligenbildes und endlich das Dorf Kevelaer bildete.

Im Jahre 1842 feierte Kevelaer sein zweihundertjähriges Jubiläum, wobei zweihunderttausend Personen aus nah und fern zu diesem Ort wallfahrteten.

F. J. Kiefer

Boden, Erde und Luft im Landkreis Geldern

Der größte Teil der Oberfläche des Kreises Geldern besteht aus leichtem Boden; ein kleinerer Teil ist schwer; ein nicht unbeträchtlicher besteht aus guter Gartenerde; ein noch kleinerer Teil aus Torferde. Die dem Rhein zunächst liegenden Strecken haben zum Teil den fruchtbarsten schweren Boden; in der Gegend von Kamp findet man viel Torf; der unfruchtbarste Teil ist die sogenannte Bönninghardt. Die sumpfigen Gegenden werden allmählich immer mehr ausgetrocknet, und wo man sonst nur Sand und Heidekraut sah, wachsen jetzt Feldfrüchte und Kartoffeln.

Der Kreis Geldern liegt einundfünfzig Grade nordwärts vom Äquator und neununddreißig Grade vom Nordpole entfernt, also über der Mitte der gemäßigten Zone. Der Boden ist eben, ungefähr, wie schon bemerkt, zweihundertfünfzig Fuß über der Fläche der Nordsee erhaben, welches eine sehr unbeträchtliche Erhöhung ist. In seiner Nachbarschaft sind gar keine hohen Gebirge, die ein kaltes, rauhes Klima hervorbringen könnten. Die Nordsee und die mit ihr in Verbindung stehenden Meere sind nicht weit entfernt, etwa vierzig Meilen oder achtzig Stunden, und das feuchte, neblige Land Holland ist sehr nahe. Da nun der Boden des Kreises selbst viel stehendes Wasser hat, so erklärt sich aus diesen Umständen die Beschaffenheit der Luft und des Klimas des Kreises ganz natürlich. Die Luft und das Klima sind im allgemeinen sehr gemäßigt; sehr heiße Sommer sind selten; noch seltener sehr kalte und strenge Winter. An den heißesten (seltenen) Tagen zeigt das Thermometer im Schatten etwa fünfundzwanzig bis siebenundzwanzigeinhalb Grad Wärme, an den kältesten Tagen im Winter fünfzehn bis achtzehneinhalb Grade. Die Luft ist meistens mehr feucht als trocken, was für die Fruchtbarkeit des meist leichten Bodens sehr nützlich ist. Wäre der Boden mit mehr Wald bedeckt, so würde das Klima noch feuchter sein. Der ganz heiteren, wolkenlosen Tage sind sehr wenige; im ganzen Jahr im Durchschnitt vielleicht kaum zwanzig. Die Morgen sind gewöhnlich heiterer als die Nachmittage.

Die beiden Umstände, die langen Tage und die kurzen Nächte im Sommerhalbjahr und die bedeutende Höhe, die die Sonne während desselben täglich über dem Horizont erreicht, bewirken die Wärme des Sommers und die entgegengesetzten Verhältnisse die Kälte im Winter. Die Nähe der See und die vielen Gewässer in dem Kreise und in den benachbarten Gegenden mildern die Hitze im Sommer und mäßigen die Kälte im Winter und erzeugen die verhältnismäßig große Feuchtigkeit der Luft.

Im ganzen ist das Klima des Kreises gesund. Gefährliche Krankheiten,

Epidemien etc. sind sehr selten. Ungeachtet die Gegend sehr wasserreich ist, so ist feuchte Witterung der Gesundheit der Bewohner doch weit zuträglicher als anhaltend trockenes Wetter. Selbst die außerordentlich feuchten Jahre 1816 und 1817 brachten nur wenige Krankheiten hervor. Anhaltende Ostwinde aber vermehren schnell die Zahl der Kranken, die sich bei eintretender Feuchtigkeit und sinkendem Barometerstand schnell wieder vermindert. Sehr sauerstoffhaltige Luft erzeugt leicht gefährliche Entzündungen.

Noch muß hier einer, nicht überall in Deutschland häufigen Erscheinung heißer Sommer Erwähnung getan werden. Dieselbe gehört mehr dem nordwestlichen als dem übrigen Deutschland an und ist im Kreise Geldern nicht selten. An manchen heißen, sehr trockenen Sommertagen verdunkelt sich gegen Abend die ganze Atmosphäre; die Sonne erscheint rot und dunkelrot und verschwindet zuletzt, in Rauch eingehüllt, ganz, ohne daß sich Spuren von Wolken zeigen. Ein trockener Nebel, wie die Leute sich ausdrücken, durchdringt alles und macht nahe Gegenstände unsichtbar. Das Gefühl bemerkt eine außerordentliche Dürre und die Nase einen Geruch, der dem Geruch brennenden Torfes sehr ähnlich ist. Die Blätter aller Pflanzen werden ganz trocken, und der Geruch durchdringt alle Zimmer und Gemächer. Gegen neun Uhr abends hat diese Erscheinung gewöhnlich ihre größte Stärke erreicht. Mit den Stunden der Nacht nimmt sie in der Regel ab, und gegen Morgen ist oft schon alle Spur derselben verschwunden. Oft kehrt sie aber den folgenden Tag wieder, und nur dann, wenn sie ungewöhnlich stark ist, währt sie anhaltend einige Tage lang.

Diese Naturerscheinung nennt man den Heer-, Haar- oder Höhenrauch. Derselbe verdirbt in manchen Sommern den Genuß der schönsten Tage. Man hat zwar nicht bemerkt, daß er nachteilig auf die Gesundheit wirkt; auf die Vegetation aber gewiß. Er trocknet die Oberfläche der Pflanzen ganz aus, hemmt die Entstehung des Nachttaues und begünstigt die Entwicklung der Insekten, namentlich des sogenannten Mehltaues.

Friedrich Adolf Wilhelm Diesterweg

Fuß: altes Längenmaß (zwischen 0,25 und 0,34 m) / Meile: ca. 7,42 km / Mehltau: durch bestimmte Pilze verursachte Pflanzenkrankheit

De Gelderßen Draak

Volkssage von der Entstehung Gelderns

In et Jåhr ons Heeren, als me schreef achthondertachtonseventeg, duw Karel de Kahle Keiser wår, lej der in de Heerschap van Pont een erg groot Bruk, wår seg een geweldeg groot on onmenßelek gefteg Dier, wuj me der noch nojt een gesien had, onder ene Mespelboom ophiel. Et dej erg vööl quåd, want et verreet alle Menßen on Beeste, die et mar kriege kost. Et had groote brandende Ooge, die 's Nachts lögte as Vüür, on schrawde dårbej so finens, lälek on hard, dat et ene schüverde, wemmet hörde. Vööl van de Lüj, die dår wonde, pakten öhr Saake te samen on trocke weg; on åk allemål de andere wollen et Land verlåte, wenn se niet van dat Ondier verloßt wierde.

Den Heer van Pont, den der niet wit van dan wonde on hierdör åk vööl Schäj leej, had twee Söhn, prechtege sterke Kääls on niet bang; den ene hiet Wichard on den andere Lupold. Die, üt Sörg niet alleen vör öhr eige Saake, maar åk öm öhr Nåberlüj te helpe, gunge met öhr Vader te Råt on trocken op ene guje Kier 's Nachts herüt, öm dat Beest op te süke on op et Lif te gåhn. Se vonden et åk regteg onder de Mespelboom, wår et Lögte van sin Ooge öm verråjde. Se hadde seg gut versien met sterke

Wåpes on gunge drop loß on grepen et an in den Naam van God. Et wehrde seg well dögteg, maar et holp öm all neks; nå dat se seg lang dermet herömgeschlagen hadde, most et endlek doch dran, on se schlugen et glöckeg dood.

Alle Lüj, die dår ömtrent wonde, wåre so voll Blidschap över de Verlosseng van dat vrieslek Dier, dat se seg onder die twee Brüürs gåve on ör als de Öpperste van et Land, as öhr Vögd, erkende. – Se bauwden hierop met öhr Vader op die Plaats, wår se dat Dier kapott gemakt hadde, een Kasteel on nümden et „Gelre", öm dat Schrawen, wat dat Dier ömmer dej, grad as „Gelre, Gelre" geklonken had. On hiervan es de Stadt Gelder onstån, wårvan et ganze Land de Naam gekreegen hät. – Bej et Worßele met den Draak wierden dör sin Blut de drie wette Mespelblumme, die Wichard op sin gold Schelt had, rot geverfd: On dårvan vend me bes op deesen Dag de drie roje Mespelblumme in et Gelderße Stadtwåpe.

Aus: Germaniens Völkerstimmen, Bd. 3

Draak: Drache / me: man / duw: da / Karl II., der Kahle (823 – 77): seit 875 römischer Kaiser und seit 843 König des Westfränkischen Reiches / lej der: lag da / een erg: eine sehr / geweldeg groot: gewaltig großes / onmenßelek gefteg Dier: unermeßlich, unglaublich giftiges Tier / wuj: wie / nojt: niemals / ophiel: aufhielt / dej: tat / quåd: Böses / want et verreet: denn es zerriß / mar: nur / kost: konnte / schrawde: schrie / so finens: so bösartig, scharf, abscheulich / lälek: häßlich, garstig / hard: laut / ene schüverde: einen schauderte / wemmet: wenn man es / Lüj: Leuten / wonde: wohnten / en trocke weg: und zogen weg / åk: auch / verlößt: erlöst / den der niet wit: der da nicht weit / Schäj leej: Schaden litt / Kääls: Kerle / maar: sondern / Nåberlüj: Nachbarn / op ene guje Kier: eines guten Tags, zu guter Stunde, zu guter Weile / opte süke: aufzusuchen / vonden: fanden / wår et Lögte: wo das Leuchten / öm verråjde: es verriet / Wåpes: Waffen / grepen: griffen / dögteg: tüchtig / ömtrent: in der Nähe / Blidschap: Freude / Verlosseng: Erlösung / vrieslek: fürchterlichen / Brüürs: Brüder / ör: sie / Plaats: Platz / kapott: tot / nümden: nannten / öm dat Schrawen: weil das Schreien / dej: tat / onstån: entstanden / Worßele: Balgen, Ringen / wette: weißen / rot geverfd: rot gefärbt / vend me: findet man / roje: roten / Mespelblumme: Mispelblume; die Mispel gehört zur Gattung der Rosengewächse, kommt als Strauch oder kleiner Baum vor, hat lange schmale Blätter und große weiße Einzelblüten

Der Schinkenkessel

Am Niederrhein ist bei der Jugend ein Spiel im Schwange, für das man ein längliches Viereck auf den Boden durch Schrammen oder Kreide zeichnet. Dieses Viereck teilt man in sechs gleiche Teile, das dritte Viereck aber durch zwei Gehren in vier Dreiecke. Dergestalt erhält man neun Räume, von denen der letzte, neunte, größer als alle andern und nicht selten abgerundet gezeichnet wird. Der Spieler wirft nun einen Stein in das erste

Feld, hinkt auf einem Bein demselben nach und stößt ihn mit der Fußspitze nach vorne hinaus. Hierauf tut er dasselbe im zweiten Raum. Tritt er auf einen Schram oder fällt der Stein auf einen solchen oder nicht der Reihe nach in das richtige Feld, so muß er aufhören, und sein Mitspieler kommt an die Reihe. Die durch die Gehren gebildeten Dreiecksfelder heißen der Kelch. Der Hinker darf, oder muß sogar, wenn er über denselben hinausspielt, in demselben rasten, und zwar in den nach der Breite zielenden Scheitelwinkeln, den rechten Fuß im rechten, den linken im linken Winkel. Derjenige, der zuerst im neunten Raum anlangt, hat das Spiel gewonnen. Nach anderer Anweisung wird das Spiel wieder zurückgetrieben und zwar dergestalt, daß beim Rückzug auch der Stein mit der Ferse rücklings hinkend herausgetrieben werden muß. Das letzte, neunte Feld heißt der Schinkenkessel oder das Himmelchen. Dieses Spiel ist vermöge seiner Einfachheit und der dazu erforderlichen Übung wohl eines der ältesten unseres Volkes. Aber nicht bloß die innere Gestaltung desselben, auch der Name scheint Zeugnis davon abzulegen. Nach der alten Glaubenslehre war das Leben der Seligen in Walhalla ein steter Ringkampf, wechselte mit diesem Kampf nur das frohe heldische Mahl. Namentlich wurde jeden Tag der stets sich wieder ersetzende Eber geschlachtet und dessen Schinken in einem eigentümlichen Kessel zubereitet. Da der Name Schinkenkessel gleichbedeutend mit Himmel ist, scheint das Spiel auf die Geheimnisse der alten Glaubenslehre hinzudeuten und den Kampf der Seligen, ihr Vordringen zum wunderbaren Kessel darzustellen.

Montanus

im Schwange: sehr gebräuchlich, weit verbreitet / Gehre: Diagonale, Schrägschnitt, Zwickel / Schram: hier im Sinne von „Linie, geritzte Vertiefung" / Walhalla: Halle Odins, Aufenthalt der im Kampf Gefallenen

Bürger mit Hang zur Häuslichkeit

Der Bewohner des Kreises Geldern zeichnet sich durch sanften, bescheidenen Sinn, durch Zufriedenheit mit seiner Lage und seinem Geschick, durch stillen Fleiß und durch die Unbekanntschaft mit allen Versuchen zur Widerspenstigkeit und zur Auflehnung gegen die Absichten der Regierung aus. Er haßt die Reibungen; er liebt dagegen die Beibehaltung des nach seiner Meinung bewährten besseren Alten; ihm kommt die Möglichkeit einer Verbesserung des gesellschaftlichen Zustandes durch Umformung und Reformationen nicht in den Sinn; er ist gehorsam und treu der Obrigkeit

und dem König. Dabei sorgt er mit stillem Fleiße für die Bedürfnisse seiner Familie und Angehörigen. Er ist ein guter Vater und anhängliches Familienglied und bringt für die, die er die Seinigen nennt, gern ein Opfer. Natürlich hat er dagegen wenig Sinn für die Gemeinschaft des öffentlichen Lebens. Die Zeitverhältnisse, die die Vernichtung aller lebendigen Gemeinschaft im Leben verwirklichten, waren der Bildung des öffentlichen Gemeinsinnes nicht günstig. Es haben sich daher in dem Bewohner mehr die häuslichen stillen Tugenden ausgebildet. In den meisten Familien kettet wahrer Familiensinn die Glieder aneinander, der allerdings fast überall mit Spießbürgerlichkeit und Engherzigkeit verbunden ist. Deswegen ist unter den Leuten gut und still leben. Wer durch Heirat und Verwandtschaft in eine große Familie eingetreten ist, wird ganz als der Ihrige betrachtet und behandelt. Anfechtungen von den Nachbarn und in Gesellschaften, Parteiungen und andere Erscheinungen großer Aufregung der Gemüter hat man nirgends zu fürchten. Und wenn irgendein Zwiespalt sich entspinnt, so ist derselbe nur vorübergehend und in jedem Falle durch kühnen Mut, konsequente Darstellung und Beharrlichkeit zu beseitigen.

Das friedliche und schöne häusliche Verhältnis in den Familien bildet die glänzende Seite des Lebens der Bewohner. Tätigen Gemeinsinn, Aufopferungsfähigkeit und Geneigtheit, Anstalten zum Besten des Gemeinlebens zu stiften, sucht man aber vergebens. Untrügliche Beweise des zwar an sich guten Geistes der Bewohner, aber auch der großen Mängel und Gebrechen des öffentlichen Lebens und derjenigen Prinzipien, die Privatsinn und Privattätigkeit in Sinn für das öffentliche Gemeinwohl umzubilden und damit zu vereinigen geeignet sind. Hiermit sind große Tugenden, aber auch sehr große Mängel und Gebrechen bezeichnet, und den Lenkern des Volkes und der Zeit ist damit ein weites Feld heilbringender Tätigkeit bezeichnet, die sich berufen fühlen möchte, das bestehende Gute und Vortreffliche zu erhalten und das Fehlende hervorzurufen und mit jenem zu vereinigen: lebendigen Sinn für die Familie *und* für die Gemeinschaft im Leben.

Friedrich Adolf Wilhelm Diesterweg

Reformation: Umgestaltung

Kurzer Streifzug durch die Geschichte der Stadt Geldern

Im Schutze einer wasser- und sumpfreichen Umgebung gelegen und stark befestigt, war Geldern einst nicht nur der politische, sondern auch der militärische Mittelpunkt des gleichnamigen Herzogtums. Es unterhielt im 14. Jahrhundert Handelsbeziehungen mit Brabant, England, Süddeutschland und Italien und nach seinem Beitritt zur Hanse auch mit Norddeutschland und Dänemark. Durch die Kämpfe, die während des 15. bis 17. Jahrhunderts das Land an der Niers verwüsteten, wurde die wirtschaftliche Blüte der Stadt gänzlich vernichtet. Sie wurde oft belagert, aber zum erstenmal, und zwar durch die Preußen, im Jahre 1703 erobert. Das Bombardement, das der preußische General Graf von Lottum im Oktober des genannten Jahres auf die von der spanischen Besatzung hartnäckig verteidigte

Stadt eröffnete, dauerte sieben Wochen und legte fast den ganzen Ort in Trümmer. Eine neue Blütezeit brach an, als im Jahre 1713 Stadt und Quartier Geldern unter preußische Herrschaft kamen. In der Gegenwart unterhält die Stadt eine mannigfaltige Industrie, deren wichtigste Zweige Seidenweberei, Zigarren-, Metall- und Schuhwarenfabrikation bilden. – Von Alt-Geldern ist wenig mehr zu sehen. Die Burg wurde 1637 abgetragen und der Festungsgürtel 1764 geschleift; eine schöne, mit Bäumen bepflanzte Promenade ist an die Stelle des früheren Ringwalles getreten. Das inmitten der Stadt gelegene Rathaus, ein stattlicher Backsteinbau mit Hausteinen verziert, ist im Jahre 1724 erbaut worden, nachdem 1475 das erste Rathaus einer Feuersbrunst zum Opfer gefallen und das neuerrichtete 1703 infolge des Bombardements zugrunde gegangen war. Die katholische Pfarrkirche, die ehemalige Kirche der Karmeliter, hat erst infolge mehrfacher Neubauten ihre heutige Gestalt erhalten.

Der Name der Stadt Geldern ist mit der Geschichte eines Kanalunternehmens verknüpft, das die Verbindung des Rheines mit der Maas bezweckte. Um der niederländischen Republik den Handel auf dem Rheinstrom zu entziehen und einen Handelsweg zu schaffen, der ausschließlich spanisches Gebiet berührte, beschloß Isabella Clara Eugenia, die Tochter Philipps II. von Spanien und Regentin der spanischen Niederlande, die Anlage eines schiffbaren Kanals zwischen Rheinberg und Venlo über Kamp, Geldern, Walbeck durch das Veen nach der Maas. Die Städte Rheinberg, Geldern und Venlo sollten die Baukosten bestreiten, wofür ihnen

Die Fossa Eugeniana

als Entgelt die Einkünfte aus den Zollabgaben der durchfahrenden Schiffe zugesichert wurden. Am 21. September 1626 wurde das Werk begonnen; 1628 war der Bau soweit fertiggestellt, daß von Rheinberg bis Geldern und noch eine Strecke über letzteren Ort hinaus der Kanal befahren werden konnte. Aber die Fortsetzung des Werkes unterblieb infolge der fortwährenden Angriffe der Holländer und des Mangels an Geld. Auch die ungünstigen Wasserläufe wirkten hemmend, mußten doch bei Geldern nicht weniger als drei Schleusen in die Niers gebaut werden. In der Nähe der Stadt Geldern sind die Spuren der Fossa Eugeniana der Niersmelioration zum Opfer gefallen; dagegen ist der Kanal zwischen Issum und Sevelen in seiner ursprünglichen Breite, wenn auch geringerer Tiefe, erhalten, auch zwischen Walbeck und Straelen ist er noch heute zu erkennen.

G. Lennarz / J. Nießen

Hanse: im Mittelalter eine bevorrechtete Genossenschaft deutscher Kaufleute im Ausland / Veen (niederl.): sumpfiges, mooriges Gelände, oft in Hochmoor übergehend / Niersmelioration: Urbarmachung, Be- und Entwässerung der Gebiete längs der Niers bzw. Regulierung/ Korrektur des Niers-Verlaufs

Die ehemalige Zisterzienserabtei Kamp

Zwischen Geldern und Rheinberg liegen die Überreste der alten und reichen Abtei Kamp (Kloster Kamp), von der jetzt nur noch die Kirche und eine Wohnung für den Pfarrer stehengeblieben sind. Die Abtei lag auf einem Hügel, der auf der einen Seite von dem schönsten Hochwald, auf der andern Seite mit Sumpf und Heide umgeben ist. An seinem Fuße geht die Straße von Rheinberg nach Krefeld vorbei. Sie wurde im Jahre 1122 von zwölf Zisterziensermönchen, die auf Ersuchen des damaligen Erzbischofs von Köln, Friedrich I., aus Frankreich kamen, gestiftet. Anfangs war das Land umher sehr unfruchtbar. Nach und nach wurde es kultiviert und die Abtei allmählich durch Schenkungen immer reicher, so daß ihr Besitztum gegen Ende des 15. Jahrhunderts sehr groß war. Die Mönche von Kamp standen mit Recht in dem Rufe der Gelehrsamkeit, der guten Sitten, der Wohltätigkeit und der Gastfreundschaft. Jeder Reisende wurde auf seinen Wunsch einen oder mehrere Tage unentgeltlich in der Abtei bewirtet, und die Armen der ganzen Gegend fanden daselbst Trost, Unterstützung und Brot. Deshalb wurde die Aufhebung der Abtei durch die Franzosen im Jahre 1802 allgemein bedauert und betrauert. In den darauffolgenden stürmischen Jahren vernichteten zerstörungs- und raubsüchtige Menschen die schönsten Gebäude, so daß jetzt nur noch ein Schatten der alten Pracht übrig ist.

Nicht weit von Kamp, nach der Stadt Krefeld zu, liegt das Dorf Hüls am Fuße des Hülser Berges, in dessen Sand und Geröll man den Schädel und andere Knochenstücke von einem sehr großen Ochsen der Urwelt gefunden hat. In anderen Gegenden findet man versteinerte (fossile) Hirschgeweihe und an den Ufern des Rheines Zähne eines elefantenartigen Urtieres, Mammut genannt.

Friedrich Adolf Wilhelm Diesterweg

Die St. Anna-Kapelle auf dem Friedhofe zu Rheinberg

Auf dem westlich von Rheinberg gelegenen Hügel, Anna-Berg genannt, wo bei der Belagerung von Rheinberg der Prinz Heinrich von Oranien sein Hauptquartier aufgeschlagen hatte, lag eine kleine Kapelle. Dort suchten nach der Eroberung der Stadt durch die Holländer im Jahre 1633 die vom Gouverneur ausgewiesenen Frauen und Kinder der spanischen und Brabanter Gefangenen häufig Trost im Gebet. Ihre Wohnungen hatten sie in den der Kapelle nahe gelegenen Häuschen und Hütten aufgeschlagen, um so in der Nähe der Ihrigen zu sein, deren drohendes Schicksal sie mit Bangen erfüllte. Auch am 31. August 1633 hatten sie sich zum Gebet in der Kapelle eingefunden. Die Sonne war längst untergegangen. Tiefe Stille, die nur durch das Wehklagen der Unglücklichen unterbrochen wurde, herrschte ringsumher. Da zog ein dunkler Haufen durch das Feld nach der Kapelle und stürzte mit wildem Geschrei den Hügel hinan. Jetzt erst bemerkten die Unglücklichen die Gefahr und suchten zu entfliehen; sie wurden aber vor der Türe ergriffen und niedergestoßen. Andere, die die Tür schlossen und Widerstand leisten wollten, wurden leicht überwältigt. Vor dem Altar der Kapelle knieten die Frau des Hauptmannes Samora und ihre beiden Kinder. Auf diese stürzten sich die Unmenschen, schleppten sie an den Haaren weg, warfen die Leichen den Hügel hinab, zerstörten den Altar und steckten die Kapelle in Brand. Dann zog der wilde Haufen von dannen. Nur ein unbeachtetes Kreuz war stehengeblieben und bezeichnete die Stelle, wo die Mörder gewütet hatten. Aber die Vorsehung waltet! Den, der den Mord befohlen und geleitet hatte, ereilte die Vergeltung. Als er auf dem Todesbett lag, da mag das Bild jener Schrekkensnacht ihm lebhaft vor die Seele getreten sein, da packte ihn die Reue und er trug in seinem Testament den Erben auf, zur Sühne für seine böse Tat auf jenem Hügel bei Rheinberg eine neue Kapelle zu bauen. Doch der Wille des Sterbenden wurde von den Erben nicht beachtet. Erst nach langen Jahren entschloß sich einer seiner Nachkommen, dem das Testament durch Zufall zu Gesicht kam, die Pflicht, die ein gewissenloser Erbe zu

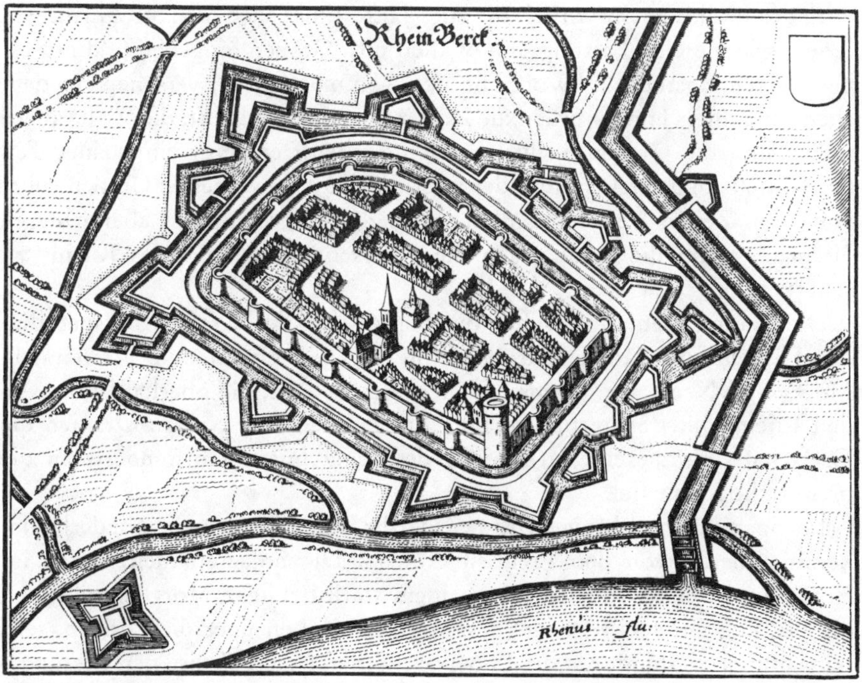

erfüllen unterlassen hatte, an dessen Statt zu erfüllen, und er erteilte dem damaligen Bürgermeister Johann Gatzweiler den Auftrag, den Bau auszuführen, indem er ihm das nötige Geld einschickte. Bereitwillig und mit Freude unterzog sich der Bürgermeister diesem Auftrag. So erhob sich wieder auf dem grünen Hügel das Kirchlein, wie es heute noch friedlich durch die grünen Tannen blickt und zum Gebet und zur Andacht einzuladen scheint. Zu verschiedenen Zeiten des Jahres, besonders aber am Allerseelentag (2. 11.), wandern fromme Beter dahin, um der heiligen Messe beizuwohnen, die Trostworte des Priesters zu hören oder an den umliegenden Gräbern der Lieben, die da ruhen, in Andacht zu gedenken.

Josef Nießen

Moers

Moers (Meurs oder Moeurs) liegt eine Stunde vom Rhein, drei Stunden von Krefeld, zwei Stunden von Uerdingen und Rheinberg entfernt an dem Flüßchen Moerse. Die Stadt hat dreihundertacht Häuser und gegen zweitausend, meist evangelische Einwohner. Ehemals war sie von Morästen umgeben; daher vielleicht der Name. Noch früher floß wahrscheinlich ein Arm des Rheins an ihr vorbei. Bis zum Jahre 1764, nach dem Siebenjährigen Krieg, war sie eine Festung, mit Wällen und Gräben umgeben und mit einem festen Kastell, der Wohnung des Kommandanten, versehen. In dem eben genannten Jahre wurden die Festungswerke geschleift, die Wälle abgetragen und die Gräben nach und nach zugeworfen. Nur ein kleiner Teil des Kastells blieb stehen, und der jetzt die Stadt umziehende Graben rührt von alten Zeiten her; der denselben umgebende Damm ist aber neueren Ursprungs, um die Stadt gegen die Überschwemmungen des Rheins zu schützen.

Die Stadt Moers war früher die Hauptstadt der Grafschaft, späterhin des Fürstentums Moers. Sie hatte ihre eigenen Grafen, die Grafen von Moers und Neuenahr. (Neuenahr liegt an der Ahr, die oberhalb Bonns in den Rhein fällt.) Späterhin besaßen die Fürsten von Nassau-Oranien die Grafschaft, bis dieselbe zu Anfang des achtzehnten Jahrhunderts an die preußische Krone fiel.

Im Spanischen Erbfolgekrieg wurde die Stadt, in der ein Niederländer kommandierte, von den Preußen erobert. Die Soldaten hielten sich im Vinnbusche versteckt, rückten an einem stark nebligen Morgen still gegen die Festung an, schifften teils in ledernen Nachen über die Gräben, teils schwammen sie hindurch, und überraschten auf diese Weise den Festungskommandanten (in Schlafrock und Pantoffeln). Lächelnd ritt der General der Preußen abends wieder zum Tor hinaus. – Der in dem niederländischen Freiheitskrieg berühmt gewordene Graf Egmont hat eine Zeitlang das Kastell in Moers bewohnt.

Gegenwärtig ist Moers eine kleine, stille, freundliche Landstadt ohne viele Nahrungszweige und ohne Handel. Sie hat eine evangelische und eine katholische Kirche, ein Progymnasium, eine Elementarschule und eine Schullehrerbildungsanstalt.

Eine Stunde nordwärts von Moers liegt das Dorf Repelen, das eine der drei ältesten Kirchen in Deutschland besitzen soll. Unter dem Fundament der Kirche hat man vor etwa dreißig Jahren [gegen 1800] in einem eigenen uralten Gewölbe einen Widderkopf, aus Stein gehauen, gefunden, der vermutlich ein Überrest eines heidnischen Götzen ist, der an der Stelle, an der jetzt die Kirche steht, in der grauen Vorzeit verehrt worden sein mag.

Großer Aberglaube scheint in der Grafschaft Moers lange geherrscht zu haben. Noch im Jahre 1668 wurde in dem Dorf Neukirchen, drei viertel Stunden von Moers, von dem evangelischen Pfarrer Johannes Fabricius eine wirkliche Teufelsbeschwörung für nötig erachtet.

Friedrich Adolf Wilhelm Diesterweg

Spanischer Erbfolgekrieg (1701 – 1713/14): europäischer Konflikt um das spanische Erbe nach dem Tod des letzten spanischen Habsburgers Karl II. († 1700) zwischen Frankreich einerseits (verbündet mit Bayern und Köln) und Österreich (verbündet mit England, den Generalstaaten, Portugal sowie dem Reich) andererseits. Im Gebiet zwischen Niederrhein und Maas operierte der englische Herzog von Marlborough als Feldherr der Alliierten gegen die Franzosen und eroberte u. a. durch seinen Sieg bei Ramillies (23. 5. 1706) die Spanischen Niederlande. Im Frieden von Utrecht (11. 4. 1713) erhielt Preußen Obergeldern. / Egmont, Lamoraal, Graf von, Fürst von Gavere (1522 – 68): Statthalter von Flandern und Artois, der sich an die Spitze der Adelsopposition gegen die spanische Verwaltung der Niederlande stellte; wurde deshalb am 9. 9. 1567 verhaftet und am 5. 6. 1568 hingerichtet.

Abschied vom Schätzchen

Abschied muß ich nehmen hier,
Weiter muß ich wandern.
O du allerschönstes Kind,
Heirat' keinen andern!

Gräm dich nicht und zürn mir nicht,
Werd' bald wiederkommen,
Geschieht es auch im Winter nicht,
Geschieht es doch im Sommer.

Hörst du dann die Vögelein
Durch die Wälder singen,
So gedenke, daß ich dir
Täte Botschaft bringen.

Und wenn dich der Wind anweht
Auf der freien Straße,
So gedenke, daß ich dich
Nimmermehr verlasse!

En Vertellfels

Et wohr ens enne Graf van Mörsch, den hidde Vinzens. Dat wohr ennen erg brawe on fromme Mann on hiel noch all wat op Goddes Woord. Ewer wie et so döck de Fall es, sind de Jongen niet ömmer as de Alden; so wohr et ock met de Graf Vinzens sinne Jong. Den hidde Fretz on hiel ock wal vöhl op Bëen on Almosengewen on häd sech dodoor geern en den Hemmel geärbet, maar dese Patron wohr so fien, as wenn he door en Sölderdöhr geseef wöhr. Ja, ja, dat wohr mech en Börschken! Sinnen Alden brukte niet te seggen, „Godd stroof mech", he wohr genug gestroff. Et wohr ennen allerwelds Keerl on had en Gesech so nett, as wenn et gemold wöhr, wohr so schnack as en Kerz on so groot as en Eik. Dobei had he noch sonn verschwätzde Mull, as häd he den Deuwel en Bein afbieten wellen. Maar et Schlemmste wohr, dat de Keerl op de Fraulüd wie verseten wohr. He liet kenn Deern ongeschoren. – En et Zezilienkloster van Köllen miek he sech achter de Abtessin, dat en gewalteg nett Mensch wohr, on kreeg met öhr twe Jonges. Ewer do ging he no Kajötten on liet de Moder met öhr Blagen setten. Wie die sech ock anstellde on wie se ock lamentierde, Fretz kehrde sech niet dran. – En de Nöh van et Kloster Meer, dat an de Landstroot van Ördengen no Nüß on Düsseldörp leth, had de Graf vöhl Burehööf on Ländereien. Wenn he nau sinn Paach holen moos of söns wat en Meer te duhn had, dann kehrde Fretz gewöhnlechs bei de Papen van et Kloster en. Dat Kloster wohr eigentlech maar för adeleche Fräuleins, ewer wie ge wett, sind doren ock ömmer en paar Mönken, öm de Saaken en Regel on Order te halden. De Papen sogen Fretz geern kommen, denn et wohr niet allein ennen plesirege on montere Musjö, he woos ock wal för en Glaas guë Rienwien te sorgen. Dotu kom noch, dat he't Kloster all men'ch schön Stöck Land geschonken had. Maar, wie et Sprökwoord seth, dat en Kerkemuus niemohls satt te kriegen es, so gung et ock met de Papen. Se wollen ömmer mehr hebben on vörall en zimlech groot Stöck Weidland, dat niet wiet van et Kloster lei. Dovan woll ewer de Graf necks weten, denn he dog, wat me gef, es me kwiet. Ewer et letz kregen de Papen doch noch öhren Well, wie dat en de Regel de Fall es. Paas nau ens op, wie dat wal tugung! Ens op ennen Ovend, et wohr, gleuf ek, öm Kerschmes, de Schnee lei fuuthoch op et Feld, do kom de Graf noch laat no et Kloster. As he herenging, do kom öm sonn motsche Nonn entegen, as he sinn Lewen noch kenn Deern gesihn had. Se had pekschwarte Hoor, Augen en de Kopp as en paar Krallen on en Borschwerk, dat te erg wohr. Se gung an de Graf verbei, sei öm efkes guën Ovend on kehrde sech niet wieërsch an öm. Maar onse losse Vogel kreeg ganz andere Gedanken. He keek de Deern wal wie lang no on dog: „Jong, Jong, dat wöhr en Freten för dech!" Maar wie doran kommen? Dat wohr grad de Frog, on guë Rot wohr hier dühr. Ewer wie ennem so döck de gebroëne Duwen van selfs en de Mull fliegen, so gung et ock, wie ge glick hören söllt, met onse Graf. As se de Ovendsmoltied bennen hadden on achter den wärme Ofen soten, dronk de Graf met de Papen en Glaas guë Wien. Fretz wohr so geck as en Knien on dronk, as wenn he en Look en den Hals gehad häd. Ock de Papen wohren wie uutgeloten on fingen weh'r an, van et Stöck Land te kallen, woran se all so lang gefreid hadden. Dat kom de Graf grad wie geflöt. „Hörd ens, minn Heeren", sei he, „ge hebbt all so döck van dat Land gesproken, ek well et au gewen, maar onder ein Kondition maar!" – „On wie hid die dann, Herr Graf?" sei dorop de Owerschten van et Kloster. – „Dat ek", sei Fretz, „ein Nag bei de Nonn schlopen dörf, die ek so efkes gesihn hebb!" Wie dat de Papen hörden, worden se so verferd, as häd ör de Bocks met Grondies gegohn on seien: „Fleutenpiepen auk, doruut wärd necks!" – „Gud", sei de Graf weh'r, „dann behald gei au Nonn on ek minn Land, on domet es et afgedohn!" – De geisleche Heeren hädden dat Land wal geern gehad, maar Fretz woll niet andersch, as wie he gesaag had. De Papen, die all klüker wohren as andere Menschen on de Kaart te meschen verstungen, dogten hen on her, wie se 't anfangen köösten, dat se den Graf sinnen Well dëen. Endlecks stung den Owerschten op on sei: „Herr Graf, we gonnt op auen Vörschlag en, maar ein Nag maar!" – „Krammesiß, minn liewe Heeren, ein Nag maar!" riep Fretz. – De Papen mieken Nägels met Köpp on lieten et sech schwatt op wett gewen. De Graf wohr as en doll Perd, song on sprong van Freud on dronk nau ein Glaas öwer et andere. De Mönken lieten et an 't Nödegen niet mankieren, stieten flieteg met öm an on sorgden doför, dat Fretz kenn lëeg Glaas vör sech stohnt had. Ewer minne guë Fretz soop sech ock karduh voll, sinn Augen fielen öm bald tu, on hei selfs fiel et letz, wie he gewassen wohr, onder den Desch. Nau hadden de Heeren van et Kloster gewonn Spöhl, se lachden en öhr Füsken, drugen de Graf stellekes en et Bedd on leien de Nonn sachskes newen öm. – As öm nau des Morges de Augen opgingen, do had he wal en ganze Nag bei sinn nette Nonn geschlopen, maar, on wat et Schlemmste wohr, hei had ock för necks on weh'r necks sinn schön Stöckken Land verschlopen. He ergerde sech niet en bötschen doröwer, dat öm de Papen so dran gekregen hadden; ewer wat wohr te duhn! He liet Rüben gud Muus sien on dog: „Freien on Heudrögen geschiet ock niet alltieds ömsöns." Wie me seth, sall de Graf Fretz sent deser Tied niet ens mehr no Meer gekommen sien. He storf en 't Johr vertienhondertnegenonnegenseg on leth begrawen tu Köllen. Dat Stöck Land, wat onse Fretz verschlopen het, hid noch bös op desen Dag: Schlopkamp.

Aus: Germaniens Völkerstimmen, Bd. 1

En Vertellsels: eine Erzählung / hidde: hieß / döck: oft / Bëen: Beten / dodoor: dadurch / geärbet: gearbeitet / maar: aber / Sölderdöhr: Söllertür / geseef: gesiebt / schnack: schlank / Mull: Maul / Deern: Mädchen / miek: machte / achter: hinter/ Blagen: Kindern / Ördengen: Uerdingen / Nüß: Neuß / leth: liegt / Paach: Pacht / of: oder / Papen: Pfaffen / maar: nur / ge wett: ihr wißt / doren: darin / woos: wußte / seth: sagt / Kerkemuus: Kirchenmaus / lei: lag / he dog: er dachte / es me: ist man / Kerschmes: Weihnachten / loat: spät / Borschwerk: Brustwerk, Busen / sei öm efkes: sagte ihm eben / wieërsch: weiter / de gebroëne Duwen: die gebratenen Tauben / ge: ihr / bennen: beendet / geck: munter, ausgelassen / Knien: Kaninchen / weh'r: wieder / te kallen: zu sprechen / all: schon / au: euch / hid: heißt / so efkes: soeben / verferd: erschrocken / Bocks: Hosen / Grondies: Grundeis / gei au: ihr eure / verstungen: verstanden / köösten: könnten / we gonnt: wir gehen / maar ein Nag maar: aber nur eine Nacht / mieken: machten / schwatt op wett: schwarz auf weiß / stieten flieteg: stießen fleißig / lëeg: leeres / stohnt: stehen / leien: legten / bötschen: bißchen / Heudrögen: Heutrocknen / Wie me seth: wie man sagt / sent: seit / vertienhondertnegenonnegenseg: 1499 / leth: liegt / Schlopkamp: Schlaffeld

Eine der ältesten Siedlungen zwischen Maas und Rhein: Kempen

Die flache Umgebung läßt die Umrisse des Stadtbildes, aus dem der mächtige Turm der Pfarrkirche majestätisch hervorragt, schon von weitem deutlich hervortreten, gleichviel von welcher Seite wir uns der Stadt nähern. Eine hübsche, mit Baumreihen und schönen Neubauten geschmückte Ringstraße führt um die noch größtenteils von Mauern umgebene Altstadt; an der „Burg" berührt sie prächtige, wohlgepflegte Anlagen, die mit ihren Baumgruppen, Grasflächen und Blumenbeeten eine Zierde der Stadt bilden. Das Straßenbild des Innern zeigt die manchen westdeutschen Städte eigentümliche, radiale oder zentrale Grundform, dadurch gekennzeichnet, daß die durch schmale Querstraßen miteinander verbundenen Hauptstraßen von Kirche und Marktplatz, dem Mittelpunkt der Stadt, ausstrahlen. – Bei einem Rundgang durch den Ort, der allenthalben den freundlichen Eindruck der Ordnung und Reinlichkeit macht, wird unser Blick auf manche Sehenswürdigkeit gelenkt. Die Pfarrkirche, ein gotischer Bau mit romanischem Turm, welch letzterer der um das Jahr 1200 beginnenden ersten Bauperiode der Kirche angehört, wetteifert an reicher und prachtvoller Ausstattung mit den schönsten Kirchen des Niederrheins. Von hervorragendem Kunstwert sind die reichgeschnitzten Altäre mit zahlreichen, künstlerisch bedeutsamen Flügelbildern, die sorgfältig ornamentierten Chorstühle, der dreisitzige, fein ausgeführte Zelebrantenstuhl und nicht zuletzt das dekorativ wirkende Orgelgehäuse; manche Kunstschätze, darunter eine Reihe alter Altäre, sind der Kirche im Laufe der Zeit verlorengegangen.

Von dem ehemaligen, im Jahre 1421 gegründeten Hospital ist nur die Heiliggeistkapelle, jetzt Gasthof, erhalten; bei einer vor Jahren vorgenommenen Restaurierung wurden unter der Tünche vorzügliche alte Wandmalereien entdeckt. Die zweite katholische Kirche ist die Franziskaner- oder Paterskirche, erbaut um 1637. Die anstoßenden, 1746/47 nach einem Brand neu errichteten Klosterräume dienen den Zwecken eines königlichen Lehrerseminars, das jedoch bald einen stattlichen, an der Promenade errichteten Neubau beziehen wird. – Kempen ist eine der ältesten Siedlungen zwischen Maas und Rhein; in einem Heberegister der Abtei Werden wird es um 890 als Campunni aufgeführt. 1294 erhielt der Ort, nachdem er von den Bürgern befestigt worden war, von dem Kölner Erzbischof Siegfried von Westerburg Stadtrechte. Die Befestigungswerke der Stadt bestanden nach ihrem vollständigen Ausbau aus einer einfachen Backsteinmauer, die mit einer von Schießscharten durchbrochenen Brustwehr versehen war. Vier Tore, genau nach den vier Himmelsgegenden gelegen, und vier stattliche Warttürme überragten die Ringmauer, die außerdem noch zahlreiche niedrige Türme mit halbkugelförmigen Dächern trug. Außerhalb der Mauer zog sich zwei Wassergräben entlang ein doppelter Wall. – Zwischen 1396 und 1400 wurde unter dem Erzbischof Friedrich von Sarwerden die Burg erbaut und zum Mittelpunkt einer größeren Befestigungsanlage gemacht. Ein Umbau der Burg im 17. Jahrhundert verwandelte das Hauptgebäude der Burg in einen Palast mit Prunkgemächern, in dem sich der Landesherr, wenn er in Kempen weilte, aufhielt; er war oft Zeuge glanzvoller Festlichkeiten. Im übrigen bildete die Burg bis zur französischen Herrschaft die Wohnung für den Schultheiß des Amtes und der Stadt Kempen. Im Jahre 1851 durch Brand teilweise zerstört, wurde sie bald danach einer durchgreifenden Restauration unterzogen; heute beherbergt sie das königliche Gymnasium. Die Kempener Burg steht unter den großen Backsteinbauten am Niederrhein in erster Linie; im ganzen Kreis Kempen kann, was Umfang, nicht was Einheitlichkeit der Anlage angeht, nur die Burg zu Brüggen mit ihr wetteifern. Stattlich erhebt sich, ein Rest der alten Befestigung am Nordausgang der Stadt, das Kuhtor, das wahrscheinlich erst unter Friedrich von Sarwerden seine heutige Gestalt erhielt. Heute birgt es das reiche städtische Archiv und die wertvolle Altertumssammlung der Stadt. Erhalten sind ferner noch ein Teil des Petertores und die mittlerweile infolge eines Sturmes ihres Flügelkreuzes beraubte Stadtmühle auf einem Rundturm der alten Stadtmauer. – Kempen hat sich in den letzten Jahrzehnten sehr entwickelt. Vom frischen Gegenwartsleben zeugen seine mannigfachen industriellen Anlagen: zwei mechanische Webereien, eine Eisenmöbelfabrik, eine elektrochemische Fabrik, eine chromolithographische Anstalt, eine Glashütte, eine Bierbrauerei, eine Kerzen- und Wachslichtfabrik, verschiedene Papierfabriken etc. Es ist ein Verkehrsmittelpunkt verschiedener Eisenbahnen und infolge seiner zahlreichen Schulen eine Pflegestätte geistiger Bildung geworden.

G. Lennarz / J. Nießen

radial (lat.): strahlenförmig; von einem Mittelpunkt ausgehend / ornamentiert: verziert / Zelebrantenstuhl: Stuhl für den die Messe lesenden Priester / Heberegister: Steuerregister, Steuerrolle / Restauration (lat.): Wiederherstellung eines Kunstwerkes, eines alten Gebäudes etc. / chromolithographische Anstalt: Unternehmen für Mehrfarben-Steindruck, farbigen Flachdruck

Abergläubische Gebräuche und Besegnungsformeln im Raum Kempen

Um Mäuse zu vertreiben oder gänzlich unschädlich zu machen, soll man nach der Volkssage einige lebend fangen und in den Büttger Wald tragen, indem man folgenden Spruch hersagt:

„Ech well dech verbannen
Op de Büttche Wald,
Wo do nemes batts (nutzest)
On nemes schatts (schadest)."

Zur Vertilgung von Ratten soll man auf Tür und Fenster mit Kreide „Medardus" schreiben.

Behexte Sachen im Hause soll man verbrennen, wobei man alle Türen und Fenster öffnet und folgenden Spruch hersagt:

„Schmittepetütt,
Dem Schoresteen erüt,
Töschen Hecken und Strück."

Um Warzen zu vertreiben, soll der damit Behaftete übers Feld gehen; begegnet er da einer großen roten Wegschnecke, die ihm den Kopf zugewendet hat, so nimmt er sie und streicht sie über die Warzen. Dann nimmt er einen Stock, den er an einem Ende spaltet, legt die Schnecke in den Spalt hinein und steckt das andere Ende des Stockes in die Erde; sobald nun die Schnecke vertrocknet, sollen die Warzen verschwinden. Ein anderes Mittel gegen Warzen besteht darin, daß man, wenn jemand begraben wird, während des Geläutes an fließendem Wasser vorübergeht, stromaufwärts mit der Hand Wasser schöpft und damit die Warzen abwäscht, wobei man folgenden Zauberspruch hersagt:

„Do lien (läuten) se de Duen en et Grav,
No wäsch' ech all ming Watten av."

Nach einem alten Manuskript

Medardus (gest. um 550): Bischof von Noyon und Tournai (seit 530 bzw. 532), der als Wetterpatron verehrt wird; sein Gedächtnistag (8. Juni) gilt als einer der wichtigsten Wetterlostage. Wenn man in der Nacht vor dem Gedächtnistag den Namen des Heiligen an alle Türen oder an die Haustür schreibt, so laufen alle Ratten weg. Wer das tut, darf aber bis zum nächsten Tag kein Wort sprechen.

Das „schworte Könn"

So nannte man im Volksmund jene geheimnisvollen Vorgänge, bei denen man sich den Schwarzen mit im Spiele dachte. Familien, die durch Unglücks- und Todesfälle, durch mißratene Ernten und Viehkrankheiten und Viehsterben heimgesucht wurden, hatten das nach dem Volksglauben dem Bösen zu verdanken; solche Familien brauchten auf Mitleid und Hilfe nicht zu rechnen, vielmehr wurden sie und selbst ihre ganze Verwandtschaft ängstlich gemieden, vom Handel und Verkehr und ähnlichen Verbindungen mit den dem „schworten Könn" nicht Angehörenden ausgeschlossen. Die Folge war, daß die von der Menschheit Verstoßenen meist verarmten und ausstarben. Die vom „schworten Könn“ waren nach dem Volksglauben behext und behexten Menschen und Vieh. Vielfach zeigte sich das Behexen des Viehes daran, daß die Kühe im Stall morgens mit zusammengebundenen Schwänzen dastanden. Um von der Gesellschaft des „schworten Könn“ frei zu werden, war es nötig, in der Christnacht zur Mette zu gehen, wobei aber von dem „Bösen“ viele Hindernisse bereitet wurden. Um diese zu beseitigen, mußten sich die Behexten an die des Weges kommenden Mettenbesucher mit der Bitte wenden, sie doch mitgehen zu lassen, damit sie nicht ein weiteres Jahr im Banne der „Freikunst“ stehen mußten.

Mündlich

„Freikunst“: (etwa) schwarze Magie, Verzauberung

Krefelder Schmarotzer-Brezelchen

Zutaten: 250 g Mehl, 250 g Zucker, 125 g Butter, 1 Löffel Koriandersamen, Anis oder Zimt (je nach Geschmack), 1 Ei, 2 Eigelb, 1 Löffel Rosenwasser, 2 – 3 Löffel Rahm.

Zubereitung: Die genannten Zutaten knetet man zu einem haltbaren Teig und rollt Brezeln daraus, die man auf eingefettetem Papier im Ofen gar backen läßt. Wenn die Brezeln gebacken sind, werden sie mit Eigelb bestrichen und nochmals eine Weile in den Ofen geschoben, um die Glasur trocknen zu lassen.

Die Entwicklung der Krefelder Seiden- und Samtindustrie

Unter den linksrheinischen Städten des Düsseldorfer Regierungsbezirkes nimmt, was Industrie und Stärke der Bevölkerung betrifft, Krefeld unbestritten die erste Stelle ein; an geschichtlicher Bedeutung ist ihr dagegen manche kleinere Stadt im Bezirk weit überlegen, so Neuß, Xanten und Kleve. Krefeld ist rasch emporgeblüht, und in verhältnismäßig kurzer Zeit hat es eine Bedeutung in industrieller und kommerzieller Beziehung gewonnen, die den Neid und das Staunen mancher älteren Industriestadt hervorgerufen hat.

Vor zwei Jahrhunderten noch ein durch schwache Mauern und Gräben notdürftig geschütztes Städtlein mit einer wenig ergiebigen Feldmark im Westen und mit stagnierenden Sümpfen und Waldungen im Osten, durchlebte Krefeld ein Stilleben, das es kaum von einem größeren Dorf unterschied. Von einer eigentlichen Industrie war bis zu jener Zeit keine Rede. Die Bewohner beschäftigten sich mit dem Ackerbau und erzwangen durch angestrengten Fleiß vom sandigen Lehmboden kärgliche Ausbeute; daneben trieben sie die Leinen- und Wollweberei, aber wohl nur, um den eigenen Bedarf zu decken und den Flachs zu verwerten, der auf dem Boden gezogen wurde. Damals vermochte das enge Stadtrevier kaum einige hundert Bewohner zu fassen, draußen in der Feldmark wohnte vielleicht die gleiche Zahl, und jetzt zählt die Stadt die fünfzigfache Zahl. Die Zahlen sind sprechend für die Entwicklung der Krefelder Seiden- und Samtindustrie: 1680 eintausendfünfhundert, 1780, zur Zeit der Monopolisierung, sechstausendfünfhundert, 1830 achtzehntausend und 1880 fünfundsiebzigtausend Einwohner. Gleichwohl ist dieser Gradmesser kein vollkommener, denn die große Masse der Weber wohnt in den benachbarten Ortschaften bis zur holländischen Grenze hin stundenweit zerstreut.

Der erste Eindruck, den die regelmäßig ins Geviert angelegte Stadt mit ihren breiten, geradlinigen, reinlichen und luftigen Straßen, den einfachen, mittelgroßen, nach holländischem Geschmack gebauten Häusern auf den Fremden macht, ist ein behäbiger und gewinnender. Nirgendwo stoßen wir auf Spuren der Vergangenheit, weder an Kirchen noch an sonstigen Gebäuden. Allem ist das Gepräge der Gegenwart aufgedrückt. Die große Regelmäßigkeit, die sich überall widerspiegelt, gibt der Stadt fast den Charakter der Nüchternheit, man möchte sagen, der Langeweile. Freilich ist in den letzten dreißig Jahren gar manches geschehen, um erfrischende Abwechslung in das eintönige Bild zu bringen. Wir rechnen dazu die Anlagen von schönen, mit Bäumen und Beeten gezierten Wällen und Plätzen, stilgerechte öffentliche Gebäude, wie Kirchen und Schulen. Man darf behaupten, daß die industrielle Physiognomie Krefelds sich nirgends anspruchsvoll hervordrängt, wie dies anderwärts geschieht. In den Straßen ist es ziemlich schweigsam; nur um die Mittagszeit, wenn die Färber mit bunten Händen und die Appreturgehilfen und Winderinnen von der Arbeit zum Mittagsbrot eilen, dann wird es mit einem Schlage lebendig, eine Stunde später herrscht wieder die alte Ruhe. Nur auf einzelnen Straßen, eigentliche Arbeiterviertel gibt es nicht, ist es etwas regsamer. Es tönt uns da das Geklapper des Webstuhles und Webschiffchens, das Schnurren der Winde und Spule oder der regelmäßige und eintönige Tritt des Jacquardstuhles entgegen, die Tätigkeit der Arbeiter verratend. In Krefeld herrscht die Hausindustrie vor, und diese vollzieht sich in geräuschloser Weise.

Das Krefelder Rathaus

Es ist das Verdienst einer einzigen Mennonitenfamilie, die Seiden- und Samtindustrie im Rheinland ins Leben gerufen und entwickelt zu haben. Elberfeld, Barmen, Mülheim am Rhein auf der rechten Rheinseite, Viersen, Mönchengladbach, Rheydt und Köln auf der linken Seite, sie alle haben für ihre Seidenfabrikation den Ausgangspunkt in Krefeld zu suchen. Es sind gewissermaßen Filialen, die von letzterer Stadt ausgegangen sind. Der erste Versuch, die Seidenindustrie nach Krefeld zu verpflanzen, ging von der jetzt freiherrlichen Familie von der Leyen aus. Infolge religiöser Verfolgungen war dieselbe im 16. Jahrhundert aus den Niederlanden nach dem bergischen Städtchen Radevormwald ausgewandert; aber auch hier verleidete religiöse Unduldsamkeit der Familie den Aufenthalt. Abermals griff sie zum Wanderstab, um in Krefeld unter oranischem Schutz eine bleibende Stätte und ein trautes Heim zu finden. Und darin hatte sie sich nicht getäuscht! An der Spitze dieser zwischen 1665 und 1680 eingewanderten Familie steht Heinrich von der Leyen; er bereitete die Übersiedlung vor und sondierte das Terrain. Erst nach einigen Jahren folgte der Bruder Adolf, den wir als den eigentlichen Begründer der ersten Nähseide-, Posamentier- und Seidenbandfabrik anzusehen haben. Das Krefelder Bürgerrecht erwarb er sich 1679. Diesen Zeitpunkt dürfen wir wohl für den Ausgangspunkt der Entwicklung der Krefelder Seidenindustrie annehmen, wenn auch das Geschäftsbuch, zehn Jahre früher auf der Frankfurter Messe angelegt, dem zu widersprechen scheint, wenn es für die Jahre 1669 und 1671 den Verkauf von Florett-, Taffet- und Samtband und den Ankauf von Rohseide in den Jahren 1675 und 1678 meldet. Letztere wird in dem Posamentiergeschäft, das die von der Leyen bereits in Radevormwald betrieben, Verwendung gefunden haben; die Bänder wurden damals noch als Kommissionsartikel geführt. Zur Ausübung der Seidenfabrikation, deren Kenntnis die Familie von Flandern mit herübergebracht, fand sich in Radevormwald keine Gelegenheit, während in Krefeld die Glaubensgenossen aus dem Jülichschen den Boden vorbereitet hatten. „Gott verlene (verleihe) seinen Segen zu einem yenckigen (glücklichen) Anfang end einem gottsallechen Außgang!“ Dieses Motto setzte der fromme Mennonit vorn in das Geschäftsbuch, und dieser Wunsch ist nicht ohne Erhörung geblieben.

Einen Einblick in die Bedeutung der von der Leyenschen Fabrik gewährt uns ein an den König gesandter Bericht aus dem Schluß der sechziger Jahre des 18. Jahrhunderts. Hiernach wurden im ganzen nahezu dreitausend Arbeiter beschäftigt, einhundertfünfundsiebzig Webstühle beschäftigten sich ausschließlich mit der Anfertigung von seidenen Schnupftüchern, einhundertvierzig mit Samt, einhundertfünfundzwanzig mit Damast und façonnierten Stoffen, andere mit Gros de Tours und Atlas, siebenundneunzig kleinere Stühle mit broschierten Bändern und figuriertem Samtband; einhundertsiebenundneunzig große Bandmühlen fertigten allwöchentlich gegen achttausend Stück Bänder aller Art. Daneben unterhielt die Fabrik zwei eigene Seidenfärbereien und eine eigene Appretur. Der Lohn, der jährlich gezahlt wurde, wird mit einhundertfünfundsiebzigtausend Reichstalern angegeben. Um jene Zeit war die Weberei schon nicht mehr auf die Stadt beschränkt; in den benachbarten Orten bis nach Xanten, Goch und Viersen hin waren für die Fabrik Stühle in Tätigkeit. Alle Maschinen und Stühle waren dazumal noch Eigentum der Fabrikherrn. Es läßt sich hieraus ermessen, ein wie riesiges Kapital in deren Händen sein mußte, zumal auch die Rohseide in großen Vorräten entweder direkt in Italien oder in bedeutenden Posten in Amsterdam eingekauft werden mußte. Es erklärt sich hieraus zugleich, wie wenig erfolgreich eine finanziell nicht sehr leistungsfähige oder schwache Konkurrenz hiergegen ankämpfen konnte; ohne ein bedeutendes Kapital war das, von allem anderen abgesehen, gar nicht möglich.

Die Arbeiter, in großer Abhängigkeit von den Fabrikherrn, hatten verhältnismäßig gleichwohl eine erträgliche Existenz, indem sie von den Geschäftskrisen wenig berührt wurden. Freilich, es wurde in schlechten Zeiten mitunter die Arbeitszeit beschränkt, auf der anderen Seite wurde aber auch für wohlfeiles Brot gesorgt; entlassen wegen mangelnder Nachfrage wurde kein Arbeiter. Mit furchtsamem Herzen indes erschien der Weber auf der Lieferkammer, denn streng wurde die Arbeit untersucht, und neben scharfen Redensarten gab es selbst für kleine Mängel Kürzung des Lohnes. Erzählt man sich doch, daß die Arbeiter auf dem Gang zur Fabrik es nicht unterließen, unterwegs die Kirche zu betreten, um hier gnädige Behandlung bei der Einlieferung des Werkes sich zu erbitten.

Die Zahl der Fabriken hatte sich von 1816 bis zum Jahre 1828 von zwölf auf dreizehn, bis 1835 auf achtundzwanzig vermehrt, die eintausendsechshundert Jacquardstühle in seidenen und halbseidenen Stoffen, eintausendzweihundertachtzig in Samt, siebenhundertvierzig in Plüsch, sechshundertdreißig Samtbandstühlchen und zweihundertachtzig Bandmühlen mit ungefähr zehntausend Personen beschäftigten. Bis zum Jahre 1848 hatte sich die Zahl der Firmen bereits bis auf achtundneunzig gehoben, die gegen zehntausend Webstühle und vierzehntausenddreihundert Weber und Gehilfen in Arbeit erhielten. Gegenwärtig beträgt die Zahl der Fabrikanten einhunderteinundvierzig, die zweiunddreißigtausendsechshundertneununddreißig Stühle in Betrieb haben, die sich folgendermaßen verteilen:

Tätig sind in Samt und Schlingdraht	16456 Stühle
in festkantigem Samtband	250 Stühle
in Stoffen	15845 Stühle
in Stoffband	88 Stühle

Ein Mehrbetrieb von nahezu fünftausendsechshundert Stühlen gegen das Jahr 1877 ist in diesen Zahlen enthalten. So wuchs also die Fabrikation im Krefelder Gebiet ins Riesenhafte, und das zu einer Zeit, wo allerwärts über Geschäftsstockung gewaltig geklagt wurde. Auf die fetten Jahre von 1848 – 56 folgte ein Dutzend magerer, wie am besten die Stetigkeit in der Bevölkerungsziffer von 1858 – 68 ausweist. Der Zuwachs betrug kaum siebentausend Seelen, während in der gleichen Zeit von 1844 – 56 derselbe sich auf achtzehntausend belief.

Ein ähnliches Verhältnis kehrte seit 1868 bis zum gegenwärtigen Jahr [1880] wieder, der Zuwachs an Einwohnern erreicht in dieser Zeit die beträchtliche Höhe von zwanzigtausend. Das Jahr nach dem großen Krieg, 1872, brachte den großartigsten Aufschwung: Lyon war außerstande zu arbeiten, Krefeld kaum imstande, der Nachfrage zu genügen. Und doch hat dieses Jahr nach einer anderen Seite hin unheilvoll gewirkt. Es brachte schließlich eine Überproduktion, die über jedes vernünftige Maß ging und einen schlimmen Rückschlag im Gefolge hatte.

Schon im 18. Jahrhundert vermochte man trotz der mehrfachen Erweiterung Krefelds nicht, die hinreichende Zahl Weber in der Stadt zu finden; man mußte in den Nachbarorten sich die geeigneten Kräfte heranziehen. Dazu zwang auch schon die Höhe der Löhne, zu der man sich in flotten Zeiten den städtischen Arbeitern gegenüber verstehen mußte.

Im Laufe der Jahre hat sich der ganze Umkreis von Krefeld in einen Weberbezirk umgewandelt. Wenn auch die Stadt Krefeld als der Zentralpunkt angesehen werden muß, in dem die eigentliche Kunstindustrie, die Jacquardweberei, verblieben ist, so sind dagegen die einfachen Gewebe insgesamt hinausgewandert aufs Land, wo man mit billigeren Löhnen sich zufrieden gibt als in der Stadt.

Für die weiter entlegenen Ortschaften hat man feststehende Liefertage eingerichtet. Ein von der Fabrik beauftragter sachverständiger Kommis oder Werkmeister nimmt die fertigen Stoffe entgegen und teilt neue Ketten und den verdienten Lohn dem Weber zu. An anderen Orten hatte man besondere Faktoreien errichtet, die aber nicht allein wegen der Kostspieligkeit, sondern auch wegen manch mißlicher Erfahrung (z. B. gewissenloser Ausbeutung der Arbeiter) in schlechten Ruf und damit auch in Abgang gekommen sind.

Auch auf dem Land ist die Bevölkerungsziffer ein sprechender Beleg für die Entwicklung und Einwirkung der Krefelder Industrie auf die dortigen Verhältnisse. Wir führen die Dörfer in unmittelbarster Nähe der Stadt an: Fischeln, Vorst, Bockum und Willich stiegen von 1830 – 1875 ungefähr um das Doppelte, St. Tönis und Hüls fast um das Dreifache, während Uerdingen, das nicht in den eisernen Ring dieser Industrie gezogen wurde, nur in bescheidener Weise sich fortentwickelte.

Windereien, Färbereien und Appreturen, kurz die Hilfsgewerbe der Seidenindustrie, sind vielleicht mit Ausschluß eines Teiles der ersteren sämtlich in der Stadt ansässig. Die Zahl der Färbereien hat sich auch in den letzten Jahrzehnten analog der übrigen Entwicklung ansehnlich vermehrt. 1822 beschäftigten die zwanzig vorhandenen Schwarz- und Schönfärber etwa fünfundneunzig Arbeiter, 1852 waren deren dreihundert vorhanden, während gegenwärtig die dreiundvierzig vorhandenen Färbereien gegen siebenhundertfünfzig Arbeiter zählen. Etwa sechshundert Arbeiter und Arbeiterinnen sind in den Appreturen, Windereien und Scherereien beschäftigt. Das gesamte, mit der Weberei und den davon abhängigen Nebengewerben beschäftigte Personal im Fabrikbezirk Krefeld mag sich auf etwa fünfundvierzigtausend Personen beziffern, deren Jahresverdienst sich durchschnittlich pro Kopf auf vierhundertfünfzig bis fünfhundert Mark belaufen wird.

Der stärkste Aufschwung der Industrie und die verhältnismäßig stärkste

Zunahme der Fabrikanten trifft mit dem Zeitpunkt zusammen, wo eigene Windereien, Färbereien und Appreturen entstanden und Rohseidenhändler in der Stadt selbst sich niederließen und den Einkauf vermittelten und erleichterten. Weit über das frühere Absatzgebiet hinaus wurde der Handel ausgedehnt, mit einem wahren Bienenfleiß der Detaillist in Stadt und Dorf aufgesucht, während man in der Fabrik bestrebt war, sich mit allen Neuerungen und Kunstgriffen bekannt zu machen, die auf dem Gebiet der Seiden- und Samtindustrie zutage getreten waren. Jüngere talentvolle Leute wurden nach Lyon geschickt, um den Franzosen ihre Geheimnisse abzulauschen, andere gingen zum selben Zweck nach Zürich, während der angehende Seidenfärber nach bestandener Lehrzeit nach Basel ging, um sich dort weiter auszubilden. Kurz, keine Gelegenheit wurde versäumt, die der Industrie von Nutzen werden konnte.

Hermann Keußen

mit stagnierenden Sümpfen: mit stehenden Sümpfen / ins Geviert: im Rechteck, im Quadrat / Physiognomie (griech.): äußeres Erscheinungsbild / Appreturgehilfe: Angestellter zum Zurichten, Steifen, Ausrichten von Geweben / Jacquardstuhl: eine 1805 von Joseph-Marie Jacquard (1752 – 1834) entwickelte Vorrichtung an Webstühlen, die es ermöglicht, die Kettfäden einzeln und unabhängig voneinander zu heben und zu senken, wodurch beliebige Musterungen hergestellt werden können / Mennoniten: Anhänger einer nach 1535 entstandenen Reformationsbewegung, die ein kalvinistisch geprägtes Christentum vertritt und die die Kindertaufe, den staatlichen Zwang in Glaubensdingen und den Kriegsdienst ablehnt / Posamentierfabrik: Fabrik zur Herstellung von Besatzwaren (Schnüren, Fransen, Litzen, Borten, Quasten) / Florettband: Band aus Abfallseide / Taffet- oder Taftband: Band aus einem Gewebe mit Querrippen, das aus Seidengarnen hergestellt wird / façonnierte Stoffe: gemusterte Stoffe / Gros de Tours (franz.): dichter, schwerer Taft, Kette zwei- bis dreifädig, doppelter Einschlag / broschierte Bänder: durchwirkte, gemusterte Bänder / figuriertes Samtband: gemustertes Samtband / nach dem großen Krieg: Anspielung auf den Deutsch-Französischen Krieg von 1870/71; die Reparationen, die Frankreich als Verlierer zu zahlen hatte, führten in Deutschland zu einer sprunghaften Wirtschaftsblüte / Lyon: französische Stadt an der Mündung der Saône in die Rhône mit traditionsreicher Seidenindustrie; führendes französisches Zentrum für synthetische Fasern und Kunststoffe / Faktorei: Handelsniederlassung, Außendienststelle / Winderei: in der Winderei werden die in mechanischen Spinnverfahren gewonnenen Textilfäden zu Garnen gedreht (Garn: gedrehte Schnur) / Schwarz- und Schönfärber: Schwarzfärber sind ausschließlich mit der Schwarzfärbung von Geweben beschäftigt, was zum Teil mehrere Färbvorgänge erfordert, während die Schönfärber mit allen übrigen Farben zur Färbung arbeiten / Detaillist (franz.): Einzel-, Kleinhändler / Zürich: einer der wichtigsten Industriestandorte der Schweiz mit Textilindustrie / Basel: neben der traditionellen Textilindustrie entstand hier im 19. Jahrhundert die Farbenherstellung, aus der sich bis in die Gegenwart die chemisch-pharmazeutische Industrie entwickelte.

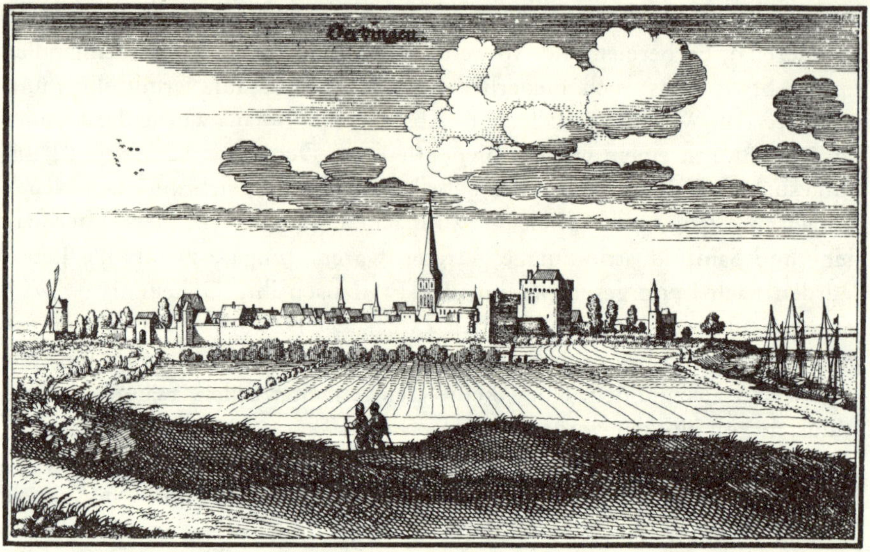

Uerdingen

Der Rheinhafen bei Krefeld-Linn

Unmittelbar vor Uerdingen begegnen wir den großartigen Anlagen des neuen Rheinhafens Krefeld-Linn. Wo früher ein von unbebautem Wiesenland umgebener kleiner Holzhafen ein bescheidenes Dasein fristete, dringt jetzt ein vierhundertsechzig Meter langer Hafen, der Rheinhafen, an dessen Seite ein vierzig Meter breiter Flußhafen durch Pfahlbündel abgetrennt ist, spitzwinklig zur Rheinstromrichtung ins Land vor. Von dem Rheinhafen durch eine Straßendrehbrücke geschieden, die den Zugang bildet zu der mit Kaimauer, Gleisen, Krananlagen und Lagerräumen versehenen, am Strom- und Rheinhafenufer gelegenen Handelswerft, schließen sich landeinwärts der vierhundert Meter lange Binnenhafen und der neunhundert Meter messende Osthafen an, beide mit je einem Wendeplatz versehen. Die weiteren Hafenanlagen umfassen den in paralleler Richtung mit dem Rheinhafen verlaufenden West- und dessen südliche Fortsetzung, den langen Südhafen; letztere sind durch einen Verbindungshafen, den die Provinzialstraße überschreitet, an den ersten Wendeplatz am Ende des Binnenhafens angeschlossen. Umfangreiche industrielle Anlagen sind in dem Hafengelände entstanden und noch im Entstehen begriffen; eine besondere Hafenbahn vermittelt die Beförderung der ankommenden und abgehenden Güter.

In Uerdingen tritt ein reges gewerbliches und Verkehrsleben in Erscheinung. Die Stadt, der Hafenplatz für das linksrheinische Textilindustriegebiet, unterhält einen sehr lebhaften Speditions- und Schiffahrtsverkehr. Entlang dem hoch gelegenen Rheinufer erstreckt sich eine fast drei Kilometer lange Werft und, etwas tiefer als diese, eine halb so lange Uferstrecke, beide mit Gleisen und Dampfkranen versehen und von mächtigen, vorwiegend dem Getreideverkehr dienenden Lagergebäuden sowie Fabrikanlagen linksseitig begleitet. Die Zufuhr erstreckt sich auf Rohstoffe der Textilindustrie, Getreide, Ölsaat, Holz, Mehl und Mehlfabrikate. Zur Ausfuhr gelangen besonders Erzeugnisse der Zuckerindustrie und fette Öle. Die aufblühende Industrie Uerdingens umfaßt chemische und Maschinenbaufabriken, Ölmühlen, Zuckerraffinerien; auch die Baumwollspinnerei ist vertreten.

G. Lennarz / J. Nießen

Abendgefühl

Langsam treib' ich den Fluß hinunter zur sinkenden Sonne,
Über Glieder und Leib hüpft mir das helle Getropf.
Und nun hör' ich alleine der Wellen silbernes Lallen
Und aus dem Ufergebüsch süßesten Amselton.
O du Himmel, du tief, tief blauer, perlender Flutraum,
Sinkst du hernieder auf mich? Hebt es zu dir mich empor?
Immer ferner fallen die Blicke in rollende Bläue;
Unermessener Quell, laß mich vergehen in dir!
Aber siehe, nun schwebt es von rosig blühenden Leibern
Seliger Kinder heran, und in froh-heil'gem Gedräng'
Leuchtet das weite Gefilde; sie wehen mit winkenden Schleiern.
„Strahlende, grüßet ihr mich? Ja, ich komme, ich komm!"
Doch von dem Rufe geschreckt, erbleichen und fliehen die Holden;
Grämlichem, grauem Gezwerg gleichend schrumpfen sie weg.
Ach, und mit lautlosem Flug, eines Riesenvogels Gefieder
Schattet ein glanzloses Schwarz über die Erde dahin.
Strom, so nimm mich denn du, und lull' mit dem ewigen Liede
All dies Drängen in Schlaf, lulle das Leben mir ein.

Hans Böhm

Einige Daten zur Geschichte

58 – 51 v.Chr.	Cäsar erobert das Land bis zum Rhein
50 n.Chr.	Köln wird aus einem „oppidum“ zur Kolonie mit römischem Bürgerrecht, etwa 50 Jahre später Provinzhauptstadt von Niedergermanien
495	Chlodwig schlägt die Alamannen (umstritten, ob bei Zülpich) und wird Alleinherrscher im Frankenreich
800	Krönung Kaiser Karls des Großen im Dom zu Aachen
843	Reichsteilung: deutschsprachiges Ostreich fällt an Karl den Kahlen, das Mittelreich mit der nördlichen Hauptstadt Aachen an Lothar
870/79	Nordteil des Mittelreiches kommt zum Ostreich
953 – 65	Kaiser Otto I. Bruder Bruno zugleich Herzog von Lothringen und Erzbischof von Köln (wichtig für die Entwicklung des Erzstiftes auch als Staatsgebilde)

Die rheinischen Herrschaftsgebiete und ihre Entwicklung

Das Erzstift Köln: Frühzeitig reicher Streubesitz, vorwiegend an ehemaligen Römerorten, von Andernach bis Xanten, rechtsrheinisch von der Wupper bis zur Diemelmündung; systematische Gebietserweiterung, so z.B. unter Konrad von Hochstaden (1238 – 61) um Ahrweiler, Altenahr, Hardt, Linz, Altenwied, Ende des 13. Jh. um Lindberg, 1314 um die Grafschaft Hülchrath, 1368 die Grafschaft Arnsberg, 1392 die Ämter Linn und Ürdingen. Rückschläge durch die Schlacht von Worringen 1288, in der Soester Fehde 1444 – 49; der Stadt Köln selbst wird 1274 die Reichsunmittelbarkeit bestätigt. Erzbischof Gebhards Truchseß von Waldburg (1577 – 1583) Versuch, mit dem Übertritt zum evangelischen Glauben die Umwandlung des Erzstiftes in ein weltliches Fürstentum in seinem Besitz zu erreichen, scheitert – bis 1761 (Clemens August) besetzen Angehörige des Hauses Wittelsbach den Erzbischofs- und Kurfürstenthron.

Die Grafschaft Berg war frühzeitig mit der Vogtei über Essen, Werden und Deutz begabt, erwarb im 12. Jh. die Grafschaften im Deutz- und Keldachgau und dann große Teile des Saynschen Besitzes im Auelgau mit der Burg Blankenberg; der ursprüngliche Stammsitz Altenberg wurde zum Kloster, neuer Sitz Burg an der Wupper. Erheiratung der Grafschaft Limburg (1283 dann Verkauf an Brabant), durch Ehe zwischen der Erbtochter Margarete (gest. 1339) mit Otto von *Ravensberg* Vereinigung der beiden Grafschaften, durch Heirat der gleichnamigen Tochter mit Gerhard von Jülich (gest. 1360) Anfall an *Jülich.*

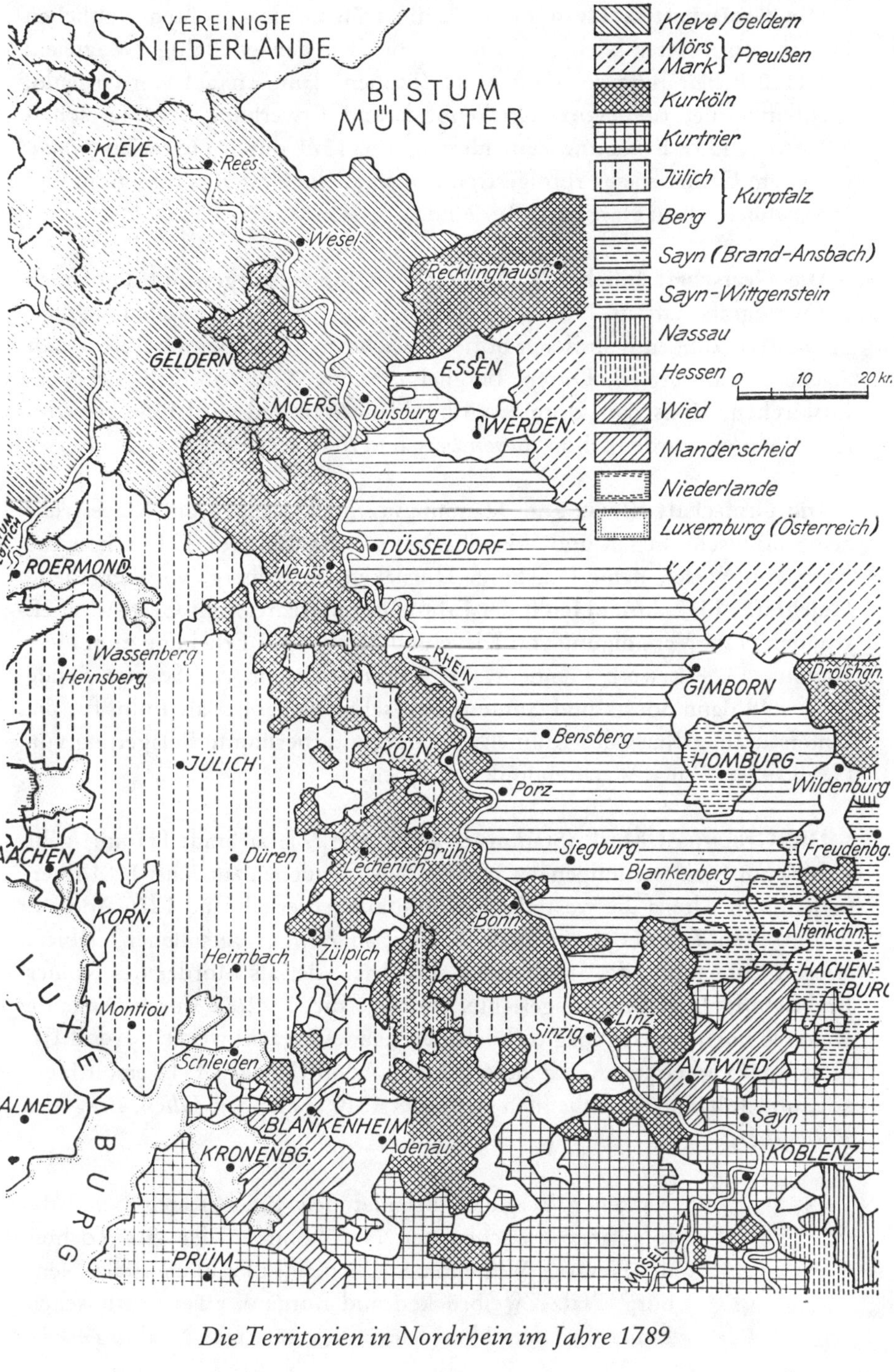

Die Territorien in Nordrhein im Jahre 1789

Die Grafschaft Geldern zählte schon früh zu den größten weltlichen Herrschaftsgebieten Niederlothringens vor allem dank vielfältiger Vogteien; um 1120 Erheiratung der Grafschaft Zütphen, dann Ankauf von Groenlo, Lichtenvoorde, Bredevort, Krickenbeck und Erwerbung der Herrschaft Montfort; 1339 Erhebung zum Herzogtum, 1371 durch Heirat an *Jülich*, nach dem Geldrischen Erbfolgestreit jedoch an die Grafen von Egmont und 1543 schließlich an Habsburg-Burgund.

Die Grafschaft Jülich erwächst aus dem Jülichgau, gewinnt allmählich die Waldgrafschaft am Nordrand der Eifel, die Vogtei über viele linksrheinische Besitzungen Kölnischer Stifte, die Schirmvogtei über die Reichsstadt Aachen, Münstereifel, Düren, Bergheim, Sinzig, Grevenbroich, Brüggen, Euskirchen, Monschau, Born-Sittard, Aldenhoven und wird 1356 Herzogtum; 1346/48 wurden schon *Ravensberg* und *Berg* erheiratet.

Die Grafschaft Kleve: zum Stammbesitz im Düffelgau um Kleve frühzeitig kölnische Lehen und Vogteibesitz, u.a. Xanten; vor 1241 schon Erwerb von Wesel, dann Duisburg, Dinslaken, Saffenberg, vorübergehend Hülchrath; 1332 durch Heirat der Erbtochter Margarete mit Graf Adolf II. von der *Mark* Vereinigung von Kleve und Mark, 1417 Erhebung zum Herzogtum. 1424 Erwerb Genneps, 1429 Emmerichs, in der Soester Fehde 1444 – 49 dann Soests und Xantens und schließlich 1473 als Lohn für die Unterstützung Karls des Kühnen von Burgund (berühmte Belagerung von Neuß 1474/75) u.a. Wachtendonk und Goch.

Die Grafschaft Mark (Stammsitz Burg Mark, jetzt Stadt Hamm) geht zurück auf Landesteilungen des Hauses Berg, bei denen zunächst 1181 Eberhard I. von Altena die westfälischen Besitzungen erhält und 1226 Adolf I. den größten Teil der durch neue Teilung an *Isenburg* gefallenen Gebiete (wegen Enteignung des Isenburgers Friedrich, der als Mörder des Kölner Erzbischofs Engelbert hingerichtet wurde), die 1272/82 durch Ankäufe weiteren noch bei Isenburg verbliebenen Landes ergänzt werden. Adolf III. (gest. 1347) erheiratet *Kleve,* dessen Enkel Adolf IV. wird 1417 erster Herzog, und Johann III. schließlich erheiratet 1510 auch noch *Jülich, Berg und Ravensberg.*

1614 Xantener Vergleich beendet den Jülich-Klevischen Erbfolgestreit zwischen den Nachkommen der vier Töchter des Herzogs Wilhelm des Reichen (in Preußen, Pfalz-Neuburg, Pfalz-Zweibrücken und Burgau), zwei wettinischen Linien und dem Haus Kleve-Nevers: Pfalz-Neuburg erhält

	Jülich und Berg (neue Residenz Düsseldorf), Brandenburg-Preußen Kleve, Mark, Ravensberg und Ravenstein (Verwaltungsmittelpunkt Kleve)
1618 – 48	Dreißigjähriger Krieg: das Rheinland ist Kriegsschauplatz, doch ergeben sich keine wesentlichen territorialen Veränderungen
1666/70	Ravenstein, Wynendal, Breskesand kommen an Jülich-Berg
1688 – 97	Pfälzischer Erbfolgekrieg: Ludwig XIV. erobert vorübergehend Neuß, Rheinberg, Kaiserswerth und Bonn
1690 – 1716	Kurfürst Johann Wilhelm von der Pfalz („Jan Wellem") residiert prächtig in Düsseldorf
1713	Friede von Utrecht: das „Oberquartier" Geldern kommt an Preußen
1742 – 99	Karl Theodor von Pfalz-Sulzbach vereinigt Jülich-Berg, die Kurpfalz und Bayern in einer Hand
Seit 1792	allmähliche und wechselnde Besetzung der linksrheinischen Gebiete durch die französischen Revolutionsarmeen,
1798/1802	Anschluß an Frankreich als Departement Rur (Roer) mit den Arondissements Aachen, Kleve, Krefeld, Köln sowie Teilen der Departements Rhein-Mosel (Bonn, Rheinbach), Untermosel (Niederkruchten), Ourthe (Schleiden, Kronenburg), Saar (Blankenheim, Reifferscheid) und „Wälder"/ Forêts (Bitburg)
1803	Reichsdeputationshauptschluß und Aufhebung der geistlichen Staaten; als Entschädigungen für den Verlust rechtsrheinischen Gebiets kommen Essen, Werden und Elten an Preußen, kurkölnischer Besitz um Deutz, Vilich, Königswinter und Linz an Nassau
1806	Errichtung des Rheinbundes, Mediatisierung kleinerer Herrschaften: an Nassau kommen die Grafschaften Wied und Sayn, ein Großherzogtum Berg (zunächst unter Napoleons Schwager Murat) entsteht aus dem bisherigen rechtsrheinischen Herzogtum Berg, dem von Preußen abgetretenen Kleve und dem von Nassau abgegebenen Deutz, Siegen, Hadamar, Dillenburg u.a.; 1808 wird es um Mark, Dortmund, Rheda, Tecklenburg, Lingen und Münster erweitert

Folgende Doppelseite 614/15: Der schwedische General Baudissin bestürmt 1632, während des Dreißigjährigen Krieges, Deutz

Abbildung der Statt Cöln: vnd der gegen vber gelegener new befestigte

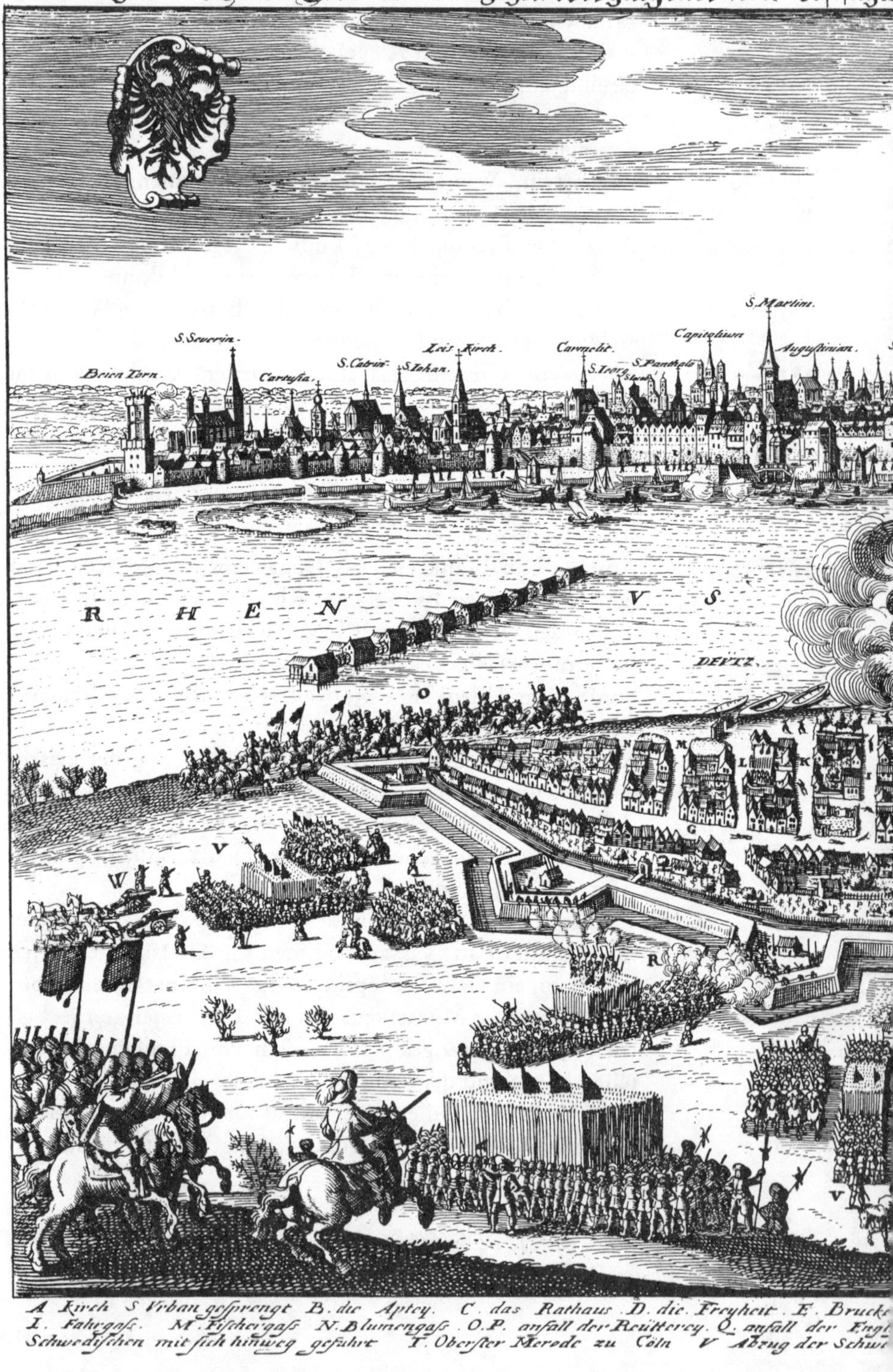

A Kirch S Vrban gesprengt B. die Aptey. C. das Rathaus D. die. Freyheit. E. Brucke
I. Fahrgass. M. Fischergass N. Blumengass. O. P. anfall der Reütterey. Q. anfall der Engl
Schwedischen mit sich hinweg gefuhrt T. Oberster Merode zu Cöln V Abzug der Schwe

heit Duÿtz, sampt des Gen: Baudissin darauff geschechnen anfals 1632

Brucker Pfort G Siebergergaß. H. die Kuhgaß. I Schneberbergergaß K Bolwerckgaß
anfall des gelbe Regemēt S 200 Gefangne von den Cölnischen Soldaten welche die
Rendevous beÿ Deutz im feldt gehalten. W. Schwedische Stück

1815 Anfall des gesamten Rheinlandes (südlich bis Saarbrücken, Kreuznach, Koblenz) an Preußen als Ergebnis des Wiener Kongresses nach den Befreiungskriegen; kleinere Gebiete werden später ausgetauscht, 1822 verwaltungsmäßige Zusammenfassung als Rheinprovinz

1837 – 42 Kölner Kirchenstreit zwischen kath. Kirche und preußischer Verwaltung

1848 Revolution: sozialistische Unruhen in Köln (Marx und Engels dort tätig), Unruhen in Bonn (Steuerverweigerungsaktion Kinkels), in Siegburg versuchter Zeughaussturm, in Elberfeld Barrikadenkämpfe; einseitiger Erlaß einer Verfassung durch den König

1866 Deutscher Krieg zwischen Preußen (verbündet mit kleineren norddeutschen Staaten) und Österreich mit Bayern, Württemberg, Sachsen, Hannover, Baden, Kurhessen, Hessen-Darmstadt, Nassau usw.; rascher preußischer Sieg, keine Auswirkungen auf das Rheinland

1870/71 Deutsch-französischer Krieg, an dessen Ende die Erhebung des preußischen Königs zum Deutschen Kaiser steht

1871 – 79 „Kulturkampf“ vor allem zwischen den rheinischen Katholiken und der preußischen Regierung

1918 Ende des Ersten Weltkriegs bringt die Besetzung des linksrheinischen Gebiets sowie dreier Brückenköpfe um Köln, Koblenz und Mainz durch die Alliierten, die für fünfzehn Jahre vorgesehen ist; seit 1919 („Rheinische Republik“ in Mainz und Wiesbaden ausgerufen, 1923 dann in Aachen) separatistische Bestrebungen; 1921 (Hamborn, Duisburg, Düsseldorf) bzw. 1923 Besetzung des Ruhrgebiets durch französische und belgische Truppen zur Erzwingung von Reparationsleistungen, 1924 – 30 dann stufenweiser Abzug

1944 (21. Oktober) Eroberung Aachens als erster deutscher Stadt durch die Alliierten, am 18. April 1945 kapitulieren dann die letzten deutschen Truppen im Ruhrgebiet

1946 (18. Juli) Bekanntgabe der Gründung des neuen Bundeslandes Nordrhein-Westfalen durch den britischen Oberbefehlshaber

Stichworte zu den Autoren dieses Bandes

Unter den einzelnen Autoren-Stichworten folgt in Klammern und kursiv die Angabe der Seiten, auf denen sich im vorliegenden Band Beiträge aus ihrer Feder finden. Am Schluß dieses Registers sind zum einen jene Autoren verzeichnet, zu denen keine genaueren biographischen Angaben ermittelt werden konnten; zum anderen die Beiträge, die aus Sammelbänden und anderen Quellen übernommen wurden.

Arndt, Ernst Moritz
(* Schoritz/Rügen 1769, † Bonn 1860):
Studium der evang. Theologie und Geschichte in Greifswald und Jena; 1805 Professor für Geschichte in Greifswald. Wegen antifranzösischer Propaganda Flucht aus Deutschland und Privatsekretär des Freiherrn von Stein (1812). 1818 Geschichtsprofessor in Bonn. Abgeordneter des rechten Zentrums im Frankfurter Parlament.
Werke: u.a. Versuch einer Geschichte der Leibeigenschaft in Pommern und Rügen (1803); Geist der Zeit (1806/18); Der Rhein. Deutschlands Strom, aber nicht Deutschlands Grenze (1813); Entwurf einer deutschen Gesellschaft (1814); Die Frage über die Niederlande und die Rheinlande (1831); Wanderungen aus und um Godesberg (1844); Meine Wanderungen und Wandlungen mit dem Reichsfreiherrn von Stein (1858).
(*8ff., 229ff.*)

Baum, Johann Peter
(* Elberfeld 1869, † [gefallen] 1916):
Studierte in Berlin und versuchte sich in verschiedenen Berufen ohne praktischen Erfolg. Lebte als freier Schriftsteller in Berlin.
Werke: u.a. Gott und die Träume (1903); Spuk (1905); Im alten Schloß (1908); Kammermusik (1914).
(*378f.*)

Bebel, August
(* Köln-Deutz 1840, † Passugg 1913):
Ausbildung als Drechslermeister; schloß sich 1861 der deutschen Arbeiterbewegung an und gründete 1867 zusammen mit W. Liebknecht die Sächsische Volkspartei; seit dieser Zeit sächsischer Abgeordneter im Reichstag. Beteiligte sich maßgeblich an der Gründung der Sozialdemokratischen Arbeiterpartei (1869), deren Vorsitzender er bald darauf wurde. Mitverfasser des Erfurter Programms (1891).
Werke: u.a. Unsere Ziele (1870); Die Frau und der Sozialismus (1883); Aus meinem Leben (1910/14).
(*110ff.*)

Becker, Nikolaus
(* Bonn 1809, † Hunshoven 1845):
Nach beendetem Jurastudium an der Universität Bonn arbeitete er als Referendar beim Landgericht Köln, seit 1840 in Geilenkirchen. Starb an den Folgen eines schweren Blutsturzes. Mit seinem überaus populär gewordenen Gedicht „Der deutsche Rhein" traf Becker eine verbreitete antifranzösische Stimmung, die durch die Pläne der französischen Regierung unter A. Thiers hervorgerufen worden war, das linke Rheinufer zu annektieren.
Werke: Der deutsche Rhein (1841); Gedichte (1841).
(*58f.*)

Beer, Michael
(* Berlin 1800, † München 1833):
Verfaßte mit 19 Jahren seine Tragödie „Klytemnestra", die 1819 in Berlin aufgeführt wurde. Nach beendetem Studium der Philologie und Geschichte Reisen durch Europa, u.a. auch nach Düsseldorf (1828), wo er den Kreis um K. Immermann kennenlernte.
Werke: u.a. Klytemnestra (1823); Die Bräute von Aragonien (1823); Der Paria (1829); Struensee (1829).
(*291*)

Beethoven, Ludwig van
(* Bonn 1770, † Wien 1827):
Erhielt in Bonn von mehreren Lehrern Musikunterricht; 1787 Schüler Mozarts in Wien, ab 1791 Schüler J. Haydns, J. Schenks und

J.G. Albrechtsbergers. Erster großer öffentlicher Auftritt 1795 mit dem Vortrag seines B dur-Konzerts op. 19, der ihm in der Folgezeit wichtige Gönner bzw. Auftraggeber zuführte. Ungemein produktiver Komponist; schuf u.a. 9 Symphonien, 24 Menuette, 12 deutsche Tänze, 4 Märsche, 5 Klavierkonzerte, 16 Streichquartette, 6 Klaviertrios u.a.m. Litt seit 1795 an einem sich verschlimmernden Gehörleiden, das gegen 1819 zu völliger Taubheit führte.
Werke: u.a. Kritische Gesamtausgabe der Werke Beethovens (1862/65); Beethovens sämtliche Briefe (1906/08); A. Leitzmann: L. v. Beethoven, Berichte der Zeitgenossen, Briefe und persönliche Aufzeichnungen (1914).
(*74f.*)

Beyschlag, Willibald
(* Frankfurt/Main 1823, † Halle/S. 1900):
Studierte evang. Theologie, Philologie und Geschichte in Bonn und Berlin. 1850 Hilfsprediger in Trier, 1856 Hofprediger in Karlsruhe; wurde 1860 als o. Professor der praktischen Theologie nach Halle berufen. 1873 Begründer der kirchlichen „Mittelpartei" und ab 1876 Herausgeber der „Deutsch-evangelischen Blätter".
Werke: u.a. Godofred (1888); Blütenstrauß vom Lebenswege (1893); Aus meinem Leben (1896/99).
(*71ff.*)

Biergans, Franz Theodor Matthias
(* Aldenhoven 1768, † Köln 1842):
1786 Eintritt in das Kreuzherrenkloster Schwarzenbroich bei Düren, wo er 1793 die Priesterweihe erhielt. Austritt aus dem Kloster und aktiver Einsatz für die Ideen der Franz. Revolution. Während der franz. Besatzung des linksrheinischen Gebiets 1798-1800 Kommissar in Brühl; arbeitete danach als Notar in Monschau (1800), 1806-36 in Aachen und 1836-38 in Wegberg.
Werke: u.a. Brutus oder Der Tyrannenfeind (1795/96); Über die Freiheit (1795-1796); Deutschlands Entsündigung (1814); Minne-Gedichte (1818); Karl der Große (1818).
(*130ff.*)

Böhm, Hans
(* Köln 1876, † Dießen/Ammersee 1946):
Bis 1906 als Kaufmann tätig, studierte dann Philosophie, Geschichte und Germanistik in Berlin, München und Bonn. 1913-38 Lehrer in Berlin. Daneben als Übersetzer und Literarhistoriker tätig.
Werke: u.a. Gedichte (1906); Neue Gedichte (1921); Gedankendichtung der Frühromantik (Hrsg./1925); Gedankendichtung der späteren Romantik (Hrsg./1925); Goethe. Grundzüge seines Lebens und Werkes (1938); Walther von der Vogelweide (1943).
(*609*)

Boelitz, Martin
(* Wesel 1874, † Nürnberg 1918):
Nach dem Besuch des Gymnasiums im Bankwesen tätig. Leitete für kurze Zeit in Berlin das „Deutsche Vereins- und Familienblatt". Nach einem zweijährigen London-Aufenthalt seit 1902 in Nürnberg als Verlagsleiter tätig.
Werke: u.a. Aus Traum und Leben (1896); Lieder des Lebens (1900); London (1901); Frohe Ernte (1905); Das Schützenfest (1908); Ausgew. Gedichte (1908).
(*534f.*)

Böll, Heinrich
(* Köln 1917):
Begann nach dem Abitur eine Buchhändlerlehre; Soldat im 2. Weltkrieg; danach Studium der Germanistik und seit 1949 Veröffentlichung von zahlreichen Erzählungen, Romanen, Hör- und Fernsehspielen, Theaterstücken; außerdem als Übersetzer aus dem Englischen tätig. 1970-72 war Böll Präsident des PEN-Zentrums der BRD und 1971-74 Präsident des internationalen PEN-Clubs; erhielt 1972 den Nobelpreis für Literatur.
Werke: u.a. Der Zug war pünktlich (1949); Wanderer kommst du nach Spa . . . (1950); Wo warst du Adam? (1951); Und sagte kein einziges Wort (1953); Haus ohne Hüter (1954); Billard um halb zehn (1959); Ansichten eines Clowns (1963); Gruppenbild mit Dame (1971); Die verlorene Ehre der Katharina Blum (1974); Fürsorgliche Belagerung (1979); Gesammelte Erzählungen (1981).
(*200ff.*)

Boisserée, Sulpiz
(* Köln 1783, † Bonn 1854):
Eine in Hamburg begonnene Kaufmannslehre wurde 1802 zugunsten schöngeistiger

Interessen aufgegeben. Reise nach Paris und dort Bekanntschaft mit F. Schlegel; gleichzeitig Beginn des systematischen Sammelns altdeutscher und altniederländischer Gemälde. 1810 Übersiedlung nach Heidelberg, dann nach Stuttgart, später nach München. 1827 Verkauf der Gemäldesammlung an Ludwig I. von Bayern. 1835 Ernennung zum bayerischen Oberbaurat und Generalkonservator. Setzte sich zusammen mit seinem Bruder Melchior (1786-1851) für die Vollendung des Kölner Doms ein.
Werke: u.a. Ansichten, Risse und einzelne Teile des Doms von Köln (1822/31); Geschichte und Beschreibung des Kölner Doms (1823/32); Denkmale der Baukunst am Niederrhein vom 7. - 13. Jahrhundert (1831 bis 1833).
(*188ff.*)

Brücker, Friedrich Wilhelm
(*Straelen 1864):
Sohn eines Schuhmachers, besuchte später eine Lateinschule und 1882-85 das Lehrerseminar in Elten. Lehrer in Rahm bei Düsseldorf und seit 1887 in Krefeld, seit 1911 in Hochemmerich (Kreis Moers).
Werke: u.a. Weh dem, der lügt. Das Kind seiner Mutter (1894); Ein böser Traum. Auch ein Dichter (1894); Jugendspiegel (1895); Heimatglocken (2. Aufl./1908).
(*555ff.*)

Caesarius von Heisterbach
(* Köln um 1180, † Kloster Heisterbach nach 1240):
Schüler der Stiftsschule St. Andreas und der Domschule in Köln. Lebte von 1198/99 bis zu seinem Tod als Zisterziensermönch in der Abtei Heisterbach; war dort Novizenmeister und später Prior.
Werke: u.a. Dialogus magnus visionum atque miraculorum (1219/23); Libri VIII miraculorum (1225/27); Catalogus archiepiscoporum Coloniensium (1225/38); Vita beati Engelberti (1226/37); Vita sanctae Elisabethae (1237).
(*213, 221f., 459*)

DeNoël, Matthias Joseph
(* Köln 1782, † ebd. 1849):
Sohn eines Warenmaklers; Kaufmannslehre und nebenher Ausbildung im Zeichnen. 1802 Reise nach Paris; 1803 Übernahme des väterlichen Geschäfts. Wurde 1824 mit der Ordnung und Konservierung der Wallrafschen Sammlungen beauftragt. Veröffentlichte die meisten seiner Gedichte und eine ganze Reihe von Aufsätzen in Zeitungen und Zeitschriften.
Werke: u.a. Über den neuen stadtkölnischen Friedhof zu Melaten (1809); Die Poststation oder Der Aufenthalt im Gasthof (1818); Der Sieg der Freude oder Karnevals-Almanach von 1825 (1825); Der Dom zu Köln (1834).
(*177f.*)

Diesterweg, Friedrich Adolf Wilhelm
(* Siegen 1790, † Berlin 1866):
Lehrer in Worms, Frankfurt/M., Elberfeld; Seminardirektor in Moers (1820) und in Berlin (1832-47). Gab seit 1827 die „Rheinischen Blätter für Erziehung und Unterricht" heraus. Wurde 1847 aus politischen Gründen seines Dienstes enthoben und 1850 in den Ruhestand versetzt. Mitglied der Fortschrittspartei im preußischen Abgeordnetenhaus (1858).
Werke: u.a. Praktischer Lehrgang für den Unterricht in der deutschen Sprache (1828); Wegweiser zur Bildung für Lehrer und die Lehrer werden wollen (1834/35); Das pädagogische Deutschland der Gegenwart (Hrsg.; 1835/36); Die Lebensfrage der Zivilisation (1836); Pädagogisches Wollen und Sollen (1856/57).
(*92ff., 254ff., 469ff., 581f., 585ff., 589f., 592f.*)

Einhard
(* 770, † Seligenstadt/Main 840):
Erziehung im Kloster Fulda; wurde zur weiteren Ausbildung an den Königshof gesandt. Rückte später zum Berater des Königs auf und hatte die Oberaufsicht über die kaiserlichen Bauten inne. Nach der zweiten Heirat Karls des Großen zog er sich in die von ihm 828 gegründete Abtei Seligenstadt zurück.
Werke: u.a. Vita Caroli magni (nach 830).
(*305ff.*)

Ennen, Leonard
(* Schleiden 1820, † Köln 1880):
Nach dem Studium der kath. Theologie und Philosophie in Münster und Bonn und seiner Priesterweihe Vikar in Königswinter (1845 bis 1857). Gründete zusammen mit anderen 1854 den Hist. Verein für den Niederrhein.

Abgeordneter im preußischen Landtag (1856 bis 1858). Ab Juli 1857 als städtischer Archivar und Leiter der Stadtbibliothek in Köln angestellt. Verfaßte eine Reihe von Aufsätzen für wissenschaftliche Zeitschriften und für Tageszeitungen.
Werke: u.a. Geschichte der Reformation im Bereiche der alten Erzdiözese Köln (1849); Frankreich und der Niederrhein, oder Geschichte von Stadt und Kurstaat seit dem Dreißigjährigen Kriege bis zur französischen Okkupation (1855/56); Zeitbilder aus der neueren Geschichte der Stadt Köln (1857); Quellen zur Geschichte der Stadt Köln (1860/79); Geschichte der Stadt Köln (1862 bis 1879).
(122, 126ff., 154ff., 194f.)

Eyth, Max von [geadelt 1896]
(* Kirchheim u. Teck 1836, † Ulm 1906):
Nach Mechanik- und Maschinenbaustudium an der TH Stuttgart ab 1861 als Maschineningenieur der Dampfpflugfirma Fowler in Leeds (England) tätig. Bereiste im Auftrag der Firma Europa (1862-82), Ägypten (1863-66), Nordamerika, Westindien und Peru (1867-68). 1882 kehrte er nach Deutschland zurück und ließ sich in Bonn nieder. Gründete 1884 die „Deutsche Landwirtschaftsgesellschaft" (DLG), deren Leiter er bis 1896 war.
Werke: u.a. Wanderbuch eines Ingenieurs (1871/84); Der Waldteufel (1878); Mönch und Landsknecht (1882); Hinter Pflug und Schraubstock (1899); Der Schneider von Ulm (1906).
(62ff.)

Faujas de Saint-Fond, Barthélemy
(*Montélimar 1741, † Saint-Fond/Isère 1819):
Rechtsanwalt und 1765 Präsident der Landvogtei in Grenoble; ab 1777 am Museum in Paris und bald darauf auch königlicher Kommissar der Bergwerke. Wurde 1793 als erster Professor der Geologie in Frankreich an das Musée d'histoire naturelle in Paris berufen.
Werke: u.a. Recherches sur les volcans éteints de Vivarais et Velay, avec un discours sur les volcans brûlants (1778); Minéralogie des volcans (1784); Essai sur le goudron du charbon de terre (1790); Essai de géologie ou Mémoires pour servir à l'histoire naturelle du globe (1808/09).
(219ff.)

Forster, Georg
(* Nassenhuben b. Danzig 1754, † Paris 1794):
Unternahm bereits in früher Jugend in Begleitung seines Vaters eine Reise durch Rußland und England, von wo aus er an Cooks 2. Erdumseglung (1772-75) teilnahm. Ab 1779 als Professor der Naturgeschichte in Kassel, ab 1784 in Wilna. Wurde 1788 Universitätsbibliothekar in Mainz. Anhänger der Ideen der Franz. Revolution und nach 1792 aktives Mitglied des Mainzer Jakobinerklubs. Ging als Abgeordneter des rheinisch-deutschen Nationalkonvents nach Paris.
Werke: u.a. A voyage round the world (1777); Ansichten vom Niederrhein, von Brabant, Flandern, Holland, England und Frankreich (1793/94); Kalidasa: Sakontala oder der entscheidende Ring (Übs./1791); Anrede an die Gesellschaft der Freunde der Freiheit und Gleichheit (1793); Erinnerungen aus dem Jahr 1790 in historischen Gemälden und Bildnissen (Hrsg./1793).
(266f., 269ff., 318ff.)

Freiligrath, Ferdinand
(* Detmold 1810, † Stuttgart-Cannstatt 1876):
Kaufmannslehre in Soest, 1831-36 Bankangestellter in Amsterdam, 1837 Kontorist in einem Barmer Handelshaus. Während dieser Zeit erste schriftstellerische Versuche. Ab 1839 freier Schriftsteller mit wechselnden Wohnorten, u.a. in Unkel und St. Goar. Entwicklung zum Radikaldemokraten und 1848/49 Redakteur der „Neuen Rheinischen Zeitung" in Köln. Floh 1851 nach London, wo er 1856-65 Leiter der Schweizer Generalbank war. Auf Grund einer Amnestie Rückkehr nach Deutschland.
Werke: u.a. Gedichte (1838); Das malerische und romantische Westfalen (1841); Mein Glaubensbekenntnis (1844); Neuere politische und soziale Gedichte (1849/51); Zwischen den Garben (1849); Ges. Dichtungen (1870/71).
(360f., 525f.)

Geibel, Emanuel
(* Lübeck 1815, † ebd. 1884):
Studierte in Bonn und Berlin; bereiste mehrmals Griechenland. Verbrachte den Sommer 1843 als Gast von F. Freiligrath in St. Goar am Rhein. Wurde 1852 von Maximilian II.

als dessen Vorleser nach München berufen; Honorarprofessor und Träger des Zivildienstordens der bayerischen Krone. Kehrte nach Maximilians Tod 1868 nach Lübeck zurück.
Werke: u.a. Gedichte (1840); Zeitstimmen (1841); Juniuslieder (1848); Neue Gedichte (1856); Die Loreley (1861); Gedichte und Gedenkblätter (1864); Spätherbstblätter (1877).
(142f.)

Goecke, Rudolf
(* Emmerich 1852, † Wetzlar 1886):
Nach beendetem Studium der Geschichte, Nationalökonomie, Philosophie und Philologie in Berlin und Göttingen ab 1875 am Staatsarchiv in Düsseldorf. 1877 Berufung an das Staatsarchiv in Schleswig als Archivsekretär. 1885 als Staatsarchivar an das Staatsarchiv in Wetzlar. Autor einer Reihe von Aufsätzen in historischen Fachzeitschriften und Sammelwerken.
Werke: u.a. Das Großherzogtum Berg unter Joachim Murat, Napoleon I. und Napoleon Ludwig (1877).
(54ff.)

Goethe, Johann Wolfgang von
(* Frankfurt/M. 1749, † Weimar 1832):
1765-71 Jurastudium in Jena und Straßburg; ab 1775 in Weimar, wo er von Herzog Karl August 1779 zum Geheimrat ernannt wurde; 1782 Verleihung des Adelsprädikats durch Kaiser Joseph II. In den Jahren 1783-1784 und 1786/90 Reisen u.a. nach Italien. Hielt sich auch mehrmals am Rhein auf; so 1792, 1794 und 1815.
Werke: u.a. Götz von Berlichingen (1773); Die Leiden des jungen Werthers (1774); Rheinischer Most (1775); Iphigenie auf Tauris (1787); Egmont (1788); Torquato Tasso (1790); Wilhelm Meisters Lehrjahre (1795 bis 1796); Faust I (1808); Die Wahlverwandtschaften (1809); Aus meinem Leben, Dichtung und Wahrheit (1811/22); Faust II (1833).
(393f., 552f.)

Brüder Grimm
Die gemeinsamen Arbeiten der Brüder Jacob (1785-1863) und Wilhelm Grimm (1786-1859) galten vor allem der systematischen Erforschung der deutschen Sprache und Literatur, der Altertumskunde und den volkstümlichen Märchen und Sagen. Begründung des „Deutschen Wörterbuchs“ im Jahre 1852.
Gemeinsame Werke: u.a. Kinder- und Hausmärchen (1812/15); Deutsche Sagen (1816-1818).
(178f.)

Gruppe, Otto Friedrich
(* Danzig 1804, † Berlin 1876):
Begann 1825 in Berlin ein Philosophiestudium, nach dessen Beendigung er als Schriftsteller arbeitete. Leiter des Feuilletons der „Preußischen Staatszeitung“ (1835) und 1842 Berufung ins Kultusministerium; erhielt 1844 eine Professur an der Berliner Universität für Philosophie und Geschichte. Seit 1862 ständiger Sekretär der Akademie der Künste.
Werke: u.a. Alboin (1830); Wendepunkte der Philosophie im 19. Jhdt. (1834); Kaiser Karl (1852); Sagen und Geschichten des deutschen Volkes aus dem Munde seiner Dichter (1854); Leben und Wirken deutscher Dichter (1863/79); Vaterländische Gedichte (1866/67).
(353f.)

Hackländer, Friedrich Wilhelm Ritter von
(* Aachen-Burtscheid 1816, † Leoni/Starnberger See 1877):
Zunächst kaufmännischer Angestellter, dann Soldat bei der preußischen Artillerie. Nach seiner Entlassung aus dem Militär Schriftsteller in Stuttgart. 1843 Ernennung zum württ. Hofrat und Sekretär des Kronprinzen, 1849 entlassen. Gründete 1855 und 1858 zwei Zeitschriften, bevor er 1859 vom württ. König zum Direktor der königlichen Bauten und Gärten ernannt wurde. 1861 in den österreichischen Ritterstand erhoben und 1864 abermals aus württembergischen Diensten entlassen.
Werke: u.a. Bilder aus dem Soldatenleben im Frieden (1841); Wachtstubenabenteuer (1845); Handel und Wandel (1850); Der geheime Agent (1851); Europäisches Sklavenleben (1854); Künstlerroman (1866); Der letzte Bombardier (1870); Reisenovellen (1877); Der Roman meines Lebens (1878).
(459ff.)

Hartenfels, Eduard
(* Düsseldorf 1810, † Frankfurt/M. 1898):
Sohn eines Kleidermachers und späteren Ge-

richtsvollziehers; nach eigenen Angaben war Hartenfels „Tonkünstler". Erhielt 1841 das Frankfurter Bürgerrecht und eröffnete dort ein artistisch-literarisches Büro.
Werke: u.a. Grupello. Historische Novelle (1840); Vereinigtes Album der Malerei, Poesie und Musik. Lieder von . . . mit Original-Zeichnungen von . . . und componirt für eine Singstimme mit Begleitung des Pianoforte von Ed. Hartenfels (2.Aufl./1852).
(*406ff.*)

Heine, Heinrich
(* Düsseldorf 1797, † Paris 1856):
Kaufmannslehre und anschließendes Jurastudium in Bonn, Göttingen und Berlin. 1824 Fußreise durch den Harz, Besuch bei Goethe. 1825 Abschluß des Studiums mit der Promotion. Ging 1831 als Korrespondent der Augsburger „Allgemeinen Zeitung" nach Paris. Dort Kontakte zu V. Hugo, H. de Balzac, J.P. de Béranger, G. Sand, L. Börne, K. Marx u.a. 1835 Verbot seiner Schriften in Deutschland.
Werke: u.a. Gedichte (1822); Reisebilder (1826/31); Buch der Lieder (1827); Zur Geschichte der neueren schönen Literatur in Deutschland (1833); Deutschland. Ein Wintermärchen (1844); Neue Gedichte (1844); Atta Troll (1847); Romanzero (1851).
(*396ff., 418ff., 578ff.*)

Hoffmann von Fallersleben, August Heinrich
(* Fallersleben 1798, † Schloß Corvey 1874):
War nach seinem Studium der Theologie, Philologie und Archäologie in Göttingen und Bonn 1823-39 Kustos der Universitätsbibliothek Breslau; wurde 1830 ao., 1835 o. Professor für deutsche Sprache und Literatur daselbst. Auf Grund der „Unpolitischen Lieder" 1842 des Amtes enthoben und des Landes verwiesen; 1848 rehabilitiert. Arbeitete ab 1860 als Bibliothekar des Herzogs von Ratibor in Corvey. Verfasser des Deutschlandliedes (1841).
Werke: u.a. Deutsche Lieder (1815); Bonner Burschenlieder (1819); Alemannische Lieder (1826); Jägerlieder (1828); Buch der Liebe (1836); Unpolitische Lieder (1840/41); 37 Lieder für das junge Deutschland (1848); Soldatenlieder (1851); Rheinleben (1851); Die Kinderwelt in Liedern (1853); Mein Leben (1868); Vaterlandslieder (1871).
(*59ff., 439ff.*)

Horn, Wilhelm Otto von
[d.i. Wilhelm Oertel]
(* Horn b. Simmern 1798, † Wiesbaden 1867):
Pfarrerssohn, studierte 1815-18 in Heidelberg evang. Theologie, Philosophie, Philologie und Geschichte. 1819 zum Priester geweiht, wurde 1822 Pfarrer in Mannbach; kam 1835 als Superintendent nach Sobernheim und legte 1863 sein Amt nieder; siedelte nach Wiesbaden über.
Werke: u.a. Die Spinnstube (1846/48); Ges. Erzählungen (1850/63); Kleine Erzählungen für die Jugend (1851/69); Hand in Hand (1852); Des alten Schmiedejakobs Geschichten (1853/54); Rheinische Dorfgeschichten (1854); Der Rhein (2. Aufl./1874).
(*27ff., 81ff.*)

Hugo, Victor
(* Besançon 1802, † Paris 1885):
Wandte sich nach kurzem Stuidum an der Ecole Polytechnique (Paris) ganz der schriftstellerischen Arbeit zu und gründete u.a. die Zeitschriften „Le Conservateur littéraire" und „La Muse française"; wurde 1841 Mitglied der Académie Française, 1848 Abgeordneter der Pariser Kammer. Wegen seiner oppositionellen Haltung gegen das 2. Kaiserreich und Kaiser Napoleon III. mußte er 1851 ins Exil gehen. 1870 Rückkehr nach Paris, wurde 1871 in die Nationalversammlung und 1876 in den Senat gewählt.
Werke: u.a. Odes et Ballades (1826); Cromwell (1827); Les Orientales (1829); Notre-Dame de Paris (1831); Le Rhin (1842); Les Châtiments (1853); La Légende des Siècles (1859/83); Les Misérables (1862); L'homme qui rit (1869); Quatre-vingt-treize (1874).
(*40ff., 118ff., 276ff.*)

Immermann, Karl
(* Magdeburg 1796, † Düsseldorf 1840):
Nach Studium und zeitweiliger Teilnahme an den Befreiungskriegen ab 1817 im preußischen Staatsdienst. 1824 Kriminalrichter in Magdeburg, 1827 Landgerichtsrat in Düsseldorf, wo er von 1835-1837 Leiter des Theaters war.
Werke: u.a. Das Trauerspiel in Tyrol (1828); Tulifäntchen (1830); Die Epigonen (1836); Münchhausen (1838/39); Memorabilien (1840/43); Theaterbriefe (1851).
(*427ff.*)

Jacobi, Johann Georg
(* Düsseldorf 1740, † Freiburg/Br. 1814):
Studium der Theologie, Jura, Philologie und Philosophie; 1766 Berufung zum Professor der Philosophie in Halle/S., seit 1768 Kanonikus in Halberstadt. U.a. Herausgeber der Zeitschrift „Iris" (1774/77), zu der Goethe beitrug und mit dem sich Jacobi u.a. 1774 in Düsseldorf traf. Arbeitete ab 1784 als Professor der schönen Wissenschaften in Freiburg/Breisgau.
Werke: u.a. Poetische Versuche (1764); Abschied an den Amor (1769); Die Winterreise (1769); Die Sommerreise (1770); Des Herrn Jacobi Allerley (1777).
(415, 438f.)

Jung-Stilling, Johann Heinrich
(* Grund bei Hilchenbach/Westfalen 1740, † Karlsruhe 1817):
Nach einer Schneiderlehre mehrere Berufe ausgeübt. Studierte 1769-72 in Straßburg Medizin; lernte dort Goethe und Herder kennen. 1772 Arzt in Elberfeld; nahm zwischen 1778 und 1803 nacheinander in mehreren Städten Professuren für verschiedene Disziplinen wahr, zuletzt als o. Professor der Staatswissenschaften in Heidelberg. Beförderung zum Geh. Hofrat. Lebte ab 1806 in Karlsruhe als freier Schriftsteller.
Werke: u.a. Heinrich Stillings Jugend (1777); Heinrich Stillings Jünglingsjahre (1778); Heinrich Stillings Wanderschaft (1778); Heinrich Stillings häusliches Leben (1789); Heinrich Stillings Lehrjahre (1804); Heinrich Stillings Leben (1806); Theorie der Geisterkunde (1808); Heinrich Stillings Alter (1817).
(387ff.)

Kaiser, Emil
(* Köln-Ehrenfeld 1868, † Köln 1916):
Ab 1885 Studium an der Düsseldorfer Kunstakademie, das er, unterbrochen durch einen zweijährigen Brasilienaufenthalt, in Stuttgart fortführte. Widmete sich neben der Malerei auch der Schriftstellerei.
Werke: u.a. Von Blume zu Blume (1892); Nicht schlecht (1898); Johannes der Bildner (1898); Die Alten und die Jungen (1899); Karneval (1906); Kölner Skizzenbuch (1908).
(461ff.)

Kaufmann, Alexander
(* Bonn 1815, † Wertheim 1893):
Studierte in Bonn und Berlin Jura; 1844/45 als Erzieher tätig. Nach einem Studium der Geschichte und Altertumskunde und einer Gelehrtenreise nach Berlin ab 1850 als Archivrat in Wertheim am Main ansässig.
Werke: u.a. Caesarius von Heisterbach. Ein Beitrag zur Kulturgeschichte des 12. und 13. Jahrhunderts (1850); Gedichte (1851); Mainsagen (Hrsg./1853); Mythoterpe (1858); Unter den Reben (1872).
(104)

Keußen, Hermann
(* Krefeld 1829, † ebd. 1894):
Studierte in Münster und Bonn Philologie, wurde 1858 Lehrer in Krefeld, später Stadtverordneter, 1875 Stadtschulinspektor, 1877 auch Kreisschulinspektor, 1893 Stadtschulrat.
Werke: u.a. Die Geschichte der Stadt und Herrlichkeit Krefeld (1859); Beiträge zur Geschichte Krefelds und des Niederrheins (1898).
(601ff.)

Kinkel, Gottfried
(* Oberkassel b. Bonn 1815, † Zürich 1882):
Studierte in Bonn und Berlin evang. Theologie und habilitierte sich 1837 in Bonn als Privatdozent der Kirchengeschichte. Nach dem Bruch mit der Evangelisch-theologischen Fakultät 1846 Ernennung zum ao. Professor der Kunst- und Kulturgeschichte. Wegen aktiver Teilnahme am badisch-pfälzischen Aufstand von 1848/49 zu lebenslänglicher Haft verurteilt. Floh 1850 aus der Festung Spandau nach England. 1866 Berufung als Professor für Archäologie und Kunstgeschichte an das Eidgenössische Polytechnikum in Zürich.
Werke: u.a. Gedichte (1843); Die Ahr (1846); Otto der Schütz (1846); Vom Rhein (1847); Erzählungen (mit J. Kinkel/1849); Mosaik zur Kunstgeschichte (1876); Selbstbiographie 1838-48 (1931).
(68ff., 214, 234, 235ff.)

Kolping, Adolph
(* Kerpen 1813, † Köln 1865):
Schuhmacherlehre und anschließend achtjährige Ausübung des Berufs. Bestand 1841 das nachgeholte Abitur und studierte in Münster

und Bonn kath. Theologie. Empfing 1845 die Priesterweihe und war danach Kaplan in Elberfeld, wo er 1846 einen Gesellenverein gründete; 1849 Domvikar in Köln.
Werke: u.a. Der Gesellen-Verein (1849); Kalendergeschichten (1854); Lebensbilder (1861); Erzählungen (1862/94); Ausgewählte Volkserzählungen (1896).
(*381ff.*)

Kopisch, August
(* Breslau 1799, † Berlin 1853):
1815 Maler in Dresden, 1817 Besuch der Kunstakademien in Prag und Wien; bis 1823 Studium in Dresden. Ab 1833 Inhaber des Hofmarschallamtes in Berlin; 1844 Ernennung zum Professor.
Werke: u.a. Gedichte (1836); Allerlei Geister (1848); Die königlichen Schlösser und Gärten zu Potsdam (1854).
(*182ff.*)

Kortum, Karl Arnold
(* Mülheim/Ruhr 1745, † Bochum 1824):
Studierte 1763-67 in Duisburg Medizin; 1767 praktischer Arzt in Mülheim/Ruhr, ab 1770 in Bochum, wo er 1792-1807 als Bergarzt praktizierte.
Werke: u.a. Der Märtyrer der Mode (1778); Leben, Meynungen und Thaten von Hieronimus Jobs dem Kandidaten (1784); Die magische Laterne (Hrsg./1784/87); Skizze einer Zeit- und Litterargeschichte der Arzneikunst von ihrem Ursprunge an bis zum Anfange des 19. Jahrhunderts (1809); Lebensgeschichte (1910).
(*475ff.*)

Kreuser, Johann
(* Köln 1795, † ebd. 1870):
Studierte in Berlin und war seit 1820 Lehrer an einem Kölner Gymnasium. Vorstandsmitglied des Dombauvereins.
Werke: u.a. Dichtungen (1824); Die Overstolzen (1833); Deutsche Rheinlieder (Hrsg./1841); Mahnendes und Unaufgeklärtes (1857); Der christliche Kirchenbau (1860 bis 1861).
(*149f.*)

Kurs, Auguste
(* Berlin 1815, † ebd. 1892):
Schrieb ihre ersten Lieder bereits als junges Mädchen; nach 1840 erschien jedoch erst ein Gedichtband von ihr anonym. Veröffentlichte neben ihren Büchern eine ganze Reihe von literarischen Texten, Gedichten und Liedern in Zeitschriften und Sammelwerken.
Werke: u.a. Efeublätter (1845); Am Fenster (1854); Gemüt und Leben (1855); Aus dem Sommer (1856); Germania (1861); Ausgewählte Gedichte (1894); Rheinlands Sagen und Legenden (1902).
(*195ff.*)

Lang, Joseph Gregor
(* Koblenz 1755):
Jesuit und Professor an der Seminarschule in Koblenz; lebte nach 1805 als Privatier daselbst. 1821 Pfarrer in Meuendorf bei Köln.
Werke: u.a. Reise auf dem Rhein (1789/90).
(*65f., 398ff.*)

Lasker-Schüler, Else
(*Elberfeld 1869, † Jerusalem 1945):
Tochter eines Bankiers; lebte seit Ende des 19. Jahrhunderts in Berlin, wo sie Kontakte zu den literarisch-künstlerischen Kreisen um H. Walden, P. Hille, K. Hiller, G. Benn u.a. hatte. 1933 Flucht in die Schweiz; 1934/37 Reisen nach Palästina, wo sie sich 1939 niederließ. Veröffentlichte seit 1899 in zahlreichen Zeitschriften und Tageszeitungen ihre Gedichte.
Werke: u.a. Styx (1902); Der siebente Tag (1905); Die Wupper (1909); Mein Herz (1912); Hebräische Balladen (1913); Der Prinz von Theben (1914); Der Malik (1919); Der Wunderrabbiner von Barcelona (1921); Konzert (1932); Mein blaues Klavier (1943).
(*392f.*)

Leifhelm, Hans
(* Mönchengladbach 1891, † Riva am Gardasee 1947):
Studierte Philosophie, Volkswirtschaft und Naturwissenschaft in Straßburg, Wien und Berlin; nach dem 1. Weltkrieg Promotion (1918). Von 1918-22 Tätigkeit als Redakteur im Verlagswesen; 1923-30 Berufsberater in Graz. Anfang der dreißiger Jahre Leiter der Gewerkschaftsschule in Düsseldorf. Von 1935-42 Lehrtätigkeit an italienischen Universitäten.
Werke: u.a. Hahnenschrei (1926); Gesänge von der Erde (1933); Steirische Bauern (1935); Lob der Vergänglichkeit (1949); Sämtliche Gedichte (1955).
(*321ff.*)

Lersch, Heinrich
(* Mönchengladbach 1889, † Remagen 1936):
Lehre als Kesselschmied und als Handwerksbursche auf Wanderung durch Europa. Teilnahme am 1. Weltkrieg; bis 1925 in seinem Beruf tätig, dann freier Schriftsteller. Erwarb sich sein Wissen als Autodidakt.
Werke: u.a. Abglanz des Lebens (1914); Deutschland! Lieder und Gesänge von Volk und Vaterland (1918); Mensch im Eisen (1925); Neue Erzählungen und Gedichte (1926); Stern und Amboß (1927); Hammerschläge (1930); Wir Werkleute (1934); Im Pulsschlag der Maschinen (1935).
(325f., 454f.)

Lindenborn, Heinrich
(* Köln 1712, † Bonn 1750):
Schloß sein Studium mit der Promotion in Philosophie ab; gab ab 1740 die moralisch-satirische Wochenschrift „Der die Welt beleuchtende Kölnische Diogenes" heraus, übernahm 1743 die Redaktion des „Kölnischen Staatsboten"; nach seiner Übersiedlung nach Bonn (1748) gründete er die Zeitungen „Auszug europäischer Geschichten" und „Morphena".
Werke: u.a. Neues Gott und dem Lamm geheiligtes Kirchen- und Hausgesangbuch der auf dem dreifachen Wege der Vollkommenheit nach dem himmlischen Jerusalem wandernden Tochter Sion (1741).
(193f.)

Mering, Friedrich Everhard Frhr. von:
(* Köln 1799, † ebd. 1861):
Sohn eines Kunstsammlers, gelangte früh in den Besitz eines namhaften Vermögens. Erhielt keinen systematischen Unterricht, sondern verschaffte sich seine Geschichtskenntnisse als Autodidakt. Verfasser zahlreicher historischer Abhandlungen, Rezensionen etc. in Fachzeitschriften und Zeitungen.
Werke: u.a. Beiträge zur Geschichte der kurkölnischen und alt-stadtkölnischen Verfassung (1830); Geschichte der Burgen, Rittergüter, Abteien und Klöster in den Rheinlanden (1833/61); Zur Geschichte der Stadt Köln (1838/40); Die Bischöfe und Erzbischöfe, und die Kirchen und Klöster von Köln (1842/44); Geschichte der vier letzten Kurfürsten von Köln (1842); Selbstbiographie (1844); Clemens August, Kurfürst und Erzbischof von Köln (1851).
(38ff., 87ff., 102f., 215ff., 227ff.)

Montanus
[d.i. Vincenz von Zuccalmaglio]
(* Schlebusch 1806, † Grevenbroich 1876):
Studierte ab 1826 in Heidelberg Rechtswissenschaften und wurde 1840, nachdem er vorher an den Landgerichten in Düsseldorf und Köln gearbeitet hatte, Notar in Hückeswagen. Lebte ab 1856 in derselben Funktion in Grevenbroich, wo ihm 1874 der Titel Justizrat verliehen wurde.
Werke: u.a. Rhingscher Klaaf (1869); Die Helden und Bürger und Bauern am Niederrhein in den letzten sechs Jahren des vorigen Jahrhunderts und unter der Fremdherrschaft (1870); Die Vorzeit. Sagen und Geschichten der Länder Cleve-Mark, Jülich-Berg und Westphalen (1870/71); Johann Wilhelm (1876).
(89ff., 94ff., 97, 105ff., 210ff., 584f.)

Müller, Aegidius
(* Bergheim/Erft 1830, † Köln 1898):
Nach Beendigung seines Studiums der kath. Theologie und Erlangung der Priesterweihe (1858) als Hausgeistlicher auf Schloß Roßberg bei Bonn (1859-61); danach Vikar in der Nähe von Geilenkirchen und in Mönchengladbach. 1871 Pfarrer in Immekeppel an der Sülz. Daneben Mitarbeit an der „Zeitschrift des Bergischen Geschichtsvereins".
Werke: u.a. Siegburg und der Siegkreis (1858); Beiträge zur Geschichte des Herzogtums Jülich (1868); Beiträge zur Geschichte der Zisterzienserabtei Altenberg (1882); Das Martertum der thebäischen Jungfrauen in Köln (1896).
(84f.)

Müller, Joseph
(* Aachen 1802, † ebd. 1872):
Studierte seit 1824 Philologie und Naturwissenschaften in Bonn und wurde 1829 Lehrer an einem Aachener Gymnasium. Trat 1869 in den Ruhestand.
Werke: u.a. Gedichte in Aachener Mundart (1840); Gedichte und Prosa in der Aachener Mundart (1853); Aachens Sagen und Legenden (1858); Prosa und Gedichte in Aachener Mundart (1869).
(275f., 309ff., 313f.)

Müller, Wilhelm
(* Dessau 1794, † ebd. 1827):
Studierte Philologie und Geschichte in Berlin und nahm 1813 an den Befreiungskriegen teil; 1814 Fortführung des Studiums. 1817 bis 1818 Italienreise als Begleiter des Grafen von Sack. Wurde 1819 als Lehrer an die Gelehrtenschule in Dessau berufen und 1820 zum Hofrat und Bibliothekar der herzoglichen Bibliothek befördert.
Werke: u.a. Rom, Römer und Römerinnen (1820); 77 Gedichte aus den hinterlassenen Papieren eines reisenden Waldhornisten (1821/24); Lieder der Griechen (1821/22); Lyrische Reisen und epigrammatische Spaziergänge (1827); Griechenlieder (1844).
(*267ff., 433*)

Müller, Wolfgang
[gen. Müller von Königswinter]
(* Königswinter 1816, † Bad Neuenahr 1873):
Studierte in Bonn, Dresden und Berlin Medizin und schloß sein Studium 1839 mit der Promotion ab. Übernahm 1842 in Düsseldorf die Arztpraxis seines Vaters. Während der Revolution von 1848/49 arbeitete Müller als Abgeordneter Düsseldorfs im Vorparlament und später als Deputierter in der Nationalversammlung.
Werke: u.a. Rheinfahrt (1846); Gedichte (1847/57); Düsseldorfer Künstler aus den letzten 25 Jahren (1854); Der Rattenfänger von St. Goar (1856); Das Rheinbuch (1856); Johann von Werth (1858); Erzählungen eines rheinischen Chronisten (1860/61); Sommertage am Siebengebirge (1867); Dichtungen eines rheinischen Poeten (1871/76).
(*12ff., 20ff., 32f., 42, 46ff., 66ff., 184, 224ff., 292f., 345ff., 434ff.*)

Nover, Jakob
(* Offenbach/Main 1845, † Mainz 1928):
Studierte 1863-67 Philologie in Gießen und nahm nach seiner Promotion eine Hauslehrerstelle in Cognac (Frankreich) an. Wurde 1868 Lehrer in Frankfurt/M., 1874 in Saargemünd und 1876 in Mainz; wirkte seit 1891 als Professor an einem Gymnasium in Worms. Trat 1908 in den Ruhestand.
Werke: u.a. Nordgermanische Götter- und Heldensagen (1881); Bilder vom Niederrhein (1882); Der Vater Rhein in Sage und Dichtung (1883); Deutsche Volkssagen (1890); Deutsche Sagen in ihrer Entstehung, Fortbildung und poetischen Gestaltung (1894/95).
(*146ff., 442ff., 451ff., 473ff., 529ff., 536ff., 546ff., 567ff.*)

Redlich, Otto Reinhard
(* Hain b. Borna 1864, † Düsseldorf 1939):
Historiker mit den Forschungsschwerpunkten rheinische Provinzialgeschichte und Geschichte der Reformationszeit. War Staatsarchivdirektor in Düsseldorf und Mitarbeiter der Archivberatungsstelle der Rheinprovinz.
Werke: u.a. Anwesenheit Napoleons I. in Düsseldorf 1811 (1892); Der Hofgarten zu Düsseldorf und der Schloßpark zu Benrath (1893); Geschichtsbilder aus Düsseldorf und Umgebung (1924); Geschichte der Stadt Ratingen (1926).
(*416ff.*)

Reinick, Robert
(* Danzig 1805, † Dresden 1852):
Studierte in Berlin Malerei und verkehrte in dem Kreis um A. v. Chamisso, J. v. Eichendorff, F. Kugler u.a. 1831 bei W. v. Schadow an der Düsseldorfer Kunstakademie; Bekanntschaft mit K. Immermann. Kuraufenthalte in Italien und Danzig; seit 1844 in Dresden.
Werke: u.a. Liederbuch für deutsche Künstler (Hrsg./1833); Lieder und Fabeln für die Jugend (1844); Illustriertes Abc-Buch (1845); Gesammelte Lieder (1852).
(*426*)

Reumont, Alfred von
(* Aachen 1808, † ebd. 1887):
Sekretär des preußischen Gesandten in Florenz (1829); wurde 1835 in das Auswärtige Amt nach Berlin berufen. Weitere Italienaufenthalte zwischen 1836 und 1843. 1843 Ernennung zum Legationsrat und Mitglied des Kabinetts des Königs; 1848-61 Legationsrat in Italien; 1885 Beförderung zum wirkl. Geh. Legationsrat.
Werke: u.a. Aachens Liederkranz und Sagenwelt (1829); Rheinlands Sagen, Geschichten und Legenden (Hrsg./1837); Die poetische Literatur der Italiener des 19. Jhdt. (1844); Italienische Sonette (1880); Aus Friedrich Wilhelms IV. gesunden und kranken Tagen (1884).
(*249ff., 282ff.*)

Riehl, Wilhelm Heinrich [von]
(* Biebrich/Rhein 1823, † München 1897):
Widmete sich nach seinem Studium der Theologie, Philosophie und Musik kulturhistorischen Studien; war ab 1845 als Redakteur und Herausgeber bei verschiedenen Zeitungen tätig. Ab 1859 Professor für Kulturgeschichte in München; unter seiner Leitung erschien 1859-67 das Sammelwerk „Bavaria".
Werke: u.a. Die Naturgeschichte des Volkes als Grundlage einer deutschen Social-Politik (1851/69); Kulturgeschichtliche Novellen (1856); Kulturstudien aus drei Jahrhunderten (1859); Sämtliche Geschichten und Novellen (1871); Kulturgeschichtliche Charakterköpfe (1891).
(328ff., 562ff.)

Ringelnatz, Joachim
[d.i. Hans Bötticher]
(* Wurzen 1883, † Berlin 1934):
Verließ das Gymnasium ohne Abschluß und ging als Schiffsjunge zur See; danach in vielen Berufen tätig. Teilnahme am 1. Weltkrieg. Wurde in München für die Berliner Kleinkunstbühne „Schall und Rauch" entdeckt, wo er von 1920 bis 1933 als Kabarettautor engagiert war und seine eigene Lyrik vortrug.
Werke: u.a. Turngedichte (1920); Kuttel Daddeldu (1920/23); Geheimes Kinder-Spiel-Buch (1924); Reisebriefe eines Artisten (1927); Als Mariner im Krieg (1928); Mein Leben bis zum Kriege (1931); Kinder-Verwirr-Buch (1931); Gedichte, Gedichte von einstmals und heute (1934); Der Nachlaß (1935).
(204)

Rittershaus, Emil
(* Barmen 1834, † ebd. 1897):
Ab 1849 Kaufmannslehre in der väterlichen Bandwarenfabrik; daneben erste schriftstellerische Versuche, die in Lokalblättern veröffentlicht wurden. Gründete 1856 in Elberfeld ein Agentur- und Kommissionsgeschäft; übernahm später noch die Generalvertretung verschiedener Versicherungsgesellschaften.
Werke: u.a. Gedichte (1856); Freimaurerische Dichtungen (1870); Am Rhein und beim Wein (1884); Aus den Sommertagen (1886); Spruchperlen heiterer Lebenskunst (1893).
(340f., 450f.)

Roeber, Friedrich
(* Elberfeld 1819, † Düsseldorf 1901):
Begann 1834 eine Banklehre, stieg später in demselben Bankhaus zum Prokuristen auf und wurde 1872 Teilhaber. Verfaßte in seiner Freizeit eine Reihe von Dramen. Trat 1889 in den Ruhestand und zog 1894 nach Düsseldorf.
Werke: u.a. Dramatische Werke (1851); Lyrische und epische Gedichte (1878); Literatur und Kunst im Wuppertale bis zur Mitte des 19. Jahrhunderts (1886); Der Wiener Kongreß (1888); Börsenringe (1891); Kurfürst Friedrich III. (1897).
(385f.)

Roffhack, Albert
(* Barmen 1837, † Oberkirch/Baden 1906):
Schloß sein Jurastudium 1865 mit der Promotion in Greifswald ab. Anstellung am Landgericht in Elberfeld; daneben literarische Aktivitäten und Gründung des „Allgemeinen Bürgervereins". Erhielt 1873 einen Ruf als Dezernent und Justitiar bei der Regierung und Forstverwaltung in Straßburg. Trat 1895 als Geh. Regierungsrat in den Ruhestand.
Werke: u.a. Das Lilienmärchen (1866); Die Leiden der jungen Lina (1866); Gedichte (1899).
(367ff.)

Rückert, Friedrich
(* Schweinfurt 1788, † Coburg 1866):
Studierte Jura und Philologie in Würzburg und Heidelberg, 1811 Habilitation; 1815 Redakteur des „Morgenblatts" in Stuttgart. Reisen nach Italien und Wien. Zog 1819 nach Coburg, war 1822-25 Redakteur des „Frauentaschenbuchs", wurde 1826 ao. Professor der orientalischen Sprachen in Erlangen und 1841 o. Professor in Berlin. Ab 1848 Privatier.
Werke: u.a. Deutsche Gedichte (1814); Die Makâmen des Harîri (Übs./1826-37); Ges. Gedichte (1834/38); Die Weisheit des Brahmanen (1836/39); Brahmanische Erzählungen (1839); Kindertotenlieder (1872).
(281f.)

Schäfer, Wilhelm
(* Ottrau/Hessen 1868, † Überlingen/Bodensee 1952):
Besuchte 1885-88 das Lehrerseminar in

Mettmann und war anschließend Volksschullehrer in Vohwinkel (1888-91) und in Elberfeld (1891-96). Lebte ab 1898 als freier Schriftsteller in Berlin, zwischen 1900-18 in Vallendar, von wo aus er die Zeitschrift „Die Rheinlande" herausgab. Seit 1918 am Bodensee wohnhaft.
Werke: u.a. Der Niederrhein und das bergische Land (1907); Anekdoten (1908); Rheinsagen (1908); 33 Anekdoten (1911); Die unterbrochene Rheinfahrt (1913); Lebenstag eines Menschenfreundes (1915); Neue Anekdoten (1926); Mein Leben (1934); Die Quellen des Rheins (1936); Wendekreis neuer Anekdoten (1937); Spätlese alter und neuer Anekdoten (1942).
(98ff., 338ff., 358ff.)

Schiller, Friedrich
(* Marbach/Neckar 1759, † Weimar 1805):
Verlebte seine Jugend in Marbach und Lorch. Besuchte die Lateinschule und anschließend die Karlsakademie in Stuttgart, wo er Jura und Medizin studierte. Wurde 1780 Regimentsarzt. 1782 Erstaufführung seines Dramas „Die Räuber" in Mannheim. Als ihm der württembergische Herzog das Dramenschreiben verbot, verließ er Württemberg und floh unter falschem Namen nach Mannheim. 1787 siedelte er nach Weimar über. 1788 Begegnung mit Goethe. Erhielt durch dessen Vermittlung eine Professur an der Universität Jena. 1790 Heirat mit Charlotte von Lengefeld.
Werke: u.a. Die Räuber (1781); Die Verschwörung des Fiesko zu Genua (1783); Kabale und Liebe (1784); Don Carlos (1787); Geschichte des Abfalls der ver. Niederlande von der spanischen Regierung (1788); Gedichte (1800/03); Wallenstein (1800); Maria Stuart (1801); Wilhelm Tell (1804).
(297ff.)

Schlegel, August Wilhelm von
(* Hannover 1767, † Bonn 1845):
Nach einem kurzen Studium der Theologie und Philologie in Göttingen (1786/87) ging Schlegel als Hauslehrer nach Amsterdam; seit 1795 in Jena ansässig, von wo aus er an Schillers „Horen" und „Musenalmanach" sowie an der Jenaer „Allgemeinen Literatur-Zeitung" mitarbeitete. 1796 Habilitation als Privatdozent, 1798 ao. Professor in Jena. Zusammen mit seinem Bruder Friedrich gab er 1798-1800 die romantische Zeitschrift „Athenäum" heraus. War von 1804-17 der Reisebegleiter und literarische Berater der Madame de Staël. 1818 Professor für Kunst- und Literaturgeschichte in Bonn.
Werke: u.a. Shakespeare, Dramatische Werke (Übs./1797-1810); Gedichte (1800); Charakteristiken und Kritiken (1801); Über dramatische Kunst und Literatur (1809/11); Poetische Werke (1811); Indische Bibliothek (1823/30); Vorlesungen über schöne Literatur und Kunst (1884).
(73f.)

Schlegel, Friedrich von
(* Hannover 1772, † Dresden 1829):
Nach Beendigung einer Kaufmannslehre in Leipzig und eines Studiums der Rechte, Philosophie, Altphilologie und Kunstgeschichte in Göttingen und Leipzig lebte er in Berlin und Jena, wo er Mitarbeiter an verschiedenen Zeitschriften war. 1808 konvertierte er zusammen mit seiner Frau in Köln zum Katholizismus und trat – nach Reisen durch Deutschland, Holland, Frankreich und die Schweiz – in den österreichischen Staatsdienst; nahm an den Beratungen des Wiener Kongresses teil und war als Legationsrat am Bundestag in Frankfurt/M. 1815-18 beschäftigt.
Werke: u.a. Geschichte der Poesie der Griechen und Römer (1798); Lucinde (1799); Über die Sprache und Weisheit der Indier (1808); Gedichte (1809); Über die neuere Geschichte (1811); Geschichte der alten und neuen Literatur (1815); Philosophie der Geschichte (1829).
(135ff., 150ff., 198ff.)

Schnaase, Carl
(* Danzig 1798, † Wiesbaden 1875):
Studierte Jura in Heidelberg und Berlin; war zwischen 1819 und 1857 an verschiedenen Gerichten in Deutschland tätig, zuletzt als Obertribunalrat in Berlin. Schied freiwillig aus dem Dienst aus, um sich ganz seinen kunsthistorischen Studien widmen zu können. Gab seit 1858 zusammen mit K. Grüneisen und J. Schnorr von Carolsfeld das „Christliche Kunstblatt" heraus. Ging bei seinen Forschungen zur Kunstgeschichte von der jeweiligen Umweltbedingtheit von Kunst aus.
Werke: u.a. Niederländische Briefe (1834);

Geschichte der bildenden Künste (1843/64).
(78ff.)

Schneckenburger, Max
(* Thalheim/Tuttlingen 1819, † Burgdorf/Bern 1849):
Begann 1834 eine kaufmännische Lehre in Bern; unternahm Geschäftsreisen nach England und Frankreich. Anfang der vierziger Jahre gründete er in Burgdorf eine Eisengießerei.
Werke: Deutsche Lieder (1870).
(540f.)

Schopenhauer, Johanna
(* Danzig 1766, † Jena 1838):
Mutter von Arthur Schopenhauer, lebte ab 1806 in Weimar, wo sie der Mittelpunkt eines bedeutenden literarischen Salons war, zwischen 1828 und 1837 in Bonn und dann wieder in Weimar.
Werke: u.a. Erinnerungen von einer Reise in den Jahren 1803, 1804 und 1805 (1813 bis 1817); Ausflucht an den Rhein und dessen nächste Umgebung im Sommer des ersten friedlichen Jahres (1818); Gabriele (1819/20); Die Tante (1823); Erzählungen (1825/28); Ausflug an den Niederrhein und nach Belgien im Jahre 1828 (1831); Neue Novellen (1832).
(34ff., 43ff., 138ff., 185ff., 271ff.)

Schorn, Karl
(* Essen 1818):
Jurist und Historiker; war zuletzt als Gerichtspräsident in Bonn tätig, bevor er in den Ruhestand trat.
Werke: u.a. Eiflia sacra oder Geschichte der Klöster und geistlichen Stiftungen etc. der Eifel (1888/92); Lebenserinnerungen (1898).
(445ff., 494ff., 517ff.)

Schreiber, Aloys Wilhelm
(* Kappel/Baden 1765, † 1841):
Hofmeister beim kurmainzischen Staatsminister von Westfalen; seit 1805 Professor der Ästhetik an der Universität Heidelberg, ab 1812 großherzoglich badischer Historiograph in Karlsruhe. Lebte zuletzt als privatisierender Gelehrter in Bühl (Baden) und war Mitarbeiter an Zeitschriften und Zeitungen.
Werke: u.a. Kleine Aufsätze (1786); Dramaturgische Blätter (1788/89); Betrachtungen für den deutschen Bürger (1792); Bemerkungen auf einer Reise von Straßburg bis an die Ostsee (1793/94); Romantische Erzählungen (1795); Streifereien durch einige Gegenden Deutschlands (1795); Ansichten des Rheins (1804/06); Lehrbuch der Ästhetik (1809); Taschenbuch für Reisende am Rhein und durch seine Umgebungen (1812); Badische Geschichte (1817).
(341ff.)

Schücking, Levin
(* Schloß Clemenswerth b. Sögel/Westf. 1814, † Bad Pyrmont 1883):
Studierte Jura in Münster, Heidelberg und Göttingen und wurde 1841 Bibliothekar des Freiherrn von Laßberg auf der Meersburg. Anschließend Redakteur bei der Augsburger „Allgemeinen Zeitung“ (1843) und der „Kölnischen Zeitung“ (1845-52). Seit 1831 mit Annette von Droste-Hülshoff befreundet.
Werke: u.a. Das malerische und romantische Westfalen (1841); Der Dom zu Köln und seine Vollendung (1842); Die Ritterbürtigen (1846); Eine Eisenbahnfahrt durch Westfalen (1855); Von Minden nach Köln (1856); Ges. Erzählungen und Novellen (1859/66); Annette von Droste-Hülshoff (1861); Lebenserinnerungen (1886).
(360f., 525f.)

Schüler, August
(* Pritzwalk 1827, † Potsdam 1904):
War nach seinem Studium der evang. Theologie in Berlin und Bonn als Hauslehrer in Dessow bei Wusterhausen angestellt (1852 bis 1853). 1854 Pfarrer in Worbis/Eichsfeld, 1862 Diakon in Gramzow/ Uckermark, 1871 Oberpfarrer in Kremmen; trat 1895 in den Ruhestand.
Werke: u.a. Zwölf Schweizer Sonette (1848); Zwanzig Gedichte (1850); Aus der Kinderwelt, für die Kinderwelt (1875); Deutscher Volksspiegel (1882).
(2)

Siebel, Carl
(* Barmen 1836, † Elberfeld 1868):
Begann 1850 eine Kaufmannslehre im Geschäft seines Vaters; daneben intensive Beschäftigung mit Literatur. Die ersten dichterischen Versuche erschienen 1854 im „Album aus dem Wuppertale“. Ab 1856 ausgedehnte Auslandsreisen, von denen er 1860 zurückkehrte.

Werke: u.a. Gedichte (1856); Ein Sohn der Zeit (1858); Arabesken (1861); Gruß aus Rheinland (2. Aufl./1866); Dichtungen (1877).
(33f.)

Simrock, Karl
(* Bonn 1802, † ebd. 1876):
Studierte Jura und Germanistik in Bonn und Berlin; 1823 Aufnahme in den preußischen Staatsdienst, aus dem er 1830 wegen seines Gedichtes „Drei Tage und drei Farben“ entlassen wurde. 1850 Professor für deutsche Sprache und Literatur in Bonn. Übersetzte u.a. das Nibelungenlied, Hartmann, Walther von der Vogelweide, Wolfram von Eschenbach, die Edda und Gottfried von Straßburg.
Werke: u.a. Rheinsagen (Hrsg./1836); Das malerische und romantische Rheinland (1838); Deutsche Volksbücher (1839/43); Die deutschen Volkslieder (Hrsg./1851); Handbuch der deutschen Mythologie (Hrsg./1853); Gedichte (1863); Deutsche Kriegslieder (1870).
(7f., 46, 101f., 143ff., 152ff., 222ff.)

Smets, Wilhelm
(* Reval 1796, † Aachen 1848):
1814 Hauslehrer auf Schloß Reuschenberg bei Opladen; 1815/16 Teilnahme an den Befreiungskriegen. Studierte ab 1819 kath. Theologie in Münster, promovierte 1821 und erhielt 1822 die Priesterweihe. Hatte anschließend Pfarrstellen in der Nähe von Bonn, in Münstereifel und Nideggen inne; legte 1837 seine Stelle nieder und privatisierte. Lebte als Domherr seit 1844 in Aachen, das er 1848 als Abgeordneter in der Nationalversammlung in Frankfurt/M. vertrat.
Werke: u.a. Taschenbuch für Rheinreisende (1818); Hieroglyphen für Geist und Herz (1821); Gedichte (1824); Neue Dichtungen aus den Jahren 1824/30 (1831); Kleinere epische Dichtungen (1835); Efeukränze (1838); Gedichte. Vollständige Sammlung (1840).
(286f.)

Stolterfoth, Adelheid von
(* Eisenach 1800, † Wiesbaden 1875):
Mit 12 Jahren Stiftsdame im Fräuleinstift Birken (Bayreuth). Zog 1816 mit ihrer Mutter nach Bingen, 1819 nach Geisenheim im Rheingau (bei Winkel), wo sie bei ihrem Onkel, Freiherr Hans Karl von Zwierlein, wohnte. Reisen nach England (1827), der Schweiz und Oberitalien (1828), Tirol (1840), Holland und Belgien (1841). Nähere Kontakte zu A. v. Platen und F. Freiligrath. Sie wurde „Philomele [Nachtigall] des Rheins“ genannt.
Werke: u.a. Zoraide (1825); Alfred (1834); Rheinischer Sagenkreis (1835); Rheinisches Album oder Der Rheingau mit dem Wispertale und den Nachbarstädten Mainz und Wiesbaden (1836); Rheinische Lieder und Sagen (1839); Burg Stolzenfels (1842).
(14f.)

Tieck, Ludwig
(* Berlin 1773, † ebd. 1853):
1792-95 Studium der Theologie, Philologie, Geschichte und englischen Literatur in Halle, Göttingen und Erlangen. 1799 Kontakt zum Kreis der Frühromantiker in Jena. Bis 1819 wechselnde Aufenthaltsorte, danach in Dresden und dort ab 1825 Hofrat und Dramaturg des Hoftheaters. Folgte 1841 einem Ruf nach Berlin, wo er Vorleser, Geh. Rat und Berater der königlichen Schauspiele war.
Werke: u.a. Geschichte des Herrn William Lovell (1795/96); Der gestiefelte Kater (1797); Herzensergießungen eines kunstliebenden Klosterbruders (1797); Volksmärchen (Hrsg./1797); Franz Sternbalds Wanderungen (1798); Phantasus (Hrsg./1812-16); Gedichte (1821/23); Novellen (1823/28); Der Aufruhr in den Cevennen (1826).
(572ff.)

Vogt, Nikolaus
(* Mainz 1756, † Frankfurt/Main 1836):
Studierte ab 1774 in Mainz Philosophie und Geschichte, 1784 Ernennung zum Professor; verließ Mainz 1792 und 1797 vor den anrükkenden Franzosen und floh nach Aschaffenburg, wo er wieder Vorlesungen hielt und die Leitung des Schulwesens übernahm. Später Kurator des Schulwesens im Großherzogtum Frankfurt und Geh. Legationsrat im Außenministerium. Seit 1831 Senator und Schöffe daselbst.
Werke: u.a. Rheinische Sagen und Geschichten (1817/36); Abriß einer Geschichte von Mainz (1792); Über die europäische Republik (1785/92); System des Gleichgewichts und der Gerechtigkeit (1802).
(341ff.)

Weerth, Georg
(* Detmold 1821, † Havanna 1856):
Ging zwischen Ostern 1840 und Herbst 1843 mehrere Beschäftigungsverhältnisse ein, bevor er Ende 1843 eine Reise nach London machte, die in Berichten über englische Verhältnisse an die „Kölnische Zeitung" ihren Niederschlag fand. In einem englischen Textilunternehmen tätig und Freundschaft zu K. Marx und F. Engels. 1848/49 Feuilletonredakteur der „Neuen Rheinischen Zeitung", die im Mai 1849 unterdrückt wurde. Rückkehr nach England und von da aus Geschäftsreisen nach Spanien, Holland, Süd- und Mittelamerika.
Werke: u.a. Leben und Taten des Ritters Schnapphanski (1849); Sämtliche Werke in fünf Bänden (1956/57).
(*116ff., 205ff., 369ff., 492*)

Wegner, Armin T.
(* Wuppertal-Elberfeld 1886, † Rom 1978):
Studierte Jura und Staatswissenschaften in Breslau, Zürich und Berlin; 1914/15 Teilnahme am 1. Weltkrieg als freiwilliger Krankenpfleger. Nach dem Krieg Entwicklung zum engagierten Pazifisten. 1923/25 und 1927/29 Reisen durch Europa und Vorderasien. 1933/34 wegen seines Eintretens für die Juden im KZ; lebte anschließend in Italien.
Werke: u.a. Zwischen zwei Städten (1909); Das Antlitz der Städte (1917); Der Weg ohne Heimkehr (1919); Der Knabe Hüssein (1921); Fünf Finger über dir (1930); Fällst du, umarme auch die Welt (1974); Odyssee der Seele (1976).
(*386f.*)

Weyden, Ernst
(* Köln 1805, † Altona 1869):
Nach Abschluß seiner Studien in Bonn und Paris Lehrer an einer Kölner Schule. Betrieb daneben geschichtliche Forschungen und volkskundliche Studien. 1838 Redakteur der „Rheinischen Provinzblätter" und Verfasser von Berichten und Kritiken u.a. für die „Kölnische Zeitung" und das „Kölnische Unterhaltungsblatt". Schrieb außerdem Reiseführer durch das Siebengebirge (1838), das Ahrtal (1835/39) und das Siegtal (1866). Innerhalb Kölns wirkte Weyden in verschiedenen Vereinen mit, u.a. als Sekretär des Gründungsausschusses des Dombauvereins; er war einer der Gründer des Kölnischen Kunstvereins.
Werke: u.a. Kölns Vorzeit (1826); Über den Sagenkreis Karls des Großen (1829); Kölns Legenden, Sagen, Geschichten nebst Volksliedern, Schwänken, Anekdoten, Sprichwörtern (1839/40); Köln am Rhein vor fünfzig Jahren (1862); Geschichte der Juden in Köln am Rhein von den Römerzeiten bis auf die Gegenwart (1867).
(*169ff.*)

Zerkaulen, Heinrich
(* Bonn 1892, † Hofgeismar 1954):
Absolvierte eine Apothekerausbildung und nahm als Freiwilliger am 1. Weltkrieg teil. Ab 1916 Journalist und Feuilletonredakteur in Düsseldorf und später in Essen. Lebte ab 1931 als freier Schriftsteller in Dresden.
Werke: u.a. Weiße Austern (1912); Ursula Bittgang (1921); Lieder vom Rhein (1923); Die Welt im Winkel (1928); Musik auf dem Rhein (1930); Jugend von Langemarck (1933); Der Sprung aus dem Alltag (1935); Herr Lukas aus Kronach (1938); Erlebnis und Ergebnis (1939); Das Köln-Aachener Land (1940).
(*76*)

Außerdem finden sich Beiträge folgender Autoren:

C. Diefenbach (*395f., 455f., 493f.*), Wilhelm Düwell (*507ff.*), Ludwig Feuth (*486ff.*), G. Form (*395f., 455f., 493f.*), W. Hackmann (*334ff., 502ff.*), W. Kaiser (*348ff., 355ff., 361ff.*), Karl am Rhein (*187f.*), F.J. Kiefer (*15ff., 133ff., 580*), Heinrich Hubert Koch (*258ff.*), G. Lennarz (*323f., 326f., 336f., 527ff., 565, 587ff., 597ff., 608f.*), J. Nießen (*323f., 326f., 336f., 527ff., 565, 587ff., 590f., 597ff., 608f.*), H. Reckers (*535f.*), W. Rübenkamp (*535f.*), Alphons Thun (*287ff.*).

Aus Sammelbänden u.ä.:

Aus „Germaniens Völkerstimmen":
Bd. 1 (*64f., 121, 123ff., 167f., 256ff., 264f., 320, 377f., 433f., 472f., 554f., 574ff., 595ff.*);
Bd. 3 (*301ff., 583f.*).

Aus „Kruppsche Mitteilungen, 12./19.2. 1910“:
(*512ff.*).

Aus „Rheinische Provinzial Blätter, 1834“:
(*315ff.*).

Aus „Sagen und Geschichten des Rheintals von Mainz bis Köln“:
(*76f.*, *107f.*).

Aus „Sitten und Sagen des Eifler Volkes“:
(*247f.*, *253*).

Aus „Volksstaat, 10.7.1872“:
(*523f.*).

Rezepte:
(*27, 92, 115f., 146, 210, 247, 296, 333, 348, 376, 403, 427, 486, 542, 551, 601*).

Volkslieder:
(*37f., 77f., 86f., 108ff., 141, 179ff., 214f., 273ff., 312f., 333f., 353, 379f., 393, 424ff., 458, 506f., 542ff., 551, 566f., 577, 594*).

Für die freundliche Erteilung der Abdruckserlaubnis dürfen wir uns bei den folgenden Verlagen herzlich bedanken:

Verlag Georg D.W. Callwey, München (Hans Böhm, Abendgefühl, aus: Neue Gedichte); Verlag Eugen Diederichs, Düsseldorf/Köln (Heinrich Lersch, Fahrt in die Industrie; Schiffswerft am Rhein, aus: Ausgewählte Werke in zwei Bänden); Peter-Hammer-Verlag, Wuppertal (Armin T. Wegner, Der Zug der Häuser, aus: Odyssee der Seele. Ausgewählte Werke); Verlag Karl H. Henssel, Berlin (Joachim Ringelnatz, Köln von der Bastei gesehen, aus: Und auf einmal steht es neben dir. Gesammelte Gedichte); Max-Hueber-Verlag, Ismaning (Heinrich Zerkaulen, Meine Heimat, aus: Gesegneter Tag. Gesamtausgabe der Gedichte); Verlag Kiepenheuer & Witsch (Heinrich Böll, Stadt der alten Gesichter, aus: Erzählungen, Hörspiele, Aufsätze); Kösel-Verlag, München (Else Lasker-Schüler, Am fernen Abend, aus: Sämtliche Gedichte); Otto Müller Verlag, Salzburg (Hans Leifhelm, Der Kanzlist, aus: Sämtliche Gedichte); R. Oldenbourg Verlag, München (Martin Boelitz, Mein Wesel); Rowohlt-Verlag, Reinbek (Peter Baum, Alb, aus: Gesammelte Werke); Dr. Wolfgang Schwarze Verlag, Wuppertal (Rezepte Frekadellen und Hearingsstipp, aus: Pottkieker jun., Bergische Küche).

Quellenverzeichnis

Die Aachener Heiligtumsfahrt und die Reliquienverehrung überhaupt. Barmen 1888.

Arndt, Ernst Moritz: Rhein- und Ahrwanderungen. Bonn 1846.

Aus alter Zeit. Erinnerungen eines Grubensteigers. In: Kruppsche Mitteilungen, Essen, Jg. 1 (12.2.1910) Nr. 6, S. 21f. und Jg. 1 (19.2.1910) Nr. 7, S. 25f.

Ausgewählte Schriften von Ferdinand Wallraf. Hrsg. im Auftrage und auf Kosten des Königlichen Commercienrathes Johann Heinrich Richartz. Festgabe zur Einweihungsfeier des Museums Wallraf-Richartz. Köln 1861.

Bebel, August: Aus meinem Leben. 3 Bde. Stuttgart 1910-14.

Ludwig van Beethovens sämtliche Briefe. Hrsg. v. Emerich Kastner. Völlig umgearbeitete und wesentlich vermehrte Neuausgabe von Julius Kapp. Leipzig 1923.

Beschreibung des Regierungsbezirks Düsseldorf in Skizzen und Bildern. Für Volksschulen und die unteren Klassen der Bürgerschulen hrsg. v. W. Hackmann. Mit einer Karte des Regierungsbezirks Düsseldorf. Düsseldorf 1889.

Beyschlag, Willibald: Aus meinem Leben. Halle/Saale 1896. (Bd. 1: Erinnerungen und Erfahrungen der jüngeren Jahre).

Böll, Heinrich: Erzählungen, Hörspiele, Aufsätze. Köln, Berlin 1961.

Boisserée, Sulpiz: Geschichte und Beschreibung des Doms von Köln. 2., umgearbeitete Ausgabe mit 5 Abb. München 1842.

Brutus oder Der Tyrannenfeind. Eine Zehntags-Schrift, um Licht und Patriotism zu verbreiten. Hrsg. v. Franz Theodor Biergans. Köln 1795-96.

Cacsarius von Heisterbach: Wunderbare und denkwürdige Geschichten. Köln 1968.

Der deutsche Niederrhein vom Erftgebiet bis zur Landesgrenze. Sein Land, sein Volk und seine Geschichte. Krefeld 1910.

Deutscher Liederhort. Auswahl der vorzüglicheren Deutschen Volkslieder, nach Wort und Weise aus der Vorzeit und Gegenwart gesammelt von Ludwig Erk. Neu bearbeitet und fortgesetzt von Franz Magnus Böhme. 3 Bde. Leipzig 1893-94.

Diesterweg, Friedrich Adolf Wilhelm: Beschreibung der Preußischen Rheinprovinzen. Zum Gebrauch in Schulen und zum Selbstunterricht abgefaßt und mit einer Landkarte versehen. Krefeld 1829. (Anleitung zu einem methodischen Unterricht in der Erdkunde, T. 1).

Düsseldorfer Künstler-Album. Mit artistischen Beiträgen von Andreas Achenbach, Wilhelm Camphausen, Carl Clasen u.a. Redigiert von Wolfgang Müller. Düsseldorf 1851ff.

Einhard: Leben und Wandel Karls des Großen. Einleitung, Urschrift, Erläuterung von Julius Ludwig Ideler. 2 Bde. Hamburg 1839.

Ennen, Leonard: Zeitbilder aus der neueren Geschichte der Stadt Köln, mit besonderer Rücksicht auf Ferdinand Franz Wallraf. Köln 1857.

Ennen, Leonard: Geschichte der Stadt Köln. Volksausgabe in einem Bande. Düsseldorf 1880.

Eyth, Max: Im Strom unserer Zeit. Aus Briefen eines Ingenieurs. 3 Bde. 3., neu bearbeitete Aufl. des Wanderbuchs eines Ingenieurs. Heidelberg 1904-05.

Faujas de Saint-Fond, Barthélemy: Beschreibung der Turfgruben bei Brühl und Liblar, wo die braune köllnische Erde oder die sogenannte köllnische Umbraerde gegraben wird. In: Annalen der Physik. Hrsg. v. Ludwig Wilhelm Gilbert. Halle, Bd. 14 (1803) H. 8, S. 433-458.

Feuth, Ludwig: Das Tagewerk des Bergmanns im Ruhrkohlengebiet. In: Sozialistische Monatshefte, Berlin, Jg. 15 (1909) S. 182-186.

Form, G./C. Diefenbach: Beschreibung des Regierungsbezirks Düsseldorf. Für den Schulgebrauch eingerichtet und methodisch bearbeitet. 3. Aufl. Düsseldorf 1886.

Forster, Georg: Ansichten vom Niederrhein, von Brabant, Flandern, Holland, England und Frankreich. Im April, Mai und Junius 1790. 3 Bde. Berlin 1793-94.

Freiligrath, Ferdinand/Levin Schücking: Das malerische und romantische Westphalen. Barmen, Leipzig 1842. (Das malerische und romantische Deutschland).

Germaniens Völkerstimmen. Sammlung der deutschen Mundarten in Dichtungen, Sagen, Mährchen, Volksliedern usw. Hrsg. v. Johannes Matthias Firmenich-Richartz. 3 Bde. Berlin 1843-67.

Goecke, Rudolf: Soult in Bonn 1795. Zur Charakteristik der französischen Occupation in den Rheinlanden. In: Westdeutsche Zeitschrift für Geschichte und Kunst, Trier, Jg. 2 (1883) S. 287-299.

Großer Unglücksfall beim rheinischen Bergwesen (in der Kohlengrube Gulay bei Aachen). In: Rheinische Provinzial Blätter für alle Stände N. F., Köln, Jg. 1 (1834) S. 231-238.

Hajesch, Angelika/Carola Wolf: Die Bergische Kaffeetafel. Rezepte, Bilder, Geschichten. Remscheid 1980.

Hartenfels, Eduard: Grupello. Historische Novelle. Mit einem Vorwort von Grabbe. Düsseldorf 1840.

Heine, Heinrich: Sämtliche Werke. Hamburg 1861-76. (Bd. 1: Reisebilder, T. 1).

Hoffmann von Fallersleben, August Heinrich: Mein Leben. Aufzeichnungen und Erinnerungen. 6 Bde. Hannover 1868.

Horn, W.O. von: Der Rhein. Geschichte und Sage seiner Burgen, Abteien, Klöster und Städte. 3. Aufl. Wiesbaden 1881.

Hugo, Victor: Der Rhein. Briefe an einen Freund. Deutsch von Carl Dräxler-Manfred. 2 Bde. Frankfurt/Main 1842.

Immermann, Karl: Memorabilien. 3 Bde. Hamburg 1840-43. (ders., Schriften, Bd. 12-14).

Jung-Stilling, Johann Heinrich: Lebensgeschichte. Vollständiger Text nach den Erstdrucken (1777-1817). Mit einem Nachwort von Wolfgang Pfeiffer-Belli. München 1968. (Die Fundgrube, Bd. 37).

Kaufmann, Alexander: Gedichte. Mit Illustrationen von B. Vautier. Düsseldorf 1852.

Kinkel, Gottfried und Johanna: Erzählungen. Stuttgart, Tübingen 1849.

Kinkel, Gottfried: Gedichte. Erster Band. 7. Aufl. Stuttgart 1872.

Kinkel, Gottfried: Selbstbiographie. 1838-48. Hrsg. v. Richard Sander. Bonn 1931. (Veröffentlichungen aus der Handschriftensammlung der Universitätsbibliothek Bonn, Bd. 1).

Koch, Heinrich Hubert: Über Handel und Industrie in den Rheinlanden unter besonderer Berücksichtigung der Gegend von Eschweiler. Frankfurt/Main 1885. (Koch, Geschichte der Stadt Eschweiler und der benachbarten Ortschaften, Bd. 2).

Kolping, Adolph: Der Gesellen-Verein. Zur Beherzigung für alle, die es mit dem wahren Volkswohl gut meinen. Köln, Neuß 1849.

Kortum, Karl Arnold: Die Jobsiade. Ein komisches Heldengedicht in drei Teilen. 3. Aufl. Leipzig 1920.

Kurs, Auguste: Rheinlands Sagen und Legenden. 3., erweiterte Aufl. Berlin, Köln, Leipzig 1902.

Lang, Joseph Gregor: Reise auf dem Rhein von Mainz bis Düsseldorf. 2 Bde. 3., verbesserte und vermehrte Aufl. Frankfurt/Main 1818.

Lange, Ludwig: Der Rhein und die Rheinlande von Mainz bis Köln in malerischen Original-Ansichten von Ludwig Lange, in Stahl gestochen von Deutschlands ausgezeichnetsten Stahlstechern. Von einem historisch-topographischen Text begleitet. Darmstadt 1847. (Der Rhein und die Rheinlande, Bd. 2).

Lasker-Schüler, Else: Sämtliche Gedichte. Hrsg. v. Friedhelm Kemp. München 1977.

Leifhelm, Hans: Sämtliche Gedichte. Salzburg 1955.

Lersch, Heinrich: Ausgewählte Werke in 2 Bänden. Hrsg. und mit Einleitungen und Anmerkungen versehen von Johannes Klein. Düsseldorf, Köln 1965-66.

Mering, Friedrich Everhard Frhr. von: Geschichte der Burgen, Rittergüter, Abteien und Klöster in den Rheinlanden und den Provinzen Jülich, Cleve, Berg und Westphalen nach archivarischen u.a. authentischen Quellen gesammelt und bearbeitet. 12 Hefte. Köln, Bonn 1833-61.

Montanus: Die Vorzeit der Länder Cleve-Mark, Jülich-Berg und Westphalen. In wissenschaftlicher Umarbeitung neu hrsg. v. Wilhelm von Waldbrühl. Elberfeld 1870. (Bd. 1).

Montanus: Die Vorzeit. Sagen und Geschichten der Länder Cleve-Mark, Jülich-Berg und Westphalen. In wissenschaftlicher Umarbeitung von Wilhelm von Waldbrühl und Montanus. Elberfeld 1871. (Bd. 2).

Müller, Aegidius: Siegburg und der Siegkreis. Seine Sagen und seine Geschichte von den ältesten Zeiten bis auf die Gegenwart. Nach den besten Quellen bearbeitet. Siegburg 1858.

Müller, Joseph: Aachens Sagen und Legenden. Aachen 1858.

Müller, Wolfgang: Das Rheinbuch. Landschaft, Geschichte, Sage, Volksleben. Illustriert mit Holzschnitten und Aquarellen. Brüssel, Gent, Leipzig 1856.

Müller, Wolfgang: Lorelei. Rheinisches Sagenbuch. 2., sehr vermehrte und verbesserte Aufl. Köln 1857.

Müller, Wolfgang: Erzählungen eines rheinischen Chronisten. 2 Bde. Leipzig 1860-61.

Müller, Wolfgang: Sommertage am Siebengebirge. Mit in den Text gedruckten Abbildungen. Kreuznach 1867.

Müller, Wolfgang: Mein Herz ist am Rheine. Liederbuch. 4., vermehrte und verbesserte Aufl. Leipzig 1871. (Dichtungen eines rheinischen Poeten, Bd. 1).

Müller, Wolfgang: Rheinfahrt. Ein Gedicht in neun Gesängen. 2., sehr vermehrte und verbesserte Aufl. Leipzig 1871. (Dichtungen eines rheinischen Poeten, Bd. 2).

Nover, Jakob: Bilder vom Niederrhein. 2., gänzlich umgestaltete Aufl. Leipzig, Berlin 1882. (Unser deutsches Land und Volk in 12 Bänden, Bd. 5).

Pottkieker jr.: Bergische Küche. Mit Zeichnungen von Martha Schmetz. 3. Aufl. Wuppertal-Barmen 1976.

Redlich, Otto Reinhard: Düsseldorf und das Herzogthum Berg nach dem Rückzug der Oesterreicher aus Belgien 1794 und 1795. In: Beiträge zur Geschichte des Niederrheins. Jahrbuch des Düsseldorfer Geschichts-Vereins. Düsseldorf, Bd. 10 (1895) S. 1-125.

Rethel, Alfred: Die Nibelungen. Berlin 1909.

Rheinisches Dichterbuch. Ein Spiegelbild der zeitgenössischen rheinischen Dichtung. Hrsg. v. Dettmar Heinrich Sarnetzki. Mit einer Einführung, einer biographischen Übersicht und sechs Porträts. Köln 1909.

Rheinlands Sagen, Geschichten und Legenden. Hrsg. v. Alfred Reumont. Mit 8 Stahlstichen und einem Titelkupfer. Köln, Aachen 1837.

Rheinsagen aus dem Munde des Volks und deutscher Dichter. Für Schule, Haus und Wanderschaft. Hrsg. v. Karl Simrock. 7., verbesserte Aufl. Bonn 1876.

Riehl, Wilhelm Heinrich: Die Naturgeschichte des Volkes als Grundlage einer deutschen Social-Politik. Stuttgart 1869. (Bd. 4: Wanderbuch).

Ringelnatz, Joachim: Und auf einmal steht es neben dir. Gesammelte Gedichte. Berlin 1980.

Die Sagen des Rheinlandes von Basel bis Rotterdam. Hrsg. v. F.J. Kiefer. 2. Aufl. Mainz 1867.

Sagen und Geschichten des Rheintals von Mainz bis Köln. Hrsg. v. Karl Hessel. Bonn 1904.

Sagen und Legenden vom Niederrhein. Gesammelt und mit einer Einleitung und mit Anmerkungen hrsg. v. Josef Nießen. 2 Bde. Kempen 1909-11.

Sagen und Märchen des Bergischen Landes. Gesammelt von Franz Leibing. Elberfeld 1868.

Schäfer, Wilhelm: Der Niederrhein und das bergische Land. Stuttgart 1907. (Städte und Landschaften, Bd. 5).

Schlegel, Friedrich: Briefe auf einer Reise durch die Niederlande, Rheingegenden, die Schweiz, und einen Teil von Frankreich. In: ders., Ansichten und Ideen von der christlichen Kunst. Hrsg. u. eingeleitet von Hans Eichner. München, Paderborn, Wien 1959. (Kritische Friedrich-Schlegel-Ausgabe, Bd. 4).

Schopenhauer, Johanna: Ausflug an den Niederrhein und nach Belgien im Jahr 1828. 2 Bde. Leipzig 1831.

Schorn, Karl: Lebenserinnerungen. Ein Beitrag zur Geschichte des Rheinlands im 19. Jahrhundert. 2 Bde. Bonn 1898.

Simrock, Karl: Das malerische und romantische Rheinland. Leipzig 1838. (Das malerische und romantische Deutschland, Bd. 9).

Sitten und Sagen, Lieder, Sprüchwörter und Räthsel des Eifler Volkes, nebst einem Idiotikon. Hrsg. v. J.H. Schmitz. Mit einer Nachrede von Karl Simrock. 2 Bde. Trier 1856–58.

Stieler, Karl/Hans Wachenhusen/Friedrich Wilhelm Hackländer: Rheinfahrt. Von den Quellen des Rheines bis zum Meere. Stuttgart 1875-76.

Stolterfoth, Adelheid von: Rheinischer Sagen-Kreis. Ein Ciclus von Romanzen, Balladen und Legenden des Rheins. Frankfurt/Main 1835.

Thun, Alphons: Die Industrie am Niederrhein und ihre Arbeiter. 2 Teile in einem Band. Leipzig 1879. (Staats- und socialwissenschaftliche Forschungen, 2. Bd., H. 2.3).

Vogt, Nikolaus/Aloys Wilhelm Schreiber: Mahlerische Ansichten des Rheins von Mainz bis Düsseldorf. Mit 32 nach der Natur von Schütz aufgenommenen und von Günther gestochenen Kupfern und einer Karte. Frankfurt/Main 1804-06.

Weerth, Georg: Sämtliche Werke in fünf Bänden. Hrsg. v. Bruno Kaiser. Berlin (Ost) 1956-57.

Wegner, Armin T.: Odyssee der Seele. Ausgewählte Werke. Hrsg. v. Ronald Steckel. Wuppertal 1976.

Weyden, Ernst: Köln am Rhein vor 50 Jahren. Sittenbilder nebst historischen Andeutungen und sprachlichen Erläuterungen. Köln 1862.

Verzeichnis der namentlich bekannten Illustratoren und Stecher

Alphabetisches Ortsregister

Dörfer und Kleinstädte, die im 19. Jahrhundert noch selbständig waren, in der Zwischenzeit aber in größere Städte eingemeindet wurden, werden wie selbständige Gemeinden behandelt und hier aufgeführt. Die in kursiver Schrift abgesetzten Seitenzahlen verweisen auf Stadtansichten.